Lydia Maria Child

リディア・マリア・チャイルド

A Romance of the Republic

共和国のロマンス

風呂本惇子［監訳］

柳楽有里、柴崎小百合、田中千晶、
時里祐子、横田由理［訳］

新水社

共和国のロマンス◉もくじ

共和国のロマンス

ロバート・グールド・ショウ大佐の父上と母上、
自由と平等に対し早くから、そして永遠に忠実な盟友であった
このお二人に
大いなる敬意と愛情をこめて本書を贈ります。

訳者注　ロバート・グールド・ショウ（一八三七―六三）は、南北戦争において、黒人だけで成るマサチューセッツ第五十四連隊を率いた白人指揮官であり、サウスカロライナ州チャールストン付近のワグナー要塞攻撃中に戦死。その両親フランシスとセアラはボストンの著名な奴隷制廃止論者であり、リディア・マリア・チャイルドの友人であった。

主な登場人物

［第一部］

アルフレッド・ロイヤル……ボストン出身で、ニューオーリンズで会計事務所を経営している。二人の娘とニューオーリンズ郊外に住む。

アルフレッド・ロイヤル・キング……ロイヤルを訪ねてきた亡き親友キングの息子。ロイヤルの名をとって、アルフレッド・ロイヤル・キングと命名された。母親と二人でボストンに住む大富豪。

ロザベラ……ロイヤルの長女。物語開始の時点で十五歳。

フローラ……ロイヤルの次女。物語開始の時点で十三歳。

セニョール・ゴンザレス……ロザベラとフローラのスペイン人の祖父。フロリダ州セント・オーガスティンで知りあったロイヤルに、西インド諸島から連れてきた奴隷との間に生まれた娘ユーラリアを売る。

ユーラリア……ロザベラとフローラのクァドルーンの母親。すでに亡くなっている。

マダム・ギルラーンド……ロイヤル家の隣に住むフランス人女性。ロザベラとフローラに刺繍や造花や手芸品の創り方を教えている。

シニョール・パパンティ……ロザベラとフローラの音楽教師で年老いたイタリア人男性。イタリアに帰国後は、シニョール・バルビーノと名のる。

チュリー……ロイヤル家で働いている若くて美しい黒人奴隷。

ジェラルド・フィッツジェラルド……サヴァンナ在住の裕福な農園主で、ときどきロイヤル家を訪ねてくる若者。

フランツ・ブルーメンタール……ロイヤルの会社の事務員。孤児である自分を学校に通わせてくれて、事務員として雇ってくれたロイヤルに恩を感じている。

ライラ・デラノ……二年前に一人娘を亡くし、ボストンに一人で住んでいる裕福な女性。

ウィラード・パーシヴァル……デラノ夫人が深く信頼している友人の奴隷解放運動家。

デュロイ……マダム・ギルラーンドの従弟。

ブルートマン……フィッツジェラルドの友人で、冷酷な債権者。

トム……フィッツジェラルド家の召使い。

クロエ……トムの妻。

リリー・ベル……フィッツジェラルドの結婚相手で、ボストンの富豪ベルの娘。

グリーン……ボストンに住む裕福な若者。ヨーロッパ旅行中に出会ったフローラに好意を持つ。

［第二部］

ジェラルド・フィッツジェラルド（二世）……フィッツジェラルド家の長男。

ユーラリア・キング……キング家の一人娘。

ジョージ・フォークナー……キング・コットン号に乗りこんだ色白の逃亡奴隷。

ヘンリエット……少年に変装してジョージと一緒に逃亡したムラートの女奴隷。

アルフレッド・ロイヤル・ブルーメンタール……ブルーメンタール家の長男。

ローザ・ブルーメンタール（通称ローゼン・ブルーメン）……ブルーメンタール家の長女。

リラ・ブルーメンタール……ブルーメンタール家の次女。

ジョセフ・ブライト……ブルーメンタール家が夏に滞在するノーサンプトンの宿の家主。

人物紹介

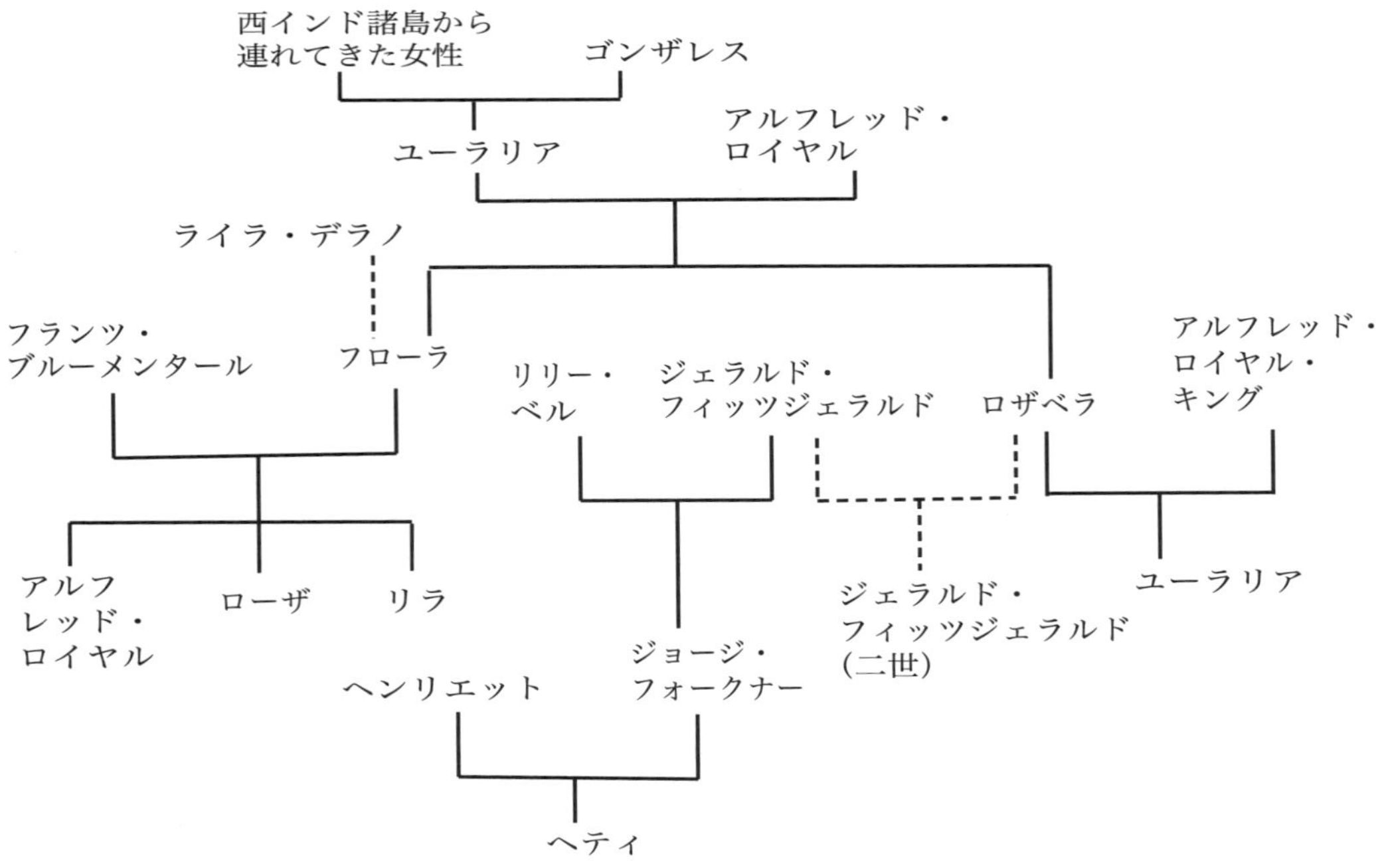
西インド諸島から
連れてきた女性
ゴンザレス
ユーラリア
アルフレッド・
ロイヤル
ライラ・デラノ
フランツ・
ブルーメンタール
フローラ
リリー・
ベル
ジェラルド・
フィッツジェラルド
ロザベラ
アルフレッド・
ロイヤル・
キング
アルフ
レッド・
ロイヤル
ローザ
リラ
ジョージ・
フォークナー
ジェラルド・
フィッツジェラルド
(二世)
ユーラリア
ヘンリエット
ヘティ

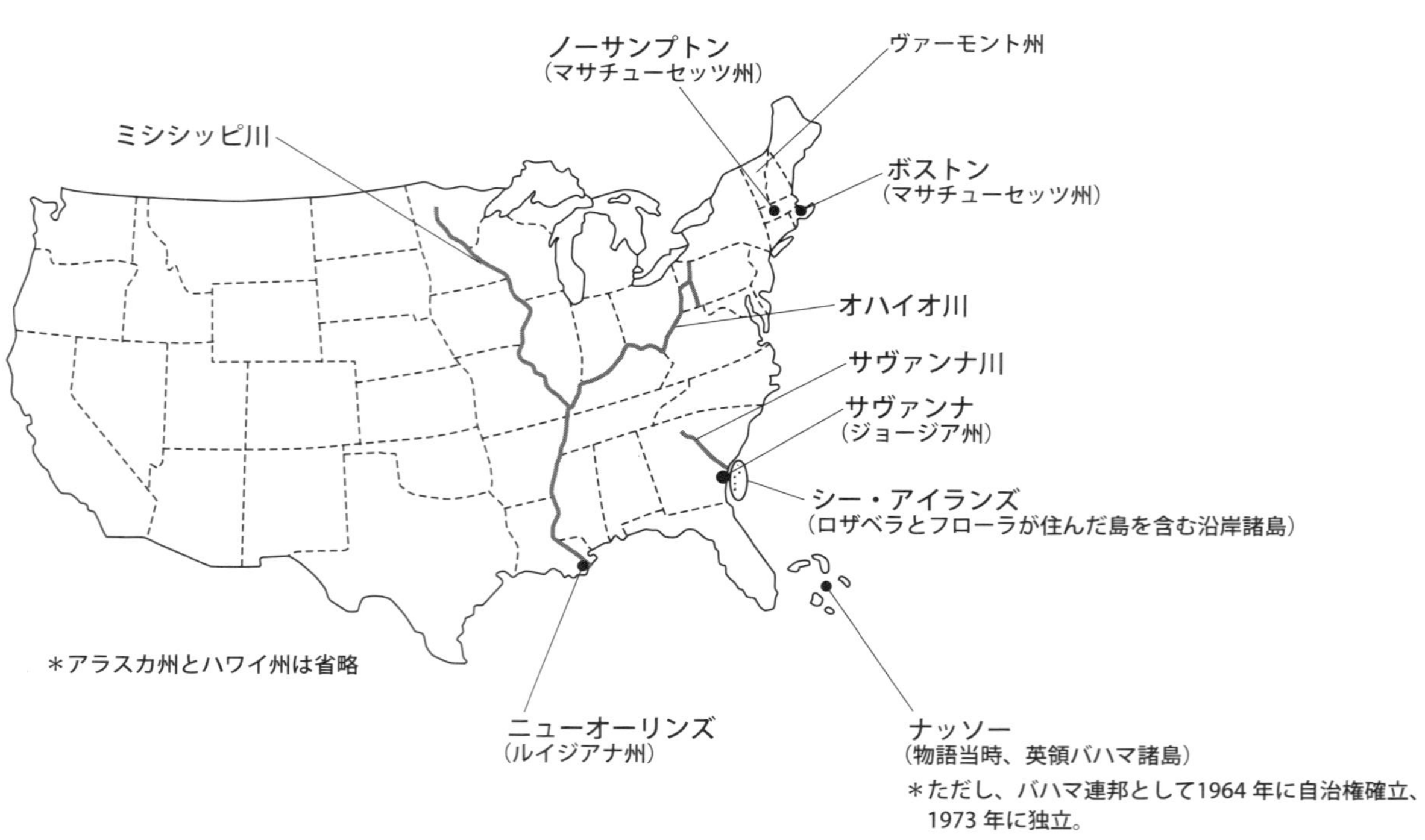
ノーサンプトン
（マサチューセッツ州）
ヴァーモント州
ミシシッピ川
ボストン
（マサチューセッツ州）
オハイオ川
サヴァンナ川
サヴァンナ
（ジョージア州）
シー・アイランズ
（ロザベラとフローラが住んだ島を含む沿岸諸島）
＊アラスカ州とハワイ州は省略
ニューオーリンズ
（ルイジアナ州）
ナッソー
（物語当時、英領バハマ諸島）
＊ただし、バハマ連邦として1964年に自治権確立、
1973年に独立。

第一部

第一章

「今夜は何か予定があるのかね、アルフレッド」ニューオーリンズにある会計事務所から出てきたとき、ロイヤル氏が連れに尋ねた。「知りあってまもないのに君のことをミスター・キングと呼ばないのは失礼かもしれないが、君のお父さんとは若いときに兄と弟のような間柄だったし、君はお父さんにそっくりなんで、君はあいつじゃないし、わたしももう若者じゃないってことをつい忘れそうになるんだ。あいつの苗字はキング《王》だし、こっちはロイヤル家《王族》の出だから、二人は従兄弟に違いない、ってよく冗談を言ったものだ。だから昔よくあいつに言ったように、今夜の予定はなんだい、従弟アルフレッド、と言わせてもらいたいんだよ」

「懇意にしてくださってありがとうございます」と青年が答えた。「それほど僕が父に似ているなんて、うれしいですよ。僕の一番の望みは、父と姿かたちと同じく性格も似ることです。今夜の予定は何も立てていません。このクレッセント・シティ（メキシコ湾沿いに三日月形を成すこの町の別称）でぜひ見聞しておく価値のあるものは何か、ちょうど今、お尋ねしようとしていたところです」

「一番のお勧めは、うちの娘たちに会うことだと言っても、親馬鹿を大目に見てくれるだろうね」と、ロイヤル氏が応じた。

「お宅のお嬢さんたちですって！」連れは驚いた様子で大声を出した。「ロイヤルさんが既婚者だとは知りませんでした」

一抹の当惑を顔によぎらせながら、ロイヤル氏が答えた。「娘たちの母親はスペイン人だったから――ここでは異邦人なので――知り合いが誰もいなかった。高潔な心と稀なる美貌の持ち主だった。あの人を失った痛手を埋めあわせてくれるものは何もない。ただ、この世に喜びがまだあるとすれば、あの人が遺していった娘たちだけだ。その娘たちを紹介したい。このことはどんな青年にもこれまで示したことのないわたしの敬意のしるしなんだ。わたしの家は郊外にある。これは毎日のしきたりなんだが、ホテルで夕食をすませ、幾つか手紙を発送する。そのあと、君がいっしょに来るなら馬車を呼ぼう」

「ありがとうございます」と青年は答えた。「馬車で帰るのがロイヤルさんのしきたりなら別ですが、僕としては歩くほうが好きです。運動にもなるし、町を見物するいい機会にもなりますから。この町は北部とずいぶん異なっているので僕には外国のような魅力があるんです」

この願いを聞きいれ、ロイヤル氏は青年を案内し、公共の建物を指ししめしたり、時折立ちどまってフランス語と英語が奇妙に混ざりあった看板や標識に微笑を誘われたりしながら、幾つかの目抜き通りを歩いた。町の郊外に来ると、周囲は田園風の魅力に変わった。あちらこちらに木々や庭園に囲まれた家々があった。花々に埋まり、オレンジの木立が半円形に取りかこんでいるそのうちの一軒を、ロイヤル氏が指した。「あれがわたしの家だ。初めてこの土地に来た頃は、今の家があるあたりはサトウキビ畑だったが、町がどんどん発展して郊外になったんだ」

二人はその住まいに近づいた。呼び鈴に応えて扉を開けたのは、華やかな色合いのターバンを頭に巻き、耳に金の輪を垂らした器量よしの若い黒人の女性であった。紳士たちが帽子や杖をまだ置かぬうちに、軽やかで小柄な人影がどこかの部屋から飛びだしてきて、両手をたたきながら叫んだ。「わーい、パパ《お父さま》・シートだ！」そして客人に気づき、その少女は急に棒立ちになり、顔を赤らめ、愛らしい驚きの表情を浮かべた。

「かまわないよ、ミニョン《お嬢ちゃん》」と父親は少女の頭を愛《いと》しげになでて言った。「この方はボストンからおいでになったアルフレッド・ロイヤル・キングさん。父さんの名前を取ってつけた、旧い親友の息子さんだよ。

おまえの踊りを見てもらおうと思ってお招きしたんだ。キングさん、こちらは娘のフロラチータです」

その妖精は、蝶が花に触れるときのようにすばやく優美にお辞儀をし、出てきた部屋へ駆けもどっていった。その部屋で二人を迎えたのは、もっと背の高い若いレディで、「娘のロザベラ」と紹介された。彼女の美しさはたぐい稀なものだった。顔の色は陽光のなかの黄金色が象牙の表面に反射して輝いているかのようだ。茶色の大きな目は濃いまつ毛に縁どられ、内からの光でやわらかくきらめいている。暗褐色のつややかな髪は、昆虫の羽が触れた水のさざ波のようにかすかな縮れを含んで額にかかっていた。その髪は頭のうしろで三つ編みの輪にまとめられ、それをコケバラのつぼみを編みこんだ巻き毛の群れが覆っていた。形のよい、ふっくらした赤い唇が、威厳と愛らしさの混じりあった表情を浮かべている。耳から顎への輪郭は、芸術家好みの完璧《かんぺき》な卵型をなし、頭の動かし方は、生まれながらの王族のように気品があった。

姉の崇高さには及ばなかったが、フロラチータも非常に美しかった。この魅力的な黒髪の少女は、きらきらした黒い目にいつも笑いを潜ませ、「キューピッドの弓の形に彫られた珊瑚」のような口をもち、頬のえくぼはまさにそのフランス語の名称、ベルソー・ダムール《愛の揺りかご》そのものであった。

こうした輝くばかり美しい姿を目の前にして、アルフレッド・キングは度肝を抜かれ、一瞬とまどってしまった。しかしすぐに落ちつきを取り戻し、通常の挨拶をしたあと勧められて庭の見える窓のそばに腰を下ろした。ありきたりの会話が交わされている間、彼は花のような部屋の外観に気づかずにはおれなかった。ゆったりした白いレースのカーテンの上部には模造バラの花綱がかかり、それを模造の極楽鳥が引っぱり上げた形になっている。天井にはみごとな花輪が描かれ、その中央から本物の花を入れ、繊細なツル草をふちに垂らした上品なかごが下がっていた。壁紙は花々に小鳥や蝶の入りまじる唐草模様。片隅にたくさんの花で覆われたゼラニュームの鉢を見おろす**フローラ**（ここではローマ神話の花の女神）の小彫像がある。反対側の隅には、カノーヴァ[*1]の「休息する踊り子」の彫像があり、それを引きたたせるための暗い背景を造るようにツタが這わせてあった。その像の腕には、ツル草とオレンジの花を編んだ輪がかけられている。壁の張り出し棚にもテーブルの上にもさまざまな本物の花がセーブル焼きの花瓶に飾られていたが、その花瓶もフランスの最高の芸術家たちがあらゆる優雅な取り合わせで花々を描いたものであった。足台つきの長椅子には花の刺繍がある。ロザベラの白いモスリンのドレスには、いたるところに繊細な色合いのバラが散らしてあり、身頃のまわりのレースを前でとめているブローチは寄木細工で花かごをかたどったもの。フロラチータの肩に垂れる黒い巻き毛には、深紅のフクシアの花が混じり、小さな室内履きには花束の刺繍がしてある。

「これは、女神**フローラ**の神殿ですね。」アルフレッドはこの家の主人のほうを向いて言った。「いたるところに花が！　本物の花、模造の花、描いた花、刺繍した花、そしてその全部よりすばらしい人間の花」――そう言いながら彼は若いレディたちに視線を向けた。

ロイヤル氏は吐息をつき、いくぶん心ここにあらずの態で「そう、その通り」と答え、それから突然立ち上がって言った。「ちょっと失礼。召使いに指図をしてきたいので」

ゼラニュームの葉を切りとっていたフロラチータは、父親の急な動きを見まもっていた。彼が部屋を出ると客のほうを向き、こどもっぽい、内緒話をするような様子で言った。「わたしたちのだいじなマミータ《お母さま》がよくこのお部屋のことを女神**フローラ**の神殿と呼んでいましたの。花が大好きだったんです。自分で壁紙を選び、カーテンの花輪を創り、長椅子に刺繍をし、あのテーブルにもあんなにきれいに絵を描いたのよ。パパシートはここをマミータがなさった通りにしてお

＊1　アントニオ・カノーヴァ（一七五七―一八二二）、イタリアの彫刻家。

きたいのだけど、そのせいでときどき悲しくなるのね。天使たちが二年前にマミータを連れていってしまったものだから」

「あなた方に与えられたお名前まで花のようですね」とアルフレッドは言い、同情と讃嘆の混じりあった表情を浮かべた。

「そうなんです。それにわたしたち、花のような愛称もいろいろもっていましたの」と彼女は答えた。「わたしの名前はフローラだけど、マミータはわたしをとても可愛いと思うときには、あたしのフロラチータ、あたしの小さな花、って呼んでくれました。今はパパシートがいつもわたしをそう呼ぶのよ。マミータはときにはわたしをパンセ・ヴィヴァース《元気のよい三色スミレ》とも呼んだわ」

「あの明るい小さな花は英語でジャンプ・アップ・《跳びあがって》アンド・キス・ミー《キスして》と呼ぶんですよ」とアルフレッドは応じ、活発な小さな妖精を見おろして微笑んだ。

彼女はいたずらっぽく微笑みかえしたが、その様子は「だけどそんなことしませんよ」と言っているみたいだった。そして父親の戻ってくる足音を聞き、スキップしながら迎えにいった。

半ば踊るような足取りで彼女が父親を部屋に連れてくると、「わたしがこの子を甘やかしているのがおわかりでしょう」とロイヤル氏が言った。「だけどどうにもできなくて」

これに応じるまもないうちに、鮮やかな色のターバンを巻いた黒人女性がお茶の支度ができたと告げた。

「わかった、チュリパ、行くわ」とフロラチータが言った。

「あの人も花なんですね？」アルフレッドが訊いた。

「そうなの、彼女も花よ。」楽しげな小さな笑い声をあげてフロラチータが答えた。「いつも赤と黄色のターバンをつけているから、わたしたちでそう名づけたの。でも縮めてチュリーって呼んでいますけど」

皆で食べたり飲んだりしている間、この少女と父親は絶えず軽い冗談を言いあった。こどもっぽい冗談だったが、おかげで食卓は活気に満ちた。だが、少女が父親にオレンジを投げて受けさせようとしたとき、威厳のある姉娘がとがめるような視線を投げ、客人の存在を思いださせた。

「好きなようにさせておやり、ローザ」と父親は言った。「この子はずっとわたしの小さなおもちゃでいてくれている。まだ大人になってもらいたくないんだよ」

「僕はこういうのを自分が赤の他人であることを忘れさせてくれるおもてなしだと受けとめます」とキング氏が言った。「この家へ来て十分もしないうちに、他人であることを忘れておりました」

ロザベラは静かな微笑を浮かべ、ごく軽く会釈して謝意を表した。フロラチータはこのように一座の許しを得たとはいえ、はしゃぐのをやめた。そしてロイヤル氏はアルフレッドの父親に関する思い出話を始めた。皆が食卓を離れると、彼は「さあ、おいで、ミニョン！　ボストンの紳士を怖がるつもりはないだろ？」と言った。フロラチータはぱっとそばへ寄った。父親は愛しげにその体を片腕に抱き、客と年上の娘に先に行くよううながし、皆で先ほどの部屋へ戻った。部屋へ入るとほぼ同時にフロラチータが窓に駆けより、黄昏のなかを透かし見てから、いたずらっぽく姉のほうに振りむき、歌いだした――。

「アン・プチ・ブラン《わたしの愛する愛しい白人さん》、ク・ジェム《が》、
アン・セ・リュー《ここに》・エ・ヴニュ《来た》。
ウイ《そうよ》！　ウイ《そうよ》！　セ・ルイ・メーム《あれは間違いなくあの人よ》！
セ・ルイ《あれはあの人》！　ジュ・レ・ヴ《わたし、あの人を見たわ》！
プチ・ブラン《愛しい白人さん》！　モン・ボン・フレール《わたしのよき兄》！
ハ《おお》！　ハ《おお》！　プチ・ブラン・シ・ドゥ《とても優しい愛しい白人さん》！」

一人の紳士が入ってきて、歌は中断された。その男性はサヴァンナ（ジョージア州東部の港町）から来たフィッツジェラルド氏としてアルフレッドに紹介された。ハンサムな容姿は、あるイタリアのテノール歌手を連想させ、立ち居振る舞いは尊大さと機嫌を取るような丁重さを併せもつ優美なものだった。短い挨拶を交わ

したのち、その男性がフロラチータに言った。「元気のよいフランスの小曲が聞こえましたよ、とても軽やかな。もっと聞けたらうれしいのだが」

フロラチータは、フィッツジェラルド氏がこの前訪問したとき姉に半ばささやくように話していた言葉をたまたま立ちぎきしていた。何か重要な秘密を嗅ぎつけたかのように思えたので、自分の才能を使っていたずらをしてやりたくなった。彼が要求を繰りかえすのも待たず、彼女は歌いだした――

「プチ・ブラン《愛しい白人さん》！　モン・ボン・フレール《わたしのよき兄》！
ハ《おお》！　ハ《おお》！　プチ・ブラン・シ・ドゥ《とても優しい愛しい白人さん》！
イル・ニヤ・リアン・ス・ラ・テール《この世にまたとないわ》
ドゥ・シ・ジョリ・ク・ヴ《あなたほどすてきな人は》」

歌いながら彼女が茶目っぽい視線を姉に送ると、姉娘の頬は黄金色のアプリコットが陽にあたって熟したように紅潮した。父親は妹娘の肩に触れ、不機嫌な声音で「ミニョン、その馬鹿々々しい歌はおやめ！」と言った。少女は驚いた表情でさっと振りかえった。いつも愛情のこもった言葉しかかけられたことがないからだ。その表情に応え、父は声音を和らげて言いたした。「おまえの踊りを友人にお見せしたいと言っただろう。マ・プチット《可愛い子》、一番すてきなのを選んでおくれ。ロザベラが弾いてくれるよ」

フィッツジェラルド氏が、まめまめしくピアノ用のスツールを配置し、ミス・ロイヤルがその曲を探している紙ばさみのほうへ自分も身を傾けた。召使いの一人が枝付き燭台に明かりをともし、カーテンを閉めた。アルフレッドがふと見ると、ロイヤル氏は紙ばさみに気をとられている男女を見まもっていたが、その表情に不安そうなものが感じられた。しかしすぐにその目はもっと楽しい対象に向けられた。というのは、ローザがピアノに触れるや否や、フロラチータが優雅な旋回を続けながら部屋じゅうをゆっくり漂いはじめたのである。まるで音楽が彼女を連れだして動かしたかのように。彼女は大理石の「踊り子」の像を通りすぎるときにその腕にかけてあった花輪を取った。彼女がくるくる回りながら進むと、曲が目に見える精霊になったかのようで、花輪はその優美な動きにつれて宙を漂った。それはときに右手で、ときに左手で高く挙げられた。ときに背後で半円を描いた。ときに肩の上でとまり、その白いオレンジの花とつぼみが流れる黒髪の巻き毛と深紅のフクシアの花に入りまじった。頭の周りに花の王冠のように巻きつくかと思えば、次の瞬間には生きもののように、独りでに優雅にそこからはずれた。ときどき、この小さな踊り子は妖精のように片足のつま先で立って一瞬停止してみせた。頬は運動のために紅潮し、父親のうれしそうな視線に会うと微笑がえくぼを彫った。まるで自分では何も意図しないのに音楽がそうさせているかの如く、すべての美しい姿勢が自然に生まれ出てくるように見えた。最後に彼女は父親のいるほうへ踊ってゆき、まるで波のような動きでその足元の足台に身を沈めた。彼は自分のひざの上に愛らしく収まったつややかな頭を軽くたたき、幸せに酔いしれたように深呼吸をしてつぶやいた。「ああ、ミニョン！」

宙を飛ぶ妖精の姿は無上の喜びを与え、皆、そのソロの踊りを忘我の境地で見まもっていたのだが、今彼らはお互いに顔を見あわせて微笑んだ。「あなたにはタリオーニ[*2]だって嫉妬するでしょうね。」フィッツジェラルド氏が小さな踊り子に言った。キング氏のほうは何も言わずに思いの込もった視線で彼女に謝意を示した。

ロザベラはピアノから離れ、花瓶の一つから取りだしておいた花束を活けなおそうとした。フィッツジェラルド氏がその脇に立つと、彼女はそれとわかるほど顔を赤らめて目を伏せた。その希有な顔の色の表面に、赤らみが黄金色の大気に浮かぶバラ色の雲のように現れた。その暖かい色合いの頬にかかる長くて黒い絹のような髪を見つめ、アルフレッドは、これほど比類な

＊2　マリー・タリオーニ（一八〇四―八四）、ロマンティック・バレエを代表するスウェーデン、イタリアのバレリーナ。

く美しい人間を見たことはないと思った。

「あのような踊りのあとで僕たちを楽しませてくれるのは音楽以外にないですね」とフィッツジェラルド氏が言った。ロザベラは微笑みを浮かべて彼を見上げた。濃い黒いまつ毛の上がる様子は伏し目よりずっとすばらしい、朝陽の輝きがベールで覆われた星の光をしのぐのと同じだ、とアルフレッドは思った。

「あなたが『なんとすてきな夜明け』[*3]を歌ってくださるなら、伴奏しましょうか？」彼女が訊いた。

「あなたが目を上げて僕を見ると、いつもあの歌が心に聞こえてくるんだ」とフィッツジェラルド氏は低い声で応じて、彼女をピアノのところへ連れていった。

二人は一緒に、花の世界を照らす朝の太陽のように明るく楽しい、そのよく知られたメロディを歌った。それから山々から木霊《こだま》が響くような裏声の混じるチロル地方の歌が続いた。そのあとは、優しく嘆くようなロシアのメロディに変わった。これはフィッツジェラルド氏がこの前の訪問の際に持ってきた新曲だった。自分たちだけで夢中になりすぎたと感じたのか、ロザベラが慎ましく言った。「キングさんがまだ何もお好みをおっしゃってないわ」

「カーテン越しでも月が見えるようになりましたね」とアルフレッドは答えた。「『カスタ・ディーヴァ《貞潔なる女神》』[*4]で月に挨拶をしたらどうでしょうか」

「あの歌はわたしたちのお気に入りですわ」と彼女が答えた。「月光の晩にはたいがい、フローラかわたしか、どちらかがあれを歌っています」

ロザベラはその歌をなまりのないイタリア語で歌った。それからスツールにすわったまま父親のほうを振りむき、「じゃあ、パパシート・クエリード《愛するお父さま》には何を歌ってあげましょうか？」

「わたしの聞きたいのはどれか知っているだろう、

＊3　ダニエル・オベール（一七八二―一八七一）作曲、ナポリ近郊を舞台とするオペラ『マサニエッロ』より。

＊4　イタリアの作曲家ベルリーニ（一八〇一―三五）作のオペラ『ノルマ』、一八三一年初演、第一幕におけるアリア。

おまえ」と父が答えた。

　彼女は優しいタッチで鍵盤から物悲しい序曲をかもし出した。やがてそれは転調して『過ぎし日の光』[*5]になった。彼女が非常に感情を込めてそれを弾き歌ったので、遠い過去の海原の上を漂う記憶が、しんみりと語りかけてくるように思われた。曲はアルフレッドにもなじみのものであったが、こんなふうに心に聞こえたことはなかった。「イタリアにいて、黄昏の静寂の中、遠くから響いてくる晩鐘を聴いていたときと同じような感じでした」と彼は言って、この家の主人のほうに向いた。

「ロザベラの歌を聴くと皆、この娘の声に含まれる鐘の音に気づくんですよ」と父親が答えた。

「まさしくベル（英語で鐘、仏語で美人の意味がある）の声ですね」とフィッツジェラルド氏が言った。

　父親はその平凡な語呂合わせに気づいた様子も見せず、言葉を続けた。「キングさん、娘がこの声でどんないたずらができるか、ご存じないでしょう。わたしは音楽の腹話術師と呼ぶんです。鐘の音を完全に聴きたいとお望みなら、『愛らしいネルのために弔いの鐘を鳴らせ』[*6]を歌うように頼んでごらんなさい」

「どうぞその喜びを僕に与えてください。」アルフレッドは熱心に言った。

　彼女は声とピアノで銀鈴を鳴らすかのように、ゆっくりした鐘の響きを完璧に再現しながら、その哀れを誘うメロディを歌った。一座の感想が交わされている間、彼女はピアノの鍵盤をいじっていたが、ちょっと間を置いてから、ピアノの上に身をかがめていたフィ

＊5　アイルランド民謡。歌詞はアイルランドの詩人トマス・ムーア（一七七九—一八五二）のもの。ムーアが歌詞をつけた『アイルランド歌曲集』は十九世紀の欧米諸国で好まれ、本作品にもその中の幾つかが登場する。

＊6　「弔いの鐘を鳴らせ」というフレーズを含むものは少なくとも二つある。『ナガランセット・ベイのネル』とフォスターの『ネリーはレディだった』（一八四九年）。歌詞はフォスターのものと思われるが、年代的には合わない。

ッツジェラルド氏のほうを向いて言った。「あなたのためには何を歌いましょうか？」それは単純な質問だったが、アルフレッド・キングの心を突きさし、経験したことのない痛みを覚えさせた。あのすばらしい目があんな優しい表情を込めて僕を見てくれるのだったら、何を差しだしても惜しくはない！

「腹話術気分がのっているようだから」とフィッツジェラルド氏が答えた。「先日お邪魔したときのと同じのをまた聴きたいですね――『魔弾の射手』[*7]のなかのアガサの歌う『月光の祈り』を」

彼女は微笑し、声とピアノで、フルート二本で奏でられるはずの、得も言われぬ夢幻的な効果を生みだした。それはまさしく月光の音であった。

「まさに魔法だ」とアルフレッドはつぶやいた。低い、ほとんど畏敬《いけい》の念に満ちた声だった。月光の魔力のせいだけでなく、歌い手の澄んだ柔らかい声、たぐい稀な美しさ、それに自分の生みだす音に合わせて静かに身体を揺らすときの動きの卓越した優雅さが彼に詩的な敬意の感情を引きおこさせたからである。半ば開けてある窓から、庭の噴水の細く滴る心地よい音が入り、大気はジャスミンとオレンジの花の香りがした。窓と窓の間の壁ぎわのテーブルには眠っている小さなキューピッドの像が置いてあったが、その像が持つたいまつからほとんど尽きかけたパスティール《固形薫蒸剤》の芳香が立ちのぼっていた。形、色、音、そして動きに現れ、この部屋をくまなく満たす美の精神が、香りが感覚にするのと同じように魂に影響を及ぼしていた。客たちは長居をしすぎたと感じてはいたが、なお去りがたい思いであった。アルフレッドは休んでいるキューピッドをまじまじと見て、その輪郭の優美さをほめた。

「キューピッドはここでは絶対に眠れないし、たいまつの炎も決して消えないでしょうが」とフィッツジェラルド氏が言った。「僕たちは去るべき時間ですね」

若い紳士たちは主人と娘たちに別れの挨拶をし、玄

＊7　ウエーバー（一七八六―一八二六）作曲のドイツのロマンティック・オペラ、一八二一年初演。

関に向かった。が、フィッツジェラルド氏は戸口で立ちどまり、「モーツァルトの『おやすみなさい』を弾いて僕たちを送りだしてください」と言った。

「オルガン奏者が信者たちを教会から送りだすように」とキング氏が付け加えた。

ロザベラがお辞儀をして承諾を示した。そして彼らが戸口の外へ出たとき、すばらしく響きのよい声々がモーツァルトの小曲『ブエナ・ノッテ、アマト・ベーネ《おやすみなさい、愛しい人よ》』の美しいメロディを歌っているのが聞こえた。青年たちは、最後の音が漂いながら消えてゆくまでポーチの近くに留まり、それからようやく月光の下へ歩きだした――フィッツジェラルドはメロディを口笛でそっと繰りかえした。

彼の第一声は「あの娘さんはロズ・ロワイヤル（ローザ・ロイヤルの仏語読み、「みごとなバラ」の意味）じゃないですか」というものであった。

「まさにその通りです」とキング氏は答えた。「妹さんのほうもまたとなく魅惑的です」

「ええ、あなたがそう思っていると感じました。」連れの青年は答えた。「どちらのほうをお好みですか？」

他人に自分の考えをもらすのが恥ずかしかったキング氏は、姉妹のどちらもそれなりに完璧なのでどちらかを選べばもう一方を不当に扱ったことになってしまう、と答えた。

「ええ、どちらもめったに見られない逸品です」とフィッツジェラルドが応じた。「僕がグランド・バショウ（昔のトルコの統治者の称号）なら、両方とも自分のハーレムに入れたいところだ」

この軽率な意見に不快な感じを覚えたキング氏はまじめな、いくぶん冷ややかな声で言った。「あの若いレディたちの作法には、そのような気質を示すものはまったく感じられませんでしたが」

「すみませんでした。」フィッツジェラルドは笑いながら言った。「あなたが清教徒の土地（北部ニューイングランド地方）から来ておられるのを忘れていました。あの若いレディたちを侮辱するつもりはなかったんですよ、本当に。でも、不可能なことを想像して楽しむときに、細かいことにこだわっても仕方がないでしょう。僕はグランド・バショウではない。それにバショウのハーレムにふさわしいと言ったのは、単にあの人たちの比類なき美しさへのほめ言葉です。あのフロラチータはいたずら好きの小妖精ですよ。あの子が『プチ・ブラン、モン・ボン・フレール』を歌っていたときのお茶目な顔ときたら」

「あの陽気な歌は僕の好奇心を刺激しました」とアルフレッドが応じた。「どこから来た歌なんでしょうか?」

「おそらくフランス領西インド諸島[*8]からだと思いますね」とフィッツジェラルドは言った。「若い黒人女が白人の恋人に向かって話しかける恋歌のようです。フロラチータはあれを母親から教わったのかもしれない。母親というのは半分フランス系、半分スペイン系だった。お気づきと思いますが、あの人たちの話し方、

＊8　マルティニクかグアドループを指すものと思われる。

外国語混じりだったでしょう。母親とは英語で話したことがないと言っていましたよ。母親に会ったことのある人たちに言わせると、すばらしい人で、タリオーニのように踊り、マリブラン[*9]のように歌い、娘のロザベラより美しかったそうです。でもそこのところは信じがたい。美しさについては話半分だったにしても、人が噂する通り、ロイヤルさんが彼女を崇めていたのは不思議じゃない」

「ロイヤルさんはその方とフランス領の島で結婚なさったのですか?」アルフレッドが尋ねた。

「結婚はしていませんでした。」フィッツジェラルドが答えた。「結婚するはずないですよ、その人はクァドルーン（黒人の血が四分の一の混血）だったのだから。ああ、ここが僕の宿です。ここでお別れします」

別れ際のこの無頓着な言葉はアルフレッド・キングの心を大いに掻きみだした。クァドルーンとの交際（奴

＊9　マリア・マリブラン（一八〇八―三六）、メゾソプラノのオペラ歌手、フランス生まれのスペイン人。

隷制度下の南部で混血女性を愛人にする慣習）については、外国の慣習でも聞くように耳にしたことはあったが、その結果を認識することはなかった。父の友人がそのような関係にかかわっていたこと、その境遇ゆえに、あの優雅で才能豊かな二人の娘が本来なら大いに花を添えるであろう社交界から閉めだされていることは彼を驚かせ、狼狽させた。彼は、黄金色ではないが黄金のかすかな光沢が反射しているようなローザの顔の色や、わずかに縮れを含むつややかな髪を思いだしたが、それらはとても似つかわしいものに思えた。それらが排斥された人種との関係を示すものだとわかった今でも、その特徴は彼の想像力の中で美しさを減じることはなかった。それに、子ども時代の曙光をいまだに漂わせながらも大人の女性になりかけているあの魅力的な小さなフロラチータ。あの子は噴水や彫像や絵画に囲まれているのがふさわしい美しいイタリア人の子どものように見える。パリのクワファー《髪結い》のどんな技術をもってしても、あの独りでに巻き毛になろうとする豊かな漆黒の髪ほど目に心地よい成果はあげられない。オクトルーン！（クァドルーンを親とする八分の一の混血）彼はその言葉を繰りかえしてみたが、自分にかけられた魔力を解くことはできなかった。それはスペインやイタリアの美と同じく、何か異国的な新しい体験にすぎなかった。だが、社会の言われなき偏見のためにあの娘たちが適切でない立場に置かれていることを、痛々しく感じた。

　今日一日の体験で疲れきっていたのだが、自分の部屋に入っても全然眠くならなかった。ゆっくりと部屋の中を歩きまわりながら、彼は考えていた。「うちの母さんも偏見をもっている。あの人たちを母さんに紹介なんかできっこない。」それから、自分に腹を立てたかのように、困惑した口調でつぶやいた。「どうして母さんに紹介するなんてことを考えるんだ？　二、三時間前にはその存在すら知らなかった人たちだというのに」

　彼はベッドに身を投げだし、眠ろうとした。だが、去ってきたばかりの魅惑の光景が記憶を占めていた。月光に照らされたカーテンに、キササゲの木陰が映っていた。単調な作業が眠りを誘ってくれると思い、彼は揺れる木の葉を数えはじめた。しばらくすると数えるのを忘れてしまった。意識が内界と外界の間をさまよい、フロラチータがさまざまな優美な動きで木の葉の影の上で踊っているように思えた。次は、小さく水を滴らせている噴水を見ていた。その滴りは『過ぎし日の光』を奏でていた。かと思えば、月光の下で花々に囲まれて歩きまわっていて、遠くから誰かが『カスタ・ディーヴァ』を歌うのが聞こえた。その声の記憶が、

「手足も感覚もすっかり眠っているのに
あらゆるものを音楽に変えた。[*10]」

昨夜の光景は、さまざまな幻想的変化を伴って、何度でも記憶の殿堂を回転した。その魅惑の場面に、「結婚するはずないですよ、その人はクァドルーンだったのだから」という言葉と共に軽い笑い声が飛びこんできた。それから、『弔いの鐘を鳴らせ』の悲哀をおびたメロディが彼の耳に響いた。遠くからでなく、大きくはっきりと、まるで歌い手が室内にいるかのように。彼はびっくりして目覚めた。そしてある寺院の鐘の音が振動しながら静まっていくのを聞いた。二つ打っただけなのだが、彼の心の耳には、その響きがさまざまな音に変えられていた。「こんなに不思議な形で」と彼は思った。「あの豊かで朗々とした声が僕の生活の夢の中に入りこんだのだ」

またしても彼はあの大きなうるんだ眼が、ジェラルド・フィッツジェラルドに熱心に見つめられて濃いまつ毛を伏せるさまを見た。またしても彼は自分の母のことを思い、ため息をついた。とうとう夢のない眠りが忍び寄り、喜びも苦しみも深い忘却のなかに埋められていった。

＊10　アメリカの詩人クリストファー・パース・クランチ（一八一三―九二）の詩、『自然の音楽』より。

第二章

アルフレッドが目覚めたとき、もう陽は昇っていた。彼は急いで起きあがり、朝食と馬の用意を頼んだ。というのは、早朝の乗馬をしようと前の日に決めていたからだ。なんとなく落ちつかない感情に押されて、彼は前の晩と同じ方角に向かった。そして自分の人生の風景の中でいつまでも重要な特徴になりそうなその家のそばを通りすぎた。昨晩『ブエナ・ノッテ《おやすみなさい》』の調べにうっとりと足をとめていた玄関ポーチの柱の間で、朝の風がツタを優しく揺すっていた。窓の日よけをはたくチュリパの鮮やかなターバンがちらちらと見えた。手すりの上に乗ったクジャクが、陽光を浴びて、尾を大きな東洋の扇の形に広げ、それからゆっくりと下ろした。尾羽が下りるにつれ、トパーズ、サファイア、エメラルド色がプリズムのように降りそそいだ。季節は三月初めだった。彼はこの時期のニューイングランドに見られる荒涼とした風景や荒れくるう風のことを思いだしながら馬を進めていたが、ここでは大気は花々の香りに満ち、モノマネドリやツグミが歌って挨拶をしてくれている。大地にたくさんのオレンジの実が落ちている場所が多かった。オレンジの木立は、つやつやした暗緑色の葉陰から黄金色の実と銀色の花を輝かせて美しかった。裕福な農園主の館が点在し、その周りに水しっくいで塗った奴隷小屋があった。黒人たちが働き、その子供たちが地面で転げまわっている様子は、黒い色と豊かな発育という南国的な美しさを見せ、この風景にふさわしい一部分に思われた。

彼は健康によい運動と風景の目新しさに誘われているだけなのだと自分に言いきかせながら、数マイル進んでいった。しかし、心地よい景色や芳しい大気よりさらに魅力的だったのは、時間をかければ帰るときには、あの若いレディたちがポーチにいるか、あるいは窓辺に姿を見せているかもしれないことだった。だが彼は失望する運命にあった。通りかかったとき、窓の一つでカーテンがゆっくり引かれ、花を活けた花瓶が現れたので、花に向かってかがむ顔を見られるかもしれないと期待してゆっくり進んだのだが、カーテンを引いた人の姿は見えずじまいだった。ポーチにも人の気配はなく、ただクジャクだけが宮廷の美女のように堂々と、宝石を散りばめた羽を背後に長く引きずりながら歩きまわっていた。コメクイドリのように陽気な声が、明らかに庭のほうから聞こえてきた。歌詞は聞きわけられなかったが、その生き生きした調べはすぐに『プチ・ブラン、モン・ボン・フレール』だとわかった。彼はあのひどく無頓着に言われた「結婚するはずないですよ、その人はクァドルーンだったのだから」という言葉を思いだした。その言葉はこの歌のリフレインとは耳障りな不協和音を生むように思われた。彼はお茶目な妹が歌でひやかしながらからかったときに、ローザがパッと顔を赤らめたのを思いだした。彼には、フィッツジェラルド氏が自分の力をじゅうぶん意識しているように思えた。歌い手のいたずらっぽい意図がわかっていることを隠そうともしなかったからだ。この思考の流れは、彼の心の内に芽生えた問いによって引きとめられた。「あの男が彼女と結婚するかどうかなど、僕になんの関係があるんだ？」彼はまるで自分の問いに対する答えから急いで離れたいかのように、もどかしげに馬に鞭を当てた。

　アルフレッドはロイヤル氏の会計事務所で彼に会うことになっていたので、約束に遅れないように気を配った。ロイヤル氏は、少々きまり悪さを覚えつつも、父親のような優しさで青年を迎えた。仕事の話をしばらくしたあとで、ロイヤル氏が言った。「昨晩うちへ来てくれたことについて君が何も言わないことから察するに、フィッツジェラルド君からあの娘《こ》たちの身の上に関する情報を聞いたのだろう。まさか、わたしに君を騙したり罠にかけたりするつもりがあったなどと考えないでくれるだろうね。わたしは事実を自分の口で君に言うつもりだった。だが、まず、娘たち自身の長所で判断してもらった場合、君にどんな印象を与えるのか知りたかったのだ。だが先手を打たれてしまったからには、君に率直な感想を求めるのは難しいだろうな」

「今日お会いしてすぐに昨晩のことに触れなかったのは、確かに、ちょっと戸惑いを覚えていたからです」と、アルフレッドは答えた。「でも、どのような状況も、お宅のお嬢さまたちに関する僕の評価を変えることはありません。あれほどの美しさと優雅さは、他に見たことがありません」

「そしてあの娘たちは、美しさに劣らぬ無垢と善良さを備えている」と父親が応じた。「だが、父親の誇りや喜びが、将来への不安のおかげで大いに乱されることは、容易に想像できるだろう。最近、仕事をやめて娘たちを連れてフランスに行き、そこで暮らすことをよく考えるようになった。だがわたしのように年老いてくると、外国の土地に移住するまでの過程がわずらわしく思えるんだ。自分の生まれ故郷のニューイングランドへ戻るほうがずっとましだ。もし、あの娘たちにとってそのほうがいいのなら、の話だが」

「お嬢さまたちは南国の花のようなものですよ」とアルフレッドは言った。「お嬢さまたちの気質には、北部的なところは何もありません」

「そう、あの娘たちは南国の花だ。」父親は答えた。「そしてわたしの願いは、あの娘たちをいつも変わらず陽光の降りそそぐところに置いてやることだ。ジャスミンやオレンジの木立から遠く離れた場所で、あの娘たちが心からくつろげるだろうかと心配だよ。だが、気候なんてものは、あの娘たちをニューイングランドへ連れていくのを妨げる最も小さな障害物だ。あの娘たちと奴隷にされた人種とのつながりはごくわずかだから、苦もなく隠すことはできる。だが隠しているという意識は、いつだって不快なものだ。君のお父さんは、わたしの知人の誰よりも、あらゆる偏見から解き放たれている人だった。もし彼が生きていたら、何もかも打ち明けて、暗黙のうちに助言を乞いたいくらいだ。こんな若い人に対してそうすることなど考えたこともないのに、君はお父さんに生き写しなので、つい誘われて心を開いてしまったが、それでもなお、一番の親友の息子がわたしに対する評価を落とすのではないかと恐れて、全面的には打ち明けられなかったのだ。でも君がすべての状況を知って、わたしと同じ体験をしたなら、たぶん、わたしの落ち度をいくらか情状酌量してくれるのではないかと思う。わたしは初めてニューオーリンズに来たとき、とても不幸せだった。ある若いレディを全身全霊で愛していたのだが、その人の高慢で世俗的な家族にぞんざいに拒絶されてしまったのだ。わたしは、あいつらより金持ちになれることを証明してやりたいという激しい欲望にとりつかれた。狂ったように富の追求にまい進し、成功した。だがその間に、あいつらはその人を別の男に嫁がせた。で、わたしは富だけが幸せをもたらすわけではないと学んだ。わたしの仕事の利益は、二倍にも四倍にもなっていったが、むなしかった。わたしは満たされず、孤独で、悲しかった。商売上の取引きが縁で、セント・オーガスティン（フロリダ州北東部の古くからある町）に住むスペイン人のセニョール・ゴンザレスと親しくなった。この人はフランス領西インド諸島で買った美しい奴隷を愛人にしていたんだ。わたしが彼と知りあう前に亡くなっているから、その女性を見たことはない。だが二人の間にできた娘は、そのとき十六歳だったが、これまで目にしたこともないほど魅力的だった。会った瞬間にいやおうなく惹きつけられたのが、単に感覚的なものだったのは確かだ。だが、その娘をもっとよく知るようになって、非常に優しく、穏やかで、慎ましく、誠実だとわかり、強く深く愛するようになった。美しさ以外の理由でも、感嘆した。というのは、父親がとてもだいじにしてパリで二年間暮らさせ、身につけさせたさまざまな優雅なたしなみもあった。彼はその当時は裕福だった。だが、その後、財政困難に巻きこまれ、健康も衰えた。彼はわたしを好いてくれており、ユーラリアを買わないかともちかけてきた。そうすればその金で、どうも娘をねらっているらしい厄介な債権者への借金を払えるから、と。わたしは多額の金を彼に渡し、彼女をニューオーリンズへ連れてきた。ねえ、君、そのことでわたしを軽蔑しないでくれ。もし、数年前、ニューイングランドにいたときに、そんな取引きに加わることをもちかけられたら、憤慨して断ったことだろう。だが、失望と孤独に苛まれる状況にあったから、わたしはやすやすと誘惑の餌食になった。それに、そんな関係が世間一般で容認される場所にいた。その上、利己的な動機だけでなく親切心も混ざっていた。不運な父親が哀れに思えたし、その美しい娘が、わたしが決意したほど丁寧に保護するつもりのない連中の手に落ちるのを恐れた。彼女の選択の自由は問題にしなくてよいとわかっていた。というのは、彼女はわたしを愛していると告白していたから。

セニョール・ゴンザレスは、この世で執着するのは娘だけだったから、その後まもなくなけなしの財産を掻きあつめて、わたしたちの近くに住むためにやって来た。ユーラリアの世話をわたしに任せ、愛しい娘がわたしといっしょにいて幸せだったということが、死に際の彼に大きな満足を与えたのはわかっている。もしわたしが彼女を解放し、外国へ連れていって、合法的に結婚していたら、彼女を亡くした悲しみに悔いは混ざらなかっただろうに。息を引きとる瞬間まで、彼女を忠実に愛していたのに、今になってみると、どうしてそのように明らかな義務を怠ってしまったのか、自分にも説明がつかないんだ。いつも、いつかそのうちそうしようと考えていたのに。だが、ルイジアナの法律によれば、クァドルーンとの結婚は無効だし、仕事に追われて彼女を外国へ連れていく時間が取れそうになかった。最初の一歩を踏みまちがえると、その方向に進みつづけるのは危険なほど楽なものだ。この土地では男の立場が、そのような内密の関係で傷つくことはない。そしてわたしの忠実な、愛しいユーラリアは、その状況を自分の受けついだ運命の一部としておとなしく受けいれていた。責任はわたしにあり、彼女にはない。わたしは自分の望むようにできる自由の身だったが、彼女はそうではなかったのだから。わたしは道徳的行動基準に反する行為をしたが、奴隷の身の彼女の受けた教育は、その基準を作る機会を与えなかったのだから。わたしはときどき悔いを感じたが、ユーラリアがそのことで苦しんでいたとは思わない。わたしを愛し、完全に信頼していたから。白人と自分の人種との結婚が非合法だということを彼女は知っていた。そして事実を静かに受けいれていた。人間が克服できないものを受けいれるように。娘たちは母親の顔色がオリーブ色なのはスペイン人だからだと考えていた。そして昔も今も、母親がわたしの敬われた妻だとしか考えていない。実際、わたしの心の奥底ではその通りなのだが。わたしはだんだんとニューオーリンズで作った知り合いの人々から遠ざかった。一つには、ユーラリアや子どもたちといっしょにいれば満ちたりていたからであり、もう一つには、彼女を社交の席に同伴できなかったからだ。彼女はこの土地にまったく知り合いがおらず、わたしたちは自分たちだけの小さな世界に暮らす習慣を身につけた。君も見たように、彼女の美しいものへの愛によっておとぎの国のように変えられた世界だ。彼女が亡くなったあと、子供たちをすぐにフランスへ行かせて教育を受けさせるつもりだった。だが、ぐずぐずする癖がわたしにつきまとう罪でね。あの娘《こ》たちと離れるのがつらくて、延ばしに延ばしてしまった。あの娘たちのために味わうこの苦しみは、母親を不当に扱ったことへの正当な罰なんだ。あの娘たちがどれほど美しく、才能があり、愛情深く、純粋か、それなのになんと残酷な立場にわたしがあの娘たちを置いてしまったかを考えると、心臓をねじられるように苦しいよ。わたしは長く生きられるとは思えない。わたしが死んでしまったら誰があの娘たちを守ってくれるのだろう」

昨夜の願望と夢を意識して顔を赤らめながらアルフレッドは言った。「上のお嬢さんはフィッツジェラルドさんと婚約なさるのかと思いましたが」

「願い下げだ。」すばやくロイヤル氏が応じた。「あの男は、娘の幸せをゆだねたくなるような人物ではない。もしそういうことになっているなら、ロザベラは話してくれているはずだ。子どもたちはいつも、なんでも打ち明けてくれるからね」

「ロイヤルさんはあの人をお好きなのだと思いこんでおりました」とアルフレッドが答えた。「よほど好意をもっていなければ、ご家族を紹介することはないとおっしゃっておいでてでしたから」

「君以外の青年を紹介したことは一度もないよ」とロイヤル氏は答えた。「君の誠実なお父さんの思い出と、そのお父さんに君の顔がそっくりなおかげでその気になったのだ。」青年は微笑し、お辞儀をした。友人は言葉を続けた。「君を招待したとき、フィッツジェラルド君が町にいることに気づかなかったのだ。あの男のことはほとんど知らないのだが、いわゆる名家の出身らしい。物腰は優雅ではあるのだが、わたしには不真面目で厚かましいものに思える。わたしの家庭という聖域に自ら入りこんできた。だが、何年か前にわたしは彼の父親の歓待を受けたことがあるので、追いだすわけにもいかない。この土地へは数カ月前に、父親の不動産の処理に関する取引きをするためにやって来たのだが、運のわるいことに、わたしの家のそばを通りかかったときにロザベラの歌声を聞いてしまった。で、住んでいるのが誰だか訊きだした。聞いた話から推測するのだが、わたしの個人的な履歴を、こちらが知ってほしくないことまで調べたらしい。わたしに許可も求めず訪問してきて、うちの娘たちに、父親同士が友人だと言い、だからなれなれしく、彼女たちにぜひ歌って聞かせてほしい新しい曲を幾つかもってきたのだと言った。わたしは帰宅してこのことを知り、非常に不愉快だった。それ以来、できるだけ早く仕事をやめて娘たちをフランスへ連れていこうと考えるようになった。あの男はこの町に滞在している間に二度訪問してきたが、娘たちはわたしの在宅のときしか会わないことにしている。今、またやって来て、気にいらないお節介でわたしの立場をさらに厄介にしてくれたよ」

「ロイヤルさんには気にいらなくても」とアルフレッドが口をはさんだ。「あの人は美男で魅力的だから、お嬢さまたちにはそのお節介が気にいっているかもしれませんね。お嬢さまたちをフランスへ連れておいでになるというのは賢明な考えですね」

「もっと早くにそうしていたらよかった！」ロイヤル氏が大きな声を出した。「状況に流されるままになるとは、わたしはなんと弱い人間だったのだろう！」彼はいらいらした足取りで部屋の中を歩きまわっていたが、アルフレッドの前で立ちどまり、愛情を込めてその肩に手を置いた。そしておごそかな真剣さをもってこう言った。「ねえ、君、わたしがこの仕事を君と一緒にやりたいと提案したとき、君のお父さんが受けいれなくてよかったと思うよ。忠告させてもらうが、ニューイングランドで暮らしたまえ。ここでのしきたりは、完全には逃れがたい影響を人格に与える。悪習は善意の人をもしばしば間違った道に導くものだ」

「それこそ、父が僕をニューオーリンズに住ませたくなかった理由です」とアルフレッドは答えた。「社会的なしきたりの重みはどれほど強調しても言いつくせないほどだと父は言っておりました。よく、コンスタンチノープル（現イスタンブールの旧称）近郊にいたときに出会った大勢のトルコ女性の話をしていました。その女性たちは目のあたりに小さな穴が二つ空いてはいるのですが、まるで布のかたまりみたいに全身をすっかり覆われ、ラクダに乗って、ハーレムの監視人に付きそわれていたそうです。父のそばを通りすぎたときの彼女たちのおしゃべりや忍び笑いは、動物の出す音のようで、聞いていて苦痛だったというのです。というのは、もしこの女性たちがニューイングランドのような、誰でも行ける教会や誰でも行ける学校が備わった環境で育ったとすれば、どんなに違った存在になっただろうと考えないわけにいかなかったからです。父はいつも、そういう確信をもって、僕に歴史の説明をしてくれました。そして一時的な困難のために、何世代にもわたる人々の魂に破滅的な影響を与えるに違いない悪事がはびこるのを、立法者たちが抑えられないことを嘆いておりました。父は奴隷制をこの共和国の血管の中で次第に力を増す毒のようなものと見なしておりました。そして、いつの日か、その毒が突然致命的な力で作動するだろうと予言していました」

「君のお父さんは賢い人だった」とロイヤル氏が応じた。「そしてわたしも彼と同じ意見だ。だが、ここではそれを口に出すと危険だよ。奴隷制の話題はタブーだ。賛成だと話すなら別だがね」

「それにはじゅうぶん気づいております。」アルフレッドが口をはさんだ。「もうおいとましなくてはなりません。ご存知のとおり母が病気で、すぐに帰郷が必要になるような手紙が郵便局に届いているかもしれないので。でもまたお会いしましょう。これからはたぶん、フランスでお付き合いを再開させていただけるかもしれません」

「そうなってくれればうれしいね」とロイヤル氏は言って、心からの友情を込めて別れの握手をした。青年を送りだしたあと、彼はあのような息子がいたらどんなに楽しいだろうと考えた。事情が違っていたら、自分の家族と旧友の家族との間で結ばれたかもしれないまぼろしの絆のことを思い、深い吐息をもらした。

アルフレッドは、立ち去りながら、口には出されなかったその潜在願望に気づいていた。再び、障害は本当に克服できないものだろうかという問いが、心の中でめぐり始めた。目の前にあの魅惑に満ちた部屋の幻影が浮かんだ。あそこでは生活のすべてが美しさと優雅さ、音楽と花々で成りたっているようだった。だが、そこにフィッツジェラルドの影が落ち、そしてボストンの親戚たちの記憶が彼とおとぎの国の間に氷山のように立ち上った。

母親の病気が悪化していると知らせる手紙が届いており、新しいお付き合いのおかげで一時的ながら自分の思いから母のことをほとんど追いはらっていたことへの悔いの念がわき起こった。彼は今夜出発しようと決めた。だが、もう一度ロザベラに会いたいという欲求を抑えることはできなかった。会計事務所にもホテルにもロイヤル氏の姿が見えなかったので、郊外の住まいに足を進めた。チュリパから「マッサ《旦那さま》（マスターの訛り）」はまだ町から戻っていない、と聞くと、では若いレディたちに会わせていただきたいと頼み、再びあの客間へ案内された。あらゆる特徴が忘れられない印象を彼の記憶に刻んだその客間に。ピアノの上には『チェネレントーラ』[*1]の楽譜の一部が開いたまま置いてあり、庭から芳香を運んでくる微風がその譜面を優しくはためかせていた。その近くで、半分開いた本のページの間にはさまれたしおりのビーズ細工の飾り

＊1　イタリアの作曲家ロッシーニ（一七九二―一八六八）の、童話『シンデレラ』を元にしたオペラ、一八一七年ローマ初演。

房が揺れていた。本の題名を見ると、『ララ・ルク』[*2]だった。彼は部屋を見まわし、花でできた房飾りや、壁紙の優美に絡みあう鮮やかなツル草模様や、「踊り子」や「眠れるキューピッド」の像を見て微笑んだ。「すべてがカノーヴァ、ムーア、そしてロッシーニと調和している」と彼は思った。「ミルトンの『コーマス』[*3]の**レディ**こそが僕の想像する理想だった。だのに今、僕が不思議なほど心を奪われているのは――」

その瞬間、ロザベラが入ってきた。自分の理想像との対照ぶりに、彼はほとんど驚愕せんばかりだった。輝くほど東洋的な美しさと堂々とした優雅さは、以前よりさらなる感銘を彼に与えた。フロラチータの妖精のような姿と軽やかな身のこなしも、姉に劣らず魅惑的だった。彼女たちのする話は子どもっぽかった。フ

＊2　トマス・ムーアによる東洋のロマンスの物語詩。
＊3　イギリスの詩人ジョン・ミルトン（一六〇八―七四）作、酒宴の神コーマスの誘惑に耐えるレディと呼ばれるヒロインの純潔さを称える仮面劇、初演は一六三四年。

ロラチータはフランス語の新聞で『ラ・バヤデール』[*4]のことを読んだばかりで、パリで上演されたそのバレエを見たくてたまらない。ロザベラは、月光に照らされながらベニスの運河に船を浮かべてナイチンゲールの声を聞くほどロマンティックなことはないと思うし、**ため息の橋**[*5]の下をぜひ通って見たい。そして彼女たちはロッシーニの音楽の優美さや、オベールの才気煥発さにうっとりするのだった。彼女たちの話すことに思想などほとんどなかったが、青年の耳には魅力的な音楽のように聞こえた。というのも、フロラチータの話し方は活発な踊りのようにリズミカルだし、ロザベラの声の優しい抑揚は英語を和らげてイタリア語の音に変え、その言葉が水中の金魚さながら液体の上を漂うかのように聞こえたのだ。実際、ロザベラの全人格が音楽の流れるような特性をもっているように思われた。こころよい音から生まれる美が「彼女の顔に移り住み[*6]」、身のこなしは水の上で揺らめくスイレンを思わせた。

すぐにボストンへ戻らねばならぬというのが、この短い訪問をしたアルフレッドの口実であった。父の友人へ残した伝言には、抑えた感情のおかげで大いなる真剣さが込められていた。それを口にしているとき、ロイヤル氏と交わしたばかりの会話が苦しいほどはっきりと彼の脳裏によみがえった。別れの挨拶をしたのち、彼は振りかえってこう言ったのだ。「失礼ですが、

＊4　神前で舞うインドの舞姫を意味し、ロシアのバレエとして知られるが、実は同じ物語が一八三〇年にフランスでタリオーニの振り付けにより「神とバヤデール」として演じられている。

＊5　ドゥカーレ宮殿の尋問室から牢獄に移される罪人たちがこの橋の上からベニスの町を見てため息をついたという伝説がある。

＊6　イギリスの詩人ウィリアム・ワーズワス（一七七〇―一八五〇）の詩『晴れの日も雨の日も、三年を経たルーシー』（この題名の訳は、山内久明編『対訳ワーズワス詩集』岩波文庫、一九九八年版のものをお借りした）の中の、「水のささやき」を「こころよい音」と変えて、この表現を使っている。

お嬢さまたち、父親どうしの友情の記念に、万一僕でお役に立つことがあれば、兄に対するようになんなりと申しつけてください」

ロザベラは優美に会釈して感謝の意を表した。フロラチータはちょっとお辞儀をして冗談を言った。「どこかの残忍な青髭（妻を何人も替えて殺した男）がわたしたちをお城に閉じこめたら、助けに来ていただくわ」

彼の背後で扉が閉まると、陽気なこの少女は「おかしな方！」と大きな声を上げた。「牧師さまが話しているみたいに生真面目で。でもあれがヤンキー《北部人》の話し方なのだと思うわ。シエール・パパ《愛しいお父さま》もときどきお説教したがるわね」

ロザベラは、たまたま窓に目をやり、アルフレッド・キングが通りで立ちどまって振りかえるのを見た。二人が未来を予見できていたら、彼らの感情はどれほど深まったことであろうか！

第三章

一年が過ぎた。南部の早い春が、花々と芳香を伴って再びめぐってきた。音楽と刺繡、それにバトルドア（バドミントンに似た球技）やグレーシス[*1]など幾つかのゲームを姉と遊んで一日を過ごしたあと、フロラチータは父の足音が近づいてくるのを聞きつけ、いつものように出迎えに飛びだしていった。ニューイングランドの旧友の息子と別れて以来のロイヤル氏と会っていない人だったら誰でも、彼が老けて以前よりやつれて見えることがわかっただろう。だが娘たちは毎日彼を見なれているので、徐々の変化に気づいていなかった。

「わりに遅かったのね、パパシート」とロザベラが言いながら、ピアノの前のスツールにすわったまま振

＊1　二本の棒を使って宙で輪をやりとりする、女の子二人用のスポーツ。優美なしぐさをするのでこの名がついている。

りかえり、微笑で彼を迎えた。

「そうだね」と彼は応じて、愛しげにロザベラの頭に手を置いた。「ヨーロッパへ行く準備でいろいろ大変なんだ」

「わたしたちが息子だったらお父さまのお手伝いができるのに」とロザベラが言った。

「おまえたちが息子であってくれたらいいのに！」という彼の答えには真剣な強調と深いため息が混じっていた。

フロラチータは父のそばにすり寄り、いたずらっぽくその顔を見上げながら言った。「だとすると、わたしたちのことをいつもそう呼んでくださるナイチンゲールも妖精もいなくなるわけだけど、どうなさるおつもり？」

「本当だ、どうすればいいのだろうね？　小さいお花ちゃん」と彼は言い、愛情に満ちた微笑みを浮かべ、身をかがめてキスをした。

娘たちはお茶の用意をしたテーブルに父を連れていった。そして食べおわると、家を去るための支度のことで話しはじめた。

「シェール・パパ、あとどれくらいしたらパリへ行くの？」フロラチータが尋ねた。

「二、三週間したら、と望んでいる」というのが答えだった。

「すてきね！」彼女は叫んだ。「バレエやいろんなもの、見せに連れていってくれるのでしょ」

「オペラの一部を弾いたり歌ったりしているとき」と口をはさんだのはロザベラだ。「ヨーロッパにいる音楽家たちが一部じゃなく全部をつなげて演じてくれたら、どれほどすばらしいことだろうとよく思うの。パリでオペラを聴くのはさぞ楽しいでしょうね。でも、パパシート、どこに行っても、大好きなこの家にいたときより幸せには感じられないだろうともよく思うわ。こうしたきれいなものを全部残していくのは悲しいわ――あれもこれも――」

彼女は言いよどみ、それから父をちらりと見た。

「母さんの思い出と結びついている、って言いたかったのだろう」と彼が応じた。「わたしもよく同じことを思うよ。だから手放すなんて考えるだけで、心底つらい。でも、見も知らぬ他人に扱わせるつもりはない。丁寧に梱包してマダム・ギルラーンド（英語読みならガーランド、すなわち花輪の意味）のところに預けよう。外国で、どこか感じのいい小さな家に落ちつけたら、送ってもらおう。だがおまえたちがパリに行って、世間を見て、世間もおまえたちを見たら、おまえたちはたぶん年老いたパパシートと暮らすだけでは満足しなくなるだろう。たぶんおまえたちはほめ言葉に有頂天になって、いつも舞踏会やオペラに出かけたがるだろうな」

「シェール・パパからのほめ言葉にまさるものなんてないわ。」フロラチータが言った。

「その通りよ！」ローザが大声を出した。だが目を上げて、父の視線に出あうと顔を真っ赤にした。少なくとも父のそれより心を酔わせるほめ言葉をすでに耳にしたことを意識したのだ。父親はこのバラ色に染まった狼狽に気づき、予期せぬ難局に巻きこまれたおかげでヨーロッパ行きが何カ月も遅れたことへの悔いを新たにした。彼は自分の膝に置かれたロザベラの手に優しく手を重ね、心配そうに、熱心に言った。「おまえたちはこれから世間に出ようとしている。導いてくれる母親がいないのだから、わたしと約束してもらいたい。どんなに誠実に愛を告白する紳士であろうと、結婚を申しこみ、わたしの許可を求めるのでない限り、断じて信じてはならない」

ロザベラは明らかに動揺したが、すぐにこう答えた。「パパシートに尋ねもせずわたしたちが恋人を受けいれるとお思いなの？　マミータ・クエリーダ《愛するお母さま》は亡くなるとき、お父さまには何もかも話すようにとお命じになったわ。だからいつもそうしているわ」

「おまえたちのことは疑わない」と父が答えた。「だが、世間は罠でいっぱいなのだ。ときにはその罠が花に覆われているから、経験のない者は気づかずに滑りおちてしまう。わたしはこれまでと同じようにこれからもおまえたちを害から守るつもりだ。だがもしわたしがいなくなったら――」

「ああ、そんなこと言わないで！」すばやく怖そうなそぶりでフロラチータが叫んだ。

そしてロザベラも涙を浮かべて父を見つめ、その言葉を繰りかえした。「そんなこと言わないで、パパシート・クェリード！」

父は娘たちそれぞれの頭に手を置いた。胸がいっぱいだった。彼は重々しい優しさをもって人生の危機について警告しようとした。だが、彼女たちの未経験な純潔さを考慮すると、口に出さずにおかねばならぬことがたくさんあった。たとえ、腐敗した世間のやり方を説明しようとしても、娘たちにはその意味を実感することができなかったであろう。若い人々にとっては、これから進む道に潜む危険を理解することなど不可能なのだ。

長い会話が終わると、そのあとに、重苦しい沈黙が続いた。しばらくしんとしたのち、ロザベラがそっと言った。「寝る前に音楽を聴きたいでしょ、パパシート・ミーオ《わたしのお父さま》？」

父はうなずき、彼女はピアノのところへ行った。家族の会話が珍しいほど優しく沈んだ感情を生みだしていたので、彼女は母のお気に入りだった哀調を帯びた歌をたくさん、静かに歌った。庭で滴る噴水の音が、よどみなく流れる伴奏を続け、オレンジの木立が発する香りは、その調べのもつ芳しい息のようだった。

皆が、おやすみなさい、と言いあった頃には、夜も更けていた。「ボン・ソワ、シェール・パパ」とフロラチータは父の手にキスしながら言った。

「ブエナス・ノチェス、パパシート・クェリード」とロザベラが父の頬にその美しい唇で触れながら言った。

父は二人を胸にかき抱き、目をうるませながら言った。「神の祝福を！　可愛い子供たち、神がお守りくださるように！」過ぎさった日々を思いださせる歌のメロディは、彼の目の前に、子どもたちの母親の愛情と信頼に満ちた姿をよみがえらせた。そして彼の魂は、彼女の子どもたちに自分がしてしまった償いのできない過ちに対する悲しみであふれんばかりであった。

　翌朝になると、前の晩、小さな雲のように家族全員を包んでいた悲しげな気分は消えていた。朝食の間はいつもと変わらぬ冗談のやりとりが続き、食卓から離れたあとは、フランスの住まいに関するさまざまな計画を快活に話しあった。ロザベラが、妹ほどには今後の予想に喜びを感じていないのは明らかだった。その理由を推測した父親は、出発をさらに早めたい思いだった。「ここでぐずぐずと話しているわけにはいかないよ。」彼は言った。「行って仕事をしなくては。出発の前に片づけることが山ほどあるんだ」

「アスタ・ルエゴー《それじゃあね》、パパシート・ミーオ」とロザベラが愛情いっぱいの微笑で言った。

「オー・ルヴォワ《じゃあ、また》、シェール・パパ」とフロラチータが父に帽子を渡しながら言った。

　彼はその子の頭を軽くたたきながら応じた。「うちの家族はまったくポリグロット（数カ国語に通じるの意）だね！　おじいさまのスペイン語、おばあさまのフランス語、わたしの英語、全部が混じってオヤ・ポドリーダ（スペイン料理、肉と野菜のごった煮）になっている。では行ってくるよ、お嬢ちゃんたち」

　フロラチータはスキップしながら玄関ポーチに出て、父のうしろから叫んだ。「パパ、ポリグロットってなあに？」

　彼は振りかえると笑いながら彼女を指さし、その指を振りながら大きな声で答えた。「やれやれ、この無学なチビさんときたら！」

　姉妹は父の姿が視界から消えるまでポーチに留まって見おくった。家の中に戻ると、フロラチータは衣裳だんすの中身の点検にとりかかった。荷造りしてフランスへ送る前に直す必要がないか、ローザに相談しながら。次々に繰りだされる妹の問いに集中するために、ローザがかなり努力しているのは明らかだった。というのは、絶え間ないおしゃべりで彼女の物思いが掻きみだされるからである。おしゃべりがやむたび、彼女は別れを告げるような優しいまなざしで部屋を見まわしていた。ここは彼女にとって、幸せな子供時代の家庭という以上の意味があった。見なれた物のほとんどすべてが、思いだすと心に波だつような憧憬を起こすまなざしや、声の調子を連想させるのだ。立って、花々の咲きほこる庭、細い流れが陽光を浴びて交差し、ダイヤを連ねた網のようにきらきら光る噴水を見た彼女は叫ぶように言った。「ああ、フロラチータ、どこへ行ってもここで暮らしていたときほど幸せにはなりえないわ」

「どうしてそんなことがわかるの？　システィータ《わたしのお姉》・ミーア《さま》」と元気のよい小さなおしゃべり屋が訊いた。「考えてもみてよ、わたしたち、舞踏会に行ったことも一度もないのよ！　だけどフランスへ行ったら、パパシートはどこへでもわたしたちといっしょに行ってくれるわ。そうする、って言ってたわ」

「わたしだってパリでオペラを聴いたりバレエを見たりしたいわ」とロザベラは答えた。「だけどほどなくここへ戻れたらいいのに、と思うわ」

フロラチータの笑いを含んだ眼に、人を奇妙に魅了するいたずらっぽい表情が浮かんだかと思うと、彼女は歌いだした。

「プチ・ブラン、モン・ボン・フレール！
ハ！　ハ！　プチ・ブラン・シ・ドゥ！
イル・ニヤ・リアン・スー・ラ・テール
ドゥ・シ・ジョリ・ク・ヴ。
アン・プチ・ブラン・ク・ジェム――」

姉の顔にさっと赤みが射した。彼女はいたずらっ子の口に片手を置いて叫んだ。「やめて、フローラ！　やめてってば！」

わんぱくな小動物は笑いながらはねまわって部屋を出ていき、歌声はまだ聞こえていた。

「アン・プチ・ブラン・ク・ジェム」

シニョール・パパンティが到着したので、彼女はすぐに音楽の稽古に来るよう呼ばれた。稽古を始めるとき、彼女はお茶目な目つきで姉のほうを見た。そしてローザは音楽に合わせた妹のおどけたしぐさに思わず微笑してしまった。老教師はしばらく忍耐強く我慢していたが、やがてフローラの歌に伴奏をつける努力をやめ、彼女に向かって指を振りながら言った。

「ディアヴォレッサ《小悪魔》！」

「調子が外れていましたか？」と彼女はすまし顔で尋ねた。

「いや、小さな魔女さん、あなたが調子を外すなんてありえない。だけど、そんなにたくさんの気まぐれな変奏を追いかけさせられたらメロディを捕まえておけないじゃないですか。さあ、もう一度、ダ・カーポ《初めから》」

稽古が再開されたが、すぐにまた奔放になった。シニョールは顔を真っ赤にし、パタンと楽譜を閉じて、イタリア語で怒りの言葉を連発した。

彼が本気で怒っているのがわかると、彼女はあやまり、まじめにやることを約束した。三回目はとてもきちんとしていたので、教師は称賛した。そして彼女がおどけたお辞儀をしながらさよならを言ったとき、彼は人のよい笑顔を見せてこう言った。「ああ、マリズ《悪い》ィエッタ《娘だ》！」

「シニョール・ピメンテーロ《コショウの木》にいくらかコショウを撒かせてみたかったの」と、彼の歩きさるのを見届けたフローラが笑いながら叫んだ。

「あなたってあだ名が大好きなのね」とローザが言った。「気をつけないと、いつか先生に面と向かってシニョール・ピメンテーロなんて呼んでしまうかも」

「そんなこと、わたしに言わないで」とお茶目なチビさんが言った。「そんなこと聞いたら、本当にやってしまいそうだわ。さあ、今度はマダムのオウムをからかってこよう」

彼女はリボンがひらひらしている大きな麦わら帽子

をかぶると、お隣のマダム・ギルラーンドの家に走っていった。マダムはフランス人で、姉妹に刺繍や造花や手芸品の創り方を教えていた。まもなく、フロラチータは縄跳びをしながら庭を通って帰ってきた。「今日はほめ言葉をたくさん頂いたわ」と、彼女は客間に入ってきたとき言った。「シニョール・ピメンテーロはわたしをディアヴォレッサと呼んだし、マダム・ギルラーンドはジョリ・プチ・ディアブレ《陽気な小悪魔》と呼んだわ。オウムはそれを覚えて、わたしが帰ってくるときもうしろからそう叫んでいたわ」

「無理もないわ。」ローザが答えた。「わたしだって、こんなにいたずらばっかりしているあなたを見たことないもの」

フローラのはしゃぎ気分は一日中続いていた。ロザベラの威厳に満ちた態度をまねてできるだけ背筋を伸ばし、直立した姿勢で賢明な忠告を与えたかと思うと、次にはチュリパの友達である黒人の説教師のまねをした。庭で鳴くモノマネドリの声を聞くと窓辺に寄り、オウムのおしゃべりやトランペットの甲高いファンファーレやコントラファゴットの低いうなりを取りいれた難しいウーラード（一音節の中ですばやく歌われる一連の装飾音）を聞かせ、その鳥の最大限の能力に挑戦した。鳥はまねをしようと努力し、珍妙なファンタジア（つなぎ合わせの曲）を生み出した。ポーチを闊歩するクジャクは、陽に輝く豪華な羽を引きずり、光沢のある首をときどきまわし、耳をそばだて、折りおり、耳障りな叫びを上げてそのシャリヴァリ《騒音》に参加した。小さなおてんばさんの陽気さは伝染し、しばしばチュリパのくすくす笑いや、ロザベラの低い音楽のような笑い声がこのコンサートに混じりあった。

このようにしてその日は楽しく過ぎていった。時計にもたれた金メッキの**フローラ**像が、父親がいつも帰ってくる時間をその杖で指すまでは。

第四章

　近づいてくる足音が聞こえたとき、フロラチータの大はしゃぎの勢いはまだ全然衰えを見せていなかった。だからいつものように、父を迎えるために彼女は飛びだしていった。肩に輿《こし》をかついだ数人の男たちがゆっくりポーチの踏み段を上がってくるところだった。彼らの運んできたものを一目見て、彼女は甲高い叫びを発した。ロザベラはぎくりとして妹のいる方向へ急いだ。チュリパもそのあとを追い、何か恐ろしいことが起こったのだとすばやく理解し、あわててマダム・ギルラーンドを呼びにいった。顔を蒼白にし、身震いしながらロザベラが喘ぐように訊いた。「父に何があったのですか?」

　ロイヤル氏のお気に入りの事務員であるフランツ・ブルーメンタール(ブルーメンはドイツ語で「花々」の意味)が、同情に満ちた小声で答えた。「お父上は今日の午後、会計室で手紙を書いておられたのですが、僕が話をしようと入っていったときには床に倒れて意識がなかったのです。すぐに医者を呼びましたが、回復させることができませんでした」

「ああ、別のお医者さまを呼んでください!」とローザが懇願した。フロラチータがほとんど金切り声で言った。「お医者さまはどこへ呼びにいけばいいの?」

「ここへ来る途中で、もう呼びました」とブルーメンタール青年が言った。「でも、急がせて参ります」――そして、涙で半ば目が見えない状態で彼はあたふたと通りへ出ていった。

　医者がやって来たのは二分後のことだが、ずいぶん長い時間がかかったように思われた。その間、哀れな娘たちは父の冷たい手を温めようとこすり、鼻の下に気付け薬を当て、一方マダム・ギルラーンドとチュリパは熱い湯と熱い湿布を用意していた。医者が到着し、脈をとり、心臓に手を当てている間、皆が不安いっぱいの目で彼の顔を見まもっていた。しばらくして彼は首を横に振って言った。「何もしてあげられません。亡くなっています」

　ロザベラは気を失って亡骸《なきがら》に覆いかぶさるように倒れた。フロラチータは叫び声を上げつづけ、マダム・ギルラーンドとチュリパが落ちつかせようとしても、叫びがとまらなかった。とうとう医者が説きふせて鎮静剤を飲ませ、チュリパが抱きあげ、ベッドに寝かせた。マダム・ギルラーンドはローザを連れていき、二人の姉妹は前の晩、あんなに幸せな夢を見たその同じ枕に頭を乗せ、並んで横たわったのである。フロラチータはあまりにも突然襲いかかった打撃に呆然としていた。鎮静剤を飲んだから眠いのだが、時折の覚醒と抑えたすすり泣きで妨げられ、眠りは持続しない。ロザベラは声を出さずに泣いていた。だがときどき身震いで体が揺れ、どれほど懸命に彼女が嘆きと闘っているかを示していた。しばらくしてフローラが目を覚ましたが、頭の中は混乱していた。部屋の端のほうでランプが灯り、眼鏡をかけ、ひだつきのキャップをかぶってそこにすわっているマダム・ギルラーンドが壁に奇怪な黒い影を落としていた。フロラチータはびっくりして跳びあがり、叫んだ。「あれはなんなの？」マダム・ギルラーンドがそばへ寄り、ローザと二人でなだめるように話しかけると、すぐにフローラはすべてを思いだした。

「ねえ、マダムと一緒に帰らせて」と、彼女はマダムに言った。「ここにいるのは怖いわ」

「いいわよ、わたしの子どもたち。」その善良なフランス人女性は答えた。「今夜はわたしといっしょに帰ってうちへ泊ったほうがいいわ」

「お父さまを独りにしてはおけないわ」とローザがほとんど聞こえないくらいの声でつぶやいた。

「フランツ・ブルーメンタールがここに残ってくれますよ」とマダム・ギルラーンドが応じた。「それにチュリパも一晩中、寝ずの番をしようと言ってくれたし。ここにいるよりわたしといっしょに行ったほうがあなたたちのためにずっといいと思うわ、わたしの子どもたち」

このように強く勧められたので、二人は起きあがって出かける用意を始めた。だがすぐに、優しい感情に満ちておやすみなさいを言いあった前の晩のことがローザの記憶によみがえり、彼女は嘆きの発作ですわりこんでしまった。数分、激しく嗚咽したあとで彼女はすすり泣きながら言った。「ああ、マミータの亡くなったときよりもっとつらいわ。あのときはパパシートがわたしたちにとても優しくしてくれたのに。もうわたしたち二人だけなんだわ」

「そんなことありませんよ」とマダムが応じた。「イエスさまとマリアさまがあなたがたとともにおられます」

「ああ、その方たちがどこにおられるのかなんてわからないじゃないの！」フローラが荒々しい苦悶の声で叫んだ。「パパシートに会いたい！　わたしも死んでパパシートのところへ行きたい」

ロザベラは妹を両腕に抱きかかえ、ともに涙を混じりあわせながらささやいた。「落ちつきましょう、システィータ。親切なお友だちに迷惑をかけてはならないわ。わたしたちが二人だけ、だなんて言ったのは間違いだわ。いつも天の父なる神さまがおられるのだし、神さまはお互いに愛しあえるよう、わたしたちをまだお召しにならないのよ。それにたぶん、愛しいパパシートもわたしたちを見まもっているわ。よく言っておられたじゃないの、マミータはわたしたちの守護天使になったのだって」

フロラチータは姉にキスし、何も言わずに姉の手を握った。それから二人は友情に満ちた隣人と一緒に行く支度をした。皆、眠っているその愛しい人の目を覚まさせるのを恐れるかのように、とても静かに歩いた。

姉妹は完ぺきなほど世間から隔離されて暮らしてきたので、悲しみが、不意に急降下してすばやく破壊をもたらす熱帯の嵐のように彼女たちを襲ったとき、マダム・ギルラーンド以外にこの世に誰も頼れる友人がいなかった。ほんの昨日まで、二人は実に豊かな愛に恵まれていたので、マダムがこの世から逝《い》ってしまったとしても、その生活に気落ちするような変化は何も起こらなかったであろう。「お気の毒なマダム・ギルラーンド！　いい方だったわね。わたしたちに対してとても辛抱強かったわ！」とでも言って、一日か二日経てば、今までと変わらず踊ったり歌ったりしていたことであろう。しかし、一日で彼女たちは愛を失ってしまったので、マダムをこの世における唯一の支えとして頼ることになったのだ。

ほとんど味もわからぬ朝食をとったあと、全員が寂《せき》寥《りょう》とした家に戻った。花で飾られた客間は恐ろしいほど淋しく思われた。ピアノの蓋は下ろされ、カーテンも閉まっていて、父親の椅子は壁ぎわに寄せられていた。噴水の水音は挽歌のようにおごそかに響き、さまざまな思い出が亡霊の群れのように部屋を満たしていた。遺されたものたちは、手を握りあって、もはやこの世では語りかけてくれない唇にキスをしに行った。娘たちはベッドのそばに長い間ひざまずき、悲嘆のたけを祈りに注ぎこんだ。そして愛する父と母がまだ自分たちの近くにいるという感覚になだめられ、気丈になって立ち上がった。二人は花輪や花十字架を編むことに悲しいなぐさめを見出し、それらを優しく、うやうやしく、柩の上に置いた。

葬儀の日、マダム・ギルラーンドは娘たちそれぞれの手を握り、自分のすぐそばに引きよせていた。彼女は二人に長いベールをかぶらせ、外してはならないと命じた。というのは、父親が娘たちの美貌をいかに懸命に世間の視線から隠していたかを覚えていたからだ。ロイヤル氏を知っていて尊敬していたたくさんの商人が、彼の亡骸について墓まで行った。その人たちのほとんどが、ロイヤル氏とクァドルーンの関係を耳にしたことがあった。だからベールをかぶった葬送者は彼の娘たちかもしれないと思う人もいた。だが、そういうことはまったく珍しくないので、ひそひそ話を誘うことも、大した関心を引くこともなかった。娘たちはほとんど気づかれぬままだった。マダムの願いを聞きいれ、馬車の中でマダムと老音楽教師と自分たちだけになるまで、彼女たちはすすり泣きをこらえていた。

ロイヤル氏がアルフレッド・キングにもらした、自分はこの先長くは生きられないという確信には根拠があった。心臓の病気があると医者に言われていたのだ。それが、できるだけ早く仕事にけりをつけて子どもたちをフランスへ連れていきたいという思いのもう一つの動機であった。しかし、関係のあった幾つかの店が商売に失敗したため、思いもよらぬ難局が生じた。来る月も来る月も、それはいっそう厄介なことになり、必然的に移住が遅れていった。娘たちに関する心配は耐えがたいほど高じてゆき、彼の病状を悪化させた。不愉快なことをすべて娘たちから遮断したいといういつもの願いから、彼はおろかにも自分の病気のことも財政上の困難のことも隠していた。自分がもはや裕福ではないとわかっていたが、フランスのどこか金のかからぬ地域で慎ましく暮らせるぐらいの財産は蓄えてあるという望みを、彼はまだ持っていた。ところが娘たちにあのように陽気に挨拶して出かけたまさにその日に、自分を深く巻きこむもう一つの大きな失敗を知らせる手紙を受けとったのである。それを読んでいたとき彼は会計室に一人でいた。そしてフランツ・ブルーメンタールが見つけたときには、手紙を手に持ったまま死んでいたのだ。彼の急死でもちろん債権者たちの警戒心がわき起こり、事態が調査され、満足とは程遠い結果が明るみに出た。

こうしたことをまったく知らなかった姉妹は、将来の生計に関する心配で心を乱されてはいなかった。父親の愛情も助言もなしに暮らさねばならぬことは彼女たちの精神に重くのしかかっていた。だが父親の金銭に関しては何も考えていなかった。これまで彼女たちは小鳥が暮らすように暮らしてきた。それ以外の暮らし方があるなど思いもよらなかった。母が創りだし父がこよなく愛していた庭園と、花で飾られた客間は、自分たちの身体に劣らぬほど彼女たちの一部に思われた。パリの魅力のためでさえ、ここから離れることを考えるのは難しかった。そして今はもうその夢は終わったのだから、ずっと慣れしたしんできたその美的な雰囲気のなかで暮らしつづけることは、彼女たちの生存の必要条件に思われた。でも、もう愛という陽光がそこから消えてしまった今、二人は孤独と無防備をその場所に感じた。娘たちはマダム・ギルラーンドにどんな条件でも好きに選んでくれてよいからここに来て一緒に住んでほしいと誘った。そしてマダムが、誰か年輩の男性にこの家に居てもらうほうがよいと言ったとき、二人はすぐに音楽教師を招こうと提案した。マダムは、ロイヤル氏が彼を信頼していたのを知っていたので、少なくともしばらくの間は、それが最良の取り決めであろうと考えた。これを実現する準備をしている間に、この家と家具が債権者の要求を満たすために競売にされるという知らせがマダムの耳に入り、取り決めの進行は突如はばまれた。マダムはこの望ましくない情報を娘たちには告げず、シニョール・パパンティに長時間にわたって相談した。シニョールは、ロザベラは声で、フロラチータは踊りで、財を成せるだろうという意見を述べた。

「だけどあの子たちはあんなに若いのですよ」とマダムが熱心に言った――「一人は十六、もう一人はたったの十四歳よ」

「若さという不利はすぐに乗りこえられる」とシニョールが答えた。「もちろん、あの子たちは即座に財を成すことはできない。でも、教えることで生計は立てられる。わたしがあの子たちのために道を開く努力をしよう。そのための準備をするには早ければ早いほどいい」

マダムは彼女たちの貧しさを明らかにする役目が嫌だったが、やってみると、それは恐れていたほどつらいものではなかった。娘たちはそれがどういう意味なのか実感できず、むしろ教えることで時間の経過をもっと軽く楽しくできると考えた。事態の状況をじゅうぶんに理解していたマダムは、娘たちのためになるようにと気をつけていた。財産目録が作られる前に、彼女は債権者たちにはほとんど、あるいはまったく価値がないだろうけれど、娘たちには役に立つたくさんの細々した品物を掻きあつめ、隠匿した。楽譜、絵の手本、絵具やクレヨンの箱、刺繍用のシェニール糸を入れたかご、その他のさまざまなものが娘たちに気づかれないまま、包まれてぶじに見えないところへ運ばれた。

父親の生きている間は、フロラチータはいつも断片的な踊りをしながらくるくるまわっていたので、彼はよく、おまえはハチドリよりもじっとしていないね、と言った。しかし彼が逝ってしまったあと、彼女は朝から晩までじっとしていた。マダムは生計のために踊りを教える必要について語ったとき、稽古をするようほのめかしてもいた。しかしフロラチータは、彼の前で踊ることが習慣になっていたので、踊れそうにないと感じた。ローザに自分のためにピアノを弾いてと頼む気にもなれなかった。部屋に一人でいるとき、やってみよう、踊りを教えるってどんなふうなのか考えてみよう、とした。でも音楽がなければ、そして観客がいなければ、踊りの亡霊のように思えてしまう。哀れなこの子は二、三のステップをしたのち、ベッドに身を投げてすすり泣くのであった。

ローザは葬儀のあと数日間はピアノを開かなかった。だがある朝、自分を押しつぶしそうなこの悲しみを注ぎだしたら少しは救いになるような気がして、ものうげに弾きはじめた。出てくるのは鎮魂と祈りの曲ばかりだった。見えない魂を呼びよせるのではないかと半ば恐れながら『過ぎし日の光』をそっと奏でたとき、これが父のために弾いた最後の曲であったことを思いだし、彼女はかがんで頭をピアノの上に乗せ、激しく泣きじゃくった。

このようにしてすわっているとき玄関の呼び鈴が鳴り、すぐに客間に足音が近づいてくるのに彼女は気づいた。心臓がどきんとした。というのはとっさにジェラルド・フィッツジェラルドではないかと思ったからだ。彼女は頭を上げ、涙をふき、客を迎えるために立ち上がった。三人の見知らぬ客が入ってきた。彼女がお辞儀をすると、彼らはちょっと驚いた表情でお辞儀を返した。「何かご用でしょうか」と彼女は訊いた。

「ロイヤル氏の資産の処分の件で来たんですよ」と一人が答えた。「家具の目録を作成する仕事を任されましてね」

その男が話している間に仲間の一人がピアノを調べ、製造元はどこかを知ろうとしていた。そしてもう一人は時計を吟味していた。

これはあまりにもつらいことだった。ローザは、一言でも口をきいたら自分が何をしでかすかと恐れ、黙って部屋を出ていったが、涙のために足元も定かには見えなかった。

「あれが噂に聞いた娘たちの一人だろうか」と男たちの一人が言った。

「だろうね」と仲間が応じた。「なんと、どえらい美人じゃないか！　三千ドルの値打ちはあるぜ」

「五千にはなりそうだ」と三人目が口を出した。「五十年に一度、市場に現れる逸品だ」

「おい、ちょっと！」と最初の一人が言った。「庭を横ぎってくるあの可愛い子を見たか。あれがもう一人の娘だろうな」

「あの子らは高値で売れるぜ」と三人目が続けた。「ロイヤルの遺した最高の資産だ。少なく見積もっても八千から一万ってところだ。金持ちの愛好家ならその値でどっちか一人でも手に入れられるチャンスに飛びつくだろうぜ。」そう言いながら彼は意味ありげに、娘たちの資産価値に関する意見を口に出さなかった最初の男を見つめた。

自分が誘いだしたこれらの会話をまったく知らぬまま、ローザは寝室に退き、窓辺にすわって悲しい思いにふけった。母が絵を描いたり刺繍したりしたさまざまな品のことを考え、父がそれらの品を見知らぬ人々に触られると思うと耐えられないと言っていたことを考えた。まもなくフロラチータが駆けこんできて、慌てふためいて言った。「ローザ、階下にいるあの男の人たちは誰なの？」

「誰だかは知らないわ」と姉娘が答えた。「家具の目録を作りに来たんですって。そんなことをする権利があるのかしら。マダムが来てくださるといいのだけど」

「呼んでくるわ」とフロラチータが言った。

「だめよ、わたしと一緒にいたほうがいいわ」とローザが答えた。「あなたが来たとき、わたし、ちょうどあなたを探しにいこうとしていたのよ」

「わたし、お姉さまがいると思って最初は客間へ駆けこんだのよ」とフロラチータが応じた。「一人はマミータの刺繍した長椅子をひっくり返して、そこに白墨で何か書いていたわ。パパがあれを見たらどう思ったことか！　別の一人はとっても妙な目つきでわたしを見たわ！　どういう意味だったのかはわからない。だけどそのおかげですぐに逃げだしたくなったわ。ほら！　あの人たち、階段を上がってきた。今はパパの部屋にいるわ。ここへは来ないでしょうね」

「錠を下ろして！」ローザが叫んだ。そしてすぐさまドアに錠が下ろされた。二人の娘は、なぜかはわからなかったが非常に怯えて、互いに抱きあってすわっていた。

「ああ！」ローザが安堵の吐息をついて言った。「マダムが来てくださるところよ。」彼女は窓から身を乗りだし、じれったそうに合図した。

その友人は足を速めた。そして家の中に見知らぬ男たちがいることを聞くと、こう言った。「あなたたちはわたしと一緒にうちへ来て、あの連中が出ていくまでうちにいたほうがいいわね」

「あの人たち、何をしようとしているの」とフロラチータが尋ねた。

「すぐに話してあげるわ」とマダムは答えながら、音を立てずに裏口から姉妹を外へ出した。

マダムの家の小さな客間に入っていくと、オウムが「ジョリ《陽気な》・プチ・ディアブレ《小悪魔》！」と大声をあげ、おなじみの「ボン・ジュール、ジョリ・マノン！」という反応を待ったあとで、自分に「ジョリ・マノン！」と呼びかけ、「ハ！　ハ！　プチ・ブラン、モン・ボン・フレール！」と歌いはじめた。哀れな娘たちは遊ぶ気になれなかった。マダムは鳥かごの上に布をかぶせ、やかましい鳥を黙らせて思いやりを示した。

　彼女は言った。「可愛いあなたたちに、さらに不幸せにするようなことは言わなくてすむなら喜んでそうしたいわ。でもあなたたちは遅かれ早かれ事態の状況を知らなくてはならないのだし、友だちの口から聞いたほうがまだましよね。あなたたちのお父さんはあの連中にお金を借りていたの。だから連中は貸金を返してもらうために何か売れるものはないか、調べているのよ」

「マミータが絵を描いたテーブルや箱、マミータが刺繍をした長椅子をあの人たちが売ってしまうの？」ローザが不安そうに尋ねた。

「パパが誕生日のお祝いにローザに贈ったピアノもあの人たちが売ってしまうの？」フローラが尋ねた。

「おそらくね」とマダムが答えた。

娘たちは顔を覆ってうめくような声を出した。

「かわいそうに、そんなに落ちこまないでちょうだい」と同情した友だちが言った。「あなたたちのためにちょっとは取っておいてあげようとがんばったのよ。ほら、これを見て！」彼女は隠しておいた楽譜入れや箱を取りだして言った。「こういうものは可愛いあなたたちには生計を得る助けになってとても役に立つけれど、競売ではほとんど売れないでしょう」

　娘たちはマダムの用意周到な先見の明に感謝した。だがマダムが母の金時計とダイヤの指輪を取りだしたとき、ローザは言った。「ねえ、そんな高価なものは隠しておきたくないわ。お父さまが名誉を重んじる人だったのはご存じでしょ。借りたものを返さなかったらお父さまはひどく悩まれると思うわ。お父さまの借金を返すために、指輪や時計は売ってもらったほうがいいわ」

「あなたの言葉は債権者たちに伝えましょう」とマ

ダムが答えた。「それでもなおお母さまのものを取りあげるとしたら、連中は人でなしですよ。お父さまはシニョール・パパンティにもちょっとだけ借りがあったの。で、シニョールはテーブルや箱、その他の何点かを支払い代わりに取っておきたいと言っているの。そうすればそれらをすべてあなたたちに渡せるから。あなたたちはじゅうぶんに稼げばやがてはピアノも買えるでしょうし、わたしのを使ったっていいじゃないの。だから、そんなにしょげないでね、かわいそうな子どもたち」

「マダムやシニョールのようなお友だちを授けてくださるなんて、神さまはわたしたちによくしてくださったわ」とローザが答えた。「わたしたちを子どもたちと呼んでくださるのがどれほどなぐさめになっていることか。マダムがおいでにならなかったら、わたしたち、世の中で二人きりになってしまうわ」

第五章

あのような突然の不運、あのように圧倒的な悲しみは驚くべき速度で人を大人にしてゆく。ローザは、生まれつきと慣習によって他人に頼りがちに育っていたけれども、すぐに将来の生計のために計画を立てはじめた。未経験な彼女の頭では、友人たちが提案してくれた方法に付随するさまざまな困難を予見することがほとんどできなかった。ただ一生懸命勉強して働くことしか考えられなかったが、父親が非常に恐れていたように自分と妹が人目にさらされるのを避けることさえできれば、それは大したことには思われなかった。

フロラチータもまた、飼いならされた小鳥のように見えた。身のこなしは相変わらず軽やかで、身振りも機敏だった。だが、オウムのしかけてくる賑やかな挑戦に目を上げて応ずることすらせず、何時間もじっとすわったまま刺繍の仕事に没頭していた。ときどき、仕事の合間に姉妹は、日曜に父親と一緒に歌う習慣だった讃美歌をともに歌った。失われた声の記憶が、単なる技巧にはまねのできない哀感をその曲に与えていた。

ある日、姉妹がこのようにして過ごしていると、玄関の呼び鈴が鳴り、マダムと話しているらしい声が聞こえた。フランツ・ブルーメンタールであった。「若いご婦人たちに小さな品物をお届けにまいりました」と彼は言った。「僕の親友が亡くなる一週間前、あるフランスの女性が店にやって来て、凝った装飾のかごを売りたいと言ったのです。その人は貧しい寡婦だということでした。すると、いつも親切で気前のよかったロイヤル氏が、一番きれいなかごを二つ作ってほしいと注文なさったのです。そしてそれに娘さんたちの名前を刺繍してほしい、と。その人が今日、かごを持ってきたので、事情を説明するために僕自身でお届けに上がったわけです」

「お支払は済んでいますの？」マダムが訊いた。

「僕が支払いました」と若者が答え、顔を真っ赤にした。「だけどそのことはお嬢さんたちにはおっしゃらないでください。それから、マダム、お願いがあるのです。ここに五十ドルあります。お嬢さんたちには内緒であの方たちのために使っていただきたいのです。同じ目的で、これから毎月、僕の給料の半分をマダムに送金したいと思っています。ロイヤルさんは店をたたもうとしていたので、僕のために幾つか、しっかりした商店宛てに推薦状を書いてくださいました。僕は自分に必要以上のものを稼げる職場に入れる確信があるのです」

「ボン《いい》・ギャル《若者》ソン《ね》！」と、マダムは彼の肩をたたきながら言った。「この五十ドルはお借りしましょう。でも何カ月もしないうちにお返しできると信じていますす」

「返すなどとおっしゃるだけで僕の気持は傷つけられます」と若者は答えた。「唯一残念なのは、僕の親友で恩人であった方の娘さんたちに、今のところそれ以上のことは何もしてさしあげられないことです。あの方は僕が貧しさに苦しんでいたとき、とてもよくしてくださったのに。ところで、お嬢さんたちにお会いして、お父さまからの贈り物をお渡しするのを許していただけないでしょうか」

マダム・ギルラーンドは「この子はまだほんの少年じゃないの。背だけは高いけど」と思いながら微笑した。

彼女がフランツ・ブルーメンタールは個人的にあなたがたに伝えたいことがあるそうよ、と自分の被保護者《プロテジェ》に言うと、ローザが言った。「行って聞いてきて、システィータ。わたし、この仕事から手を離したくないの」

フロラチータはちらりと鏡をのぞき、ちょっと髪をなでつけ、襟をととのえてから出ていった。若い事務員は少なからず動揺しながら彼女が現れるのを待っていた。彼は格好のよい言葉を述べようと計画していたのだが、どもりながらかごに関する話を全部語る前に、フローラの顔の表情を見てしまった。そして彼女の気持ちに侵入するのは無作法だと感じた。だから彼女が声を詰まらせて「ありがとう」と言うのもほとんど聞かないうちに慌てて立ち去った。

遺児たちは、愛する父の死後の贈り物を収めた箱を、非常にうやうやしく開いた。かごは繊細な手法で手づくりされたものだった。円状にひだをつけた青リンゴ色のサテンで裏打ちされていた。片方のかごの外がわを囲むようにロザベラの名前が花々で刺繍されており、刺繍したバラの花輪が取っ手を形づくっていた。もう一方のかごにはフロラチータの名前が小花で刺繍され、取っ手はパンセ・ヴィヴァース《元気のいい三色スミレ》で形づくられていた。姉妹はそれらをゆっくりまわしながら見ていたが、目は涙にあふれ、色合いを見分けることもできなかった。

「いかにもパパシートらしいわね、貧しい女の人に親切にしながら、わたしたちを喜ばせるよう配慮して」

とロザベラが言った。「でもお父さまはいつもそうだったわ」

「お父さまはかごにどんな花をつけるかもおっしゃったに違いないわ」とフロラチータが言った。「マミータはよくわたしのことをパンセ・ヴィヴァースと呼んでいたでしょ。ああ、あんなすばらしいパパシートはどこにもいないわ！」

死者からの形見の品に付随する悲しみにもかかわらず、かごは父親の存在を感じさせ、なぐさめをもたらした。小さなかごを傍らに置いたおかげで、二人の手仕事は一日中、いつもより楽しくはかどった。

翌朝、マダムとシニョールの間で内密の話し合いがなされていた。彼らの話していることを聞かずに姿だけを見た人は、きっとこの二人がある悲劇の非常に情熱的な一場面の稽古をしているのだと思ったであろう。

激しやすいそのイタリア人は髪を掻きむしりながら部屋を早足で行ったり来たりしていた。一方、フランス人女性のほうはときどき両手を上げ、「モン・デュ！《神さま》　モン・デュ！《神さま》」と叫んでいた。

彼らの激しい感情がいくらか和らいだとき、マダムが言った。「シニョール、これには何かの間違いがあるにちがいありませんよ。事実ではありえないわ。ロイヤルさんなら事態をこんなふうにしたままでおきはしなかったでしょう」

シニョールが答えた。「あなたから頼まれたのでわたしは債権者の一人に訊きに行ったんですよ。ロイヤルさんの家族に母親の時計や宝石の所持を認めてやってくれないだろうか、って。そしたら、その男がロイヤルさんに家族なんていないと言うんだ。娘たちは奴隷で、あの子たち自身が資産なんだから、法律上、なんの資産も持てない、と。わたしはわが友ロイヤルが事態をそんなふうにしたままおくはずがないと確信していたから、そりゃ嘘だ、と言ってやったし、殴り倒すぞと脅しもした。その男はピストルを取りだした。だがわたしが自分のピストルはうちに置いてきたと言ったら、そいつはわたしが詫びを言わないならいつか別のときに決着をつけねばならぬ、とぬかす。おまえの言っていることが事実だと得心したらいつでも詫びは言う、とわたしは答えた。マダム・ロイヤルが奴隷だったとそいつに言われたときほど驚いたことはあとにも先にもない。彼女がクァドルーンだとは知っていた。クァドルーンの多くがプラーセ《愛人》になるから彼女もそうかなと思った。だがロイヤルさんは彼女をその父親から買ったらしい。その父親って人が気はいいんだがのんきな男で、娘の解放手続きを怠ったのだ。ロイヤルさんはもちろん、法律上『子どもは母親の身分を引き継ぐ』ことは知っていたんだが、たぶん、自分のように裕福な者の娘たちが奴隷になるなんて考えつかなかったのだろう。ともかく、彼は解放証書を作らせるのを怠けているうちに手遅れになってしまったのだ。財政がひっ迫して、もはや債権者から資産の一部たりと取り戻す法的権利を持っていなかったわけだ」

　マダムは猛烈に動揺して身体を前後に揺すり、「何をすればいいの、何をすれば」と叫んでいた。

　イタリア人はこぶしを握りしめ、早口で語りながら部屋の中を大股に行き来していた。

　「あのロザベラが！」彼は大声を上げた――「ヨーロッパのどんな王座をも美しく飾れるあの子が！　あの子が競売台に立たされ、育ちの悪いならず者の群れや、あのブルートマン（固有名詞だが残忍な男という意味がある）みたいな金持ちの放蕩者連中に囲まれてじろじろ見られることを考えると――ちぇっ！　考えるだけで耐えられない。あの男はあの子たちが奴隷の身分だとわたしに告げたとき、まるでサテュロス[*1]のように見えた。家具の目録を作りにきたとき、あの子たちを見たらしい。それに、あのきれいな小さないたずら娘のフロラチータ、父親にあんなに可愛がられていたあの子が、あのような不潔などこかの男に競りおとされるなんて考えると！　だが、連中の手には渡さない

＊1　ヤギの耳・角・後脚をもつギリシア神話の森の神、好色な男の意味もある。

ぞ！　渡すものか！　あの子たちを連れにくる男は誰だろうとわたしが撃ちころす。」彼は額から汗をぬぐい、檻のなかのトラのようにぐるぐるまわった。

「シニョール」とマダムが声をかけた。「連中は法律を味方につけているんですよ。もしあなたが抵抗すれば、ご自分が厄介な立場に追いこまれてしまって、あの子たちのために何もしてやれなくなりますよ。何をしなければならないか、わたしが教えてあげましょう。あの子たちを変装させて、北部へ行かせるのです」

「北部へ行かせるですと！」イタリア人は叫んだ。「あの子たちは子猫同然、北部への行き方なんぞ何も知らんのですぞ」

「それならわたしが一緒に行かないとね」とマダムが答えた。「それにあの子たちは今日のうちにこの家から出ていかないといけないわ。もうわたしたちが事情を知った以上、見張りがつくでしょうから」

激しい気性のイタリア人は彼女の手を丁重に握った。「あなたは勇敢な心をおもちだ」と彼は言った。「こんな情報をあの子たちに告げるくらいなら、わたしはむしろ大砲の砲口に向かって歩くほうがましなのだが」

フランス人女性は狼狽し、目の前の任務に対し同じ恐れを感じた。しかし彼女は勇敢に言った。「やらねばならぬことは、やれるはずです」

方策や手段についてさらに話しあったのち、彼女はシニョールに別れの挨拶をし、考えをまとめるためにしばらくじっとすわっていた。それから、孤児たちの滞在している部屋へ足を向けた。二人はマダムが売ってあげると約束した刺繍の仕事に没頭していた。彼女は刺繍を見て、ステッチの正確さと花々の色合いの品のよさをほめた。しかし、模様の美しさを指摘しているとき、手も声も震えていた。

ロザベラがそれに気づき、見上げて言った。「何か心配ごとでもあるのですか？」

「ああ、この世は心配ごとだらけよ」とマダムは答えた。「あなたがたの若い頭に、これほどの嵐が打ちつけたんですもの、正気を保っているのが不思議なほどだわ」

「正気を保っていられたかどうかわからないわ。」ローザが言った。「神さまがマダムのようなよいお友だちを与えてくださらなかったら」

「もし新たな心配ごとが起こっても、あなたがたはくじけないでいてくれると信じていますよ、わたしの子どもたち」とマダムが言った。

「もうどんな新たな心配ごとも起こりえないと思うわ。」ローザが答えた。「マダムをお父さまと同じように失うのでないかぎり。起こりえることは全部起こってしまったように思えるわ」

「ああ、わたしが死ぬことよりもっと悪いことがあるのよ」とマダムが答えた。

フロラチータは刺繍の糸を半分引きかけたまま手をとめ、友だちの苦悶の表情を真剣に見つめていた。「マダム」と彼女は大声を出した。「何かあったのね。なんなの？」

「お話するわ」とマダムが言った。「最善の策をわたしが考えられるように協力してもらいたいから、金切り声を出したり気絶したりしないで、落ちついて聞くと約束してくれるのなら」

二人は約束した。そして、驚きと不安の面持ちでマダムを見まもり、彼女が伝えねばならないことを聞くために待った。「可愛い子どもたち」と彼女は語りかけた。「あなたがたをひどく打ちのめすようなことを聞いたばかりなの。あなたがたもわたしも思いもよらなかったことよ。あなたがたのお母さまは奴隷だったの」

「わたしたちの母が奴隷！」ローザが憤怒《ふんぬ》で顔を真っ赤にして叫んだ。「だれの奴隷だったというの、お母さまはパパシートの妻で、あんなに愛されていたのに。そんなことありえないわ、マダム」

「お父さまは彼女がとても若いときに買ったのよ。だけどあれほど愛されていた妻はいないと、わたしもよくわかっているわ」

「お母さまはパパと結婚するまで自分の父親とずっ

と暮らしていたのよ」とフロラチータが言った。「だったら、どうしてお父さまの奴隷になんかなれるの？」

「彼女の父親が財政上の困難に陥ったのよ、それで彼女を売ったの」

「ゴンザレスのおじいさまが娘を売ったっていうの！」ローザが叫んだ。「信じられないわ！　まあ、マダムがそんなことを信じられるというのが不思議よ」

「世間は奇妙なことでいっぱいよ――物語の本で読むよりもっと奇妙なことで」

「たとえパパシートの奴隷だったとしても」とフロラが言った。「マミータはそれを大して苦しいことだと思わなかったのでしょうね」

「その通りね。そのことについて考えたこともないと思うわ。だけどそのことから大きな不幸が生じてしまったの」

「それ、どういうこと？」二人は同時に尋ねた。

姉妹の友人はためらった。「思いだしてよね、あなたたちは落ちついて聞くって約束したのよ」と彼女は言った。「あなたたちは知らないと思うけど、ルイジアナの法律では『子どもは母親の身分を引き継ぐ』の。その結果、あなたがたは奴隷で、お父さまの債権者たちがあなたがたを売る権利を主張しているのよ」

ロザベラは真っ青になり、椅子をつかんだその手はぶるぶると震えていた。しかし彼女は頭をまっすぐに立て、誇り高い表情と声で叫んだ。「わたしたちが奴隷になるなんて！　わたしはむしろ死を選ぶわ」

フロラチータはこの新たな不幸を理解することができず、うろたえてマダムを見たり姉を見たりしていた。彼女の美しい目の形には生まれつきの陽気さが刻まれていたのだが、それが驚愕と悲しみの表情と奇妙な対照を成していた。

親切心に満ちたフランス人女性は、部屋の中を忙しげに歩きまわり、椅子を動かしたり箱の上にハンカチーフをかけてみたりしていたが、そうしながら言葉にならぬ感情を呑みこもうと必死に努力していた。その闘いを征した彼女は、姉妹のほうに向き、ほとんど陽気な口調で言った。「死ぬ必要なんてないわよ、わたしの子どもたち。たぶん、昔からの友だちがこの心配ごとからあなたたちを救い出してあげられる。わたしたち、男の人に変装して今夜、北部へ発たなくちゃならないわ」

フロラチータは姉を見つめてためらいがちに言った。「フィッツジェラルドさんに手紙を書いて、あの方にここへ来てもらうわけにいかないかしら。たぶん助けてくださるわ」

ローザは頬を赤らめ、誇り高く答えた。「あの方に来てくださいなんて、わたしが頼むはずないでしょ。少し前までのようにわたしたちが豊かで幸せだったとしても、そんなことをする気はないわ。まして今はとてもそんな」

「おじいさまのゴンザレスそっくり！」マダムが言った。「あの老紳士が金の柄の杖をついて、背中をまっすぐに立てて歩いていると、なんとも堂々と見えたわねえ！　だけど、急いで準備にかからないと。シニョール・パパンティが変装の衣裳を届けると約束してくれたから、わたしたちは絶対に必要なものだけ選んで、持っていけるように荷造りしておかないと。チュリーを町に貸しだしてしまったのが残念だわ。あの人の助けが必要なのに」

「チュリーもわたしたちといっしょに来させるわ」とフローラが言った。「あの人を置いては行けない」

「できることをしなければならないのよ。」マダムが答えた。「緊急事態なんだから、したいようにはできないのよ。わたしたちは全員肌が白いから、ここから数マイル離れれば、もう心配はないでしょう。でも黒人を連れていたら、たぶん不審がられるわ。それに、チュリーに変装させてどんな役を演じるか教える時間もないし。シニョールがチュリーのよい友だちになってくれるでしょうよ。いくらかお金を稼げたら、すぐ届けて彼女を買えばいいわ」

「でも北部へ着いたらどこへ行けばいいのかしら」

とローザが尋ねた。

「あ、そうだ。」フロラチータが言った。「一年前会いにこられたボストンのキングさんを覚えているでしょ。あの方のお父さまはパパの親友だったのよ。ここを離れるとき、言っておられたわ、もし困ったことが起きたら、兄を頼るように自分に相談してくれって」

「そうだったの」とマダムが言った。「それは一筋の光明だわ。あなたがたのお父さまが彼はとてもよい青年で、しかもお金持ちだって言っておられたのを聞いたわ」

「でも数カ月前にパパシートが言っていたわ、キングさんはお母さまのお身体のことが理由で一緒にヨーロッパへ行ってしまったと」とローザが応じた。「それに、たとえおうちにいらしたとしても、乞食や逃亡者になって若い男の方のところへ行くなんて、すごく嫌だわ。レディだったときに紹介していただいたというのに」

「今はその誇り高さをポケットにしまっておかなきゃね、セニョリータ・ゴンザレス。」マダムが、からかうようにローザのあごの下に触れながら言った。「たとえそのキングさんがご不在でも、わたしが手紙を出すわ。聞いた話だけど、ボストンにはウィリアム・ロイド・ギャリソン[*2]という、奴隷にとても関心を持っている人がいるそうよ。その人に事情を話して、キングさんのことを聞いてみましょう。わたし、ニューヨークの親戚のところにしばらく滞在することを考えていたんだけど、彼らには迷惑だろうし、嫌がるかもしれない。こっちの計画のほうが気にいったわ。ボストンへ行きましょう。シニョールはわたしの従弟のデュロイのところへ、ここへ来て家の管理をしてくれるように頼みにいったの。あなたがたをぶじに送りとどけたら、わたしはここから数マイル離れたところにある従弟の家へこっそり帰り、彼に助けてもらって自分の家財の片をつけるつもりよ。それからまたあなたたちの

＊2　(一八〇五－七九)、奴隷制廃止運動を牽引し、一八三一年に、拠点となる『リベレイター』紙創刊。

ところへ戻るから、皆でどこか安全な場所へ行って一緒に暮らしましょう。これまで一度も飢えたことはないし、これからもないと信じているわ」

　孤児たちは彼女にすがりつき、その手にキスして言った。「なんてお優しい方！　どうやったらお礼ができるかしら」

「あなたがたのご両親はわたしに親切にしてくださったお友だちよ」とマダムが答えた。「その子どもたちが今困っているとなれば、見捨てる気にはなれないわ」

　この善良なレディはいつまでともわからぬ間、家を離れなければならないので、旅に必要な荷造りの他にもしなければならぬこと、考えねばならぬことがいろいろあった。娘たちも一生懸命手伝おうとするのだが、彼女たちは絶えずマミータやパパシートの形見だからと言ってあれこれ持っていこうとするのだった。

「あなたたち、今は感傷にふけっているときではないのよ。」マダムは言った。「なくてもやっていけそうなものは持っていってはだめよ。おっと、呼び鈴が鳴った！　もしあの恐ろしい債権者がのぞいたり詮索したりしにここへ来たのだったらどうしよう。あなたたち、早く自分たちのお部屋に入って錠を下ろしなさい」

　ほんの少しの間をおいて、彼女は微笑みながら二人の前に現れて言った。「あんなに怖がる必要はなかったわ。でもこのあわただしさに神経がとがってしまって。さあ、出ていらっしゃい、二人とも。フランツ・ブルーメンタールだったわ」

「あら、また来たの」とローザが言った。「フロラチータ、先に行って。わたしは持っていく荷物をまとめたらすぐに行くから」

　そのドイツ人の青年は女の子のように顔を赤らめて二つの花束を差しだした。一つはヒースとオレンジのつぼみでできており、もう一つはオレンジの花と香りのよいゼラニュームでできていた。差しだしながら彼は言った。「僕、あつかましいとは存じますが、お花を持ってきました、ミス・フロラチータ」

「わたしの名前はミス・ロイヤルですわ」と彼女は答え、背丈を精いっぱい伸ばそうとした。その態度は、いつも子どもっぽくいたずら好きの彼女には珍しい変わり方だった。自分が奴隷であると知って、彼女は初めて威厳を失うまいと気を配ったのだ。彼がその屈辱的な事実を知ってつけこんだと思ったのである。

しかし、その善良な若者は新たな心配ごとをまだ知らなかったので、不意の叱責にすっかり驚いた。フローラの小さな身体と子どもっぽい顔のせいで、威厳を保とうとするその努力はいくぶん滑稽だったけれど、内気な若者をおじけさせるにはじゅうぶんだった。だから彼はおどおどと答えた。「ごめんなさい、ミス・ロイヤル。フロラチータというのがとてもきれいな名前で、いつも大好きだったものだから、知らぬ間《ま》に口にしてしまったのです」

そのほめ言葉ですぐに彼女の気は和らいだ。例の魅力的な微笑を浮かべ、すばやくちょっとお辞儀をして、彼女は言った。「きれいな名前だとお思いなの。そんなにお好きなら、フロラチータと呼んでもよろしいわ」

「この世で一番きれいな名前だと思いますよ」と彼は答えた。「あなたのお母さまがそう呼ぶのを聞くのが好きでした。あの方は何を言っても魅力的に聞こえました。僕が小さな男の子だったころ、あの方が僕をフロリモンド（「花の世界」のような響きがある）と呼んでおられたのを覚えていますか。それは僕の顔がとても赤かったからだそうですよ。今ではあの方を忘れないように、いつも自分の名前をフランツ・フロリモンド・ブルーメンタールと書いています」

「わたし、マミータがしたように、いつもあなたをフロリモンドと呼ぶわ」と彼女は言った。

彼らの幼いテ・タ・テの場面《差し向かい》は、ローザとマダムが入ってきて中断された。ローザは自分にもらった花のお礼を礼儀正しく述べ、父が彼のことをとても好いていたので、いつも男きょうだいのように思っていると言った。

彼は顔を真っ赤にして感謝し、とても暖かいものを心に感じながら、フロラチータという名をいつにもましてきれいだと思い、自分が彼女と別れることになろうとは幸いにも気づかぬまま、帰っていった。

彼が去ってまもなく、また呼び鈴が鳴り、娘たちは再び急いで身を隠した。マダムの姿を見ず声も聞かずに半時間ほどが過ぎた。何か好ましくないことが起こってマダムを引きとめているのだろうかと非常に不安になり始めたころ、マダムがやっと現れて言った。「子どもたち、シニョールが話したいそうよ」

二人はすぐに客間へ下りていった。シニョールが、目を伏せ、ゆっくりと象牙の杖の頭をあごに打ちつけていた。それは彼が深い物思いに沈んでいるときによくやる動作だった。二人が入ってくると彼は立ち上がった。ローザはいつもの愛らしい微笑を浮かべて言った。「何かご用ですの、先生。」彼は薄いコートを肩から外し、帽子を脱いだ。帽子には灰色の髪のかつらが付いていた。フィッツジェラルド氏が微笑みながら彼女たちの前に立っていた。

潜在していた希望が突然実現したうれしい驚きが、乙女の恥じらいを追いやり、ローザは彼の前にひざまずいて叫んだ。「ああ、ジェラルド、わたしたちを助けて！」

彼は優しく彼女を立ち上がらせ、額にキスして言った。「君を助けるだって？　僕の大切なローザ。もちろんだとも。そのために来たんだ」

「わたしのことも助けて。」フローラがそう言って、彼にしがみつき、その腕の下に顔を隠した。

「いいよ、君もだ、いたずらっ子の妖精ちゃん」と彼は答え、姉に与えたのより儀式ばらないキスをした。「だけど急いで話さないとね。短時間のうちにしなければならないことがいっぱいあるから。僕はあいにく不在だったので君たちのお父上が亡くなったことを知らせる手紙を受けとるのが遅れてしまったんだ。この町には今朝着いたんだが、君たちの脱出の手配をするのに手間どったものだから、もっと早く来たかったんだが来れなかった。シニョールと僕とで、この数時間のうちに六つの仕事をやり終えたぜ。債権者たちは僕が君たちと知り合いだってことに気づいていない。だからそのことを気づかれないために、こんな変装をしてきたわけだ。シニョールはチュリーと話をして、黙っているようにと、君たちのお父上の家で僕に会ったことがあるなんて誰にももらすな、と言いつけた。君たちとマダムの席を、真夜中に出航するナッソー[*3]行きの船に予約してある。僕がこの家を出るとすぐにマダムの従弟のデュロイさんが少年を二人連れてここへやって来る。君たちとマダムは彼らの服を着るんだ。彼らのほうには、マダムがよく受けとる、刺繍の材料を詰めたような箱に入れてすでにシニョールが送りとどけた服を着てもらうのだ。僕たちを除いて、皆には、君たちは最初の計画通り北部へ行ったのだと思わせておく。もし彼らが裁判に巻きこまれても、そう証言してもらえるからね。僕が『サ・イラ《うまくいくさ》』[*4]を口笛で吹きながらこの家の前を通りすぎたら、君たちは庭を通りぬけて裏の通りへ出るんだ。そこに馬車を用意して僕の召使いがいる。この馬車で三マイルほど行けば、僕の友人の家に着く。僕も間にあうようにそこへ行き、船着き場まで送っていくよ」

「まあ、あなたって、本当に思慮深くて親切な方ね！」ローザが叫んだ。「でもかわいそうなチュリーを一緒に連れてゆく方法はなんとか工夫できないのかしら」

「それは無謀だろう」と彼は答えた。「債権者たちはチュリーを売ることを許されているに違いない。チュリーはそれを知っている。だが僕がちゃんと面倒を見てあげると保証しておいた。チュリーをひどい目には合わせないと約束するよ。僕はナッソーへは同行できない。そんなことをすれば、この計画に僕が関わっていると債権者たちが思うだろうから。僕はニューオー

＊3　当時英領植民地だったカリブ海バハマ諸島の首都。なお、イギリスでは一八三四年に奴隷制廃止令が出て、カリブ海英領植民地では三八年から実施されている。

＊4　元はヴァイオリン奏者ベクール作曲のダンス曲、フランス革命時に流行した革命歌の一つ。

リンズに一週間か十日、留まって、それからサヴァンナに戻り、なるべく早くニューヨーク経由でナッソーへ渡るつもりだ。その間に、マダムがぶじに家に帰れるように事態の収拾をはかる。そのあと、自分たちの幸せな家をどこに造るか、決めよう」

　ローザは頬を赤らめ、身体全体を震わせながら言った。「いろいろとこんなふうに思いやっていただき、感謝しているわ、ジェラルド。でも、わたし、ナッソーへは行けないわ――本当に行けないわ！」

「行けないって！」彼は叫んだ。「じゃあ、どこへ行くつもりなんだ」

「あなたが来る前に、マダムがわたしたちをボストンへ連れていく用意をしていたのはご存じでしょ。マダムと一緒にボストンへ行きますわ」

「ローザ、僕を信頼していないのか？」彼は責めるような口調で言った。「僕の愛を疑うのか？」

「あなたを信頼していないわけではないの」と彼女は答えた。「でも」と目を伏せ、顔を真っ赤にしながら付け加えた――「でも、お父さまと約束したんです。結婚していないのだったら絶対にどんな男の方とも一緒に家を出ていかないって」

「でも、ローザ、お父上はこんな事態になるとは予想しておられなかったんだ。手配はすべて整った。時間は一刻も無駄にできない。僕の知っていることを全部君も知ったら、今日のうちにこの町を離れねばならないことがわかるだろう」

「あなたと一緒には行けないわ」と深い悲しみのにじむ口調で彼女が繰りかえした――「あなたと一緒には行けないの、亡くなる前の晩にお父さまと約束したんですもの」

　彼は一瞬、彼女をじっと見つめた。それから彼女を身近に引きよせ、こう言った。「君の望む通りになるよ。僕は友人の家に牧師を連れていこう。そして君の出航前に結婚しよう」

　ローザは目を上げる勇気もなく、とぎれがちな口調で言った。「ジェラルド、あなたの体面に傷をつけるのは耐えられないわ。あなたが寛大に我を忘れているときにつけこむのはよくないと思うの。最初にわたしを愛していると言ってくださったときは、わたしがオクトルーンで——奴隷だっていうことをあなたはご存じなかったのですもの」

「君のお母さんがクァドルーンだというのは知っていたよ」と彼は答えた。「その他のことについては、どんな境遇も君をおとしめることはできないよ、僕のローザ・ロイヤル」

「でももし、あなたの計画が成功せず、わたしたちが捕まえられてしまったらどんなにあなたは恥ずかしく感じることか！」と彼女は言った。

「成功してみせるとも、君。たとえ成功しなくても、君を僕以外の誰の所有物にもぜったいにさせないよ」

「所有物ですって！」彼女は彼の抱擁から逃れようと努めながら、誇り高いゴンザレス家の口調で叫んだ。

彼は慌てて言った。「許しておくれ、ロザベラ。僕は幸福にすっかり酔ってしまって、言葉に注意を払えなかった。単に、君が確実に僕のものに、すっかり僕のものになるというしい気持ちを表現するつもりだったんだ」

二人がこのように話している間に、フロラチータはマダムに情報を伝えるため、そっと部屋から出ていった。不幸の抑圧がこのところあまりにも重く彼女にのしかかっていたのだが、今それは少しもちあげられ、彼女の快活な精神が突然バネのようにはね返ってきた。父親が亡くなって以来、そうなれるとは考えたこともないほど幸せに感じていた。心が明るくなったので「プチ・ブラン、モン・ボン・フレール！」と歌いはじめたが、最初の一行だけでやめてしまった。父親がその浮かれた小歌の途中で彼女を制したことを思いだしたのだ。そして、自分たちがオクトルーンであると知った今、この歌がなぜ父親にとって不愉快であったのか、いくぶん理解できた。しかし、声から消えた陽気さは足取りに移っていた。彼女は跳んだりはねたりしながらマダムのところへ行って叫んだ。「これから何が起こるかわかる？　お姉さまはすぐに結婚するのよ。花嫁らしい衣裳が着られなくて残念だわ！　白いサテンや真珠、大きなレースのベールがあればお姉さまはとってもすてきに見えるでしょうに！　でも、ちょうどいいときにフロリモンドが持ってきてくれたお花があるわ。髪にオレンジのつぼみを飾ってあげよう。手には花束を持たせてあげるわ」

「あの人は何を着ていようとすてきに見えるわ」とマダムが応じた。「でもその話、聞かせて」

幾つかの短い質問にフローラが答えたあと、マダムは戸口の見える場所に立った。これから何をすればよいか、もっと詳しい指示をフィッツジェラルドに尋ねるためだ。すぐに彼は姿を現したが、再びシニョールに変装していた。

急いで相談したあと、マダムが言った。「わたしたちがぶじに出発できるよう、何も妨げになることが起こらないといいのですけど。ロザベラにはスペイン人特有の誇り高さがありますから、競売台に立つくらいなら自分自身を刺すだろうと、わたしは本気で信じているんですよ」

「とんでもない！　そんなこと言わないでください！」と彼は激しく叫んだ。「僕の美しいバラの花が下品な男どもに踏みつけられるのを僕が許すと思いますか？　失敗したら、たとえ財産の半分をつぎ込んでも僕が二人を買いますよ。でも失敗はしません。合図を聞くまであの娘たちを外に行かせないでください」

「その心配はありません」とマダムが答えた。「あの子たちのお父さまはあの子たちをいつもガラスの蓋で覆われたロウ細工の花のように扱ってきましたからね。二人とも野ウサギみたいに臆病ですよ。」彼女が言いおえる前に彼は姿を消した。

ロザベラは頭をテーブルに垂れ、彼が出ていったときの姿勢のままだった。フロラチータがそばにすり寄り、子どもっぽいお祝いの言葉を浴びせていた。マダムが入ってきて、いつもの活気づける口調で言った。「それじゃ、あなたは今夜結婚するわけね！　なんと、まあ、世の中って急に向きが変わるのね！」

「神さまってすごく親切だと思いませんか？」ローザが目を上げて言った。「今は何もかもすっかり変わってしまったというのに、わたしとの結婚を望むなんて、フィッツジェラルドさんはなんて高貴で親切な方でしょう！」

「ねえ、あなたたちは変わっていないのよ」とマダムが答えた。「ただ、今までよりちょっとよくなったほど。それも不要だったみたいだけど。でも、子どもたち、今考えなくてはいけないのは、何もかも用意ができたかどうかよ」

「日が暮れるまでは出発しないと彼が言っていたわ。まだ暗くないわ」とフロラチータが言った。「ちょっとだけ、パパシートの庭に行って、噴水から一口飲んで、オレンジの木立をほんの少しだけ歩いてみてはだめかしら」

「安全ではないわね。誰が現れるかわからない。フィッツジェラルドさんはあなたたちを外に行かせないようにと言っていたわ。でもわたしの寝室へ行けばいいわ。そこから家と庭の見おさめをなさい」

二人は二階に上がり、互いに抱きあいながら、かつては幸せだった家を見つめて立っていた。「あの小さな木立で、マミータやパパシートと手をつないで何度歩いたことか！　今は二人ともいないのね。」ローザが吐息をついた。

「ああ、そうなのね。」フローラが言った。「今は一分でもそこへ行くのが怖い。なんて奇妙に何もかも変わってしまったんでしょう！　マミータのスペイン語もパパの英語ももう聞けないのよ。オヤ・ポドリーダで話す相手はもう誰もいないのね。マダムとは全部フランス語だし、シニョールとは全部イタリア語だし」

「でもわたしたちのためにここまでしてくださるなんて、本当に親切な人たちだわ！」とローザが応じた。「これまでの恐ろしい日々、このようないいお友だちがいなかったら、わたしたちどうしていたことやら」

このときマダムが急いで入ってきて言った。「デュロイさんと少年たちが来たわ。口笛を吹く人が通る前に着替えをしないと」

すばやく変装が行なわれた。変身のおかげでローザは頬を赤らめ、微笑を浮かべたが、快活な妹のほうはおおっぴらに笑いだした。だがすぐ彼女は自分を抑え、言うのだった。「笑うなんてわたし、根性の曲がったお馬鹿さんね。わたしたちのためにこういういろいろなことをしたために、マダムやお友だちがひどい目に合うかもしれないというのに。ナッソーから戻ったら、わたしたちのことをあの連中にどう話すおつもりなの？」

「何についても大して話すつもりはないわよ」とマダムが答えた。「お父さまの旧いお友だちの誰かがあなたたちを北部に招いて、わたしはそれを邪魔する立場にないと思った、というほのめかしぐらいは、たぶんしてやるかも」

「まあ、そんな、マダム！」フロラチータが言った。「真実を変奏で編曲するすてきな才能をお持ちなのね！」

マダムはフランス語の軽口を少しばかり連発してお返しをしたが、明らかに無理に努力していた。彼女の心臓の鼓動は不安と恐れでどきどき脈打っていた。そして皆の緊張が高まって息苦しく感じはじめたとき、とうとう『サ・イラ』を吹く口笛が聞こえた。

「さあ、怖がっている様子は見せないで」とマダムがささやき、ドアの掛けがねに手をかけた。「自然な様子で外へ出るのよ。わたしはわたしの従弟の格好だし、あなたたちは男の子だということを忘れないでね」

皆は庭を通って通りへ出た。粗っぽい手が今にも自分たちを捕まえそうに感じながら。

しかし、遠くの人声以外にはすべてが静まりかえっていた。

馬車の見えるところまで来ると、御者が無頓着に鼻歌を歌った。「そこへ行くのは誰だ、旅人よ、早く名乗れ！」

「友だ。ごきげんよう」――と、変装したマダムが同じよく知られた挑戦と返答の調べで歌った。[*1] 馬車の扉はすぐに開いて、三人は乗りこみ、馬たちが活発な足取りで進みだした。御者の停まった家で、三人は予期した客として迎えられた。変装はすぐに旅行鞄から取りだしたドレスに取りかえられた。その旅行鞄はマダムの箱の中に入れて運ばれ、見えない保護者の手で馬車にこっそり持ちこまれていたのだ。事態を少しでも結婚式らしく見せようと決めたフロラチータは、姉の髪のためにオレンジのつぼみの花輪を造り、彼女の三つ編みの上に白いガーゼのスカーフをかけた。結婚の儀式は十時半に行われた。そして真夜中十二時に、ヴィクトリア号の船室で被保護者《プロテジェ》たちとともにいたのはマダムだけであった。船は星の輝く空の下で、暗い波を蹴立てて進んでいった。

＊5　イギリスのコミック・オペラ『一三四二年のイギリス艦隊』の中のジョン・ブラハム（一七七四?—一八五六）作曲、トマス・ディブディン（一七七一—一八四一）作詞『すべてよし』の歌詞の一部を合言葉に使ったのである。

第六章

フィッツジェラルド氏は自分の宝を乗せた船が見えなくなるまで波止場に留まっていた。それから馬車に戻り、ホテルへ向かわせた。まことに異常な興奮と疲労の一日だったにもかかわらず、寝床に就いても少しも眠気を覚えなかった。ロザベラの面影が初めて会ったときの、花々に囲まれて光り輝く美しさのまま、眼前に漂っていた。彼は自分の熱心なまなざしと情熱を込めた言葉に対して彼女の見せた、内気な誇り高さと乙女にふさわしい慎み深さを思いだした。次に、つい先ほどまでのあわただしい会見のときに彼女の顔に見えたおどおどとした悲しそうな表情を思いうかべた。すると、あんなに可愛らしく彼女が見えたことはない、と思えた。マダム・ギルラーンドが話していた競売のことを思いだすと、身が震えた。そういう光景は見なれていた。売りにだされた女たちを見たこともあるし、自分もその女たちの競りに加わり、粗野で下品な群衆と競いあったこともあった。ローザのイメージとあのような卑しい状況を結びつけて考えるのは、吐き気がするほど嫌だった。だが、何か悪魔的なものが彼の目の前にそのつらい光景を押しつけて退かぬようであった。彼は残忍な群衆にじろじろ見つめられている彼女の優美な姿を見ているような気がした。競売人が、群衆に請けあっている。この娘はまっさらで非の打ちどころのない逸品だと――王家の私的な庭から摘んできたコケバラで――王冠に似つかわしいダイヤモンドだと。すると貪欲なサテュロスのように顔を上に向けた男たちが彼女に叫ぶ。おまえのルビーのような口を開けて真珠のような歯を見せろ、と。彼はぶつぶつと罵りながら枕の上で落ちつきなく寝返りをした。そして、彼女をそのような凋落から救い出したことにより、自分は彼女の運命を完全に支配する力を得たのだとひそかに考えると、笑みが湧いた。彼女の不運を耳にした最初の瞬間から、彼はこの逆境は自分には好機だと感じていた。彼は一年以上も恋こがれていたのだが、自分の誇りゆえに、いや、それ以上に誇り高い親戚連中の侮蔑を恐れたがために、結婚を申しでることができなかった。一方、彼女の父親の警戒心に満ちた保護ぶりと、その父の願いを尊重する娘の従順さのおかげで、結婚以外のどんな結びつきも可能性がなかった。しかし今、自分は彼女の唯一の保護者なのだ。結婚の形をとってローザの良心をなだめはしたが、彼女を世間から隠して秘密を保っておくことだってできる。彼女のほうは、感謝に満ちた愛にあふれ、どんな取り決めを彼が選ぼうと満足するのは明らかだ。とはいえ、行く手にはまだ幾つかの困難が残っている。彼は自分自身の快適な故郷を離れて英領西インド諸島へ移住することは望んでいなかった。だが、もし自分があの娘たちをジョージアへ連れていけば、そして彼女たちの失踪に自分がかかわっていたと気づかれたり、疑われたりしようものなら、恐ろしい結果になるだろうと予想できた。「高い値でも、あの娘たちをおおっぴらに買ったほうがずっと都合がよかっただろう」と彼は思った。「だけどシニョールからブルートマンの口にしたけがらわしい話を聞かされたからには、あいつが娘たちをねらっているのは間違いないと思えたし、あいつのような金満家のルーエイ《道楽者》と競り合いになったらべらぼうに金がかかってしまっただろう。獲物を追うとなれば、あいつにとっては金なんて石ころ同然だろう。当面は娘たちをあいつの手の届かないところにやったが、この国に連れ戻すのは安全ではない。僕があの娘たちの法的な所有権を得なくてはならない。はて、どうすればそれができるか、だ。」心の中でいくつもの計画を練っているうちに、やっと彼は眠りに落ちた。

　目覚めたときに彼が最初に考えたのは、正午に行われる債権者たちの会合に出て、彼らの話を聞くことだった。出席者は十二人前後だった。紳士ふうの者もいたが、鋭い顔つきの人物もいた。その中に混じって、世間ずれした顔々と奇妙な対照を見せているのは、フロリモンド・ブルーメンタールのうぶな顔だった。給料三百ドルが彼に支払われるべき額であったが、彼は孤児たちの役に立てられるよう、その貸金のうち幾らかでも確保したいと望んでいた。フィッツジェラルド氏を知っている二、三の者が「おや、あなたも債権者なんですか」と訊いた。

「わたしは債権者じゃありませんが」と彼は答えた。「サヴァンナのホイットウェルさんの代理として来ました。本人は来れないので、わたしが代わって皆さんに貸金額の報告をしてほしいとのことです」

　彼は腰を下ろし、ロイヤル氏の借金の長ったらしい詳細や、氏の資産評価などを気のりのしない無関心な表情を浮かべて聞いていた。しばしば、曲に合わせるかのように指を動かしたり、音を出すという無礼はしないまでも口笛を吹くしぐさをしたりして。

　それとは逆に、ブルーメンタール青年は、いかにも恩人を愛していて、その人の問題の詳細をよく知っている者らしい、熱心な関心をあらわに見せていた。しかしながら、彼の請求額はわずかであり、商業の世界で力を持つには若すぎたから、誰も彼には注意を払わなかった。彼は慎ましく、何も意見は述べなかった。そして自分の貸金額の報告を終えると、帽子を持って立ち上がりかけたのだが、そのときブルートマン氏が言ったことに耳をそばだてた。「まだ、ロイヤルさんが遺したもっとも値打ちのある財産のことが話に出ていないな。あの人の娘たちのことだが」

ブルーメンタールはまた椅子に腰を下ろした。いつもの赤い頰から血の気がすっかり失せていた。フィッツジェラルドは逃亡のことが気づかれているのかどうか、知りたくてたまらなかったのだが、なんの関心のしるしももらさなかった。

ブルートマン氏は言葉を続けた。「われわれは六千ドルと踏んだが」

「競売にかければもっととれるだろう」とチャンドラー氏が言った。「あの娘たちを見たことがあるなら、皆、同じ意見だと思うよ。すばらしい商品だ。ナンバー・ワンだぜ」

「あの若いお嬢さんたちが奴隷だというのは確かなんですか？」ブルーメンタールが、一座の注目を集めるほど動揺を見せながら尋ねた。

「確かだ」と、ブルートマン氏が答えた。「母親が奴隷だった。で、解放はされていなかったんだ」

「あの人たちのために、署名を集めるとか、裁判所に上訴するとか、できないのでしょうか？」無理に冷静さを装う声で青年が尋ねた。顔の表情が内面の苦悩をありのままに示していた。「優雅で、教養のある若いお嬢さんたちですよ、お父さまがこの上なくだいじにして育てられたのです」

「たぶんあんたはそのどちらか、あるいは両方に惚れているんでしょうな」とブルートマン氏が口を出した。「それなら、競売で買わなくてはならんね、買えればの話だが。法律は曲げられない。法律は破産した借財人の資産はすべて競売で売り払うことを要請しているんだ」

「お嬢さんたちとはほんの少しのお知り合いですが」と動揺した青年が言った。「お父上は僕が貧乏な孤児だったときからの恩人なのです。このような恐ろしい災厄からあの方の孤児を救うためなら、僕は自分の命を犠牲にしたってかまいません。法律の要請のことはほとんど知りませんが、これを防ぐ何かの方法があれば、どうか教えてください。お金でできるのなら、必要な額を前貸ししてくださる方があれば、どなたにでも、お望みの歳月の間、僕は無料でお仕えします」

「お若いの、われわれは感傷を語るためにここに来たわけじゃないんだ」とブルートマン氏が言った。「商売の取引きのためなんだ」

「わたしは、恩人の子どもたちに対する気持ちを示したこの青年に敬意を覚えますよ」と言ったのは、アンミドンという名の紳士であった。「資産のこの部分を放棄するために、お互いに同意ができるなら、わたし個人としては非常にうれしいですね。そのような取り決めのためでしたら、わたしは自分の取り分以上の損失も厭いません。それに実際、話に聞いたようなそういう娘さんたちを売るのは、この国にとってあまり誇れることじゃありません。もし外国人旅行者の目に触れるようなことでもあれば、そのような話は大いに利用されるでしょう。いずれにしても、奴隷制廃止論者たちは必ずその話を新聞に載せるでしょうし、そうすれば全ヨーロッパがそのことをいろんな角度から論じることになりましょうな」

「そいつらには勝手に論じさせておけばいい！」チャンドラー氏が怒号した。「わしは廃止論者も、ヨーロッパも、全然気にしちゃおらん。われわれはこの自由な国で、自分たちの問題を思い通りに扱えると考えておる」

「あんたの言われることから察するに、あんた自身が廃止論者なんでしょう、アンミドンさん」とブルートマン氏が言った。「破廉恥な奴隷制廃止兼人種融合主義者どもの意見に、わずかでも重要性があるかのように南部人が語るのを聞いて驚きましたよ。そのような心情は南部紳士にはふさわしくないと思うが」

アンミドン氏は顔を赤らめ、すばやく答えた。「わたしが紳士であるかどうかを問題にするなど、だれにも許しませんぞ」

「侮辱されたと思うなら、雪辱の手段はご存じでしょうな」とブルートマン氏が言った。「場所と武器はそっちで選んでくれてよい（決闘の申し出である）」

フィッツジェラルド氏は懐中時計を見た。他にも二、三の人々が同じことをした。

「わかりましたよ。」アンミドン氏は言った。「皆さんが閉会を望んでおられるようだ」

「その通りだ。」ブルートマン氏が言った。「ロイヤルさんのその奴隷たちを連行するために警官が派遣されたことだし、おそらくもう、監獄に入れられているだろう。次の会合で販売の期日を決めよう」

ブルーメンタール青年は立ち上がって出ていこうとした。が、めまいに襲われ、ふらふらして壁にぶち当たってしまった。

「あの若者は廃止論者だな」とチャンドラー氏がつぶやいた。「ともかく、あいつはニガーたち（黒人への蔑称）の間に違いがあると思っているようだ――そういう連中にはこの町から出ていくように通告してやったほうがいいんだ」

アンミドン氏は水を持ってくるように言い、その水を青年の顔にふりかけた。他の二、三人が彼に手を貸して馬車に乗せた。

翌日、次の会合が開かれた。フィッツジェラルド氏はその会合が荒れるのを見越して、出席しなかった。会合の結果は、シニョール・パパンティの逮捕と投獄、マダム・ギルラーンドに対する夜を徹しての捜索という形で現れた。マダムの従弟のデュロイ氏は、彼女が仕事でニューヨークへ行かねばならないので、二、三週間家の管理をしてくれと頼まれたこと、彼女が若い女性寄宿人たちを伴って行ったこと、自分が知っているのはそれだけだということを宣言した。逃亡者たちの特徴を記し、彼女たちが盗っ人だと述べ、裁判のために ニューオーリンズへ送りかえすことを求める公文書が、特急便でニューヨークとボストンの警察に送られた。マダムの家を見張るために雇われたのに、フィッツジェラルド氏がもっともよく知っている不思議な方法で、なぜかしばらくの間背中を向けているようしむけられた警官は、厳しい尋問を受け、たっぷり罵られた。捜査が進み、フロリモンド・ブルーメンタールが彼女らの失踪の当日この家を訪れたこと、夕暮れが近づいたころ、この屋敷のあたりを、窓を見つめながらうろうろしていたことが明らかになった。彼が貴重な二人の奴隷の逃亡に手を貸したという噂が広まった。その結果、彼は、もし自分の首をだいじに思うなら二十四時間以内にニューオーリンズから出ていったほうがよい、という内容にリンチ判事[*2]という署名が付された通告を受けとった。

フィッツジェラルド氏はこの大騒ぎにまったく加わっていないように見えた。債権者の誰かに会えば、ときどき「ロイヤルの奴隷に関するニュースは何かありましたか？」と無頓着に尋ねた。彼は機会をとらえては二、三の債権者たちに、シニョール・パパンティは自分の古くからの友人なので牢獄へ会いに行ったが、娘たちの行方についてはパパンティが何も知らないのだと確信したとか、パパンティは娘たちの音楽教師にすぎず、あのような気性の激しい、短気な男に娘たちが重要な秘密を打ち明けようとは決して思わなかっただろう、などと話した。このように道を拓いた上で、次の会合のときに彼ははっきりと提案した。「あの人とは長い付き合いがあり、音楽とイタリア語を教えてもらいましたし、わたしはあの老紳士が好きです。牢獄内で体調を崩していますし、すでに語った以上のことを皆さんに語ることはできませんよ。マダムが、できることなら娘たちを北部へ連れていくつもりだった

＊1　ヴァージニア州の治安判事ウィリアム・リンチ（一七四二―一八二〇）にちなみ、「リンチ判事」は私刑を意味する言葉となっているので、これは公的文書ではなく民間の脅迫文書。

のを、あの人が知っていたのは明らかです。しかし、実を言えば、あの人が友人の娘たちに対する密告者になっていたら、わたしは彼を軽蔑したことでしょう。娘たちは彼自身のお気に入りの生徒だったのですからね。パパンティを釈放してわたしを喜ばせてくださるなら、あの娘たちの代償を払いましょう。で、わたしは彼女たちを見つけだせるかどうか運試しをしてみます」

「幾ら払うおつもりかな？」債権者たちが尋ねた。

「条件に応じていただけるなら千ドル支払います」

「二千ドルと言うなら、考えてみよう」と彼らが答えた。

「その場合にはこちらの要求を増やさねばなりませんな」と彼は言った。「それなりの理由があって推測するのですが、わが友シニョールはマダム・ギルラーンドと夫婦になることを望んでいるらしいのです。彼女が仕事に戻ってきてもとがめ立てせず黙認し、娘たちの販売をわたしに任せてくれるなら、二千ドル出してもかまいません」

「あの子たちの居場所をあいつから聞いているんだろう！」ブルートマン氏が突然叫んだ。「いいか、もしあの子たちの居場所を知っているなら、あんたのしていることは紳士の務めじゃないぞ」

「シニョールは言わなかったと申し上げたでしょう。ほんのわずかほのめかすこともなかったんだ。知らないのだとわたしは堅く信じている。だが、わたしは賭けが好きなんでね。これは破れかぶれの運試しだが、そのためになおさら興奮する。逃亡中の奴隷を買うなんていう賭けは一度もしたことがないが、そんなゲームを実験してみるのもわるくない。実を言えば、その絶品の娘たちのすばらしい話を聞いて好奇心が湧き、追跡が胸の踊る仕事になると思ったわけなんだ。成功しなくても、少なくともイタリア人の旧友に善行を施したという満足感は持てるだろう」

債権者たちはニューヨークとボストンからの知らせを聞くために、もう少し時間をくれと頼んだ。彼らの決断の遅さを心の内で罵りながら、何が起ころうとナッソーから長く離れているものかと決意しつつ彼はその場を去った。

彼が出ていくと、チャンドラー氏が意見を述べた。「まさにあの男らしいじゃないか。あいつはいつでも何かに賭ける気でいる」

「結局のところ、あいつは何かの手がかりをつかんでいて、あのきれいな黒人娘たちを見つけられると踏んでいるようだ」とブルートマン氏が言った。「あいつの出鼻をくじいてやれるなら大金を出してもかまわんのだが」

「わたしたちになんの手がかりも得られないのはかなり確かなようだ。」アンミドン氏が口を出した。「それにわたしたちは手がかりを求めて、すでにかなりの額をつぎこんだ。もし彼を説きふせて二千五百ドル払わせることができれば、受けいれたほうがいいと思いますね」

フィッツジェラルド氏は一週間サヴァンナとその近辺に行き、姉妹を迎えるためのさまざまな準備をしたあと、ニューオーリンズへ戻ってきた。そして債権者たちに自分はほんの短期間しか滞在できないことを早めに伝えた。自分の提案した例の取引きには一言も触れなかった。そして連中がその話題を持ちだしたとき、大いなる無関心を装った。

「わたしの音楽友だちを釈放してくれるなら五百ドル出してもかまいません」と彼は言った。「ですが、ロイヤルさんの娘たちに関しては、よく考えてみると、追跡の仕事はかなり非現実的に思える。北部へ着いたあとで奴隷を捕まえるのが難しいことはご存じでしょう。スペードのエースのように色が黒かったとしても。まして、そんな色白のご婦人がたを捕まえようとすれば、ヤンキーどもがいきり立つ。もちろん、わたしには、あの子たちに言いよって快諾を得る以外にあの子たちを手に入れる方法はない」

ブルートマン氏とチャンドラー氏が何か下品なことを言い、周囲に大笑いが起こった。支払額の問題で、かわしたり、挑戦したり、いろいろやった挙句、フィッツジェラルドはもし自分の要求がすべて受けいれられるなら、二千五百ドル払うと同意した。必要な形式に従って書類が書かれ、署名がなされた。彼は書類を財布にしまい、「さあ、ナッソーだ！」と言いながら弾む足取りで去っていった。

第七章

南部の風景は六月の輝きに満ちていた。フィッツジェラルド氏とローザとフロラチータは、黒人たちの漕ぐボートに乗りサヴァンナ川（サウスカロライナとジョージアの州境の川）を渡っており、黒人たちは、時折荒々しい歌声で森の静寂を目覚めさせた。三人は海と川に抱かれた寂しい島に到着した。荷物のために使用人をそこに残し、三人は野花の絨毯の上を散策してまわった。曲がりくねった馬車道を抜けると、眠たげなコーラスを奏でる暗い松林の間をぬってまばゆい水面から四方に放たれるほのかな光が見え、辺りは海からの子守唄のような音色と、芳しい野花の息で満たされていた。ほどなく緑の葉の合間に鮮やかな色のターバンが動くのを見つけ、姉妹は即座に叫んだ。「チュリパ！」

「ジェラルド、チュリーがここにいるのを黙っていたのね」とローザが言った。

「君をびっくりさせたかったのさ」とジェラルドは答えた。

ローザは無言で感謝のまなざしを向けた。その間、チュリパは喜びに満ちて、威勢よく白いタオルを振りながらやって来ると、息もできないほど二人を抱きしめ、キスをし、声を張り上げた。「ロージーさま、ごぶじで！　フローリーさま、ごぶじで！　お二人にまたお目にかかれてなんてうれしいこった。」チュリパは小さな芝地まで続いている花をつけた灌木の茂みをそそくさと先に立って進んだ。その芝地の中央には、白い小さなコテージがたたずんでいた。

その家屋の主人はもちろんのこと、チュリパも家の内装をできるだけ二人の元の住まいに似せようと精いっぱい努力したのが明らかに見てとれた。ローザのピアノがあり、そしてその上には父親が与えた本がたくさんあった。フロラチータは、母親が刺繍した長椅子と花の絵を描いた箱やテーブルを指差して言った。「わたしたちの親友のシニョールが送ってくれたのね。買うと約束してくれてたから」

「あの人には買うことができなかったんだ。かわいそうに！」とフィッツジェラルド氏は答えた。「というのも、競売のときは牢獄にいたからね。でも僕に買うように言いつけることを忘れはしなかったよ」

目新しいものと思い出のつまった品々へのうれしさと驚きのおかげで、楽しいひと時が過ぎた。ローザは幸福感でいっぱいで静かにしていたが、フロラチータは陽気に少しはしゃいで満足感を表した。皆がチュリパの調えた食事をとって休息したとき、日は沈みはじめていた。人泣かせの蚊が来ないようにと願いながら、薄明かりが暗がりに変わる間、すわって代わるがわるなじみのある曲を奏でたり歌を歌ったりしていた。

フロラチータは夜の別れの時間になったとき残念に思った。すべてが恐ろしいほど静寂に思えた。岸辺に単調に打ちよせる波以外は！　それに、まばゆい小さな月明かりのもとで見えるものは、分厚い壁のような木々と灌木の茂みしかなかった。フロラチータはチュリーに会えると思い、手探りで自分の寝室へと向かった。チュリーは、キャンドルシェードのうしろに小さくなったロウソクだけを残してどこかへ行ってしまっていて、巨大な鼻を持つ顔のような影がそのロウソクによって天井に映しだされていた。神経が過敏になっている少女には、その影は亡霊か何かのように思えた。そっと窓に忍びよると、蚊よけの網ごしに、さっきと同じ木々の分厚い壁がぼんやりと見えた。すると、奇妙な長い顔がすき間からのぞいていた。ナッソーからの帰路、ジェラルドは時折、二人に『真夏の夜の夢』を読んで聞かせていた。シェイクスピアが書いていたような生き物[*1]が森にいるってことはあるのかしら？

フロラチータの部屋の隣はチュリパの小部屋だった。フロラチータはドアを開けて、「チュリーいる？　こっちに来てくれない？」と言った。答えはなかった。再度、恐る恐る窓を見てみた。その長い顔は動き、この世のものとは思えないような音が聞こえた。完全に怯《おび》えてしまい、彼女は「チュリー、チュリー」と叫びながら走りだした。暗がりの中で走っていた彼女は忠実な召使いにぶつかったが、突然ぶつかったことでより一層恐怖に襲われた。

「チュリーですよ。どうなさったかね？」と黒人の女性は言った。話しているときにあの恐ろしい音が再び聞こえた。

「チュリー、あれは何？」フロラチータは大声を出して震え上がった。

「あれはジャックですよ」とチュリーは答えた。

「ジャックって誰なの？」怯えた幼い少女はすぐに聞き返した。

「あの雄ロバですよ、おチビちゃん」とチュリーは答えた。「ジェラルドさまが、お二人が乗ってまわれるようにと買いなさった。暑い季節だと森にヘビがた

＊1　『真夏の夜の夢』三幕一場でパックはボトムの頭をロバに変える。

んといるから、森の中を歩かせたくないだね」

「どうしてロバがあんな恐ろしい音を立てるの？」とフローラは聞き、なんとか落ちつきを取り戻した。

「なぜって、あの子は音楽を身につけて生まれてきたのさ。お二人と同じように」とチュリーは笑いながら答えた。

チュリーはフローラが服を脱ぐのを手伝い、まくらを整え、そして彼女のバラのような小さな口が自分の名前を呼ぶことを覚えてからずっとそうしてきたように頬にキスをした。そして、ベッドの端にすわり、別れてから何が起こったのかを語った。

「つまり、あなたは競売に出されて売られたの！」フローラは大声を出した。「かわいそうなチュリー！あなたがそんなところにいるのを見たらどんなに恐ろしく感じたことか。でも、ジェラルドがあなたを買ったのね。あなたは彼のものになってよかったと思うでしょう」

「ジェラルドさまに文句はありゃしない」とチュリーは答えた。「でも、わたしは自分のものになりたいね」

「じゃあ、あなたは自由になりたいのね、そうでしょ？」とフローラは尋ねた。

「その通り」とチュリーは言った。「おチビちゃんだって、そのほうがいいんじゃない？」

そのとき、若いお嬢さまがいかに競売の台から間一髪で逃れたかを想像し、チュリーは本能的な優しさから急いで話題を変えた。しかし、同じ考えがフローラの頭にすでに浮かんでいた。そして、チュリーの願いがどうすればかなうのかを考えながら眠りについた。

朝が、目がくらむほどの濃い黄色の衣をまとい、夜の腕の中から浮かびあがったとき、すべての光景は変わった。新居の周囲を探索したくてたまらず、フロラチータは早々にベッドから飛びおきた。小さな芝地は見事に美しく、さまざまな野花が四方に散らばり、花のがくでは朝露がオパールのように虹色に光っていた。灌木の茂みはもはや憂うつな暗黒のかたまりではなく、光沢のある葉がありとあらゆる緑色を見せており、その縁を夜露が水晶の珠のようにきらきら輝かせて飾っていた。フロラチータは、昨夜見た幽霊がコテージのうしろの花々の間で草を食べているのを発見し、心から知り合いになりたいと思った。そのロバの口からアザミの花が飛びでていたので、即座にシスル《アザミ》と名づけた。フロラチータは、エプロンをツル草と花ときれいに色づいた葉でいっぱいにして帰宅した。「見て、チュリー」と彼女は言った。「花がなんてたくさんあるのかしら！　ジェラルドとローザが朝食に来る前に急いでテーブルを飾るわ。」軽快な手さばきで優雅な形ができ上がり、それに満足した彼女はハミングを始めた。

「なんとすてきな夜明け！」[*2]

「そっとささやけ！」[*3]フロラチータのうしろに忍び寄ってきたジェラルドが、耳元でこう歌って彼女を驚かせた。一方、ローザは、「この花々で、なんてすてきなおとぎの国を作り上げたのかしら、ピコンシータ・ミア《わたしの可愛い小鳥》」と言った。

シスルに乗って馬車道をぶらぶらしたり、読書をしたり、眠ったり、また音楽をたくさん味わって、その日はそれなりに楽しく過ごした。次の日は、黒人のトムがバルーシュ型馬車（二頭立て四人乗り四輪馬車）でやって来て、美しい島の周りを馬車でまわった。ジェラルドのプランテーションの綿花畑は満開で、しっくいで塗られた邸宅には、広々としたベランダと階段つきの玄関があり、堂々と生い茂る樹木と花が咲きみだれる豪華な庭に囲まれ、白い輝きを放っていた。その楽しさの唯一のマイナス要素は、ジェラルドが二人に厚いベールを身につけさせて、誰かが視界に入ったら決してベールを上げないようにさせたことだった。二人は不平を言わなかった。もし自分が逃亡に関わったことが知れたら、彼は深刻な苦境に陥ることになる

＊2　『なんとすてきな夜明け』の歌詞の一部。ダニエル・オベール作。第一章の注を参照。

＊3　『なんとすてきな夜明け』の歌詞の一部。

と二人に伝えていたからだ。ローザは相思相愛で幸せだったが、隠れていないといけないので物足りなかった。フロラチータも、それを埋めあわせるロマンティックなこともなかったので、この制約に苛立った。コテージに戻ったのはもう夕暮れ時で、灌木の茂みはホタルで活気づき、まるでクイーン・マブ[*4]とその従者たちがスパンコールを身にまとい踊っているようだった。

　あと数日でローザの誕生日だったので、フロラチータは部屋を花綱で飾りつけるのに忙しかった。朝食後、ジェラルドが姉妹のそれぞれの手に小さな包みを渡した。ローザの包みの中は母親のダイヤの指輪で、フローラの包みの中は母親の金の時計であり、その時計の裏のロケットには父親の肖像画が入っていた。二人の感謝の気持ちは涙となって表れたが、楽しさをこよなく愛するこの若者は、感傷より陽気さを好むので、快活な音楽でその涙を追いはらおうとした。いつもの笑顔が戻るのを見て、ジェラルドはおどけたようにお辞儀をして言った。「愛しいローザ、今日という日は君のためにある。君の望むものはすべて君のものに。手に入れることができるものであれば」

　「一つだけほしいものがあるわ」とローザは即座に反応した。「チュリーが自由になりたいと願っているのをフロラチータが突きとめたのよ。あの人の願いをかなえてあげてほしいの」

　「チュリーは君のものだよ」と彼は返答した。「君の世話をしてもらうために買ったんだ」

　「チュリーは自由になっても今までとまったく同じようにわたしの世話をしてくれるでしょう」とローザは答えた。「皆がより幸せになるわ」

　「そうしよう」と彼は答えた。「でも、僕を自由にすると提案するのはやめてくれ。なぜなら、僕は君の奴隷でいるほうが幸せだから」

　数日後、書類が届いた。境遇に表立った変化はなかったけれども、チュリーは心がとても満ちたりた気

＊4　イギリス民間伝承に出てくる妖精の女王。シェイクスピア『ロミオとジュリエット』一幕四場にも登場する。

分だった。

　暑さが増すにつれ、森の蚊や浜辺のサシチョウバエが出てきたので、ほとんどの時間を家の中に逃げこんで過ごすことになった。フィッツジェラルドは、夏の間は、これまではいつも旅をして過ごしたが、今は来る週も来る週もローザのそばで、歌い、まどろみ、時間を費やすことですっかり満足しているようだった。フロラチータは、自分が余計者のような気がして楽しめなかった。彼女はこれまで限られた狭い社会の中心でいることに慣れていた。カップルはフロラチータにとても親切だったが、二人はよくフロラチータの存在を忘れたし、彼女がそこにいなくても決して寂しがることはないように思えた。フロラチータは世間から隔離された人生を幼少から送ってきたが、今までこのように家々や人々がまったく視界に入らない暮らしをしたことはなかった。彼女は、ナッソーで過ごした数週間、同じ年頃の少女たちと貝細工の作り方を学んだ。こんなふうに仲間と交流を持つのは初めてだったので、とても心地よいと感じた。もう一度あのようなささいなおしゃべりが聞きたかった。昔のようにローザを自分だけのものにしたかった。父親の抱擁、マダム・ギルラーンドの大胆な快活さ、またとても愉快なシニョールの怒りの噴出を懐かしんだ。それに時折、フロリモンドが彼女の名前が世界で一番可愛いというのを聞けたらどんなにうれしいだろうと考えた。彼女はゼラニウムの押し花をよく取りだしたが、その下には「フロリモンドの思い出」と記されていた。フロラチータは彼の名前もとてもすてきだと思った。フロラチータはムーアの『アイルランド歌曲集』の中の歌をたくさん歌った。そして、

「アボカの美しい谷！
最愛の友とともに
あなたの懐深く抱かれれば
なんと穏やかに休めることか」

(同歌曲集の『河たちの出会い』より)

と歌ったとき、ため息をついて独りごとを言った。「ああ、わたしが最愛の友を持ってさえいれば！」フロラチータは『ララ・ルク』をほとんど暗記していた。そこで、彼女は自分がペルシャの王女で、顔はドイツ人だが東洋の衣装を身につけた吟遊詩人の歌を聴いていると想像してみた。これは、この少女が恋に落ちたということではなく、心を埋める人がいなかった、ということだった。記憶が心の中を通りぬけていくにつれ、心はうつろに響いた。

愛する者を注意深く観察していたチュリーは、フロラチータが自分の置かれた状況とローザの状況とを比べているのだと思った。ある日、フロラチータが空想に浸っているのを見つけ、絹のような巻き毛を軽くなでながら言った。「あの二人のお邪魔虫のように感じているですか？　気にしなさんな。おチビちゃんもそのうちいつか自分の夫を見つけるだから」

彼女は顔を上げず、悲しげに答えた。「チュリー、いつか見つけると思う？　どうやったらいいかわからないわ。だって誰にもお会いしないのだから」

チュリーは両手でフロラチータの小さな顔を持ち、愛らしいその顔を自分のほうに持ち上げて答えた。「もちろん、おチビちゃん。その美しい目は月を見るためだけにあると思うですか？　さあ、こっちに来てシスルに餌をやりましょ。水はバケツ一杯分にしておこう。シスルはまるで人間のようにわたしらのことをわかっているですよ」

ロバのシスルは孤独なチュリーにとって大いに気晴らしになったし、フローラにとってもそうだった。フローラはよく餌を与えたり、花冠で飾ったり、話しかけたり、一緒に森の中や海岸をぶらぶら歩いたりした。黒人のトムの訪問もコテージでの生活に少しの変化を与えてくれた。トムはサヴァンナからの行き帰りにコテージに必要なものを調達してきてくれるし、いつもチュリーにどっさりと噂話も持ってきた。トムの妻クロエはアイロンの達人だった。フィッツジェラルド氏はチュリーのこの類の仕事には満足していなかったので、かごいっぱいの衣服がよくクロエに送られたが、彼女は自分で仕上がった洗濯ものを持ってくる口実を見つける名人だった。クロエはメソジスト派の賛美歌や黒人たちの歌を見事に歌い、信仰に関する不思議な経験を話した。クロエとトムの話を聞くことは、チュリーに大きな喜びを与えたが、チュリーは白人のように話せることを特に自負していたので、彼らの「リンゴ」（特有の言葉。訛りのこと）が理解できないとよく言った。フロラチータは彼らの話し方をすぐに完璧に習得し、まねをして人々を笑わせた。

　チュリーは、一度ローザの許しを得て、トムと馬車に乗って「グラト・ハス」[*5]と彼が呼んでいる主人の邸宅の近くの彼の小屋へ行き、数時間を過ごしたことがあった。しかし、フィッツジェラルド氏はそれを聞くと、今後そのような訪問を禁じるとした。彼はプランテーションと寂しいコテージとのコミュニケーションをできるだけ避けようとしていたのだ。もし、彼がクロエとチュリーの内緒話を少しでも耳にしたならば、そのような禁止に対する決意を賢明にも強固にしたかもしれない。しかし、トムは欠かせない雑用係だった。食料、手紙、新聞などすべて彼に頼っていたのだ。

　到着から約一カ月後、トムはマダム・ギルラーンドからの長い手紙と、元の家から孤児たちのためにとマダムが取っておいた品々が幾つか入った箱を持ってきた。それからまもなく、手紙がもう一つ届いたが、それはマダムとシニョールの結婚を知らせるものだった。姉妹は、手紙に返事を書いたり、旧友のための結婚祝いを用意したりして、忙しい日々を送っていた。ジェラルドは折にふれてニューヨークから新しい楽譜や小説を取りよせてくれ、それらが届くと二人は大いに喜んだ。フロラチータのスケッチの才能は、あるフランス人の婦人の個人レッスンを受けて育まれてきたのだが、今ではその見事な特技を活かして、花冠をつけているシスルとつけていないシスル、鮮やかなター

＊5　グレイト・ハウス（お屋敷）のこと。黒人特有の言葉の一つ。

バンをつけたチュリー、「ボン・ジュール、ジョリ・マノン！」と銘記したマダム・ギルラーンドのオウムなどのスケッチをするまでになっていた。

　ある日、ローザは言った。「暑さが和らいだら、刺繍をたくさんして、マダムに差し上げましょう。そうすれば針を鈍らせることもないわ。わたしたちのためにあの人な品物を売っているのよ。マダムはこのようが取っておいてくれた繭綿やシェニール糸から美しいものを作ることができるわ」

「賛成だわ」とフローラは答えた。「感謝の気持ちを伝えるために何かしたいとずっと思っていたの」

　その計画には思いやりはもちろん、賢明さも含まれていたが、二人は賢明だとは思ってもいなかった。その作業で数時間が過ぎたが、おかげで針を鈍らせることがなかったばかりでなく、二人の愛情と芸術的才能も鈍ることがなかった。

　時間という潮が、このような小さな渦巻きやさざ波によってのみ変化しながら流れつづけている間、ジエラルドは、いつもローザを愛していたが、どういうわけか片方に対してだけではなくなった。彼の愛情は姉妹の両方に平等に注がれるようになったのだ。彼はフロラチータの作業にひんぱんに関心を示し、ローザに選ぶように妹にも刺繍糸の色合いを選んでやった。彼は、フロラチータにデュエットやトリオはもちろんのこと、以前よりもひんぱんにソロを歌うように求めた。涼しくなると、ローザが演奏し、フロラチータが妖精のように優雅に旋回する間、ゆったりと居間で腰をおろしてそれを見るのが、彼のお気に入りの気晴らしとなった。時折、彼は笑って言ったものだった。「僕は幸運なやつではないかね。あのサーカシア人（黒海沿岸地域の人々。美しい容姿で有名）の美女たちを連れているグランド・バショウを羨ましいとは思わないね。フロラチータのようなダンサーに、彼なら一番大きなダイヤモンドを与えるだろう。僕のロザモンドに比べたら彼の**世界一の花**はいかなる価値があるというのか？」

フロラチータの温かい心は、常に水銀の粒のように次から次へとすばやく動きまわり愛着を感じるのだったが、そんな彼女はローザを慕っているのと同じくらい彼も慕うようになった。「ジェラルドはわたしにとっても親切ね！」彼女はチュリーによく言った。「パパはわたしたちに男きょうだいがいればいいのにと願っていたわ。でも、男きょうだいのことはどうでもよかったの。だって、パパがわたしたちの相手をしてくれたから。でも、今はお兄さまがいて、本当に楽しいわ」

ローザにとっても、彼の愛情の一部があふれて彼女の一番愛しいものに注がれるのはうれしいことだった。彼がフロラチータのことを「ミニョン」や「クェリーダ」と呼ぶと、ローザは優しい笑顔を見せたものだった。二人にとって、寂しい島は幸せな家庭に思えるようになった。猛烈な衝撃で人生が打ちのめされる前ほどには、活発で陽気なフロラチータではなかったが、生まれつきの楽天的な気性は戻りはじめた。常に皆を「しゃれや奇想」[*6]で楽しませた。彼女が外へ出ていけば、帰ってきたのがあらゆる鳥や楽器の物まねでわかる。それに、ジェラルドが「軽快に踊ってみて」[*7]と呼びかけると、黒人がよくやるぎこちなく足を引きずるようなダンスを踊ってみせて彼を楽しませたものだ。感傷的な歌はやめて、より軽快な旋律を歌うようになった。「アボカの美しい谷」で休憩したいと望む代わりに、「フィガロはここ、フィガロはあそこ、フィガロはどこにでも」[*8]のような調子のよい音を求めた。

季節が変わる以外に何も本質的な変化がないまま七カ月が経った。花々は色あせ、葉のない糸杉に実が揺れる頃になると、ジェラルドは以前よりも長くサヴアンナに滞在するようになった。しかし、一週間以上になることはめったになかった。彼がいないと、ローザの歌は悲しげだったが、彼がどれほど帰りたかった

*6　ミルトンの『快活なる人』（一六三一）より。
*7　同作品より。
*8　ロッシーニのオペラ『セビリアの理髪師』の二幕より。

かと告げにもどると、彼女はにわかに元気を取り戻した。フロラチータについて言えば、ジェラルドの不在で家の中の静けさが増しても、ローザを独りじめにできる特権で償われるように感じた。

　一月のある日、彼が数日家を離れたとき、フロラチータはローザを散歩に誘ったが、彼女がマダム・ギルラーンドへの手紙を書きおえたがっているのがわかったので、いつものように麦わら帽子をさっとかぶり半ば踊るように外に出た。新鮮な空気は爽快で、鳥は歌っており、森はあらゆる緑色で彩られ、赤褐色の新芽と小さな葉で活気づいていた。フロラチータはあちらこちらで小枝を集め、髪の毛に差したり、サクランボ色のリボンで魅力的に飾ってある黒い絹のエプロンに入れたりした。彼女は野生のギンバイカが繁っている前でとまり、こう歌いながら枝を引っぱった。

　「空ろなドラムが鳴りやむとき、
　　横笛吹きが頭を垂れるとき、
　　ムーアのフルートが止むとき――」[9]

　彼女の歌は腰へ回された手と唇への温かいキスによって不意にさえぎられた。

「まあ、ジェラルド。帰ってきていたのね!」彼女は声を張り上げた。「ローザが大喜びするわ」

「その他は誰も喜ばないのかな?」彼は返答した。「キスのお返しはないのかな? 一週間もずっと離れていたのに」

「いいですとも、モン・ボン・フレール《わたしの優しいお兄さん》」とフロラチータは答えた。そして、ジェラルドが顔を彼女に傾けたとき、彼女はその頬に軽いキスをした。

「これじゃ、僕のキスのお返しにはなってないよ」と彼は言った。「僕は君の唇にキスをしたのだから、君も僕の唇にしないといけない」

「お望みならそうします。」彼女はそう答え、言葉

＊9　ジョージ・コールマン(一七六二―一八三六)作『空ろなドラムが鳴りやむとき』より。

通りにした。「でも、そんなに強くわたしを抱きしめる必要はないわ」と付け加え、彼の腕から逃れようとした。彼が離そうとしないことがわかり、フロラチータは彼の顔を不思議そうに見上げ、そして真っ赤になってうつむいた。今まで彼女をそのように見つめた人はいなかった。

「さあおいで、そんなに恥ずかしがらないで、マ・プティット《可愛い子》」と彼は言った。

フロラチータは敏捷に彼の腕からすり抜け、いくぶんきつい口調で言った。「ジェラルド、いつもプティットと呼ばれるのはいやだわ。それにまるで子どものように扱われるのもいやよ。わたしはもう子どもではないの。十五歳よ。若いレディよ」

「そうだね。それもとても魅力的な」と彼は答えて、話しながらふざけた様子で彼女の頬を軽く触った。

「あなたが帰ってきたことをローザに言うわ」と彼女は言って走りはじめた。

彼らがコテージで一緒になったとき、フロラチータはできるだけ不自然に見えないようにした。あまり上手くなかったので、もしローザが自分の幸福に浸っていなければ気づいたかもしれない。ジェラルドは、ローザに対して全面的な愛情を向けたし、フローラに対してはからかいの言葉をかけたが、それはいつものように彼女を元気づけなかった。

その時から、少女にある変化が起こり、日が経つにつれてそれは増していった。フローラは多くの時間を自分の部屋で過ごすようになった。なぜ自分たちと離れているのかとローザが尋ねると、マダム・ギルランドのために貝細工をたくさん作りたいし、それには箱がたくさん必要だが、それらが居間にあると邪魔になるだろうからという言い訳をした。貝細工に対する彼女の情熱は驚くほど増したが、その情熱は完璧にやり遂げることの魅惑にとりつかれたということで説明がつくかもしれない。というのも、彼女の冠と花輪とブーケとかごは、鮮やかさと優雅さを大いに備えており、異なる色の貝殻が極めて上品に重なりあっていたので、人工品というより、ネーレーイス（ギリシア神話の海の精）の庭に咲く花のようだった。

チュリーは、快活な可愛いおチビちゃんがなぜ急にずっとすわって作業をするようになったのか、と不思議に思った。習慣的にしていた散歩を、なぜフィッツジェラルド氏がいない時以外、しなくなったのか、しかもローザさまと一緒でないと決して行かなくなったのはなぜだろう。チュリーの推測はまったく見当違いというわけでもなかった。なぜならクロエの噂話のおかげで、コテージの他の者たちよりも主人の性格をよく知るようになっていたからだ。でも、あの途方もない努力はチュリーにとって謎だった。ある晩、夕暮れ時に一人で部屋にいたフロラチータが頬杖をつきながらぼんやりと窓の外を眺めているのを見つけ、チュリーはその絹のような髪に手を置いて言った。「わたしの可愛いおチビちゃんはホームシックなの？」

「ホームシックになるような家はわたしにはないわ」と彼女は悲しげに答えた。

「それなら恋わずらい？」

「わたしに恋人はいないわ」と彼女は同じような落胆した調子で答えた。

「そしたら何なの、おチビちゃん？　チュリーに話してちょうだい」

「マダム・ギルラーンドのところへ行けたらいいのだけれど」とフローラは答えた。「マダムは最初に問題が起こったとき、とても親切だったわ」

「あの方を訪問なされば元気になるんだね」とチュリーは言った。「そんならおチビちゃんもなんとか行けるよう、やってみたらいいわ」

「無理よ。ジェラルドが、ずいぶん前に、わたしたちがニューオーリンズまで行くのは危険だろうと言ったもの」

「旦那さまはお二人をずっとここに置いとくおつもりなんだろうか？」とチュリーは聞いた。「お二人を牢獄に閉じ込めているようなもんだね。おチビちゃん」

「話してもしょうがないわ、チュリー。」我慢できないと言わんばかりに彼女は言った。「会いに行く友だちもいないし、わたしはここにいないといけないの。」だが、とても優しく示してくれたチュリーの思いやりを拒否したことに気がとがめたので、立ち上がり、黒い頬にキスをしてこう付け加えた。「親切なチュリー！　優しいチュリー！　わたしは少しホームシックなの。でも朝には気分がよくなるわ」

次の日の午後、ジェラルドとローザは、島を馬車でまわるので一緒に行こうとフローラを誘った。彼女は、マダムにまもなく箱を送るのだけれどその箱がまだいっぱいではないので箱に詰める品物を仕上げたい、と言って断った。でも、外の空気を吸いたいとは感じていた。真っ青な空の輝きと比べると、家はまるで牢獄のように思えた。二人が出ていくとすぐ、フローラは麦わら帽子を取り、紐を持って揺らしながら外へ出た。彼女は炎のように赤いボケのつぼみを取るために芝地で立ちどまり、そして歩きながらリボンにそのつぼみをつけて、いつもの場所へと森の中を進んだ。

二月の初めだったが、暖かい日差しはモミの木々から気持ちのよい香りを引きだし、そしてヘリオトロープのような香りを放つ野生ジャスミンの黄金の花輪が、常緑樹の茂みを取りまき、木々の枝から花綱となって揺れていた。コテージから出たときは憂うつだったが、フローラのしなやかな感性は、空の輝き、大地の美しさ、鳥のさえずり、鼓舞するような海の吐息に抵抗できなかった。最近彼女は行動を抑えていたので、安全でしかも自由であるという幸福感によって、このようなありのままの自然をより一層強く感じた。フローラは速度を早めて軽快に歩きまわり、父親がよくハミングしていた古い歌を歌った。

「立ち去れ、うっとうしい不安よ！
願わくはわたしから立ち去れ！
立ち去れ、うっとうしい不安よ！
汝とわたしは決して同意することはない！」
（イギリスの民謡より）

彼女の散歩は跳びはねたり踊ったりするものに変わり、その間じゅうバレエやオペラのさまざまな歌を歌っていたが、その歌はとうとう最後には古風な「昔々、あるところに王さまがいました」という旋律に落ちつき、それに次々と変化をつけて歌った。

常緑樹の茂みから、「このシンデレラは舞踏会から出てきたのかしら?」と言うとても優しく上品な声が聞こえた。

フローラが驚いて見上げると、ナッソーで数回会ったことがある婦人だとわかった。

「本当にあなたなの、セニョリータ・ゴンザレス!」とその婦人は言った。「あなたの声は知っているわ。でもここであなたに会えるなんて思ってもみなかったわ。マダム・コンキラの貝細工のお店で別れて以来あなたのことを何度も考えていたの。また会えてうれしいわ」

「わたしもお会いできてうれしいです。デラノ夫人」とフローラは返答した。「わたしのことを覚えていてくださってとってもうれしいです」

「あなたを忘れるわけがないでしょう?」と夫人は答えた。「初めて会ったときからあなたはわたしのお気に入りよ。それに、これからまたぜひお付き合いしたいわ。どこに住んでいるのかしら?」

混乱して真っ赤になり、フローラはどもりながら言った。「わたしはどこにも住んでいません。ここに滞在しているだけです。たぶん、森か海岸でまたお会いするかもしれません。またお会いできたらうれしいです」

「あら、ごめんなさい」と婦人は言った。「あなたの私生活を侵害するつもりはないの。わたしはウェルビーさんのプランテーションに一カ月ほどはいるので、あなたが来てくれたらいつでも歓迎しますよ」

「ありがとうございます」とフローラはまだ気まずさを抑えられぬまま答えた。「とても行きたいのですが、訪ねる時間がありません」

「あなたの年齢で心配ごとや義務の束縛を感じるな

んて珍しいわね」と婦人は答え、にっこりした。「馬車が海岸で待っているの。あなたが時間を見つけて会いにきてくれると信じているから、アデュー《さよなら》とは言いません、オー・ルヴォワ《また会いましょう》と言うわ」

デラノ夫人は立ち去りながら、独りごとを言った。「なんて魅力的な子でしょう！　わたしにあまり訪ねてきてほしくないことを言う時のあの可愛いうぶな言い方！　ナッソーにいたとき、彼女には神秘的なところがあると思っていたけど。なんなのかしら？　何も問題がなければいいのだけれど」

フロラチータは海岸まで下りていって、見えなくなるまで馬車をじっと見つめた。彼女は思いがけない人との再会で頭がいっぱいだったので、果てしなく押しよせる真珠色のかぶとをつけた波に夕日が映しだす黄金のしずくに気がつかなかった。西の空には、両端を金色に輝かせた紫色の雲の塊があり、透明の緑柱石のような湖を幾つも包みこみ、その中央に小さなバラ色の島が幾つも浮かんでいたが、いつも好んで眺めていたその西の空にも視線を向けなかった。彼女は森へ引きかえしたが、ほとんど泣きそうだった。「あの方はわたしの返事を妙だと思ったに違いないわ！」とつぶやいた。「他の人のように、公然とあの方を訪ねることができたらいいのに！　もうこの隠しごとにうんざりだわ！」彼女は家路についたが、跳びはねもせず踊りもせず、歌も歌わなかった。心の中で何かが激しくうごめいていた。

紅茶を飲んだあと、フロラチータとローザは、黄昏の中、二人だけですわっていたが、ローザは妹がいつもと違って静かなのに気づきこう言った。「何を考えているの？　ミニョン」

「ナッソーで過ごしたときのことを考えているの」と妹は返事をした。「それと、あの北部のご婦人についてもね。マダム・コンキラのお店へ貝細工を見に来ていて、わたしをとても気にいったようだったわ」

「あなたがそのご婦人の話をしていたのを覚えているわ」とローザは答えた。「あなたはあの方をきれいだと思ったのよね」

「ええ。」フロラチータは言った。「独特な感じの美しさだったわ。あの方はお姉さまやマミータとはまったく違うの。すべてがスミレ色なのよ。大きくて灰色の瞳は時折スミレ色に輝いているわ。髪は亜麻色というよりはスミレ色がかった灰色のように見えるわ。いつもいい香りのスミレを身につけている。リボンと服はスミレ色がかっているし、ブローチは真珠に囲まれたアメジストよ。振る舞いもいくらかスミレを思いおこさせるのよ。あの方はそれをわかっていて、それでいつもあの色を身にまとうのだと思うわ。なんて繊細な方なのでしょう。若い頃はとても美しかったに違いないわ」

「その方のことをよくブンチョウって呼んでいたわね」とローザは言った。

「そうなのよ。あの方を見ると、淡い黄褐色の羽と、スミレ色に光る首を持つわたしの小さなブンチョウを思いだすのよ」とフローラは答えた。

「あのご婦人はあなたの想像力に強い印象を残したようね」とローザは言った。フロラチータは、今まで彼女のような人を見たことがなかったからだと説明した。島でその女性に会ったことは話さなかった。隠しだてしない子どもだったが、全部話さないことを学んだのだった。

数分後ローザは大声を出した。「ジェラルドが帰ってきたわ！」妹はローザが走って彼に会いにいくのを見てため息をついた。「かわいそうなローザ！」

第八章

一週間後、ジェラルドはサヴァンナへ行ってしまい、ローザがいつもの昼寝をしていたとき、フロラチータはシスルの荷かごに小さな厚紙の箱を幾つか詰めて、チュリーに何も言わずにバルーシュ型馬車以外では通ったことのない方向へシスルに乗って進んでいった。ウェルビー・プランテーションを目指していたのだ。

開いた窓辺で編み物をしていたデラノ夫人は、並木道にロバに乗った小さな白い人影を見つけて驚いた。フロラチータがロバから降りるとすぐに彼女だとわかったので、夫人はポーチの階段を下りて彼女を迎えた。

「ウェルビー・プランテーションを見つけたのね」と彼女は言った。「見つけるのは大変ではないと思ったわ。この島には、ここフィッツジェラルドさんのと、二つしかプランテーションはないから。あの黒人たちの小屋以外に住居があるのかしら」と夫人は最後の部分を質問するような調子で話した。しかし、フローラは、一度だけバルーシュ型馬車でウェルビー・プランテーションを通りすぎたことがあるとだけ答えた。

夫人は客間へ案内しながら言った。「手に持っているのは何かしら？」

「マダム・コンキラの貝細工をほめていらっしゃいましたよね」とフローラは答えた。「だからわたしの作品を幾つか持ってきました。まねをして作ったのですが、出来栄えを判断していただこうと思って」と話しながら、小さなかごを取りだし、指にぶらさげて見せた。

「まあ、とっても美しいわ！」とデラノ夫人は言った。「どう工夫したらこのような軽さと優雅な雰囲気を作品に加えることができるのでしょう。ナッソーであの美しい作品を見るまで、貝細工はずっしりと重たくてむしろ粗野なものだと思っていたわ。でも、あなたは師匠を超えているわ、ミス・ゴンザレス。海の妖精がこれを作ったのかと思えるほどよ」

四つ五つの作品が箱から出され、吟味され、同じような賞賛を受けた。それから二人はナッソーの思い出を楽しく語りはじめた。そして少し脱線してこの孤立した小さな島のすばらしさと、美しさを増すこの季節についても話した。しばらくして、フローラは懐中時計を見て言った。「長居はできません。外出することを誰にも言ってなかったもので」

デラノ夫人は、時計の裏面に埋めこまれている丸いメダルがちらりと見えたので言った。「それは珍しい時計ね。どなたかの髪を中に入れているのかしら？」

「いいえ」とフローラは答えた。「これは父の肖像画です。」フローラは鎖を首から外して、夫人の手に時計を置いた。夫人の顔はそれを見て赤くなったが、すぐにいつもの青白い顔色に戻った。

「あなたはスペインの若いご婦人として紹介されたわ」とデラノ夫人は言った。「でもこのお顔はスペイン人ではないわ。あなたのお父さまのお名前は？」

「ニューオーリンズのアルフレッド・ロイヤルです」とフローラは答えた。

「でもあなたのお名前はゴンザレスなのね」と彼女は言った。

フローラは、ナッソーで正体を隠して偽名を使っていたのを暴露してしまったと気づき、真っ赤になった。「ゴンザレスはわたしの母の姓です」と下を見つめながら答えた。

デラノ夫人は一瞬彼女を見て、それから優しく引きよせ、強く抱きしめ、そしてため息をつきながら言った。「ああ、フローラ、あなたがわたしの娘ならよかったのに」

「ええ、本当にそうだったらよかったのに！」その若い娘は大きな声で応じ、頬を突然輝かせて見上げた。しかし、「でも、奥さまはわたしを娘になんかしたがらないと思います。もしわたしのすべてを知ったなら」と言ったとき、その豊かな表情に暗い影がさした。

デラノ夫人は明らかに心を乱していた。「あなたは秘密に包まれているようね」と彼女は答えた。「あなたが打ち明けたくない秘密については聞かないわ。でもわたしはあなたよりもずいぶん年を取っているし、世の中のことをあなたよりはよくわかっているわ。もしあなたが困っていたり、何か悪いことをしていたりして、それを相談してくれるのであれば、わたしはあなたを助けだすお手伝いをするわ」

「いいえ、わたしは何も悪いことはしていません。」フロラチータは真剣に答えた。「生涯一度も悪いことなんてしていません。」夫人の唇にかすかな微笑みが浮かぶのを見て、彼女は慌ててこう付け加えた。「正確にはそうではなくて。つまり、すごく悪いことをしたことはないと言いたかったのです。ときどき機嫌を悪くしたり、小さな嘘を口にしたことがあります。でも、そのときはそうしないわけにいかなかったのだと思います。いろいろ複雑な事情があって。本当のことを言うほうが性格に合っています」

「それはわかるわ」とデラノ夫人は答えた。「でも、あなたの純真さにつけこんで騙してまで秘密を探るつもりはないわ。でも一つだけ覚えておいてちょうだい。もしあなたが誰かに心を開きたいと思うのなら、わたしはあなたの真の友になるし、それについてはわたしを信頼してちょうだい」

「まあ、ありがとうございます！　ありがとうございます！」フローラは叫び、彼女の手をとって熱烈にキスをした。「でも、一つだけ教えてちょうだい」とデラノ夫人は続けた。「今わたしに何かできることはないかしら」

「奥さまにお願いがあって来たのです」とフローラは答えた。「とても優しくしていただいたので、用事をもう少しで忘れるところでした。特別な事情があってお金を稼がないといけないんです。奥さまはよくナッソーの貝細工を大変ほめていらしたので、もしわたしの貝細工を気にいったら買う気になってくださるかもしれない、もしくはご友人で買いたい人がいるかもしれないと思いました。わたしの作品をなんとか売る方法はないかといろいろ考えています」

「あなたが持っているのを全部、喜んで買いますとも」と夫人は答えた。「もっと作っていただきたいわ。特に、ほとんど見えない銀のワイヤーでとめてあって、とても軽やかに揺れているライス貝の花輪をね」

「すぐに幾つか作ります」とフローラは答えた。「でもデラノ夫人、わたしはもう行かないと。もっといたいのですが帰らないと」

「今度はいつ来てくれるの」と夫人が尋ねた。

「わかりません」とフローラは返答した。「ここに来るために都合をつけないといけないから」

「それはなんだか妙ね」とデラノ夫人は言った。

「妙に思われるのはわかります」と、ややせっぱつまった口調で答えた。「でも、どうか聞かないでください。すべて打ち明けてしまいそうになります。どう言ったらいいのかわかりません、本当にわかりません」

「できるだけ早く会いにきてほしいわ」とデラノ夫人は言ってフローラの手にそっとイーグル金貨（当時使用されていた十ドル金貨）を渡した。「さあ、行きなさい、言いたくないことを言ってしまう前に」

「言いたくないことではないわ」とフロラチータが答えた。「そうではなく、言うべきではないことです。すべて言えたらいいのに」

フロラチータは子どもっぽくキスをしようと口を上にあげたが、夫人は彼女を自分の胸に引きよせて優しくなでた。

フローラはポーチの階段を下りてから振りかえって上を見た。デラノ夫人は柱の一つに寄りかかってフローラが帰っていくのを見おくっていた。細くて軽やかなツル草が彼女の周りで揺れており、夫人の真珠のような顔色とスミレ色がかったドレスはその繊細な緑色の唐草模様を背景に美しく見えた。その光景はフローラにはなおのこと印象的だった。というのも、彼女がこれまで慣れしたしんできた暖色系の豪華な雰囲気の美しさとは対照的だったからだ。フローラはさよならのしるしに微笑んで投げキスをした。夫人は挨拶を返してくれたが、その表情が悲しげだったことをフローラは思いだし、自分の秘密を明かさなかったのでこの新しい友人に信用されていないかもしれない、とずっと考えながら帰宅した。

デラノ夫人はロバと少女が遠くの木々の間に見えなくなるまで見送っていた。「なんて不思議なこと！」と夫人はつぶやいた。「アルフレッド・ロイヤルの子どもなのに、母親の姓を使っている。それに、なぜ彼女は自分の居所を隠すのかしら？　確かに彼女は意識的に何か悪いことをしているはずはない。だって、あのような完全に自然な表情と態度は見たことがないもの。」以後数日間、夫人はこの問題で頭がいっぱいだったが、満足のいく結論にたどり着くことはなかった。

フローラのほうは、あの時感じたデラノ夫人の不信感は自分の謎めいた態度によって掻きたてられたに違いない、と頭を抱えていた。彼女は、新しい友人の目からその不信感を取りのぞく計画をあれこれと考えていた。ローザにこの問題を相談できたならどんなになぐさめになったことだろう。この数週間前までは、姉に隠しごとをしたことはなかった。だが、ああ！　第三者のせいで二人の間に壁ができ、日常の交わりにさえ支障をきたすようになった。というのは、フローラがジェラルドを蔑みそして嫌悪感を感じずにはいられなかった一方、ローザは彼の気高さと愛情あふれる性格をいつもほめ称え、彼のどんな些細な望みにも従おうと細心の注意を払っていた。お金を稼ぐ理由を秘密にしておくのはさておき、フロラチータはデラノ夫人を訪れたことを打ち明けるのはよくないとわかっていた。ジェラルドは誰かと知り合いになることを禁じていただけではなく、彼が一緒のとき以外はどちらのプランテーションの方向にも、馬車でも徒歩でも、行くことを禁じていたからだ。

来る日も来る日も、フローラは約束した花輪の作業をして、彼の見張りをかわそうと待ちかまえていた。しかし危なげない機会を見つけることができずに一週間以上が経っていた。ようやく彼が、ローザがよく口にする願いをかなえようと、近隣の島へ船で行くことを提案した。その島でピクニックをして夜までには帰ってくるつもりだった。ローザは楽しい期待でわくわくしていたが、妹が家に残りたいときっぱり言ったので期待が損なわれた。ローザは懇願し、ジェラルドは怒りはじめたが、それでもフローラは頑として断った。彼女は貝殻と繭綿とシェニール糸を全部使ってしまいたいと主張した。ジェラルドは、それらの材料を見るのは大嫌いで、もし彼女の目が貝細工によって疲れきってしまったならすべて海に投げすててやる、と断言した。フローラは、作業から顔を上げもせずに冷やかに言った。「いったいどうしてあなたがわたしの目を心配する必要があるの。あなたにはこんなにすてきな目を持つ妻がいるというのに」

　黒人のトムとクロエとボートが待っていたので、一波乱ののち、彼らはフローラを残してしぶしぶ出発した。

「あの子はずいぶん変わってしまったわね」とローザは言った。「遠出するのが大好きだったのに、今では朝から晩まで働きたがっているわ」

「ひねくれて、わがままで、気まぐれな女の子だ。甘やかされすぎたんだね。しつけが必要だ。」ジェラルドはそう言って、ボートへ向かいながら怒って籐《とう》の鞭で花を打った。

　彼らがかなり離れてしまうとすぐに、フローラはウェルビー・プランテーションへ再び向かった。チュリーはこういうことのすべてに気づいていたが、何も言わず、頭を横に振った。まるで口にするのも恐ろしい予感が立ちこめているかのように。

　デラノ夫人は机に前かがみになって手紙を書きおえようとしていたが、よい香りが漂ってきたのに気づき、顔を上げると、両腕にいっぱいの花を持ったフローラが開いたドアの敷居にいるのが見えた。

「お邪魔して申し訳ありません」と、彼女らしいやり方で軽くひざを曲げて挨拶した。その挨拶は、戯れ半分礼儀正しさ半分であるように思えた。「今日の森は魅力的です。木々はジャスミンのカーテンをつけていて、そのカーテンには黄金の花々の刺繍が施されていました。奥さまはいい香りがとてもお好きでしょ、だから腕いっぱいの花をシスルに乗せるために立ちどまらずにはいられなかったのです」

「ありがとう」とデラノ夫人は返事をした。「昨日の午後、馬車で外出したとき、こんなにも花であふれる森と豪華な夕日を見たことがないと感じたわ。南部の空の輝きに慣れてしまったあとでは、北部の空気は冷たくて退屈に思えるでしょうね」

「もうすぐ北部へ向かわれるのですか？」とフローラは心配そうに尋ねた。

「十日ほどでここを離れるわ」と彼女は答えた。「三月が終わるまでサヴァンナで少しだけ待つかもしれないけれど。というのも、ニューイングランドの三月は風が吹きあれて嫌いだから。もっともそのおかげでバラといい香りをもたらすけれど。わたしは、友人のウェルビー夫妻の所で冬を過ごすためにサヴァンナへ来たのよ。でも、この島がとても気にいっていたので、ご夫妻が息子さんの病気のためにアーカンソー州へ突然呼びだされたとき、お留守の間、数週間ここで美しい春の訪れを鑑賞させてほしいとお願いしたのよ。わたしは二年前に愛娘を亡くして以来一人でいることを好むようになったのだと思うわ。娘が生きていれば、あなたの年頃よ」

「奥さまが帰ってしまわれるのは本当に残念です」とフローラは言った。「以前からずっとお知り合いだったような気がします。おいでにならなくなったらどうすればいいのかわかりません。でもご友人たちのところへ戻られたら、わたしのような小娘のことはすぐにお忘れになるでしょう」

「いいえ。あなたのことは決して忘れません」と彼女は返事をした。「それに、また来たときにあなたに会えることを願っているわ」

「先日ここを去ったとき、不安でした」とフローラは言った。「わたしを見送ってくださったとき、奥さまがとても悲しげだったので、わたしが何か不道徳なことをしているとお考えになったのではないかと心配しました。というのも、奥さまがわたしのすべてを知ったならばわたしが娘だったらいいのになんて思わないでしょう、なんて言ってしまったからです。それで、できるだけ他の人々の秘密を明かさない範囲で自分の秘密を話しにきました。これを話したあと、わたしのことはもうどうでもいいと思われてしまうのではないかと不安です。でも、もしそう思われたとしても言わずにはいられません。悪い子だと疑われるよりは打ち明けてしまったほうがましです」

デラノ夫人は足台を引きよせて言った。「さあここにすわって、すべてをわたしに話してちょうだい。あなたのお母さまだと思って」

フロラチータは応じた。そして片肘をひざの上に置き、頬杖をついた。そして、こわごわとそして切なげに、穏やかに微笑んでくれている親切な顔を見上げてのぞき込んだ。一呼吸おいてから彼女は唐突に切りだした。「どう話しはじめたらいいのかわからないので、初めからは話さず、率直にお話しします。デラノさん、あの、わたしは黒人《カラード》の女の子なのです」

滅多にないことなのだが、夫人の微笑は大笑いに近いものに変わった。夫人は指輪をつけた指でフロラチータの可愛いえくぼのある頬をなでて言った。「まあ、あなたっていたずら好きね！　あなたの抱える問題を真剣に話してくれるのだと思ったわ。わたしに一杯食わせるつもりね。マダム・コンキラの店にいたとき、あなたはいつもとてもお茶目で陽気で、あそこの若いご婦人たちがあなたは大変ないたずらっ子だと言っていたのを覚えているわ」

「でも、これは冗談ではありません。本当にそうじゃないんです」とフローラは言い返した。「わたしは黒人の女の子なのです」

とても真剣に話すので、夫人は自分の目を疑いはじめた。「でも、父親はアルフレッド・ロイヤルさんだと言ったじゃないの」と夫人は言った。

「その通り、彼はわたしの父親です」とフローラは答えた。「これ以上ないほど優しい父親でした。ローザとわたしは小さなお姫さまのように育てられ、自分たちが黒人だとはまったく知りませんでした。母は裕福なスペイン人の紳士ゴンザレスの娘でした。パリで教育を受け、優雅で教養のある女性でした。母はローザよりも美人でした。しかも、ローザをご覧になればローザよりも美しい人はいないと言いたくなるほどなんです。母は善良な人でもありました。父はいつも、母のことをこの世で一番愛する最良の妻だと言っていました。母が亡くなったとき、父はどれほど嘆いたことでしょう。父は、母が触れたものを動かすことに耐えられませんでした。でも、そのシェール・パパは突然亡くなりました。その後、最初は、わたしたちはとても貧しいので生活費を稼がないといけないと言われました。次に、わたしたちの母親は奴隷だったので、法律によるとわたしたちも奴隷だと言われました。もし父が健在だった当時のわたしたちを知っているある紳士が密かにナッソーへ連れだしてくれなければ、わたしたちは競売で売られていたことでしょう。その紳士は長らくローザに夢中でした。そしてその人がローザと結婚したので、わたしも彼らと一緒に住んでいます。でもその人はわたしたちのことを隠しておきたいのです。なぜなら、わたしたちの逃亡を助けたことが明らかになると、その人はパパの債権者との訴訟や決闘といったあらゆる面倒なことに巻きこまれることになるからだと言います。こういった理由で、わたしの本当の名前はフローラ・ロイヤルですが、ナッソーではセニョリータ・ゴンザレスと呼ばれていました」

彼女は親切なマダム・ギルラーンドのことや逃亡時のはらはらする詳細などを話した。デラノ夫人は、このすべてを熱心に聞きいっていた。このように二人がすわっている光景は美しいものだった。夫人は円熟していても、年齢をほとんど感じさせない女性で、肌の色はアルビネス（語源はアルビノ、色白の女性のこと）のように白く、唇は穏やかで、目には柔らかい月光のような表情があった。姿勢や動きのすべてが静けさと洗練を示していた。一方、それとは反対に若い娘の方は、深くすわっているときでさえ、性急さがほんの一瞬落ちついているだけのようで、今にも勢いよく立ち上がりそうに思えた。彼女の大きくて黒い目は、代わるがわる笑ったり、光ったり、しくしく泣いたりした。そして彼女の赤味を帯びた顔は、輝く黒髪に囲まれて太陽の光のように輝いた。フローラは生き生きとしたドラマティックな表現で冒険を語り、『サ・イラ』の口笛や、御者が「そこへ行くのは誰だ？」と口ずさむ口調をまねたりしたが、夫人は、そんなフローラを素直に賞賛しながら見おろしていた。

「でも、あなたはまだ言っていないわ」とデラノ夫人は言った。「あなたのお姉さんと結婚した紳士が誰なのか。ああ、あなたは躊躇してるのね。まあいいわ。一つだけ教えて——その方はあなたに優しくしてくれていますか？」

フローラは赤面し、蒼白になり、再び赤面した。

「これもやめましょう」と夫人は言った。「尋ねたのは、あなたを助けてあげることができるかどうか知りたかったからですよ。貝細工の箱をさらに持ってきたのね。あとでそれを見ましょう。でも、最初に、わたしも秘密があるからそれをあなたに打ち明けるわ。そうすればわたしがあなたをいつも愛しているのだと、あなたも確信できるだろうから。フローラ、あなたのお父さんとわたしが若かったとき、わたしたちは恋に落ちたの、そしてわたしは彼の妻になると約束したのよ」

「ということは、あなたはわたしのマミータだったかもしれないのですね！」フロラチータは衝動的に叫んだ。

「いいえ、あなたのマミータではないですよ」とデラノ夫人は笑顔で答えた。「あなたはわたしをブンチヨウと呼ぶでしょう。それにブンチョウは陽気なハチドリや歌声の美しいモノマネドリのひなをかえすことはないわ。自分のことをいろいろ話してもいいのだけれど、日が沈みかけているし、夕暮れ後は外に出ないほうがいいわ。父はわたしたちの恋愛に怒ってね。というのも当時、アルフレッドが事務員で給与も少なかったから。わたしはヨーロッパに送られ、二年間彼の消息は何も聞かなかった。そのあと、両親は彼が結婚したと告げたわ。それからほどなく、わたしはデラノ氏と結婚するように説得されたの。彼と結婚すべきではなかったわ。だってわたしの心はそこになかったから。夫は亡くなり、大きな財産と小さな娘を残してくれたわ。娘のことはあなたに話したわよね。わたしは自分の愛しい娘が亡くなってからずっと一人ぼっちだと感じてきたのよ。胸にぽっかりと穴が開いていたので、若い少女たちに惹かれたわ。初めてあなたを見たとき、あなたの外見と態度にわたしは惹きつけられたの。それにアルフレッド・ロイヤルがあなたの父親だと言ったときには、あなたを自分の胸に抱きしめたかった。さあ、あなたが打ち明けようとするいかなる問題に対しても万全の準備ができていて、そしてもしできるならその問題を取りのぞいてあげたいと真剣に思っている友人がここにいることをわかっておいてね」

彼女は貝細工の箱を開けようと立ち上がったが、フローラは勢いよく立ち上がり彼女の腕に飛びこみ、「パパシートがあなたをわたしに送ってくれたのだわ。――そうなんだわ」と言った。

静かな感激にしばらく浸ったのち、デラノ夫人が再び黄昏が近づいていることを伝え、二人は抱きあいながらアデューを告げた。

四、五日後、フロラチータは興奮状態でウェルビー・プランテーションに現れた。彼女は動揺しており、まぶたはまるでずっと泣いていたかのように腫れていた。デラノ夫人はすぐに彼女を胸に抱きしめて言った。「どうしたの？　新しいマミータにあなたをそんなに悩ませているのは何か教えてちょうだい」

「ああ、奥さまをマミータと呼んでもいいでしょうか」とフローラは聞き、友人の心を心底温める感謝あふれる表情を見せた。「ああ、わたしはマミータがぜひとも必要なの！　わたしはとても不幸なの。助けてくださらないと、わたしはどうしたらいいのかわかりません！」

「もちろんです。もしあなたがその問題を話してくれるのなら、できることならあなたを助けますとも」とデラノ夫人は答えた。

「はい、話します」とフローラはため息をつきながら言った。「フィッツジェラルドさんというのが、わたしの姉と結婚した紳士です。でも、わたしたちは彼のプランテーションに住んでいません。森の中に隠れた小さなコテージに住んでいます。彼がローザに対するほど恋に夢中な人はご覧になったことがないと思います。わたしたちがここに最初にやってきた頃、あの人は一瞬たりともローザから目を離そうとはしませんでした。それにローザもあの人をとても愛していますす！　だけど、この二カ月ほどあの人はわたしに特別な感情を見せています。ローザには今までと同じように愛情を持っているのですけれど。姉が彼のためにピアノを弾いているとき、わたしはその横で歌っているのですが、姉に見えないところでわたしにキスを投げつづけるんです。とても恥ずかしくて姉の顔をまともに見ることができません。ずっと彼を避けてきました。家の中にいるときは、ローザにくっついて離れません。彼が不在のとき以外はロバに乗るのも散歩をするのも諦めました。でも、いつあの人が不在になるのかはわからないのです。昨日彼は外出し、サヴァンナへ一週間行く予定だと言っていました。ところが、今朝、シスルに餌をやろうとコテージのうしろの森に入ったら、そこで待ち伏せしていました。わたしをつかみ、わたしの口に手を当てて、自分の言うことを聞けと言いました。ローザとわたしはあの人の奴隷だと言うのです。パパの債権者からわたしたちを買ったので、いつでもわたしたちを売ることができると。わたしが彼をもっと優しく扱わないとわたしをサヴァンナへ連れていき、そこで売ると言いました。今日の夕暮れ時、**サイプレス・グローブ**（糸杉の森）で会う約束をするまでわたしを離してくれませんでした。わたしはマダム・ギルラーンドのところへ行くためのお金を稼いできました。マダムにどこか奴隷として捕まる危険のないところへ逃がしてもらって、そこでダンスや歌のレッスンができればいいと考えていました。でも、一人でどうやってニューオーリンズへ行けばいいのかわかりません。それに、もしわたしが彼の奴隷なら、そこまで警官と一緒にわたしを捕らえにくるのではないかと不安です。だから、新しいマミータ、どこかへ行けるお金をわたしが手に入れるのを手伝っていただけないかと思い、ここに来ました」

デラノ夫人はフローラを胸に優しく抱きよせ、そしてとても穏やかな哀れみあふれる口調でこう答えた。「お金を手に入れてどこかへ行くだなんて、かわいそうに！　わたしが愛するアルフレッドの娘を一人でさまよわせたりすると思う？　だめよ、あなたはわたしと一緒に暮らし、わたしの娘になるのよ」

「でも、わたしが黒人で奴隷であるのを気になさらないのですか？」とフロラチータは謙虚に尋ねた。

「そのことは二度と話さないようにしましょう」とその友人は答えた。「この売買はとても憎むべき不道徳なもの。考えるのも耐えがたいわ」

「とても感謝しています、新しいマミータ。なんと申し上げればいいのでしょう。でも、ローザと離れることを考えると心が引きさかれそうです。生まれてから一度も一日たりとも離れたことはありませんでした。姉は大変優しくて、わたしをとても愛してくれるのです！　そしてチュリーもです。チュリーには敢えて話しかけませんでした。自分が取りみだしてしまうとわかっていましたから。ここへ来る間じゅうずっと、ジェラルドがわたしに追いついてどこかへ連れさってしまうのではないかと怖かったのです。ローザとチュリーに再びいつ会えるのかわからないまま、二人のことを考えながら目が見えなくなるほど泣きました。もし、シスルがここまでの道のりを知らなければ、ここに到着できていなかったでしょう。かわいそうなシスル！　手綱を首に投げて、シスルだけで家に帰らせたとき、わたしの心は張りさけそうでした。あのロバを抱きしめることすらできなかった。わたしはとても怖かったのです。ああ、ここに置いてくださると聞いてとてもうれしいです」

「あなたがここにいるのは賢明でないと思うの。」デラノ夫人は答えた。「朝になったら捜索されるでしょうから、それまでに出かけたほうがいいわね。ウェルビー夫人のお嬢さんの服が上の部屋のクローゼットにあるわ。あなた用に一つ借りましょう。ビューフォートから来るサヴァンナ行きのボートが積荷を取りにあと一時間したらここにとまるのよ。わたしたちはサヴァンナへ行きましょう。あそこにはわたしの洗濯ものをやってくれる黒人の洗濯係がいるんだけど、彼女の洗濯室の上に小さな部屋があるの。あなたは上品な宿よりもそこに隠れていたほうがいいわ。わたしはいろいろ準備するために一旦ここに戻ってきて、数日中にあなたのところに行き、それからあなたを北部のわたしの家に連れていくわ」

必要な準備はすぐに整えられた。フローラはミス・ウェルビーの服に着替えると、かすかに微笑んでこう言った。「いつも逃げないといけないとは、なんて不思議な運命なんでしょう」

「これが最後よ」とデラノ夫人は答えた。「わたしはこの可愛い小鳥を自分の翼のもとで大切に守るわ」

フローラは、その新しい友人と手を取りあってボートに乗りこみ、知っている人は誰もいないとわかったので動揺はおさまり始めたものの、今度は悲しみがこみ上げてきた。恐ろしさのあまり、この哀れな娘はどこかへ逃げること以外ほとんど何も考えてこなかったのだ。しかし、島にある自分の家が遠ざかっていくのを見たとき、自分が大きな一歩を踏みだしたことを自覚した。彼女はあの寂しいコテージが木々に囲まれているあたりを凝視し、チュリーのキッチンから煙でも見えないかと願っていた。しかし、大きなヒメコンドルが、まるで黒いハゲワシのように梢の上を優雅に羽ばたいている以外、そこに生活の気配は感じられなかった。最愛の姉、忠実な召使い、かつては多くのことを期待した兄、彼女を心地よい道や花でいっぱいの森や鳴りひびく海に運んでくれた我慢強いあのロバ、それらは皆、父親や子ども時代の明るい家が突然奪われたのと同じように、忽然と消えてしまった。

　彼女たちが通りすぎている光景は楽園のように美しく、すべての自然は生き生きとしていて歓喜に満ちていた。野生の梅林の白い花は、黒い常緑樹のすき間で瞬き、それは植物がまねる星の光のようだった。大きく広がった樫の木々と壮大なマグノリアは、真っ赤なグロスビーク（大きなくちばしを持つ鳥、別名イカル）が木から木へと飛びまわるにつれ、色づいた光の瞬きによって照らされていた。スズメはさえずり、ハトはクークー鳴き、モノマネドリは口笛を吹き、音階を上げたり下げたりしながらありとあらゆる変奏を加えていた。鳥たちのエネルギーの噴出は、過ぎ去った日々と同じだが、聞き手は変わっていた。かつて音楽的な勘の鋭いフローラの耳は、鳥たちがいかに同じ歌声に強弱をつけて繰りかえしたり、それを単調にしたり、また鋭くしたりして、あらゆる予想外の変化を加えてその歌を変奏しているかに気づかないことはほとんどなかった。しかし、今は、彼女は単に親しみのある音に漠然と意識を向けているだけであって、その音は父親の家での楽しかった最後の日、つまりフローラが鳥たちを音の変化で戸惑わせているのをロザベラが聞いて大笑いしたときのことを思いださせた。記憶は彼女に魔法の鏡を差しだした。その鏡で、彼女は失われた年月の一連のできごとを映しみることができた。このようにして、世間から隔離された少女は、過去を愛しくそして名残り惜しく思いつつも、慈悲深い神が遣わした新しい友人とともに未知なる未来へと漂っていった。

第九章

ローザは妹の留守が長いことに驚いていた。そして太陽が地平線上の一筋の黄金の光だけになったときには不安を募らせはじめた。彼女はキッチンへ行き、こう言った。「チュリー、フロラチータを見かけなかった？　わたしが眠っている間にどこかへ行ってしまったのよ」

「いいえ、お嬢さま」とチュリーは答えた。「わたしが最後に見たときは、ご自身の部屋で刺繍台を前にしていました。ときどきそうなんだけんど、まるで何も見えていないといった様子で窓の外を眺めていたですよ。飛びあがって抱きついてキスをして『愛しいチュリー、忠実なチュリー』と言われるですよ。お嬢ちゃんはたんと愛情を示してくださったですよ。次にそこへ行ったときには、針が刺繍に刺してあって、指ぬきは刺繍台の上にあったけど、お嬢ちゃんの姿はなかったですよ。いつ外へ出られたかはわかりません。シスルだけ帰ってきたけど、それはお嬢ちゃんが散歩に行かれたときにはよくあることなんで」

心配そうな口調ではなかった。しかし、チュリーは認めたくはなかったけれど不安に駆られて、近くの森の小道や海岸を探しにむかった。彼女が戻ったとき、ローザは訊きたくてたまらず走りでてきた。「どこにも見当たらなかった？」見当たらないという答えに対し彼女は言った。「どういうことなのかしら。わたしたちがここに来てからフロラチータが誰かと会っているのを見たことがある？」

「旦那さま以外は誰も」とチュリーは答えた。

「あの子はここが不満だったのかしら」とローザは言った。「不満であるはずがないわ。だってわたしたちは皆あの子をとても愛していたから。それにジェラルドもまるで自分の妹のようにあの子に優しかったし。でも最近フロラチータらしくなかったわね。それに午前中、何度もわたしを抱きしめてキスをして泣いたのよ。どうしたのと尋ねると、パパシート・クェリードが生きていらした楽しかったときのことを考えていたの、と言ったのだけれど。フロラチータは幸せではなかったと思う？」

「一度だけマダム・ギルラーンドを恋しいと言いなさったですね」とチュリーが答えた。

「そう言ったの？　フロラチータはおそらくマダムのところへ行くつもりで、あの人のためにあんなにたくさんの作品を作っていたのね。でも一人では行けないし、ニューオーリンズへ行くのはわたしたちのどちらにとってもかなり危険なことはわかっているはずよ」

チュリーは返事をしなかった。彼女は開いたドア近くの木製のベンチにすわり、落ちつきなく身体を揺すっていたかと思うと、ときどき飛びあがり辺りを見まわした。黄昏の幕が地上に舞いおり、暗闇がそのあとに続いた。コテージに住む二人の同居人は、惨めになり、無力さを感じながら、ただじっとすわってものの音に耳を澄ませていた。しばらく、波の打ちつける音とフクロウの鳴き声以外は何も聞こえなかった。月が松林の上に登り、大地と海原に銀色の光を注いだ。

「プランテーションへ行って、トムに連絡したいわ」とローザは言った。「こんなに明るい月夜なので行けるかもしれないけど、ジェラルドを怒らせるのではないかと心配だわ」

チュリーはすぐにシスルを連れてきて、女主人のお供をすると申しでた。

二人は足音にびくりとした。その足音はフロラチータの足音ほど軽くはなかったが、誰かが知らせを持ってきたかもしれないと思ったのだ。そして、それが家の主人であることがわかった。

「まあ、ジェラルド、よかった！　あなたはサヴァンナにいると思っていたわ」とローザは叫んだ。「フロラチータの姿を見なかった？」

「いや、ここにいないのか？」と彼が非常に驚いた様子で尋ねたので、チュリーの疑惑は振りはらわれた。

ローザは彼女が消えた話を繰りかえし、最後にこう言った。「フロラチータはチュリーに、ホームシックでマダムのところへ行きたいと言ったそうよ」

「まさかそれはないだろう」と彼は答えた。

「旦那さま」とチュリーが彼をまじまじと見ながら話した。「一つロージーさまにお話していないことがあって。ロージーさまを心配させたくなかったからね。海草の付いたフローリーさまの手袋が海岸にあったですよ。その周りにはフローリーさまの足跡もたんとあったしね」

ローザは叫び声を上げた。「ああ、なんてこと!」彼女は大声で「数日前、ワニを見たわ」と言った。

恐怖の表情は彼に伝染した。「貝殻やコケをそんなに捕りにいってはいけないと注意はしていたんだ」と彼は言った。「でもあの子はいつもすごく頑固だから」

「わたしの可愛い妹なのにそんなことを言うのはやめて!」とローザは懇願した。「おそらく、二度とあの子に会えないんだわ」

彼は二言三言、なだめる言葉を口にしたあと、帽子を取って「海岸に行ってみるよ」と言った。

「気をつけて、ジェラルド」とローザは声を張り上げた。

「危険なものですか」と、チュリーは誰も聞こえないところまで歩いていってつぶやいた。「ハンサムなお口を持った誰かさんのほうがワニよりもっと危険かもしれないじゃないか。かわいそうなおチビちゃん。旦那さまはあの子をどこにやったんだろう」

海岸をうろうろしたときのジェラルドの心中は穏やかではなかった。その心は、フロラチータは自殺したか、それとも誤って溺れ死んだか、という二つの推測に分かれた。彼の迫害から逃げたとは信じがたかった。というのも、彼女は自分で自分のことを守るのにまったく慣れていないことはわかっていたし、彼女を助ける者はいないと確信していたからだ。彼は潮の干満が足跡を消してしまって、フロラチータの痕跡は何も見つからなかったと告げにもどった。

夜明けとともにジェラルドはプランテーションへ向かい、そこから有益な情報は得られないまま、さらにウェルビー・プランテーションへと馬を走らせた。デラノ夫人は、召使いたちに若い娘さんを見たことを言わないように命じていたので、彼らはジェラルドに何も伝えなかった。

ジェラルドはできるだけ早くニューオーリンズへ発とうと決心した。二週間ほど留守にしたあと、彼はシニョールとマダムの嘆きと同情を記した手紙を持って戻ってきた。そして、チュリー以外の全員は、フロラチータは溺死したと確信した。チュリーの心には希望がまだ残っていた。「あの子がどこにいようと、必ずわたしらに知らせせようとするだろう」と彼女は考えた。「あの子は、連れていかれる哀れな奴隷たちの場合とは違う。書くことができるんだもの。」チュリーの女主人は失った最愛の妹のことについて毎日話したが、もちろんこのような疑念は彼女に言うべきことではなかった。ジェラルドはあらゆる陰気さを嫌うので常にその話題を避けた。ロザベラは、愛のまなざしで彼を見ていたので、そういう彼の態度は深い思いやりのしるしであるととらえ、それを尊重した。

ロザベラは目がくらんでいたには違いないが、そんな彼女も次第に今のジェラルドは少女だった自分の心をとらえたときとまったく同じではないように思えてきた。彼を喜ばせようと努力してもいつも成功するというわけではなかった。彼は時折むっつりしたり、いらいらしたりした。少しでも苛立つと乱暴な口をきくし、トムとチュリーに対してよく怒りを爆発させた。彼がコテージを不在にすることがさらに多くなったが、このようにひんぱんにローザと離れることへの切なさをあまり口に出さなくなった。フローラの消息が途絶えてから数週間後、彼は夏の数カ月は北部を旅するつもりだと告げた。ロザベラは懇願するような表情で彼の顔を見上げたが、自尊心が高かったので、自分も同行してもいいかと尋ねることができなかった。彼が提案してくれるかもしれないと待っていた。しかし、彼はそのことを考えてもいなかったので、ロザベラがため息をついて顔をそらしても、彼女の目に宿る落胆の色を理解できなかった。

「週に一回はトムが馬車で来るだろう」と彼は言った。「それに彼かジョーのどちらかが毎晩来てくれる」

「ありがとう」と彼女は返答した。

しかし、その口調はあまりにも悲しく響いたので、彼は以前のように彼女の手を優しく取って言った。「僕と離れて残念なんだね、ベラ・ローザ?」

「残念だという以外、どう感じると思っているの」と彼女は尋ねた。「あなたがいなければわたしはこの世で一人ぼっちだというのに?　ねえジェラルド、わたしたちはずっとこのように暮らしていくのかしら?　わたしを妻として絶対に認めてくださらないの?」

「どうしたらそんなことができるというのだ」と彼は言い返した。「僕があのおぞましい債権者たちにつかまってしまうかもしれないのに?　君の母親が奴隷だったのは僕の責任ではない」

「ヨーロッパなら、わたしたちは安全なはずよ」と彼女は答えた。「なぜ外国で住めないの?」

「裕福な叔父がもし僕がクァドルーンの娘と結婚したと知ったら、僕にびた一文残さないだろう」と彼は言い返した。「僕は近頃財政上の損失に見舞われたから、叔父を怒らせるわけにはいかない。僕が君に与えた家に満足できないのならすまないね」

「わたしの家に満足できないのではないわ」と彼女は言った。「わたしは世間と交わりたいとは思わない。でも、あなたはそうする必要がある。そして、こんなふうに離ればなれになるのがとてもつらいのよ」

彼の答えはこうだった。「ひんぱんに手紙を書くよ、それに新しい楽譜をたくさん送るからね。ここに帰ってきてその歌を聞くのを楽しみにしているよ。僕のために、どうか健康に気をつけて。毎日シスルと散歩に行かなくてはいけないよ」

その提案はあることを連想させ、彼女を打ちのめした。「ああ、フロラチータはどれほどシスルを愛していたことか！」彼女は叫んだ。「あのかわいそうな動物もあの子がいなくなって寂しがっているように思えるわ。ジェラルド、わたしたちはあの子のことをおろそかにし過ぎていたのではないかしら。自分たちの幸福感に浸っていたので、あの子のことをもっと考えてやればよかったのに、考えていなかったわ」

「僕があの子の願いをすべてかなえてあげようとしていたことは確かさ」と彼は応じた。「自分を責めるようなことは何もしていないし、それに君だっていつも愛情深い姉さんだったよ。そんなふうに思うのは気持ちが病んでいるからで、君はそれを追いはらう必要がある。少し前、プランテーションはどうなっているのか、それに庭にどんな花が咲いているのかを見たいと言っていたね。明日バルーシュ型馬車でそこまで案内しようか？」

彼女は喜んで賛成した。そして彼から優しい言葉を二言三言かけられると、彼の愛への信頼をすぐに取り戻した。

次の日、馬車が森の入り口まで来たとき、ローザは馬車を迎えようと笑顔で、そして弾むような足取りで外に出た。ジェラルドはローザに手を貸して馬車に乗せようとした際、「ベールをつけていないね」と突然言った。

チュリーはベールを持ってくるよう呼びだされた。ローザはそれを頭につけながら言った。「わたしのことを恥じているみたいね、ジェラルド」

この言葉はほとんどささやくようにつぶやかれたが、その口調は今までの彼女の発言のうちもっとも非難めいたものだった。彼は即座に慇懃な態度をとり、「自分の宝物はとてもだいじだから、自分のものだけにしておきたいのさ」と大きな声で応じた。

馬車に乗っている間、彼は愛情にあふれていた。そのことと、暖かい空気と絶景とすばやい移動から生じるうきうきした気分が重なって、ローザは愛する妹が突如失踪して以後、初めて大きな幸福感を感じた。

プランテーションは祭りの装いだった。ベランダは、白くて大きい、中央に金色の眼を持つナニワイバラでほとんど覆われており、そのナニワイバラは光沢のある黒ずんだ色の葉の間で輝いていた。芝生は花の刺繍が施された緑色のベルベットの布のようだった。マグノリアと樫は壮大に茂り、広大な大地を飾っていた。裏手にあるのは、黒人たちの小屋だった。黒人の子どもたちは草の上で転がり、彼らの笑い声が鳥たちの歌声と混じりあっていた。庭の曲がりくねった道沿いに植えられた灌木には花が咲き乱れ、海は遠くできらめいていた。どこを見ても、視界に入るのは太陽の光と花と萌える若草だった。

初めて、彼はローザを邸宅の中へと誘った。ローザが最初に向かったのはピアノのほうだった。彼女がそれを開けて鍵盤に手を触れると、ジェラルドが言った。「悲しいことに調律が合ってないんだ。このピアノの持ち主はどこか他でもっと愉快な音楽を楽しんでいたから、これは放ったらかされていたんだ」

「でも、響きはとてもいいわよ」と彼女は答えた。「これが使われてないなんて残念だわ！」花咲く庭と広々とした芝生を窓の外に見つめながら彼女は言った。「ここに住めたらどんなに楽しいことでしょう！　大きく開けた空間を外に眺めることができるのはとても心地いいわ」

「たぶんいつかね」と彼は答えた。

彼女は微笑み、よく知っている歌を歌いながら曲を弾いた。飲み物を持ってきた使用人は彼女の美しさと透き通った響く歌声に驚いた。たくさんの黒い顔が彼女を一目拝もうとドアの隙間の周りに集まった。彼らは去っていくとき、お互いにひじで軽く突いたり、ウインクをしたりした。トムとクロエは、彼らの何人かにこのような婦人の存在をこっそり言いふらしていたし、またチュリーが旦那さまは西インド諸島でその人と結婚したと言っていたことも話していた。なので、使用人たちはローザがこのマグノリア・ローンの未来の女主人になるだろうと予想した。一方、もし奥さんになるのだったら、旦那さまがしているようにその人を隠したりしないだろう、という意見を持つものもいた。しかし、彼女が美しく気品のある婦人であることは全員が認めたので、皆が彼女に敬意を払った。使用人たちの意見と憶測をもしローザが聞いたなら、その頬は真っ赤な炎に包まれたことだろう。しかし、非難や恥といった事柄には気づかないまま、彼女はまばゆい喜びのひと時に身をゆだねた。

フィッツジェラルド氏に新たな愛情の発作が襲ったようだった。幸福感が彼女の美しさをより輝かせたという理由もあるし、また頭をめぐっていた密かな考えが良心の呵責を感じさせたという理由もある。彼は、彼女を花嫁として迎えにきたナッソーの最初の週でさえ、これほどまでに夢中になったことはなかったように思えた。庭のずっと向こうには葉で茂った散歩道があり、その道はツル草で覆われたあづまやで終わっていた。二人はそこに長い間とどまって、お互いの腕を絡めながら、恋の幕開けの記憶を語りあい、二人の歌声が初めて重なった曲をともに歌った。

帰り道、二人は森とツル草で覆われた木立を通りぬけた。ツル草はぎっしりと大きく巻きついたものもあれば、軽くて妖精のブランコのように空中に浮かんでいるものもあった。穏やかな海岸では、波が次々と押しよせては白い泡の花束を岸に軽く放りなげた。太陽は黄金の海に沈みかけており、その頂点付近では、薄くて軽い雲がバラ色を帯びながら紺碧の空に溶けて、さらに一つになり、その様子はまるでバラの匂いが漂って形になっていくようだった。

コテージにたどり着き、静まりかえった小さな客間を通りすぎたとき、ローザは涙をためて独りごとを言った。「かわいそうなフロラチータ！　海を見て彼女を思いだしてしまったわ。わたしはこんなに幸せであってはいけないわ」

しかし、記憶は、この穏やかな日の記録を刻みこんだ。優美な花々の間から天使たちが顔をのぞかせている、紫と金色に輝く彩色写本のように。

第十章

ロザベラは、その後の数カ月ほど孤独を感じたことはなかった。すべての音楽は遠くに響く過去の伴奏で悲しい音色に聞こえた。刺繍をしても誰もそれをほめてくれる人がいないし、また色や模様を相談する相手もいないので、興味が薄れた。ジェラルドが時折送ってくれる本は、陽気な作品だったので、ものうい時間を潰すのには役立ったけれど、彼女の精神を元気づけたり、または回復させたりするようなものではなかった。彼女の周りには亡くした人や不在の人を思いださせる品々であふれていたので、孤独はいっそう苦痛だった。フローラのやりかけの刺繍はまだ刺繍台にあり、針は青いワスレナグサ（花言葉は「わたしを忘れないで」や「真実の愛」）の刺繍の最後のステッチに刺さったままだった。鏡には彼女が作った青いバラの花束がかかっていた。壁には、彼女が押しつけた海ゴケが小枝模様を成していた。彼女はその周りを小さな貝で囲み、花輪のようにしていた。ドアのそばには、彼女が森から植えかえたツル草の木があった。木の下の反対側には、小さな芝生があって、そこで彼女はよくコテージ、チュリー、シスル、かごに集めた野生の花々のスケッチをした。これらのものを見ると、長年ローザの腕の中で寄りそって眠り、そしてその歌声で毎日を音楽で満たした、愛らしく美しい少女の姿がいつまでも浮かび上がってきた。それから、吹く人がいないので沈黙するジェラルドのフルートと、ローザが彼のために刺繍をした絹のクッションがあり、彼がその上で横になっているのをよく見たこと、そしてそんな彼を眠っているアドニス[*1]のようにハンサムだと思ったことなどが思いだされた。彼からの手紙は数日間は彼女を元気づけたが、ひんぱんには届かなかったし、たいてい短かった。トムは、主人の命令に従い、馬車で週

＊1　ギリシア神話の女神アフロディテに愛された美少年。

に一度やって来たが、一人で馬車に乗っていても体や精神が滅入ってしまうとわかったので、ローザはチュリーに同伴してもらえるのをうれしく思った。

夏が終わると、新たな絶景の誕生を告げに九月が到来し、しおれた花や枯れかけた葉が茶や真紅や紫やオレンジ色といったさまざまな色にうっすら色づきはじめた。九月初旬のある日、トムが馬車でやって来たとき、ローザはマグノリア・ローンへ行くように頼んだ。春のまばゆい日に訪れてとても幸せだと感じたあの場所を再度訪れたいとかねてから願っていたのだ。しかし、いつも自分に言いきかせていた。「ジェラルドが来るまで待とう」と。今や、彼女はその望みが延期されるのに疲れはててしまい、もう待つことができないと感じた。

馬車に乗りながら、ジェラルドがそれとなくほのめかしたように今後二人があそこで暮らしていくなら、あの散歩道を直すようにジェラルドに提案しよう、とローザは考えた。召使いたちは普段通りの敬意ある態度と不思議そうな表情で彼女を迎えいれた。しかし、ローザが質問しようとうしろを振りかえると、召使いたちがいつになく興奮した様子でお互いにささやきあっていた。自分の特異な状況が、使用人たちの好奇心を刺激してしまったと気づき、彼女は頬を赤らめ、母親と自分がいかに異なっているかを考えながらその場を離れた——母親がいつもいかに保護されそして守られてきたか。ローザは、父親がめったに家を離れなかったこと、そしていつも真っすぐ帰宅していたことを覚えている。ベランダにしばらく立ちながら、悲しげに思った。「もしジェラルドが、パパシートがマミータを愛したようにわたしを愛しているのなら、わたしをこんなにも放っておいてどうして安心していられるのだろうか？」深いため息をついて振りかえり、開いた戸口（床面まであるフランス窓）を通って家の中に入った。突如、そのため息は明るい笑顔に変わった。客間は彼女がこの前に見てから驚くほど変化していた。木材には新しくペンキが塗られており、壁は銀色の花柄の壁紙で覆われていた。刺繍が施されたレースのカーテンの上に、澄んだ黄緑色のダマスク織の分厚いカーテンがかかっており、そのカーテンには幅の広い白いシルクの房べりと、どっしりとしたタッセルが付いていた。「ジェラルドはなんて優しいの！」と彼女はつぶやいた。「ここに住みたいという願いを口にしたから、こうしてくれたのね。心の中で彼を疑うなんてわたしはなんて恩知らずだったのでしょう！」

彼女は寝室へと入っていった。そこには白いフランス製のベッドがあり、ベッドの枠にはバラの花束が描かれていた。ベッドの周囲にバラ色のレースの布がかかっており（天蓋付きベッドのようになっている）、そのレースの中央は花綱でとめられていて、その花綱は小さなキューピッドの銀の矢で支えられていた。窓の上にある銀の矢（カーテンレールのこと）からも、これと同じ柔らかいバラ色のひだが垂れていた。心でこうつぶやきながら、ロザベラの顔は幸せな輝きを放っていた。「ああ、すべてにうっすらとバラの色が入っている理由がわかるわ。わたしのためにこんな美しい思いがけない贈りものを準備してくれるとは、なんて優しい人！」

彼女は庭の散歩道を行き、離れたあづまやでしばらく留まっていた。床には干からびたスミレの束があったが、それは彼があの幸せな日に彼女のベルトに付けてくれたものだった。彼女はそれを拾いあげ、花に熱烈なキスをして、胸の近くにつけた。そんな彼女の胸中はここ数カ月間でもっとも軽やかだった。「とうとう、彼はわたしを妻として認めてくれるのね」と彼女は思った。「もう隠す必要がなくなれば、どんなに幸せでしょう！」

使用人たちは、ロザベラが庭を横ぎりながら歌っているのを耳にしたので、三々五々集まって耳を傾けた。しかし、彼女が家に近づくのを見るとばらばらに離れていった。

「すげえ立派なご婦人だね」とコックのダイナは言った。

「そうとも」とトムは繰りかえした。「あんたに言ったただろ、あの人は旦那さまと結婚しなさっただ。だからここの奥さまになりなさる」

ヴィーナスは部屋係で、ブロンズの海の女神としてもかなり通りそうな女性だが、彼女は頭をそらしてこう答えた。「どうだかわかんないよ。旦那さまはわたしら女たち皆にたんと求愛するひとだからね」

「なんでそうだと知ってるんだい？」とダイナは叫んだ。「そのイヤリングをどこで手に入れたってのさ？」そのとき、皆がクスクス笑った。

純粋で何も気づいていないロザベラは、まだニヤリとした表情を浮かべているトムのところへやって来て、馬車を持ってくるように丁寧に頼んだ。ローザは帰宅途中、いきなり歌いださないように我慢するのに苦労した。たまたま島を訪れている者が彼女の歌声に注意を引かれるといけないので、馬車の中では歌わないようにとジェラルドが特に要請していたのだった。

彼女がコテージに入って口にした最初の言葉はこうだった。「ああ、チュリー、わたしはとても幸せだわ！　ジェラルドはマグノリア・ローンを見事に整えてくれているの。わたしがあそこで住みたいと言ったからよ。彼は、わたしたちがあそこへ行ったあの日、パパシートの債権者たちと決着をつけてみると言っていたわ。もうすでにしていたのよ。だからあまり長く隠れておく必要はなさそうだわ。あの家をまるで女王さまの家のように整えていたわ。彼って優しいと思わない？」

チュリーは、主人に対する賞賛をむしろ疑いながら聞いていたが、だれがやることでもロージーさまのためなら惜しいことは何一つないですと答えた。

「まあ、チュリー、あなたはいつもわたしを思いっきり甘えさせてくれるのね」と彼女は言って、陽光のような微笑みを顔に浮かべながらお気に入りの使用人の肩に優しく手を置いた。「さあ、何か食べるものを用意して。馬車に乗ったのでお腹が空いたわ」

「うれしいこった、ロージーさま。何を食べているのかもわかんないで、フォークでただひっくり返して、一口か二口しか食べてもらえないんなら、おいしい料理を作ったって無駄だと思いはじめていましたですよ」

「わたしは彼を恋しく思っていたの、チュリー。ときどき、彼が昔のようにわたしを愛していないのではないかと不安に思っていたわ。でも今は、彼がマグノリア・ローンでわたしたちが暮らすためにあんなに準備をしてくれていたとわかって、女王のように幸せよ」

ローザは歌いながら出ていったが、チュリーはそんな彼女を見送りながら独りごとをつぶやいた。「ロージーさまなら、たいそう美しい女王になるだろうねえ！　黄金の上を歩いたってもったいないことはありゃしない。でも、債権者と話をつけると言ったのは本当かねえ？　あの人が言うことは信用できやしない。今、ロージーさまが歌っているのを聞いてごらんよ。フローリーさまと同じくらい陽気に聞こえる。ああ！あれは妙なできごとだった。あの子は本当に死んじまっているんだろうか」

食事の用意をしている間、このような考えがチュリーの頭をよぎっていたが、一方、ローザは急いで次のように手紙を書きはじめた。

親愛なるあなたへ――

わたしはとても幸せなのであなたにそれを言わずにはいられません。わたしはいけないことをしてしまったのですが、あなたに逆らったのは初めてなので、どうかお許しください。あなたが一緒でない限りプランテーションには決して行かないようにとおっしゃっていましたね。だけど、待ちに待ちましたが、あなたはおいでになりませんでした。わたしたちはあのすてきな日、あそこでとても幸せだったので、また行きたいと切望しておりました。あなたがおいでbeing なければとても寂しいことはわかっていたのですが、ともに歩き、ともに歌い、そしてお互いふざけあって好きな名前で呼びあったあの場所へ行けばなぐさめになると思いました。わたしの名前をどれほど変化させたか覚えておられますか――ロザベラ、ロザリンダ、ロザ・ムンダ、ローザ・レジーナ（イタリア語で女王を意味する）など。あなたはどれほど多くのバラをわたしに浴びせたことでしょう！　庭のあづまやでどんなに幸せだったかを覚えていらっしゃるかしら？　古いカンツォネッタ、『汝の目に映る愛を永遠に奏でる』を一緒に歌ったことや、あなたがドン・ジョバンニのセレナーデを歌っている間、モノマネドリがあなたのギターの音色をそっくり繰りかえしたことも？

　わたしは、あの幸せな日にともに馬車で行った場所へ、今度は一人で向かいながら、これらのことすべてを思いだしていました。でも、あなたの目に映る愛の光とあなたの愛しい手の感触がなかったので、以前とはまったく違ったように感じられ、涙があふれ、あらゆる悲しい考えで頭がいっぱいになりました。あなたは前と同じほどわたしをお好きではないのではないか、またわたしなしで生きていくほうが気楽だと思っていらっしゃるのではないかと心配しました。でも、美しい芝生に面する客間に入った瞬間、わたしの疑念はすべて払拭されました。以前、これがわたしたちの将来の家になると望むよう、わたしを励ましてくれましたわね。でも、こんなにも早くにだなんて、またわたしのためにこのようにすばらしい思いがけない贈りものを準備してくれていたなんて思ってもみませんでした。あなたの秘密を見つけてしまったことをどうか怒らないでください。そのおかげでわたしはとても幸せです！　そのおかげで世界がまるで楽園のように思えます。ああ！　なぜすべてがバラ色なのかわかります。これを思いつくなんて本当にあなたらしいですね！　それにすべてがとても優雅です！　あなたはロザムンダが優雅なものが好きなのをわかってくれていたのですね。

　チュリーが食事にと呼んでいます。親愛なる、やさしくて忠実なチュリーが！　わたしが孤独なときに彼女はどれほどなぐさめになったことでしょう！

＊＊　＊＊　＊＊

今あなたがくださった書き物机に戻ってきたので、手紙を書きおえることにします。あなたに直接お話できないのなら、ずっとあなたに手紙を書いていたい気分です。わたしがどれほど孤独だったか想像できないでしょうね。あなたが送ってくださった新しい楽譜は魅力的です。でも、練習したり即興で歌ったりするものはどれも、海のうめき声や松林のざわめきのような重々しく悲しげな性質を帯びました。寄りそう声がなく、また次の和音を求めて聴きいってくれる鑑賞力のある耳がないと、自分の声がずいぶん孤独に聞こえるものです。チュリーは、そのような耳をもっているわけではないにしても、いつも賞賛しながら聞いてくれるので、彼女に対して演奏し歌うのがなぐさめでした。トムに関しては、わたしが彼に向けて演奏していると、彼の顔から目が飛びだしてくるように思えました。あなたのご忠告に従って、毎日運動をしようとしてきましたが、暑い間は、ヘビが怖かったですし、蚊やサシチョウバエが嫌でした。今、少し涼しくなったので、前よりもぶらぶら歩いていますが、わたしはどこへ行っても孤独です。ここは何もかもすべてがとても静かで、ときどき怖くなります。松林に反射する月光は恐ろしいほど重々しく見えます。あの枯れたマツの木を覚えていらっしゃいますか？　風で枯れてしまったその木は、常緑樹の木立の前に立っていますが、両腕を広げ、帽子をかぶった頭のような木のこぶをのせて、垂れさがるコケ（アメリカ南部特有のスパニッシュ・モス）をなびかせています。月光を浴びてとても白くて奇妙に見えるので、まるでフロラチータの幽霊がわたしに手招きしているように思えます。

悲しいことを書くつもりはなかったのです。今は悲しくありませんから。ただ、わたしがどれほど孤独で不安であったかをお伝えしたかったのです。そうすれば、マグノリア・ローンをあのように準備してくださっていたのを目にしてわたしがどれほど喜んだかをあなたが想像できるかもしれないと思いました。あなたの指示に従わず、あそこへ行ったことをどうかお許しください。わたしはちょっとした変化を待ちのぞんでいたのです。あなたがこのような意外な贈りものを用意してくださっていたなんて夢にも思いませんでした。お互いをふざけた愛称で呼びあいながら、あそこで幸せになりましょうね。愛するジェラルド、あなたの愛を恩知らずにも疑うことは今後決してしないでしょう。

アディオス《さようなら》、ルス・デ・メ・オホス《愛しいあなた》。早く帰って来てください。

感謝を込めて、愛する「ローザ」より

その夜、波の音はもはや失った妹への鎮魂曲には思えなかった。月光は松林に詩的な美を授けたし、コケが枝から下がってゆらゆらと揺れている枯木でさえ、風景に絵画的特質を加えただけのように見えた。自然はまさに我々の魂を映しだしているのだ。

ローザは、長らく感じなかった幸福感を意識しながら清々しい眠りから目覚めた。トムが、サヴァンナに行くと言いにきたとき、彼女はいつもドレスを注文する店に寄り、フランス製の美しいメリノ生地を買うよう彼に依頼した。彼女はトムに事細かく指示を与え、極楽鳥の模様についても付け加えた。「ジェラルドのお気に入りの色だから」と独りごとを言った。「それに白い絹糸で刺繍して、白い絹の紐と飾り房で結ぼう。わたしたちがマグノリア・ローンで初めて一緒に朝食をとるとき、それを身につけるの。彼がわたしの誕生日にくれた銀線細工（細い針金のような銀を巻いて作る）の小さな飾り結び型ブローチをのどのところにとめよう。そうすれば、わたしは彼が用意してくれた家の花嫁らしくなるはずだわ」

このドレスの刺繍の作業は、しばらくの間彼女が楽しく集中できる仕事となった。半分を終えると、鏡の前で試着して、どんなに似合っているかを見て微笑んだ。マダム・ギルラーンドの作った薄い琥珀色の造花のキンレンカを一つ二つ髪につけたらジェラルドは気にいるかしら、と考えた。それらを魅力的に映るようにに頭の横にしばらくかざしてみたが、それを下ろして独りごとをつぶやいた。「だめだわ。朝には着飾りすぎだわ。シンプルに髪の毛を三つ編みにして、その上にカールした髪が垂れているほうが彼は好きだわ。」長時間すわり続け、感動をもたらすはずのドレスの刺繍に従事している間、チュリーはロザベラがほとんどずっと歌っているのを聞いて感悦した。「愛しいローザさまの心に祝福を！」とチュリーは叫んだ。「昔のようだわ」

しかし、手紙への返信がないまま二週間が経過し、ローザの歌声のシャワーは静まった。以前抱いた疑念が内なる陽光に影を落としはじめた。しかし、父親の債権者と交渉して彼女の安全を保障するという彼の約束を思いだし、彼女はその疑念を追いはらおうとした。マグノリア・ローンのしつらえ直しは、彼の気前のいい目標をもうすでに達成したということの証ではなかったのだろうか？　彼女は黄昏時にすわって外を眺め、百回もそのことを自問自答した。そのとき、聞きおぼえのある声が、「セ・ラムール《愛》、ラムール《愛》、ラムール《愛が》、キ・フェ・ラ・モーンド・ア・ラ・ローンド《世界を動かしている》」＊2と歌いながら近づいて来て、ほどなく彼女はジェラルドの腕の中に包まれた。彼はポリグロット《多言語》で幾つもの彼女の愛称を呼んだ。彼はロザベラとフロラチータからそれを学んだのだった。

「わたしがあそこへ行ってあなたの秘密を見つけたことに怒っていないのよね」と彼女は訊いた。

「僕は怒っていたよ」と彼は答えた。「でも君のところへ来ると僕の怒りは溶けてしまった」

「それなら、今まで通りにわたしを愛しているの」と彼女は言った。「すごくたくさんの美しい女性があなたと恋に落ち、わたしはもうあなたのロザ・ムンダ（スペイン語で世界を意味する）ではないかもしれないと思ったわ」

＊2　『セ・ラムール』、十九世紀にフランスで流行した歌。

「美しい女性とはたくさん会ったさ」と彼は応じた。「でも、僕のローザ・レジーナのガウンの裾を持つに値する人には会ったことがない」

その夜の会話は、機知に富むものあるいは学識に富むものというよりも、二人にとって心地よいものであった。しかし、「恋人たちの言葉は南部の豊穣なワインのようだ――産地においては美味だが、他の場所へ運ばれると風味が失われる（恋人の睦言は他人には面白くないという意味）」とはよく言ったものだ。

翌朝、彼は仕事を終えるために北部へ戻る必要があることを告げ、その間プランテーションでしばらく過ごさないといけないと言った。「それにローザ」と彼は付け加えた。「僕が一緒のとき以外にまたあそこへ行くと、今度は真剣に怒るよ」

ロザベラは彼に向かって人差し指を振り、彼女らしい表情豊かな笑顔で言った。「あら、お見通しよ。思いがけない贈りものをさらに計画しているのね。わたしたちはあそこでどれほど幸せになれるでしょう！　あなたの裕福なあの叔父さまについてだけれど、わたしを叔父さまに会わせてくれさえすれば、その方がわたしを好きになるように最善を尽くすし、それにたぶん成功すると思うわ」

「そうしないでいてくれたらすばらしいだろうね、魅惑的な魔女さん」と彼は応じた。彼はローザを強く抱きしめその美しい瞳の奥をのぞいたが、そういう彼自身の瞳は情熱的であったものの悲しみも混じっていた。

一瞬のうちに、灌木の茂みのあたりから彼が帽子を振っているのが見えた。そのようにして、彼は彼女の視界から消えてしまった。彼の突然の帰宅、惜しみない愛情、急な出発、別れ際の不思議なほど真剣な顔つき、それらがすばやく駆けめぐる夢のように記憶にとどめられた。

第十一章

　あの情熱のこもった別れから三週間が経過しないうちに、優雅なバルーシュ型馬車がマグノリア・ローンの前に停車し、フィッツジェラルド氏は大そう美しい金髪の若い女性が馬車から降りるのを手伝った。彼女が客間に入ると、揺らめくまばゆい陽光が真珠色の壁紙を照らしていたが、窓のレースの影がその日差しを和らげていた。その女性は幸せそうな笑みを浮かべて部屋を見渡し、窓のほうを向いて言った。「なんて美しい芝生！　なんて見事な木々！」

「君の期待通りだったかな？」と彼は尋ねた。「君はこの場所のことをすごくロマンティックに想像していたから、君を落胆させないかと心配したんだ」

「だからあなたは新婚旅行をサヴァンナで過ごそうとわたしを説得しようとしたのね」と彼女は答えた。「でもあそこでは訪問者にうんざりすることになりそう。ここは、ヘビがいたずらをする前の、アダムとイヴが独りじめしていたときのエデンの園ね。父と母がマグノリア・ローンを大そうほめていたのを聞いたことがあったからぜひ見てみたかったのよ」

「お二人は春に訪れたんだ。春は本当に楽園のようだよ」と彼は答えた。「今もそれなりに美しいけど、鑑賞するのに絶好の時期ではないね。だから、数日間ここにいたら、そのあとはサヴァンナに帰り、芝生が花で埋めつくされるときにまた戻ってきたほうがいいと思う」

「あなたの気持ちがここにいたくないほうに傾いているのはわかるわ」と彼女は答えた。「あなたのお馬鹿なリリー・ベル以外誰もいないから退屈なのでしょう」

　リリーがすねたふりをしたので、彼は大きな声で言った。「可愛いリリー。」彼は腕を彼女のほっそりとした腰にまわし、淡い黄色味がかった豊かな巻き髪を払い、見上げる彼女の青い目を愛しげに見つめた。

指示を仰ぎにやって来たヴィーナスの登場で二人は邪魔された。「七時に夕食を出すように伝えてくれ、それからこっちに来ておまえの女主人に化粧室を案内してあげるんだ」と彼は言った。その召使いが出ていくと彼は付け加えた。「さあ、これでヴィーナスは話すネタを得た。あいつは新しい女主人を最初にまともに見ることができて誇りに思っているよ。それにこれはまさに話す価値がある見ものだ」

満足げに微笑みながら、リリーは自分の小柄で優雅な姿を映しだす立見鏡をちらりと見て、夫の腕をとった。そしてゆっくりと部屋を歩いてまわり、趣味のいい部屋のしつらえをほめた。「すべてが婚礼らしい装いになっているわ！」

「もちろん」と彼は答えた。「リリー・ベルのような美しい人を花嫁として迎えるのだから、その花嫁の私室は真珠のように、そして百合《リリー》のようにしたいと思ったんだ。さあ、ヴィーナスが化粧室に案内しに戻ってきたようだ。二階の部屋のしつらえも気に入ってくれるといいのだが」

部屋を去るとき、リリーが投げキスをすると、ジェラルドもその挨拶に答えた。彼女が行ってしまうと、彼はしばらくの間、部屋をゆっくりと行ったり来たりした。そして、ピアノのそばに来て、なにげなく鍵盤を弾いた。弾いたのは、この同じ部屋で数カ月前に彼とロザベラが歌った曲の一部だった。彼はピアノからふと向きを変え､寂しいコテージの方角に目を向けた。木々とその向こうの海岸線が見えるだけだった。しかし、彼の心の小部屋はローザの光景であふれていた。彼は同じ景色を眺めながら、彼女とともに過ごした楽しい日のことを思った。あづまやでの歌や抱擁のことを。また彼女の手紙のことを。手紙は、あふれんばかりの愛情と、自分のためにされたと彼女が勘違いした婚姻用のしつらえに対してのうれしい驚きでいっぱいだった。「リリーがここに長くいたいと言い張らないことを願うばかりだ」と彼は思った。「僕にとってかなり気まずいことになるから」

彼はピアノの前にすわって、鍵盤の上で手を左右に動かしていた。まるで自分の思考を音の嵐でかき消そうとするように。しかし、彼が何をしようとも、思考は大声を上げるのだった。しばらくすると、彼は頭をピアノに乗せて夢想に浸っていた。

柔らかくて小さな手が彼の頭に触れ、女らしい声がこう尋ねた。「何を考えているの、ジェラルド？」

「君のことだよ、僕のパールちゃん」と彼は答えて、慌てて立ち上がり、身をかがめて花嫁の額にキスをした。

「ねえ、わたしのことで何を考えていたの？」と彼女は訊いた。

「君は絶世の美女で、どんな男がどんな女を愛するよりも深く僕は君を愛しているということさ」と彼は返答した。そして求愛の戯れが夕食へ呼ばれるまで続いた。

しばらくして二人が戻ると、カーテンは閉められ、キャンドルに火が灯っていた。「君はまだピアノを弾いていないね」と彼はスツールを置きながら言った。

彼女はスツールに腰掛け、指を鍵盤の左右に動かし、このピアノの音は好きだと言った。そして、弾きながら『ロビン・アデア』（十八世紀に流行したアイルランドの歌）を歌いはじめた。彼女の歌声は甘くてかぼそく、その演奏スタイルは、音楽の中に魂が宿っているというよりは、音楽を習ったことがあるという程度だった。フィッツジェラルドは、そのピアノで聞いた最後の歌声を思いだした。もう一曲歌って、とは頼まず、自ら彼女が弾く伴奏に合わせて『君の瞳で乾杯しておくれ』[*1]を歌いはじめた。彼が「カップにキスを残して、そうすればワインはいらない」という歌詞をほとんど歌いおえないうちに、明らかにベランダから澄んだ流れるような音色がわき上がり、その翼に歌詞を乗せた――。

＊1　イギリス歌曲。歌詞はベン・ジョンソン（一五七二―一六三七）の詩。

「牧草地の向こうで、クローバーの中を、
わたしはネリーと並んで歩いた。
もうあの幸せな日々は終わった、
さよなら、わたしの黒いバージニアの花嫁。
ネリーは貴婦人だった。
昨晩彼女は亡くなった。
愛らしいネリーに鐘を鳴らしておくれ、
わたしの黒いバージニアの花嫁に[*2]」

花嫁は熱心にそれに耳を傾けていたので、指は鍵盤の上に軽く置かれたまま動かなかった。その音が聞こえなくなると、彼女はぱっと立ち上がり大声で叫んだ。「なんて見事な声！　こんな声、聞いたことがないわ」

彼女はすっとベランダのほうへ向かったが、図らずも夫につかまれた。「だめだ、だめだよ」と彼は言った。「夜の空気に触れてはいけない」

「それでは、あなたが行ってあの女の人を中へ連れてきて」と彼女はせき立てた。「あの声をもっと聞きたいわ。誰なの？」

「黒人たちの一人だと思う」と彼は返答した。「彼らは皆音楽に天賦の才があるのは知ってるだろう」

「あれほどの天賦の才ではないと思うわ」と彼女は答えた。「外へ行ってあの人を中へ連れてきて」

リリーは外を見ようとして今にもカーテンを開けそうになったが、彼がそわそわしながらもう一つの窓に彼女の気を引きつけた。「ほら、ここ！」と彼は叫んだ。「召使いたちが新しい女主人を歓迎するために集まっているよ。トムの要求に応じ、今夜君を紹介すると伝えたんだ。でも、君は疲れているし、それに夜の空気で風邪をひくといけないから、明日までその挨拶を延期しよう」

「あら、そんな」と彼女は言い返した。「わたしは今行きたいわ。お土産に持ってきたガラスのビーズと

＊2『愛らしいネルのために弔いの鐘を鳴らせ』より。第一章の注参照。

派手なハンカチを見たら、皆の黒い顔がきっと輝くわ！　それに、あの歌い手が誰なのか知りたいわ。あなたは音楽で満ちあふれている人なのにあんなすばらしい声に興味を示さないのは変だわ。ベルを鳴らして、ショールを持ってこさせてくださらない？」

彼はほとんど有無を言わせぬ決意に満ちた口調で言った。「だめだ。君には外に出ないでもらいたい。」自分の態度が彼女をいくぶん驚かせてしまったことに気づき、彼は彼女の頭をなでてこう付け加えた。「いい子だから今は君の夫の言うことを聞いておくれ。僕が外に出る間、ピアノを弾いて楽しんでいなさい」

リリーは少しふくれ面を見せたが、懇願するようにこう言ってけりをつけた。「早く戻ってきてね。」彼女はベランダで外を見るくらいの所まで彼のあとを追いかけるつもりだったが、彼は優しく彼女を引きもどし、そして投げキスをして出ていった。彼女はカーテンの端をあげて、彼の姿が見えなくなるまでこっそりとのぞいた。月は昇っていたので、彼がゆっくりと歩き、まるで誰かを探しているように暗い影になった場所や灌木をのぞき見たりするのが見えた。しかし、まったく動くものもなく、静まりかえっていて、聞こえるのは使用人たちのバンジョーの音色だけだった。「ああ、あの声をもう一度聞けたらいいのに！」とリリーは考えた。「ジェラルドがずいぶん無関心に見えるのはとても奇妙だわ。これはどういう意味なのかしら」

リリーはひとしきり物思いにふけったが、そのあとピアノを弾きはじめた。しかし、聴衆がいないと楽しくなかったので、すぐ立ち上がり、片方のカーテンを引いて外の甘美な夜を眺めた。威厳ある古樹が芝生に大きな影を落とし、庭の灌木は柔らかな月光を浴びて輝いていた。彼女は話し相手がいなくて孤独を感じたし、それに気ままに行動することに慣れていたので、自分に課された外出禁止に耐えられなかった。ベルを鳴らし、ヴィーナスにショールを持ってくるように依頼した。従順な衣装担当の召使いはリリーの肩に軽くショールをかけ、ゼファー製（軽量な織物）の白いヌビア（頭や首に巻くもの）を差しだして言った。「たぶん、これをつけなさったほうがいい。」彼女は、女主人が無頓着ながらも気品ある身のこなしで薄くて軽い織物を頭に巻くのを立って見ていた。リリーのためにベランダへのドアを開け、そして彼女を見送りながら独りごとをつぶやいた。「きれいなお人だ。でもあのもう一人のとてつもなく美しいご婦人ほどじゃないね。」ヴィーナスがさらに、「この人が外にいるもう一人のご婦人を見つけるのかどうか興味津々だね」と言いたしたとき、彼女の黒い顔から笑いがこぼれた。客間を通りすぎる際、ヴィーナスは浅黒い肌の魅力がぼんやりと映る大きな鏡をちらりと見て、微笑みながら言った。「旦那さまは美人とは何なのか知っていなさる。わたしら女に関しては見る目がおありだ」

この言葉は花嫁には届かなかった。花嫁はベランダを行ったり来たりして、時折ジェラルドがいるかどうか庭の散歩道をちらりと見た。彼がやって来るのが見えたら、ツル草の間に隠れて、そこから突然顔を出してやろう、とたくらんでいた。月光を浴びたわたしは美しく見えるだろうから夫は叱るのを忘れるだろう、と彼女は考えた。確かにリリーはきれいだった。白くて柔らかい綿モスリンのひだに包まれた妖精のような姿と、柔らかいスカーフの一部のように思える巻き毛で影になっている顔の繊細な肌の色は、その夜の穏やかな輝きに見事に調和していたので、月光が具現化したかのようだった。ジェラルドは長い間帰ってこなかったので、彼を驚かそうという興味は次第に冷めていった。ひんぱんに足をとめては、遠くに輝く海を長く見つめるようになった。向きを変えて歩きだし、しばらく熟慮したあと、彼女はたまたまベランダの格子をちらりと見た。すると、そのすき間の一つから大きな黒い目が彼女をじっと見ているのがわかった。慌てて家に飛びこもうとしたが、考えなおして「ジェラルド、あなたっていたずら好きね。そこにいるってわたしに教えてくれてもいいんじゃない？」と叫んだ。彼女は格子のほうに飛んでいったが、目は消えていた。

追いかけようとしたが、背の高い影が家の裏手の角へ消えたのが見えただけだった。追跡したが、月光に照らされて揺れうごくツル草の影を発見しただけだった。屋敷の周囲を探しつづけ、庭に入り「ジェラルド！　ジェラルド！」と何度も叫んだ。そのとき、『弔いの鐘を鳴らせ』の音色がそよ風に乗ってやって来た。「聞いて！　聞いて！」と彼女は独りごとをつぶやいた。ぼんやりとした月明かり、なじみのない人里離れた場所、悲しく謎めいた音はリリーを少し怖がらせた。彼女はさらに動揺した声でジェラルドを呼んだ。すると、彼女の呼び出しに応じるようにジェラルドが庭の散歩道を彼女のほうへやって来るのが見えた。彼女は一時的な恐怖を忘れ、彼に飛びついて大声で話した。「あなたは魔法使いなの？　二分前にはベランダの格子からわたしをのぞき見していたじゃないの。どうやってあそこへ行ったの？」

「僕はそこには行ってないよ」と彼は返答した。「でも君はなぜここにいるんだ、リリー。僕が戻るまで中にいるようにときちんとお願いしたはずだけど？」

「ああ、あなたがなかなか帰ってこなかったので、一人でいるのに退屈してしまって。月光に誘われて、あなたを探しにベランダまで出たの。そしたら、あなたが格子からわたしをのぞいているのが見えたので、あなたを追いかけたんだけど、探しだすことができなかったわ」

「僕は格子の近くには行ってないよ」と彼は返答した。「もし、誰かが君を見つめていたのを見たのなら、それは僕が思うに新しい女主人を一目見ようとした召使いの誰かだね」

「いたずらは駄目よ！」リリーはふざけて指をパチンと鳴らしながら彼に言い返した。「わたしが見たのはあなたの目よ。もしあなたをうぬぼれさせないのですむなら、あなたの美しい目が召使いたちの誰かの目と勘違いされるなんてことがあると思いますか、と尋ねるところよ。さて、あそこのあづまやまで一緒に来てほしいの」

「今晩はだめだよ」と彼は言った。「明日一緒に行くよ」

「今行かないと」と彼女は言い張った。「月光に照らされてこれほど美しく見えるあづまやはないわ。花嫁のこんな些細な願いも聞いてくれないのなら、あなたは女性にとても親切だとは言えないわね」

　このようにせき立てられ、ジェラルドはしぶしぶではあるがリリーの気まぐれに負けた。彼女がそのあづまやに入り、ジェラルドに話しかけようと振りかえると、月明かりが彼女の姿をまともに照らしていた。

「君はなんて可愛い魔女なんだ！」と彼は大きな声で言った。「僕のリリー・ベル、僕の大切なパール、僕の空気の精！　君は月から漂ってきた精霊のようだ」

「すべて月光《ムーンシャイン》（戯言の意味）ね！」と彼女はにっこりと答えた。

　ジェラルドはその生意気なことを言う唇にキスをした。ツル草たちは、数カ月前、同じあづまやで違う抱擁を目撃していたが、お互いにささやきあっただけでそれを何も語らなかった。リリーは彼の胸に寄りそいながら、月明かりと影につつまれてとても美しく穏やかな庭の曲がりくねった散歩道を眺め、新しい家は夢に描いていたよりも美しいと言った。「聞いて」と彼女は言って、突然頭を上げて耳を澄ませた。「ため息が聞こえたと思ったんだけど」

「ツル草を吹きぬける風だよ」と彼は答えた。「月明かりの中をさまよったから神経質になっているんだよ」

「あなたが来るまで、わたしは確かに少し不安だったわ」と彼女は言った。「格子からわたしを見ていた目で驚いたの。あなたの影を追いかけている間、わたしはあの声がまた『鐘を鳴らせ』と歌っているのを聞いたわ。あなたは大の音楽好きなのに、あんな見事な声にどうしてそんなに無関心でいられるのかしら」

「前にも言ったけど、黒人の誰かだと思うよ」と彼は返答した。「それについては明日聞いてみるよ」

「黒人というより、天国の天使の声だと言うほうが信じられるわ」と花嫁は反応した。「眠る前にもう一度聞けたらいいのに」

その願いに即座に応じるように、リリーの聴きたがっていた豊かな声が、「ああ、あの男はどれほど巧みにあなたを騙したことか！」で始まる『ノルマ』[*3]の曲を歌いだした。

フィッツジェラルドは不意打ちに驚いて急に身体を動かしたので、二人の近くにあった椅子を倒してしまった。「静かに！」彼女はささやき、彼の腕にしがみついた。二人は沈黙したまま立ちつくし、彼女は夢心地で聴きいり、彼は困惑して我慢できないほど腹を立てていた。魅惑的な声は明らかに遠ざかっていった。

「二人で彼女を追いかけましょう、そして誰なのかはっきりさせましょう」とリリーは言って彼の腕を引っぱった。しかし、彼は彼女を強く引きもどした。

「今夜はもう走りまわってはだめだ」とジェラルドはかなり厳しく答えた。そして、すぐハッとして、もう少し優しい口調でこう付け加えた。「夜の空気にこんなに長く当たるのは軽率だ。それに僕はとても疲れているんだ、愛しいリリー。明日、こんな奇妙なやり方で君を追いかけている召使いは誰なのかを確かめようと思う」

「召使いの誰かがあれを歌えると思うの？」と彼女は大きな声で言った。

「ほとんど全員が音楽の勘を持っているし、見事にまねができるんだ」と彼は答えた。「彼らは聞けばほとんどなんでもまねできる。」彼は平然とした口ぶりで話していたが、自分がもたれているその腕が震えているのをリリーは感じた。彼がこれほど懸命に怒りをこらえていたことはなかった。

優しく気遣うように彼女は言った。「あなたはとっても疲れているようね。ごめんなさい、あなたを長い

＊3　『ノルマ』の男性が女性を裏切るというプロットがこの小説と共通している。ローマ総督ポリオーネは、ドルイド族の巫女長ノルマとの間に二人子どもがいるにもかかわらず、若い巫女アダルジーザに心を移す。

間外に連れだして」

「かなりへとへとだ」とジェラルドは返事して、リリーの手を取り、彼の手で包みこむように握りしめた。二人が屋敷へ向かって歩いている間、ジェラルドはずっと無口だったので、リリーは彼を真剣に怒らせてしまったのではないかと不安になった。

客間に入ると彼女は言った。「あなたがわたしの外出を気にするとは思わなかったのよ。風邪をひくという理由を除いては。それについてだけど、わたしはシヨールとヌビアを身につけていたから、風邪をひく危険はほとんどなかったわ。とても美しい夜だったので、あなたに会いに外に出たかったのよ」

ジェラルドはリリーに機械的にキスをして答えた。「怒っているわけじゃない」

「憂うつがあなたに取りついているだけなら、サウロの方法でそれを追いはらいましょう」[*4]と言って、彼女はピアノの前にすわり、歌かフルートで一緒に演奏しないかと尋ねた。ジェラルドはフルートを試したが、彼のフルートの音はとても不安定だったのでリリーは驚いて彼を見た。音楽はジェラルドの精神を落ちつかせるために彼女がとった最悪の治療法であった。というのも、その音が過去の亡霊を呼びおこしたからだ。

「僕は本当に疲れているんだ、リリー」とジェラルドは言った。そして、感じてもいない眠気を装い彼は床につこうと提案した。

バラ色のカーテンを通して月光が降りそそぐ部屋は美しかったし、海原のざわめきは子守唄のように気持ちを落ちつかせた。しかし、どちらもなかなか眠れなかった。二人がうとうとすると、二人の夢の中で同じ声が歌いつづけていた。ジェラルドはニューオーリンズの花でいっぱいの客間にいて『過ぎし日の光』を聞いた。そして、リリーはといえば、見知らぬ庭でベールで覆われた影を追いかけ、『ノルマ』と『弔いの鐘を鳴らせ』が混じった音色を聞いた。

＊4　サムエル記上第十六章二三節、ダビデはハープでサウロの心を癒した。

彼女が目覚めたのは朝遅くだった。ジェラルドはもう出かけてしまって、芳しい花束がリリーの枕の脇に置いてあった。彼女のガウンはベッドのそばの椅子にかけてあり、ヴィーナスが窓のところにすわって縫い物をしていた。

「ジェラルドはどこかしら」とリリーは尋ねた。

「旦那さまは仕事でプランテーションのほうへ行くと申されました。その花を置き、すぐに戻るとわたしに言われましただ」

リリーの金髪はその髪とまったく対照的である黒い手によって整えられた。上品で小柄な容姿は繊細な青色と白色のフランス製キャンブリック（亜麻糸・綿糸で織った薄地の平織物）の普段着で包まれており、小さな足は銀の刺繍のついた紺碧のベルベットのスリッパに隠れていた。フランス製磁器に盛られた美味な朝食をリリーはゆっくりと味わったが、ジェラルドはまだ帰ってこなかった。リリーは寝室の窓の所へ行き、頬杖をついて太陽に輝く海を眺めた。朝になっても昨夜眠りに落ちたときと同じことを考えていた。妙だわね、ジェラルドがあんなに美しい声に気づかないなんて！　リリーには、魅力的で目新しいものに思えたできごとが、なぜだかわからないけれど、花嫁としてやって来た屋敷で過ごした最初の夜に影を投げかけていた。

第十二章

フィッツジェラルド氏は、狩りで遠出をする以外、トムが知る限りもっとも早い時間に馬に鞍をつけるように命じたので、トムは、旦那さまは指示した時間にまだ寝ているだろうと独り合点していた。その夜、床で体を伸ばす前、トムは料理人に自分の意見を述べた。「なあダイナ、白人てものは早く起きる前の夜はいつもかなり遅くまで起きてるだ」

しかし驚いたことに、フィッツジェラルド氏は、トムが馬の毛をすこうとし始めたときに馬小屋に現れた。「この怠惰な黒人め」と彼は大声で叫んだ。「この時刻までに馬を用意しておけと言っただろうが？」

「へえ、旦那さま」とトムは返事をして、ジェラルドが持ち上げた鞭を避けた。「だけんど、旦那さまの時計は今朝は太陽よりも進んじゃいませんか」

馬は急いで用意され、トムは、主人が鞍に飛びのり、寂しいコテージのほうへ向かうのを見送った。彼はニヤリとしながらつぶやいた。「奥さまはあんたがどこへ行くのか知らんだろうね。」彼は屋敷のほうへ歩き、『弔いの鐘を鳴らせ』の口笛を吹いた。

「昨日、あの歌は屋敷の周りを幽霊のように行ったり来たりしていただ。ありゃあ、スペイン人のご婦人だね」とダイナが言った。

「あの人の歌はすばらしい」とトムは答えた。「旦那さまは特上のワインよりもそれが好きなんだとさ。」彼は「もうあの幸せな日々は終わった」という歌詞の部分を鼻歌で歌った。

「あんたの歌を旦那さまに聞かれないようにしなきゃね」とダイナは言った。「別のを歌わされてしまうよ（鞭打ちで悲鳴をあげることになる、の意味）」

「あの人はすげえ立派なご婦人さ。礼儀正しいしね。気の毒だね」とトムは答えた。

フィッツジェラルド氏は朝の乗馬をしても気分が

晴れなかった。彼は馬をいらいらとせき立て、眉をしかめ、唇を固く閉じた。彼は心の中でこれからローザに与える厳しい非難の言葉を思いえがいた。ローザが泣いて責めてくると想定していたので、昨夜の思いがけない挑発的なやり方を彼女が悔いあらためて謝るまで、厳しい態度を示そうと考えていた。最後には彼女を許すつもりだった。というのも、彼は彼女を捨てたいとは考えてもいなかったからだ。それに、彼女はいつも優しく従順だったので、この場は、最終的には彼の釈明と新たな気持ちの表明とを彼女が喜んで受けいれて収拾がつくだろう、と期待していた。「彼女は僕に狂わんばかりの恋をしているから僕の言いなりだ」と彼は考えた。「僕の思い通りに彼女を変えられないわけがない」

コテージに到着し、チュリーがキッチンの外のベンチで洗濯をしているのを見つけ、「おはよう、チュリー」と彼は言った。「おまえの女主人はまだ起きてないかな？」

「ロージーさまは一睡もなさらなんだ」と彼女は冷たい声で顔を上げずに答えた。

彼は家に入り、ローザの寝室のドアをそっと開けた。彼女はまるで思考に沈んでいるかのように、腕を組みながらうつむき加減でゆっくりと歩いていた。彼女はひどく蒼白だったので彼の怒りは和らぎ、「ロザベラ！」と呼んだとき、その口調は厳しくなかった。

彼女はびくりとした。入ってきたのはチュリーだと思っていたからだ。ローザは頭を誇り高く真っすぐに上げて、鼻孔を広げ、目を火のように光らせて、大きな声で言った。「よくもここに来れたわね？」

この予想外の反応に彼は当惑した。道中考えてきた厳しい非難の代わりに彼はいさめるような調子でこう言った。「ローザ、僕は君のことをいつも名誉を尊ぶ人だと思ってきた。この前僕が家を離れるとき、君は僕が一緒でなければプランテーションに行かないと約束したね。これが君の約束の守り方かい？」

「あなたが名誉や約束について口にするの？」と彼

女は大声を上げた。

　その口調に含まれた冷笑に彼はひどく傷ついた。しかし、くやしさを隠そうとし、平静を装って言った。

「夜にプランテーションに行くとは、それに奇妙にも敷地をうろうろするとは、説明のつかない奇行だと認めなくてはいけない。なぜそのような行動にでる気になったのだ？」

「昨日、トムが、あなたが北部から花嫁を家へ連れてくることをチュリーに話しているのを偶然耳にしたのです。あなたがそんなことをなさるとは信じられなかったけれど、わたしは自尊心のためトムに聞くことができませんでした。でも、それからよくよく考え、行ってこの目で確かめることにしました。そして、この目で確かめたので、あなたが忘れてしまったらしい過去を思いだしてもらおうとしたのです」

「トムのやつめ！」と彼は大声を上げた。「やつにこの悪事の罰を受けさせてやる」

「プランテーションじゅうの皆の興味を引きつけているニュースの一つを口にしたからといって、かわいそうな召使いを罰するような卑怯なことはやめてください。悪評を馳せることになるに違いありません」と彼女は静かに答えた。「彼とチュリーはとても気をつかって、わたしからそれを隠そうとしていました」

　フィッツジェラルドはローザの落ちつきはらった態度に当惑した。一呼吸を置いて、その間も彼女からずっと顔をそむけている彼女に彼は言った。「事態は僕にとっては不利だし、君が腹をたてるのももっともだということを認めよう。しかし、僕がどんな状況下にあったかということを知っていたら、おそらく、これほど手厳しく僕を非難しないだろう。最近僕はかなりの損失を被ったので、裕福な人との結婚によって信用を維持しなければ破産する恐れがあったんだ。あの若い女性の父親は裕福で、彼女は僕に恋をした。僕は彼女と結婚したが、愛しいローザ、僕は誰よりも君を愛している」

「あの方はあなたを愛していると言ったわよね。それなのにあなたはそうやって彼女を騙すのね」とローザは答えた。「すでに妻がいることを隠していたのね。あの方がベランダを歩くのを見たとき、姿を現してあなたの卑しさをばらそうという思いにかられたわ」

フィッツジェラルドの目に突然怒りがこみ上げ、大声で叫んだ。「ローザ、あつかましくもそんなことをしようものなら――」

「あつかましくもしようものならですって！」と、ローザは誇りに満ちた果敢な口調で彼を遮った。その口調は彼の骨身にしみた。

思ってもみなかったそのような性質の力強さがローザに備わっていることに驚嘆し、彼はこう言った。「君の今の精神状態では、何をしでかすかわからないね。君は自分の本当の立場を理解する必要があるようだ。君は僕の妻ではない。我々を結婚させた男は結婚式を執り行う法的な権限を持っていないのだ」

「まあ、欺瞞にすっかり浸かっているのね！」と彼女は叫んだ。「しかもそんなあなたを偶像のようにわたしはずっと崇拝してきたのね！」

フィッツジェラルドはローザを讃嘆の念が混ざった驚きで見た。「君がそんなに感情的だとは思ってもみなかったよ。」彼は応じた。「しかし、なぜ君は頑として自分自身と僕を不幸にさせるんだ？　妻が君に対する僕の愛を知らない限り、誰も傷つかないだろう。君が論理的に考えさえすれば、僕たちはまだ幸せになれるかもしれない。君のところへひんぱんに訪れるようにすることだってできる。今までと同じように僕が君を愛しているとわかるだろう。君に生活に必要なものをじゅうぶん与え、扶養するよ」

「わたしを扶養する？」ローザはゆっくりと繰りかえし、静かにそして堂々と彼の顔を見た。「フィッツジェラルドさん、わたしが自分の身を売ることに同意するだろうと考えるだなんて、あなたは今までわたしの何を見てきたのですか？」

彼の動かされやすい気質は、ローザの誇り高い態度と憤慨した表情の堂々たる美しさに耐えられなかった。「ああ、ローザ」と彼は言った。「君と比較できる女性はこの世にはいないよ。君のひどい言葉を聞いたあとでも僕はまだ君を崇拝していることをわかってくれさえすれば、僕に同情してくれるだろうに。なぜ理性的になってくれないんだ？　君の母親が父親と生きたように、僕とともに暮らすことに同意してくれてもいいだろう？」

「わたしの母の思い出を汚さないで」と彼女はすぐさま反応した。「母は大変純粋で気高い人だったわ。あなた方の非情な法律で彼女の名誉を汚すことはできないわ。母は決してあなたが申しでているような卑劣で下劣な解決策に足を踏みいれることはなかったでしょう。母はもう一人の妻を騙すという永遠の不名誉の下で生きることはできなかったでしょう。もし父があなたがわたしを騙したように母を騙したとしたら、母は父を愛することはできなかったでしょう。母は父のことを完全に信頼していましたし、その代わりに父は母にだけ愛情を注ぎました」

「僕も君にだけ愛情を注ぐよ」と彼は言い返した。「天の星に誓って、君はいつもそうだったように、今も僕のローザ・レジーナで、僕のロザ・ムンダだ」

「聖なる誓いを無駄にしないで」と彼女は軽蔑で唇を歪めて言い返した。「それはあなたのリリー・ベルのためにとっておいて。あなたの大切なパール、あなたの月光の精に」

その返答に嫉妬のニュアンスを読みとったので、彼はやり抜く勇気を得た。「君は非常に不愉快な言葉を立ちぎきしたから、今こんなに失礼な態度を取っているのかもしれない」と彼は反応した。「でも、ローザ、君はどんなに頑張っても、僕たちの楽しい愛の記憶を追いはらうことはできるはずがない。僕をまさか憎んでいるわけじゃないよね？」

「いいえ、フィッツジェラルドさん。あなたはもっと落ちたわ。憎しみを通りこし、軽蔑しているわ」

彼は眉をしかめ、唇を固く結んだ。「僕はこの扱いに耐えられない」と、激怒を抑えた口調で言った。「君は僕を怒らせすぎた。君の自尊心をおとしめざるを得ない。僕の忠告と懇願に従うことに納得できないのなら、君が僕の完全な支配下にあることを知らせておかねばならない。君は僕の奴隷だ。僕がナッソーへ行く前に君の父親の債権者から買ったのだ。僕はいつでも君を売ることができる。神にかけて、もし君が――」

ローザに起こった突然の変化が彼をとらえた。彼女は片手を胸に強く当てて、苦しそうにあえいだ。彼はすぐにひざまずき叫んだ。「ああ、許してくれ、ローザ！　僕は我を忘れていた」

しかし、ローザは彼の声が聞こえていないようだった。そして、彼女の唇が青くなり、目を閉じて椅子のほうによろよろとあとずさったのを見て、彼は慌ててチュリーを呼んだ。強い自責の念に襲われ、彼女の意識が戻るまで待ちたかった。しかし、長く不在だと新婦が不審がり、前夜の不思議な歌い手との関連を考えるかもしれないということを思いだした。残りたいという感情に駆りたてられながらも、別れ際によくローザに投げキスをした歩道へと急ぎ、うしろを一度も振りかえることなくすぐに馬に乗った。

プランテーションが視界に入る前には、彼の心の動揺は静まり、今度は自分が傷ついたほうだと考えはじめた。「気まぐれな女たちめ！」と彼は考えた。「これもすべてハネムーンをここで過ごしたいという、リリーの馬鹿げたロマンティックな気まぐれのせいだ。ローザも、馬鹿な女で、なんて態度をとるんだ！　こっちは寛大に接したかったのに、彼女はまるでスペインのそして全アメリカ大陸（スペイン領植民地が多い中・南米も含めて）の女王のように、高慢にも僕の申し出を拒否した。思っていたよりも、邪悪なスペイン人の血を持っている。彼女は驚くほど自尊心が似合っている。だが、永遠には続かないだろう。僕なしでは生きられないとわかるだろう。待とうじゃないか」

苛立った感情のはけ口が必要だと感じ、彼は哀れなトムを標的に選んだ。従順な召使いが馬を受けとりにやって来ると、主人は鞭で激しく一打ちした。「おまえに、また今度告げ口すればどうなるか教えてやる、ごろつき黒んぼめ！」しかし、苦痛を目にすることに、お上品にも嫌悪感を持っていたので、彼は奴隷監督を呼びよせ、その監督の意のままに任せた。

第十三章

もしフローラがすべてを知っていたなら、姉妹はすぐにでもお互いを腕に抱きしめていただろう。しかし、ローザがフィッツジェラルド氏に愛情と信頼を寄せている間は、真実など打ち明けられるはずがないとフローラは思っていた。デラノ夫人は、連絡を取ればお姉さんに迷惑がかかるし、フローラ自身にとっても危険な行為だ、としばしば言いきかせた。居心地良く、幸せであるようにとの最大の心遣いを受けていたにもかかわらず、フローラは時折ホームシックになった。ボストンの家はセンスがよく上品だったが、すべてがなじみなく、異質だった。フローラはローザとチュリー、そしてマダムとシニョールが懐かしくて仕方なかった。いつも親しんでいたオヤ・ポドリーダ《ごった煮》の言葉使いと呼んでいたものが恋しかった。その土地の礼儀作法を身につけようとしたが、ときどき窮屈に感じた。訪問者があったときなどは、初めて馬具を装着されたロバの子であるかのように思えた。そのような気持ちを優しい保護者には見せまいと努めたが、突然泣いてしまったときなどは、すまなそうにこう言うこともあった。「心から愛しています、マミータ・リラ。だけど、昔のことを知っている人たちすべてから、こんなにも離れてしまっているなんて恐ろしくてたまらないの」

「でもね、可愛い子、わたしだってその人たちのことをちょっとは知っているのよ」とデラノ夫人は答えた。「あなたがお父さまについて話してくれるときは、この上なくうれしいわ。たぶん将来、あなた本来の茶目っ気が戻るくらいこの新しい家になじんだら、わたしに歌ってくれるでしょう。『人生の甘美さなんて、愛の古い夢に比べたら半分もない』[*1]ってね」

聡明で堅物の女性が、若い被保護者《プロテジェ》のために努力して親しみやすい女性へと生まれ変わる様はとても美しかった。親しい友人たちは、来る日も来る日もデラノ夫人が、バトルドアやグレーシスで遊んだり、フランスのロマンツァ（歌うような感じの器楽曲）、花のようなロンドや生き生きとしたダンスを練習しているのを見た。デラノ夫人は自分でも驚いていた。娘が亡くなって以来そんなことに興味が持てるとは思ってもいなかったからだ。しかし、その努力は決して無駄にはならなかった。

デラノ夫人はいつもこの新参者を「ミス・フローラ・デラノ、わたしが養子にした娘よ」と紹介した。興味本位でその先を聞きだそうとする人たちに対しては、「この子は孤児で、西インド諸島で気にいってしまったの。わたしたちって二人とも天涯孤独だったから、お互いでお互いの寂しさを紛らわすことにしたのよ」と言った。フローラの本名については言及しなかった。というのも父親の結婚に関する不都合な質問を誘発す

*1　トマス・ムーアの詩『愛の若い夢』の「愛の若い夢に比べたら半分もない」をもじったもの。

るかもしれないし、それ以上に、今では覚えている人もほとんどいない、自身の過去の私的で小さなロマンスを掘りおこされるのは本意でなかったからだ。

　こんなに急いで見ず知らずの人を養女にするなど、いつもの注意深く慎重なデラノ夫人らしくなかった。黒人と縁続きの、しかも奴隷の女性などと懇意な間柄になれるかと以前に尋ねられたら、無理だと答えていただろう。しかし、奇妙な巡り合わせが、このもっとも予期せぬ状況を突如現実にした。デラノ夫人はこの選択を一瞬たりとも後悔したことはなかったが、隠さねばならぬ秘密、特に社会通念に反したような秘密を持っているという意識は気分のよいものではなかったし、なんとなく威信が損なわれた気がした。ローザの結婚を偽りではないかと疑ったが、そんなことはフローラに知らせるべきではないと思った。万一フィッツジェラルド氏が他の女性と結婚したならば、それぞれが奴隷の身分である姉妹を再会させてやるのが自分の務めだと予見していた。「なんて風変わりな問題に首をつっこんでしまったのかしら。奇妙すぎるわ。だって本来、陰謀だったり秘密だったりの類は虫が好かないのに」としばしば思った。それと同時に、フローラの将来を案じる想いが交錯した。もちろん、若者らしい付き合いを奪われてしまうのはよいことではない。だからといって、もし社会と交われば、美しい容姿、音楽の才能、そして優雅なダンスは、男性を魅了せずにはおかない。そうなったら、素性を隠しておくのは正しいことか。フローラが誰かを好きになってから、それが明らかになったり、偶然ばれてしまった場合、どんな失望と悲しみがあとに続くことになるのか。

　しかし、フローラの将来は自らその扉を開くことになった。ある日フローラが顔を輝かせて客間に飛びこんできた。「ねえ、マミータ・リラ」と彼女は大声で叫んだ。「思いがけないうれしい出会いがあったの！ゴールドウィンさんの店に用足しに行ったら、なんとフロリモンド・ブルーメンタールに会ったわ！」

「それで、フロリモンド・ブルーメンタールって誰かしら？」とデラノ夫人は尋ねた。

「あら、言ってなかった？　すべての人に関するすべてのことを話したと思っていたけれど。あの人はかわいそうな孤児で、パパが使い走りとして引きとったのよ。学校にも行かせてあげて、その後事務員にしたの。わたしが小さな頃、家によく来ていたけれど、大きくなると、パパはわたしたちの使い走りには年寄りの黒人をよこしたわ。だから、それ以来会わなくなってしまった。愛するシェール・パパが亡くなるまでは。あのときあの人はとても親切にしてくれたわ。前に話した美しいかごを持ってきてくれたのが彼よ。おかしいでしょう？　わたしたちの逃亡を助けたと思われて、奴隷制廃止論者だって言われて、ニューオーリンズから追いはらわれたの。あの人はなんにも知らなかったのにね。わたしたちが北部に行ったって彼は聞いたらしいの。だからニューヨーク中を探しまわって、そのあとボストンに来て、いつかわたしたちに会えるか、または何かわかることを願っていたんですって。でも、わたしが店に足を踏みいれた瞬間から、もうそんな心配からは解放されたのよ。フロリモンドは手を差しだして、ものすごく驚いた様子で『ミス・ロイヤル、あなたですか？』と言ったのだけど、あんなに真っ赤になった人を見たことないわ。いたずらしたくなってしまって、わたしの名前はデラノよ、ってまじめくさって言ったわ。そしたらフロリモンドったらただちにかしこまって、『この絹はお気に召しましたか、デラノ夫人』ですって。おかしかったわ。わたしまで赤面しちゃった。結婚はしていないけど、サマー・ストリートの親切なレディがわたしを養女にしてくれてこの名字をくれたのよ、って伝えたわ。他のお客さんがカウンターにやって来たから、そこから離れたの」

「以前の姓を言わないように頼んだでしょうね？」とデラノ夫人は尋ねた。

「そんなこと考える暇なんてなかったわ」とフローラは応えた。「でも、そうする予定よ」

「お願いだから、その人に会いにわざわざその店に行くのはやめてちょうだい。若いレディはそういうことに気をつけなければね」と母親代わりの友人は言いふくめた。

その二時間後、二人は馬車での遠乗りから戻った。ちょうど手袋を外したとき、フローラが窓をコツコツとたたきはじめた。そしてすぐに、通りに飛びだしていった。デラノ夫人が外をのぞくと、通りの向こう側の歩道で熱心に青年と話しているフローラが見えた。彼女が戻ったのでこう言った。「外にいる若い男の人に向かって窓をたたくのなんておよしなさい。はしたないわよ」

「別に見知らぬ男性に向かってしていたわけじゃないわ」とフローラは答えた。「あれはフロリモンドよ。わたしの元の名前を言わないでね、って伝えたかったの。彼は姉のことを聞いてきたわ。だから、ぶじだし元気だけど、今はこれ以上話せないって言ったの。フロリモンドはわたしが頼めばなんにも言わないわ——絶対にね」

デラノ夫人は、フローラのすばやい、即座の対応に微笑んだ。「でも結局、形式ばるよりも、そうやって決着しておいたほうがよかったかもしれない」と考えた。そして大声で言った。「あなたの友人はずいぶん花のような名前ね」

「本名はフランツだったのだけど」とフローラは応じた。「でも、マミータがフロリモンドって呼んだの。だって、頬があんなにピンク色だから。彼はマミータのことが大好きだったから、いつも名前をフランツ・フロリモンドって書くの。わたしたちはいつもオヤ・ポドリーダで話すときに、たくさんの花のような名前を織りこんでいたわ。あなたのお名前こそ花っぽいわ。わたし、よく言っていたのよ。マミータだったら、あなたのことをレディ・ヴィオラ《スミレ》って呼ぶでしょうと。スミレ色《ヴァイオレット》と薄紫色《ライラック》はいとこみたいな関係だし、両方ともお肌の色とお名前にぴったりよ、マミータ・リラ」

夕飯のあと、フローラは演奏と歌を始めたが、その調子はここ何日も聞いたことのないくらい陽気だった。夫人が演奏している間、彼女は生き生きと新しいダンスを練習した。そしてお休みのキスをすると、まるで音楽に運ばれるかのように、くるくるまわりながらドアから出ていった。

デラノ夫人はもの思いに耽りしばらくすわっていた。もし出生にまつわるそのシミがなければ、養女がどれほど申し分のない結婚をすることか、と考えていたとき、はっとしてその考えをせきとめた。「わたしったらそんな世俗的な考えに陥ってしまって。若かったころ、とても卑劣で情けない考え方だと思っていたのに！　それじゃあ、わたしのために用意された申し分のない結婚をしてわたしが幸せだったとでもいうの？　時折フローラがもらすことからすれば、父親は器量よしの娘たちの奇異な立場について引きさかれるような思いをしていたようね。ああ神さま、わたしがあの人を諦めてしまうような弱い人間でなかったら、このような悲劇的なもつれはすべて防げたかもしれなかったのに。一つ歯車が狂えば次もおかしくなる。だから、盲目的な利己主義に走れば、他の人の運命を恐ろしく変えてしまうかもしれない。でもそんな弱さと罪に濡れた過去が忘却のかなたに追いやられた今、新たなページを開かなければ」

デラノ夫人は寝室に行くと、そっと隣接する部屋に入り、手でランプの光を遮りながら、フローラを見つめてしばらく立っていた。ハチドリのように動きまわってから数分しか経っていないのに、今は可愛らしい赤子のごとく眠っていた。寝ているフローラはこの上なく愛らしかった。長く濃いまつ毛は初々しい頬の上で休息し、黒い巻き髪は腕にはらりとかかっていた。「アルフレッドが心から愛おしく思ったのも無理ないわね」とデラノ夫人は思った。「もし天国の彼にわたしたちが見えたら、無垢な子どもを救ったことを祝福してくれるでしょう。」そんな神聖で優しい気持ちに包まれて、ベッドの脇にひざまずき、漕ぎだした船に対して神様の祝福とお導きを、と祈った。

過去に繋がる接点との予期せぬ出会いは、フローラの心を元気にした。朝、フローラはロザベラとチュリーの楽しい夢を見たが、もうホームシックになるつもりはない、と言った。「だって、申し訳ないんだもの」と言ってこう加えた。「愛しいマミータ・リラが、わたしを喜ばせようとあれやこれやとしてくださっているのに」

「そのよい決意がしぼまないためにも、アテナイオン《美術館》*2に行きましょうか」とデラノ夫人は微笑みながら言った。

　フローラは美術館には行ったことがなかったので、新しい絵本を手にした子どものようにはしゃいだ。フローラの興奮は周囲の注目を集め、その場にいた人たちは、楽しそうに手をたたいたり、声を上げたりしているその様子に微笑んだ。レディたちはお互いにこう言った。「デラノ夫人のあの元気で小さなプロテジェが上流の出ではないのは明らかね。」それに紳士たちが応じた。「あのお嬢さんが俗っぽい連中と付きあったことがないのも、同じように明らかだ」

　礼儀を重んじるデラノ夫人の作法は少々掻きみだされたし、注目を集めてしまったことにも少々いらだったが、夫人は自分にこう言いきかせた。「わたしがいつもこの子を抑えつけようとすれば、フローラの魅力である純真無垢な性質を台無しにしてしまうでしょう。」そのため、穏やかに絵画の説明に戻り、芸術家について講釈した。

　次の日は雨だった。夫人は『湖上の美人』*3を朗読していた。時折、スコットランドの歴史との関連性を説明したり、かつてパリで鑑賞した『ラ・ドナ《湖上》・デル・ラーゴ《の美人》』*4では、ロッシーニが原作のどの場面を導入しているかに言及したりしながら。フローラはオ

*2　一八〇七年設立のボストンにある図書館で、一二七年には美術館も併設された。

*3　スコットランドの作家ウォルター・スコット（一七七一―一八三二）による一八一〇年の叙事詩。

*4　ロッシーニが『湖上の美人』を基に作曲したオペラで、一八一九年ナポリ初演。

ペラの場面については熱心に吸収したが、歴史のレッスンは、あたかも鴨の背から水が転がりおちるごとく聞きながされた。

三日間雨が降り、天気がぐずついた。すると、雰囲気に流されやすいフローラは、陰うつな天候の影響を受けはじめた。きらきら輝く瞳にホームシックの影が忍び寄ってきたのをすばやく察知した友は、コンサートに誘った。音楽はあまりにもロザベラのことを思いださせ、公共の場で泣いてしまうかもしれない、とフローラは嫌がった。しかし演目を見せられ、姉を連想させるものが何もないとわかると、こう言った。「マミータ・リラがお望みなら行くわ。だってお望みのことはなんだってしたいから」

まったく無関心なフローラであったが、ウッド氏が一歩前に出て「海よ、海よ、広がる海よ！」[*5]と歌いだすと、そのあまりにも力強く、豊かな音色は、海そのものの声に思え、フローラは歓喜で心ここにあらずとなった。フローラは頭と手でリズムをとりだし、そのはつらつとした様子は周囲を笑顔にした。注目を浴びているのにはまったく気づかず、音楽に合わせて身体を揺らし、時折一人の色白の青年にうなずいてみせた。その青年のほうも大いにコンサートを楽しんでいるようだったが、周囲を忘れるほどではなかった。

デラノ夫人は、楽しむのと不愉快なのと半々だった。夫人はフローラの手を取り、ときどき優しく力を加え、公共の場所にいることを思いださせようとした。しかし、フローラはそれを音楽に共鳴しているためだと理解し、終始態度を改めることはなかった。

帰りの馬車に乗りこむと、フローラは深い吐息をついて、はつらつと言った。「ああ、マミータ。本当に楽しいコンサートだったわね！」

「それはよかった」と友人は応えた。「あなたが何回かうなずいていた相手はブルーメンタールさんね。

＊5　イギリスの詩人バリー・コーンウォール（一七八七―一八七四）の詩『海』に、オーストリア作曲家ジギスムント・フォン・ノイコム（一七七八―一八五八）が曲をつけたもの。

馬車までついてきたわね。でもね、公共の場で若い殿方にうなずいたりするのは感心しないわ」

「そうなの？　そんなこと考えもしなかったわ」とフローラは応じた。「だけど、フロリモンドは見知らぬ殿方というわけではないでしょう。だって古くからの知人ですもの。マミータ、ねえ、疲れてしまわないの？　いつもそんなに習わしを気にしていて。わたしにはぜったいまねできないわ」

その夜、フローラが歌いながら二階へ行ってしまうと、デラノ夫人は微笑みながら独りごとをつぶやいた。「この快活な若い子をどうしたらいいのでしょうね？　わたしの礼節を重んじるやり方をみごとにひっくり返してくれるわ！　でも、あのあどけない小さな子には人をさわやかにさせる不思議な何かがあるわ」

暖かい季節が巡ってきた。するとデラノ夫人はニューポート（ロードアイランド州の保養地）で夏を過ごす計画を立てはじめた。しかし、突然その計画は変更を余儀なくされた。ある朝フローラは、描きはじめた絵を完成させるためにクレヨンを買おうとした。フローラが外に出ようとすると、友人がこう諭した。「日差しが強いから、日除けのベールをおかぶりなさい」

「まあ、いつも覆いかくされているから、ベールなんて嫌でたまらないわ」と、笑いながら、しかし同時にいらいらしながら、フローラは応じた。「思いっきり深呼吸できるだけの空気がたっぷりあるスペースがほしいの。でも、マミータ・リラが望むならそうするわ」

十分もしないうちに、けたたましく呼び鈴が鳴り、フローラがおどおどと動揺して入ってきた。

「ああ、マミータ」とフローラは叫んだ。「言いつけ通りベールをしていて本当によかった。まさにこの通りで、フィッツジェラルドさんと鉢合わせしてしまったの。あの人はわたしを見なかったと思うわ。ベールをきっちりとつけていたし、こっちに向かって来るのを見た瞬間にうつむいたもの。ここボストンだったら、わたしを捕まえて、連れ戻すなんてできないわよね？」

「連れ戻すことなんてできないわ、可愛い子。でも、わたしと馬車に乗る以外は通りに出てはだめ。さあ、上の階で窓から少し離れてすわりましょう。そして、わたしが声を出して読みきかせをするわ。そうすれば、刺繍や絵をやっていても、いつものようにうっかり歌いだしてしまうこともないでしょう。あの人が何日もこの町に留まることはないでしょうから、行動を突きとめましょう」

作業を始める前に、玄関の呼び鈴がフローラをぎょっとさせ、あまり動じない友人の脈拍をも早めた。それは単に田舎から届いた花であった。しかし、どの程度警戒すべきかわからず漠然とした危機感に落ちつかないデラノ夫人は、机を開き次のように書いた——。

「ウィラード・パーシヴァル様へ——

拝啓　今夜一時間ほどお時間があれば、大切なお話があります。お会いできれば感謝いたします。

謹んで、ライラ・デラノ」

召使いがそのメモを持っていき、昼夜を問わず名前を初めに名乗らない限り男性は誰も中に入れるな、と指示された。

まだ二人がそのままテーブルのそばにすわっていたとき、玄関の呼び鈴が鳴った。フローラは警戒した様相で上の階に駆け上がろうとしたが、「ちょっと待って。まず名前を確認しましょう」と友人は言った。「もしわたしがその人を招きいれたら、客間まで一緒についてきて、十分から十五分そこにいてちょうだい。そのあと部屋に戻っていいけれど、いい子だから大きな声で歌ってはだめよ。フィッツジェラルドさんにあなたを連れさったりはさせないけれど、あなたがここにいるとわかれば、不愉快なことになるかもしれないから」

ウィラード・パーシヴァル氏だと召使いが伝えると、その数分後、デラノ夫人は被保護者を紹介した。育ちのよいパーシヴァル氏は人のことをじろじろ見るようなことはしなかったが、美しく、どこか異国風な顔立ちの小さな少女に明らかに驚いていた。パーシヴァル氏は、二人の縁組みにお祝いを述べたあと、デラノ夫人がいつもよくしてくれているはずだから、新しい家庭での幸せをわざわざ願う必要もないですね、と言った。他愛のない会話のあと、フローラは部屋を出た。フローラが行ってしまうと、パーシヴァル氏は「とても魅力的な娘さんですね」と述べた。

「あなたも心を動かされると思いました」とデラノ夫人は応じた。「初めて会ったとき、あの子の美しさと優美さで、わたしは魅了されました。そのあともたぐいまれなる純真さに心を奪われています。魔法の島のミランダ（シェイクスピアの『テンペスト』で絶海の孤島に暮らす娘）と同じくらい社会から隔絶されて育ったから、その自然な天真爛漫さは人を惹きつけずにはおかないのです。お嫌でなければ、今朝届けたメモの説明をいたします。何カ月か前に、あなたは反奴隷制の団体に加入しておられるとお聞きしたのですが」

「それじゃあ、わたしの間違いを正そうというのですか？」とその男性は微笑みながら尋ねた。

「まったく逆ですわ。わたしが関心をよせる奴隷についてご助言をいただきたいのです」

「デラノ夫人、まさかあなたが！」とパーシヴァル氏は仰天し叫んだ。

「奇妙に思われて当然です」と夫人は答えた。「父も夫も反奴隷制の騒ぎにどれだけ痛烈に反対していたか、また、わたしの人生もその種のことからどれだけかけ離れていたか、という事情をご存じですものね。でも、この冬南部にいた間、ひどく感情を揺さぶられる事例を聞きました。ニューオーリンズの裕福な商人が、美しいクァドルーンと深い愛情で結ばれるようになったそうです。その女性はスペイン人のプランテーション所有者の娘であり奴隷でもあったそうです。その父親は金銭上のトラブルに巻きこまれ、娘がアメリカ人の商人とお互い惹かれあっていると知り、その男性に娘を売ったそうです。その女性が死ぬまで二人の愛情による結びつきは変わることはなく、隷属の境遇は単に名ばかりでした。もしそのような結婚がルイジアナ州で法的に可能ならば、そうしたでしょう。しかし、説明のつかない不注意によって、その男性は解放するのを怠《おこた》ってしまったのです。その女性は美しく、才芸豊かな二人の娘を残しましたが、その娘たちは当然、母親はスペインのレディで父親の正当な妻だと思っていました。しかし、父親は破産してこの世を去り、『子どもは母親の身分を引き継ぐ』とする南部の法の下では自分たちが奴隷であるという驚愕の事実を知りました。姉のほうに恋をしていた南部紳士が、非公式に結婚し、密かに二人をナッソーに連れていきました。しばらくして姉妹を債権者から買いとってから、その男は姉妹たちを迎えにいきました。しかし妹のほうを卑劣に扱ったため、そちらは逃亡しました。お聞きしたいのは次のようなことです。もしその男が自由州で妹のほうを見つけたら、自分の奴隷であると主張できますか？　そして、それは法的に可能なのでしょうか？」

「ナッソーに送らなかったならね」とパーシヴァル氏は返事をした。「英国の土地は、触れたものだれでもが自由になる、との羨ましい特性があります」

「でもそのあと、ジョージアとサウスカロライナの間にある島に連れかえって来てしまいました」とデラノ夫人は言った。「姉のほうはこの上なく愛らしく忠実な妻となり、今も妹に関する彼の企てには気づいていません」

「もしその男がナッソーに行く前に結婚したのなら、その結婚式には拘束力はありません」とパーシヴァル氏は告げた。「南部諸州では奴隷との婚姻は法的に無効ですから」

「そんな法に関してはまったくの無知でした」とデラノ夫人は言った。「わたしは、奴隷制に関しては何も知らされていなかったので。でも、この件ではなんらかの策略があったのではないかと思います。なぜなら、その男は妹に対してあまりにも破廉恥でしたから」

「それで妹はどちらに？」パーシヴァル氏は尋ねた。

「紳士の名誉にかけて誰にももらさず秘密を守ってくださると信じてお話しますが」とデラノ夫人は答えた。「今夜お会いになりました」

「そんなことがあるのか」と彼は大声を出した。「あの養子の娘さんがそうだと？」

「その通りです」とデラノ夫人は返答した。「あなたには絶大な信頼を寄せております。ご想像にたやすいでしょうが、わたしにもあの子にも、悪い評判が立つのはひどく不快なことです」

「あなたの信頼を裏切ることは断じてありません」と彼は答えた。「この国でもっともロマンティックな物語は奴隷制から生み出されてきた、と昔から気づいてはいましたが、まさしくこの件は小説よりも奇なり、ですね。事情をすべて知った上でも、この共和国においてあのような若い娘さんが競売にかけられるかもしれないなど合点がいきません。自分がアメリカ人なのを誰もが隠したくなりますよ」

「ご助言をいただきたい主な理由ですが」とデラノ夫人は始めた。「あの子たちを購入したフィッツジェラルドさんが今この町にいるのです。しかも今朝フローラが鉢合わせしました。幸いしっかりとベールをかぶっていたので、気づかれはしなかったのですが。わたしがあの子の逃亡に加担したことなど知る由もないでしょうけれど、それでも少し不安なのです。この問題に絡む法律にまったく無知なものですから、もしあの子を見つけたときどのような権限が彼にあるのかわたしにはわからないのです。自分の所有物として彼女を請求することはできるのでしょうか？」

「そのように主張して、娘さんを合衆国の法廷に連れだすことは可能ですよ」とパーシヴァル氏は答えた。「しかしそんなことをするでしょうか。娘さんを奴隷として請求すれば、世間の同情と憤慨を煽り、われわれ奴隷制廃止論者の思うつぼです。それに、ナッソーに送られたなら、自由であると、自由州の裁判所は判断せざるを得ません。所在がわかれば、むしろ誘拐を企てるんじゃないでしょうか。彼のような男は無節操だし、南部のご主人さまの命令ならなんでも聞く卑劣なやつがボストンにはいくらでもいますからね。もし娘さんが南部に移送されたら、裁判所は彼女を自由だと決めるべきですが、そうするかは疑わしいでしょう。アキレウス[*6]が嘲笑したように、法律なんてわれわれのためにあるんだ、と言われるのがおちでしょう」

「あの子がここにいることをフィッツジェラルドさんが確実に知っているのなら、または単に疑っているだけだとしても」とデラノ夫人は言った。「ただちに個人的にあの子を購入することで決着をつけたいくらいですわ。でも、フローラは死んだと彼とお姉さんは思っていて、逃亡のことを知られたら、何故逃亡したか理由を言わなければならなくなるのです。フローラはお姉さんの幸せを邪魔することをひどく恐れていて、今では自分がいなくなったのだから、すべてがうまくいくだろうと思っているのです。もう一つ厄介な点は、その不運なレディは自分を合法の妻であると信じている一方、実は奴隷で、もし少しでも彼の感情を損なうようなことがあれば、あの男はお姉さんを売りはらってしまえるのです。お姉さんを捨てるつもりがあるのかどうか突きとめられず困っています。人里離れた島の森に隠していて、何人かの黒人奴隷を除きお姉さんの存在を誰も知りません。この世で唯一の白人の友人は、ニューオーリンズの音楽教師とフランス人の教師だけのようです。フィッツジェラルドさんはその人たちの意識にこう植えつけたのです。もしその娘たちを一度遠くへ運び、安い値段で買ったことがばれたら、あの子たちの父親の債権者たちが彼を起訴して異議を唱えることになると。ですからわたしが、お姉さんの様子を知ろうとニューオーリンズへ調査員を送りこんだとしても、この用心深い友人たちが、それを債権者たちが仕掛けた罠だと勘ぐり隠しだてするでし

＊6　トロイ戦争を描くホメロスの叙事詩『イリアス』に登場するギリシアの勇士。

ょう」

「ずいぶんと複雑に絡みあってしまったものですね」とパーシヴァル氏は応じた。「現状ではお姉さんをどうこうするのは難しいでしょう」

「養子となった娘をどのような方向に進ませればよいのか決めかねています。」デラノ夫人は言った。「この年頃の娘にとって世の中から完全に隔絶されてしまうのは楽しいことでも有益なことでもありません。でもあの子の容姿と振る舞いは人を惹きつけ、好奇心を掻きたてます。なんとしてでも経歴を秘密にしておきたいのですが、すでに偽りの力を借りずにいろいろな質問に答えるのは困難になっています。その度にわたしはひどい嫌悪感に苛まれますし、フローラにとっても教育上よくありません。フィッツジェラルドさんと鉢合わせしたあとでは、あの子を公共の場に連れだす度に絶え間ない不安に襲われることになるでしょう。実を言うと、わたしは策略とか秘密とかいったたぐいのこととは無縁で、あの子のような若い娘がそんな立場にあるのが信じがたいのです。ですから今とても困惑していて、合理的根拠に基づいて頭を整理する時間が必要なのです」

「そのような重責は初めてでしょうし、あなたの日常からはかけ離れたことでしょうから、困惑するのは当然です」と客人は答えた。「しばらく海外へ行くのはいかがでしょうか。まもなく妻とヨーロッパに旅立つ予定ですが、ご一緒いただければうれしいですよ」

「ありがたくお誘いをお受けします」とレディは言った。「まさに望んだ形で日常の困難から距離を置けますわ」しばらく通りに出てはいけない、そして窓際に姿を現してはいけない、といった注意事項とともに、この取り決めが説明された際、フローラが不服を唱えることはなかった。しかし、満面の笑みにえくぼを浮かべ、こう言った。「マミータ・リラ、占いの本に書[*7]

＊7　一八三九年の『ナポレオンの予言と夢の書』のことと思われる。元々は一八〇一年にエジプトの古墳から発掘されたもので、その後繰りかえし英語や仏語へ翻訳されている。

いてあるわ。『いつも隠れているか逃げている』って」

第十四章

母親の病でボストンに呼びだされたアルフレッド・R・キングは、医師の勧めでただちに南フランスへ、そのあとエジプトへと母を伴った。気候の変化はそれほど功を奏さず、見慣れた風景と友人たちが懐かしくなった母親は、イタリアでの短い滞在のあとニューイングランドへ戻りたいと息子に懇願した。その人は、焦がれた故郷を二度と見ることのできない運命にあった。その疲れきった魂は、花で埋めつくされたフィレンツェの盛り土の下に埋葬され、息子は一人帰郷した。こうして過ごさざるを得なかった二年の間、米国とのやり取りは中断を余儀なくされ、キング氏の思考は死にゆく母親にすっかり吸いとられてしまい、ニューオーリンズでのあのまぶしい晩の思い出に浸ることも少なくなった。それでも、キング氏の心には霧のかかったような残像がこびりついていて、他の女性の美しさなど目に入らなかった。彼が孤独と悲しみを抱えて再び大西洋を渡ると、あの二人の姉妹の輝かしい幻影がはっきりとした現実感を伴って時折目の前に現れた。すわって、船の引き波の白い泡を静かに見つめていると、まるで鏡のように、あの花でいっぱいの客間の隅々までが目の前に映しだされた。とぎれることのない庭の噴水の滴る音と、美しい『ブエナ・ノッテ《おやすみなさい》、アマト・ベーネ《愛しい人よ》』の旋律が聞こえた。

　ボストンに到着すると、アルフレッドは真っ先に商人たちに、ロイヤル氏について何か聞いているか尋ねた。ロイヤル氏の死の知らせを聞き、さまざまな感情が渦巻いた。どれほど娘たちの消息を知りたいと切望したか！　しかしその人たちの存在すら誰も知らない北部では、質問したところで無駄でしかなかった。ロイヤル氏が破産状態でこの世を去り、財産が競売にかけられ処分されたことを知ると、心は不安でいっぱいになった。即座に、このような状況下でフィッツジェラルド氏はどれほどの権限を手にしたのだろうと考えた。「ロザベラと結婚するのだろうか」との考えが頭をよぎった。すると、あの軽く無関心な調子であの男がこう繰りかえすのが聞こえた気がした。「結婚するはずないですよ――その人はクァドルーンでしたから。」居ても立っても居られなくなり、到着の二日後、ニューオーリンズへ向けて出発した。

　アルフレッドは見知らぬ人に占拠された旧友の店を見つけたが、すでに知っていること以外は聞けなかった。彼は馬に乗って、決して忘れられない夜を過ごした家にやってきた。そこではすべてが見るも無残に変わっていた。購入者たちは家を悪趣味な安ぴかに模様替えしており、優美な佇まいはもはや見る影もなかった。今住んでいる人々の無節制な声々が彼の耳元で不協和音を奏でた。それは、流れるように優しいロザベラの音調と、陽気で調子のよい鈴の音のようなフローラのおしゃべりの声とは対照的だった。購入者たちから聞けたのは、家の所有者の紳士がそこで囲っていたクァドルーン*1たちは北部のどこかに行った、ということだけだった。援助の申し出を思いだし、自分を探しに行ったのではないか、と自問すると、痛みが心を貫いた。キング氏は振りかえり、今一度家を見た。必要なときは兄になると約束したあの別れの朝そうしたように。あの家に生命を吹きこんでいた、すべての活気と愛と美しさが、完全な闇に飲みこまれてしまったことは信じがたかった。くるくると変わる夢よりも、ずっと奇妙に思えた。

深い悲しみを胸に、彼は市街に戻り、父親がよく取引をしていた商人を探しだした。「タルボットさん」と彼は言った。「父が特に親しくしていたアルフレッド・ロイヤルさんの晩年のことについてお聞きしたくてニューオーリンズに来ました。破産状態で亡くなったと聞き驚いています。裕福だったとばかり思っていましたから」

「世間ではそう思われていたんですが」とタルボット氏は応じた。「度重なる失敗で没落してしまいまして。よくご存じでしょうが、われわれ商人がよく陥るような、不運な投資も幾つかありましたし」

「ロイヤルさんとはお知り合いだったのですか」とアルフレッドは訊いた。

「商売以外の面では、ほとんど知りません」と商人は答えた。「あの人は社交を嫌っていたから、変人だとみなす人もいましたが、心優しく、尊敬されるべき人物だと誉れ高かったですよ」

「ご結婚をされていたことはありませんよね」と、躊躇しつつアルフレッドは訊いた。本当に聞きたい話題を引きだせるかもしれないと期待したからだ。

しかし返ってきたのは短い答えだけだった。「独身でした」

「法的に認められた以外の家族について聞いたことはありますか?」と若者は尋ねた。

「美人のクァドルーンと町外れに住んでいるって噂

---

*1　正確にはオクトルーンだが、人々は単に「混血」の意味で使っている。

はありました」と商人は答えた。「だけど、そういった関係はここでは珍しいことじゃありません。とりたてて興味を引くことでもありませんよ」

「どなたか親しかった方で、そのことに詳しい方を思いつきませんか？」

「いや、いませんね。さっき言ったように、あの方は社交界に加わりませんでした。だから、世間もあの人に関してほとんど知らないのです。あ！　今通りかかった紳士なら、何か教えてくれるかもしれません。いやどうも、シニョール・パパンティ！」

そのイタリア人は、呼びとめられて早足をやめ、タルボット氏に手招きされ、通りを渡り、店へと入った。

「クァドルーンの少女たちへのお稽古代を、亡くなったアルフレッド・ロイヤルさんの財産から受けとるために、請求書を出されましたよね。そうでしょう？」と商人は尋ねた。

その質問を肯定されると、タルボット氏はこう言った。「こちらはキングさん。北部から来た方で、その件についての情報を欲しがっています。あなたなら助けてあげられるのではないでしょうか」

「この若い方のことは覚えていますよ」とシニョールは返事をした。「ロイヤルさんがご自分のお店で紹介してくれましたから」

このようにして引きあわされた二人の紳士はタルボット氏に別れの挨拶をして歩きさった。キング氏は言った。「父とロイヤルさんは兄弟同然でしたから、それで娘さんたちがどうなったのか興味を持った次第です」

イタリア人は答えた。「あ、あ、あなたにならお教えしますよ。ロイヤルさんがあなたのことをすばらしい人だと言っていましたからね。それに、旧友の息子だと」

矢継ぎ早の問答が、姉妹の奇妙な過去を明らかにした。その娘たちが奴隷として請求されたことに話が及ぶと、キング氏はぎょっとした。「この国でそんなことが可能なんですか？」と怒って叫んだ。「あんなに気品高く、教養豊かな若い娘さんたちが！」

「まったく可能なんですよ」とシニョールは返答した。「この町で同じような例を幾つか知っています。しかしこの件にはわたしも驚きました。なんせ母親が奴隷だったとはまったく知らなかったものですから。その人は目立って美しく、貴婦人らしい女性でした」

「ロイヤルさんがその人の解放をおろそかにしたなんて、なぜそんなことになったのですか？」と青年は尋ねた。

「あの人はロイヤルさんにとって妻以外の何者でもなかったし、ましてや財産を失うことになるなんて夢にも思わなかったからでしょう」とシニョールは答えた。「その上、いかに死が突然に、志半ばの男に襲いかかるかはあなたもご存じでしょう。亡くなる数カ月前に実は娘たちを解放したのです。ですが、そのときはあまりにも債務が膨らんでおり、すでに所有物の一部を処分する権利がなかったんです」

「所有物ですって！」憤慨した青年はおうむ返しに繰りかえした。「そんな表現を女性に適用するなんて。だから僕は奴隷制廃止論に賛成なんだ」

「お願いだから、その言葉を大きな声で言わないでください」とイタリア人は応じた。「優秀な教え子たちを逃したかどで、わたしは数週間牢獄に入れられました。フィッツジェラルドさんがその財力と影響力で助けてくれなければ、何が起こっていたか想像もつきません。わたしも奴隷制に関しては自分なりの意見を持っていますが、それを表現するならニューオーリンズを出てからにします」

「まったくもって自由の国だ！」と青年は叫んだ。「そのような非道な行為に対する憤りを表現することが危険だなんて。だが、そんな恐ろしい運命からどうやって娘さんたちが救い出されたかを教えてくれませんか。お話の冒頭で、現在、娘さんたちは助けを必要としていないという確信を得たのですが、それはあの方たちが救出されたということなのですね」

アルフレッドはできる限り平静を保とうとしなが

ら次のような話に耳を傾けた。フィッツジェラルド氏が逃亡を仲介したこと、結婚、ロザベラの彼に対する献身的な愛、そして楽園の島の幸せな家庭。シニョールはこう言って締めくくった。「ローザの幸せは一点の曇りもありませんでした。妹の悲しい運命を除いては。わたしたちも数週間前に知ったのです」

「何が起こったのですか？」アルフレッドは夢中で尋ねた。

「コケを集めに海岸へ行って、そのまま帰ってきませんでした」とシニョールは答えた。「うっかり水に落ちて溺れたか、ワニの餌食になったのだと思われます」

「なんと恐ろしい！」とアルフレッドは叫んだ。「かわいそうなフロラチータ！　あんなに明るく、うるわしい少女が！　しかし、奴隷にされることよりも、ワニの口の中のほうがましだったかもしれませんね」

「また、危険な話題に触れましたよ！」とシニョールが割って入った。「ここに長く留まると、あなたは牢獄の壁と仲良しになってしまいそうだ。さて、ここがかわいそうなロイヤルさんのかつての幸せな家です。そして向こうが、マダム・パパンティの住むところです――ほら、お話した、マダム・ギルラーンドですよ、友だちが誰もいなかったかわいそうな孤児たちと親しくしてあげた。あの子たちに対する優しさと、あの子たちの世話をしようとする勇気がとても印象的で、妻になってくれるよう頼んだのです。どうぞお入りになって、妻とテ・タ・テ《差し向かい》で話をしてください。マダムはあの娘たちが生まれたときから知っているし、母親のように愛していたんです」

家の中では、青年はもっと長い説明を聞いたが、その内容については、初耳のこともあれば、単なる繰りかえしもあった。マダムは明らかに満足げだった。というのも、危険のただ中にいるローザが、結婚をしない限りフィッツジェラルド氏の保護は受けないと断ったからだ。それは、父親が死去する前の日の夜、ローザが父と固く約束したことだった。

「それは立派でしたね」とキング氏は応じた。「しかし奴隷との結婚は法的に有効ではないでしょう」

「シニョールもそう言いますわ」とマダムは答えた。「でもそのときはとても怖くって、焦っていて、だから彼のほうから保護の申し出があったことでとても安堵しましたの。それについて何か尋ねようなんて余裕はありませんでしたわ。あの方が現れる前、あなたを捜しにボストンに行こうと計画していたんですのよ」

「僕を！」と彼は熱っぽく叫んだ。「ああ、そうしてくれたらどんなによかったことか、そして、そのときボストンにいて皆さんに会っていれば！」

「そうね、でもあれができうる最善の方法だったと思いますわ」とマダムは応じた。「あの子たちは、フランスでよく言うように、ばち当たりなほど美しかったのです。しかも目の見えない二匹の子猫よりも世間知らずです。母親は異邦人としてここに来て、誰とも親しくなることはありませんでした。ですから、両親が他界したとき、二人きりでとり残されてしまいました。フィッツジェラルドさんはロザベラを死ぬほど愛していましたし、あの子も同じでした。だから、どのみちいつまでも離ればなれではいられませんでした。あの方は極めて気前がよかったのですよ。あの子たちを買いとることで、とても悪い人もいた債権者の手から救い出したんですもの。彼はローザのピアノや、お父さんとお母さんの思い出が詰まった品など、他の幾つかのものを買いとって、それをあの子たちのために用意した新しい家に密かに運びいれました。ロザベラはいつも彼のことをもっとも献身的な夫だと書き、可愛くて小さなフロラチータも、もっとも優しい兄だとよく言っていました。ですから、ローザには母親と同じように幸運をつかめる要因が揃っているのです」

「そうだといいですが」とキング氏は応じた。「しかしロイヤルさんはあの方に対してあまり信頼を置いていなかったと思いますよ。僕も少しだけ面識がありますが、薄情で、油断のならない男といった印象しかありません。第一、結局は奴隷じゃあないですか」

「あの子たちは知らないのです」とマダムは答えた。「フィッツジェラルドさんは思いやりがあるから隠しているのです」

「そんなに思いやりがあるのなら、解放しているはずでしょう」とキング氏は言い返した。

「そうするには住居を移る必要があるのですよ」とシニョールは言った。「ジョージア州の法は州内での奴隷解放を禁じていますから」

「そんな邪悪な条例を神聖なる法の名で呼ぶなんてなんたる冒瀆だ！」青年は言った。「略奪を正当化する泥棒どもの協定を法と呼ぶのと変わらないですよ。壁には耳もなければおしゃべりな口もついていませんよ、シニョール」と微笑みながら付け加えた。「だから、こんな不謹慎な客人を迎えたからといって牢獄に押しこまれることはありません。しかし、申し上げたように、将来についての不安がどうしても消えません。あの若いレディたちが幸せかどうかを厳重に見張って、ときどき知らせてほしいのです。どこにいようと、住所をお教えしますから、お二人も住居を移ることがあれば、どこに行かれるのかを教えてください。父とロイヤルさんは若いころ兄と弟みたいなものでしたから、もし生きていれば友人のお子さんたちを保護したいと望んだでしょう。父が果たしたであろう義務は僕に委ねられたのです。何かよくない緊急事態が起こったときのために、お二人の指示の下で娘さんたちが使えるよう、タルボットさんに五千ドルを預けておきます。娘さんたちのためです。見込みはあまりなさそうですが、フロラチータが再び現れる可能性を心に留めておいてください。しかし、もっとも厳粛な約束として誓ってほしいのですが、この取り決めに関しては僕の名前を伏せてほしいのです。僕に通じるどのようなほのめかしもなさらないでください。いろいろと尋ねにここに来たのも隠してほしいのです。娘さんたちが助けを必要としたとしても、後援者が誰かを知ったり、憶測されるのは避けたいのです。お金を必要とする事態になったときは、お父さんの友人が用立ててくれたとだけお伝えください」

「秘密を守ることを厳粛に誓います」とシニョールは答えた。「そして、秘密は女性の下では安全でないとよく言われますが、あの子たちの幸せがかかっているんだったら、どんなことがあってもマダムは信用できますよ」

「あら、もう少しほめてくれてもいいんじゃないかしら」とマダムが口をはさんだ。「でも、まあ、よろしいですわ。何があってもこの方の依頼通りにいたします。ただ、それが取り越し苦労となると信じていますけれど。フィッツジェラルドさんはとても裕福ですから、ロザベラはこの先何不自由ない生活を送ることになるでしょう」

「そうかもしれませんね」とキング氏は答えた。「しかしどんなに快晴でも突然嵐はやって来るものです。かわいそうなロイヤルさんを思いだしてください。フィッツジェラルドさんの愛が不変であり続けるとしましょう。それでも、解放や援助の準備なしにあの方が破産したり死んだりするかもしれないのですよ」

「それはそうですね」とシニョールが答えた。「あなた方ヤンキーはまったく用意周到ですね！」

「自分の願いをかなえるのに必要なお金をおあずけできなかったら、おほめの言葉に価しないことになります。」キング氏はそれぞれの手に二百ドルずつ握らせ、こう言った。「この件について途切れず連絡をくださいますか。そしてもしフィッツジェラルド夫人が病気になったり、トラブルに巻きこまれたら、あの方の元に行ってあげてください」

二人は多すぎると異議を唱えた。「それじゃあ、これまでしてくださったことに対してです」とキング氏は応じた。

彼が行ってしまうと、マダムは言った。「本当にお父さまの友情のためだけに、こんなことを全部やっているのかしら？」

「そうだとしたらずいぶん奇特なお方だ」とシニョールは返答した。「もし嵐が来たとしても、その暴風に負けない支えをロザベラが得たなんてうれしいね」

　キング氏は再びタルボット氏を探しだし、必要な書類と指示のメモと一緒に五千ドルを彼の手に握らせ、こう言いそえた。「もし予期しない緊急事態が発生してもっと大きな金額が必要になったなら、どうか融通して、僕につけておいてください。商売でどうしてもスマーナ（ジョージア州アトランタ北西にある郊外の町）へすぐにでも航海しなければならないのです。そうでなければ、この件であなたを煩わせることもないのですが」

　タルボット氏は意味ありげに微笑み、こう言った。「娘さんたちの幸せにそこまで深い関心を寄せるとは、その若いレディたちはさぞかし魅力的なのでしょうな」

　青年は正当な理由という鎧に守られていたので、放たれたほのめかしの矢の先端で傷つくこともなく、静かに答えた。「あの方たちはとても魅力的ですよ。数時間ご一緒しただけですし、今後も会うつもりはありません。お父上と僕の父がとても懇意にしていたので、可能な限り不幸にならないようお守りするのが義務だと感じているのです。」用件が終わり、別れの挨拶を交わしたあと、振りかえってキング氏はこう言った。「サヴァンナのフィッツジェラルドさんについて何かご存知ですか？」

　「面識はありませんが」とタルボット氏は答えた。「道楽者との噂で、カード遊びがお好きだとか」

　「フロラチータの死がでっち上げということはありうるだろうか？」とアルフレッドは考えた。「フロラチータを売り払えるのだろうか？　いや、あの男だって人の子なのだから、あんなにあどけない子どもを不当に扱うなんてできっこない」

　彼はいつもより疲れ、気力を削がれて宿に戻った。初めて心を奪われた女性の幸せのためにできうることはすべてした。しかし、ああ、フィッツジェラルドと同じ機会を得たならば！　希望の灯が完全に消えてしまうことは想像していたよりもずっとつらかった。仮に彼女の素性がすべて明らかになっていたとしても、そして、自分の母親の偏見に向きあわざるを得なくなったとしても、もし可能であったらローザと結婚していたであろうことに今や疑いの余地はなかった。しかし、次のように考え苦笑した。「それにしても、以前僕がこういうふうに選ぼうと決めていたのとはずいぶん違うじゃないか！　どれだけ若い人たちに、美しさより中身だと偉そうに言ってきたことか！　そら見たことか、単に美しさだけで一目惚れしているじゃないか！」

しかし男の沽券《こけん》がそのような弱音を吐くことを許さなかった。「いいや、単なる外見の美しさなんかじゃないさ」と独りつぶやいた。「そうだ、確かに内面をよく知る機会はなかったが、あの容貌は間違いなく優しさ、慎み深さ、高貴さの表れだし、何より、あの声の抑揚は洗練の確たる証拠だ」

過去と未来の幻影が周りをぐるぐると巡る中で、眠りに落ち、板切れの上で一人ぼっちのロザベラが荒れくるう海に飲みこまれていく夢を見た。迷信など信じない性質《たち》だったが、それでもその夢は彼を不安にさせた。しかし、それは寝る直前に考えていたことが自然に夢に現れただけだったと思うようにした。

第十五章

　ローザは、精神錯乱を伴う、なかなか下がらない熱から意識を取り戻した。チュリーはローザを残してプランテーションへトムを探しに行くのは不安だった。そのため薬が手元になかったので、できうる最善を尽くした。終始、カラカラになった舌を水で湿らせてやり、濡れた布で熱くなった肌を拭ってやった。そうしている間にチュリーの涙が、心破れ無力で横たわり、父親とフロラチータのことや、奴隷になって売られることなど、支離滅裂に口走っていた若い女主人の上にこぼれた。このような状態が八、九日にわたって続き、その間、チュリーの存在を認識したり、自分がどこにいるのかを自覚したりすることは、まったくできないようであった。激しく興奮したり、手に負えないようなことはなかったが、常に落ちつきなく動き、何かを怖がるような素振りを見せていた。それから強烈な眠気に襲われると、滋養ある食べ物をスプーン一杯飲みくださせるのも難しくなった。ローザは眠り、そして眠り、もう永遠に目を覚まさないかと思うくらい眠りつづけた。魂に課された激しい苦痛によってすっかり弱ってしまった身体を「女神なる自然の治癒力」(シェイクスピア『リア王』一幕四場より) がどうにかしようとしていた。

　フィッツジェラルド氏が再びその寂しいコテージに姿を現すまで三週間が過ぎた。その間、しばしばローザのことを考えたが、そうするといつも自責の念による不安や苦痛に襲われた。しかしマグノリア・ローンでのハネムーンの不運な始まりを考慮し、花嫁を根気強くかまってあげるのが賢明だと考えた。散歩や遠乗りに行くときはいつでも一緒に連れていき、花嫁もその完璧な献身ぶりに満足げだった。しかし、ぼんやりとした、歌っている一つの影が、妻の心につきまとっていた。夫と音楽に心酔しているときなど、妻は音と音の間がもう一つの声によって遮られるのではないかと半ば予期してしまい、一方、夫のほうも、あのさまよう旋律が再びやって来るのではないかと恐れていた。かつてとても愛おしいものだったその豊かな色合いの声にこうして悩まされながらも、ローザが一向に自分のことを思いだそうとしないことに自尊心が傷ついていた。完全にその女性を支配していると自信があったので、和解を求める短い手紙が来るだろうと日々期待していたのだ。トムは隷属の身で許されるぎりぎりまで、その病人の世話を焼いた。しかし、チュリーが極めてきっぱりとフィッツジェラルドの旦那さまには顔を出してほしくないと言うので、トムのほうから自発的に情報を差しだすことは一切しなかった。ついに、トムの主人はある日こう言った。「おまえコテージに行っているよな、トム？」

「へえ、旦那さま」

「あそこでは皆どうしている？」

「ロージーさまが重いご病気で、だけどもうよくなりましただ」

「なぜ言わなかったんだ？　このごろつき」

「旦那さまがお聞きにならんかったもんでね」とトムは答えた。

フィッツジェラルド氏はこの知らせの中に虚栄心を満たす恰好のエサを見つけた。その病気を、どうしても抑えられない自分への愛ゆえだと確信したのだった。この考えは心地のよいものだった。というのも、自分だけをひたすら愛する美しく若い女を放棄するのは、簡単なことではなかったからだ。フィッツジェラルド氏は用事の口実を作り、馬にまたがり駆けだしていった。去り際に花嫁にお別れの投げキスをしながら。しばらく周到に別の方向に進んだ。そして、まわり道をして隠されたコテージへ行った。チュリーはその声を聞いたとき内心苛立った。その男は「セ・ラムール《愛》、ラムール《愛》」と鼻歌を歌いながら森を抜けてきた。コテージに入ってきたとき、チュリーは自分が白人の男であればいいのにと望んだ。そうしたらこの男を殴ることができるのに、と。しかし、「チュリー、君の女主人はどうだい？」と聞かれると、チュリーは「よくなっておいでです、旦那さま」と礼儀正しく答えた。

彼は静かにローザの部屋に入った。ローザはベッドに寝ており、ゆったりとした白い部屋着を着て、黒髪の長い三つ編みがその上にかかっていた。頬からは暖かい色合いが完全に消えさり、母親から引き継いだかすかな金色の影を残すだけだった。そして痩せこけて蒼白な顔に、元々大きな目がより大きく、黒ずんで見えるのだった。目を開いたが、まなざしには奇妙なベールがかかっていた。それはまるで、景色一面にかかった霧みたいで、あたかも魂に影が住みついているようだった。ジェラルドがローザのほうへ身をかがめたとき、ローザが見つめているように見えたが、実はその眼は空虚で何も映してはいなかった。彼は優しく名前を呼び、苦しげに叫んだ。「ああ、ローザよ、応えておくれ、僕の愛しい人！」ローザには聞こえなかった。彼はいまだかつてこんなに深く感情を揺さぶられたことはなかった。彼は大きな声で唸り、顔を手で覆い、泣いた。

その声を聞いたチュリーが、女主人に何ごともないか確かめようとこっそりと部屋に入ってみると、その姿勢の彼が目に入った。チュリーはそっと外に出て、聞こえない場所まで行ってこうつぶやいた。「あの男にも人間の心があるんだねぇ」

数分後、彼がやってきて言った。「ああ、チュリー、ローザは死ぬのか？　医者にもどうにもならないのか？」

「いいえ、旦那さま、死にはせんですよ」とチュリーは答えた。「だけど、しばらく弱ったままでいなさるでしょう。世界中のどんなお医者さまだって、かわいそうなロージーさまになんもできんです。だって、病気なのは心ですから、旦那さま。だから、天にまします偉大なお医者さま（神のこと）しか治せんのです」

その言葉はナイフのように胸に突きささったが、

彼はなんの言い訳もせずこう言った。「冬の間、サヴァンナに行くよ。トムとクロエをプランテーションに置いていく。必要なときにおまえの用を足すよう指示をしておくよ。もし僕と連絡が取りたかったら、トムをよこしてくれ」

憂うつになるくらい衰弱した人との面会で、ジェラルドは一日二日、気分が落ちこんでいた。あの夢遊病者のような謎めいた目つきにさいなまれ、その心地悪さをワインで洗いながそうとした。しかし、感じやすいのと同時に移り気な彼は、次の週サヴァンナのパーティでこの上ないほど陽気な姿を見せ、そこには、皆にちやほやされる、可愛く年若い花嫁がいた。

コテージではさほど変化はなかったが、ただ、主人の許しを得たクロエがよく訪れるようになっていた。クロエは愛情深く、有能な人で、よい声と耳を持っており、熱情的なその瞳には少々荒削りだが詩的なきらめきが宿っていた。ローザが新生児のように無力で無意識のままじっと横たわっているのを見て、クロエはおごそかにこう言った。「魂がどっかへ行ってしまったたね。」そして祈ることで自分が行なってきたすばらしい治療の話を幾つも聞かせた。そしてベッド脇にひざまずき、数時間にわたり病人の手を取りながら、こう祈るのだった。「ああ、神よ、魂をお戻しくださいまし！　魂をお戻しくださいまし！　魂をお戻しくださいまし！」繰りかえしながら声はしだいに高くなり、それは熱狂した嘆願に達するまで続いた。見ていたチュリーがある日こう言った。「かわいそうなロージーさまは、あんたがどんなに大きな声で呼んだって、なんも聞こえんのだね」

「天の神さまは聞こえていなさるだよ」と、うやうやしく天を指しながらクロエは答え、激しい復唱を続けた。その祈願は、もっとも一般的には「おお、グローリー！　グローリー！　グローリー！」と繰りかえす、メソジスト派の讃美歌や黒人の旋律とは少なからず違っていた。しかし歌っていようが、祈っていようが、必ず病人の手を取って、瞳をのぞき込むのだった。

長い間、さまよえる魂は執拗な召喚に従って戻る兆しを見せなかった。しかし数週間が過ぎると、まるで闇の中でクロエの手を探すような動きが見られ、それを見つけると、チュリーは病人の血の気の失せた顔に、チラチラとしたきらめきのようなものがかすかに宿ったように思った。それでもまだ看護人のどちらのことも認識できないし、不在の魂がさまよっている先の、神秘に包まれたどこかで、何を見聞きしているのかは人知の及ばぬところであった。ついに、クロエの辛抱強い信念が実を結び、弱くだがローザが手を握りかえしてきた。付添人たちはこれまで以上に注意を払った。ローザを心配する忠実な友人たちは、唇が初めてふるえながらかすかに微笑んだことに歓喜したが、赤子の初めての知的な兆候をわくわくした歓びで迎える母親でさえその歓喜には敵わなかった。まなざしは再びより自然な表情を帯びはじめた。魂を覆っていた霧は明らかに消えさり、太陽の輝きが顔をのぞかせようとしていた。進行こそ遅いが、それ以後絶えず回復は続いた。愛らしい心に吹きあれた痛ましい嵐から三カ月が経過した頃、ローザは声を発するようになり、弱々しくだが付添人たちを名前で呼ぶようになった。そして一カ月もしないうちに、マダムとシニョールの心配を和らげるために数行だが文字をしたためられるようになった。

マグノリア・ローンをまるで幽霊のように訪れる数日前、ローザは喜びにあふれた手紙を書いていた。そこには、ジェラルドが、自分を妻としてお披露目し、美しい家の女主人にする準備をしていると書かれていた。二人はその便りを大いなる喜びで受けとめ、心からのお祝いの言葉で応じた。シニョールはキング氏に知らせたくてうずうずしていたが、一方マダムは、人生の浮き沈みによる試練や失望に備えて、警戒したり駆け引きしたりすることを学んでいたので、事実確認が取れるまで待つのが賢明だと考えた。ローザは普段から四、五週間に一度くらいしか手紙を書かなかったので、その期間が過ぎさるまで二人が心配をすることはなかった。そのときが来てもお互いにこう言っていた。「わたしたちもよくそうするように、手紙を書くのが遅れているだけ。万事が整うまでね。」しかし七、八週間が過ぎると、マダムは再び手紙を書き、ただちに返信するよう要求した。姉妹の特異な立場を考慮して、手紙はいつもフィッツジェラルド氏宛に送られていた。だからこの手紙が届くと、当然彼はマダムが結婚について感づいているかどうか確かめたくなった。結婚のニュースはシニョールがいつも購読する新聞にだけ偶然載っていなかった。さらに、夫妻は自分たちだけの小さくて異質な世界に暮らしていたために、それを知ることはなかった。手紙を読んだフィッツジェラルド氏はこう思った。ローザは読める状態ではないので、焼き捨てたほうがいいのではないか、と。しかしマダムかシニョールが便りを求めてサヴァンナに来るかもしれない、そして不幸な偶然によって花嫁の話を耳にするかもしれない、との恐れから、そのような不慮の事態を招くような芽は摘むべきだと結論づけた。それゆえ、熟考の上で次のような手紙をマダム宛てにしたためた。世の中の事情に精通しているマダムだから次のようなことはよくわかっているはずだ。クァドルーン奴隷の娘は南部紳士の妻として法的には認められない。そのため、ローザを他のどの女性より愛してはいるものの、先祖代々の遺産を法的に相続しようとすれば、自分は結婚はしなければならない、と。次のようなことも述べた。ローザについては、なかなか下がらない熱からは回復しつつあり、心配しないように伝えてほしいと頼まれている。快適にしているし、二人の優秀な看護人に手厚く世話をさせており、体調も日々よくなっていて、数週間後には手紙を書ける。万が一完治を妨げる何かが発生した場合はまた筆を執る、と。

彼はこの手紙によって当面の緊急事態に折り合いをつけられるだろうと考えた。先の計画はまだ立てていなかった。そしてまだ次のようなことを望んでいた。ローザが今のように孤独で保護者もなく、自身の法的所有権も持たず、病気と心労から従順になっていれば最終的に条件を呑むだろう、と。

ローザは意識がなかったので、もちろんこのようなやりとりを知る由もなかった。看護人たちを認識してからしばらくしても、ひどい眠気が続き、自身の体調にすらかまっていられないようだった。看護人の手の中でまるで幼児のように受け身だったたし、看護人たちもそう扱った。クロエはローザのために歌い、物語を聞かせたが、それらは概して自身の驚くべき経験についてのものだった。クロエは幻影を見る卓越した能力の持ち主だった。おそらくそれは想像力の賜物であっただろうが、文化によっては詩人になったであろう。クロエにとってそれは事実に基づく現実なのだ。プランテーションを行き来する途中に、しばしばキリストを見たと語った。一度、頭に金色の王冠を頂きシスルに跨がったキリストを見た、と。ある夜、キリストはとても幼い子どもの姿で前方をずっと駆けていて、輝く衣服は周りの森すべてを明るく照らした、と。

希望がたちどころに砕けちってから四カ月後、ローザは、チュリーの手から飲み物を飲むと、その顔を見上げて言った。「チュリー、わたしはどれくらい臥せっていたの？」

「そんなこと気にせんでいい」とチュリーは頭を優しくなでながら答えた。「そんなこと気にかけんでいいです」

少し考えてから病人は言った。「でも、どれくらいか教えてちょうだい」

「それがねえ、ちゃんと数えてなかったですよ。トムは今二月だと言うです」

「あのですね、ロージーさま」とクロエが口を挟んだ。「ロージーさまの魂はどっかへ行っちまって、なんもわからんかったですだ。けんど全身真っ白で美しい天使がロージーさまの手を取りチュリーとクロエの元へ連れ戻してくだすったですよ。その天使はすばらしく美しい瞳をしていて、ロージーさまの母上さまだと教えてくださいましただ。いつもロージーさまとともにいなさるそうですだ。それが神さまの御心なんだそうですだ」

ローザは真剣に、嬉しそうな表情を浮かべながら聞いた。純真なクロエのなぐさめの言葉によって、目に見えない霊的な存在に包まれ、守られているのだと漠然と意識するようになった。

数時間後、付添人から顔をそむけて、こう尋ねた。

「わたしが病気になってから誰か訪ねてきた？」

できる限り傷ついた心を和らげることを切望して、チュリーはこう答えた。「あなたさまがどうなさってるかジェラルドの旦那さまが聞きにきなさったです。あの方はサヴァンナに行く際、ロージーさまの世話の手伝いにと、トムとクロエをプランテーションに残していきなさったです」

ローザはなんの感情も表さなかった。少しの沈黙のあと、マダムからの手紙を尋ねた。ないと告げられると、昔からの友人に短い手紙を書きたいから、枕を支えにして身体を起こしてほしいと頼んだ。クロエはそれに応え、耳元で何かささやいたが、ローザはそれに驚いたようだった。頬は紅潮したが、それは久しぶりのことであった。すぐに目を閉じると、長く濃いまつ毛に涙がきらきらと光った。ローザは看護人の警告に従い、手紙を書くのを次の週に延期した。ローザは日中ずっと無言であったが、考えで頭がいっぱいなのがわかった。というのも、閉じられたまぶたからしばしば涙がこぼれ落ちていたからだった。

一方、ニューオーリンズの友人たちは、ローザをたいへん心配していた。フィッツジェラルド氏は再び最初と同じような調子の手紙を書いてよこしたが、ローザからは梨のつぶてだったのだ。

「どうしたものかしら」とマダムは言った。「あの子の性格を考えれば、二番目の地位に甘んじるような娘ではないわ」

「そういった二重の関係を受けいれることはクァドルーンにとって珍しいことじゃないだろう」とシニョールが口をはさんだ。

「そんなこともちろん知っているわ」とマダムは言い返した。「でも、一般にそういう人たちは、どうしても避けがたいものとして、下位の立場に順応するよう小さな頃から教育されているのよ。ローザはそうではなかった。その上、ゴンザレスおじいさまの影響が強いから、少しでも名誉を欠くようなことには従わないでしょう。ねえ、この件を探りに誰かがサヴァンナに行かなければ。もしあなたが行けば、決闘になりそうで心配ね。可愛いフロラチータはあなたのことをシニョール・ピメンテーロ《コショウの木》と呼んでいたものね。だけど、フィッツジェラルドさんはわたしとは闘わないでしょうし、言いたいことは言わせてくれるはず。だから、わたしが行ったほうがいいわ」

「そのほうがいいね。わたしと違って君は、生まれながらに駆け引きが上手い」とシニョールは返事をした。

その結果、数日中には出発するように計画が立てられた。しかし、ローザから送られてきた次のような、三、四行の短い文章によって計画は引きとめられた。体調はよくなってきているし、快適にしているし、すぐにもっと長い手紙を書く、と書いてあった。しかし驚いたことに、マダム・ゴンザレスと呼んでほしいとの依頼があり、手紙はサヴァンナのドレスメーカー宛てに送るようにと住所が添えてあった。

「これは、ローザとフィッツジェラルドが関係を解消したことを如実に表しているんじゃないかしら」とマダムは言った。「でもわたしに来てほしいとは書いてないので、説明の手紙を待ちましょう。」しかし、一方で、マダムはその短い手紙に対して愛情を込めた返事を書いた。ニューオーリンズに来るようしきりにうながし、五十ドルを同封し、ローザの父親の古い友人が亡くなり、その人が友人の娘たちに財産を遺したと述べた。フロラチータが評した通り、マダムは真実をさまざまな形に変えて都合する才能があった。

花輪で彩られた南部らしい春の季節、三月が巡ってきた。その通り道には花々が敷きつめられた。それが通りすぎるときに、モミやマツに温かなキスをすると、木々は香り高い吐息をもらした。マグノリア・ローンの庭はキズイセン、ヒヤシンス、バラで着飾り、あずまやはつやつやした青葉で覆われ、そこではモノマネドリが思い思いの旋律を奏でながら、白いしっぽの羽毛を音楽に合わせて動かしていた。病弱なフィッツジェラルド夫人が季節の初めにマグノリア・ローンに戻ると決めたので、召使いたちはその受けいれ支度に大忙しだった。ローザの世話はもう必要なかったので、クロエが秘密のコテージに来ることはあまりなくなっていた。しかしトムはいつもしていたように週に一度は来て、そこに住む人たちがしてほしいと思う仕事や使い走りを何やかやしていた。ある日チュリーは、女主人がトムに、フィッツジェラルド氏がプランテーションにいるかどうかと尋ねているのを聞いて驚いた。在宅と聞いて、ローザは言った。「ロージーさまがすぐに会いたいと言っている、と伝えてちょうだい」

フィッツジェラルド氏はこのメッセージを受けとると、鏡でネクタイを直し、悦に入ってにっこりと微笑んだ。誇り高い美人が、ついに態度を軟化させはじめたと期待したのだ。妻をサヴァンナに残してきたので、呼び出しに応じることになんの気兼ねもなかった。コテージの芝生を通りすぎようとすると、ローザが窓際で縫い物をしているのが見えた。会いに出てくるかもしれないと思ったので、速度を少し緩めた。しかし客間に入っても、その人はまだ熱心に作業していた。入っていくとローザは立ち上がり、椅子を一つ、彼のほうに押しやった。彼が半分おずおずと「具合はどう、愛しいローザ？」と訊くと、すばやくこう答えた。「ずいぶんよくなりましたわ。ありがとうございます。フィッツジェラルドさん、あなたに来てもらったのは、お願いがあるからです」

「僕にできることならなんでもするよ」と彼は答えた。

「あなたにとってはとても簡単なことです」とロー

ザは応じた。「そしてわたしにとっては非常に重要なことなのです。解放証書をいただきたいのです」

「そんなに僕が怖いの？」と、自分がかつて口にしたある脅しを思いだし、その男は顔を赤らめながら尋ねた。

「責めるつもりでした要求ではありません」とローザは穏やかに答えた。「ただ単に、わたしにとってはとても急を要することなのです。体調が許せばすぐに、自立するために何かをして、もし可能であれば、わたしと妹に費やした代金を返済したいと考えています」

「僕のことをけちなヤンキーだとでも思っているのか？」と男は憤慨して声を荒らげた。「ドルだのセントだのとそんな話を持ちだすなんて」

「あなたが要求するだろうと思ったのではなく、自分の望みを言っただけです」とローザは応じた。「それは別として、奴隷制というこの恐ろしい亡霊にとりつかれたわたしの人生がどれほど苦痛か、あなたにもきっと想像できるでしょう」

「ローザ」とその男は真剣に言った。「正義に誓って言うが、君を奴隷として購入なんてしていないし、奴隷だと思ったことすらない。ただ心から一番愛している人を不運から救い出したくてお金を使っただけだよ」

「それがそのときの本心だったと信じますわ」とローザは応じた。「でも、過去のことはもういいのです。率直にお尋ねしますが、保護のない女性のたっての願いをかなえる力を持つ紳士として、わたしのことを解放してくださいますか」

「もちろんそうするさ」と男は答えたが、相手の冷静で事務的な口調のせいで明らかに平静を失っていた。

ローザはすっくと立ち上がると、書き物机をその男の前に置いた。それは、彼が誕生日プレゼントに贈った小さくてきれいな机だった。

彼は指先でそれに触れ、そして、お得意の媚びるような視線で見上げて、こう言った。「ローザ、これを贈ったとき、君になんて言ったか覚えている?」

　質問には答えず、ローザはこう言った。「今、証書を書いてくださいますか?」

「なぜそんなに慌てるんだ?」と男は訊いた。「もう約束したじゃないか。僕には名誉を重んじる心がないとでも言うのかい?」

　反論が口元まで出かかったが、ローザはそれを押しころした。「だれもが将来のことなんてわかりませんわ」とローザは返事をした。「愛するお父さまが他界したとき、何があったかご存じでしょう。」優しい思い出に襲われて、顔を覆った彼女の指の間からそっと涙がこぼれ落ちた。

　男はその涙をキスで拭おうと試みたが、ローザはそれをかわし、こう続けた。「あのときわたしは、『子どもは母親の身分を引き継ぐ』とするむごい法の意味を学びました。フィッツジェラルドさん、あなたを呼びにいかせたのは、わたしのためだけではないのです。わたしと妹をほとんど破滅に近い状況に追いやった恐ろしい不慮の事態から、わたしの子どもを守りたいと望んでいるのです。」ローザは顔を赤らめ、話しながら視線を落とした。

「ああ、ローザ!」男は叫んだ。ローザを胸に抱きよせたいとの強い衝動に駆られたが、その貞淑な気高さに阻まれてそうできなかった。

　気まずいひとときのあと、ローザは恥らいつつ顔を上げて言った。「これを知ったなら、今それを書くことをよもや拒否できはしないでしょう」

「弁護士に会って証人を立てなければならない」というのが返事だった。

　ローザは深いため息をついた。「どのような書類が必要なのかはわかりませんが、でも、どんな偶発的なことが起きてもわたしの安全が保障されるような方法をとってくださるようお願いします。そしてぐずぐずしないでくださいね、フィッツジェラルドさん。来週には書類をいただけますね?」

「全然信用がないんだね」と男は悲しそうに返事を

した。そして急にローザの傍らにひざをつき、こう叫んだ。「ああ、ローザ、二度と『さん』付けで呼ばないでくれ。もう一度ジェラルドと呼んでくれよ！　僕を許すと言っておくれ！」

　ローザは一歩うしろへと身を引いたが、とても優しく答えた。「もちろん許しますわ。それに、無邪気な若い奥さまがあなたを愛したことを後悔しないよう望んでいます。そうなれば苦い試練になりますから。心からあなた方の幸せを願っていますし、あなたの幸せを邪魔しようなんて気は毛頭ありません。いずれにせよ、長く話していられるほど体力はないのです。来週その書類を送ってくださるとどうか約束してください」

　フィッツジェラルド氏はそう約束したが、顔をそむけ、声は少し震えていた。

「感謝いたします」とローザは答えた。「とても疲れてしまったので、これで失礼します。ごきげんよう。」ローザは立ち上がって部屋を出ていこうとしたが、戻ってきて厳粛にこう付け加えた。「ローザの最後の頼みをおろそかにしなければ、それはあなたの死の床でなぐさめとなるでしょう。」ローザは隣の部屋へと入り、ドアを閉め、すっかり疲れはてて長椅子へと身体を投げだした。なんと奇妙で実体のない話し合いに思えたことか！　ローザは遠ざかるその男の足音を聞いたが、最後に姿をひと目見ておこうなどという気には少しもならなかった。つい最近まで彼がすべてだったのに！　今では完全に自分の人生とは無縁の人になっていた。

　次の日ローザは、マダムとシニョールに宛て次のような手紙を書いた――。

最愛の親友たちへ――

　長くて幸せな手紙を書いてからわたしに起こったことすべてを説明するのには、何日もかかるでしょう。それを書くだけの体力が今はないのです。お会いしたときにもっと完全な形でお話ししましょう。だとしても、可能な限り、惨めな詳細については避けたいと思いますが。愚かにもわたしのために行なわれていると思っていた準備は、すべて金持ちの北部出身の花嫁――可愛い、無邪気そうな、小柄な女性へのものでした。わたしとの結婚は、偽装だったのでしょう。それを悟ったとき、お二人の元へ飛んでいきたい衝動に駆られました。ところが奇妙な病気に襲われ、わたしは四カ月間何もわからない状態でした。親切なチュリーと、クロエという名の黒人女性の辛抱強い看病のおかげで、わたしはまた息を吹きかえしました。よくないことだったけれど、わたしが誰なのか、何者なのかを思いだしたとき、助けられたことを残念に思いました。わたしは再びお二人の元へ飛んでいきたいという思いにとらわれました。だって、最初の不運が襲ったころ、わたしと可愛い妹に対してお父さんとお母さんのようにしてくださったのですもの。でも、衰弱して動くこともままならなかったですし、今でさえそのような旅に耐えるのには程遠いのです。それに今のところ別の要件でここから動けません。フィッツジェラルドさんから、パパの債権者からわたしたちを買ったので、わたしはあの人の奴隷だと告げられました。わたしの中の小さな命のためにも、解放してほしいと懇願すると、あの人はそうすると約束してくれました。もしニューオーリンズが安全ならば、そちらに行き、お二人と暮らし、どうにかして子どもと自分のために生計を立てたい、というのが願いです。しかし、少しでも奴隷として請求される危険性があるのであれば、平穏はのぞめません。フィッツジェラルドさんはわたしをひどい目に遭わせるつもりはないのかもしれませんが、かわいそうなパパのように、あの人もそれを防ぐ手だてをとらずに死んでしまうかもしれません。自分の身の安全のためにどのような書類が必要なのかはわかりません。なんら悪いことをしたわけでもなく、身を守る術さえ持たない女性を保護する法がないとは信じがたいことです。健康を取り戻し、この件に決着がつくまでもう少しここで待ちます。ああ、優しいお母さま、六月の二、三週間こちらに来てくださいませんか。そしてまだかわいそうなローザと赤ちゃんが生きていたら、一緒に連れかえってください。でももしおいでになれなかったとしても、ここにはグラニー・ナンと呼ばれる経験豊かな年配の黒人女性がいて、チュリーによれば、よく世話してくれるそうです。マダムの思いやりと愛情あふれる手紙に感謝いたします。わたしに財産を残してくださったパパのご友人とはどなたでしょう？　五十ドルをありがたくいただきました。というのも、フィッツジェラルドさんは、わたしが必要なものはなんでも揃えるようにトムに命じていますが、あの人のお金を使うのはとてもいやなのです。最愛の友だちであるお二人がいなかったら、生きる勇気が湧かなかったでしょう。だけど何かが、このような苦しい試練の中で見事にわたしを支えてくれました。かわいそうなクロエの祈りが天から助けを呼んだのではないかとときどき思います。あの善良な人の魂はいつもわたしのために祈りを捧げてくれています。

アデュー。神様のよいご加護がお二人にありますように。

愛と感謝を込めて、ロザベラより

何週間経っても約束の証書は届かなかった。憂うつな日々はその遅い時の流れをさらに引きのばし、チュリーの愛情のこもった世話とマダムの励ましの手紙だけがなぐさめだった。ピアノが開けられることはなかった。というのも、すべての音色は悲しみに沈み、曲調は埋葬された愛の上を通りすぎる葬送曲になってしまうからだった。しかしローザは屋外に出ては花の芳香を楽しんだ。時折芝生の上をゆっくり歩いたり、チュリーに手伝ってもらいシスルの背中に跨がり、馬車道を行ったり来たりした。しかし、フィッツジェラルド夫人に会わないよう、コテージを覆いかくす森から出るという危険を冒すことはしなかった。多少なりとも女主人を自慢にしているチュリーは、この規制に苛立った。「なぜあなたさまのほうが隠れなけりゃならんですか」と言った。「あなたさまがあの方に劣るところはありなさらんです。だから、何も恥じることはないですよ」

「あの方に会うのを避けたいのは、わたしのためではないのよ」とローザは返事をした。「あの無邪気で若い女性が気の毒なの。あちらはわたしの幸せを邪魔したことを知らないけれど、わたしはあの方の邪魔をしていることをすまなく思うわ」

フィッツジェラルドの約束は果たされることなく、いつの間にか数週間が過ぎさり、心配が疑念に変わった。彼の言っていた書類を求めてくるよう二度ほどトムに頼んだが、準備ができ次第送るとの口頭での返事しかもらえなかった。その過程には世間知らずなローザが思っていた以上に大きな障害があったのだ。ジョージア州の法は、奴隷解放を禁ずることで、慈悲深い感情に流されることを抑制していた。結果的に、彼はこの件について特例を州議会に申請することで好ましくない評判を負うか、さもなければ別の州でローザを解放するしかなかった。もしそれによってローザに対する以前のような支配力を回復できるのなら、喜んで妻が同伴しない旅を都合しただろう。しかしローザをすっかり自由にしてしまうためにそんな手間をかけるのは気乗りがしなかった。証書を送ると約束したとき、偽の結婚でそうしたように、見せかけの証明書でローザを満足させるつもりでいたが、彼はそれを引きのばしていた。それ以外ではもはやなんの力も及ばない、今や優勢となった女性をじらせることに、漠然とした満足感を得ていたためだった。

第十六章

ローザの自筆の手紙が届きはじめてから、マダムの心配はかなり解消した。しかし、ジョージア州の法を知っていたし、フィッツジェラルドの真の人格を今ではよくわかっていたので、解放の約束をあまり信用していなかった。「またあの男のペテンよ」とマダムはシニョールに言った。「この件についてずいぶん考えてきたけれど、この国にはあのかわいそうな子への防衛手段などないと確信したわ。あなたは美しいイタリアをそのうちまた見たいとずっと言っているわよね。そして、わたしの美しいフランスについても同じ思いよ。わたしたちはそれぞれに少々の蓄えがあるわ。それにキングさんが預けてくれた資金を利用すれば、ロザベラをヨーロッパに連れていって歌手として世に出せるわ」

「間違いなくすばらしい成功を収めるだろうね」とシニョールが応じた。「わたしもそういう計画を提案するつもりでいたよ。でもマダム、またわたしのせいで名前を変えなければならないよ。カルボナリ《炭焼き党》[*1]の仲間と知れたためイタリア出国を余儀なくされたのだからね。十五年経ったけれど、油断ならない当局がまだわたしの名前を覚えているかもしれないからね」

「そんなもの取るに足らない障害よ」とマダムは言葉を続けた。「今抱えている予約をすべて終え次第ここを立つつもりだと、あなたの教え子たちにすぐに伝えたほうがいいわね。わたしは高価なものを掻きあつめて、できるだけ早く売り払うわ。そうすれば、ローザがじゅうぶんに体力を回復したらすぐにヨーロッパに向けて出発する支度が調うかもしれない」

この決断はただちに実行に移された。しかしマダ

＊1　自由革命を希求し、一八二一年頃南イタリアで結成された秘密結社で、一八二〇年にナポリで蜂起した。初期の党員は炭焼き人に変装して森の中で会合した。

ムが心待ちにしていたその寂しい島への訪問に、運命がそっぽを向いた。予定していた出発の数日前、シニョールが深刻な病に見舞われ、二、三週間その状態が続いたのだ。自分というよりマダムのために彼は苛立ち、やっきとなった。しかしマダムはいつものようにこの試練を果敢に乗り越えた。マダムはローザの失望を埋めあわせようと、できる限りひんぱんに手紙を書いた。調子こそ陽気だったが、細部については用心深く慎重であった。急に連絡が途絶えれば、フィッツジェラルド氏が疑惑の目を向けるかもしれないとの恐れから、時折彼気付の手紙をわざと送った。その人が気まぐれで手紙を開封したときのために、相手の視点に合わせた調子で書いた。シニョールは笑ってこう言った。「君の駆け引きの手腕は、使わなくなっても錆びつくようなことはないんだね、マダム。」心中は悲しみで溢れているローザでさえ、宛名の違いでまったく異なる調子の手紙に、思わず微笑んだ。

ローザは受け身でじっと耐えることに慣れっこになっていたため、待ちわびた唯一の白人の友が来られなくなったとわかったときも不平をもらすことはなかった。助産師のナンは数多くの白人の貴婦人を看護してきたことを鼻にかけていたが、それが口先だけではないことを実力が証明していた。ローザが生と死の狭間をさまよいながら、人間の魂がこの世に誕生したことを告げる泣き声を聞いたとき、献身的なチュリーとその年老いた親切な黒人の乳母《マミー》だけが付きそってくれていた。人間に本来そなわっている力は、肉体的な病と精神的な苦しみによってすっかり調子が狂い、もはやその小さなものに栄養を与えられる状態ではなかった。もしこれがより幸せな状況下であったなら失望もしただろうが、ローザは長く病に苦しめられてきたために多くは望まなかった。チュリーが、初めて服を着た赤ん坊を目の前に差しだすと、ローザは弱々しく微笑んだが、すぐに目を閉じてしまった。腕の中に寄りそう無力で小さな命と来る日も来る日もそこに横たわっていたが、唯一のなぐさめはそれが女の子でなかったことだった。頭の中で混沌とした考えがぐるぐると駆けめぐった。少女時代の理想があのように無残に打ちくだかれなかったら、思っていたのとこれほどかけ離れた現実を生きることもなかったのに、と考えてしまうのだった。マダムが根気強く示してくれた将来へのかすかな光がなければ、勇気はすっかり萎《な》えてしまっていただろう。実のところ、ローザはしばしば憂うつな思いで、波の下に安息が見つけられないかしらと思いながら打ちつける海の音を聞いた。しかし彼女はまだとても若く、天は晴朗で、大地はうるわしかった。それに、どこかに安全な避難所を見つけてくれると約束してくれる友人がいた。ローザは体力を取り戻そうとした。そうすれば、過ぎさってしまった幸福の悲しい思い出の品々のあるこの島を去れるかもしれないと思った。このようなことを考えながら、ある日起きあがり、見納めにとあの小さな客間にふらっと入った。もう長いこと閉じたままの、愛と悲しみの抒情詩がその音色に染みこんだピアノ、母親が絵を描いた小さな可愛らしいテーブル、父親の死後受けとったかご、フロラチータの絵画とコケ、それに、おびただしい数のジェラルドの愛の形見がそこにあった。思い出の中をゆっくりと力なく歩きながら、ローザはどれほど孤独を感じたことか。チュリーと年老いた黒人の乳母しか話し相手がいないのだから――かつては両親に深い愛情を注がれ、心を捧げた人にあれほど敬慕されていたのに！　ローザが過去の思い出の品々をもの思いに沈んでじっと見つめていたとき、トムの声に注意が向いた。「グラト・ハス《お屋敷》にピカニニー＊2が生まれただよ。もう一人のピカニニーは元気だか？」

　ある考えが急にローザを襲った。「ああ、その赤ん坊には歓迎して抱きしめてくれる父親がいるのね。だけどわたしのかわいそうな赤ちゃんには――。」急に意識が遠のきそうになった彼女は、椅子とテーブルで身体を支え、よろめきながらもといたベッドに戻った。

＊2　通常は黒人の子どもを指す言葉だが、ここではリリー・ベルの赤ん坊のこと。

赤ん坊が生まれて二週間にもならぬ頃、トムは用事でニューオーリンズに行くご主人にお供することになったと告げた。ローザはこの機会を見逃さず、マダムとシニョールに宛てた手紙と幾つかの小さな品物を持たせた。チュリーは彼にその家への詳しい道のりを教え、すべてを二人に伝えるようしつこく命じた。ご主人に何か隠しもっていることがばれないようにと警告すると、トムは親指を鼻先に当ててそれを意味ありげに動かし、こう言った。「この黒人は寝ぼけてなんかいねえ。日が昇ってからずっと起きてるだ。」トムは請けおった仕事を実行するのが難しいことは予見していた。奴隷なのだからもちろん行動は極めて制限されている。でも、トムはやってみると約束した。チュリーは、なんらかの手立てを見つけ出すその才能に絶大な信頼を寄せているとトムに伝えた。

「チュリー、あんたって人も大したもんだね。たいがいの黒人より物知りで」とトムはお返しにその人をほめた。トムにすれば、チュリーは実に教養のある人物だった。読み書きこそできなかったが、白人とほとんどいつも暮らしていたために、その作法や話し方を身につけていた。さらに、英語と同じくらいフランス語に習慣的に親しんでいたし、その上、たどたどしくだがスペイン語も少し操れた。そのチュリーに才能があるとほめられたことでトムは虚栄心をくすぐられ、その言いつけを成しとげるためなら、鞭打ちの危険を冒そうと密かに決意していた。トムはローザの世話に関しても、もっとも誠実だった。というのも、ローザの悲運に同情する前から、その美しさと優しさに心を奪われていたからだった。トムの任務がどれほど重要な結果をもたらすかについては誰もが予想だにしなかった。

ニューオーリンズでの初日は、ご主人に呼びだされる責務から逃れられる時間は皆無だった。翌日、ブルートマン氏がフィッツジェラルド氏と食事をした際に、トムはテーブルで給仕をした。二人の会話は当初綿花の生産高や、黒人奴隷の値段や、商売の話だったので、あまり注意を払っていなかった。しかし数分後、トムは耳をそばだてた。

「債務を返済する準備ができたからやって来たんだろう」とブルートマン氏は言った。

「支払い猶予の延長をお願いしたい」とフィッツジェラルド氏が答えた。「今その額を調達するのは無理だ」

「どうしてだ」とブルートマン氏は尋ねた。「ボストンの大富豪の娘と結婚したんだろう？」

「あのけちで年老いたヤンキーは、生きている間は金を手放しやしない」と連れは応じた。「それに家内は金遣いが荒くてね」

「じゃあ、その年老いたヤンキーが死ぬまで待てとでも？」とブルートマン氏は尋ねた。「借金は名誉にかけて速やかに返済するのが紳士ってもんだろう」

「できる限りすぐに返済するさ。それ以上どうしろっていうんだ？」フィッツジェラルドは声を荒らげた。「しつこく借金の催促をするのだって紳士らしくないじゃないか」

すでに二人はふんだんに酒をあおっていた。しかしブルートマン氏はボトルを手に取り言った。「さあ、もう一杯飲むぞ。君の財力が再び満たされるように」男たちはグラスを満たし、乾杯をし、それを飲みほした。

一瞬の静寂があった。ブルートマン氏は手に持ったグラスをぐるぐるとまわしながら、連れを真っすぐに見つめていた。それから急にこう言った。「フィッツジェラルド、あの美人のオクトルーンの娘たちは見つかったのか？」

「オクトルーンの娘たちとは？」ともう一方が尋ねた。

「はて、覚えてないとでも言うのか？」とブルートマン氏は応じた。「ロイヤルの債権者と取りかわした契約はどうなったんだ？　あの娘たちを見つけるのは難しそうだったな。まさか、まずはどこかに隠しておいて、債権者の手に渡った場合の半額以下で買った、なんてことはないだろうな。そんなことをするのは紳士じゃあないぞ」

　適量を超えたワインのせいで脇が甘くなったフィッツジェラルドは怒鳴った。「僕が紳士的でないと遠回しに言っているのか？」

　ブルートマンはにやりとし、こう答えた。「そんなことは世間的には許されない、と言ったまでだ。だがね、フィッツジェラルド、お互いにわかりあおうじゃあないか。わたしはむしろ、まあ極端なことを言えば、君に貸している金よりもあの娘たちのほうがはるかにほしいんだ。あの娘たちをわたしによこせば、借金は帳消しにしよう。そうでなければ、必要に応じて君の財産を差しおさえさせてもらうよ」

　束の間の静寂のあと、フィッツジェラルドはこう答えた。「一人は死んだ」

「どちらだい？」と仲間は尋ねた。

「フローラだ。若いほうは溺れ死んだ」

「それじゃあ、あの女王然とした美女のほう、あの女はどこに？　名前を聞いたことはなかったと思うが」

「ロザベラ・ロイヤルだ」とフィッツジェラルドは返事をした。「僕のプランテーションから都合のよい距離に住んでる」

「それじゃあ、気前よくなるか」とブルートマンは言った。「あの女をこちらによこせば、借金は帳消しにしてやろう」

「今健康な状態じゃない」とフィッツジェラルドは応じた。「生後二週間ほどの赤ん坊もいる」

「二、三週間後に君の島に招いてくれているじゃあないか」とブルートマンは言い返した。「そこで君のうるわしいロザモンドを紹介してくれよ。お望みとあらば、今契約書を作成してサインしてやる」

　繰りかえしがはばかられるような冗談が債権者の口から発せられたが、不満な債務者はそれに対してなんの返事もしなかった。トムに紙とインクを持ってくるように言ったとき、注意深く観察していた召使いは、数分前まで紅潮していた主人の顔からすっかり血の気が引いていることに気づいた。

　その晩フィッツジェラルドは、自暴自棄な賭けごとと大量のワインで追憶をかき消そうとした。夜中の一、二時の間に、飲み仲間たちはそれぞれの召使いが連れかえり、彼はトムの手でベッドに寝かされ、即座にまったく意識のない深い眠りに落ちた。

　周りが見えるくらい明るくなるとすぐに、トムはシニョールの家に向け出発した。少なくても三時間はご主人から離れても安全だと判断したからだ。早朝だったにもかかわらず、誰が待っているかを召使いが知らせると数分もしないうちにマダムが姿を見せ、すぐにシニョールもそれに続いた。それから一時間半にわたり、「リンゴ」と怪しげな英語を交わしながら、驚くほどの量の話がなされた。血気にはやるシニョールは大股で行ったり来たりし、拳を固く握りしめ、奴隷制を罵り、フィッツジェラルドを悪魔の元に送ってやると矢継ぎばやに繰りかえした。なめらかに流れるようなイタリア語だったが、言っている内容は激しかった。

「罵ってもどうにもならないわ、あなた」とマダムは言った。「それにそんな時間もないわ。ロザベラをただちに連れてこなければ。ブルートマンは警戒態勢になると思ったほうがいいでしょうね。ローザは一度指の間をすり抜けたのだから、あの男は二度とフィッツジェラルドのことを信用しないでしょう」

　シニョールは冷静さを取り戻し、ローザを助けに行くと申しでた。しかしそれは賢明な妻によって丁重に却下された。そしてマダムは次のように主張した。シニョールはそのような刺激的な冒険ができるほど回復していないし、かといって、心配で居ても立ってもいられなくなるだろうから自分の看護なしで置きざりにはできない、と。マダムはただちに従弟のデュロイを行かせることにし、島までの行き方とコテージの見つけ方の詳細は、トムに教えてもらおうと提案した。ご主人に呼ばれたときにいないといつもとても怒られるので、再び一時間脱けだせるかどうかはわからないが、もしデュロイ氏がホテルに来てくれさえすれば、どうしたらいいか伝える時間くらいは見つけられるとトムは言った。その計画はすぐに実行された。

　このようなことがニューオーリンズで進行している間、フィッツジェラルド夫人は母親のベル夫人とともに美しい島を馬車でひんぱんに巡っていた。一方ローザは時折働きもののシスルの背中に腰かけ、森の中のいつものコースを散策していた。ある日フィッツジェラルド夫人と母親は、ウェルビー・プランテーションへの招待状を受けとった。そこにいる北部からの知人たちに会わせるためだ。フィッツジェラルド夫人の体力が完全に回復していなかったので、ウェルビー夫人は泊まっていったらどうかと提案した。自分の赤ん坊を失っていたクロエは、ご主人に新たに誕生した跡取りの乳母をするように指名されていた。そのことに掛かりきりになってしまい、自分の会いたい人たちのいるコテージになかなか行けずにいた。しかし主人と女主人の両方がいなければ、大きな危険を冒すことなく少しの間だったら自由になるかもしれない。他の召使いたちも秘密を守ることに同意してくれ、御者のジョーも馬車で戻るときにほとんどの道のりを乗せてくれる約束をしてくれた。そこで、クロエはコテージにまったく予期せず姿を見せ、チュリーを大喜びさせた。

　柔らかい白の木綿地の巻き布を解き黒髪の小さな赤ん坊を取りだすと、チュリーはこう叫んだ。「ろくでなしの父親に瓜二つでいなさる。ロージーさまの赤ん坊もそうだけどさ。かわいそうなロージーさまがこの赤ん坊を見たら嫌な思いをしなさるんじゃないかい。なんもごぞんじないだから」

「知っているわ」とローザが言った。クロエの声を聞いて挨拶しようと出てきたのだ。「赤ん坊のことは、トムがあなたに話していたのを聞いたわ」

　ローザは鳥のかぎ爪ほどの小さな手をとった。それが指に絡みつく間、形も色もジェラルドにそっくりの目をローザはじっと見つめた。その美しい瞳があの男と同じように使われないことを願ったが、それを敢えて言葉にすることはなかった。クロエに対するローザの態度は感謝のこもった優しさに満ちあふれていた。そしてかわいそうな女奴隷は少しの間だけ自由を謳歌して、幸せな時間を過ごした。クロエは幼児をうつ伏せにひざの上にのせ、優しく揺りうごかし、背中をさすりながら、「グラト・ハス」での出来ごとについてチュリーと話した。そして赤ん坊が寝てしまうと、ローザのベッドに寝ている小さなきょうだいの隣に寝かせていいか、と彼女の許しを請うた。そのあとかわいそうなクロエの魂は翼を得て、日差しに照らされた雲の合間を抜けて天高く上った。祈り、熱心に讃美歌を歌い、幻影と神の啓示を告げているとき、クロエはすばらしい数々の冒険話を聞いた聴衆に称賛される吟遊詩人や聖地巡礼者と似かよった満足感を得るのだった。

このようなことに夢中になっていると、チュリーが急いでやってきて、見知らぬ紳士が家に向かってくると告げた。このような人里離れた場所ではそのような出来ごとは総じて興奮することでもあるし、同時にいくらか狼狽することでもあった。ローザはただちにカーテンを引き、ドアに錠を下ろした。しかしすぐにチュリーがやってきてそっとドアをノックしながらこう言った。「ロージーさま、わたしです。」ドアが少し開くとチュリーは言った。「マダムがよこしたお友だちだそうで。」ローザが一歩前に出ると、それはニューオーリンズから脱出したとき、マダムが男性用の服を借りて着た従弟のデュロイ氏だとわかった。その人のことはほとんど知らなかったが、昔を知る人と会ったことで安心し、たまらず首にしがみつき、泣きくずれた。ローザが手をしっかりと握ったとき、デュロイ氏はそのやつれた指の細さを実感した。血色が悪い頬と大きな目の悲しみに沈んだ表情を見て、深く同情した。礼節を重んじそれを口にすることはなかったが、敬意のこもる態度と極めて温和な口調がその思いを大いに語っていた。デュロイ氏は、マダムの気づかいと愛情、シニョールが回復していること、ヨーロッパへの渡航の計画がほとんど完了しつつあること、そしてローザを同行させようとしていることについて話した。ローザは感謝でいっぱいであったが、まだあまり骨の折れる行動は無理だと告げた。デュロイ氏は続けてトムがマダムを訪問したことについて話した。そしてフィッツジェラルド氏とブルートマン氏が交わした会話について説明しようとゆっくりと慎重に準備をした。しかし慎重にしたにもかかわらず、彼はローザの顔がこわばり、手が握りしめられていることに気づいた。書類のやり取りに話が及ぶと、ローザはさっと立ち上がり、突然ぐいっと相手の腕をつかみこう叫んだ。「あの男がそんなことをしたの？」ローザの目は炎のようになり、激しい息づかいで胸が波打った。

　ローザを自分のほうへ引きよせようとしながら、デュロイ氏は穏やかな口調でこう言った。「あなたに害を与えさせません、かわいそうに。わたしを父親だと思って信じてください。」しかしローザはとたんに身体を引きはがし、早足で行ったり来たりしはじめた。逆上した魂がそんな力を急に身体に与えたのだった。

「そんなに興奮してはいけません」とデュロイ氏は言った。「まもなくしたらあなたはヨーロッパにいるんだ。そうすればもう絶対に安全です」

　ローザは一瞬足をとめ、ぎらぎらと目を剥き、怒りに震えて言った。「あの男が憎い」

　デュロイ氏はローザの肩に優しく手を置き言った。

「お願いですからどうぞ落ちついて。夜明けに船で数人の黒人が来ます。われわれは全員彼らと一緒に行かねばなりません。その前にできる限り休まないといけないのです」

「休むですって！」と彼女は苦々しく繰りかえした。そして歯を強く食いしばり、再び言った。「あの男が憎い！」

　かわいそうなローザ！　つらいことが山のように積みかさなったせいで、もはや優しさは粉々に砕けちっていた。

デュロイ氏は少々警戒した。急いでキッチンへ行き、クロエにミス・ローザのところへすぐに行ってくれと言った。それからチュリーに用件を簡単に説明し、できるだけ早く出発の支度をするように伝えた。「でも、その前にあの人のところへ行ってくれないか」とデュロイ氏は言った。「気が狂ってしまうかもしれん」

病人はデュロイ氏よりも、慣れしたしんだチュリーの言葉に、より従った。ローザはなすがままにベッドに寝かされていたが、一方、額とこめかみは汗で濡れ、心臓は激しく鼓動し、体中の脈がどくどくいっていた。しかし、ベッド脇にひざまずき、手をとり、いつもより低い調子で祈っていたクロエに、その人を委ねる以外に術はなかった。

「大丈夫かね」とチュリーはデュロイ氏に言った。「あんなに激しく興奮して、様子がおかしいロージーさまは見たことないですよ」

それからまもなくしてチュリーが部屋をのぞくと、ローザは目を閉じていた。チュリーはクロエにささやいた。「かわいそうなロージーさまはお休みになったよ。ちょっとこっちに来て少し手伝っておくれよ」

しかしローザはまったく眠ってなどいなかった。話しかけられたくないので、じっとしていただけだった。看護人たちが部屋から引きあげると、ローザは目を開け、赤ん坊たちに向きあい、長い間彼らをじっと見つめた。赤ん坊たちは双子の子猫のように横に並んで寝ていた。しかし！　この子らの運命はなんて違うのだろう！　とローザは考えた。一方は生まれながらに慈しまれ、いつも世話をする誰かがいて、もう一方は社会の除け者で奴隷なのだから。わたしのかわいそうな父なし子！　あの男はわたしたちのことを解放なんてしない。思いやりがないどころか。わたしたちを売るつもりだったのだ。「わたしたちを売るつもりだったのよ」と大声で繰りかえした。すると、再び狂気に満ちた鋭い表情が瞳に宿った。心の中が嵐で荒れくるった。それは、もしあの男が目の前に現れたら殺せると思うほどだった。荒々しく復讐の感情を爆発させたあと、自殺を考えた。立ち上がろうとしたとき、チュリーの足音を聞いたので、再び目を閉じじっとした。

そのずたずたに引きさかれた魂の激しい苦痛を言いあらわすには、言葉はあまりにも無力である。いったん嵐が静まると、ローザは深い眠りに落ちた。

一方、二人の黒人女性たちは早朝の出発の手配で忙しくしていた。ニューオーリンズへの旅立ちへ備えて多くの支度がすでにしてあったので、真夜中を過ぎてまもなくすべてが整った。キッチンの床でしっかりと仮眠をとったクロエは、朝日が顔をのぞかせるのと同時に起きあがった。クロエとチュリーはお互いを抱きしめ、お別れのキスをしてむせび泣いた。クロエはローザのベッド脇にひざまずき手短にお祈りをささやき、名残り惜しそうにしばらくローザを見つめ、赤ん坊を取りあげ、プランテーションへ出発した。神様の神秘に包まれたやり方を不思議に思いながら。

一同はローザをできるだけ寝かせておいた。起こされたとき、あまりにも深い眠りに陥っていたため、最初は何が何やら訳のわからない状態だった。やがて状況を思いだし、ローザは赤ん坊を見て、「クロエはどこ?」と尋ねた。

「プランテーションに戻ったです」というのが答えだった。

「まあ、なんてこと!」とローザは嘆いた。

「お屋敷にいないことに気づかれちゃいけないでね」とチュリーは応じた。「周りが見えるくらい明くなるとすぐに行ったですよ。でも、ロージーさまのためにお祈りしていたですよ。かわいそうなクロエはロージーさまのことを決して忘れないとお伝えくださいと言っていましたです」

「ああ、本当にわるかったわ!」とローザは悲しみに沈んで繰りかえした。

ローザはチュリーが勧めた食べ物を拒み、死にたいと口にした。しかしデュロイ氏が、会えるのを心待ちにしているマダムのことを思いださせると、その嘆願に応じた。最初にコテージに来たときに着ていた旅行用の服をチュリーが持ってくると、ローザは初めは顔をそむけたが、友人に不要な迷惑をかけるべきではないとただちに思いだしたようだった。それを身につけている間、チュリーはこう言った。「お望みになるだろうと思ったものはすべて揃えるよう気を配ったです」

「何一つ望むものなんてないわ」とローザはものうげに答えた。そして、急に顔を上げ、再び狂気に満ちた鋭い表情でこう付け加えた。「あの男からもらったものなんて二度と見せないでちょうだい！」あまりにも激しい口調だったので、チュリーはこれまでの人生で初めてローザを少し恐ろしいと思った。

本土へ渡る船に乗りこんだとき、東の空はサフラン色に染まっていたが、地平線の上に太陽の黄金色のふちはまだその姿を現してはいなかった。とても楽しい時を過ごし、同時にひどく苦しんだ美しい島をひと目も見ようとせず、悲しい逃亡者は、あたかも世界中にそれしかしがみつくものがないかのように、チュリーにぴったりと身体をすり寄せて、肩に顔を埋めていた。

＊＊　＊＊　＊＊

一週間後、馬車がマダムの家の玄関先に停まり、ローザが降りるのをデュロイ氏が助けている間、チュリーが赤ん坊を肩に抱き「ヌ・ヴォアシ《さあ着きましたよ》！」と叫びながら飛びこんできた。それから、抱きあい、キスを交わし、マダムからはフランス語の、シニョールからはフランス語とイタリア語の混ざった歓迎が降りそそいだ。そばでその様子を見つめていたチュリーは片手を高くあげ、こう叫んだ。「主をたたえよ！　主をたたえよ！」耳をそばだててそれを聞いていたオウムが、角砂糖を一つかぎ爪につかみ、そして皆を上回る大きな声で叫んだ。「ボン・ジュール、ロザベラ！　ジュ《わたし》・スイ《心を》・アンシャンテ《奪われちゃった》」

これには皆が笑い、ローザの顔にもかすかにきらめく笑顔がのぞいた。そしてローザは鳥かごを見上げて言った。「ボン・ジュール、ジョリ・マノン。」しかし疲労を隠しきれずにすぐに椅子にすわった。

「疲れているのよ」とマダムは言い、ボンネットをとってやり、ほつれた髪を整えた。「つらい目に会ってきたんだもの、当然だわ、かわいそうに！」

ローザはマダムの首に抱きつき、こうつぶやいた。

「ああ、疲れたわ。とても疲れた！」

マダムはローザをひじ掛け付きの長椅子に連れていき、楽な姿勢がとれるよう頭の下にクッションを置いてやった。そして母親のようなキスをするとこう言った。「おやすみなさい。荷ほどきはチュリーとわたしでやりますから」

別の部屋に移動すると、マダムは両手を高く上げてこう叫んだ。「すっかり変わってしまったわ！　あんなに痩せこけ、青白い顔になって！　目の大きさだけが目立って！　でも、天使のように美しいわ！」

「ロージーさまが美しい天使のようでなかったのを一度だけ見たです」とチュリーが言った。「それは、あの方がブルートマンさまに売られたとデュロイさまから聞いた夜です。そのときは、ロイヤルさまが日曜に読んで聞かせてくださった、マグダラのマリア[*3]みたいに、たくさんの悪魔にとりつかれていなさるかのようでした」

「無理もないわ、かわいそうに！」とマダムは叫んだ。「でも、おチビさんがいくらかなぐさめになってくれているでしょう」

「デュロイさまからあの知らせを聞いて以来、赤ん坊だけでなく他のなんにもあまり目に入らんみたいです」とチュリーは応じた。

マダムは赤ん坊を抱きあげ、その顔と、できうる限り動かそうともぞもぞしている小さな頭をのぞき込んだ。「あまりいい気分はしないでしょうよ」とマダムは言った。「だって父親にそっくりじゃない。だけど、この子の責任じゃないのよね」

そのあと、チュリーが島へ行ってから起こったあ

＊3　聖書マルコ伝十六章によると、この娼婦からイエスが七つの悪霊を追いだした、とされる。

らゆることに関しての活発な会話が続いた――特にフローラの失踪について。双方が同じような疑念をほのめかしたが、それでも生きてはいないだろうという結論に至った。そうでなければ手紙くらいよこすだろうから。

一方、かつて『サ・イラ』の口笛の合図を不安いっぱいで待っていたことのある小さな客間に残されたローザは、肉体と精神をはなはだしくすり減らしたあとだっただけに、休息を貪る以外はなんの感覚も持てなかった。実際、見慣れた風景の中には楽しいものがあった。オウムは鳥かごの中の同じ金メッキの輪にとまって左右に揺れていた。シェニール糸のバスケットが載ったマダムのテーブルは同じ場所にあったし、そのそばにはつやつやと光る嗅ぎ煙草入れがあった。ローザは、父親の調度品の競売で購入された品々に気づいた――彼のひじ掛け椅子と、よくそのそばで新聞を読んでいた星形のランプ、母親の針仕事の椅子。懐中時計の入れ物として吊るしてあるのは刺繍つきのフローラの室内履きの片方だ。それらの思い出がうとうとした目の前を浮遊する状況で、ローザはそのまま眠りにつき、そして長い間眠った。眠りが浅くなるにつれ、父、母、妹の夢がさまざまな変化を経ながら通りすぎた。最後はフローラがモノマネドリを途方に暮れさせている夢だった。誰かが部屋で口笛を吹いているのが聞こえ、ローザは目を醒ました。

「誰なの！」とローザは叫んだ。するとオウムが次から次へと物まねを浴びせてきた。それを聞いたマダムがこう言いながら入ってきた。「鳥かごを覆わなかったとは、まったく馬鹿なことをしたわ！　なんてやかましいのかしら！　このオウムの記憶力は大したものね。可愛いフロラチータが苦労して教えたメラーンジュ混ぜ《ごたまぜ》旋律を忘れることはないようね」

マダムはフローラの悪気のないいたずらを追想し始めた。しかしローザがそのような楽しい気分でないことがわかると、彼女が置かれた厳しい状況について話を移し、こう締めくくった。「今日一日はゆっくりと休みなさい。でも明日の早朝、あなたとシニョールはニューヨークに向けて出発するの。そこから、シニョール・バルビーノとその娘としてマルセイユへ航海するのよ」

「ここに滞在できたらいいのに。少なくてももう少しだけ」とローザはため息をついた。

「無理なことを願っても何も始まらないわ」とマダムは返答した。「あなたの自由を獲得するにはそれなりの苦労と費用がかかるのよ。そしてわたしたちがそれを首尾よく手に入れられるかどうかは、まだまったくわからない。ブルートマンは可能な限りあなたを諦めないでしょうから。航海の間あなたは体力を回復させられるでしょうし、そして昔の心配を思いおこさせるいろいろなものから遠く離れることはあなたのためになるわ。あとは、わたしの家具を処分すること、そしてこの家の賃貸契約を決めるだけよ。マルセイユで待っていてちょうだい。ブルートマンの手先と海を挟んで隔てられない限り生きた心地がしないわ。だから、できるだけ急いであなたを追いかけるわ」

「チュリーと赤ちゃんは?」とローザが訊いた。

「ええ、チュリーと赤ちゃんもね」とマダムは答えた。「だけど、ひとまず明日、従弟のところに行かせるわ。近所の人たちに見られないようにね。従弟は通りから奥まったところに住んでいるの。それも三マイルも離れているわ。そこならちょうど人目につかない」

すべてが精力的なフランス人女性の計画通りに進んだ。ローザは何も考える暇もないくらい、すばやく送りだされた。別れ際にローザはチュリーを抱きしめ、輝く黒髪をなでながらじっくりと赤ん坊の顔を見た。「さようなら、優しいチュリー」とローザは言った。「幼いこの子を頼むわね」

フィラデルフィアでローザの体力の限界が来てしまい、三日間足止めを食った。その結果、ニューヨークに到着したときには、乗船しようとしていたマーメイド号は出航したあとだった。シニョールはこの件について妻とやり取りするのは軽率だと考え、町から出て次の船を待つことにした。二人は次の船に乗ると、マダムを見つけて状況を説明した。

「遅れを知らなくってよかったわ」とマダムは言った。「それでなくともじゅうぶん過ぎるほど恐ろしかったもの。だけど運よく誰からも何も聞かれず出てこれたわ」

「それより、チュリーと赤ちゃんはどこ？　下にいるの？」とローザが訊いた。

「いいえ、連れてこなかったわ」

「なぜ置いてきたの？」とローザは言った。「あの人たちの身に何が起こるかしれないのに」

「安全にはよく配慮してきたわ」とマダムは応じた。「これには理由があるの。わたしたちは今のところきちんとした家もなければ見通しも立っていないわ。だから、赤ん坊がやって来る前にどこかに身を落ちつけたほうがよいと思ったの。従弟があの人たちを連れて三カ月のうちにマルセイユにやって来るわ。当面チュリーがしてくれる仕事の代償として、従弟の妻が喜んでチュリーを下宿させてくれることになったの。これが最善の方法よ。弱々しいおチビさんもそのころには航海に耐えられるくらい丈夫になっているでしょう。それにチュリーはまるで自分の子どものようによく世話をしてくれるし」

「かわいそうなチュリー」とローザはため息をついた。「置いていかれることに納得していたの？」

「わたしが出てきたのを知らないわ」とマダムは答えた。ローザははっきりと聞こえるようなうめき声をあげ、こう言った。「そんなことをしたなんてとても残念よ、マダム！　もしあの人たちに何か起きたら、生きている限りわたしは心の呵責に苦しむことになるわ」

「最善を尽くしたまでよ」とマダムは答えた。「あなたのためにできる限り早く出てこようと急いだのよ。それじゃあ、わたしがこんなに機知に富む人間じゃなかったら、許してもらえたのかしら。でもわたしなりに最善の手筈をしたつもりよ」

ローザはマダムの口調に、わずかな立腹の気配を感じとり、急いでキスをし、親友であり一番大切な人と呼んだ。しかし心の中では、これまでの人生で初めてマダムのやり方を大きな間違いだと考え、それを嘆いた。

＊＊　　＊＊　　＊＊

トムはニューオーリンズから戻ると、いつもと同じようにコテージに通いつづけた。聞かれない限り、何も言わなかった。しかし皆はどうしているかと主人に尋ねられたときだけ、ロージーさまはよくなっていると答えた。二週間経ち、逃亡者たちは被害が及ばないくらい遠くへ行ったに違いないと思い、また、まもなくブルートマンが購入したものを要求しに来るのではないかと恐れたため、トムはある日主人に、大げさに驚き心配したふりをしてこう告げた。コテージが閉めきってあり、そこの住人たちが皆いなくなっている、と。

フィッツジェラルドがまず感じたのは喜びだった。悪夢のように苦しめられてきた、ローザの戦慄と絶望のイメージから解放されたことが嬉しかった。しかし、そんなことはしないと正式に誓いを立てたにもかかわらず、ローザに警告をしたのではないかとブルートマンが疑うだろうと見越した。彼はただちに驚きと後悔を綴った便りを書いた。受けとった返事から、ことは決闘へと発展し、彼は肩に傷を負うことになった。妻はそれを落馬して負ったものといつも思っていた。

ブルートマン氏は、マダムとシニョールが出国したことを確かめると、すぐに逃亡者が一緒であると推測した。デュロイ氏が親類だと聞いて、彼の事業所で帰りを待ち、ロザベラ・ロイヤルがロザベラ・ロイヤルがデュロイ氏の従姉とともにマーメイド号でフランスに向けて出航したことを知った。ほどなくして海運ニュースでマーメイド号が航海中に沈没し、乗客はすべて行方不明だと発表された。

第十七章

　ロザベラがこれらの憂うつな経験をしている間、フローラのほうは新しい状況にますますなじんでいった。フローラはなかなか克服しきれないホームシックを敢えて表に見せまいと努力した。しかし何度か旅の途中で、船のマストにたなびく星条旗を見ると、濃く長いまつ毛が湿ることにデラノ夫人は気づいていた。一度、バラをもらったとき、あからさまに泣いたが、すぐに涙を拭いて謝った。「パンセ・ヴィヴァースを見たらローザも、わたしがバラを見たときと同じように感じるのかしら？　それにしてもわたしったら、なんて恩知らずな子なのでしょう！　こんなに愛しく、優しい、新しいマミータがいるっていうのに！」そして、愛らしい笑顔が再び涙のたまった瞳を輝かせた――四月の雨と陽光が心に虹を作りだしたように。

　デラノ夫人は、ひっきりなしに習い事や日々のお出かけを用意してフローラをわざと忙しくさせた。音楽と絵画に関する生まれながらの非凡な才能のおかげで、英国での半年、フランスでの半年、そしてスイスでの三カ月の滞在中にフローラはその両方でめざましい上達を遂げた。そしてパーシヴァル夫妻がたいてい一緒だったので、いつもの物覚えの速さで、日常会話からかなりの教養を身につけた。新たな知識を得る喜びの唯一の難点は、それをローザと共有できないことだった。

　ある日、そんなことをフローラが言っていると、デラノ夫人が答えた。「少しの間、イタリアへ行き、それからボストンに帰って暮らしましょう。パーシヴァルさんともこの件についてよく話しあってきたけれど、どんなに偶発的なことが起こっても対処できると思うの。それに、お姉さんのことがとても心配でしょうから、あの謎めいたコテージで何が起こっているのか確かめるために、あなたをあの島に再び連れていく計画もあれこれと思案しているのよ」

それ以来、フローラは目に見えて陽気になっていった。そのような冒険のロマンが、若者らしい想像力を刺激し、ローザの様子を陰からこっそりのぞき見てやろうと思いつくだけで、心が躍った。フローラはそのためにあらゆる種類の計画を想像し、この秘密にチュリーを巻きこむかどうか、しばしば話題にするのだった。

イタリアに入ってからフローラはますます快活になった。フローラ自身、イタリアを構築しているのと同じ気質でできていた。そのような精神的な繋がりを意識せずとも、瞬く間に故郷であるかのようにそこになじんだ。陽気で直情的な人々、色鮮やかな装い、熱烈な音楽、そして流れるような言語にフローラは魅了された。真昼の澄み切った青い空、燃えるような琥珀色の海に沈む太陽は、故郷の南部を思いおこさせ、オレンジの果樹園の芳香は幼少時代の記憶を波が寄せるように蘇らせた。ローマの遺跡には他の景色ほど興味をそそられなかった。ベッティーニ[*1]と同じく、古代ローマ人についてあれこれ聞かされるのがいやだから、何も質問しなかった。オレンジ色をしたコケに映る太陽の戯れのほうが、コケが覆っている碑文よりも興味をそそられた。ガイドが崩れかかったアーチ状の遺跡の解説をしている間、フローラはその奥に広がる澄んだ青空と丘の穏やかな稜線を見ていた。

ある朝、デラノ夫人とフローラはアルバーノ（ローマ近隣の町）で一日を過ごすために朝早く馬車で出かけた。馬車で進んでゆく先のすべてが、うっとりするような目新しさに溢れていた。華やかな衣装でダンスをしながら通ってゆく農民たち、頭に水瓶を乗せ直立して歩く見事な姿勢の女たち、または、歌いながら糸巻き棒から均一の糸を紡ぎだす女たちが、絵画のテーマとしてフローラの記憶に焼きつけられた。フローラの驚嘆はときどき踊り子たちの注意を引いた。踊り子

＊1　ドメニコ・ベッティーニ（一六四四―一七〇五）、イタリアの画家で果物、花、鳥などを好んで描いた。

たちは、自分たちと同じような歓びに溢れたその子の気質に嬉しくなり、また、小銭をもらえることも期待して、シニョリーナ《お嬢さん》を楽しませるためにダンスを繰りかえす一方、停まるようにと御者を誘った。アルバーノでは目新しいことの連続が待ちうけていた。モチノキの木立の間をうろつきながら明るい色のコケを探していると、フローラは突然、花輪模様のスタッコ《化粧しっくい》の装飾が施され、ツル草を優雅にまとったバルコニー付きの上品な邸宅の前に出た。そこから離れてぶらついていると、予期せぬ光景に小さな喜びの声を発した。それは横たわる大理石のニンフ《妖精》で、ダイヤモンドのように光り輝く透き通った水のカーテンを作りだしている小さな噴水の下にあった。時折フローラは見えない水のポコポコ、ポタポタといった音を立ちどまって聞いた。ときどき、遠くから美しい調べが漂ってきたりした。フローラの敏感な耳はすぐにそれに気づき、美しい声はモノマネドリのようにそれを繰りかえした。小さな子どものような好奇心を持って彼女はどこにでも入っていき、その一部に自らなってしまう。それが静かな友を楽しませた。デラノ夫人にとっては、それはどんなに美しい風景よりも喜ばしいことだった。

　ピクニックの食事のあと、フローラたちはモンテカーヴォ山（ローマの東にある山）に登り、湖のある深いくぼ地を見下ろした。それはかつて噴火の炎を上げたが、今やそれが映しだす空の如き青い水をたたえていた。あたかも、情熱が燃えつきたあとの人々が、天を映す神聖な真実のおだやかな受け皿となって残るように。デラノ夫人が自分たちを取りまく壮大なパノラマの多彩な特徴を指ししめしながら、密接にかかわりのある『イーニアス』[*2]の場面をフローラに語りだした。さしあたり真剣だった若い娘は、それを聴くために緑草の上にすわり、ひじを友人のひざの上に置き、顔を上に向け頬杖をついた。しかし講義は移り気な気

＊2　古代ローマの詩人ウェルギリウス（紀元前七〇―一九）による叙事詩。イーニアスはトロイ落城後、諸国を放浪したのち、ローマを建設する。

性にはまじめすぎて、すぐにフローラは飛びおきて叫んだ。「ねえ、マミータ・リラ、その人たちって皆ずいぶん前に死んで埋葬されてしまっているじゃない！　イーニアスが争っていた姫君だって、フラスカーティ（ローマの南東の町）にいる、緋色のボディス（腰までの長さの女性用のぴったりとした衣服）を着け三つ編みの間に銀の矢のピンでとめたベールをひらひらさせて踊っているカンタディーナ《農民の娘》の半分も魅力的ではないと思うの。どんなにあの女性の目が輝き、頬が紅潮していたことか！　そしてその人と踊っていたカンタディーノ《農民の男》はとんがり帽子に絡みつく長い丈の赤いリボンをなびかせて、カンタディーナと同じくらい魅力的に見えたわ。あの人たちがサルタレロ（スキップやジャンプが入るイタリアの踊り）を踊るのをもう一度見られたらどんなにいいか！　ああ、マミータ・リラ、ローマに戻ったらすぐにタンバリンを買ってちょうだい。」回想に駆りたてられ、すぐにフローラはせわしないステップと速い腕の動きをまねて、まるでそこにタンバリンがあるかのように左手で絶えず加速するリズムをとりながら、あのバッタ踊りの一本調子の調べを口ずさみ始めた。頬を赤らめながら踊るそのすばやい動きがとても優雅だったので、デラノ夫人は称賛するような笑みを浮かべて彼女を見つめた。しかし不意に始まった余興がお開きとなったとき、デラノ夫人はこう考えていた。「ニューイングランドの様式に従ってあの子の教育に着手するのは絶望的ね。フローラに古代史を教えることは、蝶々で畑を耕そうとするようなものだわ」

それから少しの間散策し、新たに魂が**エリュシオン**（祝福された人が死後暮らす場所）に到着したばかりのように幸せになった頃、デラノ夫人はこう言った。「さあ、馬車を埋めつくすくらいのコケを集めたみたいだし、戻りましょうか。ここでは黄昏時がどれだけ急に夜の闇になってしまうか知っているでしょう」

「この金色のコケを少しだけ集めさせて」とフローラは懇願した。「緑のコケの間に入れればとても映えるわ。クリスマスにマミータに贈る十字架用よ」

それら雑多なものをすべて集めおわったとき、二人は目の前の風景の美に見とれてしばしそこにとどまった。帯状に丘に囲まれた**エターナルシティ**（ローマ）が遠くに見えた。そこにある教会、彫像、遺跡に黄金色のベールを投げかけているそのすばらしい陽の光に満ちた雰囲気の中、ローマはひときわくっきり際だっていた。帰り道の馬車で、まだそんなに遠くへ行かないうちに、すべてのものが魔法にかかったように変化した。霧がかかった丘は幻想的で、その色合いをきらめくオパール色へと変えた。カンパーニャ平野（ローマ周辺の平野）の緑の波のような表面を、バラ色から青紫色へと変わる虹色の霧の衣が包もうとしていた。まるで地球が優しく歩調を合わせながら、去っていく神の光へのお別れの讃美歌を色のついた調べで表しているようだった。ローマに差しかかると、それは晩課の鐘の振動によりすぐに音となって聞こえてきた。その厳粛な音と夜の闇が迫る風景に厳粛になったフローラは、人でごった返すコルソ通りを通過したときデラノ夫人にタンバリンについて念を押した以外、ほとんどしゃべることがなかった。クアトロフォンターネ通りの宿に入ると、フローラはいつものスキップや歌うこともせず、すぐに自室へと引っこんでしまった。再び夕飯で会ったとき友人はこう訊いた。「なぜそんなにおとなしいの？　可愛い子はもうくたびれちゃったのかしら？」

「ずっと考えていたの、マミータ。何かわたしに起こるんじゃないかって」とフローラは応えた。「だってわたしが陽気なときはいつも何か起こるから」

「それじゃあ、ひんぱんに何かが起こっているってことね」と微笑みながらデラノ夫人が答えた。フローラはそれにすぐに小さな笑いで応えた。「わたしたちが出かけている間、訪問者がいたようね」とデラノ夫人は言った。「ボストンのお金持ちの友だち、グリーンさんがカードを置いていったわよ。熱心にわたしたちを追っかけているみたいね。」デラノ夫人は話しながらフローラを見た。背の高い照明からの光が直接顔にかかっていたが、喜びも当惑もどちらの感情も見られなかった。

　フローラはこう言って、微笑みながら顔を上げた。

「あの人はいつも自分を楽しませてくれるものを悠然と探しまわっていらっしゃるように見えるわ。それをもう見つけだされたのかしら」

　フローラは一日動きまわって本当に疲れていたが、夕食のあと新しいタンバリンを見つけるとどうしようもなくなり、すぐにサルタレロを再び練習しはじめた。その軽快さは、それを教えてくれたすばやいカンタディーナの速さとさほど変わらなかった。フローラは、疲れを知らないかのようにますます迅速にくるくると回った。そのとき、グリーン氏の訪問が告げられた。そして、光沢のあるシャツの胸の部分にダイヤモンドの飾りボタンがついている、とても当世風の服装をした紳士が部屋に入ってきた。フローラはすわる暇もなかったし、動きまわったために顔はまだ紅潮していたが、一方、そのような伊達者にもう少しでお転婆な遊びを見られそうになったせいで、はにかんで微笑んでいたので、えくぼが出ていた。紅潮する頬とえくぼの微笑みは、グリーン氏にとって新発見だった。これまでフローラはグリーン氏の存在を意識したことがなかったから、活発さの魅力も見せたことがなかったのだ。

　デラノ夫人はグリーン氏の称賛のまなざしに気づき、ある考えが浮かんだ。そのことを考えるのは初めてではなかった。この被保護者へ結婚の申し出があったなら、どれだけ厄介な板挟みを経験するだろうか。

「今朝、立ちよらせていただきました」とグリーン氏は言った。「アルバーノにいらしたと知りました。追いかけたかったのですが、すれ違いになるかもしれなかったので。うっとりするような道ですよね」

「ここはすべてがうっとりするものばかりです」とフローラが答えた。

「ああ、ローマは初めてなんですね」とグリーン氏が言った。「その新鮮な感情が羨ましいです。これが三回目なものですから、当然少しつまらなくなってしまっています」

「それじゃあ、どこか新しい場所に行ったらいかがですか？」とフローラが訊いた。

「どこに新しい場所があるのでしょう？」とものうげに彼が答えた。「もちろんアラビア・ペトラエア（別名「アラビア属州」、二世紀設立のローマ帝国属州）がありますが、あそこは宿がよくない。それに、今のローマにはわたしを惹きつけることがありますから。ここでは本国よりも多くの知人に会えますし。ローマはアメリカ人であふれるようになってきています。特に南部人で。あの人たちは独特の雰囲気を持っていますから、たいてい一目《ひとめ》で認識できますよ。ウィリス[*3]が言うように、陶磁器の粘土[*4]と同じで磨きがかかっていない」

「わたしたちと同じニューイングランド人のパーシヴァルさんはこれまで会った誰よりも洗練された紳士ですわよ」とデラノ夫人は評した。

「あの方は作法と学識において紳士です、それは認めます」とグリーン氏は答えた。「しかし、あれだけの家柄と教育を持ってして、なんて恥知らずなことをしでかしたのでしょう」

「まあ、何をしたっておっしゃるのですか？」と夫人は尋ねた。

「奴隷制廃止論者なのですよ。ご存じないのですか？」とグリーン氏は答えた。「やつらの集会で実際に話をしましたからね。英国で皆さんと旅行していると知って驚きました。あのような地位にある男があんな低俗な扇動者の側につくなど、南部にとってどれほどいまいましいことか。本当に、あの狂気をとめる効果的な何かがなされない限り、南部紳士は逃亡奴隷を奪還できないのではないかと心配になります。」フローラはそわそわして、唇に半分笑みを残しつつ、横目

＊3　ナサニエル・パーカー・ウィリス（一八〇六―六七）、米の文筆家。

＊4　チャイルドの評伝を著したC・カーチャーによれば、チャイルドはこの言い回しをしばしば引用し、ウィリスのヨーロッパと上流崇拝を批判している。

でちらりとデラノ夫人を見た。「わたしは逃亡奴隷です。どうか、そんな方々にわたしを差しだしたりしないでくださいね」と言ってやりたい衝動に駆られた。

　グリーン氏はフローラの視線に気づき、それを話題の趣味の悪さのせいだと誤解した。「失礼いたしました」と彼は言った。「上流社会ではご法度な話題を持ちだしてしまって。ここに来たのはまったく違う目的です。ローマでまだやり残したことがあります。わたしはたいまつの光でヴァチカンにある彫刻像を見たことがありません。その目的のためにアメリカ人数名が明日の夜のツアー参加者を集めていますが、もしいらっしゃるのであれば、エスコートの栄誉を賜れるのですが」

　嘆願されたフローラは承諾の意を表し、デラノ夫人はこう答えた。「喜んでお誘いをお受けしましょう。彫刻は格別に好きですわ」

「幸運にもお願いを一つ聞いていただいて、もう一つのほうも言いだす勇気が湧きました」とグリーン氏が続けた。「その次の夜、『ノルマ』が、とても期待されている新人のプリマドンナで上演されます。もし、チケットを手配させていただき、お付き添いをお許しいただければこの上ない喜びなのですが」

　すぐにフローラの瞳が輝いた。「音楽好きな娘が望むことは明らかですわね」とデラノ夫人は言った。「それでは二晩、おもてなしにごやっかいになります」

　その紳士はお礼を言ってから、別れの挨拶をした。

　フローラは次の朝、うれしい予感に胸を膨らませて目を醒ました。デラノ夫人が様子を見にいくと、すでに着替えおわり、踊っているフラスカーティの男女のスケッチをせっせとしていた。「思っている通りに生き生きとは描けないわ」とフローラは言った。「だって、この人たちは動いていないのだもの。どんな絵だって、銀色をした矢形の髪飾りのきらめきやベールがくるくるとまわる様をとらえることはできないわ。わたしたちもイタリア人のように装うことができたらいいのに。緋色のボディスと、銀製の矢でとめられたベールをつけてみたいわ」

「カーニバル《謝肉祭》までここにいれば、その願いはかなうかもね」とデラノ夫人は返事をした。「そのときは皆好きなように仮装しますからね。でも、ロバに乗っていたあの年配のカンタディーナのように、レースの袖がついた緋色の上着、大振りな珊瑚の首飾り、そして長い耳飾りを着けたわたしの姿を、あなたは想像できるかしら」

フローラは笑って、「マミータ・リラがそんな装いをするなんて！」と叫んだ。「あの年配のカンタディーナだって絵になるわ。だけど、紫の霞がかった、眠そうなカンパーニャ平原のイメージのほうがマミータらしいわ」

「それじゃあ、わたしは眠そうってこと？」と友人は尋ねた。

「まあ、違うわ。眠そうってことじゃないの。そういう意味じゃないってわかっているでしょう。でも、もっと落ちついているの。そしてドレスにはいつもスミレ色とか薄紫色のかげりがあるの。あら、カーライナが朝食に呼びに来たわ」とフローラは言って、クレヨンを置き、絵に目を向けていったん静止し、その絵の上でサルタレロのリズムを指でとんとんと打った。

デラノ夫人は手紙を書きたかったし、フローラは絵画の先生が来ることになっていたので、ヴァチカンに行く時間まで家にいることにした。「さんざん見物もしたしね」とデラノ夫人が言った。「だから、静かな日もいいわね。」フローラはこれに同意した。しかしデラノ夫人は手紙を書きながら、静寂という自らの趣向に苦笑せずにはいられなかった。ときどきタンバリンを早く打ちならす音が聞こえ、サルタレロを再び練習しているのがわかった。ピッフェロ（イタリアの伝統音楽に使われる笛の一種）吹きが通りをそぞろ歩けば、一本調子のバグパイプの低音をおどけて模倣してみせた。そしてすぐに、まるで近くに大きな鳥かごがあるかのように、鳥たちのほとばしるような歌が聞こえた。実際に何も音のない時間は三十分ともたず、その小さな隠遁者がご機嫌なのがわかった。

約束した時間に、グリーン氏がヴァチカンに案内しようとやって来た。彼らは幅の広い坂道を上り、屋外の中庭を通り、彫刻が並ぶ通路へ出た。そこはところどころにしかない明かりによってぼんやりと照らされていた。あちらこちらに大理石の彫像が半分だけ見えており、薄明かりの中でまるで幽霊のようだったので、人々は霊の世界へと入っていくような感覚に襲われた。一団の中の数名が先導をしていたが、全員が静粛な雰囲気に圧倒されたように静寂の内に歩を進め、そして、そっと壮大な芸術の殿堂に足を踏みいれた。たいまつを運搬する人たちは彫像を照らす支度をすぐに終え、覆い付きの明かりをそれぞれにかざし、周囲の闇から像だけが浮かび上がって見えるようにした。それは、印象的な光と影の演出だった。デラノ夫人の隣で低い座席に身をかがめていたフローラは、敬虔な、そして半ば恐ろしいといった思いで、思慮深く威厳のあるミネルヴァ・メディカ（ローマ神話の医療を司る女神。ギリシア神話ではアテナ）をじっと見つめた。ウェヌス・アナデュオメネー（海から上がるヴィーナス）の優美な姿が見えると、フローラは友人の手を握りしめ、友人もそれに応えた。しかし、明かりが美しいキューピッドを照らしたとき、薄明かりの中に表れた顔の表情がいかにも真剣であどけなかったので、フローラは周囲の見知らぬ人たちの存在を忘れ、思わずこう叫んだ。

「まあ、マミータ、なんて愛らしいのでしょう」

少し離れた前方の男性がその声で急に二人のほうを向いたとき、たいまつ係の動きによって一瞬その男にまともに明かりが注がれた。フローラはデラノ夫人のひざの上に顔を埋めた。デラノ夫人はそのすばやい動きを、周りに聞こえるくらいの大声を出してしまった恥ずかしさのせいとみなした。しかし慈しむように肩に手をやると、フローラがぶるぶるとはげしく震えているのを感じた。デラノ夫人はかがみ、優しく訊いた。「どうしたの？」

フローラは両手で夫人の頭を抱え、顔を自分のほうへ引きよせてこうささやいた。「帰りたいの、マミータ！　お願いだから今すぐに！」

　この感情的な子はどんな気まぐれを起こしたのだろうといぶかりながら、夫人は訊いた。「なぜ？　具合でも悪いの？」

　フローラは耳の近くでささやいた。「違うの、マミータ。フィッツジェラルドさんがここにいるの」

　デラノ夫人は静かに立ち上がり、グリーン氏に近づくと言った。「娘の具合が悪いので、失礼させていただきます。でも、わたしたちを馬車に案内したら、どうぞあなたはすぐにこちらに戻っていらして」

　女性たちから決して大ごとではないと断言されたものの、宿泊先に到着すると彼は御者席から降りて二人に手を貸した。デラノ夫人は、グリーン氏の楽しみの邪魔をしてしまったことを丁寧に謝り、お別れの挨拶をした。夫人は急いでフローラのあとを追うと、すでに娘は部屋におり、さめざめと泣いていた。「気持ちを落ちつけなさい」と夫人は言った。「ここイタリアでは、あなたはまったく安全なのだから」

「だけどもしあの男がわたしを見たとしたら、マミータにとても不愉快なことが起きるわ」

「あの人はあなたを見ることはできなかったわ。だって、わたしたちは深い暗がりにいたのですから」とデラノ夫人は応じた。「だけど仮に見えたとしても、あなたをどうやって守っていいか心得ているわ」

「でもわたし、考えたのだけれど」と、むせび泣きながらフロラチータは言った。「あの人はローザを一緒に連れてきているかもしれないわ。この瞬間にもローザの元へ駆けつけられないなんて！　わたしは会わなければならないの！　お姉さまに会うわ！　わたしが逃げだした理由のたくさんの小さな嘘を言わなければならないにしても」

「今、わたしは小さな嘘を準備するつもりはないわ」とデラノ夫人が応じた。「わたしは常に真実を好みますから。パーシヴァルさんに来てもらって、フィッツジェラルドさんが女性連れかどうかを確かめてもらいましょう。その間に、あなたは少し横になりなさい。そしてできるだけ静かにして。何か情報を得たらすぐに知らせに行くから」

パーシヴァル氏はヴァチカンでの体験を知らされると、到着者のリストを調べるために勇んで出かけていった。それからほどなくして戻り、フィッツジェラルド夫妻が新参者として登録されていると伝えた。「フローラは、もちろんこれで決定的だと考えますね」とパーシヴァル氏は言った。「しかし、あれは謀略結婚だと疑っているわれわれとしては、慎重になってもう少し調査しましょう」

「もしこれがフローラのお姉さんだとわかったら、とても気まずい事態になりますわね」とデラノ夫人が答えた。

パーシヴァル氏はそれをありそうもないことだと考えていたが、明日詳細を確かめようと言った。

情報があれば知らせるという約束だったが、すでに明らかになったことも知らされずに、フローラは床に就いた。しかし寝ついたのはほぼ明け方だった。

第十八章

フローラは、前夜はほとんど眠れなかったにもかかわらず、早朝にデラノ夫人の部屋のドアをたたいた。「お着替えの前に来てしまってごめんなさい」とフローラは言った。「でも、フィッツジェラルドさんがローザを連れているかどうか、パーシヴァルさんにはいつ頃わかるのかお聞きしたかったの」

「多分お昼すぎだと思うわ」とデラノ夫人は答えながら、不安でいっぱいの小さな顔を引きよせて、朝のキスをした。「グリーンさんに昨夜手紙を書いて、オペラの切符はどなたか他の方々にさしあげるようにお願いしておいたわ。フィッツジェラルドさんは音楽好きだから、もちろん来るはずよ。お姉さんが一緒でもそうでなくても、今のあなたはとてもおびえているから、人の集まるところには行けないでしょう。様子がわかるまで部屋にいて、本を読んだり、絵を描いたりしていなさい。できるだけ一緒にいてあげるようにするわ。でも、わたしがいないときは、静かにおとなしくしていてね」

「ご迷惑をかけないように、おとなしくするわ、マミータ・リラ。本当はじっとしていられないけれど。オペラにはとても行きたかったの。でも、もしフィッツジェラルドさんがローザを連れていて帰国の前にローザに会えるようなことでもない限り、今のわたしは『ノルマ』を聴いたら死にそうになるわ。どのパートもローザを連想させるのだから」

デラノ夫人は、朝食のあとしばらくフローラの部屋にいた。フローラが最近描いた絵をじっくりと眺めて、気を落ちつかせるには今日はこの続きを描くのが一番いいと助言した。こんなふうに時間を過ごしていると、カーライナがミス・デラノに届いた美しい花束を持ってはいってきた。そこには、今晩ご一緒できなくてとても残念だという、グリーン氏からデラノ夫人に宛てた手紙が添えられていた。

「グリーンさんに会えなくて残念だわ」とデラノ夫人は思った。「あの方は南部の人たちといつも仲良くしているから、きっとフィッツジェラルドさんのこともよく知っているでしょうに。もっとも、どう話を切りだしたらいいか困っただろうけれど」

まもなくパーシヴァル氏がやってきて、デラノ夫人と二人きりで話しはじめたが、フローラにはその時間がとても長く感じられた。パーシヴァル氏によると、フィッツジェラルド氏と一緒にいる女性は、やせていて小柄で、髪は黄色くとても色白だということだった。

「どう考えても、フローラから聞いているお姉さんとは正反対ですわ」とデラノ夫人は言った。

彼女は、チヴィタ・ヴェッキア（イタリア中部にある港町）からフランスかイギリスに向かう一番早い船を調べてほしいと最後にパーシヴァル氏に依頼して、その話を手短に切りあげた。

デラノ夫人は、フローラに細部まですべて説明していいのかどうかをすぐには決めかねた。そこで、ローザとフィッツジェラルド氏が一緒ではないのは確かだと思うとだけ伝えた。

「それじゃあ、今日、すぐにでもアメリカに帰らせてちょうだい」とフローラは焦って叫んだ。

「じゃあ、あなたはマミータ・リラを置いてそんなにすぐに行ってしまうの？」とデラノ夫人が言うと、フローラは感情を抑えきれず泣きだし、不服を口にしはじめた。このちょっとした騒動のさなかに、二枚の名刺が置かれた銀の盆を持って、カーライナが入ってきた。名刺をちらっと見た夫人は、珍しく顔を紅潮させた。すぐに立ち上がると、フローラに言った。「この方たちに会わないといけないの。でも、できるだけ早く戻ってくるわ。部屋を出てはいけませんよ」

デラノ夫人が客間に入ると、一組の男女がすわっていた。どちらも整った顔立ちだったが、雰囲気はまったく違っていた。女性が進み出て言った。「覚えておられますか。わたしたち、ボストンで同じ通りに住んでいて、奥様はうちの母とよく行き来しておられましたわ」

「ミス・リリー・ベルですね」とデラノ夫人は言いながら、手を差しだした。「こちらに来ておられるとは知りませんでした」

「今はミス・ベルではなく、フィッツジェラルド夫人です」とその金髪で青い目の小柄な女性は答えた。「夫のフィッツジェラルドをご紹介しますわ」

デラノ夫人は、かなり冷ややかにお辞儀をした。フィッツジェラルド夫人は話しつづけた。「昨夜のヴァチカンのパーティに来ておられたことを存じあげなくて残念でした。グリーンさんから今朝お聞きしましたの。お嬢さまの具合がよくないので、予定より早く出発されるそうですね。お元気になられているといいのですが。グリーンさんがお嬢さまのことをよくお話しになるので、お会いしたくてたまりませんの」

「おかげさまで回復しましたが、お客さまにお目にかかることはまだできません」とデラノ夫人は答えた。

「お嬢さまが今夜のオペラを聴けなくなったとは、おかわいそうに！」とフィッツジェラルド氏は言った。「音楽が大変お好きだそうですね。しかも、新しいプリマドンナはすばらしいと聞いています。これまでこの地で歌ったどの歌手よりも、二音高い声が出せるとか。それに、驚くばかりに声がよく伸びるそうですよ」

デラノ夫人は、自分も娘もそのような音楽の天賦の才に恵まれた人の歌を聴くことができなくて残念だと儀礼的に答えた。ローマの名所についてのとりとめのない話を少ししたあと、フィッツジェラルド夫妻は宿を出た。

「早々に退散することができてよかったよ。」フィッツジェラルド氏は言った。「あの方のよそよそしさは、まさしくボストン人だな」

それに対してフィッツジェラルド夫人は、ボストンをけなすようなことを言うなんて礼儀に欠けるわ、と夫をからかい始めた。

一方、デラノ夫人は動揺して、客間を行ったり来たりしていた。フローラを養女にすれば、こういう偶然も起こりうると予想はしていた。しかし、別の土地で、しかも思いがけないかたちでこんなに突然起こったので、いささかうろたえていた。このことを知ったフローラが動揺することも恐れた。また、話をする前にこれからの計画をじっくりと練っておきたかった。そこで、訪問客についてのフローラの問いかけには、ボストンから来ている古い知人の娘さんが夫を紹介するために訪ねてきたとだけ伝えた。夕食後、フローラとデラノ夫人は、タッソ[*1]の牧歌劇『アミンタ』を一緒に読んで過ごした。そのあとで、デラノ夫人は言った。

「パーシヴァル夫妻のところに行ってくるわね。チヴィタ・ヴェッキアから出る船について調べてもらっているの。今の状況だとあなたは、お姉さんを捜すというロマンを掻きたてる旅に予定より早く出かけたいでしょうから」

「ああ、ありがとう！　本当にありがとう！」とフローラは叫び、夫人に飛びついてキスをした。

「わたしがいない間に、外に出たり、歌ったり、窓辺に近づいたりしないでね」とデラノ夫人は言った。「フィッツジェラルドさんが面倒を起こすようなことはないと思うけれど、見つからないうちにこっそりと出発するほうがいいと思うの」

フローラはそのとおりにすると即座に力を込めて約束し、デラノ夫人は隣の通りにあるパーシヴァル夫妻の宿に向かった。夫人は、朝の出来ごとを二人に話したあと、ロザベラがどうなっていると思うかと尋ねた。

「フローラのお姉さんがフィッツジェラルドさんの結婚を知っているなら、そんな卑劣な男とは別れてくれているといいのですが」とパーシヴァル夫人は答えた。「別れていなければ、お姉さんは、あなたにとって非常にご心痛な道徳的堕落に巻きこまれるのですから」

＊1　トルクァート・タッソ（一五四四―九五）、イタリアの叙事詩人。

「フィッツジェラルドがお姉さんへの関心をなくしたとすれば、売ってしまった可能性もありますね」とパーシヴァル氏は言った。「フローラを売ることを考えるような男なら、法律で許されていて、そうしたくなる事情があれば、北部人の妻を売ることだってやりかねませんよ」

「その場合、どうしたらいいとお思いになりますか？」とデラノ夫人は尋ねた。

「どうしたらいいかを申し上げるつもりはありません。」パーシヴァル夫人は答えた。「でも、わたしがあなたのようにお金持ちで、フローラと強い愛情で結ばれているとしたらどうすべきかは、わかりますわ」

「聞かせてください」とデラノ夫人は言った。

パーシヴァル夫人はすぐさま答えた。「ローザを捜しに行きます。そして、もし売られていたら、買いもどして家に連れてきて、養女にします」

「ありがとうございます」と言いながら、デラノ夫人はパーシヴァル夫人の手を優しく握りしめた。「あなた方なら、きっと親身になってもっとも適切な助言をしてくださると思っていました。お金なんてほとんど価値がないと本当は考えていますが、誰かを幸せにできるのだったら話は別です。今回は、不幸や絶望から生まれる道徳的堕落を防ぐことができるかもしれません」

デラノ夫人は、出航予定について少し話したあと、いとまを告げた。家路につきながら、パーシヴァル夫妻が、自分とこの不幸な姉妹をこれほどしっかりと結びつける秘められた絆に気づいただろうかと思った。「そのような動機がなくても、わたしは同じことをすべきなのよ」と彼女は考えた。「でも、そうしたかしら？」

夫人の外出はそれほど長くはなかったが、最近は一人でいることにあまり慣れていないフローラにはとても長く感じられた。本を読む気にも、絵を描く気にもなれず、ピンチョの丘の雑踏を眺めながら、ぼんやりとすわっていた。子どもたちは、追いかけっこをしたり、真っ赤なジャケットを着た乳母と散歩したりしていた。馬車が行きかっていて、ローマ風の派手なスカーフに時折陽光が当たって輝くこともあれば、鮮やかな秋色のリボンが風にはためくときもあった。これまでは、日が沈むにつれて刻一刻と輝きを変える町を見おろす、あのしゃれた遊歩道へ行くのが何よりの楽しみだった。だが、今はそんなことはどうでもよかった。フローラの思いは、遠くの寂しい島にあった。目の前の夕焼けがあっという間に黄昏に変わってしまうと、馬車も徒歩の人々も丘を下りはじめた。丘の上にある雄大な木々の荘厳な姿が、少しずつ暗くなっていく空に浮かび上がった。通りのざわめきが消えていくにつれて、中庭の噴水の単調な音がよりはっきりと聞こえてきた。少し不安を感じはじめたとき、静かに階段を上がってくる足音が聞こえた。フローラは、誰の足音かがすぐにわかって、急いで出迎えにいった。「やっと帰ってきてくれたのね！」とフローラは叫んだ。これほど自分のことを頼りにしてくれている人がいれば、うれしい気持ちになるのは誰でも同じだろう。デラノ夫人は、満ちたりた思いで愛する我が子の腰に腕を回し、二人は仲良しの女子生徒のように階段を上がっていった。

お茶の時間が終わると、デラノ夫人は言った。「それでは、約束どおり、わかったことはすべて話すわね。」フローラは夫人のそばにある足台に走りよって、膝にもたれかかり、顔をじっと見上げた。「興奮しないようにね」と夫人は言った。「よくない知らせもあるの」

デラノ夫人が話している間、フローラの表情豊かな目は切なげに夫人の目を見つめていたが、すぐに、生まれつき笑みをたたえる形をしたその目とは奇妙に対照的な、驚きと憂いの表情を帯びた。その様子を見て、夫人の心は痛み、このつらい任務をどんなふうに進めていけばよいかわからなくなった。ついにフローラがつぶやいた。「ローザは死んだの？」

「そのような知らせは聞いていないの」とデラノ夫人は返答した。「でも、フィッツジェラルドさんはボストンの女性と結婚していて、今朝二人はここに来たのよ」

　フローラは飛び上がり、鋭い矢で射られたかのように胸をおさえた。しかし、すぐに再び足台に身を沈め、動揺を押しころして言った。「それなら、彼はローザを捨ててしまったんだわ。どれほどつらい思いをしているることか！　彼をあんなに愛していたのに！　ああ、ローザを置いて逃げるなんて、わたし、なんてひどいことをしてしまったのかしら！　ローザは胸のつぶれる思いをしながら、独りぼっちであのコテージにいたのに、わたしだけが楽しい思いをしていたのね！　マミータ、明日ローザを探しにいくことはできないの？」

「三日以内にマルセイユ行きの船が出るわ」とデラノ夫人は答えた。「それに乗りましょう。パーシヴァル夫妻ももうすぐ故郷に戻る予定だったので、ありがたいことに一緒に行ってくださるそうよ。本当は南部にも付きそっていただきたいの。でも、パーシヴァルさんは有名な奴隷制廃止論者だから、一緒にいると邪魔をされて遅れるかもしれないし、あの方が危ない目にあわれるかもしれないわ」

　フローラは、涙をとめどなく流しながら、夫人の手を取ってキスをした。そして「ローザを置いて逃げるなんて、わたし、なんてひどいことをしてしまったのかしら！」という言葉をことあるごとに繰りかえした。

「フローラ、そんなことないわ」とデラノ夫人は言った。「あなたはわたしのところに来てよかったのよ。あのままあそこにいたら、とてもよくないことをしていただけではなく、お姉さんもあなたもつらい思いをしていたわ。ウェルビー・プランテーションにいたときに、馬に乗ったフィッツジェラルドさんと一度だけすれ違ったことがあったけれど、ちゃんと見たのは今日が初めてよ。とてもハンサムね。だから、彼を見ながら、幼くて世間知らずだったあなたが甘い言葉をささやかれて彼の思いのままにならなかったなんて、普通はありえないと思わずにはいられなかったわ」

純真なフローラは、驚いたような表情を浮かべてデラノ夫人を見上げ、言った。「あの人はローザの夫だったのに、わたしを愛することを許すなんてできるはずがないじゃないの。彼はとてもハンサムですてきよ。だから、最初にローザではなくわたしを愛してくれていたら、きっとローザが愛したと同じくらい強く彼のことを愛したと思うの。優しいお義兄さんでいてくれた間は本当に大好きだったけど、そんなふうに男性としては愛せなかったわ。そんなことをしたら、ローザは死んでいたでしょうから。それに、彼は嘘をついたのよ。パパは嘘をつくのが一番悪いことだと思いなさいとわたしたちに教えてくれたわ。あの人は、君だけを愛しているとローザに言ってたの。でも、その一時間前に、ローザよりわたしのほうが好きだと、わたしに話していたのよ。そんな男、軽蔑するよりほかないでしょ。それに、わたしを売ると脅したときのあの人は、ものすごく怖かったわ。」フローラは突然何かを思いついたかのように立ち上がり、半狂乱になって叫んだ。「ローザを売ってしまっていたら、どうすればいいの！」

　デラノ夫人は、フローラを落ちつかせるために、思いつく限りの明るい展望やその理由をあげた。フローラが平静を取りもどすと、二人は一緒に賛美歌を歌った。並んでひざまずき、この新たな困難を乗りこえる力を与えてお導きくださいと祈ってから、それぞれの部屋に戻った。

　フローラは、捨てられて独りぼっちになったローザのことを考えて、なかなか眠れなかった。ローマでは、たくさんのことをしたり、見たり、聞いたりする予定を立てていたが、そんなことはすべて忘れてしまった。とても楽しみにしていたオペラのことさえ、帰りがけの聴衆が、『ノルマ』の曲の口笛を吹いたり、歌ったりするのが通りから聞こえてきて、ようやく思いだした。「ヴィエニ・イン・ローマ《ローマに来るんだ》」[*2]とテノールで歌う

＊2　聖なる森で、ノルマの恋人ポッリオーネが、若い巫女のアダルジーザをローマに誘う場面。

声が宿の前を通りすぎていった。フローラは思った。

「ああ、ジェラルドとよくあの歌をデュエットしたわ。コテージにいた最後の頃は、あの人は情感を込めて「アー《ああ》、デー・チェディ、チェディ・ア・メ！《どうか僕に従ってくれ！》」*3と歌いながら、ローザに見えないところでどれほど恋こがれた目でわたしを見ていたことか。かわいそうに、ローザは騙されていることに気づかずに、『ジェラルド、あなたの声にはなんて心がこもっているのでしょう！』と言っていたわ。本当に恥ずかしい！　逃げるよりほかに、わたしにできたことなんてないわ。かわいそうなローザ！　あの美しく寂しい島で、マツの木々の上にやわらかな光を投げかける月を見ながら、二人ですわっていたときにローザがよく歌った『カスタ・ディーヴァ』がまた聴けたらいいのに」

　フローラは、記憶の海を長い間漂ったあと、ようやくゆっくりと眠りについた。

＊3　先ほどのセリフに続けて、ポッリオーネがアダルジーザを誘う場面。

第十九章

　フローラが、クアトロフォンターネ通りにある部屋でぼんやりとピンチョの丘を眺めていた頃、ローザもまたこの丘を眺めていた。コルソ通りにある宿の上のほうの階からは、家並のはるか向こうにこの丘が見えた。華やかな装いをした種々雑多な人々がひっきりなしに動いている道は、リボンのように丘を取りまいていた。だが、このときのローザは物思いにふけっていたので、その光景は幻灯機の影のように目の前をぐるぐる回りながら漂っているだけだった。

　ローザはその夜、新しいスペイン人のプリマドンナ、ラ・セニョリータ・ロジータ・カンパネーオとして歌うことになっていた。その日の朝のリハーサルでは支配人や他の歌い手やオーケストラの人々に称賛されたにもかかわらず、その仕事から逃げたい気分だった。少し前にアメリカから届いた手紙のせいで、ひどく落ちこんでいたのだ。そして、コン・アモーレ《家族の前》ではなく、まったく知らない観客の前で一人の演奏家として歌うと考えると、不安でいっぱいになった。フローラやジェラルドと一緒に『ノルマ』の中のいろいろな歌をどれだけ歌ったかを思いだすと、耐えがたい孤独感におそわれた。数時間前にリハーサルから戻ってくる途中でイタリア人の少女を見かけたせいか、失った妹の記憶がまざまざと蘇った。「ああ！　マダムが最初に考えていたように、フローラと一緒に自分たちの力で暮らしていれば、これほど悲しんだり苦しんだりすることはなかったのに！」とローザは思った。ピアノの所に行くと、『ノルマ』の見なれた楽譜が広げてあった。「アー《ああ》、ベッロ・ア・メ・リトルノ《わたしに戻ってくるならば》[*1]」で始まる独白が、悲しみに沈んだ心の奥深くからほとばしり出た。最後の音はため息まじりに消えていき、指を鍵盤に置いたままでローザはつぶやいた。「会ったことのない人たちの前で、ここで歌うのと同じように心を込めて歌うことなどできるのかしら？」

「きっとできますよ」と、そっと入ってきて最後の一節を聞いていたマダムが答えた。

「皆がマダムのように好意をもって聴いてくれるといいのだけれど！」ローザはかすかに微笑んで応じた。「でも、そんなことはないでしょうね。怖くて声が出なくなるかもしれないわ」

「何を怖がっているの？」とマダムは言った。「パリで、優れた音楽家が集まる内輪のパーティで歌ったときのほうが、もっと大変だったわ。特にエリート《選りすぐりのお客さま》のいた宮殿ではね。それでも、アメリア王妃[*2]が『ノルマ』のあなたのアリアをたいそうお気に召されて、今夜つ

＊1　ポッリオーネの誠実な愛が戻ることをノルマが願う場面。

＊2　（一七八二―一八六六）、フランス王ルイ・フィリップの后。

ける美しいほうろう細工の冠[*3]をくださったじゃないの」

「マダムが入ってきたときに歌っていたのは、心の底から出た思いなのよ」とローザは答えた。「チュリーと赤ん坊についてのこの恐ろしい知らせを聞いて、何も手につかないの。間違いだという望みはないのかしら？」

「手紙には、わたしの従弟とその妻、黒人女性、肌の白い赤ん坊の全員が黄熱病で死んだとはっきりと書いてあったわ」とマダムは返答した。「でも、赤ん坊とチュリーを置いてきたことでわたしを責めないで。そのことではもうじゅうぶん悪かったと思っているの。ニューオーリンズの市街からずいぶん離れているので、安全だと考えたのよ。だから、わたしたちがどこかに落ちつくまで、かわいそうなバンビーノ《赤ちゃん》はあそこにいるのが一番いいと本当に思ったの」

「マダムを責めるつもりなんてないわ」とローザは言った。「それが一番いいと考えて、そうしたことはわかっているのよ。でも、あの子たちを置いてきたと最初に聞いたときに、とても嫌な予感がしたの。この知らせを聞いたあとでは、夕方のオペラに向けて元気を出すのは難しいわ。わたしがこのオペラの仕事を引きうけた一番の理由は、あのかわいそうな子を養育するためよ。それから、パパ・バルビーノと呼ぶことにようやく慣れた大切な友人シニョールやマダムの老後にしっかりと備えたかったの。そして、かわいそうなチュリーにも。ああ、チュリーの役に立ちたかったわ！　わたしが人生で一番つらかったときに、あの人がどんな存在でいてくれたことか」

「かわいそうなチュリーはもう面倒なことに巻きこまれないですむのよ」とマダムはため息をつきながら答えた。「そして、バンビーノたちはこのいやな世の中からいなくなることで、たくさんの苦しみから逃れられるわ。というのも、ここだけの話だけれど、無垢

＊3　神聖な植物ヴァーベナの葉をかたどった冠で、『ノルマ』に使われる小道具の一つ。

な子どもたちの魂が洗礼を受けていないために煉獄に留まるなんて、わたしは一切信じていないの」

「ああ、せめてマダムが知っているなら！」とローザはとり乱して、絶望したような声で叫んだ。だがすぐに自分を抑えて言った。「このことはもう考えないようにするわ。考えると声が出なくなるもの。わたしが失敗したら、パパ・バルビーノはとても悔しがるわ。舞台で歌えるようにするために、あれほど骨を折ってくださったのだから」

「そのとおりよ」とマダムはローザの肩をたたきながら応じた。「もう行くわね。練習を続けてちょうだい」

ローザは、自分がノルマだったらどう感じるかを想像しながら、歌いなれた曲に魂を込められるよう何度も練習した。自身の経験を通じて理解できる感情もあったので、そのような場面はできるだけ情感を込めて歌った。

「この部屋で一人で歌っているときに目の前に浮かぶのと同じ光景を思いうかべることさえできたら、今夜はうまく歌えるはずだわ」と彼女は思った。「だって今は、『カスタ・ディーヴァ』を歌うときには、小さな可愛いフローラに腕を回してすわって、あの寂しい島の黒っぽいマツの木々の上にかかった月を見ているように感じているのですもの」

ついに恐れていた時間がやってきた。ローザは巫女の従者たち*4とともに舞台に登場した。目の前にはオーケストラと観客がいて、パパ・バルビーノとママ・バルビーノが心配そうに舞台のそでから見ているのがわかった。ローザの顔色は真っ青で、出だしの声が少し震えた。しかし、すぐに力強くはっきりとした声になった。心の中の月に目を据えて『カスタ・ディーヴァ』を歌ったとき、表現力豊かで迫力あるその声に、劇場にいる誰もが驚嘆した。

「ビス《アンコール》！　ビス《アンコール》！」と観客は叫んだ。二度、三度と歌わないと、合唱隊は先に進ませてもらえなかった。

*4　ローザが演じる巫女長ノルマに仕える巫女の集団で、コーラスを担当する。

ローザは優雅にお辞儀をして、感謝の気持ちを表した。しかし、うしろに下がったときに、過去の幽霊が現れた。これまでのさまざまな出来ごとが心に浮かんだために、「愛する人を守るという恵みが戻ってきて、この苦しみがなくなるならば」[*5]とイタリア語で歌う彼女の声は、泣いているように聞こえた。観客は再び叫んだ。「ビス！　ビス！」

アダルジーザ役とのデュエットのほうが難しかった。ローザは、まだ演技の訓練を受けていなかっただけでなく、ローザがプリマになり、テノール歌手がローザのほうを気にいったことによるアダルジーザ役のセコンダドンナ（プリマドンナに次ぐ重要な役割を与えられた女性歌手）の嫉妬にも戸惑っていたからだ。アダルジーザが、「あれが私の愛する人です！」[*6]とイタリア語で歌ったとき、ローザはたまたまステージの近くのボックス席に目を向けた。するとそこには、熱心に身を乗りだしたジェラルド・フィッツジェラルドとその妻の顔があった。ローザは身震いして、しばらく声が出なくなった。観客は息をのんだ。彼女の表情、身ぶり、沈黙、震えのすべてが、比類なき演技に見えた。ローザは、照明装置やオーケストラを見て、自分がどこにいるかを思いだし、かろうじて気持ちを落ちつかせた。声はまだ動揺していたが、観客や他の歌い手は、それもまた完璧な演技ととらえた。ローザは再びフィッツジェラルドを見たが、「不実な男よ、震えなさい！　あなたはこれほどのことをしたのだから」[*7]というイタリア語の歌には、すさまじい力が込められていた。

ローザはフィッツジェラルド夫人にしばらく目をとめ、驚くほど深い憐れみを込めて悲しげに歌った。「ああ、あの男はどれほど巧みにあなたを騙したこと

＊5　ポッリオーネの愛が戻ることをノルマが願う場面。
＊6　ノルマを訪ねて、ポッリオーネが恋人だとノルマに告白する場面。

＊7　ノルマがポッリオーネを非難する場面だが、イタリア語の台本は「彼女のために震えることはないわ……自分自身のために震えなさい」となっている。

か！」[*8]

ローザの願いはついにかなった。このときだけは、観客のことも忘れて、自分の思いを口に出すことができたのだ。続く場面で自分が歌手だということを思いだしたときでさえ、内面の興奮が大きな波となって自分を前に押しだすように思えた。

感情が再び竜巻のようにこみあげてきたときのローザの演技はすばらしかった。ノルマが子どもたちを殺そうとする場面で[*9]、怒りに満ちたまなざしを大きく開いてフィッツジェラルドを見すえて、「死よりもひどい不名誉が、この子たちを待ちうけている。奴隷制だって？　それはだめ！　絶対に！」と歌った。このときのローザの声にはきっぱりとした決意が、威厳に満ちた頭の動きには誇りが、言葉にできないほど豊かに表現されていた。

フィッツジェラルドはたじろいだ。真っ青になって、ボックス席でうしろに身を引いた。この場面がこのように表現されたことはなかったので、批判する者もいた。しかし、ローザの美しさや声やあふれだす感情は、この上ない成功をもたらした。そのために、この表現も、才能あふれる彼女による舞台上の驚くべきひらめきと受けとめられた。

ローザの興奮がおさまると、驚嘆する観客の力が彼女に強い影響を及ぼしはじめた。憤りをほとばしらせて、「戦うのです！　戦うのです！」（祭壇に登ったノルマが神託を告げる場面）と歌った。観客が「ビス！　ビス！」と叫ぶと、二度目も同じほど力強く彼女は歌った。

この恐ろしく苦しい試練の間に、何が自分を支えつづけてくれたのかはわからなかった。

幕が下りると、フィッツジェラルドはローザを追いかけようとした。しかし、妻のリリーに腕をつかま

＊8　ノルマがポッリオーネの不実をアダルジーザに告げる場面。第十一章の注を参照。
＊9　眠っている二人の子どもを殺したあと自分も死のうと短剣を振りあげる場面。

れたので、ついて行かざるをえなかった。とてもつらかったが、仕方なく従った。リリーは、このスペイン人のプリマドンナの天来の美声は、プランテーションを落ちつきのない幽霊のようにさまよっていたすばらしい声とまさしく同じだと何度も言い張った。フィッツジェラルドは、心は煮えたぎる大鍋のようでありながら、それをどうにかしてはぐらかさなければならなかった。

ローザが舞台から離れると、大成功をおさめたカンタトリーチェ《女性オペラ歌手》を迎えようとバルビーノ夫妻が待ちかまえていた。「ブラヴァ！《でかした》　ブラヴァ！《でかした》」とシニョールは興奮冷めやらぬ面持ちで叫んだ。しかし、ローザの真っ青な顔を見て、シニョールは黙ってその手を握り、マダムはローザの肩にショールをかけた。二人はすぐさまローザを馬車に乗せたが、ローザは気を失っているかのようにマダムの肩に頭をだらりともたせかけていた。上の階にある部屋への階段を上がるときも、二人がふらつくローザの体を支えなければならなかった。ローザは、フィッツジェラルドに会ったことをその夜は話さなかった。そして、ワインを一口飲んだだけで食べ物は断り、疲れきってベッドに倒れこんだ。

第二十章

ローザは翌朝遅くまで眠っていて、目ざめたときには心身ともに疲れはてていた。化粧係のジョヴァンナを呼ぶと、紳士が二度訪ねてきたが、名前も告げず、名刺も残さなかったという報告を受けた。「今日は、オペラの支配人以外は誰も部屋に入れないで」とローザは言った。「今から着がえるわ。ママ・バルビーノにお時間があれば来てもらって。朝食を食べながら話したいの」

「奥さまは買い物に行かれました」とジョヴァンナは答えた。「すぐお戻りになるそうで、お嬢さまがゆっくりお休みになれるように静かにしておくようにとわたしにお命じになりました。旦那さまは、お嬢さまとお話をするために部屋で待っておられます」

「起きたとお伝えしてちょうだい」とローザは言った。「そして、わたしが着替えと朝食をすませたら、すぐに来てくださるように言って」

ジョヴァンナは、昨夜のオペラの劇場にいたので、皆がその美しさと優雅さをほめたたえていたセニョリータ・ロジータ・カンパネーオの着替えを手つだうという、自分の仕事の重みを感じていた。身支度を終えたカンタトリーチェは、世界一美しいと自分で思ったとしても許されるほどだった。つややかな黒髪が、柔らかく波うって額にかかっていた。三つ編みにした豊かな髪には深紅のベルベットの細いリボンが編みこまれ、そのベルベットに太陽の光が当たってルビーのように輝いていた。金色の絹糸で刺繍がほどこされた、上質の深紅のメリノ素材で作られた朝の部屋着は、金のピンで喉元に留められた白いレースの襟が顔色を和らげ、彼女にとてもよく似あっていた。このカンタトリーチェは、鏡の前にすわっていたにもかかわらず、また部屋着の明るい色のはっきりとしたコントラストは、スペイン人の血を引く彼女自身の好みだったにもかかわらず、出来栄えにはまったく関心を示さなかった。顔を窓に向けて、空が青く透きとおるように輝いていることに少しも気づかずに、朝の空を眺めていた。そのために、彼女のきらきら輝く目には、芸術家が彼女をモデルにしてシビル（古代ギリシアやローマにおける予言能力をもつ巫女）の像を作れば成功をおさめたと思われるような、自己の内面を見つめる表情が浮かんでいた。ジョヴァンナは、これほど美しく、これほど優雅な装いをしているにもかかわらず、外観などどうでもいい様子をしているレディを、驚きを感じながら見つめていた。ジョヴァンナは見事な頭部を自分が描いた絵であるかのように得意気に見つめながらしばらくぐずぐずしたあと、朝食を運んでくるために静かに出ていった。

セニョリータ・カンパネーオは、人目を避けて暮らすロザベラだったときよりも旺盛な食欲を見せた。前の晩に力を使いはたしたので、元気を回復しようとする力が自然とわいていた。しかし、料理人も、化粧係と同様に、その腕をほとんど認めてもらえなかった。豪華な朝食も、ローザには単なる食べ物でしかなかったのだ。そばに鏡があったので、ジョヴァンナは、黒髪に編みこまれて輝く深紅のベルベットをローザがすばらしいと思うかどうか、興味津々で見ていた。だが、ローザは一度も鏡に目を向けなかった。お腹《なか》が一杯になると、スプーンをもてあそびながら、カップの底がすべての未来を明らかにする魔法の鏡であるかのように、中をのぞきこんでいた。

ローザが「そろそろパパ・バルビーノを呼んできて」と言おうとしたちょうどそのとき、ジョヴァンナがびくっとして叫んだ。「お嬢さま！　お客さまが！」

ローザが見まわすいとまもなく、フィッツジェラルドが足元にひざまずいていた。彼は彼女の手を取り、情熱を込めてキスをしながら、苦悶をにじませて哀願した。「おお、ロザベラ、僕を許すと言ってくれ！　自分の愚かさに胸が掻きむしられるようだ」

ローザは、思いがけず突然に彼が入ってきたために、何が起こったのか一瞬理解できずにいた。しかし、すぐに平静を取りもどし、つかまれた手をむりやり引きぬいて、あっけにとられているジョヴァンナのほうを向くと、落ちついて言った。「すぐにさっき言ったことをお伝えてしてきてちょうだい」

ジョヴァンナが駆けこんだ隣の部屋では、シニョール・バルビーノが一人の紳士と真剣な表情で話していた。

フィッツジェラルドは、ひざまずいたまま熱心に許しを請いつづけた。

「フィッツジェラルドさん」とローザは言った。「こんなことをなさるなんて信じられませんわ。あんなひどい男にわたしを売ったあとなのに、再びわたしの前に姿を現わそうとお考えになるなんて、想像もしませんでした」

「ローザ、僕はあの男に騙されたんだ。ワインで酔っぱらっていて、自分が何をしているかわかっていなかった。正気だったらあんなことはできなかったよ。他の誰よりも君をずっと愛してきたのだから。そして、今ほど狂おしいまでに君への愛を感じたことはない」

「出ていって！」とローザは命令するように叫んだ。「あなたがここにいるだけで、わたしの心は血を流すの。少しでも人間らしい気持ちがあるなら出ていって！」

彼はローザの服のひだをつかもうと手を伸ばし、ひどく興奮して叫んだ。「ああ、ロザベラ。僕を追いださないでくれ！　君なしでは生きて――」

ピストルの弾丸のように鋭い声が、フィッツジェラルドの言葉をさえぎった。「悪者！　嘘つき！　ここで何をしているんだ？　すぐにここから出ていけ！」

フィッツジェラルドは慌てて立ち上がり、怒りのあまり顔を蒼白にして、シニョールのぎらぎらした目を見すえた。「あなたはなんの権利があって出ていけと言うのですか？」と彼は言った。

「わたしはローザの養父だ」とシニョールは答えた。

「わたしの目の黒いうちは、誰であろうと娘に無礼はさせないぞ」

「それではあなたはこの方の保護者におさまったわけですね！」とフィッツジェラルドはせせら笑って言った。「老齢を隠れ蓑にする伊達男は珍しくありませんが」

「おまえというやつは！」シニョールは怒って大声をあげ、相手の喉もとにつかみかかった。

フィッツジェラルドはピストルを取りだした。ローザは悲痛極まりない顔をして二人の間に割ってはいり、嘆願するように言った。「出ていっていただけますか？」

そのとき、シニョールの肩に軽く手がかかり、毅然とした声が穏やかにこう言った。「バルビーノさん、落ちついてください。」それからその紳士は、フィッツジェラルド氏のほうを向いて言った。「あなたには前に少しだけお目にかかったことがあるので、お知り合いとして忠告させていただきますが、このような場面はご婦人の部屋にふさわしくないのではありませんか」

フィッツジェラルドはゆっくりとピストルを戻しながら、冷ややかに返答した。「お顔に見覚えがありますが、どこでお会いしたかは思いだせませんね。しかも、なんの権利があって介入されるのですか」

「ニューオーリンズでお目にかかりました。四年以上前のことですが」とその紳士は応じた。「そのときに、こちらにいらっしゃるご婦人のお父上から、ボストンに住むアルフレッド・キングと紹介していただきました」

「ああ、思いだしましたよ」とフィッツジェラルドは唇を少しゆがめて言った。「あのときは、ちょっとした清教徒と思いました。でも、あなたもこの方の保護者のようですね」

キング氏はこめかみまで真っ赤になったが、穏やかに答えた。「ミス・ロイヤルが僕のことを覚えておられるかどうかはわかりません。お父上の家で楽しく過ごさせていただいた夜以来、一度もお会いしていないものですから」

「もちろん覚えておりますわ」とロザベラは答えた。「そして、父の親友のご子息であるあなたを、喜んでお迎えいたします」

こう言いながらロザベラが差しだした手を、キング氏は一瞬握りしめた。手が触れて、彼の胸は高なったけれど、それはおくびにも出さなかった。うやうやしくお辞儀をしながら手を放し、フィッツジェラルド氏のほうを向いて言った。「あなたが僕を清教徒と呼ぶのなら、僕が礼儀をお教えしても、聞く耳をもたれないかもしれません。でも、礼儀正しい紳士でいたいとお考えなら、出ていくように言われたあともご婦人のお住まいに居のこるようなことは、きっとなさらないでしょう」

フィッツジェラルド氏は少し肩をすくめ、帽子を取って言った。「ご婦人方のお望みであれば、もちろん従わざるをえませんね」

そして部屋の外に出てからローザのほうを向き、軽くお辞儀をして言った。「オー・ルヴォワ！」

シニョールは怒りに震えていたが、口から出かかった罵りの言葉をかろうじて飲みこんだ。キング氏も、黙っているのが苦痛であるかのように、しばらく口を堅く結んでいた。それからローザのほうを向いて言った。「ミス・ロイヤル、突然部屋に入ってきて申し訳ありませんでした。シニョールとは、お父上のご紹介でお会いしたことがあったのですが、昨夜のオペラでお目にかかったのです。それで今日お部屋にお伺いしていたわけです。」キング氏は、笑みを浮かべてシニョールを見てから言った。「怒鳴りあう声が聞こえたので、決闘になればシニョールが介添人を必要とされるだろうと思いました。この大騒ぎでひどくお疲れになったことでしょう。ですから、昨夜の大成功のお祝いを申し上げるだけでおいとまします」

「本当に疲れました」とローザは答えた。「でも、今はお別れを申し上げても、またすぐにお目にかかりたいと思っております。父のお気に入りだった方に再びお会いできるなんてとてもうれしくて、これで終わりにしたくありませんわ」

「ありがとうございます」とキング氏は応じた。口にしたのはこの言葉だけだったが、まなざしと口調には深く熱い思いが込められていたので、ローザは自分の頬が赤らむのがわかった。

「あんなふうに言われると、まだわたしの心は動くのかしら?」遠ざかるキング氏の足音を聞きながら、ローザは自問した。そしてその朝初めて鏡に向かい、紅潮した自分の顔を見つめた。

そこに、マダムがあわてて駆けこんできた。「なんてことなの!　フィッツジェラルドさんがここにやって来るなんて!　前代未聞の厚かましさだわ。あのボストンのお友だちがちょうどいいときにまるで降って湧いたかのように突然いらしてくださってよかったわ。シニョールはすぐにかっとなってしまうから、どうなっていたことか。何もかも話してちょうだい」

「話すわ、ママ」とローザは答えた。「でも、今は失礼させて。とても動揺したので疲れたの。お出かけでなかったら、朝食のときに話すつもりだったのだけど。オペラにフィッツジェラルド夫妻が来ていたのよ。皆は演技だと思ったでしょうけれど、わたしは真剣にあの人たちに向かって歌っていたの。あとでゆっくりと話しましょう。練習をしておかないと。ようやく手に入れた今の立場を守るために一生懸命がんばるわ。今夜もまた歌わなくてはいけないのね。ああ、なんて恐ろしいのでしょう!」

「皆があなたに夢中だというのにそんなふうに言うなんて、変わった子ね」とマダムは言った。

「他の人がどう思うかなんてどうでもいいの」と見事な成功を収めたカンタトリーチェは答えた。しかし、心の中ではこう思っていた。「昨夜のように、知らない人ばかりに歌っているとは思わないわ。わたしがお父さまのために歌うのを聴いておられたあの方も来られるでしょうから。昨夜はとても自然につけることができた抑揚を思いだして、あのとき感じたように演じることができるかどうか確かめておかないと。」そして、ピアノの前にすわって、「オー《ああ》、ディ・《あなたは》クワル・セイ・トゥ・ヴィッティマ《犠牲者なのよ》*1」と歌いはじめた。それからゆっくりと頭を振ってつぶやいた。「だめだわ、あんなふうにはできない。その瞬間のひらめきを信じることにしましょう。でも知っている方が一人でもいてくださることがわかってほっとしたわ」

＊＊　＊＊　＊＊

キング氏は、その日のうちにフィッツジェラルド氏を訪ねた。相手の非常に傲慢な応対には気づかないふりをして、用件を切りだした。「ミス・ロイヤルのことでお話があって参りました」

「申し上げておきますがね」とフィッツジェラルド氏は答えた。「誰がなんと言おうと、あの女性は諦めませんよ。どこまででも追いかけるつもりです」

「そんなことをなさって、なんの得になるのですか」とキング氏は言った。「無駄なことがわかっているのに、なぜあなたは不愉快な評判を立てられるようなことをなさるのです。そんなことをすれば、当然のことながら奥さまも傷つけることになりますよ」

「どうして無駄とわかるのですか」とフィッツジェラルドは尋ねた。「ローザにそう言ってくれと頼まれたのですかね」

「ここに来ることはあの方にはお話していません」とキング氏は答えた。「申し上げたように、ミス・ロイヤルにはほんの少しお目にかかったことがあるだけです。ただ、思いだしていただきたいのですが、僕があの方にお会いしたのは、若々しくて溌剌としておられたときです。あの頃は、優しいお父上のもとで、何不自由なく穏やかで優雅な暮らしをしておられました。だから、そのあと不幸な目にあわれたことにどうしようもなく胸が痛むのです。あの方ご自身が話されたわけではありませんが、他の方から何もかもお聞き

*1　ノルマがアダルジーザの腕をつかんで真実を告げる場面。

しました。そのことについてお話するために来たのではありません。ただ、これまで非常に苦しんでこられたあと、ようやく自分でご立派に名声を手にいれられ、たゆみない努力が必要なお仕事にこれから立ちむかっていこうとなさっています。あの方をさらに困らせることが、寛大で男らしい態度なのかを、あなたの名誉を重んじる心にかけて申し上げたいのです」

「わざわざやってこられて、僕に男らしさとはどういうものかを説くなんて、出すぎたまねをされますね」とフィッツジェラルドが口をはさんだ。

「あなた自身の良心によって判断していただきたいと申し上げているだけです」とキング氏は応じた。「ただ、どうかもう一度よくお考えください。嫌がられることがわかっている告白をして、あの不幸な若いご婦人を苦しませるのは、あなた自身の評判にも、そしてその結果としてあなたのご家族の幸せにも、よくないのではないでしょうか」

「仕事の選択を間違われましたね。説教師になられればよかったのに」とフィッツジェラルドは皮肉っぽい笑みを浮かべて言った。「あなたは、あのご婦人の不幸な境遇をなぐさめるつもりのようですね。ただ、申し上げておきますが、僕とあの人の間に割りこもうとなさる方は、どなたであろうと危険を覚悟していただくことになりますよ」

「僕はミス・ロイヤルを大変ご尊敬申し上げているので、そのようなお話にあの方の名前が出てくるのは聞くにたえません」とキング氏は言った。「これで失礼いたします」

「薄汚いヤンキーめ！」南部の男はキング氏を目で追いながら叫んだ。「あいつが紳士なら、決闘を申しこんでいただろうし、こっちも紳士らしく応対したのに。だが、ヤンキーのあのようないまいましい説教にはお手上げだ」

彼はとても動揺していた。実際、ロザベラは、これまで出会った誰よりも彼の心を強く揺さぶった女性だった。今また、彼女が輝かしく世間の注目を集めているのを見ると、消えかけていた情熱の火が燃え上がった。軽蔑されたことで虚栄心は傷ついたが、この困難に打ちかつのだと考えると興奮した。かつては自分しか頼る者がいなかったあの美しい女性が、今は守ろうとする者たちに囲まれていることは、ひどく腹立たしかった。今の自分には彼女を困らせる力しかないとすれば、その力をふるってみたいという誘惑に強くかられた。待ち伏せして、力ずくでさらっていくという乱暴な計画も立ててみた。しかし、ヤンキーの説教と大いに馬鹿にしたものの、キング氏の言うことにも一理あった。金持ちであるだけでなく、かなり自分好みでもある妻とうまくやっていくのが、もっとも得策であるように思えた。すべてを考えあわせた結果、新しいプリマドンナへの人々の熱狂を、優越感を抱きながら眺める立場を取ることにした。彼女にはよい点がたくさんあることを認めながらも、歌や演技を冷静に批評することにしたのだ。それはつらい選択だった。というのも、ステージのロザベラは、抗しがたい力で彼を惹きつけ、その力は観客が称賛すればするほど大きくなっていったからだ。二日目からは、ロザベラは彼のすわっているボックス席を見ようとはしなかった。しかし、自分がここにいてじっと見つめていることを彼女が忘れることはないとわかっていたので、動揺しながらも満足していた。

ローザがセニョリータ・カンパネーオとして二度目の舞台に立った翌日、フィッツジェラルド夫妻が再び訪ねてきたので、デラノ夫人は驚いた。

「またやって来たと思わないでくださいね」とフィッツジェラルド夫人は言った。「今日は用事があってまいりましたの。まもなくローマを出発されると先ほどお聞きしたものですから。グリーンさんは、そんなにすぐでなくてもいいのにと思っておられるようでしたが」

「予期せぬ出来ごとがあって、当初の予定よりも早く戻らなければならないのです」とデラノ夫人は答えた。「明後日に出発するつもりです」

「お嬢さまが新しいプリマドンナのオペラを聴かずに行ってしまわれるなんて、おかわいそうですわ！」フィッツジェラルド夫人は声を大きくして言った。

「とてもすばらしいのです。天女のように美しいと誰もが言っております。そして、あれほどの声を聴いたのは、夫のプランテーションで過ごした最初の夜だけですわ。庭や木立を歩きまわりながら、あのプリマドンナとまさに同じように歌う人がいましたの。夫はその声にそれほど感動していないようでしたが、わたしは忘れることができません」

「ハネムーンの間のことでしたのでね」と夫のほうが口をはさんだ。「君の声が聞けるのに他の人の声に興味をもつことなんて、できるわけないだろ」

フィッツジェラルド夫人は、ふざけて夫をパラソルで軽くたたき、こう言った。「まあ、お上手なこと！でも、あのセニョリータとお話してみたいわ。アメリカにいたことがあるかどうか聞いてみるつもりよ」

「行ったことはないと思うよ」とフィッツジェラルド氏は答えた。「聞いたところによると、イタリア人の音楽家が、アンダルシアで彼女の歌を聴き、あまりにすばらしい声だったので、養女にして舞台に上がるための教育をしたそうだ。声が時折鐘の音のように響くので、カンパネーオと名づけたらしいよ。デラノ夫人、お嬢さまを今夜お誘いしてはいけないでしょうか。チケットが余分にあるのです。しっかりとお世話をさせていただきますので。お疲れになって帰りたいと思われたら、僕がいつでもお好きなときに家までお連れします」

「あまり興奮すると神経にさわりますので」とデラノ夫人はそっけなく答えた。

「実は」とフィッツジェラルド夫人が言った。「グリーンさんがよくお嬢さまのことを話すので、お目にかかりたくてたまりませんの。グリーンさんは、お嬢さまがこれまでローマを半分しか見ておられないので、ぜひご一緒したいそうですわ。お許しがいただけるといいのですが。ご婦人の世話にかけては、夫は誰にもひけをとりません。お嬢さまはとても音楽好きでいらっしゃるのに、新しいプリマドンナの声を聴かずに帰ってしまわれるなんておかわいそうですわ」

「ご親切に。」デラノ夫人は答えた。「でもわたしと娘はいつも一緒にいるのが好きなので、別々にいると楽しくありませんの。娘はそのようなすばらしい音楽を聴くことができないのですから、聞きのがしたことに関してのあなたの熱心なお話を繰りかえしてさらに残念がらせるようなことはしないでおきますわ」

「デビュー《初舞台》を見ておられたら、わたしがこれほど熱狂するのも無理はないとお思いになったことでしょう」とその小柄なレディは言った。「夫はもうすでに熱が少し冷めかけていて、批評を始めています。演技が大げさで、『台なしにしている』などと言っておりますのよ。でも、デビューのときほど夫が興奮しているところを見たことがありません。あの方も気づいておられたようです。一番感情の高まった楽節を歌いながら、輝くような黒い目をまっすぐにわたしたちのいるボックス席に向けましたのよ」

「おいおい」とフィッツジェラルド氏がさえぎった。「君はオペラに夢中になるあまり、肝心の用件を忘れているよ」

「本当だわ」と彼女は答えた。「お聞きしたかったのは、すぐに出発されるのは確かかということと、この部屋を借りる契約をしている方がすでにいらっしゃるかということです。わたしたちはここがとても気に入りましたの。絶好の場所ですわね！　日当たりもよくて！　ピンチョの丘や、ローマ法王の庭園がよく見えますわ！」

「昨夜の時点では、契約している方はおられませんでした」とデラノ夫人が返答した。

「それではすぐに手続きをしてくださらない？」とそのレディは夫に言った。

安全で楽しい旅を、と言いのこして二人は帰っていった。デラノ夫人はしばらく窓際にいて、サンピエトロ寺院やそのむこうのエトルリアの丘を見ていた。

人間の運命の糸は、ときにはなんと奇妙にもつれるのだろうと思いながら。しかもこのとき、夫人はまだそのもつれの半分にしか気づいていなかった。

第二十一章

ローザは、セニョリータ・ロジータ・カンパネーオとして四週間の契約を結んでいた。その間、キング氏はたびたびローザを訪ね、オペラは一度も欠かさず鑑賞した。個人的にローザを訪ねたり、舞台上の姿を見たりするたびに、最初にローザと話をしたり、会ったときの印象が深められていった。うれしいことに、絶えずたくさんの花束を受けとるローザが、彼の贈った花束をいつも手にしてくれていた。彼が常にバラの生花を胸に差していることにも、気づいていないわけではなさそうだった。ただ、彼がずっと護衛を続けていることをローザは知らなかったし、知られないように彼も気をつけていた。毎晩ローザが劇場へ往復する際に、彼は御者のような身なりをして、外の御者台に御者と並んですわった。この事実を知っているのはマダムとシニョールだけだった。二人は、フィッツジェラルド氏が軽はずみなことをする場合に備えて、近くに友人がいてくれることを喜んだ。ローザが、新鮮な空気を求めたり、気晴らしをしたりするために外出するときはいつでも、キング氏は密かに護衛を雇ってそのカンタトリーチェを見はらせた。ローザが養父母と郊外に出かける場合は、内密に連絡を受けたキング氏が必ず同行した。しかし、彼女からは見えないように、また熱心なファンと思う者がいてゴシップの種にならないように、じゅうぶん距離を置いていた。キング氏はときどき自問した。「慎重な母さんなら、一人のオペラ歌手に尽くすことに人生をささげて、仕事は代理人や事務員に任せている僕を見てなんと言うだろう――しかもそのオペラ歌手は、二度も奴隷として売られそうになり、その上、夫と思っていた男に騙されてもいたのだ！」このような問いかけが、教育を受けた者に特有の因習的な考えに投げかけられるたびに、彼は次のように思いなおした。「母さんはもっと広いものの見方をするところに行ったのだ。欺瞞に満ちたこの世の表面的な区別などつまらないとみなす場所に。天使と同じように見る者の目には、ロザベラは純粋で善良な人と映るだろう。守ってくれる者のいない、父さんの友人の娘さんを守ることは、僕の務めなのだ。」そこで、キング氏は、スペイン広場の居心地のよい宿を引きはらって、コルソ通りにあるローザの宿の向かい側に部屋を借り、来る日も来る日も密かに見まもりつづけた。

用心するに越したことはないとキング氏が思うのには理由があった。フィッツジェラルドに似た人物が、マントに身をつつんで帽子を目深にかぶり、オペラハウスの周りをこっそりと歩いているのを何度か見かけた。また、マダムとシニョールが、ローザと一緒にチェチーラ・メテッラの墓（アッピア街道州立公園内にある古代ローマの霊廟）を見ようとして馬車を降りたところ、近くで待ち伏せしていたと思われる四人の乱暴そうな男が現れて少し不安になったこともあった。しかし、マダムとシニョールはすぐに、離れたところにキング氏がいて、彼の雇った護衛が変装してその近くに待機していることがわかった。ローザは、マダムとシニョールからこのような心配ごとを聞かされていなかったので、昼間、御者や養父母と馬車に乗っているときには、まったく不安を感じていないようだった。夜遅くに帰るときは少し怖いと感じることもあったが、父の友人がローマにいて、その人は、事を荒だてない方法をシニョールよりもよく知っていると考えると、守ってもらっている喜びを感じた。このような思いを秘めているために、彼女の演技は輝きを増した。キング氏からは、成功裏に終わったデビューは実にすばらしかったという言葉をもらっていた。そのような意見を聞くと、自分の到達した高みを維持したいという願望がますます強くなった。あのときのような演技をするのは不可能だった。最初の夜のような身の毛のよだつ状況がもう一度起こって、彼女の熱情をあふれさせることはないからだ。批評家は概して、初演が一番よかったと言った。迫力はなくなったが、最初の頃よりも人物像を正確に把握していると主張する者もいたが。それでも、彼女の声は尽きることなく人々を驚嘆させ、喜ばせた。声量豊かで、力強く澄みわたり、自在に変化させながら抑揚をつけた声は、いくら聞いても聞きあきることがなかった。

支配人は、契約期間が終わりに近づくと、更新するように熱心に求めた。ローザがためらっているのがわかると、さらに好条件を出してきた。そのような状況の中、ある日ローザがリハーサルに出かけている間に、キング氏がマダムを訪ねてきた。「あの子は、最後の晩のために新しいアリアの準備をしています。かわいそうなあの子は、きっと死ぬほどアンコールを求められることでしょうから。」マダムは言った。「とてもうれしいけれど、腹立たしくもありますわ。フランス人のわたしの耳には、『ビス！　ビス！』というあの人たちの声は、しーっ《ビス》、しーっ《ビス》と野次っているように聞こえますの」

「ミス・ロイヤルは契約を更新されるのでしょう

か?」とキング氏は尋ねた。

「はっきりとはわかりませんわ」とマダムは答えた。「支配人は好条件を出しているのですが、あの子はためらっていますの。フィッツジェラルドさんのことはめったに口にしませんが、彼のことが煩わしいのでしょう。それに、彼が突然あの子の部屋に入ってきたことをジョヴァンナが言いふらしたので、楽屋の噂になっています。また、テナーの男性がやたらとあの子に親切にふるまうので、セコンダドンナは愛情を奪われたと思ってあの子を目の敵にしています。そんなこんなで、あの子はもうローマにはいたくないと思っているのです。どこへ行っても同じようなことが起こるとわたしは言っているのですが」

「マダム」とキング氏は呼びかけた。「ミス・ロイヤルのお母さまという立場にいらっしゃるあなたに、お願いがあります。明日の朝、前もって言わずにあの方と二人きりで話をさせていただけないでしょうか」

「わたしかパパ・バルビーノが同席していなければ男性と会わないという、あの子の決めごとに反することはわかっておられますね。でも、あなたは親切でいらっしゃるだけでなく、たしなみも身につけておられるので、わたしたちは心から信頼しています」とマダムは意味ありげな微笑みを浮かべて、次のように続けた。「もしわたしが偶然のように部屋を出ていったとしても、あの子と仲直りするのはそれほど難しくないと思いますわ」

アルフレッド・キングは、はやる心を押ししずめながら翌朝を待った。それなのに、いざロザベラと初めて二人きりになると、苦しいほどにどぎまぎした。ロザベラも、彼の胸に差されたバラの生花が目に入ったが、一番好きな花はバラなのかと尋ねる勇気が出なかった。アルフレッドが沈黙を破った。「ミス・ロイヤル、あなたのオペラは僕には言葉で言いあらわすことのできない喜びだったので、今晩で最後だと思うとつらくてたまりません」

「ミス・ロイヤルと呼んでいただいてありがとうご

ざいます」とロザベラは答えた。「もっと幸せだった頃に戻ることができますわ。自分をラ・カンパネーオとはなかなか思えなくて。何もかもが奇妙で現実ではないように思えるので、昔との目にみえるつながりが少しでもなければ、死んで別の世界に行ったように感じることでしょう」

「契約を更新されるのかどうかお聞きしてもよろしいですか?」とアルフレッドは尋ねた。

ロザベラは、熱のこもった目ですばやくアルフレッドを見上げて言った。「ご助言いただけないでしょうか」

「短いお付き合いだけの僕には、助言する資格などありません」とアルフレッドは遠慮がちに答えた。

ロザベラは顔を赤らめ、恥ずかしそうに言った。「あなたを父の思い出といつも結びつけてしまうので、短いお付き合いでしかないことを忘れていて申し訳ありません。ただ、困ったことがあったら、兄と思って頼ってくれと以前におっしゃいましたわ」

「僕の申し出を覚えていてくださり、そのとおりにしていただいて、これほどうれしいことはありません」とアルフレッドは答えた。「ただ、判断するためには、あなた自身がどうされたいのかを少し知っておかなければなりません。この仕事を楽しんでおられますか?」

「聴いてくださっている方が皆お友達だったら楽しいでしょうね」とロザベラが応じた。「でも、これまでひっそりと暮らしてきたものですから、大勢の方の前に立つことになかなか慣れません。それに、はっきり言葉にすることができないのですが、オペラに関する悩みがあります。清らかで気高い人物だけを演じることができれば、力がみなぎると思います。少なくともこんなふうになりたいと思うものを表現するのですから。でも、現実の世界では軽蔑し、嫌っている境遇に自分がいると想像すると、ぎこちなくなるのです」

「そのように感じておられるとお聞きしても驚きません」とアルフレッドは言った。「きっとそう考えておられるに違いないと思っていました。オペラのリブレット《台本》は、道徳の面でも、芸術の面でも、大きな欠点があると一般的に考えられています。音楽それ自体は純粋ですばらしいので、恥ずべき出来ごとやぴりっとしたところのないセリフがその中で表現されるのは、冒瀆のように思えますね。ただ、そのように感じておられるせいで、目の前に開けつつある華々しいお仕事を引退して、音楽会で歌うことに専念されるのですか?」

「まだ決めかねる理由があるのです」とロザベラが答えた。「ある目的を達成するために、早くお金を手にいれたいのです。それでなければ、あなたが華々しいとおっしゃる成功などどうでもいいのですが。見知らぬ方々ではありますが、聴いておられる皆さんが喜んでくださっていると感じるのは確かにうれしいですわ。でも、『ビス! ビス!』というあの方たちの叫び声よりも、パパシートがお気に入りの曲を歌ってほしいと言ってくれたときのほうが、どれだけうれしかったことか。花でいっぱいのあの客間で、わたしの歌を聴いていた父の姿が今も目にみえるようです。キングさん、あの部屋を覚えておられますか?」

「覚えているかですって?」とアルフレッドは言った。そのまなざしと口調にはとても熱い思いが込められていたので、ロザベラはみるみる顔を赤らめた。「あなたと同じぐらいはっきりとあの部屋を覚えています」とアルフレッドは話しつづけた。「夢にもよく出てきます。僕の人生に何が起ころうと、あの部屋の記憶はたとえ一日たりとも消えることはありません。あの部屋ほど僕に深い感銘を与えてくれたものはないというのに、忘れることなどできるはずがありません。初めてお会いしたあの晩から、ずっとあなたを愛しています。すでに心に決めている方がおられるとわかったので、できるものならば別の人を好きになりたかった。でも、あのとき以来、魅力的なご婦人方にお会いすることもありましたが、どなたにも心が動かないのです」

アルフレッドの言葉を聞いている間、ロザベラの顔には苦悶の表情が浮かんでいた。アルフレッドが一息つくと、ロザベラは静かにつぶやいた。「申し訳ありません」

「申し訳ないですって！」アルフレッドが繰りかえした。「それでは、僕と同じ気持ちを抱いていただくことはできないのですか？」

「申し訳ありません」とロザベラは言った。「あなたの新鮮で溌剌とした愛に、わたしのように傷ついて疲れはてた心をもつ者の愛はふさわしくありませんわ。愛ではないものを愛と錯覚するのはもうこりごりなのです。あまりにも深い苦しみを味わったので」

「愛の錯覚などもう二度と経験していただきたくありません。あなたに思いやりにあふれた本当の愛を知っていただくために生涯を捧げたいというのが僕の願いです。」こう話しながら、アルフレッドはロザベラの手におずおずと優しく手を重ね、愛情を込めて見つめた。

ロザベラは目を伏せたまま言った。「ご存知だと思いますが、わたしの母は奴隷で、奴隷の娘は奴隷なのです」

「知っています」とアルフレッドが応じた。「でも、そのことで僕は、お母さまや奴隷の娘として生まれた方々を恥じるのではなく、僕の国を恥じています。お願いですから、過去の嘆かわしい出来ごとのせいで僕があなたを軽んじるなどとお考えになり、そのような出来ごとをほのめかしてご自分を苦しめないでください。それは僕の苦しみにもなるのです。あなたが受けてこられた非道な仕打ちや、味わってこられた苦しみは、マダムとシニョールからすべてお聞きしました。幸いなことに、正しいものの見方をする僕の父は、物事の表層だけでなく本質も見るようにと、実例と教訓をあげて教えてくれました。これまで見たり聞いたりしたことから、あなたが気高く清らかな心を持っておられることをじゅうぶんに確信しています。そのような性質は、他人の卑劣な行為によって汚されることはありません。むしろ高められさえもするでしょう。高名なシュプルツハイム博士[*1]はおっしゃっています。人生の最高の伴侶を得たいならば、苦悩してきた女性を選ぶべきだと。僕はできることならあなたを苦しみからお救いしたかったけれども、その苦しみによって間違いなくあなたの品性は高められたのです。ここローマでお目にかかって以来、夢見がちだった若いお嬢さんが、なんと思慮深く賢明な女性へと成長を遂げられたことかと驚いています。親愛なるミス・ロイヤル、今すぐお答えをいただこうとは思っていません。お好きなだけゆっくりとお考えください。すぐれた音楽の才能をオペラに捧げることをお選びになるなら、兄のようにあなたをお助けします。音楽会で歌うほうを選ばれるなら、父の従妹が結婚してイギリスに住んでいて、音楽界に顔がききます。あなたと僕のために、母親のようにあなたの面倒を見てくれるでしょう。イギリスでは、もしあなたがこれまで経験してこられた出来ごとを明らかにすることを選ばれても、傷つくどころか有名になることでしょう」

「そんなふうに注目されるのは好きではありません」とロザベラは慌てて答えた。「でも、母とその血筋を恥じているとお思いにならないでください。わたしの外的要因からではなく、わたし自身の能力に基づいて関心をもってほしいという意味です。ところで、舞台に残るか残らないかについて、まだご助言をいただいていませんわ」

「僕の意見で決まるのかと思うと」とアルフレッドが応じた。「あなたにとってこれほど大事なことについて考えを申し上げるのは、気後れがします」

「とても慎重でいらっしゃるのね」とロザベラは言った。「でも、わたしが音楽会で歌うことにすれば、あなたはもっとも喜んでくださるのではないかと思っているのですが」

アルフレッドが、ロザベラ自身に自由に選んでもらうにはどう言えばいいか迷っている間に、彼女は続

*1　ヨハン・カスパー・シュプルツハイム（一七七六―一八三二）、ドイツの骨相学者で神経系の解剖学を研究した。

けて言った。「それでは、そのご親戚に紹介していただけるなら、そしてその方がわたしの世話をしてくださるのなら、運を天に任せてイギリスに行きますわ。もちろん、その方にわたしのこれまでのことをお話ししなければなりませんが、絶対に他言しないでいただけるとありがたいですわ。今のところはひとまず、オー・ルヴォワを言わせていただいてよろしいですか。パパ・バルビーノと仕事の件で打ち合わせをしなければならないので」

　ロザベラは、とても愛らしい微笑みを浮かべて手を差しだした。アルフレッドは、その手を少しだけ強く握りしめ、額を一瞬押しあて、感情を込めて言った。「愛しい人、ほんとうにありがとう。僕はなんて幸せな男なのでしょう。希望で胸がふくらみます」

　ドアが閉まると、ロザベラは椅子にすわりこみ、両手で顔を覆った。「ジェラルドの愛し方となんて違うのかしら」と彼女は思った。「今度こそきっと信じられるわ。ああ、わたしがあの方の愛にふさわしい人間であればよかったのだけれど！」

　物思いにふけっているところにマダムとシニョールが入ってきた。どんな話だったか聞きたそうな顔をしている二人に、ロザベラは急いで尋ねた。「キングさんにわたしのことを話したとき、ニューオーリンズに置いてきた、あのかわいそうなバンビーノのこともお伝えした？」

　マダムは答えた。「その子が死んで、あなたがどれだけ悲しんだかを話したわ」

　ローザは黙ったまま、オペラに関係のある曲を選びはじめた。

　シニョールは、楽譜を持って部屋を出てから言った。「バンビーノのことをキングさんに知られたくなかったのだろうか？」

「おそらく、バンビーノを置いてでていくような薄情な人間だと思われたくないのでしょう」とマダムが応じた。「でも、責任はすべてわたしが引きうけると、あの子に話しておくわ。もしあの子がキングさんによく思われることをそれほど気にするなら、これからどうなるかは決まったようなものね」

セニョール・ロジータ・カンパネーオが契約を更新しないことを人々が知ったときには、彼女とその付添人たちはもう引っこしてしまっていて、行き先を知る者は誰もいなかった。引退をうながした金持ちのアメリカ人とまもなく結婚するはずだという噂が、あとから流れてきた。

「一人の男だけのものになるなんてひどすぎる」とグリーン氏はフィッツジェラルド氏に言った。「あのように輝くばかりに美しい女性は皆のものなのに」

「その幸せな男性は誰なの？」とフィッツジェラルド夫人は尋ねた。

「キングとかいう、ボストンから来たあの青白い顔をした清教徒だそうだ」と夫が返答した。「もっと趣味のいい女性だと思っていたがね」

フィッツジェラルドは、ひそかにあらゆる手段を尽くして行き先を調べたが、チヴィタ・ヴェッキアからマルセイユ行きの船に乗ったというところまでしかわからなかった。

華々しい打ち上げ花火のように現れて突然消えた、魅力あふれるプリマドンナは、人々には九日間の奇跡（じきに世間に騒がれなくなることがら）でしかなかった。それでも、しばらくの間、オペラ愛好家は他のカンタトリーチェが称賛を浴びると言ったものだ。「カンパネーオの歌を聴くべきだったね！　あの声！　息をするようにたやすく、高いレの音が出せるのだから。しかもあの美しい目といったら！」

第二十二章

　ロザベラがこうして月桂冠（栄誉の象徴）をギンバイカの花輪（愛の象徴であり、結婚式で用いられる）と交換していた頃、フローラは、デラノ夫人と、かつて暮らした場所の探索に向かっていた。デラノ家の執事を長年しているジェイコブズも同行した。デラノ夫人は、サヴァンナを通りすぎるときも、友人のウェルビー夫人の家には立ちよらずに、ボートを借りて島に向かった。コテージに近づくと、フローラは早くコテージに着きたくてたまらず、飛ぶように走った。自然は人間の栄枯盛衰に関係なく進みつづけ、二年前と同じように優しく迎えいれてくれた。あのときは、そのあと出あって新しいマミータとなった慈悲深い妖精がそこにいることにも気づかずに、シンデレラのように歌いながら森を歩いていたのだ。若々しく輝く葉をつけた木々は、今も美しかった。マツやモミが太陽に向かって芳しい香りを放っていた。鳥がさえずり、ミツバチは野生の花から蜜を集めていた。頭部の赤いキツツキが、かつてフローラがその陰にすわってスケッチにいそしんでいた木をつついていた。キツツキは三人が近づくと頭を上げて耳をそばだて、彼らの姿が目にはいるやいなや、すばやく身をくねらせて真っ青な空に舞い上がった。がっかりしたことに、コテージのドアはどこも閉まっていた。そこで、ジェイコブズが窓から侵入してドアの一つを開けてくれた。見たところ、このコテージにはかなり長い間、人が住んでいないようだった。部屋の隅には蜘蛛の巣が張りめぐらされていた。ジェイコブズが開けたその窓にはガラスがなく、鳥が自由に出はいりしていた。かつてフローラが花瓶を置くために作った貝殻細工の張り出し棚の上に、やわらかい苔を敷いた巣の跡があり、それはふぞろいの細長い糸状のものや花綱となって垂れさがっていた。

「なんて可愛いの！」とデラノ夫人は言った。「これを作った小鳥がたとえ絵画的な美について学んだとしても、これ以上に優美なものは作りだせなかったでしょう。張り出し棚ごと、大切に家に持ってかえりましょう」

「その棚は、ナッソーからここに来たあとに、わたしが初めて作った貝殻細工よ」とフローラは言った。「ローザに喜んでもらおうと思って、切ったばかりの花を毎朝その上に飾ったの。かわいそうなローザ！いったいどこにいるの？」

フローラは顔をそむけ、しばらく黙っていた。それから、窓を指さして言った。「前に話したことがあるわよね、あれが**森の老人**と呼んでいた枯れたマツの木よ。腕にかかった長い三角旗のようなスパニッシュ・モスを揺らしているわ。月夜にこの木を見るのが怖かったあの頃とまったく変わっていないわ」

フローラはそのあと、以前に使っていた部屋の隅に重ねてあった紙に心を奪われた。そこには、あの頃に楽しんで描いていた葉や花のスケッチや刺繍のデザインなどがあった。花冠をつけたシスルの顔のスケッチも見つかって、フローラは喜んだ。ローザの寝室の壁際には、蜘蛛の巣のかかっている使いふるした楽譜が立てかけてあった。

「ああ、マミータ・リラ、これがあってよかったわ！」とフローラは叫んだ。「ローザとわたしがまだ小さかったときにパパによく歌ってあげた曲が入っているの。パパは昔の音楽が大好きだったわ。パパのお気に入りだった、ジャクソン[*1]のカンツォネッタもあるわ。」フローラは『わたしの髪は時を経てもまだ豊かだ』という曲（『十二のカンツォネッタ』の中の代表曲）を口ずさみはじめた。「アーン博士の『甘い響き』[*2]もあるわ。ローザはこれをとても優雅に弾きながら歌ったのよ。そして、これはパパがいつも夕暮れどきに歌っておく

*1　ウィリアム・ジャクソン（一七三〇―一八〇三）、イギリスの作曲家・オルガン奏者。
*2　イギリスの作曲家トーマス・オーガスティン・アーン（一七一〇―七八）がミルトンの『コーマス』につけた曲。

れと言った曲なの。亡くなる前の夜にも歌ってあげたわ。」フローラは声を震わせて、『今、フォイボス（太陽神としてのアポロの名で太陽を表す）が西に沈む』（『コーマス』の中の曲）を美しい声で歌いはじめた。「小さな女の子に戻って、パパシートとマミータに歌ってあげているようだわ」

フローラが顔を上げると、デラノ夫人がハンカチで顔を覆っていた。フローラは、楽譜を閉じて、愛情を込めてデラノ夫人に寄りそい、どうしたのかと優しく尋ねた。デラノ夫人は、黙ったまましばらくフローラの手を握りしめていた。

「ああ、フローラ」とデラノ夫人は言った。「思い出というのはとても不思議で悲しい贈り物ね！　あなたのお父さまと最後に一緒に夕日を見ていたときに、わたしがその歌を歌ったの。今、わたしの目にお父さまの姿がはっきりと浮かぶように、その歌を聴いたお父さまも、わたしの姿をときどき思いうかべてくださっていたのでしょう。わたしのことをすっかり忘れていたわけじゃないと思うと、なぐさめられるわ」

「家に帰ったら、よければ毎晩でも歌ってあげるわ、マミータ・リラ」とフローラは言った。

デラノ夫人はフローラの頭を愛おしそうになでて言った。「そろそろ探索は終わりにしましょう。トムとクロエがいるかどうかを見るために、マグノリア・ローンに行ったほうがいいと思うの」

「どうやって？　マミータが歩くには遠すぎるし、かわいそうなシスルはもういないのよ」とフローラが訊いた。

「ジェイコブズをプランテーションに行かせたの」とデラノ夫人が応じた。「乗り物を見つけてきてくれるでしょう。それまでに、持っていきたいものを集めておくといいわ」

フローラが楽譜を持ち上げたとき、はさんであった紙が落ちた。その中に、大きな金のイヤリングと色鮮やかなターバンをつけたチュリーの顔のスケッチがあった。「チュリーよ！」とフローラは叫んだ。「うまく描けてはいないけれど、似ているわね。これをきちんと絵に仕上げて、額に入れてベッドのそばにかけることにするわ。そうしたら毎朝見ることができるもの。ああ、チュリー！　わたしたちが初めてここに着いたとき、飛びついてキスをしてくれたわ。わたしが死んだと思って、可愛いフローリーお嬢さまのことでひどく泣いたことでしょう。チュリーに会えるのならなんだって差しだすわ！」

隅々まで見てまわったフローラが荒れはてたさまにすっかり気力を失いかけた頃、ジェイコブズがラバの引く小さな荷馬車で戻ってきた。彼は、それが手にはいる中で一番いい乗り物だったと言った。ラバがときどきブウブウ鳴くのを聞きながら、丘をがたがた揺られていくのは楽しかったが、なんの手がかりも得られなかった。農場奴隷たちは綿花の種まきをしていたが、フィッツジェラルド家の屋敷内で働いていた奴隷たちは、主人のヨーロッパ滞在中は一人残らずサヴァンナに貸しだされていた。マグノリア・ローンでは、緑に囲まれた白い屋敷が見えたが、ブラインドは下ろされていて馬車道の上のわだちも雨に消されていた。

荷馬車を返すために黒人を一人雇ったあと、三人は待たせてあったボートへの道を急いだ。収穫のなかった旅に疲れ、絶望的にもなっていたので、輝く水上を滑るように進む間、誰もほとんど口をきく気にならなかった。ボートを漕ぐ黒人たちの単純で荒々しい歌が、たびたび沈黙を破った。黒人たちは調子をぴったりと合わせて歌い、リズムに乗って漕いだ。サヴァンナが見えてくるとスピードを上げ、その場に合わせた即興の歌詞をつけて、それまでより威勢よく歌った。

漕げ、黒ん坊《ダーキー》たちよ、漕げ！
　太陽がゆっくり動くのを見ろ。
漕げ、黒ん坊たちよ、漕げ！
　白人のご婦人方のために。
漕げ、黒ん坊たちよ、漕げ！

デラノ夫人は、急いでしなければならないことがあるので、町で友人に出あわないようにと願いながら、フローラと宿に泊まった。翌朝早く、ジェイコブズを使いに出して、フィッツジェラルド氏の使用人の行方を確かめにいってもらい、フローラにはその間に松林まで馬車で出かけようと誘った。デラノ夫人は、とても楽しい道のりだと説明した。フローラは同意したものの、ローザのことで頭がいっぱいだったので気がのらなかった。しかし、松葉がぎっしりと散りかさなっている道に馬が足を踏みいれた途端に、フローラは大声で叫んだ。「トム！　トム！」追いこそうとする馬車に乗っていた黒人が、手綱を引いて馬をとめた。

「フローラ、静かにしていてちょうだい」とデラノ夫人がささやいた。「馬車に誰が乗っているか、わたしが確かめるまで」

夫人は尋ねた。「フィッツジェラルドさんのところのトムなの？」

「そうですだ、奥さま」とその黒人は帽子に手を当てながら答えた。

夫人はトムを手招きして、自分たちの馬車の戸を開けさせ、小声で言った。「フィッツジェラルドさんのプランテーションからそう遠くないところにあるコテージに住んでいた、スペイン人の女性について聞きたいの。その女性には、彼女をロージーお嬢さまと呼ぶ、チュリーという黒人の召使いがいたわ。昨日そのコテージに行ったけれど、閉まっていたの。彼女たちがどこに行ったか知っている？」

トムは、二人の婦人をけげんそうに見てから答えた。「知りませんだ、奥さま」

「わたしたちはロージーお嬢さまの友だちで、彼女にいい知らせがあるの。あの方のことをなんでもいいから教えてくれたら、この金貨をあげるわ」

トムは金貨に手を伸ばしかけたが、引っこめて同じ言葉を繰りかえした。「知りませんだ、奥さま」

フローラは口から心臓が飛びだしそうになりながら、ベールをさっと脱いで言った。「トム、わたしよ」

トムは目の前に幽霊が現れたかのように、驚いて飛び上がった。

「さあ、ロージーお嬢さまはどこに行って、誰と一緒なのかを教えてちょうだい」とフローラはなだめるように言った。

「おやまあ、フローリーお嬢さまだ！　生きておいでだ！」トムはあっけにとられて叫んだ。

フローラは、笑って手袋をとり、握手をした。「ほらトム、ちゃんと生きているでしょ。でも誰にも言わないでね。ロージーお嬢さまはどこに行ったの」

「ああ、お嬢さま」とトムは答えた。「お話したいことが、たんとたんと、ありますだ」

デラノ夫人が、ここで話すのはよくないと助言した。トムもまた、荷馬車を主人のところに戻さないといけないと言った。トムは、その日の夜は妻のクロエに会いに行く許しを得ていると話し、その前に二人のいる宿を訪ねると約束した。とりあえずローザとチュリーが無事であることだけを確認して、彼らは別れた。


その夜のトムの話はとても長かった。フローラとデラノ夫人には知りたくてたまらないことばかりだったが、あるところから先には進まなかった。トムは、ローザが命も危ぶまれるほど長く病床に伏していて、クロエとチュリーが忍耐強く祈りながら看病したことや、ローザが赤ん坊を生み、ブルートマン氏に売られ、デュロイ氏と逃げだすまでの経緯を話した。しかし、トムが知っているのはそこまでだった。そのあと彼は、ニューオーリンズに行くこともなければ、フィッツジエラルド氏からローザのことを聞くこともなかった。

話が一区切りついたところで、デラノ夫人はジェイコブズを呼んで、ニューオーリンズ行きの汽船の出航時刻を確かめるように頼んだ。フローラは感謝に満ちたまなざしを向けて、夫人の手にキスをした。トムは、当惑しながらも真剣にデラノ夫人を見つめて言った。

「奥さま、あなたさまはだんなさまが罵ってなさる、ほくふのアブリシュニシュツ（北部のアボリショニストたち）のお一人でいなさるだか？」

デラノ夫人は、トムの言葉が理解できなかったので、困った顔をしてフローラを見た。フローラが説明すると、デラノ夫人は微笑みを浮かべて答えた。「トム、わたしは半分は奴隷制廃止論者になっていると思いますよ。でも、どうしてそんなことを聞くの？」

トムは、たびたびフローラによる解説が必要な「特有の言葉」で次のように語った。北部に逃げたいと思っているが、妻のクロエと子どもたちがいるためにできない。フィッツジェラルド夫人がヨーロッパに行っている留守中の子守りとして、クロエを北部に連れていってくれることを期待していた。その場合、あとを追うつもりだった。親切な人にお金を貸してもらって子どもたちを買いとり、クロエと二人で働けば借金をすぐに返せると考えていた。しかし、フィッツジェラルド夫人の母親のベル夫人が、白人の子守をボストンから連れてきて、幼い孫息子をその子守と一緒に北部に連れてかえったために、そのもくろみがはずれた。

「奥さま、わかっていなさるだろうが」とトムは秘密を打ち明けるような目つきをして言った。「白人は、黒ん坊に自由をあたえたくねえもんで、自由なところには連れていかねえですだ」

落胆したトムとクロエは、別の手段はないかといろいろ相談したが、うまく逃亡できる方法が思いつかなかった。その上、フィッツジェラルド氏が、ヨーロッパ滞在の費用がほしいので奴隷を何人か売るように指示して、奴隷仲買人がクロエを見にきたために、自分もクロエもとてもうろたえている、とトムは話した。

デラノ夫人は、どうすれば助けることができるかわからないが、考えてみると言った。フローラは、デラノ夫人のほうに頭を傾け、トムに目で合図した。トムは、フローラが夫人を説得すると約束してくれたと理解した。彼は、話を打ちきって、今何時かと尋ねた。九時近くだと聞くと、黒人が九時すぎに道を歩くことは許されていないのでクロエのところに急いで行かなくてはならないと告げた。

トムが宿を出ていくとすぐに、デラノ夫人は言った。「クロエが売られたら、買わなくてはいけないわね」

「そう言ってくださると思っていたわ」とフローラは答えた。

どうすればいいかが話しあわれ、デラノ夫人の知人である北部出身の弁護士に極秘の手紙が送られた。そこには、クロエと子どもたちが売られたら、デラノ夫人の代理として買いとってほしいと書かれていた。

幸運にも、翌日ニューオーリンズに向かう汽船があった。デラノ夫人とフローラが乗りこもうとしたちょうどそのとき、二人の子どもを連れた黒人女性が近づいてきて、お辞儀をしながら言った。「すみません、奥さま。クロエですだ。どうかわたしのことをあなたさまの奴隷だと言ってくださいまし！　お願いですだ、奥さま！」

フローラは、クロエの手をつかみ、握りしめてささやいた。「そう言ってちょうだい、マミータ！　クロエが売られてしまうわ」

フローラは、子どもたちの手を取り、デラノ夫人の答えを待たずに急いで進んでいった。デラノ夫人が考える暇もないうちに、全員が乗船していた。トムの姿はなかった。デラノ夫人の片側にクロエが立っていて、二人の子どもがそのスカートにしがみついていた。クロエは、燃えるような目をして、すがるように夫人を見つめ、声を押しころして言った。「奥さま、あいつらは、子どもたちと引きはなしてわたしを売るつもりですだ。」もう一方の側にはフローラがいて、夫人の手を握りしめて懇願していた。「マミータ、クロエを置いてあげて！　かわいそうなローザに本当に優しくしてくれたの」

「でもフローラ、その人たちがクロエを捜しあててわたしのところにきたら、とても面倒なことになるわ」とデラノ夫人は当惑して言った。

「ニューオーリンズは捜さないわ。北部へ行ったと思うはずだから」とフローラは力を込めて言った。

このようにひそひそ声で話していると、ジェイコブズが荷物を持って近づいてきた。デラノ夫人は彼を呼びとめて言った。「わたしたちの乗船登録をするときに、黒人の召使いと二人の子どもも加えておいてちょうだい」

ジェイコブズは驚いた表情を見せたが、何も聞かずにお辞儀をした。デラノ夫人自身も、同じくらい驚いていた。早く出航してほしいと願いながら、かつて自分が、南部の主人のもとから召使いが逃亡するのを助ける人々を非難していたことを思いだした。今の自分が直面している新たな難局のことを考えると、苦笑せざるをえなかった。

ニューオーリンズでは、手がかりはほとんど得られなかった。デラノ夫人とフローラは、少しの間だけ馬車から降りて、フローラの生家を眺めた。フローラは、夫人に、父親が亡くなる日の朝、最後に陽気に話しかけた場所や、父親によくオレンジを投げつけた果樹園を指さして説明した。しかし、何もかもがひどく変わってしまっていたので、二人とも家に入りたいとは思わなかった。マダムの家には見知らぬ人が住んでいて、以前の住人については、ヨーロッパに移住したらしいということしか知らなかった。デュロイ氏の家も訪ねたが、そこにも見知らぬ人が住んでいて、かつての住人の男性、女性、黒人女性、肌の白い赤ん坊の全員が黄熱病で死んだと言った。フローラは、過去との結びつきがすべてとぎれてしまったことがわかって途方に暮れた。海が船の軌跡を消してしまうのと同じぐらいすばやく、都市では人間の行方がしばしばわからなくなることを、若い彼女はまだ知らなかった。ジェイコブズが、デュロイ家のかつての使用人を捜してはどうかと提案したので、彼らは市街地に引きかえした。開いた窓に大きな鳥かごがかけられた家を通りかかると、フローラの耳に次のような言葉が聞こえてきた。「プチ・ブラン、モン・ボン・フレール！　ハ！ハ！」

フローラは大声でジェイコブズに叫んだ。「とめて！　とめてちょうだい！」そして、待ちきれずに自分で馬車の戸を開けた。

「フローラ、いったいどうしたの？」とデラノ夫人は尋ねた。

「マダムのオウムなの」とフローラは答え、すぐに戸口の呼び鈴を鳴らした。そして、出てきた召使いに、パパンティ夫妻とデュロイ氏についてお聞きしたいと言った。デラノ夫人とフローラは、中に入って女主人を待つように言われた。二人が部屋に入るやいなや、オウムが羽をばたつかせて叫んだ。「ボン・ジュール、ジョリ・プチ・ディアブレ！」そのあとオウムは滑稽に騒ぎたてて、口笛のような音を出したり、声を震わせてさえずったり、チチチと言ったり、雄鶏が鳴くような声を出したりした。フローラが吹きだしたところに、女主人が入ってきた。「失礼しました、奥さま」とフローラは言った。「このオウムを昔からよく知っていますの。わたしがいろんな鳥のまねを教えてやったので、忘れていないことを伝えようとしてくれているのです」

「かごに覆いをしないと、会話ができませんね」と女主人は言った。

「よろしければ、わたしが静かにさせますわ」とフローラは応じた。鳥かごの戸を開けると、オウムは手に飛び乗り、翼をばたつかせて叫んだ。「ボン・ジュール！ハ！ハ！ハ！」

「デーゼー・ヴー《静かにしてね》、ジョリ・マノン」とフローラはふわふわした頭をなでながら、なだめるように言った。オウムはぴったりと体をすり寄せて、静かになった。

用件を話すと、女主人は、デュロイ家の人々についてすでに聞いている話を繰りかえした。

「死んだ黒人女性の名前はチュリーでしたか？」とフローラは尋ねた。

「一、二回しか名前を聞いたことがありませんわ」と女主人は答えた。「よくある黒人の名前ではなかったので、それだったと思います。パパンティ夫人は、召使いと赤ん坊をそこに住まわせていました。デュロイさんが死んだあと、息子さんが事務手続きをするためにアーカンソーからやってきました。わたしの夫はデュロイさんの店の事務員だったので、オークションで遺品を買ったのです。その中にあのオウムがいました」

「パパンティ夫妻はどうされたのでしょうか？」とデラノ夫人が尋ねた。

女主人は、夫妻がヨーロッパに戻ったことしか知らなかった。彼女の夫の勤め先を教えてもらったあと、二人は礼を言って別れの挨拶をした。

フローラは、オウムを鳥かごまで連れていき、話しかけた。「ボン・ジュール、ジョリ・マノン！」

「ボン・ジュール！」とオウムはまねをしてから止まり木に移った。

馬車に乗りこむと、フローラは言った。「皆がいなくなって、とても悲しいけれど、ジョリ・マノンがいてくれた！　わたしに会えてとてもうれしそうに見えたわ！　家に連れてかえれるといいのだけど」

「使いをやって、あの奥さまがオウムを売ってくれるかどうか聞いてみましょう」とデラノ夫人は答えた。

「まあ、マミータってば、わたしを甘やかしてだめにしてしまうわ。どんなわがままも聞いてくれるのだから」とフローラは言った。

夫人は優しく微笑んで答えた。「フローラ、もしあなたが甘やかされるとだめになるような子なら、もうこれまでにそうなっていると思うわ」

「でも、マノンの世話は大変よ」とフローラは言った。

「新しく召使いになったクロエに世話をしてもらうことにしましょう」とデラノ夫人は返答した。「ただ、帰るまでにこれ以上お伴が増えないことを心から願っているわ」

デュロイ氏の事務員だったその家の主人に聞いたところ、デュロイ氏がブルートマン氏に、ロザベラ・ロイヤルという女性がマーメイド号でパパンティ夫妻とともにヨーロッパに出航したと話していた、と教えてくれた。さらに、マーメイド号が沈没して乗客全員が死亡したという知らせがあとから届いたこともわかった。

フローラは、悲嘆に暮れてボストンに戻った。到着するとすぐにパーシヴァル氏に使いが出され、彼は急いで会いに来た。二人の話を聞いて、パーシヴァル氏は言った。「まだ望みはありますよ。マーメイド号に乗っていなかったかもしれないのですから。ニューヨークの税関に手紙を書いて、乗客リストを手にいれましょう」

フローラはぜひそうしてほしいと即座に答えた。そのあと、デラノ夫人は微笑みながら言った。「お力を借りたいことが他にもあります。わたし、別の奴隷の問題にも関わっていますの。静けさと平和を愛する人間が、嵐のような出来ごとによって頭がくらくらするようなことがあるとすれば、今のわたしがまさしくそうです。この可愛いフローラに会う前は、あなたたち改革者が皮肉を込めて慎重な人々と呼んでいるような、お上品で敬意はもたれていても頭の古い頑固ものとして一生を送る見込みがかなりはっきりしていました。でも今のわたしは、四人の逃亡奴隷を助けるほど、奴隷制廃止の渦に巻きこまれてしまっていますわ。フローラの場合は、愛情と使命感から、じっくり考えて行動しました。でも、今回の三人については、いきなり嵐に襲われたようなものです。クロエは知らない間に船に乗っていて、彼女のすがるようなまなざしや、フローラの訴えるような口調に負けてしまったのです。」デラノ夫人は、クロエがローザをとてもよく世話してくれたことを説明したあと、次のように言った。「クロエを安全な場所に移す費用と、自活できるようになるまでに彼女と子どもたちに必要な費用は、すべてわたしが支払います。でも、今クロエがここにいては危ないと思うのです」

「馬車を手配していただければ、ホリス・ストリートのフランシス・ジャクソン[*3]の家に三人を直ちに連れ

＊3　（一七八九─一八六一）、マサチューセッツ奴隷制廃止協会やアメリカ奴隷制廃止協会などで活動した奴隷制廃止論者。ホリス・ストリートにある自宅に多くの逃亡奴隷をかくまっていた。

ていきます」とパーシヴァル氏は言った。「あの誠実で揺るぎない信念を持つ解放推進者が守っていてくれれば安心です。あの人の家は、さまざまな地下鉄道[*4]の発着所になっています。彼が逃亡させた奴隷を捜す奴隷主は気の毒ですよ。自分がスコットランド人の言う『あっちこっちから引っぱられるまぐわの下のヒキガエル』（逃げ道がいろいろあることに苦悩する者）だとわかるのですから」

馬車を待っている間に、クロエと子どもたちが連れてこられた。フローラは子どもたちの世話を引きうけて、すぐさまエプロンのポケットを菓子やプラムの砂糖漬けでいっぱいにしてやっていた。クロエは、デラノ夫人とパーシヴァル氏から質問を受けている途中で、感情を抑えきれずにひざまずいた。そして、虐げられた自分たちのよき友人である皆様に祝福あれと、力のこもった祈りの言葉を口にした。

＊4　南部諸州からの奴隷の逃亡を支援する秘密組織およびその活動のこと。

馬車が来ると、クロエは立ち上がってデラノ夫人の手をとり、おごそかに言った。「奥さま、あなたさまに神のお恵みがありますように！　どうかお恵みがありますように！　あなたさまと知りあう前に一度お見かけしましただ。わたしと子どもたちのために自由の扉を開いてくださいと神様に祈っていたとき、目の前にあなたさまがいらっしゃっただ。あなたさまは白く輝く翼をつけた天使でいなさった。神さまをたたえよ！　神さまがあなたさまをおつかわしになった。そして、フローリーお嬢さま、あなたにも神のお恵みがありますように！　お嬢さまはあの牢獄のような家にいるとき、いつもこの哀れなクロエに優しくしてくださいましただ。キスをさせてくださいまし、可愛いお嬢さま」

フローラは前かがみになったクロエの首に抱きつき、どこにいても会いに行くと約束した。

馬車がゆっくりと動きだすと、フローラもデラノ夫人も胸がいっぱいになって黙りこんだ。しばらくして夫人が口を開いた。「今となっては、あのかわいそうな人たちへのひどい仕打ちについて考えることもしないで長年暮らしてきたことが不思議でならないわ。以前は、奴隷たちの祈祷集会は狂信的で馬鹿げていると思っていたの。あらゆる階級と身分の人々へのわたしたちの祈りに含めるだけでじゅうぶんだと思っていたのよ。でも、かわいそうなクロエの感情のこもった力強い言葉を聞いたあとでは、そんなふうに一言にまとめてしまうのはむしろ冷酷だと思うわ」

「マミータ」とフローラが呼びかけた。「シルクのドレスを買うためにお金をくださったわよね。クロエと子どもたちに服を買ってあげるのに使ってもいいかしら?」

「ぜひそうしなさい」と夫人は答えた。「高潔な行為ほど美しい衣装はないのですから」

フローラは、翌朝買い物に出かけた。しばらくして、戸口で話し声がしたのでデラノ夫人が外を見ると、フローラが大きな荷物をかかえたフロリモンド・ブルーメンタールと熱心に話していた。フローラが家に入ると、デラノ夫人が言った。「家まで付きそってくださる方がいたのね?」

「そうなの、マミータ」とフローラは答えた。「フロリモンドが荷物を持ってくれるというので、一緒に歩いてきたのよ」

「とても思いやりのある方ね」とデラノ夫人は言った。「でも、レディは荷物を持ってくれている事務員と戸口で話したりするものではないわ」

「そんなこと考えもしなかったわ」とフローラは応じた。「フロリモンドがローザのことを知りたがっていて、わたしも伝えたかったの。彼はパパのことを心から愛してくれていたので、故郷の一部のように思えるのよ。マミータ・リラ、あなたとパパがお互いを愛しはじめた頃、パパは貧しい事務員だったとおっしゃってなかった?」

「そうだったわ、フローラ」と夫人は答えた。そして、前かがみになって自分の目をざっくばらんにのぞき込んでくるフローラの明るく無邪気な顔にキスをした。

　フローラが部屋を出ていったあと、夫人は独りごとを言った。「あの風変りな身の上と、素朴なふるまいを備えた可愛いあの子には、教えることよりも教わることのほうが多いわ」

　一週間後、パーシヴァル夫妻が、マーメイド号の乗船名簿にパパンティ夫妻の名前は記載されていないという知らせを持って訪ねてきた。パーシヴァル夫妻は、ただちにイタリアとフランスの各地にいる領事に問い合わせの手紙を書くことを提案した。

　フローラはぴょんぴょんと飛びはねて、スキップしながら手をたたいた。でも、すぐにやめて、笑いながら言った。「皆さま、失礼しました。マミータはよく、わたしは鳥かごの中で育ったと言うんですよ。だからわたしは、そんなわたしにできるのはぴょんぴょんと飛びはねながら歌うことだけね、と言い返します。失礼しました。マミータと二人だけではないことを忘れていましたわ」

「あなたはこれ以上ないほど敬意を示してくれていますよ」とパーシヴァル氏は答えた。

　パーシヴァル夫人も言った。「わたしたちと一緒のときは、そんなこと気にしなくていいのよ」

「本当に？」とフローラは力を込めて尋ねた。「じゃあ、そうさせていただきます」

　フローラは、親切な友人がいて、養母とはますます深い絆で結ばれ、ローザについても希望が持てるようになり、チュリーの似顔絵がベッドのそばにあり、マダムのオウムが「ボン・ジュール！」と言ってくれるこのボストンが、幸せな家庭に思えるようになった。

第二十三章

南部から戻って二カ月近く過ぎたある夜、パーシヴァル氏が訪ねてきて言った。「警官のブリックさんをご存じですか。さっき会ったら、わたしを呼びとめて、こう言うんですよ。『最近はあなたたちのような奴隷制廃止論者も忙しいですな。トレモント・ストリート[*1]で、五人の南部人がギャリソンを罵りながら逃亡奴隷を捜していますよ。昨夜、フィッツジェラルドのプランテーションから、代理人がやってきました。その代理人から、ベルの娘と結婚したあの男ですよ。その代理人から呼びだされて、不思議なことになんの手がかりも残さずに、どこかに行ってしまった黒ん坊の人相書きを渡されました。そいつをわたしに捜してほしいそうです。もちろん捜しましたよ。わたしはいつも法の命じるままに任務を果たすつもりでいますからね。そして、すぐにスノードン神父[*2]のところに行き、その黒ん坊のことを説明して、主人が捕獲人をすでに遣わしていると知らせました。ベルクナップ・ストリートのどこかに潜んでいそうな気がするから、その奴隷を捜しだしてくれたら一、二時間後に見にいくと伝えたんですよ』とね」

「スノードン神父ってどんな方なのですか?」とデラノ夫人は尋ねた。

「ベルクナップ・ストリート教会の黒人牧師です」とパーシヴァル氏は答えた。「なかなかすぐれた人物です。彼のお祈りは、クロエとまさしく同じくらい、

＊1　ボストン中心部にあるアメリカ最古の都市公園ボストン・コモンのある通り。

＊2　実在する奴隷制廃止論者サミュエル・スノーデン(一七六五―一八五〇)をさすと思われるが、姓を"Snowden"から"Snowdon"に、所属教会をメイ・ストリート教会からベルクナップ・ストリート教会に変えている。

心を揺さぶります。バザード号[*3]に神の目を向けさせそうなほどです。彼の集会に初めて参加したとき、大声で次のように言っていました。『神よ、あっぱれな英国船バザード号にあなたのお恵みがありますように。もし今、アフリカの海岸に奴隷船があったら、神よ、どうかその船をバザード号の風下に吹きうごかしてください。』スノードン牧師自身も奴隷でしたが、あの人ほど多くの奴隷を助けた者はこの国にはいないでしょう。ギャリック[*4]でさえ、彼ほど巧みに表情を使いわけることはできなかったのではないでしょうか。奴隷所有者に奴隷について尋ねられると、彼はそれ以上ないほどぼうっとしているふりをするんですよ。誰も彼が何か知っているとは思わないだろうし、絶対に知っているはずがないとさえ考えるほどです。でも、その直後に奴隷制廃止論者に会うと、黒い顔いっぱいに笑みを浮かべて、いたずらっぽい目をダイヤモンドのようにきらきらさせながら、その南部の紳士をどうやって騙してやったかを話すのです。あの溌剌とした魂は、黒檀にはめ込まれた宝石のようです」

「警察が逃亡奴隷を捕まえるために、そのような人に問いあわせるのは変ですね」とデラノ夫人は言った。

「そこが面白いところなのです」とパーシヴァル氏は答えた。「火を消すはずの人が火をつけているのです。実は、ボストンの警官は、奴隷狩りを自分たちの本業とは思っていません。彼らはバンカー・ヒル（一七七五年六月十七日に激戦が行われた小高い丘）にあまりにも近い場所にいるので、七月四日には独立宣言を思いだすのです。遠い過去のことになりかけていますが、大多数の人は依然として、この宣言を尊い文書とみなしています。したがって、彼らの耳には、ホイッ

＊3　奴隷制廃止令の発布後の一八三四年十二月から三六年七月までの間に、総数約三千四百六十人のアフリカ人が乗せられていた十隻の奴隷船を捕獲したイギリスの巡洋艦。

＊4　デイヴィッド・ギャリック（一七一七―七九）、十八世紀イギリスでもっとも偉大な俳優と言われている。

ティアー[*5]のトランペットのような大声が鳴りひびいているのです。

『わたしたちの領土で奴隷狩りをさせるな！
わたしたちの海岸で海賊を許すな！
マサチューセッツ州に足かせはない！
わたしたちの土地には奴隷はいない！』

とね」

「ブリックさんはフィッツジェラルドさんの逃亡奴隷をどんなふうに説明していましたか？」とフローラが尋ねた。

「背が高く、とても黒くて、右目の上に白い傷があると言っていました」

「トムだわ！」とフローラは叫んだ。「クロエが喜ぶわ！　でも、なぜすぐここに来なかったのでしょうか。クロエがニュー・ベッドフォードでぶじに暮らしていることを教えてあげられたのに」

＊5　ジョン・グリーンリーフ・ホイッティアー（一八〇七—九二）、クェーカー教徒の詩人で奴隷制廃止論者。

「スノードン神父がすべて伝えてくれるでしょう」とパーシヴァル氏は答えた。「最近やってきた南部人の数を考えると、トムが町にいたとすれば、おそらく神父が注意深くかくまってくれたはずです。そして、さっきの話を警官から聞いたあと、すぐにトムをせき立てて町から出ていかせたに違いありません」

「そのお巡りさんに万歳と言いたいですわ」とフローラは言った。「でも、マミータはわたしのことをとてもお行儀が悪いレディと思うか、まったくレディらしからぬと考えるでしょうね。じゃあ、マミータ、万歳と歌うのはいい？」

デラノ夫人が微笑んだので、フローラはピアノのほうに走っていって、万歳！と即興で歌いはじめた。高い声や低い声、すばやく震わせた声やゆっくりと伸ばした声が、突然耳に飛びこんでくるかと思えば、遠くへと退いた。生き生きとしたこのファンタジアを聞いて、パーシヴァル氏は吹きだし、デラノ夫人の顔は静かな笑みで輝いた。

楽しい時間を過ごしていると、ドアのベルが鳴った。フローラは、すばやくピアノから離れ、やりかけのウーステッドの編み物をつかんで言った。「ほら、マミータ、礼儀作法のかたまりのようなお客さまをお迎えする準備ができたわ。」しかし、あまりに急な変貌だったので、その直後にグリーン氏が入ってきたとき、フローラの目はまだ笑っていた。グリーン氏は、今回もまた、控えめでありながらいたずらっぽいその表情を目にして、とても魅力的だと思った。熱を込めて挨拶する動作が、いつもの形式的な礼儀正しさとはまったく違っているのが、デラノ夫人にもはっきりとわかった。会話は突然別れたあとの旅の出来ごとに移った。「本当に残念でなりません」とグリーン氏は言った。「セニョリータ・カンパネーオのオペラをお聴きにならなかったなんて。あれほどすごい人はいませんよ。すばらしく優雅なのです。そして、ミス・デラノ、ときどき面差しがあなたにとてもよく似ていると思いました。残念なことに、もうあの人の声を聴く機会はありません。キング氏という、ボストンの富豪の息子で、最近東洋でますます富を築いてきた男がいるのですが、彼がセニョリータ・カンパネーオに引退を勧めたのです。成功への階段を上りはじめたばかりだったというのに。ローマ中の音楽好きが、彼女に再契約を思いとどまらせたキング氏に怒りを感じましたよ。フィッツジェラルドは、キング氏を見つけていたら撃ちころしかねないくらいでした。でもまあ、彼はあの魅力的なセニョリータに紹介されたことはなかったのですから、オペラを聴けないことへの純粋な失望でしたがね。ただ、かなり悲しんでいました。そこで、憂さ晴らしに、わたしや友人と一緒に**青の洞窟**に行くのが一番だともちかけたのです。まずナポリに行き、そのあとカプリ島に向かいました。**青の洞窟**は、イタリアで印象に残った目新しい物の一つです。話にはよく聞いていたのですが、実物ははるかにすごいものでした。海の底にある、宝石でできた宮殿に実際にいるように感じました。わたしたちの乗った小船は、サファイアのように輝く水面を滑るように進み、オールから落ちる水滴はルビーのようでした。頭上にもサファイアのように光る大きな岩があり、岩の一番下のあたりはラピスラズリのような色（強く紫がかった青色）に染まっていくのです。あちらこちらにクジャク石の層のようなものが光っていました」

「アラジンの洞穴（すてきな物のいっぱい入った部屋や箱）のようですね」とフローラが言った。

「そうなのです」とグリーン氏は答えた。「ただし、不思議な海の力による変化（『テンペスト』一幕二場より）を受けているアラジンの洞穴です。メリッサ・メイフラワーというペンネームで新聞に詩を書いている女性が、わたしたちにしつこくつきまとっていました。筆の力の評判を自ら維持しないといけないと感じたのでしょう。ネーレーイスがあの海の宮殿を造り、虹の妖精が来るときに備えて飾ったと表現していました」

「すてきなお考えですね」とフローラは言った。「『ララ・ルク』のようですわ」

「確かにすてきな考えです」とグリーン氏は応じた。「ですが、それでもこの世のものとは思えないあのすばらしさをあなたにお伝えすることはできません。わたしたちと一緒に行っておられれば、どれほど喜ばれたことでしょう。オペラもそうですが、あなたがいらっしゃらなかったことを本当に残念に思います。ただ、**青の洞窟**はこのようにすばらしくはあったのですが、フィッツジェラルドの憂うつな気分はあまり晴れませんでした。さしあたりそのときだけは苛立ちを忘れていたようですが。実は、出発したとき、フィッツジェラルドの代理人から手紙が届いて、黒人の女と二人の子どもが逃げたと知らせてきたのです。あいつは、ナポリに戻る間ほとんどずっと奴隷制廃止論者を罵りつづけていましたよ」

フローラは、顔の片側だけをグリーン氏に向けていたので、愉快でたまらないというまなざしをひそかにデラノ夫人に投げかけた。グリーン氏には、小さなえくぼ以外は、表情豊かな顔に浮かんだ茶目っ気は見えず、そのえくぼも一瞬口元に浮かんだだけですぐに消えてしまった。パーシヴァル氏は、すわってアルハンブラ宮殿[*6]の美しいイラスト集を見ていたが、満面に笑みを浮かべていた。グリーン氏は、彼らが別のことを考えているのにはまったく気づかずに話しつづけた。「南部の紳士たちにそのような所有物を守る手段がほとんどないのは、深刻な悪弊になりつつありますよ」

「それでは、あなたは女性や子どもを所有物と考えておられるのですか?」とパーシヴァル氏が本から目を上げて尋ねた。

グリーン氏は、わざとらしくお辞儀をしてから答えた。「失礼しました、パーシヴァルさん。あなたのような家柄もよく地位の高い方が奴隷制廃止論者のような手荒な一団に属しておられることはめったにないので、ついうっかりして忘れておりました」

「わたしがこのような家柄や地位に生まれついたために、真実や正義というもっとも当たり前のことに気づかなかったとすれば、家柄がよく地位が高いことを大いなる不運と考えるでしょう」とパーシヴァル氏は答えた。

きわめて保守的なグリーン氏は、何も言わずに立ち上がり、いとまを告げた。

「お友だちのフィッツジェラルドさんご夫妻も、あなたと一緒にボストンにお戻りになったのですか?」とデラノ夫人は尋ねた。

「いいえ」とグリーン氏は答えた。「彼らは十月まで残るようです。ごきげんよう、ご婦人方。また近いうちにお目にかかりましょう。」そして、パーシヴァル氏に軽く会釈して帰っていった。

「なぜあんなことを聞いたの?」とフローラは尋ねた。「何か心配なことでもあるの?」

「心配などまったくしていませんよ」とデラノ夫人は答えた。「わざわざ何かしなくても、あなたがフィ

＊6　スペインのグラナダにあるイスラム王朝の宮殿。イスラム文化の代表的建築で、十四世紀に完成。

ッツジェラルドさんに見つからずにすむのであれば、そのほうがいいと思ったの。あの人と話したくなどありませんからね。それに、あなたのお姉さんの幸せとはもう関係ないのだから、慎重に動く必要はなくなったわ。もしあなたがあの人と顔を合わせるようなことがあったとしても、あなたにはわたしという保護者がいて、あの人には法的な権利は何もないときっぱりと言うわ」

そのあと、会話はアルハンブラ宮殿やワシントン・アーヴィング[*7]に移った。フローラは、最後に『サリファ』というトーマス・ムーアが詩をつけたバラードを歌い、これを歌うといつもロザベラの姿がまざまざと目に浮かぶと言った。

翌朝、グリーン氏がいつもより早く訪ねてきた。フローラに会うために来たのではなかった。実は、彼はその少し前に通りでフローラを見かけていた。「デラノ夫人、このような時間にお邪魔する失礼をお許しください」と彼は言った。「二人だけでお会いしたかったので、この時間を選びました。気づいておられるでしょうが、わたしはあなたさまの養女のフローラさんに大変魅力を感じているのです」

「そうかもしれないと思ったこともありましたわ」とデラノ夫人は答えた。「でも、フローラに対するあなたのお気持ちは、趣味のよい紳士にとって、とても可愛い女の子が気になる程度のものと考えておりました」

「可愛いですって！」とグリーン氏は言った。「そんな言葉は、わたしがこれまで出あった中でもっとも魅力的な若いレディを表すのにじゅうぶんではありません。わたしはフローラさんに強く惹かれているので、結婚を申しこむお許しをいただくために、こうしてお伺いしたのです」

デラノ夫人は少し言葉に詰まったが、話しはじめた。「お知らせしておかなければなりませんが、あの子の父親の家系は身分が高くありません。また、母親

＊7 （一七八三―一八五九）、アメリカの小説家・随筆家。

の家系はあなたが立派だと思われるようなものとはかけ離れています」

「お嬢さまには、出しゃばってくる、下品で感じのよくない親戚でもおられるのですか？」とグリーン氏は尋ねた。

「わたしの知っている限りでは、親戚は誰もおりません」とデラノ夫人は答えた。

「それならば、お嬢さまのお生まれは関係ありません」とグリーン氏は言った。「わたしの家族は、お嬢さまをあなたさまの娘さんとして喜んで受けいれるでしょう。母や姉や妹に早く引きあわせたくてたまりません。きっと夢中になるでしょう」

デラノ夫人が困った顔をしたので、グリーン氏はとても驚いた。自分の富や社会的地位は、相手にぜひ手にいれたいと思わせるような申し分のないものだとかねがね考えていたからだ。彼は、デラノ夫人の表情を瞬時見まもったあと、いくぶん尊大に言った。「デラノ夫人、わたしの申し出をあまり快く思っておられないようですね。わたしの性格や家系に何かお気にめさないところでもあるのですか？」

「もちろんそんなことはありませんわ」と夫人は答えた。「問題は娘のほうにあるのです」

「すでにどなたかとご婚約されているか、お話が進みつつあるのでしょうか？」と彼は尋ねた。

「そうではありません」とデラノ夫人は答えた。「でもまったく恋を知らない（『真夏の夜の夢』二幕一場より）というわけでもないでしょうが」

「お嬢さまが思いを寄せておられるような幸運な男は誰なのかを教えていただくと、信頼を裏ぎることになるのでしょうか？」

「娘から打ち明けられてはいないのです」とデラノ夫人は答えた。「そんな気がしているだけですし、あなたのご存じない方ですわ」

「ライバルがいるなら、わたしも候補者のリストに加わるつもりです。」グリーン氏は言った。「あのようなすばらしい方を、なんの努力もせずに諦めることなどできません。ただ、結婚の申し込みをしていいとはまだ言っていただいていないのですが」

「それほど熱心でいらっしゃるのなら」とデラノ夫人は答えた。「秘密をお話しましょう。紳士としての名誉にかけて、どなたにも話さないし、ほのめかしもしないとお約束してくださるならば」

「名誉にかけてお約束します。」グリーン氏は答えた。「どのようなことをお聞きしても、他言はいたしません」

「フローラの生まれについては言いたくないのです」とデラノ夫人は言った。「でも、この状況では仕方ありませんね。事実をお話したあとで、できるのであればどうぞ自由に娘の愛情をご自分に向けさせてください。娘の父方は、フランス系の紳士階級とスペイン系の貴族階級です。でも、母親はクァドルーンの奴隷で、あの子自身も奴隷として売られました」

グリーン氏は頭をかかえ、一言も口をきかなかった。感情を表に出さないように躾けられてきたので、外見上は落ちついていた。しかし、自分の人生を音楽で満たしてくれたであろう魅力的な若い女性を諦めるのは、痛恨に堪えなかった。ただし、波長が合うというよりは、自分とは対照的な生き生きとしたところに惹かれたのだったが。グリーン氏は、少しの間苦悶にみちた顔をして黙っていたが、デラノ夫人と目が合うのを避けるかのように、立ち上がって窓辺に向かった。そして、しばらくしてからゆっくりと口を開いた。「デラノ夫人、そのようなまがい物を上流社会の一員として扱うことが、本当に正しいとお考えなのですか？」

「わたしはまがい物を上流社会の一員として扱おうとしたことなどありません」とデラノ夫人は威厳を込めて言った。「フローラは、非の打ちどころのない、たしなみのよい若いレディです。わたしは、あの子の素性を何も知らないときに、あの子の美しさや快活さに魅せられました。あなたもあの子のそのようなところに惹かれたのではありませんか。あの子はこの世で独りぼっちでしたし、わたしもそうでした。だから養子縁組をしたのです。わたしはあの子を上流社会に引きあわせようとしたことなどありません。あなたに関しては、お気持ちを知っていたら、もっと早くこの事実をお伝えしたでしょう。でもこれまでお気持ちをはっきりと示されたことがなかったので、決めてかかるのもどうかと思っていたのです」

「おっしゃるとおりです」と一気に愛情が冷めたグリーン氏は言った。「確かにあなたさまは、あなたさまのお嬢さまをご自分で選ぶ権利を持っておられます。ただ、どれほどの魅力があっても、あなたさまのように教育があって洗練された人生観を持っておられるご婦人が、そのような障害を乗りこえてしまわれるとは想像もしませんでしたが。まがい物という言葉を使ったことはどうぞお許しください。少し混乱していたので、思わず口をついて出てしまいました」

「謝る必要などありません」とデラノ夫人は答えた。「上流社会の方々が、わたしの行為をあなたと同じようにとらえることはわかっています。わたしの受けた教育については、多くの点で間違っていることを学びました。それに、わたしの人生観は今回の経験によって大きく変わりました。人や物を、単なる外的要因でなく、本当の価値によって評価することを学んだのです」

　グリーン氏は手を差しだしながら言った。「お別れを申し上げます、デラノ夫人。この状況では、もうこちらにお伺いすることはないと申し上げねばなりません。わたしは、新たな旅に出て気晴らしをすることにしましょう。どこへ行くかはわかりませんが。ヨーロッパにはもう三回も行ったので、飽きてしまいました。ダマスカス（シリアの首都で、現存する世界最古の都市の一つ）にある東洋風の庭や明るい海を見たいと以前から思っていました。この国では何もかもがひどく変わってしまいました。しかも、嫌になるほどの早さで！　三千年の間、まったく変わらなかった場所を見れば、すがすがしい気分になるに違いありません」

　二人は、握手をして、別れの挨拶を交わした。気高い仕事がたくさんある国にいながら何をすべきかがわかっていない、裕福ではあるが不幸なこの若者は、東洋のゆっくりと進む隊商に今までとは違う興奮を求めようと考えて、デラノ夫人の家を出た。

数日後、フローラが油彩画教室から戻ってきて言った。「なぜグリーンさんはわたしのことを怒っていらっしゃるのかしら？　さっきお会いしたら、話しかけようとしているのに、とてもよそよそしく帽子に手を当てて、通りすぎてしまわれたの」

「急いでおられたのではないかしら」とデラノ夫人は言った。

「いいえ、違うわ」とフローラは答えた。「おとといもそうだったの。いつもそんなに急いでおられるはずないでしょ。それに、あの方はお急ぎにならないわ。紳士そのものでいらっしゃるのだから」

デラノ夫人は笑って答えた。「鳥かごの中で育てられたのに、上流階級の作法がずいぶんわかってきたわね」

フローラはいつものようにすぐ微笑みかえすことはできなかった。困惑したまま話しつづけた。「いったいどうしてグリーンさんはあんなに態度を変えてしまわれたのかしら？　わたしは礼儀をわきまえていないときがあるとマミータはおっしゃるわ。あの方を怒らせるようなことを何かしてしまったとお思いになる？」

「もしそうだとしたら、ひどく気になるの？」とデラノ夫人は尋ねた。

「あまり気にならないわ」とフローラは答えた。「でも、ヨーロッパではわたしたちにあんなに礼儀正しく接してくださったのに、わたしを無作法だとお思いになったのなら申し訳ないわ。マミータ、何なの？　何かご存じだと思うのだけど」

「フローラ、あなたには言わなかったのよ」とデラノ夫人は答えた。「気を悪くすると思ったから。でも、あなたは何もかも打ち明けてくれているし、わたしもすべてを話さないといけないわね。グリーンさんが自分を愛しているのではないかと思ったことはなかった？」

「ヨーロッパから戻ってこられて、最初にここにいらっしゃったあの夜に、そう思ったわ。あのとき、わたしの手を取って、軽く握りしめられたの。あのように礼儀正しい方がそんなことをなさるのを不思議に思ったわ。でも、マミータには言わなかったの。うぬぼれやと思われたくなかったから。ただ、グリーンさんがわたしを愛しているなら、なぜそうおっしゃらないのかしら？　それに、なぜ口もきかずに通りすぎてしまわれるのかしら？」

デラノ夫人は答えた。「あの方は、最初にわたしに話して、あなたへの求婚の同意を得るべきだとお考えになったのよ。あんまり熱心におっしゃるので、他言しないように伝えた上で、あなたが肌の黒い人たちの血を少し受け継いでいることを話すのがわたしの務めだと思ったの。その話をすると、普段の落ち着きを少し失われたわ。もうこの家には来ないそうよ。ダマスカスに行くとおっしゃっていたから、そこで失望をお忘れになるといいわね」

フローラは、デラノ夫人がこれまで見たことがないほど激しい怒りを示した。こめかみまで真っ赤になり、唇をゆがめて軽蔑をあらわにした。「卑劣な人だわ！」とフローラは叫んだ。「わたしそのものがあの方のやんごとなき高い地位にふさわしい妻とお考えになったのなら、わたしのひいおばあさまとはなんの関係もないじゃないの？　結婚してくれと、わたしに頼んでくだされればよかったわ。あの方のことなんてなんとも思っていないと言えたのに。そして、パパの債権者に奴隷として売られたかもしれなかったことよりも——それは自分ではどうにもならなかったけど——なんとも思っていないのに、あの方のダイヤモンドを目当てに自分の魂を売るほうがもっと恥ずかしいと考えている、と言いたかったわ。マミータ、あなたがパーティに行きたがらない方でよかった。万一行きたくなったら、一人で行ってね。お高くとまった冷たいボストンの人たちとは、知り合いになりたくないわ」

「フローラ、みんながお高くとまっていて冷たいわけではありませんよ」とデラノ夫人は答えた。「あなたのマミータもボストン人だけど、日ごとに優しさや思いやりを身につけつつあるわ。二年前に歌いながら森を歩いてきた、可愛いシンデレラのおかげでね」

「そして、そのシンデレラは、妖精のような新しいお母さんを見つけたわ」とフローラは穏やかな口調に戻って応じた。「ボストンのことを悪く言うのは、本当に恩知らずよね。パーシヴァル夫妻のようなお友だちもいらっしゃるのに。でも、グリーンさんが実際にわたしのことが好きだったのなら、ひいおばあさまの肌の色が黒いからといってわたしと口をきかないなんてひどいわ。わたしはひいおばあさまに会ったことはないけれど、もし会っていたらきっと大好きだったことでしょう。ロザベラが誇り高いのはスペイン人のおじいさまの遺伝だと、マダムがよく言っていたの。わたしもその誇りを少し受け継いでいるようよ。わたしのことをすべて知ったらマミータを非難するかもしれないような、お上品なお知り合いには紹介していただきたくないわ。わたしのことをすべて知っている人たち、わたしがわたしであるから好きでいてくれる人たちが好きよ。フロリモンドのことが好きなのは、そのせいでもあるの。彼はわたしの亡くなった母をすてきな女性だったと言ってくれるし、父のことも大好きだったの。わたしのことも、奴隷として売られたことなんてなかったかのように、同じように好きでいてくれるのよ」

「あなたはいつもその人のことをフロリモンドと呼んでいるの?」とデラノ夫人は尋ねた。

「他の方がいらっしゃるところではブルーメンタールさんと呼んで、彼もわたしをミス・デラノと呼ぶの。でも、誰もそばにいないときには、ときどきわたしをミス・ロイヤルと呼ぶわ。昔が懐かしいので、この名前が好きだそうよ。だからわたしもブルーメン(ドイツ語で「花々」の意味)と呼ぶの。苗字を縮めるためでもあり、彼の頬もピンク色だから、ぴったりなの。彼もわたしにそう呼ばれるのが好きよ。フローラはドイツ語でゴティン・デア・ブルーメン《花の女神》と言うそうなの。だからわたしは花の女神なのよ」

デラノ夫人は、微笑みを浮かべながら、機知のきらめくささやかなやりとりのことを聞いていた。そのようなやりとりは、愛しあう二人の会話の中では、太陽の光を受けたダイヤモンドダストのようにきらきらと輝くのだ。

「名前だけでなく、あなたも愛していると言われたことはないの？」とデラノ夫人は尋ねた。

「言われたことはないわ、マミータ。でも愛してくれていると思うの」とフローラは答えた。

「どうしてそう思うの？」とデラノ夫人は続けて訊いた。

「この家にとても来たがっているからよ」とフローラは答えた。「でも、ものすごく遠慮しているの。マミータのように裕福で教育のあるレディとお付き合いできないのはわかっていると言うのよ。彼は、ダンスやピアノのレッスンを受けているし、フランス語やイタリア語や歴史など、あらゆることを勉強しているわ。大金持ちになるつもりだそうよ。そうすれば、ときどきこの家に来て、わたしが踊るのを見たり、ピアノを弾くのを聞いたりすることができるだろうって言っているわ」

「わたしは、大金持ちとしか知り合いにならないなどと思ってはいませんよ」とデラノ夫人が応じた。「あなたからブルーメンタールというその青年の話を聞くのがとても楽しいの。次に会ったら、よろしく伝えてね。そして、お知り合いになれたらうれしいと話してちょうだい」

フローラはひざまずき、デラノ夫人の膝に顔をうずめた。感謝の気持ちを言葉にはしなかったが、少し泣いた。

「これは思っていたよりも真剣だわ」とデラノ夫人は思った。

二週間後、デラノ夫人はゴールドウィン氏に会って尋ねた。「あなたのところで働いているブルーメンタールという青年をどう思っておられますか？」

「慎み深く、性格のよい若者です」とゴールドウィン氏は答えた。「それに、仕事の能力も高いですね」

「共同経営者にする気はおありですか？」とデラノ夫人は尋ねた。

「あの若者は貧しいのですよ」とゴールドウィン氏は返答した。「それに資金力のある志願者はたくさんいましてね」

「ある友人が一万ドルを二十年間彼に貸して、その友人が死んだ場合には贈与すると遺言することにしたら、あなたの共同経営者としてはじゅうぶんでしょうか？」とデラノ夫人は尋ねた。

「喜んでそうしますとも。とりわけ、デラノ夫人、あなたのお頼みならば」とゴールドウィン氏は答えた。

「彼はとても立派な若者だと本当に思っておりますので」

「それでは、話は決まりましたね」とデラノ夫人は言った。「でも、このことはここだけの話にしてもらえますか。ブルーメンタールさんには、以前の雇い主で恩人でもあった人の友人が援助したいと思っている、とだけ伝えてください」

ブルーメンタールが、この思いがけない幸運をフローラに話したとき、二人とももちろんその友人が誰かがわかり、見つめあって顔を赤らめた。

デラノ夫人は格好の噂の種になった。「なんと変わってしまわれたことかしら！」とトン夫人はスタイル夫人（トンは「重み」、スタイルは「優雅さ」を意味する）に言った。「あれほど気むずかしくて人を寄せつけない方はいらっしゃらないほどだったのに。それが今では、どこの馬の骨とも知れない子を養女になさって、ゴールドウィンさんのところの事務員ととても親しくしておられるのよ。あの娘をわたしの家のパーティに招くことに異存はありませんわ。デラノ夫人の養女《アドプテ》なのですし、何かと重宝で音楽の才にあふれているだけでなく、部屋がとても華やぎますもの。でももちろんわたしは、自分の娘たちをあんな取るにたりない事務員に引きあわせたくなどありませんわ」

「デラノ夫人は、何人かの奴隷制廃止論者も援助なさっていますのよ」とスタイル夫人は言った。「このあいだの晩、わたしの夫が反奴隷制の集会に顔を出しましたの。ギャリソンが何を話すか聞いてみたかったのと、南部の友人が手紙に書いてよこした逃亡奴隷に関する手がかりを得るためですわ。そうしたら、おやまあ、誰に会ったとお思いになる？　あの若い事務員に付きそわれて、デラノ夫人とあの養女がいたのよ。考えてもごらんあそばせ。鳩のような色のシルクの服とベルベットの手袋を身につけられたあの方が、ダイナやサンボ（典型的な黒人奴隷の名前）と一緒に詰めこまれて肘を突きあわせているなんて！　この次は、黒人のパーティを開いたという話を聞くのではないかしら」

「そのときは、刺繍をしたハンカチに、お気に入りのスミレのほのかな香りではなく、ジャコウ[*8]やパチョリ油[*9]の香料をおつけになると思うわ」とトン夫人は言った。

最近耳にした面白い話の例として、あとでまた他の人に話そうとほくそ笑みながら、流行の装いをした二人の婦人は別れた。

そのような噂話の残響は、デラノ夫人の耳をかすめる程度でしかなかった。ちょっとしたことで何度か、上流階級社会からのけ者にされていると感じることはあったが。ただ、デラノ夫人は、今をできるだけ有効に過ごすことで、これまでの過ちを懸命に償おうとしていたので、周りの人々のそのような反応はほとんど気にならなかった。

＊8　ヒマラヤ山脈や中国北部に生息するジャコウジカの分泌物から得る香料。
＊9　インド産シソ科のパチョリの葉からとれる油。

第二部

第二十四章

　十九年の月日がすぎ、この物語の登場人物たちにもさまざまな変化が起きていた。フィッツジェラルド氏がヨーロッパから帰国した翌年、彼と義父のベル氏との間に、彼の放埓《ほうらつ》と浪費癖をめぐって確執が持ち上がった。そのために、フィッツジェラルド氏のボストンとの交流は中止され、フローラがそこにいることも彼は知らなかった。フィッツジェラルド氏は、ローマでめまいのするようなローザの出現を目撃した九年後に死去したが、ローザとの過去の関係は、似たようなその他の秘密と同様、彼とともに葬られた。人々はその死去について、何かなぞめいたものを感じていた。ベル氏の家族と親しかった者たちは、この結婚が不幸なものであり、またそれについては決して尋ねてはならないという明らかな雰囲気に気づいていた。フィッツジェラルド夫人は、毎年、夏を両親とともに過ごしていたが、夫と同じ頃に母が亡くなったため、彼女はずっと実家の父のもとで家事を取りしきることとなった。彼女はどんな形であれ、結婚生活については語らず、もし誰かがそれに触れたとしても可能な限り早急にその話題を切りあげるのだった。三人の子どもたちのうち、年長の一人だけが残っていた。時の流れは彼女の容姿に変化を与えていた。かつては妖精のようだったその姿は、今や太ってしまって背の低さばかりが目立ち、青い瞳はどこかぼんやりとしたものになっていた。しかし、色白の顔と淡い金色の巻き毛は、いまだにとてもきれいだった。

　フィッツジェラルド夫人は、例年のようにボストンを訪れていたある夏、ついにフローラに紹介される機会を得て心奪われ、グリーン氏のかつてのフローラへの恋心を冷やかしたい気持ちになった。というのも、グリーン氏はフィッツジェラルド夫人の美しい従妹と恋に落ちてからは、その執心は消えさってしまったようだったからだ。しかし、グリーン氏は、自分がフローラへの求愛を諦めた本当の理由に関しては、慎重に沈黙を守っていた。

デラノ夫人の性質は同じ通りに住むそのきれいな女性よりはずっと深みのあるものだったので、二人の間には友情らしいものは育たなかったが、フィッツジェラルド夫人は外界のゴシップを撒きちらすか、または彼女が音楽的歓待と呼ぶものを享受するために、デラノ夫人を時折訪問した。

フローラはブルーメンタール夫人となって久しかった。結婚した頃、デラノ夫人はフローラの夫を養子にすることに異論はないが、フローラと離れるのはいやだと言った。だから、彼女たちはひとつの家族となった。月日が経つにつれ、子どもたちの幼い顔と舌足らずなおしゃべりが家族の輪に入ってきた。マミータ・リラの人生という花輪には新しい小さな花々が加わったのだ。

一番上のアルフレッド・ロイヤルは、その名前を受け継いだ祖父に、性質も顔立ちも生きうつしであった。その三歳下のローザは、その名を受け継いだ伯母のローザに驚くほどよく似ていた。その下にさらに二人が生まれたが、その二人はすぐに天使たちの世界へ召されていった。そして最後に、五歳になる家族のペット、リラがいた。この子は父の青い瞳と、ピンク色の頬、亜麻色の髪を受け継いでいた。

三人の子どもたちは、祖父はニューオーリンズの裕福なアメリカ人貿易商、祖母はスペイン人の美しく完璧なレディであったが、祖父は事業に失敗して財産を失って亡くなり、その友人であったデラノ夫人が彼らの母を養女にしたのだと教えられていた。また、とても美しいローザという伯母がいたが、友人たちとヨーロッパへ渡り、船の事故で海に沈んでしまったと聞かされていた。年月と経験が、子どもたちの人格と人生というものに対する考えをじゅうぶんに成熟させるまでは、これ以上のことを知らせるのは賢い選択ではないと大人たちは考えたのだった。

彼らは、シニョールとマダム・パパンティに関する情報を各地のアメリカ領事館に問いあわせたが、シニョールが名前を変えていたために、何も手がかりはつかめなかった。そしてフローラも今や完全に新しい愛情の対象に心を占められていたために、ロザベラのことは、とても優しい思い出としてたまに思いだすだけになっていた。フローラと養母の間の絆は時が経つにつれ強いものになっていたが、それは彼女たちの互いへの影響力が、どちらにとっても人格を向上させるものであったからだ。子どもたちの愛情と賑やかさは、その母親の南方風の好みが家のインテリアに加えた暖かみとともに、デラノ夫人の内面も暖かく変えていった。ベージュのダマスク織りのカーテンが深紅のものに取って代わり、かつて銀色の壁紙が貼られていた壁は、今や極楽鳥の色に覆われて、ほのかに金色に光っていた。部屋の中央にあるテーブルは金色の花輪が刺繍された深紅のカバーで覆われ、ガス・ライトの覆いもまた、輝くような花々の彫刻が施されたものであった。デラノ夫人の美しい顔は若い頃よりもさらに穏やかなものになっていたが、そこには落日の輝きとでもいうような、愛に満ちた雰囲気の中で老いゆく者の輝きがあった。フローラの目にはよく、スミレ色を帯びているように映った灰色の髪は今や絹のような白髪となり、青白い顔の周囲に柔らかなカールを形づくっていた。

作者のわたしが再びこの物語の糸口をつかんだその日、彼女は銀色がかった灰色のドレスに身を包んで客間にすわっていたが、そのドレスは深紅の椅子と美しい対照をなしていた。ホニトンレース（英国デヴォン地方で作られた織りレース）の襟元にはアメジスト色のリボンが真珠のついたピンでとめられていた。スコットランドのメアリー女王（一五四二―一八七）風に、白いレースのたっぷりついた室内用キャップはごく繊細に同じ色のリボンで縁どられており、そのリボンは真珠で周囲を取りかこんだアメジストの小さなブローチで前でとめられていた。というのは、想像力豊かなフローラがこのように言ったためだった。「マミータ・リラ、身につけるものすべてを冷たい白や灰色にしてはだめよ。雪の中になにかスミレ色やライラック色のものをのぞかせてくださいな。『オールド・ラング・サイン』[*1]にちなんでね」

その貴婦人はクロッシェ編みに熱中していたが、そこに、明らかに十二歳くらいの少女が半分開いていた折りたたみドアから入ってきて、彼女の足元の足台にすわった。少女は、濃いまつ毛に囲まれた大きな輝く黒い瞳を持ち、頬は熟した桃のようだった。波打つ豊かな黒い髪は、後ろで束ねてグリーク・キャップ（古代ギリシャ風の三角型の布帽子）と呼ばれる、金色のビーズを散りばめた茶色の網でできた帽子に押しこまれていた。あちらこちらに、とても小さな細い黒髪のカールが、まるで繊細なツル草の巻きひげのようにその網の間からはみ出していた。そして両耳の横には小さな黒い綿毛のような髪の毛が三角の形に生えており、それを彼女の父親は、少女らしい憤激を買いたいときなどに、いたずらっぽく頬髭と呼んでからかうのだった。

「ほら！」と彼女は言った。「このパターンは全部からまってめちゃくちゃになっちゃった。編み方を間違えちゃったんだわ。お願いよ、手伝って。マミータ・リラ」

デラノ夫人は目を上げると、微笑みながら答えた。

「どうなってしまったのか見せてご覧なさいな、ロージー・ポージー《バラの花束》」

彼女と向かいあってすわっていたブルーメンタール夫人の芸術家的な目には、黒髪の冠を載せた豊かな色合いの幼い顔と、銀色の髪に縁どられた繊細で均整のとれた白い顔とが、なんとも魅力的で美しい対比を生みだしているのがわかった。「ここにクレヨンがあっ

＊1　スコットランドの詩人ロバート・バーンズが伝承歌に歌詞をつけた曲で、日本では『蛍の光』として知られる。昔の友を懐かしむ内容であることから、昔を思い出してスミレ色を身につけるように、との意味であろう。

たら、さぞすてきな絵が描けるのに」と彼女は考えた。「マミータの光沢のある灰色のドレスのひだが、ローザの真紅のメリノ地のドレスに重なって、なんと優美なことと」

　フローラは自分自身がとても魅力的な絵のように見えていることに気がついていなかった。彼女の顔じゅうに、目からえくぼまで、笑うことが大好きな気質が残っており、頭に巻いたシェニール糸の紐の房飾りがちょうど片耳の下に垂れて、そのサクランボ色が輝く黒い巻き毛を明るく見せていた。そしてその優雅で小柄な姿は、サクランボ色の絹糸で刺繍された柔らかな茶色のメリノ地のぴったりとしたドレスによって引きたてられていた。彼女のひざには白と藍色の服を着た小さなリラが抱かれ、『お馬に乗ってバンベリー・クロスへ行こう』（英国バンベリー市にちなんだ子どもの遊び歌）の歌に合わせて身体を揺らすたびに美しい亜麻色の巻き毛が揺れるのだった。身体がはねるたびに、リラは笑い、手をたたいた。そしてもし彼女のお馬が一瞬でも休むと、もどかしそうに「もっとやって、マンマ！」と叫んだ。

　しかしそのマンマは描きたい絵のことで頭がいっぱいになり、ついにこう言った。「今日はわたしたちはバンベリー・クロスへは着かないわ、リラ・ブルーメン。だからお馬から降りなくてはね。ばあやと一緒にいってちょうだいね。お母さまはちょっとクレヨンを取りにいくから。」そして、ちょうど呼び鈴がなったとき、彼女は小さなペットの手を取って部屋から連れだすところだった。「フィッツジェラルド夫人だわ」と彼女は言った。「彼女はいつもアッポジャトゥーラ（前打音のこと）のように鳴らすんだもの。ローゼン・ブルーメン、妹をばあやのところに連れていってちょうだいな」

　母親たちが訪問者と挨拶を交わしている間、ローザは妹の手を引いて部屋を出ていった。「やっとわかりましたわ」とフィッツジェラルド夫人は言った。「ブルーメンタール夫人、あなたの上のお嬢さんはわたしがローマにいたときに見た、皆の関心の的だった美しいカンタトリーチェに驚くほどよく似ていますの。あなたは聞きのがしてしまったのですわね、わたし覚えてますわ。その女性歌手のノム・デ・ゲール《芸名》はなんだったかしら。忘れてしまいましたわ。何か鐘《ベル》を意味するようなものだったのですけど。というのも彼女の声には特別な響きがあるんですの。初めてあなたのお嬢さんを見たとき、わたし、誰かに似ていると思ったのですけれど、たった今まで、それがあの女性歌手だって思いだせなかったんですのよ。わたし、今日はあなたにそのすばらしいセニョリータに関するニュースをお知らせしようと思って来たんで、だから思いだせたんですわ。この町の貿易商の息子さんであるキングさんが、その方にステージを引退して結婚してくれるよう懇願したのをご存知ですわね。ご夫妻はここ何年かはフランスの南部に住んでいたのだけれど、最近ボストンに帰ってこられたんですって。彼のお父さまの家が、ご夫婦を迎えるために豪華に整えられるまでリヴィア・ハウス[*2]にいらっしゃるのよ。夫人はもちろん偉大な女王のようでしょうね。彼女はわたしの従妹のグリーン夫人のパーティでお目見えすることになっていますの。冬も終わりに近づいているし、この季節に盛大なパーティは他にはもうないと思いますのよ。ですから、わたし、何があろうともこのパーティには出席するつもりですわ。なんとしてでもあの方が見たいんですもの。わたしが今まで見たうちで一番美しい方ですの。あなたもご覧になればきっと、わたしがあなたのお嬢さんをあの方に似ていると言うのを、すばらしいほめ言葉だと思ってくださるに違いありませんわ」

「わざわざパーティに行かなくてもちらっとお目にかかれるなら、ぜひその方を一目拝見したいと思いますわ」とブルーメンタール夫人は答えた。

「パーティの次の日にまた参りますわ」とフィッツジェラルド夫人は応じた。「そして彼女がどんなドレ

＊2　一八四七年に建てられたボストンの高級ホテル。一九一二年に焼失。

スを着ていたか、客間でもステージと同じように美しかったかどうかご報告いたしますわね」

さらに、最近公表された婚約や次の季節に流行りそうなドレスについてひとしきりしゃべると、フィッツジェラルド夫人は帰っていった。

彼女が去ったあとで、デラノ夫人は言った。「うちのローザに似ているなら、キング夫人はきっととても美しいに違いないわね。けれど、フィッツジェラルド夫人が、そのことをローザの前で分別なく話したりしないといいのだけれど。ローザは虚栄心など持ちあわせていないけど、これからもそうあり続けてほしいと心から願っているからよ。ところでフローラ、そのキングさんはあなたのお父さまのお名前を受け継いだ方、あなたが少女時代にニューオーリンズの家に訪ねてきたと話していたその方なのよ」

「わたしもまさにそのことを考えていたんですの」と、ブルーメンタール夫人は答えた。「それで、マミータにその方の下のお名前を聞こうとしていたところだったの。わたし、ご夫妻を訪ねて、美しい奥さまをちょいとのぞき見して、ついでにキングさんがわたしを思いだすかどうか試してこようかしら。もし思いだしたとしても、問題にはならないわ。もう長い年月が経っているし、わたしはボストンにはもう長くいるから、誰もわたしのことなど気にかけないでしょう」

「わたしも喜んで訪問させていただこうと思いますよ」とデラノ夫人は言った。「あの方のお父さまはわたしの友人だし、それにあなたのお父さまと知りあったのも彼のお父さまを通じてのことだったのよ。あの二人は若い頃、本当にいつも一緒にいましたからね。ああ、なんて遠い昔のことに思えるのかしら！ わたしの髪が白くなるのも無理ないわね。でも、ちょっとローザの部屋の呼び鈴を押してちょうだい。夕食の前にあの子の編み物を直してやりたいから」

「また玄関の呼び鈴が鳴ったわ、マミータ！」フローラは声を上げた。「しかも、ずいぶんと強く鳴ったわね。ローザを呼ぶのはちょっとお待ちになったほうがいいわ」

　召使いが、田舎からやってきた人がデラノ夫人を訪ねてきたと伝えると、ほどなく、背が高くがっしりとして顔の大きい、見るからに楽しげな男が部屋に入ってきた。男はちょっと会釈をし、こう言った。「デラノ夫人でいらっしゃいますね？」

　夫人は答える代わりに、小さく会釈した。

「ジョー・ブライトと申します」と彼は続けた。「あの聡明なイギリス人のジョーン・ブライト[*3]とは親戚でもなんでもありません。そうだったらいいとは思うのですが。わたしはノーサンプトンから参りました、奥さま。マンション・ハウス邸の管理人から、あなたが来年の夏にノーサンプトンで個人の家に滞在したいとおっしゃっていると聞きましたので、ぜひわたしの屋敷の半分をお貸ししたいと思い、参ったのです。家具付きでも家具なしでも、どうぞお好きなように。というのも、わたしはしがない鍛冶屋のジョー・ブライトですから、レースやダマスク織りや、ここにあるようなすばらしいものは、我が家にはもちろん一切ございませんので」

「わたしどもが望んでおりますのは」とデラノ夫人は答えた。「新鮮な空気と、子どもたちの健康によい食べ物だけですの」

「どちらもたっぷりとございますよ、奥さま」とその鍛冶屋は請けあった。「それにきっとわたしの妻をお気にいりますとも。あいつは箒ではくときだって埃をたくさん巻きあげたりする女じゃありません。物静かな性質《たち》なんです。ですが、口で語ることより、ずっと多くのことを知ってます」

　自分の屋敷について語るべきことをひとしきり語り、デラノ夫人から数日中に決定を伝えるとの約束を取りつけると、ブライト氏はいとまを告げるために立ち上がった。だが、彼は帽子を手に立ったまま、名残り惜しそうにピアノを眺めた。「大変不躾ですが、奥

＊3　（一八一一―八九）、イギリスの政治家。反穀物法同盟の代表的人物として知られる。

さま、あなたがたのうちのどちらが弾かれるのです?」と彼は尋ねた。

「わたしはほとんど弾きませんの」とデラノ夫人は答えた。「娘のブルーメンタール夫人のほうが、ずっと上手く弾くものですから」

フローラのほうを向き、彼は言った。「どうか、一曲だけお聴かせ願えませんか?」

「構いませんわ」とフローラは答えてピアノの前にすわると、すぐに弾きながら歌いはじめた。「キャンベル一家がやって来る、オホ! オホ!」[*4]

「これは驚いた!」その鍛冶屋は大声を上げた。「これは生まれつきの才能ですな、若奥さま。聴いただけでわかります。いやあ、わたしもそうでした。ニューファンドランド犬の子犬が生まれつき水になじんでいるように、わたしも生まれたときから音楽が大好きなんですよ。子どもの頃、兄のサムとわたしは鍛冶屋の見習いに行かされましてね。わたしたちはどうしてもヴァイオリンが欲しかったんです。でも貧乏で買えないし、手に入れたとしても弾く時間なんてなかったでしょうよ。親方が、イタチがネズミを見張るみたいにして見張ってましたからね。でもわたしたちはなんとしてでも音楽をやりたかったんです。親方はいろんな大きさの鉄の輪を持ってましてね、一列に掛けてありました。注文があればいつでも鎖を作れるようにです。それである日、たまたま手に持っていた鉄の輪の一つを打っていたんです。『なんてこった! サム』とわたしは言いました。『こいつはドだ。』『もう一回打ってみろよ』とサムが言う。『ふいごを吹けよ、サム! 吹け!』わたしは言った。わたしは親方がやってきて、炉の中で鉄が冷めていってるのを見つけるんじゃないかって怖かったんですよ。それで、サムは吹きつづけ、わたしはもう一度輪をたたいたんです。『こいつはドだ。俺の名前がサムだってのとおんなじくらい確かに、これはドだぜ。』サムは言いました。二、三日あとで、

＊4　一八二〇年代のダンス曲『キャンベル一家がやって来る』の一節。

わたしは言った。『こいつは驚いた！　サム、ソを見つけたぞ。』『らしいな』とサムが言った。『今度は俺にやらせてくれよ。ふいごを吹け、ジョー！　吹け！』サムはレとラを見つけました。そうやって二カ月経つ頃には、わたしたちは『オールド・ハンドレッド』（よく知られる賛美歌）を演奏できるようになったんです。もちろんわたしは、あなたの指がその象牙の鍵盤で奏でるように、わたしたちがすらすら鳴らせたとうそぶくつもりはありませんよ、若奥さま。でも確かにそれは『オールド・ハンドレッド』になっていた。間違いない。それからわたしたちは『ヤンキー・ドゥードゥル』（独立戦争時のアメリカ軍兵士の軍歌）をすばらしく鳴らしました。自分たちが作ったその楽器をわたしたちはハーモリンクスと呼んでいましてね、それを鳴らすのはいっそう楽しかった。自分たちが発明した楽器でしたからね。申し上げたいのは、若奥さま、音楽は何にでも隠れているってことです。それを引っ張りだしてやる方法を知らないだけでね」

「同感ですわ。」ブルーメンタール夫人は答えた。「音楽は眠れる森の美女と同じ。彼女の目を覚まさせる王子の手が触れるのを待っているんですわ。わたしたちのためになにか弾いてくださいな、ブライトさん。」そう言いながら彼女はピアノ椅子から立ち上がった。

「わたしの不器用な腕をあなたがたの前で披露するのは気が引けますよ、奥さま方」と彼は答えた。「ですが、もし伴奏してくださるということなら、『星条旗』を歌いましょう」

　フローラは再びピアノの前にすわり、彼は声を大にして歌い上げた。歌いおえたとき、彼は深く息を吸って大型ハンカチで顔の汗を拭い、笑いながらこう言った。「ガス・ライトの覆いを揺らしてしまいましたね、奥さま。実際のところ、これを歌うときだけは心をありったけ込めて歌わずにいられないんですよ」

「ありったけの声量も使って、ですわね」とブルーメンタール夫人は答えた。

「おや、それは違います」彼は答えた。「ピアノの音をかき消してしまうのではないかという恐れさえなければ、もっともっと声を張りあげられたんですよ。奥さま方、心から感謝申し上げます。そして願わくば、再びわたしの家であなたの音楽を聴く幸運を得られますように。今ももっとお聴きしたいのですが、長居が過ぎました。妻とある店で落ちあうことになっているんですがね、いったいなんと言われることやら」

「わたしがあなたのためにピアノを弾いて引きとめたとおっしゃればいいわ」とブルーメンタール夫人は言った。

「いや、それではあまりにもアダム的だ。」彼は答えた。「アダムとイヴの物語を読んでからというもの、わたしは恥ずかしくて、まともに女性の顔を見ることができないような気がしますよ。いつもこう思ってるんです。アダムっていうのは、すべての責めをイヴに押しつけた卑怯なやつだってね。」軽く会釈をし、急いで「それではごきげんよう、ご婦人方」と言うと、ジョー・ブライトは出ていった。

彼が別れ際に言ったことがとても面白かったので、フローラは音楽的な響きを持つ独特の笑い声で、どっと笑ったが、思慮深いデラノ夫人のほうは、訪問者にこの大爆笑が聞こえたらその意味を取りちがえてしまうかもしれないと思い、急いでハンカチを自分の口に押しあてた。

「あの方、なんて大きな、明るい顔だちをしているのかしら！」フローラは大きな声で言った。「ヒマワリみたいだわ。わたし、あの方をムッシュー・ジラソール《ヒマワリ氏》って呼ぶことにするわ。ああ、グリーンさんも、昔楽器が欲しくてたまらなくて、買うお金がなかったりしたらよかったのにね。ハーモリンクスから音階をたたき出して自分でもびっくりするような経験をしていたら、きっと性格にとてもよい影響を与えていたでしょうに」

「そうね」とデラノ夫人は答えた。「もしそうだったら、アラビア・ペトラエアやダマスカスまで目新しいものを探しにいかなくてもよかったのにね。それで、あなたはブライトさんの申し出をどう思う？」

「あら、わたしは行きたいわ、マミータ。子どもたちもあの方といたらきっと大喜びよ。アルフレッドがさっきここにいたら、きっと興奮して叫んだでしょうよ、『愉快じゃないか！』って」

「あんなヒマワリのような人が取りしきっている場所でなら、なんでも朗らかにことが運びそうね。」デラノ夫人は答えた。「それに、確かに彼はオ・ナチュ《自然の》レール《まま》で、あなたやフロリモンドとは気が合うことでしょうね」

「ええ、あの方は自然と心が高揚してしまうのよ。」フローラは言った。「最近はそういうのは流行らないけれど、でもわたし、高揚する性質の人って好きだわ」

デラノ夫人は微笑んで答えた。「わたしもよ。あなたには、わたしが愛さずにはいられなかった高揚する性質の人が誰だかわかるわよね？」

フローラはわかっているわ、というような笑みで答え、いたずらっぽく少し丁寧な口調でこう言った。「一体、どうしてマミータとフロリモンドはわたしをそんなに好いてくださるの？」彼女は続けた。「わたしは賢くもないし、機知に富むわけでもないのに」

「そのどちらよりもよい何かがあなたにはあるのよ」とマミータは答えた。

その陽気で小柄な女性は心から、自分が賢くも、機知に富むわけでもないと言ったのだったが、しかし彼女は太陽の輝きを伝える透明な光であった。その光をいっぱいに受けると、どんなありふれた窓ガラスもダイヤモンドのようなきらめきを放つのだった。

第二十五章

　グリーン夫人宅での舞踏会はまさにその季節一番のパーティであった。五百通の招待状が送られ、それを受けとる人はすべて、申し分なく裕福な人々や上流階級の人々、もしくは政治や文学、芸術などで大いに名を成した人々であった。スミス（料理長と思われる）は、可能な限り贅を尽くした優雅な夕食を準備するカート・ブランシュ《全権》を与えられていた。グリーン夫人はたくさんのダイヤモンドできらびやかに装った。また屋敷はとても豪華にあかりを灯したために、ビーコン・ストリートのその辺りを走る馬車の窓は、昼の陽光に照らされたかのようにきらめくのだった。家の前のボストン・コモンに集まった人々は、楽団の奏でる音楽に聴きいり、また、霧のヴェールを通して妖精の国を眺めるかのように、くるくると回転しながらダンスをする優美な人たちの姿を、レースのカーテンを通してちらりとでも見ようと豪奢な屋敷の窓を眺めた。

　そのきらびやかな集まりの中でも、キング夫人はまさに人々の注目の的であった。彼女はジェラルド・フィッツジェラルドが二十三年前にロゼ・ロワイヤルと呼んだ、その姿のままであった。ごく近くに寄って見れば、それだけの年月が経った印を彼女の顔にほんのわずかばかり見出せたであろう。だがその波打つ髪はかつてと同じように黒く輝き、人々を魅了していた。彼女はいくらか肉付きがよくなっていたが、背の高いその姿はそのためにより威厳を感じさせるものになっていた。いつも彼女の魂の中で心地よい音となって流れている芸術の素質が、今もなお、彼女の容姿を形づくり、身の動きのすべてを支配しているかのようであった。そしてこの生まれつきの優雅さに、今や洗練された社交界に親しむことでしか得られない、独特の粋な身のこなしが加わっていた。アクセントには異国的なものは微塵もなかったが、声の抑揚がとても音楽的だったために、彼女が話すと、それが英語であっても、すべてが母音と流音でできているように聞こえるのだった。彼女はラ・セニョリータという呼び名ですでにその存在をボストン社交界に伝えられており、身につけているドレスはその名にふさわしくスペイン風だった。それはサクランボ色のサテン地でできていて、黒いレースが縁にたっぷり縫いつけられていた。頭には黒く透けるレースを贅沢に使ったマンティーラ（頭と肩を覆うスペイン風スカーフ）をかぶり、それは顔の片側に一房のフクシアの造花でとめてあった。その造花の金色の雄しべの各先端には小さなダイヤモンドが光っていた。身頃のレースの飾りは星型のダイヤでとめられ、腕にはめた大きな金のブレスレットのとめ具にもまた、ダイヤモンドが散りばめられているのだった。

　グリーン氏はキング夫人を、明らかにその夜の「輝く特別な星」[＊1]とみなし、大きなアンプレッセメント《熱意》を持って迎えた。彼女は、敬意を払われることに慣れている者の持つ落ちついた態度で、与えられたその特別な立場を受けいれていた。その舞踏会の開始の合図となる最初のダンスを一緒に踊ってほしいというグリーン氏の望みに対して、彼女は軽い会釈をもって約束を示し、それから二番目に踊る権利を得たがっているもう一人の紳士のほうを向いて、そちらにも答えた。もし、そのパーティの主催者が、かつて彼女の愛しいフロラチータにその瀟洒な屋敷の女主人になってくれるよう求めたことを知っていたならば、ロザベラは彼にもう少し興味を持ったことだろう。

　キング夫人の独特な異国風の美しさや外国製の高価なドレスは万人の注目を集めたが、彼女のダンスにはさらに熱狂的な賞賛が寄せられた。その踊り方には、まさに彼女の持つ音楽の魂が動きとなって現れていた。そしてフクシアの造花に付いたダイヤモンドのしずくが、彼女の優美な動きに合わせて揺れるたびに、マンティーラの黒いレースの波打つ重なりの間から闇

＊1　シェイクスピアの『終わりよければすべてよし』一幕一場より。

夜に光る蛍のように輝きを放っていた。無論、彼女は人々の話題の中心であり、グリーン氏は踊っているとき以外は、常にキング夫人のローマでのすばらしいデビューの夜のことを聞かせてくれるよう客人らにせがまれ、何度も繰りかえしそれを語った。フィッツジェラルド夫人とその息子が現れたのは、そのようなグリーン氏の演説のまっさいちゅうだった。すぐに人々は夫人を取りかこみ、同じ話を彼女の口からも聞きたがった。夫人の息子はすでにその話を何度も聞いていたが、新鮮な関心を持って耳を傾け、その話の主人公である美しいオペラ歌手がダンスの輪の中で優美にくるくると回転するのをうっとりと見つめた。

キング氏は妻と同じダンスの輪の中にいた。パートナーが順に交代していくダンスの中で妻と踊る番がきて手を取ったそのとき、彼は彼女の顔に急に赤みがさしたかと思うと、続いて真っ青になったのに気づいた。妻の視線の先に目をやると、そこにはすらりとした優雅な若者が立っていたが、その若者は、服こそ違え、彼がずっと昔、たくさんの花で飾られたあの客間で紹介されたジェラルド・フィッツジェラルドに生き写しだった。キング氏にまず襲ってきたのは苦痛であった。初恋の人の面影がこれほど妻の感情を掻きみだすとは。しかし、彼は考えなおした。「彼女は最初の息子を思いだしたのだろう」

フィッツジェラルド青年は必死でグリーン氏を探しだして言った。「どうか、このダンスが終わり次第すぐに僕をあの方に紹介してください。次にお相手してくださるようお願いしたいのです。きっと殺到するでしょうから」

そして首尾よく彼はキング夫人に紹介された。夫人は礼儀正しく彼の申し出を受けいれたが、そのとき、彼女の頬に赤みがさしたのを、周囲の人は踊っていたために顔が火照ったのだと思った。一人、キング氏を除いては。

その若い相手が夫人の手を取って次のダンスへといざなったとき、彼女はそっと夫の顔を伺ったが、そのときキング氏は妻の心が動揺しているのを見てとった。その見事なダンスのカップルは文字通り、「すべての人の注目の的」（シェイクスピアの『ハムレット』三幕一場より）となった。その若者があまりにも完全に、年上のダンス相手に心を奪われている様子は、若い女性たちの心に少なからぬ嫉妬の念を湧き上がらせたほどである。ダンスを終え、フィッツジェラルド青年がロザベラを席に連れてもどると、彼女の周りには大勢の男性が次のダンスの相手を申しこもうと群がったが、彼女は、もう今夜はダンスは控えたほうがいいようですわ、と言って断った。フィッツジェラルド青年は即座に、自分ももう踊りたくないのだと言い、じゅうぶんに休憩できたらピアノのところへ案内させてくれませんか、そして母がローマで聴いて心を奪われたという『ノルマ』の中の何か一曲を聴かせてもらえませんか、と懇願した。

「君の息子は今夜の女王にすっかり心酔してしまったらしいね。」グリーン氏は妻の従姉に向かって言った。

「当たり前だわ」とフィッツジェラルド夫人は答えた。「あんなにすばらしい方なんですもの！」

「あの方、ローマではどんなふうでいらっしゃったの？」そばにいた一人の婦人が尋ねた。

「ローマにはほんの短い間しか滞在されなかったんですの」とフィッツジェラルド夫人は答えた。「彼女の態度は非の打ち所がないという評判でしたわ。殿方は皆、彼女が近づきがたいので苛立ってらしたわ」

その会話は「アー・ベッロ・ア・メ・リトルノ」と歌うラ・カンパネーオの声で中断された。オーケストラは一瞬にして演奏を停止し、踊っていた人々も足をとめて、皆、その特別な歌声を聞こうとピアノの周りに集まった。フィッツジェラルド夫人はもうずっと以前に、かつてよく話していたお気に入りの話、その歌手の歌声がかつて夫のプランテーションで聞いたことのある謎の歌声にとても似ているという話をしなくなっていた。だが聞いているうちに、彼女の顔色はいくぶん青くなった。その歌声が、新婚生活を過ごしたマグノリア・ローンでの冒険を思いおこさせ、その美しい月夜の光景のあとに続いた陰鬱な年月の記憶を心に蘇らせたためであった。ああ、もしこの大広間に集められたすべての秘密と悲しい記憶が一度に暴かれたとしたら、それはなんという裁きの夜となっていたことだろうか。

　キング夫人は歌ってほしいという人々の要望に礼儀正しく答えた。もし断ればパーティの主人とその客人たちが失望することがわかっていたからだ。だが、その場で歌うことがどれほど彼女を疲れさせるかをわかっていたのは彼女自身だけだった。歌いおえた途端に人々から湧き上がった賛辞に、ややものうげなお辞儀で答えたものの、重苦しさを感じたかのように扇子を取りだして自分をあおいだ。

「下がって！」と一人の紳士が低い声で言った。「この方の周りに人が集まりすぎですよ」

　人々はすぐにこの言葉に従い、誰かが召使いに冷えたレモネードを持ってくるように言った。彼女はすぐにいくらか楽に息ができるようになり、ヨーロッパでのことを懐かしむグリーン氏やその他の人々と話す気力を、なんとか掻きあつめようとした。フィッツジェラルド夫人は彼女の近くに寄って、義従弟に彼女に紹介するよう目で知らせた。あとでこの広間でのゴシップを振りまくときに、もしも自分がこのラ・ベッレ《美しき》・リオンヌ《牝ライオン》に紹介されなかったということを認めねばならないなどということになったら、虚栄心がとても傷つくことになるからだった。

「もしとてもお疲れでなかったら」とフィッツジェラルド夫人は言った。「わたしの息子に、ぜひあなたとデュエットで歌わせていただきたいのですけれど。そうしていただけたら、息子は心から光栄だと思うに違いありませんわ。いい声をしていると保証しますわ。それにとても表現力があると皆さんおっしゃいますの。『モーディー！　ああ、モーディー！』[*2]を歌うと

＊2　ガエターノ・ドニゼッティ作曲のオペラ『ルクレツィア・ボルジア』の一曲。

きなんか、特に」

その若い紳士は、謙遜して自分の音楽の才に対する賛辞は否定したが、母親の出した希望に関しては、重ねて懇願した。そのカンタトリーチェの傍らで腰をかがめ、青年が返答を待っているとき、彼女の注意深い夫は再び、妻の顔に赤みが差して、それからすぐに青くなったのに気がついた。彼はそっとフィッツジェラルド青年を脇に押しやると、小声で「気分がよくないのかい？」と妻に尋ねた。

彼女は苦しげな表情で夫の目を見て答えた。「ええ、そうなの。気分が悪いのよ。お願い、馬車を呼んでくださいな」

彼は彼女の腕を取り、二人は取りかこむ人々の間を通りぬけた。彼女が去ってしまうことを残念がる群衆に応えて、キング夫人は優美に右、左に会釈をした。フィッツジェラルド青年は広間のドアのところまでついていき、グリーン夫人からの贈りものである、大きなエルムユリ（オランダカイウ）をかたどった銀線細工の中に花々を入れた美しい花束を手渡した。彼女は会釈で感謝の意を伝え、その花束から一本のティー・ローズ（コウシンバラの一系統、黄色がかったピンクのバラ）を抜きだして彼に贈った。青年はそれをその夜の思い出として、トロフィーのように胸に飾った。若い娘たちはそのバラを口々にからかったが、誰も彼からそれをもらうことはできなかった。

馬車の中で、キング氏は妻の手を取り、こう言った。「あの青年は君に、哀れなチュリーと一緒に亡くなった息子のことを思いださせたのだね」

深いため息をついて彼女は答えた。「ええ、わたし、かわいそうなあの赤ん坊のことを考えているのよ」

彼は妻の手を握りしめた。だが、その悲しく、優しい思い出の聖域に踏みこまないようにすることが、もっとも思いやり深いことだと考え、何も言わなかった。ホテルへ戻る馬車の中、彼女はそれから一言も発さなかった。苦しみもだえ、あんなにも愛した男に対する憎しみで満ちみちたあの恐ろしい夜に、隣り合わせで寝かせられていた二人の赤ん坊の姿が、彼女の脳裏に浮かんでいたのだった。

フィッツジェラルド夫人とその息子は、その翌日にキング夫妻を訪ねた者のうちでも、もっとも早い訪問者だった。キング夫人は挨拶を交わす間、たまたま椅子の背に軽く手を置いていたのだが、彼女の夫はそのドレスの垂れさがる袖のレースが激しく震えているのに気づいた。

「あなたは昨夜、皆を圧倒してしまいましたわ、キング夫人、まさに、ノルマの役で初めてステージに現れたときのように。」おしゃべりなフィッツジェラルド夫人は言った。「キングさん、あなたはきっと百人ほどにも勝負を挑まれただろうとしか思えませんわ。もし殿方たちが、あなたがこの方をさらっていってしまうとわかっていたらね。ずるい方でもおありね！だってわたし、いつもあなたは女性にはまったく興味がない方だって噂に聞いていましたのよ」

「やれやれ、世間は無責任なことを噂するものですからね」とキング氏は微笑みながら答えた。そこへ一人の少女が入ってきたので話は中断された。彼は少女の手を取り、「わたしの娘のユーラリアです」と紹介した。

自然はとても気まぐれに、さまざまな花を交わらせて新しい種を創りだすものである。ときには、二つの花の色合いが混ざって、新しい色の花が咲くが、ときにはひとつの花の色がもう一方の色の上にうっすらと重なったり、また、ひとつの花の色が、もうひとつの花の色の上にはっきりとした筋や輪を描いて現れることもある。ときには、別々の色がまだらに入りみだれることもある。自然はユーラリアを生みだすときに、そのような気まぐれを大いに起こしていた。彼女は十五回目の夏を迎えた少女、キング夫妻の唯一生きのびた子どもである。母から受け継いだ、背が高くしなやかな身体つきと、黒く長いまつげ、眉、そして髪。また父の大きな青い瞳と、ピンクと白の肌色も受け継いでいた。その取合せは珍しく、またとても美しかった。特にその黒いまつげの縁取りの中にのぞく穏やかな瞳は、岸辺をとり囲む灌木が深い影を落としている澄んだ青い水面のようであった。キング夫妻が、賢明にも娘を早くから社交界に出すことを避けていたために、彼女の態度は少し内気なものだった。だが、彼女はじゅうぶん楽しげにフィッツジェラルド青年との会話に加わり、冬のスケートの集まりのことや、彼女がこれから練習したいのではないかと彼が思う新しいポルカのダンスについて話していた。

訪問者は続々と到着した。玄関の前には馬車の列ができていたが、その列はさらに長くなっていった。キング夫人は訪問者のすべてを優美な丁重さで迎えいれ、それぞれに何か喜ばせるようなことを工夫して言っていたのだが、そのさいちゅうにも決してジェラルドとユーラリアから目を離さなかった。少し経ってから、夫人は扇子をわずかに動かして娘に合図し、彼女に小声で二言、三言、話した。少女は部屋を出ていき、もう戻ってこなかった。フィッツジェラルド青年は、キング氏とケンブリッジ[*3]での授業について少し話してから、カンタトリーチェに近づき、小さな声で言った。

「僕、奥さまの歌が聞けるのではないかと思って、もっと早くに訪問しようと思ってたんです。でも祖父の仕事の手伝いで手間取ってしまって。それに、たとえもし奥さまが僕の無遠慮な望みを寛大にかなえてくださる気になったとしても、今朝は訪問客から解放されるのは無理でしょうね。オー・ルヴォワと申し上げてもよろしいでしょうか」

「もちろんですとも」と彼女は答え、美しい瞳で彼を見上げたが、その目に込められた感情が相手の自尊心を満たした。彼は、自分はこの特別な婦人の一番お気に入りなのだという確信を持って微笑み、ごきげんようと会釈をした。

最後の訪問者が帰ると、キング夫人は、ボストンとボストンの人々に対する印象に関して夫と一般的

＊3　イギリスのケンブリッジ大学ではなく、マサチューセッツ州ケンブリッジにあるハーヴァード大学を指す。

な感想を述べあったのち、『ハーパーズ・ウィークリー』（一八五〇年創刊の米国の代表的な文芸評論紙）を手に窓辺の椅子に腰を下ろした。だが新聞はすぐにひざの上に落ち、彼女は無限の空間を見つめているかのように見えた。窓の外を次々と通りすぎていく人々は、彼女の目にはまるで映っていなかった。その心は遠く、あの寂しい島の家の中で、自分の傍らに隣り同士に寝かされていた二人の黒髪の赤ん坊とともにあったのだった。

夫は新聞越しに妻を時折眺め、まったく心ここにあらずという状態であるのを見てとっていた。静かに歩みよって、彼は手を優しく彼女の頭に置くと、言った。「愛しいローザ、アメリカに戻ってきたことを後悔するほど、記憶に苦しめられているのかい？」

その姿勢を変えることもせず、彼女は答えた。「場所の問題ではないのよ。人はどこへ行ったって、自分からは逃れられないんですもの。」それから、彼女は夫の優しい問いかけに対して、そのように冷淡に答えたことを後悔したかのように、彼を見上げ、手にキスをして言った。「ああ、愛しいアルフレッド！ あなたはわたしの天使よ！ あなたのような暖かい心の持ち主にはわたしはふさわしくないわ」

キング氏は、初めて彼女と出あってその愛を得たいという望みを抱いた時から一度も、彼女がそのような沈うつなまなざしをするのを見たことがなかった。彼は妻の心を占めている事柄については、一度も直接言及したことはなかった。彼女の若い頃の恋愛のつらい思い出は、どちらもが避けてきた話題だったからだ。しかし、彼は、とても根気のよい優しさによって、妻の心に住みついたその暗い亡霊を追いはらおうとした。どんな願いでも遠慮なく言ってほしいと彼が必死で妻に頼むと、それに対して彼女は、あたかも声に出して考えているかのように、こう言った。「もちろんかわいそうなチュリーは黒人たちと一緒に埋葬されたでしょうね。でももしかしたら、あの赤ん坊はデュロイ夫妻と一緒に埋葬されて、あの子について何か墓石に言葉が刻まれているかもしれないわ」

「それはありえないと思うよ」と彼は答えた。「でも、もし探してみることで君が満足するなら、ニューオーリンズに行こうじゃないか」

「ありがとう」と彼女は答えた。「それに、お願いだから、わたしたちが夏を過ごす家をどこかボストンから遠く離れた場所に探すよう指示を残しておいてもらえないかしら。ニューオーリンズから戻ったら、すぐにそこに行って滞在できるように」

彼はそうすると約束したが、心にこのような思いがちらつくのだった。「ローザが逃げだしたいと思うほどに、あの若者に魅了されてしまったなどと、そんなことが起こりえるだろうか」

「ではわたし、ユーラリアのところへ行ってくるわ。」彼女は、持ち前の可愛らしい微笑みを浮かべて言った。「この社交界の喧騒から抜けだせると知ったら、あの子は、わたしよりもっと喜ぶに違いないわ。家族だけで過ごす時間がずいぶん減っていたんだもの」

ドアのところから自分に向かって投げキスをする彼女を見ながら、彼は心の中でつぶやいた。「どんな精神的葛藤があったとしても、この純粋で高潔な性質が変わることはないだろう」

一方、フィッツジェラルド夫人は、自分が目にした花のように優美な外面の下にそのような苦悩が隠されているとは思いもせず、パーティのことを話して聞かせる約束を守ろうとデラノ夫人とその娘のもとを急いで訪ねた。

「はっきり申し上げますわ。」彼女は言った。「ラ・セニョリータはグリーン邸の大広間でも、ステージの上にいるときと同様にすばらしくすてきでしたわ。あのときより、少し肉付きがよくなっていらしたけど、わたしみたいないわゆる中年太りではなくってよ。あのくらいの身体つきが、あの方の威厳ある姿にはぴったりですわ。着ていたドレスに関して言えば、とにかく一目ご覧になってほしかったわ。とても豪華で、あの方の肌の深みのある色合いにすばらしくお似合いでしたの。完全にスペイン風の装いでしたのよ。頭にかぶったマンティーラから、赤いリボンと宝石のついた黒いサテンの上靴まで、すべて。全身、サクランボ色のサテンと黒いレースとダイヤモンドに包まれていましたわ」

「ああ、わたしも拝見したかったわ!」ブルーメンタール夫人は、その衣装の輝かしい色合いとそれらの色が互いに引きたてあうさまを想像し、うっとりして感嘆の声をあげた。

だが、デラノ夫人の感想はこのようなものだった。

「わたしはその装いは、ややプロノンス《派手》で芝居がかっているように思いますよ。あまりにもファニー・エルスラー[*4]やボレロ(一八世紀後半にスペインで確立されたダンス)を思いおこさせる格好ね」

「奥さまやわたしがあの格好をしたら、もちろんそう見えると思いますわ」とフィッツジェラルド夫人は答えた。「母はよく奥さまに詩人肌の恋人がいたと話してくれましたわ。奥さまを、ライラック色に溶けてゆく黄昏時のスミレ色の雲と呼んでいたのですってね。わたしも若い頃には、新月に喩《たと》えてくれた崇拝者もおりましたの。それはもちろん、藍色と銀色の服装で現れますからね。でも、断言できますけれど、キング夫人の人目を引くドレスは、あの方の顔と身体つきにすばらしくお似合いですの。どれほど多くの殿方が『彼女は歩く美しい夜のようだ[*5]』とつぶやいたか、わたし、数えておけばよかったですわ。ついにその言葉が無意味になりましたもの。わたしとジェラルドは今朝、あの方を訪問したのですけれど、昼間の光が差しこむ客間で見ても、やはりすばらしくおきれいでしたのよ。昼の光のもとで見られるのが、四十代の女にとってどれほど恐ろしい試練かってことはあなたもご存知でしょう? それから、わたしたち、ご夫妻の一人娘のユーラリアさんに紹介されましたわ。とても人目

*4 (一八一〇—八四)、一九世紀前半にヨーロッパで活躍したバレエダンサー。

*5 ジョージ・ゴードン・バイロン(一七八八—一八二四)の一八一三年の詩の題。

を引く容姿の、若いお嬢さん。青い目と黒いまつ毛をお持ちで、本で読んだことのあるサーカシア人の美女か何かのようですわ。ジェラルドはこのお嬢さんのことを、そのお母さまとほとんど同じくらいすてきだと言いますの。どれほどの美人に成長なさることか！　さてと、わたし、すごくたくさんの方にパーティのことを話して聞かせるって約束してしまいましたの。だからそろそろおいとましなくては」

　彼女が去ってドアが閉まると、フローラが言った。

「わたし、わたしを生んだマミータ以外に、ユーラリアという名前は聞いたことがないわ」

「ユーラリアというのはスペインの聖女[＊6]の名前よ」とデラノ夫人は答えた。「それに、とても音楽的に聞こえるから、当然ラ・セニョリータはその響きを気に入っているのでしょうよ」

「わたし本当に、そのすてきな女性を一目見たくなってきたわ」とフローラは言った。

「ちょっと待つことにしましょう。彼女を訪ねる方々の最初の波がいくぶん収まるまでね。それから訪ねてみればいいわ。」デラノ夫人はそう答えた。

　それから三日後、二人はキング夫妻を訪問した。そして夫妻がすでにニューオーリンズに発ってしまったことを知らされたのだった。

＊6　（二九〇—三〇四）、キリスト教徒としてローマ帝国から告発され殉教した聖女ユーラリア。名前はケルト語で勝利の意。

第二十六章

世の中にはときに、奇妙に対照的な出来ごとが起きるものである。人種の平等に対する思いが強いニューイングランドの町においてさえ、それは起きるのだ。ビーコン・ストリートで新しい社交界の女王が拝謁式を行なう二、三時間前、「キング・コットン号」という名のニューオーリンズからの船がボストンのロング埠頭に着こうとしていた。その船が桟橋に触れる直前、一人の若い男が近くに停泊していた別の船から飛び乗ってくると、まっすぐ船長のところへ行って、低い、せいた口調でこう言った。「誰も上陸させてはなりません。この船には逃亡奴隷が紛れています。ベル氏があなたとお話するために、波止場の馬車の中でお待ちです」

そう伝えると、彼はやって来た方向に向かって姿を消した。

この短い会見を乗客の一人、十九か二十歳ほどに見える一人の若者が不安げに見つめていた。彼が従者の黄色い肌の若者に何かささやくと、その二人は上陸を試みて、隣に停泊している船に飛び乗ろうとした。だが船長は彼らを取りおさえて言った。「埠頭に着くまで、誰も上陸してはならん」

しかし、その二人は必死で跳び、船長をふり切って逃げた。船長は彼らをつかまえようとしながら、「泥棒だ、捕まえろ！　泥棒を捕まえるんだ！」と怒鳴った。数人の船員たちが彼らのあとを追った。二人の若者がステート・ストリートを逃走していくうちに、常に何かを追いかけたがる若者や少年たちが追っ手の一団に加わった。その集団が追いかけていく方向から、逆方向に一人の黒人の青年が通りを歩いてきた。彼はその黄色い肌の若者が自分のすぐ脇を息を切らせて走りぬけるのを見、そして「助けて！」と叫ぶのを聞いた。

追っ手の一団はその二人の逃亡者を捕まえ、まもなく来た方向へ戻っていった。黒人の青年は急いであとを追うと、彼らが二人を船の甲板に押しあげている中に無理やり割りこんで、黄色い肌の若者に近づいた。そのとき再びその若者が「助けて！ 奴隷なんだ」と言うのを聞いた。

　黒人青年は一瞬とまって船の名前に目をやると、すぐさま全速力でウィラード・パーシヴァル氏の家へ向かった。急いで走ったために息を切らせながら、彼はパーシヴァル氏に言った。「ニューオーリンズから来た『キング・コットン号』って船がロング埠頭に着いたところなんだけども、その船に二人の奴隷が乗ってたんです。その二人を船員たちがステート・ストリートを『泥棒を捕まえろ！』って叫びながら追いかけていって、俺、ムラート（白人と黒人の一代混血）の若いのが『助けて！』って言うのを聞いたんです。そいつらのあとを走って追いかけたら、やつらがそのムラートを船に押しあげようとしてた。なんとか近くまで割りこんでいったら、そのムラートが言ったんです。『助けて！ 奴隷なんだ』ってね。だからあなたに話そうと思って走ってきたんですよ」

「フランシス・ジャクソンに伝言を書くから、ちょっと待っててくれ。その伝言を彼に大急ぎで届けるんだ」とパーシヴァル氏は言った。「わたしはシューアル氏[*1]のところへ行って人身保護令状《ヘイビアス・コーパス》[*2]をもらってこよう」

　これらのことが進んでいる一方、「キング・コットン号」の船長はその逃亡者たちを船の中の檻に閉じこめ、埠頭のすぐ近くで彼を待っていた馬車へと急いだ。

「こんばんは、ベルさん。」馬車に近づくと、彼は帽子を持ち上げて言った。

「こんばんは、ケイン船長」と中の紳士は答えた。「随

＊1　サミュエル・E・シューアル（一七九九―一八八八）、ボストンの奴隷制廃止論者。セイラムの魔女裁判で判事を務めたサミュエル・E・シューアルの子孫。

＊2　拘禁の合法性を審査するため、人身の自由が奪われている者の身柄を裁判所に提出することを求める令状。不当拘禁されている被害者を救出するための最有力手段。

分待たせたものだな。もう少しで堪忍袋の緒が切れるところだった」

「やつらが逃げだしたって伝言を送ったじゃありませんか」と船長は答えた。「追いかけにゃならなかったんですよ。でもすぐに捕まえて檻に入れてあります。一人は白人のようですな。たぶん奴隷制廃止論者で、あの黒ん坊が逃げるのを手伝ったんでしょう。南部に送りかえされるのはいい薬になりますよ。あっちで彼らに引きわたしたら最後、やつは二度と紳士の財産にちょっかいを出したりできないでしょうからな」

「二人はどちらも奴隷だ。」ベル氏はそう答えた。「電報には、そいつは白人としてパス（肌色の薄い黒人が白人のふりをして生きる）するつもりだろうと書いてあった。だが、船長、やつらをまっすぐキャッスル島（ボストン港近くの島）に連れていってくれ。わたしの命令で来たといえば、島の役人がそいつらを牢に閉じこめることになっておる。すぐに出航するんだ。奴隷制廃止論者たちがこの話を聞きつけて、夜が明ける前に抗議活動を始めるかもしれんからな。まったく最近は財産の安全などあったもんじゃない」

これらの命令を出すと、その裕福な貿易商は船長に別れを告げ、馬車は去っていった。

不幸な逃亡者たちは即座に船の中の檻から出されると、縄でぐるぐる巻きにされて急いでボートに乗せられた。ボートは全速力でキャッスル島に向かい、着くと彼らは、次の命令が下るまで厳重に牢獄に閉じこめられることになった。

「ああ、ジョージ、やつらはあたしたちを送りかえすよ。」若いほうが言った。「こんなことなら死んだほうがましだった」

ジョージは低いうめき声で答えた。「ああ、まったく俺がどんな気持ちで北極星を見つめてきたか。いつだって、あの星が自由の土地の目印だって思ってた。ああ、神さま、奴隷に逃げ場はないのか？」

「あんたはそんだけ白いんだから、あたしを連れてきたりさえしなかったら逃げきれただろうに。」ムラートの若者はすすり泣いた。

「逃げきれたとしたって、おまえがいなきゃ自由なんか何の意味があるってんだ、ヘニー。」若者は答え、相棒を胸に抱きよせた。「元気出せよ、可愛いおまえ！　もう一回やるさ。次はきっとうまくいくって」

若者は努めて明るい口調で話した。だが、少年の服に身を包んだ黄色い肌の少女、ヘニーが彼の肩に顔をうずめて泣きながら眠ってしまうと、若者も涙を流し、その涙はゆっくりと少女の頭にこぼれた。そして彼は失意と不安でいっぱいになりながら、空に光っている星を眺めた。

その夜、二人を何一つ調べることもなく牢に送りこんだ貿易商のほうは、刺繍の施されたガウンを着て、贅沢な寝椅子に横たわり、琥珀の吸口のついたメアシャムパイプ（火皿が海泡石でできた高級パイプ）をふかしていた。彼の娘、藍色のサテンのドレスを着て真珠をつけたフィッツジェラルド夫人は、パーティでくるくる回るダンスの中をとりとめなくさまよっていた。また、めかしこんだ孫息子のジェラルドも、キング夫人の優しく光る瞳と彼女が身につけていたダイヤモンドの輝きの両方に同じくらい敬意を払っていたのだった。

盛大なパーティの次の朝、フィッツジェラルド青年が遅い朝食に下りていくと、祖父は、刺繍入りの室内履きをはいた足を机の帳簿の上に載せ、肘掛け椅子にふんぞり返って『ボストン・クーリエ』（一八二四年創刊の新聞）を読んでいた。

「おはよう、ジェラルド」と祖父は言った。「こんな時間では、おはようもないもんだがな。昨夜の放蕩の疲れをじゅうぶんに癒せたのなら、わしの代わりにちょっとした商談に行ってきてもらいたい」

「長くならないといいんですが。おじいさん。」ジェラルドは答えた。「キング夫人を訪問したいんです。あそこへ訪問者が殺到する前にね」

「そのオペラ歌手はすっかりおまえを虜にしたらしいな。だが、おまえの母親ほどの年じゃないか」

「皆、僕のようにあの人に心を奪われていますとも。」青年は、少し腹を立てたように答えた。「おじいさんもその気があるとお母さんが言ってましたが、あの人を訪ねていってみるといいですよ。彼女を見たら、きっとおじいさんも若者みたいな心持ちになるでしょうから」

「そうかもしれん、そうかもしれんな。」老紳士は、自分が昔の伊達男ぶりを復活させることを想像すると、悦に入ってにんまりとしながら答えた。

「だがな、今朝はおまえにはこの使いに行ってもらわねばならん。この件は、万一のことを考えると、手紙にはできんし、重要なことづてを使用人に託すこともできん。わしは昨夜、埠頭のそばの馬車で待っているうちに、身体を冷やしてしまったようでな。そのせいでリューマチが痛みだした。そういうわけでな、わしの老いぼれた足の代わりにおまえの足を使ってもいいかと頼んでもかまわんだろうな」

「もちろんですよ、おじいさん」とジェラルドは答えたが、苛立っているのは明らかだった。「何をすればいいのです？」

「おまえの父親の友人だった、ニューオーリンズのブルートマンという男が所有する奴隷が、わしの船、『キング・コットン号』で逃亡したのだ。年上のほうは、大工奴隷の頭《かしら》らしく高い値がつく奴隷だ。ブルートマンは二千五百ドルと踏んでおる。ブルートマンにはかなりの額の金を貸しつけておってな、その担保になっているのが、その黒人たちなのだ。だが、その事を別にしても、黒人がうちの船で見つかりもせずに無事運ばれてきてしまうなど、わしのように南部と取引きをしている者にとっては、あってはならない失態だ。しかも、もし事が明るみに出れば、南部の州のすべてにおいて重い罰を課されるのだ。わかるな、ジェラルド。なんとしてでもこの黒人たちを送りかえすことに、わしの命運がかかっておる。そしておまえの命運も、いくらかわしの命運にかかっていることもわかっているな。おまえの破産した父親の財産から、なんとか救いあげたわずかばかりの生活費は、おまえのかなり贅沢な生活をまかなうには全然足らんのだということを考えれば、な」

「そのことは嫌になるほど、しょっちゅう思いだしていますとも。僕がご恩を忘れるなどというご心配は無用です。」赤くなって、青年は言い返した。

「ならば、こうして時折、わしのためにちょっとした交渉事を行なうのも、大して苦ではなかろうな。」祖父は冷淡な口調で言った。「わしは、あの黒ん坊たちが送りかえされたら、すぐに売りとばして金をこちらに送るよう要請しておく。一度逃亡しようとしたとなれば、たいていまた何度でもやるからな」

「その黒人たちをご覧になったんですか」とジェラルドは尋ねた。

「いや。」貿易商は答えた。「奴隷を見るなど愉快なことではないし、なんの役にも立たん。こういう不快な仕事は早く片づけるに限るのだ。ケイン船長が昨夜、その黒ん坊たちをキャッスル島に連れていった。だが島に置いておくわけにはいかん。奴隷制廃止論者たちが嗅ぎつけて、あの悪名高い人身保護令状を手に押しよせてくるだろうからな。『キング・コットン号』に行って、船長を呼びだしてな、わしからのことづてだと言って、こう言うのだ。ただちにあの黒ん坊たちをキャッスル島から連れだして、屈強な見張りをつけ、ニューオーリンズに送りかえす船が通りかかるまで、そいつらと一緒に、どこかいい隠れ場所を探して隠れていろ、とな。もちろんこの件について、とりわけ担保に持っている奴隷については、おまえが他言しないかと警戒する必要はないだろうな。このことが広く知られてみろ、すぐに奴隷制廃止論者たちの新聞がわしのことを、人さらいだと書きたてるだろうよ。あの悪党どもは奴隷所有者たちのことをそう呼ぶんだ」

フィッツジェラルド青年は祖父の指示に正確に従った。そして、ケイン船長を探しだすのに手間取ってしまったため、計画していたようにリヴィア・ハウスにに早く到着しようと思えば、改めて着替えに時間を取ることはできなかった。「まったく、あの黒ん坊たちにはなんという目にあわされていることか！」刺繍のついた男性用スカーフ《クラヴァット》をしめ直し、箱から新品の子ヤギの皮の手袋を取りだしながら、青年は考えていた。

＊＊　＊＊　＊＊

その夜、ブルーメンタール氏が夕食の時間に帰宅したとき、フローラとデラノ夫人は彼が普段と違う深刻な表情をしていることに気づいた。夕食後も、彼は心ここにあらずという感じで席に着いたまま、テーブルクロスの上で指を動かし、目に見えないピアノを弾いていたので、フローラはナプキンを持った手で夫の手に触れ、こう言った。「何がそんなに遠い昔だったというの、フロリモンド？」

彼は妻のほうを向いて微笑みかけると、こう答えた。「ああ、それじゃ僕の指が『ロング・ロング・アゴー』の曲（一八三三年、トマス・ベイリー作曲）に合わせて動いていたんだね。自分でもそれと気がつかなかったけれど、遠い昔のことを考えていたんだよ。昨日の午後、ステート・ストリートを渡ろうとしたときに、『待て、泥棒！』と叫ぶ声を聞いたんだ。そして、そう叫んでいた人々はイタリア人のように見える若い男性を取りおさえていた。そのときは、特に深く考えずに、そのまま取引先に向かったんだ。だが今日、その取りおさえられた男性が奴隷で、『キング・コットン号』でニューオーリンズから逃亡してきていたのだということを聞いたんだよ。それで今、あの気の毒な若者の怯えきった表情が目に浮かんで仕方がないんだ。そして、その怯えた表情を思いうかべると、ずっと昔、あと少しで起きてしまうところだったひどい出来ごとを、ありありと心に思いえがいてしまうんだよ。ずっと昔、あの若者と同じような肌の色を持ったある人に起きていたかもしれないことをね。あのとき、僕はその人を助けるために、ここにいる我々の最高の友人が僕に稼がせてくれたような大金を得るためなら、喜んで一生仕えるつもりだった」

「起きていたかもしれないことってどんなことなの、

パパ?」娘のローザが尋ねた。

「それはパパとママの秘密なんだ」とブルーメンタール氏は答えた。「小さな女の子たちに聞かせるべきことではないのだよ、ロージー・ポージー。」彼はテーブルの上に置かれていたローザの手に自分の手を重ね、打ち明けられないのを謝るように、愛情を込めてその手を握った。

それからデラノ夫人のほうを向いて、言った。「もし、あの気の毒な若者が奴隷だとわかっていたら、彼を助けるために何かできたかもしれないのに、と思いますよ。だが奴隷制廃止論者たちができる限りのことをしています。彼らは人身保護令状を手に入れて、『キング・コットン号』に行ったそうです。ですが、逃亡奴隷の二人を見つけることもできず、船長からなんらかの情報を得ることもできなかったようです。彼らは南部へ向かうすべての船を見張っており、ゴールドウィンさんとわたしも彼らを援助しています。埠頭には少なくとも二十人のスパイを配置してあります」

「そのような件でわたしが得た成功を、あなたも得られるようにと心から願っていますよ。」デラノ夫人はそう答えて微笑んだ。

「ああ、どうかその人たちが救出されますように」と、フローラが感情のこもった声で言った。「あんな法律[*3]があるなんて、なんという恥ずべきことかしら。わたしたちは世界に向かって『自由の土地、勇者の故郷に[*4]』と歌いつづけているというのに。もうこの歌を歌う気になれないわ。だってそんなこと、嘘なんですもの」

「いつか必ず、こんなことが終わる日が来るよ。神さまが天におられるのだから、必ずね。」ブルーメンタール氏は妻に、そう言葉をかけた。

＊＊　　＊＊　　＊＊

＊3　一七九三年、一八五〇年に奴隷を取りしまるために制定された一連の法律。奴隷所有者、その代理人がどの州においても逃亡奴隷を逮捕できる権利を認め、かくまった者にも罰金、懲役刑が課せられた。
＊4　アメリカ国歌『星条旗』に繰りかえし現れるフレーズ。

二日が過ぎたが、パーシヴァル氏とジャクソン氏の必死の努力にもかかわらず、「逃亡奴隷」に関しては何も手がかりがつかめなかった。こういった案件に協力してくれるもっとも聡明で親切な法律家、サミュエル・E・シューアルに、囚われた二人を心から案じて相談をしたのち、彼らはしぶしぶ、さらなる情報が得られないことには、これ以上打つ手がないという結論に達した。だが、最後の手段としてパーシヴァル氏は、ベル氏に直接かけあうことを提案した。

「それは望み薄だろう。」フランシス・ジャクソンは答えた。「あの男は、我々すべてを抑圧しているあの王の名前を自分の船につけているんだぞ。我々の嘆願の自由、議論の自由、そして移動の自由まで踏みにじる者の名をな」

「やってみるんだ」とパーシヴァル氏は言った。「この件に関してなんらかの光を得られる可能性がほんのわずかでもある限りはな」

こうして、その夜の早い時間に彼らはベル氏の邸宅を訪問した。召使いがベル氏に、二人の紳士が用があって会いたがっていると伝えると、彼はメアシャムパイプと『ボストン・クーリエ』を脇に寄せて言った。「入れてやれ」

ベル氏はケイン船長から、奴隷制廃止論者たちが「激しく抗議しようとしている」と聞いてはいたものの、彼らが自分を訪ねてくるなどとは思っていなかったので、訪問者が誰なのかを知ると不快な驚きを感じた。彼はぎこちなく会釈をすると、何も言わずに相手が訪問の目的を話しだすのを待った。

「我々は」とパーシヴァル氏は切りだした。「奴隷制からの二人の逃亡者について、幾つかお尋ねしたいことがあって参りました。その逃亡者たちは、聞くところによれば、あなたの船『キング・コットン号』で見つかったそうですね」

「わしは何も存じませんな」とベル氏は答えた。「うちの船長たちは、出港した港の法律はよく理解しておりますよ。それにその法律が遵守されるよう気を配るのは、彼らの仕事ですからな」

「しかし」とパーシヴァル氏は食いさがった。「ある人が奴隷だと主張されたとしても、だからといって彼が奴隷であるとは限らないでしょう。法はすべての人が個人の自由を持つ権利があるとしています。そうではないと証明されない限りは、です。この問題に関して公正な裁判を行なうために、人身保護令状が発行されています」

「これはマサチューセッツにとって大きな不名誉ですぞ。この州が合衆国の法の遵守を妨げるような法を幾つもつくるなどということは」

「もしも、あなたのお孫さんが奴隷だと主張されることがあれば、人身保護令状の発行がいかに賢明で公正なことであるかおわかりになるだろうと思いますよ」と、常に率直な物言いをするフランシス・ジャクソンが言った。「お宅の船員たちが泥棒だと言って追いかけ、奴隷だとして連れさった若者は、あなたのお孫さんと変わらぬ肌色だと言うじゃありませんか」

「当然でしょうが」とパーシヴァル氏が付け加えた。「マサチューセッツのすべての男女が、自由の権利を証明する機会もないまま奴隷として連れさられるなどということを可能にしてしまう事態は、あなたもお望みにならないでしょう」

ベル氏は怒りを押しころした口調で、顔を真っ赤にして答えた。「もしも連れさられるべき人間をわしが選べるなら、有害な狂信者たちの群れを一掃して、この国に尽くしたいものだ」

「そのような勝負をされるおつもりなら」とジャクソンは静かに答えた。「一七七六年（独立戦争が始まった年）に燃え上がった炎が、いまだに灰の下で消えずに残っていることがおわかりになると思いますよ」

「人はどうにも議論したくなるものです。」パーシヴァル氏は言った。「真実と正義、そして自由のためのすべての法律が自分の味方だとわかっているときは。ですが、我々は奴隷制について論じあうために参ったのではありません。あなたの良心に訴えるために参ったのです。人がこのボストンから、法律上の手続きもなく強制的に連れさられるなどということが、正しく、安全なことだといえるでしょうか」

「わしは合衆国憲法を遵守する人間ですぞ。」ベル氏は頑固に言った。「厚かましくも、あの由緒ある公文書を考案した人たちよりも賢くなろうなどという気はありませんな」

「論点をそらさないでいただきたい。」パーシヴァル氏は言った。「我々は合衆国憲法の考案者の意向には何も異論はないのです。問題は単純なことです。法律上の手続きなしに人がボストンから強制的に連れさられることが、正しくて安全なことなのか、それだけですよ。よそから来た二人の人が、そのようにして誘拐されています。そして、あなたはそれを船長の仕事だとおっしゃる。あなたは、ご自分が船長に一言手紙を書けば、その二人に公正な裁判を受けさせることができるのを、じゅうぶんにご存じのはずです。船長にそう指示するのがあなたの義務ではありませんか？」

ベル氏は、それまで保っていた平静さを少し忘れて叫んだ。「そして奴隷制廃止論者の暴徒どもに、黒ん坊たちを助ける機会を与えるというわけか？　わしはそんなことはせんぞ」

「暴動を起こすのは奴隷制廃止論者たちではありません。」フランシス・ジャクソンは答えた。「ギャリソンは奴隷制に反対する文章を書いていたために、暴徒たちに通りを引きまわされました。[*5] しかし、アラバマのヤンシー[*6]が、ファニエル・ホール[*7]を奴隷制を擁護するために利用したとき、彼の演説の妨害を企てた奴隷

＊5　ギャリソンは一八三五年に群衆によって通りを引きまわされるというリンチを受け、警察が彼を保護するために逮捕し牢獄に収監した。

＊6　ウィリアム・ラウンズ・ヤンシー（一八一四―一八六三）、アラバマの奴隷制擁護派の文筆家、政治家であり、南部連盟のリーダー的存在。

＊7　ボストンで一七四三年から政治家や著名人が演説を行なったホール。特にイギリスからの独立を訴える多くの演説が行われたため、「自由のゆりかご」として知られた。

制廃止論者など一人もいませんでした」

パーシヴァル氏は口元に薄く笑いを浮かべた。なぜなら、ステート・ストリートとアン・ストリートの一部の住民たちが裏で手を組んで奴隷制廃止活動に対する暴動を起こしていることや、そのための裏金が動いていることはよく知られていたからだ。そしてまた、そのための金がベル氏の懐からふんだんに出ているという噂はよく知られていた。

貿易商はそれを侮辱的な遠まわしの非難と受けとったようだった。彼の顔は普段からシャンパンと牡蠣のせいで赤みを帯びているのだが、今やいっそう赤くなり、唇をかみしめていた。だが彼は口ではこう言っただけだった。「わしは合衆国憲法を遵守しておる」

「ベルさん、再度あなたの良心に訴えねばならないようですね。」パーシヴァル氏は言った。「あなたはこの件に関しては、船長よりも責任があるのです。お宅の船長は、言うまでもなく、あなたの命令に従って動いていますし、あなたの望みに反することはしないはずです。ケイン船長がこの件に関して、あなたの指示を仰いだことは疑いようがない」

「それはあんたには関係のないことだ」と、短気な貿易商は言い返した。「うちの船長は、南部紳士たちには彼らの財産を守る権利があるとわしが考えていることはよく理解している。それでじゅうぶんだろう。わしは合衆国憲法を遵守しているんだ。もし法がそれを必要とするのなら、自分の親や兄弟でも奴隷として差しだす用意があると述べた紳士を尊敬しておる。それがあるべき精神だろう。あなたがた狂信者は、人権についてのなんの役にも立たない抽象概念で、商業を妨害し国の平和を危機にさらしとる。奴隷が反乱を起こすよう焚きつけるためならなんでもしとる。わしは、自分が合衆国憲法の創案者たち以上に賢いのだというようなふりはせん。ダニエル・ウェブスター[*8]より賢いというようなふりも、だ。ウェブスターは連邦議会で

＊8　（一七八二―一八五二）、十九世紀前半のアメリカを代表する政治家の一人。弁護士から連邦党の指導者に就任。

はっきりと言った。南部紳士たちが逃亡奴隷を取り戻すための草案を議決したのであれば、それがどんな法であっても百パーセント支持すると」

「あなたがもっと良心のある方であればと思います。」フランシス・ジャクソンはそう言いながら腰を上げた。「友よ、これ以上話しても無駄のようだ。聞く耳を持たない者ほどのつんぼはいない」

パーシヴァル氏もこれを聞いて立ち上がり、「ごきげんよう」という挨拶がベル氏との間で形式的に交わされた。だが、頑強な意思を持つフランシス・ジャクソンは、頭も下げず「ごきげんよう」とも言わなかった。通りに出たとき、それについてパーシヴァル氏が一言言ったが、彼はこう言っただけだった。「思ってもいないことを言ったりやったりするのには、もううんざりしていたのさ。あいつの色黒の孫息子が奴隷として連れさられるなんてことになっていないのが残念だ。もしそうなればさすがに、あの男にもこれがどういうことかわかるだろうに」

第二十七章

その年の五月の半ばを二、三日過ぎた頃、ノーサンプトンのジョセフ・ブライト氏の家の前に一台の馬車が停まり、デラノ夫人とブルーメンタール一家全員が下りたった。門の前で、ブライト氏が彼らを満面の笑みで迎えた。「ようこそ、ご婦人方」と彼は言った。「さあ、入ってください、入ってください。ベッツィー、こちらがデラノ夫人だ。これが家内です、ご婦人方。うちには、お宅にあるような洒落たものは何一つございません。居心地よく感じて頂ければいいんですが」

ブライト夫人は良識のありそうなとても控えめな女性で、案内された客間は、簡素なしつらえだったが、きちんと整頓されていた。

「ああ、なんて気持ちがいいのかしら！」ブルーメンタール夫人は、部屋の側面のひとつの窓から外を眺め、声を上げた。

子どもたちも、声を上げながら夫人に駆けよった。

「なんて気持ちがいいのかしら！　すてきな生垣があるわ、マンマ！　それに見て、あの壁！　きれいな花ですっかり覆われているわ」

「モス・ピンク[*1]ですよ」とブライト夫人は言った。「壁のとてもよい飾りになりますね」

「お宅で育てたのですか？」とローザが尋ねた。

「いや、違うんですよ。」さまざまなバスケットとショールを持って入ってきたブライト氏が答えた。「あれはうちの庭ではないんです。でもまるでうちの庭みたいに眺めて楽しんでいます。あそこには南部のすごい大金持ちが住んでるんですよ。女性や子どもを売り飛ばして大金を稼ぎ、その金を使うために北部にやってきたというわけです。とーっても敬虔な男でしてね、教会の助祭までやっている」

子どもたちは笑いだした。ブライト氏がもったいぶった口調で母音を長く伸ばし（南部風をまねている）、しかも顎を長くひき伸ばそうとしたために、その大きな顔がとてもこっけいに見えたからだった。「名前はスティルハムというんですがね。」ブライト氏は付け加えた。「わたしはいつもスティーレム（Steal them の口語的発音で、人さらいの意味）助祭と呼んでるんです」

彼が出ていくと、ローザは母親にささやいた。「助祭が女性や子どもたちを売りとばしているってどういうことなの？」

フローラが答えられずにいるところへ、ブライト氏が鳥かごを手に再び現れた。「こいつは、かなり年寄りのオウムですな」と彼は言った。

「ええ、かなり年をとっておりますわ。」デラノ夫人が答えた。「でも、わたしたち皆、このオウムが大好きなんですの。我が家は夏の間、誰もおりませんでしょう？　よその方に預ける気にはなれなくて」

自分のことが話題になっているとわかると、そのオ

＊1　針のような常緑の葉とピンク、または白の花をつけ、房状をなす多年草のクサキョウチクトウ。

ウムは、鳥かごの隅で身動きもせず羽毛の玉のように丸くなったまま、首だけ横に回して振りむくと、ウィンクをしてみせた。そして、子どもたちが教えた英語の文句をしわがれ声で発した。「ポリー、カッカーホシイ！」

「クラッカーをあげよう。」心の優しいブライト氏はそう言って、ポール（オウム全般の愛称）のためのクラッカー一枚と角砂糖一つを、すぐにローザと小さなリラに与えた。

まもなくお茶の用意が整い、皆が呼ばれて、ブライト夫人お手製の軽いパンと甘いバターを堪能したあとは、その家の主人夫妻はその夜は姿を見せなかった。朝になると、約束の朝食の時間にならないうちから家族全員が起き、夏の住居となった家の周りを眺めようと庭に出ていた。ブルーメンタール夫人が茂みの間を歩いていると、彼女の目の前に、ブライト氏が明るい顔をその茂みの向こうからひょいとのぞかせた。彼はそこで身体をかがめて草むしりをしていたのだった。

「おはようございます、奥さん」と彼は言った。「あの老いぼれ盗人が神さまに向かって大声を張りあげ《パディー》*2ているのが聞こえますな」

そう言いながら彼は、背後のスティルハム助祭の家を親指で指した。そこからはとても大きな声で単調に祈りを捧げる声が聞こえていた。

ブルーメンタール夫人は微笑みつつ尋ねた。「その方が女性や子どもを売りとばしたっていうのは、どういうことなんですの？」

「南部のカロライナで奴隷取引きをして大金を稼いだんですよ、奥さん。その罪から逃れようと思ったら、そりゃあもうたくさん祈りを捧げなきゃならんでしょうよ。大きな声を張りあげてね。そうしなきゃ赤ん坊を返してと叫ぶ女たちの声が、あいつの前の台座におられる神さまのところまで聞こえてしまいますか

＊2　パディーはアイルランド人の別称だが、かんしゃくを起こすという意味がある。

らね。あいつはわたしたちのことを何より嫌ってます。わたしたちが奴隷制廃止論者だからですよ。おや、ベッツィーが呼んでますな。話をここで終えるわけにはいかないんだが」

ブルーメンタール夫人は、助祭に関するブライト氏の言葉を繰りかえして家族一同を面白がらせた。彼女は、その家の主人の独特な語り口を、「高揚する」と呼んで大いに楽しんでいた。朝食のあとで、フローラは言った。「ブライトさんが庭にいらっしゃるわ。行ってお話しましょうよ、フロリモンド」

そしてフローラは片手にパラソルを持ち、夫の腕に寄りそって外に出た。

「あなたは奴隷制廃止論者なのだそうですね？」ブライト氏の近くで立ち止まると、ブルーメンタール氏が言った。

ブライト氏は帽子を茂みの上にポイと投げると、くわにもたれて大きな声で歌った。「わたしは奴隷制廃止論者、その名を誇りとする者ぞ。——そらね。」彼は笑いながら言った。「声の限りに歌いましたよ。あの助祭に聞こえるようにね。大声で祈りを唱えることに関しちゃ、あいつが一番だが、大声で歌うとなればわたしの右に出る者はいないはずですぞ。わたしが、奴隷制について考えはじめたきっかけをお話しましょう。おわかりのように、わたしはなんでも音楽的なやり方でやれなきゃ落ちつかない性質です。だから歌を教えることを引きうけたんですよ。ある冬、わたしは**ジャック・フロスト**《冬将軍》から逃げだしたくなりましてね、どっかに歌の教師募集の広告がないかと思って、南部の新聞を幾つか眺めてたんです。すると、最初に目にとまったのはこういう広告でした。——本紙の購読者のもとより、頑強なムラートの奴隷が逃亡。名はジョー。明るい茶黄色の髪、青い目、血色のよい顔を持つ。頭がよく、白人にパスしようとする恐れあり。捕獲し牢獄に入れた者には百ドルの報償金を支払う——『こいつはおったまげた！』わたしは言いましたよ。『まるっきり俺のことじゃないか。これを読むまで、自分がムラートだなんて知らなかったぜ。とてもあっちには行けやしない』そういうわけで、わたしはヴァーモント（北部の州）に教えにいきました。ヴァーモントで人々に、わたしは逃亡奴隷なんですよって言ってね、わたしの特徴を書いてあるその広告を見せたもんです。何人かは、わたしが冗談だと明かすまで信じてましたよ。まったく、わたしも、あの気の毒な黒人たちと同じひどい目にあったかもしれんのです。だがとにかく、その青い目のジョーは、わたしに奴隷制ってものが何か痛感させてくれた。わたしはそのときから奴隷制について考えるようになって、今もずっと考え続けてるんです」

「あの有名な呪術師のフクロウ[*3]のように、静かに考えていらっしゃるわけではないみたいですけれど。」ブルーメンタール夫人は言った。

「ええ、違いますな。」彼は笑いながら答えた。「わたしは、沈思黙考っていうクェーカーの才能は持ちあわせておりません。それは事実ですな。だが、その『ジユジツ師』のフクロウとやらだって、ベッツィーがわたしに話してくれた南部へ行くってことの意味を知ったら、黙っちゃいないでしょうよ。わたしと結婚する前、ベッツィーは南部に行って教師をしてたんです。だが、あいつは心の優しい女ですからね、長くは耐えられなかったんですよ。ところがどっこい、もしわたしが人さらい助祭の話を信じてたら、わたしも、売りとばされるのは世界一愉快なことだ、南部の黒ん坊ってのは、糖蜜を舐めたり、門にぶら下がって遊んだりするほかは何一つやらなくていいんだ、とでも思ったでしょうよ。それから、やつはそれを、神の決めたもうたことで、聖書のこれこれの章や節に書いてあるなどと言っている。たぶんもうお気づきだとは思いますがね、そういう章ばっかりが、神の本来のご意思だといって取りあげられる。とりわけ、誰が押さえつけておかれるよう定められているかについてのね。あいつ

＊3　ギリシャ神話の女神アテーナーが、自分の聖なる動物として肩に乗せているフクロウ。

は、神はハム[＊4]を呪った、そして黒ん坊はそのハムの子孫だって言うんですよ。わたしは言ってやりましたよ。『もしハムの屋敷が空家で残されてるとしたら、世界一頭のいい弁護士でも、正当な相続人を探しあてるのに、ひどくまごついちまうことでしょうな』ってね」

「そう思います。」ブルーメンタール氏は微笑みながら言った。「特に、その子孫たちがすっかり混血になってしまって、明るい茶黄色の髪、青い目、血色のよい顔を持つ逃亡奴隷の広告を出さなくてはならないようなときには」

「あの助祭は、自分の足元の地面が少し揺さぶられるように感じるときにはね」ブライト氏は話をさらに続けた。「南部のカロライナにいる牧師を頼りにするんです。助祭が言うには、その牧師は北部から来た人間でとても敬虔な聖職者なので、そんなにも神を敬う男の祈りであればきっと雨を降らせてくれると思って、日照りのときには雨乞いの祈りを捧げてもらうために遠くからも人々が集まってくるほどなんですって。その男はね、黒ん坊はもっとも卑しいしもべとして、あなたがたきょうだいのために生まれついているんだって会衆に説いてたんですよ。わたしは言ってやりました。黒人があんたのきょうだいのしもべになっちまってるっていう意味でなら、予言のその部分はまったく大当たりだってね。そして、茶黄色の髪と青い目のことが書いてある広告を見せてやりました。だがね、しもべのさらにしもべってことに関しちゃあ、奴隷主ってのはまさに、あれに仕えてるとしか言えませんよ。いや、あれってのが何かは、ご婦人方の前では口にはできませんがね（ここでのあれとは悪魔を指すのであろう）。その牧師に話を戻すと、その男はわたしに、父がよく話していた、一人の牧師の例え話を思いださせましたよ。ある牧師が、ある日結婚式から教会に帰って、明かりをつけようとしたが、どうしてもつ

＊4　聖書『創世記』でノアがハムの息子カナンを奴隷になるよう呪う。アフリカ人をハムの子孫とみなしたことから、近世以降、白人による黒人奴隷化の正当化に利用される。

けることができない。なんとか明かりをつけようと奮闘したあげく、その牧師はランプにロウソク消しの覆いがかぶせてあるのに気づいたという話です。わたしはあの助祭に、南部の牧師たちはランプにロウソク消しをかぶせちまったんだって言ってやりました。その明かりを掲げて人を導くことは期待できないだろうってね」

「北部の牧師たちの中にも、確かに、その人と大して変わらない者がおりますね」とブルーメンタール氏は言った。

「まったくその通り。」その家の主人は答えた。「そいつらも同じロウソク消しをかぶせちまってるんですよ。しかも、彼らが古いランプをさらに吹きけそうとばかりしているのは妙なことじゃありませんか。わたしはあの助祭に、常識《コモンセンス》と人間的《コモン》な感情について話すのには、うんざりしちまいましたよ。あいつにそれをわからせるのは無理だし、それがあいつの心に植えつけられることはないんです。亜麻仁の種を一つずつ積みあげて大きな山を作ろうとするようなもんだ。それにあいつは自分の言葉しか信じない。自分も納得していないように見えるんだが。あいつは、奴隷たちは心から満足しきっていて、幸せだって言いつづける。で、次の瞬間には、誰かがやつらのあの残酷な法律について何か言おうものなら、こう言うでしょうよ。あのような法を作らざるを得ない、そうしなければ、黒ん坊たちは蜂起して主人の喉を掻ききるからね、って。あいつは、黒人と白人は油と水のように、決して混じりあわないものだと言っている。それでいて、その舌の根も乾かないうちに、もし奴隷たちを自由にしたりしたら我々の娘たちと結婚するだろうと言うんだ。わたしは、その論理はまるで、互いに尻尾の先まで丸呑みにしたっていうキルケニーの猫[*5]の論理とおんな

＊5　アイルランド、キルケニーの町に伝わる伝説の猫。けんかをすると、二匹の猫は双方が尾と爪だけになるまで激しく戦い、食いあうという。マザーグースの歌にも登場する。ここで尻尾の先まで丸呑みにするというのは、間違って伝わっているか、ブライトの勘違いであろう。

じだって言ってやりました。あの助祭は他のさまざまな事柄に関しては分別のある男でもありますよ。だがね、あいつだろうと誰だろうと、ゆがんだのこぎりではまっすぐものが切れるわけがないんですよ」

「昔からこう言いますね。」ブルーメンタール氏も言った。「悪魔の仲間になったとしても、悪魔はもっとも困ったときには彼らを見捨てるだろう、と。議論の場ではまさにそうなるさまをよく目にしましたよ[*6]」

「あなたが、あの助祭のお気に入りとはほど遠いっていうのも無理はないですわね」フローラが言った。「あなたのお話からすると、かなり厳しく彼を攻撃なさったようですから」

「ええ、そうだと思いますよ」とブライト氏は答えた。「わたしはいつだって自分に正直なんです。それに、自分が正しいと心から思っているときはいつだって、そのまま突きすすんじまいます。わたしの父の古い隣人の言い草を借りれば、端っこをちゃんと結びもせずに縄を撚ろうとして、すぐに堪忍袋の緒を切っちまうんです。確かに、奴隷制廃止論者たちの中には、時折荒っぽくなるのがおりますな。だが、我々の中のもっとも荒っぽい者だって、ものごとを口先でごまかすような嘘っぱちの予言を言うようなやつらよりは、はるかにましだ」

「奥さまは南部で教師をなさっていたっておっしゃいましたわね。南部のどちらでしたの？」ブルーメンタール夫人が尋ねた。

「サヴァンナです。フィッツジェラルド夫人のお嬢さんの住みこみ家庭教師をしてたんですよ。」ブライト氏は答えた。「だが、その間のある時期は、フィッツジェラルドさんの綿花プランテーションがあったある島に一緒に行ってたんです。あなた方も彼に関してはきっと聞いたことがあるでしょう。その男はあなた方と同じ通りに住んでいるベルさんの娘と結婚してましたから。フィッツジェラルドさんは何年か前に亡く

＊6　悪意の理論を並べるものが、正論に対して、最後には言葉に窮するはめになるという意味。

なりました。少なくとも、死んだと言われています。だがね、あの人がどうなったのかは誰一人知らないんですよ」

フローラは夫の腕を握る手に力を込めた。そしてその謎について尋ねようとしたが、ちょうどそのとき、デラノ夫人がローザとリラの手を引いてやって来て、馬車を頼んであるので、ドライブに出かける支度をするようにと夫妻に言った。

デラノ夫人とブルーメンタール一家は遅い夕食の時間にドライブから帰ってきた。そしてデザートを味わいながら長いことおしゃべりを楽しんでから腰を上げたときには、ブライト氏の姿は見えず、ブライト夫人は忙しそうにしていた。そのため、フィッツジェラルド氏の運命について尋ねるのは、またの機会を待つことになった。ブルーメンタール氏はラウンド・ヒルを散歩しようと誘ったが、子どもたちは家にいたがった。ローザは新しく覚えた曲をギターで練習したいと言い、小さな妹のほうはマミータ・リラに物語を聞かせてもらう約束をしていた。そこでブルーメンタール夫妻は二人だけで散歩に出た。ラウンド・ヒルから見る景色は、春の早い時期特有の若葉が茂って美しかった。ゆっくりと、夫妻はあちらこちらで立ちどまっては、目の前に広がる村々のすばらしい景色や、花ざかりの桃の木、光を反射してきらめきながら流れる川、綿毛のようなスミレ色の雲が冠のようにかかっている荘厳な山々を眺めながら歩いていた。

すると突然、夕暮れの空気の中を音楽の調べが流れてきた。彼らは立ちどまり、まるで祈りによって魂が鎮められたかのように、頭をたれてうっとりと聴きいった。その調べがやんだとき、ブルーメンタール氏は深く息を吸い、そして言った。「ああ、わたしたちの大好きなメンデルスゾーンだったね」

「なんて優美な演奏だったことかしら。」夫人はそう感想を述べた。「それにこの木々の風景とすばらしく合っていたわ。まるで森の中の賛美歌のようだったわ」

彼らはもう一度、姿の見えない音楽家の演奏を聴くことができるのではないかと思い、しばらくその場から離れなかった。二人が木にもたれて待っていると、銀色の丸い月が地平線から、ホリヨーク山の頂のあたりまで上ってきた。そしてさきほどメンデルスゾーンの『無言歌』[*7]が流れてきたのと同じ方向から、『カスタ・ディーヴァ』を歌う声が聞こえてきた。フローラはその瞬間、痙攣を起こしたように夫の腕をつかみ、全身を震わせた。彼女が突然そのような激しい感情を表したのを不思議に思い、ブルーメンタール氏は腕を優しく妻の腰に回して胸に引きよせた。そのまま彼の胸にもたれてフローラは全身でその歌を聴いた。魂の奥底から、全神経を指の先まで集中させて。歌声が静かにやんだとき、フローラはすすり泣いた。「まあ、ローザの声にそっくりだわ。まるでローザが蘇ってきたみたいだったわ」

ブルーメンタール氏はなだめるような言葉をかけ、そして数分後に二人は丘を下りて、黙ったまま家路についた。その歌声はまるで、別の世界からその夜の景色を謎めいた荘厳さで包むためにやってきたかのようだった。今や月は先ほどとはまったく別の、すべてを見通す大きな目のように見えた。目には見えないところから来る光を反射して、夢みるように光りながら外の世界をのぞく瞳のように。

家に帰りついたとき、フローラは叫んだ。「おお、マミータ・リラ、わたしたち、天上の音楽と、ローザの声にすばらしくよく似た歌声を聞いたのよ！　今夜は一睡もできそうにないわ」

「それって、わたしが名前を継いだローザ伯母さまのこと？」娘のローザが尋ねた。

「ええ、そうよ。ローゼン・ブルーメン」と母親は答えた。「あなたが一緒に来ていたらよかったわ。そうしたら伯母さまがどれほどすばらしい声をしていた

＊7　メンデルスゾーン（一八〇九―四七）が生涯にわたって書きつづけた全四十八曲のピアノ曲。作曲年が特定できるもののうち、最も早いものが一八二九年、最後のものは一八四五年の作。

か推測できたのにね」

　この出来ごとをきっかけに、その夜、フローラは昔のことを語り、そしてその頃に歌ったさまざまな曲を歌った。そのあと、皆が寝室に引きあげると、フローラはそれらの歌が頭の中で行進したり踊りまわったりするのを感じながら、眠りに落ちた。そしてとても久しぶりに、父のために自分がそれらの曲を弾く傍らで歌っているロザベラの夢を見たのだった。

　次の朝、子どもたちが父親と一緒に森の中へ散歩に出かけてしまうと、フローラは、心が昔の思い出でいっぱいになってしまい、昔、父とロザベラを笑わせた言葉の幾つかをオウムに投げかけた。その老オウムは、今ではあまり話さなくなっていたが、フローラが熱心に話しかけるので、ついにそれらの懐かしい言葉を幾つか発した。

「プーヴル・マノン《哀れなマノン》を一緒に連れてくることが出来て、よかったわ」とブルーメンタール夫人は言った。「この子は、ここに来た最初の頃よりずっと元気に見えるもの。わたし、この子がマダム・ギルラーンドに似ているってときどき考えるのよ。頭のこの羽がマダム・ギルラーンドの帽子のリボンを思わせるんだもの。ジョリ・マノン《可愛いマノン》、外に連れていってあげるわね。日光にあたることができるわよ。おまえは太陽の光が好きでしょう、マノン？」

　フローラは鳥かごを外に運びだすと、一本の木の太枝にそれをかけようと懸命になっていた。そのときだった。通りからこう呼びかける声が聞こえた。「ボン・ジュール、ジョリ・マノン！」

　その途端、オウムは突然、羽をバタバタさせ、大きな笑い声を上げたと思うと、フランス語とスペイン語の言葉を、まさに旋風のようにしゃべりだした。「ボン・ジュール！　ブエノス・ディアス！　クエリーダ・ミーア《親愛なる君》（イタリア語）、ジョリ・ディアブレ《可愛い悪魔》、プチ・ブラン《いとしい白人さん》、ハ、ハ！」

　この突然の言葉の嵐に驚いて、ブルーメンタール夫人は辺りを見まわした。そして、オウムに呼びかけた声の主を発見したとき、彼女は叫んだ。「オウ・シェル《神さま》！」

彼女は真っ青になり、家に駆けこんだ。

「一体どうしたの？　フローラ」とデラノ夫人が心配そうに尋ねた。

「おお、マミータ。ローザの幽霊を見たのよ。」フローラはそう答えると、へなへなと椅子にすわり込んだ。

デラノ夫人はオー・デ・コロンを少しハンカチに振りかけると、フローラの額にあてながら、こう言った。

「昨夜、お姉さんが歌っていた曲を聞いたせいで神経が高ぶったのね。それで不安定になっているのよ」

デラノ夫人がそう言葉をかけていると、そこへブライト夫人がこう言いながら入ってきた。「気付け薬をお持ちでしたら、貸してくださいません？　ご婦人が一人入ってきて、気を失いそうだって言うんですよ」

「すぐに部屋から取ってきますわ」とデラノ夫人は答えた。デラノ夫人は部屋を出ていき、少しの間戻ってこなかった。彼女が戻ってくると、ブルーメンタール夫人は、両手に顔をうずめて、机に突っ伏していた。

「おお、フローラ。あちらの部屋に来てちょうだい」とデラノ夫人は言った。「気を失いそうになったのは、あの有名な、ボストンのキング夫人なの。ラウンド・ヒルに滞在していらっしゃるそうよ。だから、たぶんあなたが聞いた歌声は夫人の声だったのね。夫人は、この家に入っていく女性を見て、その人があまりにも亡くなったご家族に似ていたので気を失いそうになってしまったのですって。それでね、興奮しないでちょうだいね、フローラ。このキング夫人という方はね、あなたが描いたお姉さんの肖像にそっくりなのよ。でも、そんなことはあるはずが――」

デラノ夫人が言いおわらないうちに、フローラは駆けだし、隣の部屋に飛んでいった。短い鋭い叫び声が上がる。「おお、フロラチータ！」「おお、ロザベラ！」そして、姉妹は互いに固く抱きあった。

抱きあいキスをして、泣いたり、笑ったりを繰りかえしたあと、ようやくキング夫人が言った。「あれはマダムのオウムだったのね。あの子の姿を見たら昔のことを思いだしてしまって、思わず、『ボン・ジュール、ジョリ・マノン！』って話しかけたのよ。あなたは背を向けていたし、もしもあのオウムがフランス語とスペイン語で騒ぎたてなかったら、わたし、そのまま通りすぎてしまったに違いないわ。きっと、あの子はわたしの声だとわかったのね」

「あの愛しい、年寄りのオウムに祝福あれ！」フローラは叫んだ。「わたしたちをついにこうしてまた引きあわせてくれたのは、あのオウムなのね。お姉さまに会わせてあげなくては」

姉妹は、昔からの二人のペットを連れ戻しに外に出た。しかし、ジョリ・マノンは、目を閉じ、羽を広げて鳥かごの床に横たわっていた。歓喜の驚きは、老鳥の弱った神経には刺激が強すぎた。オウムはすでに息を引きとってしまっていた。

第二十八章

「ああ、あなたは生きているのね！」ローザは声を上げ、抱きしめていた身体を少し離して、妹の顔を、全身全霊を込めた瞳で見つめた。

「そうよ、まさに生きているわ。」フローラはにっこりと笑って答え、その喜びは深いえくぼに現れていた。

「でも、話してちょうだい。」ローザは言った。「どうしてあなたは、あんなふうに突然、わたしを残して消えてしまったの？　あなたが死んでしまったんだと、わたし、嘆きかなしんだわ」

フローラの顔からえくぼが消え、表情豊かな目がくもった。彼女は答えた。「そのすべてを説明するには、しばらく時間がかかるわ、システィータ・ミーア。お願い、お話するのはまた今度にさせて」

ローザは妹の手を握りしめ、ため息をついて言った。

「おそらく、わたしがすでに推測してきたことは当たっているのね、フロラチータ。あなたと離れ離れになったあと、つらい経験ばかりしたせいで、ずいぶんといろいろなことがわかるようになったのよ。いつか、わたしも話すわね。どうしてわたしが、マダムとシニョールと一緒に、あれほど急いでヨーロッパへ逃げることになったのかを」

「でも、最初にこれだけは教えてちょうだい。チュリーは死んでしまったの？」フローラは尋ねた。

「マダムはいつも、とても慎重にお金のことを考えてくれていたでしょう？」ローザは答えた。「デュロイ夫人が、自分の仕事の手伝いにチュリーを置いてもいいと言ったとき、マダムは、わたしたちがヨーロッパで定住できて、呼びよせられるまでチュリーをそこに置いていくのが一番賢明だと判断したのよ。そして、やっとわたしたちが彼女と再会できると思っていたとき、一通の手紙が来て、デュロイ夫妻もチュリーも黄熱病で亡くなったということを知らされたの。あの哀れな、いつも忠実でいてくれたチュリーを置いてきてしまったなんて。それを思うと今でも後悔で胸が張りさけそうになるわ」

「フィッツジェラルドさんが別の女性と結婚したとわかったとき」と、フローラも言った。「わたしの新しいマミータが親切にも、お姉さまとチュリーを探すためにわたしに付きそっていくと言ってくれたの。それで、わたしたち一緒に、あのコテージやプランテーション、それにニューオーリンズにも探しにいったのよ。わたしが知っていた人は皆、亡くなってしまったか、どこかへ去っていったかのどちらかだったわ。でも、マダムのオウムが生きていて、あの鳥のしゃべる声を聞いて、わたしは見知らぬ人の家に入っていったの。そこで、わたしは、お姉さまがヨーロッパへ渡る途中に海で亡くなったということを聞いたのよ。それに、チュリーが、面倒を見ていた白人の赤ん坊も一緒に、黄熱病で亡くなってしまったということもね。それはお姉さまの赤ちゃんだったの？　ローザ」

ローザは顔色を変え、目を伏せると、こう答えた。「それは、わたしにはつらくてたまらない話なの。チュリーと、あのかわいそうな小さな赤ん坊を置いてきてしまった自分を、一生許すことはできないわ」

フローラは無言で姉の手を握りしめて言った。「マダムとシニョールは元気でいるって言ったわね。今、どこにいるの？」

「二人はプロヴァンスでわたしたちと一緒に暮らしていたの。」ローザは答えた。「でも、わたしたちがアメリカに戻ることに決めたとき、シニョールは、自分が生まれた国で余生を送りたいと思っていると打ち明けたわ。それで、アルフレッドはフィレンツェに屋敷を買い、シニョールとマダムの年金受給資格を整えたの。ちょうど二、三日前にマダムから手紙を受けとったところよ。二人ともクローバーの中をはね回るウサギのように幸せにやっているって書いてあったわ。シニョールはかなり年をとったわ。だからもしシニョールがマダムより先に逝ってしまったら、マダムはこちらに来てわたしたちと一緒に暮らすことになっているの。あなたが生きていると知ったら、どれほど喜ぶかしら！　わたしたち、なんて奇妙な運命を生きてきたのかしらね。アルフレッドはね、わたしたちの家で過ごしたあの最初の夜から、ずっとわたしを愛してくれていたらしいの。あの夜、もしわたしたちに何か困ったことが起きたら必ず助ける、と彼が言うので、あなたが笑ったのを覚えているかしら？　あのとき、彼はわたしたちの境遇について、わたしたち自身よりもずっとよく知っていたのよ。そしてそのあと、彼は実際に、わたしを襲った本当に大きな不幸から救い出してくれたわ。あなたにもいつかすべて話すわね。でも、今はまず、あなたがどうしていたのかを知りたいわ。あなたの言う、新しいマミータっていうのはどなたなの？」

「おお、すばらしい出会いだったのよ。わたしが心から友人を必要としていたときに、マミータは現れたの」と、フローラは答えた。「パパシートが若い頃、あの人と恋に落ちたという話を知ってもらわないといけないわ。マミータは、今もパパシートの思い出を愛しているの。わたしはときどき、パパシートの魂がマミータ・リラをわたしのもとに導いてくれたような気がするわ。パパシートとマミータ・リラを守護天使として描いた、わたしの絵を見せるわね。わたしの新しいマミータの頭には、スミレとスズランの冠を描いたのよ。わたしが逃げなくてはならなくなったとき、あの方はわたしをボストンで一緒に暮らすために連れてきてくれたの。そして、そこでわたしは古い知り合いと再会したのよ。ローザ、フロリモンド・ブルーメンタールを覚えていて？」

「パパシートがとても目をかけていた、あの気立てのいいドイツ人少年のこと？」と、ローザは尋ねた。「もちろん、よく覚えているわ」

「そう、彼は今も気立てのいいドイツ人少年よ」とフローラは楽しげに言った。「そしてね、わたしはブルーメンタール夫人なの」

「信じられないわ！」ローザは叫んだ。「あなたは、あの楽しい小さなお茶目さんだった頃とちっとも変わらないのだもの。結婚しているのか尋ねることも思いつかなかったくらいよ。突然こうして再会できたのがあまりにも嬉しくて、最後にあなたを見たときからどれほどの年月が経っているのかも忘れていたわ」

「わたしの子どもたちを見たら、どれほど長い年月が経ったか実感するわよ」と、フローラは楽しげに応えた。「一番上のアルフレッド・ロイヤルは大学に入るところで、シェール・パパの面影があるの。だからマミータ・リラがどれほどこの子を可愛がっているか、すぐわかるわ。マミータは本当にパパシートを深く愛していたに違いないわ。この子のあとに生まれた娘は二、三日で亡くなってしまったのだけれど、それからローゼン・ブルーメンが生まれたの。この子が誰に似ているかはすぐにわかるわよ。それから何人か生まれたのだけれど、天使のもとに召されてしまったの。最後に生まれたのが小さなリラよ。この子は父親そっくり。亜麻色の髪、ピンク色の頬、それにドイツ人らしいすてきなワスレナグサ色の目をしているの」

「その子たち全員をどれほど愛するようになることかしら！」ローザは声を上げた。「それに、あなたもわたしたちの娘のユーラリアを大好きになるわ。わたしたちには、まず、小さなアルフレッドと小さなフローラが生まれたの。その子たちは、プロヴァンスにいるときに生まれたので、あの可愛い小さな二人の身体はあの土地のバラの木々の間に埋葬してきたの」

姉妹が互いの身体に腕を回してすわり、心にたくさんの思い出をめぐらせているところへ、ブルーメンタール氏と子どもたちが、長い散歩から帰ってきた。そして、もちろん驚きと抱擁がひとしきり巻きおこったのだった。小さなリラは恥ずかしがって、すぐにマミータ・リラの部屋へ逃げこんでしまったが、姉のローゼン・ブルーメンのほうは、さんざん話には聞いていたが、そのローザ伯母が実際にこれほど優美で美しい女性であったことに対する驚きと喜びでいっぱいになった。

「マミータ・リラはずっと部屋にこもっていらっしゃるわね。わたしたちを二人きりにしておこうと遠慮してくれていたのだわ。」フローラが言った。「でも、いよいよマミータを連れてきましょう」

フローラはすぐに、デラノ夫人と腕を組んで戻ってきた。二人が入ってくると、ブルーメンタール氏がうやうやしくデラノ夫人の手を取って、こう言った。「こちらが我々の親愛なる恩人であり、この世で最良の友です」

「わたしの守護天使、大好きなマミータよ」とフローラが付け加えた。

キング夫人は待ちきれないように、デラノ夫人に歩みよると、腕に抱きしめ、溢れだす感情に喉を詰まらせながら言った。「このすべての幸せは、神さまと奥さまのおかげですわ」

皆が一緒に会話をしているさいちゅう、フローラが夫にひそひそと何かささやくと、ブルーメンタール氏は、思いもよらない喜びが待っているとしか言わないようにという妻からの厳しい禁止令のもと、すぐにキング氏を呼びに出かけた。キング氏は、いったい何ごとだろうといぶかりながらも、その召喚に急いで応じた。無論、キング氏に再会した新しい家族を紹介する必要はなかった。彼は部屋に入った瞬間、叫んだ。「まさか！　フロラチータ！」

「じゃあ、わたくしを覚えていらしたのね？」フローラは彼の手を暖かく握りしめて言った。

「覚えておりますとも」とキング氏は応えた。「君はあの、花でいっぱいの客間で踊っていた頃とまったく同じ妖精のままだ」

「あら、わたしは今ではすっかり落ちついた奥さまですのよ。」フローラは、おどけて、目は笑ったまま慎みぶかそうな口元をつくって言った。「さあ、これがわたしの娘、ローザよ。この子の上には背の高い若者がいるわ。その子はあなたのお名前の三分の二を受け継いでいるのよ」

幸せにあふれた彼らはいつまでも別れたくなかった。だが、今回のこの別れは、またその夜にラウンド・ヒルのキング家の滞在先で落ちあうまでのことであり、そこではまた、皆が言葉では語りつくせない思い出や感情を語ろうとしたあげく、最終的にもっとも雄弁な手段として音楽が奏でられたのだった。

毎日毎日、そして毎晩毎晩、姉妹は満たされることのない心の欲求に掻きたてられて、ともに時を過ごした。その一方で、二人の夫たちと子どもたちも互いに愛情で結びついていった。南方の血を受け継いで濃い色合いの髪や肌を持ち、とても健康そうなローゼン・ブルーメンは、彼女よりもずっと霊妙な美しさを持つ従姉のユーラリアを、天使か何かのように思って崇拝しているらしかった。時折、ローゼン・ブルーメンはユーラリアの甘い、鳥のような歌声に合わせてギターを弾き、またときには一緒に歌った。そして時には一人がピアノを弾き、一人が小さなリラと踊るのだったが、リラの小さな足はこだまのように、きちんと音楽に合わせてリズムを取った。その可愛い小さなペットのリラは、しょっちゅうパ・スール（バレエのソロダンス）を踊ってごらん、と皆にせがまれた。というのも、リラは『ヤンキー・ドゥードゥル』の曲に合わせて、自己流のダンスを踊るのだが、リズムに合わせて自信満々に足を踏みならす様があまりにも可愛らしいのだった。

子どもたちがそのように楽しく過ごしている間に、フローラはよく自分が描いた絵の数々を持ってきた。ローザはそれを記憶のポートレートと呼んだ。

その中には、二人の父の庭の小さな噴水があり、島に一軒だけのコテージがあり、また枯れて枝だけになったマツの木と、そこから垂れさがるスパニッシュ・モスの間からのぞく月があり、背につけた荷かごを花でいっぱいにしたロバのシスルの姿があった。たくさんの外国の風景の絵の中では、フラスカーティの農民たちが踊る姿を描いた絵をキング夫人は特にほめた。

フローラは言った。「ああ、今でも彼らの姿が目に浮かぶわ。馬車でアルバーノへ向かう途中で、この人たちのそばを通ったのよ。あれは、わたしが本当に久しぶりに心から楽しく過ごした一日だったわ。お姉さまがいなくてもなんとか楽しむことを、やっと学びはじめたところだったの。ああローザ、わたし、とても身勝手だったわね。でも、本当にあの日はお姉さまのことを忘れて過ごしたわ。そして、考えてもごらんなさい！　あの日、フィッツジェラルドさんの不吉な出現さえなかったら、わたしはオペラに行ってノルマを演じるお姉さまを見ていたはずなのよ」

「そうなっていたら、きっとわたしたち二人とも気を失ったでしょうね。」ローザも言った。「そしてきっと公演マネージャーは、ラ・カンパネーオに二度とチャンスを与えることはなかったわね。あら、これはなあに？　フロラチータ」

「これは、ピンチョの丘で見た一行よ。」彼女は答えた。「部屋に閉じこもっていた間に描いたの。お姉さまがオペラの舞台に上がる前日のことよ」

「これはマダムとシニョールとわたしに違いないわ。」ローザは答えて言った。「体つきやドレスがまったくその通りだもの。それにあの朝、リハーサルの帰りにピンチョの丘に寄ったのを覚えているわ」

「わたしったら、なんてロバのように間抜けだったことかしら。お姉さまがそれほど近くにいたのに気がつかなかったなんて！」フローラは言った。「これを描いているときに自分の指がそれを訴えていることに気がつくべきだったわ」

「まあ」とローザが声を上げた。「これはチュリーだわ！」その絵を眺めるうちに、彼女の目には涙が浮かんできた。「かわいそうなチュリー！」ローザは言った。「あの、暗く恐ろしい日々の間、どれほどわたしを心配し、なぐさめてくれたことか！　チュリーとクロエがいなかったら、わたしはあのひどい出来ごとに耐えて生きぬくことはできなかったわ。わたしが回復しはじめたとき、チュリーは、クロエがわたしの手を何時間も握りしめて、わたしのために祈りつづけたって教えてくれたのよ。クロエの祈りがわたしを墓穴から引きもどしたに違いないわ。クロエは、わたしたちのマミータが彼女の前に一度現れて、自分がわたしの守護天使だと言ったと話していたわ。でも、もしもそれが本当にわたしたちのマミータだったとしたら、マミータはきっとあなたが生きていることをわたしに知らせるようにとクロエに言ったはずだと思うのだけれどね、ミニョン。ここへ来る少し前のことだけれど、アルフレッドと南部を訪れたとき、わたしたちはトムとクロエを探したのよ。じきにニュー・ベッドフォードへ二人に会いにいくつもりなの。あの二人の気立てのよさそうな黒い顔を一目見ることができたら、わたし、グリーン夫人の立派なパーティで見たような、豪華なドレスを着たご婦人方全員と会うよりも、ずっとうれしいと思うわ」

「ニュー・ベッドフォードに行ったら、きっとトムのお説教を聞くことができるわ」とフローラは言った。「トムは今ではメソジスト派の牧師になっているのよ。

聞くところによれば、クロエは祈祷会でとても力強い祈りを捧げるのですって。わたし、クロエがやって来たときのことを思いだすと、つい微笑んでしまうの。静かで洗練されたマミータ・リラが、一瞬にして誘拐犯にされてしまったと思うと、おかしくって。あら、ローゼン・ブルーメンが来たわ。どうしたの？　ミニヨン」

「リラがとても眠たがっているから、もう帰ったほうがいいってパパが言っているわ」と、少女は答えた。

「では、お休みのキスをしましょうか、システィータ・ミーア」とブルーメンタール夫人は言った。「明日はユーラリアを連れて、うちに来てくださるわね？」

ブルーメンタール一家が家へ戻ると、ブライト氏が庭のフェンス越しに彼らに声をかけた。「ちょうど今、あなたのご近所のフィッツジェラルド夫人から、手紙を受けとったところなんですよ」と彼は言った。「夫人はうちに、夫人と、父親と息子さんが夏の間、滞在できないかと尋ねてきたんです。わたしたちは、あいにく大入り満員で、と断ることができて本当にうれしいですよ。だって、ベルさんは、職人ってのはまるで皆天然痘持ちで病気をうつされると思っているかのように扱うし、あなた方とは大違いですよ、ブルーメンタールさんやキングさんとはね！　あなたがたは手袋なしで荒れた手と握手することだって、恐れたりしやしない。キング夫人はお元気でしたか？　明日はこちらにいらっしゃると期待してるんですがね。もしもツグミとコメクイドリが人間の歌を、人間の心を込めて歌うことができたとしたって、あの方の声は鳥たちを圧倒してしまうでしょうな。ああ、あなたがこのジョー・ブライトの家に来てくださって、死んだと思っていたお姉さんを見つけ出したなんて、なんとロマンティックなんだろう」

皆が丁寧にブライト氏の質問に答えてやると、彼は、「誰かがその話を小説にするべきですよ！」という、それまで何度も言った言葉をまた繰りかえし言うのだった。もしも、彼が姉妹に起きたそれまでの出来ごとをすべて知っていたら、おそらく自らそれを小説にしたことだろう。だが彼は、美しい姉妹が孤児で、若い頃に生きわかれた末、さまざまな事情が偶然重なったために互いに死んだと思っていたのだということしか知らなかったのだった。

第二十九章

次の日の夕食後、フローラとロザベラが二人きりになったとき、フローラは言った。「ねえ、ローザ、フィッツジェラルドさんのことを聞くのはとてもつらいこと？」

「いいえ、その傷はもう癒えたわ。」ローザは答えた。「今では、ただただ悲しい記憶に過ぎないわ」

「ブライト夫人は、結婚する前にフィッツジェラルド家の住みこみ家庭教師をしていたそうなの。」フローラは言った。「フィッツジェラルドさんが失踪してしまって、その理由は謎のままだということは、お姉さまも聞いたことがあると思うわ。ブライト夫人はそれについて何か知っているのではないかと思うの。それで、わたし、あの人に聞いてみようかと思っていたのよ。でも、お姉さまが急に現れたでしょう？　お互いにたくさん話さなきゃならないことがあったものだから、そのことを忘れてしまっていたの。わたし、ブライト夫人にここに来てもらって、フィッツジェラルド家にいたときにどんなことがあったか話してくれるように頼んでみようかと思うのだけれど、それには反対かしら？」

「わたしは、わたしたちがフィッツジェラルドさんと関わりがあったことをブライト夫人に知られるのは、気が進まないわ」と、キング夫人は答えた。

「それは、わたしもそうよ。」フローラは言った。「フィッツジェラルド夫人がわたしたちの知り合いで、ご近所の方でもあるから、興味があるのだと言っておけば、それでじゅうぶんじゃないかしら」

そして、フローラはその家の女主人に、その部屋に来て二人と一緒にすわってくれるよう頼んだ。ブライト夫人がやって来ると、少しばかり当たりさわりのないおしゃべりをしてからフローラが言った。「フィッツジェラルド夫人が、ボストンでのわたしたちのご近所の方だというのはご存知ですわね。フィッツジェラルド家でのあなたの経験に、わたしちょっと興味があるのですけれど、話してくださる？」

「フィッツジェラルド夫人は、いつもとても礼儀正しく接してくださいましたよ」と、ブライト夫人は答えた。「それに、フィッツジェラルドさんに関しても、個人的には何も落ち度を感じることはありませんでした。北部の女教師というのはフィッツジェラルドさんにとっては退屈な存在だろうとは思いましたけど。南部はこの国でもっとも美しい場所の一つです。一家が夏を過ごしていた沿岸の島は、神の怒りを買う前のエデンの園みたいにきれいだって思ったものです。ですが、わたしはそこでくつろいだ気持ちになることはありませんでした。物ごとのありようが好きになれなかったんですよ。日々の仕事はすべての人が助けあって行なうべきだというのがわたしの信条です。仕事は山のようにあるじゃありませんか、ねえ、奥さま方。なのに、ある者は労働で背中を痛めているのに、ある者は運動不足で背中が痛いとぶつぶつ言っているなんて、正しいとは思えないんですよ。わたしは、ニューイングランドの自立した慣習を持ってますから、人にあんまりあれこれやってもらう気になれないんですよ。ヴィーナスという名の黒人の女性がわたしの部屋係でした。わたしがそのプランテーションで過ごした最初の夜、その人がひざまずいてわたしの靴とストッキングを脱がそうとするのを見て、閉口しました。自分で脱げるから、もう下がっていいと言いました。ヴィーナスは驚いたようでしたけど、どうもわたしがレディではないからそんなことを言うのだと思ったようでした。でも、黒人の人たちは皆、わたしを好きになってくれましたよ。どういうわけか北部の人間は黒人の友だちで、自分たちを自由にするために何かやっているのだと思ってくれているようでした」

「とすると、ほとんどの黒人たちは自由になりたがっていたのですね？」フローラが尋ねた。

「もちろん、そうですとも。」ブライト夫人は答えた。「奴隷でありたい人がいるなんて、聞いたことがあります？」

キング夫人はフィッツジェラルド氏は厳しい農園主だったかと尋ねた。

「厳しかったとは思いません」とブライト夫人は答えた。「フィッツジェラルドさんは、使用人にとても寛大で親切な方だったと思っています。ですが、若い頃の習慣のせいで、怠け者で自分勝手な人になっていました。奴隷監督には好きなようにやらせていました。その上、あの方はお酒を飲んでいないときは感じのいい紳士でしたけど、お酒が入ると暴力的になりました。わたしがフィッツジェラルド家に行ったときには、もうかなり酒浸りになってしまっていましたね。あの方はとても美男子だったと皆言ってましたけど、わたしが初めて会ったときには赤ら顔でむくんでしまっていました。フィッツジェラルドさんには放蕩者の友だち連中がいたもので、その人たちがよくサヴァンナのフィッツジェラルド家に集まっては、夜遅くまでトランプで賭けごとをしていましたね。お酒のせいで、皆しょっちゅう馬鹿騒ぎをしたり、けんかをしたりしてね。フィッツジェラルド夫人は、わたしの前では、そのことに関して一切何も言いませんでした。でもそのことで悩んでいらっしゃったのは確かですよ。というのも、夫人が夜、ご自分の部屋に引きあげたあとで、よく部屋の中をぐるぐる歩きまわっている足音が聞こえていましたから。実際のところ、フィッツジェラルドさんの友だち連中が大騒ぎをしているせいで、その人たちが帰るまでなかなか寝つけなかったんです。ときどき、賭けごとがお開きになったあとで、その人たちがポーチで話しているのが聞こえましたけど、その冒瀆的な罵りや猥褻な冗談は聞くに耐えないものでした。それなのに、次の日に会うと、みんな上品な紳士然としていましたね。その人たちは、酔っぱらうと黒人と奴隷制廃止論者たちのことで頭がいっぱいになるみたいでした。ある夜の出来ごとを特に覚えています。話していた内容からすると、どうもその人たちはある北部の新聞に載っていた、奴隷所有者が聖餐式に参加するのを許すべきか否かをめぐる議論を読んでいたようでした。酔っぱらっているせいでその話し方はめちゃくちゃでした。もしうちの夫がそれを聞いていたら、とても面白おかしくその様子を説明できたでしょう。千鳥足でよろよろ階段を下りていきながら、歌っている人もいれば罵っている人もいました。そのうちの一人がこう喚くのを聞いたんです。『未来永劫、あいつらの魂なんぞ呪われちまえ。あいつらは俺たちを聖餐台の席から追いだすつもりだ！』もちろん、わたしはその話を初めて夫に話したとき、わたしは『あいつらの魂なんぞ、の…』と言っただけで、そんな言葉は口にできなかったんですよ。でも、夫はそんなことはまったくごまかしに過ぎないって言うんです。『誰だって「の…」と言えば何を意味するかわかっているんだから、馬鹿者の名前を言わずに、馬鹿者の顔を指すようなもんさ』って。ですから、わたし、今もこの言葉を聞いたまんま、口にしたんです。その会話を聞いたときは本当にショックを受けましたし、それを口にするなんてとてもよくないことだと、あなたがたはお思いになることでしょう。でも、それを敢えて申し上げたのは、わたしがあの頃、ふと気がついたらどんな状況の中にいたかということを少しでもおわかりいただきたかったからなんです」

キング夫人はブライト夫人の話を、悲しみに沈んで黙ったまま聞いていた。ブライト夫人の話すフィッツジェラルド氏は、自分の幼い恋心を勝ちとったあの若く優美な紳士とはまったく違っていたし、同一人物だとはとても思えなかった。

「フィッツジェラルドさんは、あなたが去る前に亡くなったのですか？」とフローラが尋ねた。

「わたしは、フィッツジェラルドさんがいつ、どのようにして亡くなったのか知らないんですよ」とブライト夫人は答えた。「でも、わたしなりの推測は持っているんです。それについては、フィッツジェラルド夫人にはもちろん、夫以外の誰にも話したことはありません。奥さま方、わたしがそのことについてお話ししたとしても、絶対に秘密にしてくださいますね」

ローザとフローラは誰にも言わないことを約束し、ブライト夫人は話を続けた。

「わたしはフィッツジェラルド家の秘密を詮索したりしたことは、一度もありませんでした。でも、この目で見てしまったり、そこから推測したり、それにおしゃべりな部屋係のヴィーナスが話していたことなんかから、知りたくなくても知ってしまったこともあるんです。ヴィーナスは、実は旦那さまはあるスペイン人の女性と結婚していたんだって言っていました。見たこともないほど美しい女性だったそうです。でも、ミルク・フェイス《牛乳色の顔》ってヴィーナスはフィッツジェラルド夫人を呼んでいたんですが、そのミルク・フェイスと結婚したあと、そのスペイン人女性を密かにどこかへやってしまったそうなんです。ヴィーナスは、わたしが彼女を知ったときでも、まだかなりきれいでした。ヴィーナスが自分でしょっちゅう言っていたことから察すると、彼女が若い頃は、フィッツジェラルドさんからとても可愛い娘だと思われていたようです。その上、彼女はしょっちゅうわたしに、旦那さまは『わたしら、女に関して』かなりの目利きだ、と言っていました。ヴィーナスにはきれいなムラートの娘がいたんですが、その子の顔立ちはフィッツジェラルドさんにとてもよく似ていて、ヴィーナスはそれにはそれなりの理由があるって言っていました。もちろんフィッツジェラルド夫人もそう考えているに違いないと、わたしはよく思いました。というのも、夫人はいつもそのきれいなムラートの娘のネリーにつらくあたっているように見えましたから。フィッツジェラルドさんにはジムという従者奴隷がいました。ジムはとても上品に気取った感じでしたので、わたしはいつも『カロライナのダンディ・ジム』[*1]と呼んでいました。このジムとネリーは互いに恋に落ちたんです。ところが、主人であるフィッツジェラルドさんは自分勝手な理由から、二人が会うことを禁じました。それでもネリーが自分の監視をすり抜けてジムと会っているのを知ると、フィッツジェラルドさんはジムをニューオーリンズの奴隷商人に売ってしまったんですよ。かわいそうに、ネリーはきれいな目を泣きはらしていました。ジムが売られてしまった一日か二日後でしたが、フィッツジェラルドさんと奥さまはビューフォートにどなたかを訪ねていく用事があって、坊ちゃんとお嬢ちゃんも連れて出かけていったんです。一家が出かけている間、わたしは、自分の部屋の壁が修理中だったので、夫妻の寝室を使っていいと言われていました。一家が出かけたその晩、わたしはかなり夜遅くまで本を読んで起きていまして、その寝室へ行ったとき、使用人たちは皆もう眠っていました。わたしが寝る前に鏡の前で髪を整えていると、その鏡に映っているベッドの辺りが偶然、目に入りました。そのとき、黒い目がカーテンの

＊1　ミンストレル・ショーの曲『カロライナのダンディ・ジム』（一八四三年、サイラス・セクストン・スティール作詞）から取ったあだ名。

隙間からのぞいているのがはっきりと見えたんです。それはもう、驚いて心臓が喉から飛びだしそうになりました。でもなんとか、叫んだり飛び上がったりしないだけの冷静さは保つことができました。わたしはときどきその目のほうを見ながら、髪をとかし続けました。わたしはこう考えていました。もしもその男がこのプランテーションの黒人の一人なら、決してわたしに危害を加えようとはしないはずだわ、彼らは皆、わたしが彼らの味方だと知っているのだからって。わたしは自分の持っている理性を掻きあつめて、どういう行動に出るのが一番いいか考えました。もしも他の使用人を呼んだりすれば、追いつめられたその男は、自分の身を守るために、わたしに危害を加えるかもしれないと思ったんです。わたしはよく聞こえるような声で独りごとを言うことにしました。何気なく、カフスや付け襟を外したり、ブローチや時計をテーブルの上に置いたりしながら、独りごとを言いつづけたんです。『フィッツジェラルドさんと奥さまが、あまり長いことビューフォートに滞在なさらないといいけれど』とわたしは言いました。『ここは寂しいわ。それにこの部屋ではくつろげないし。ベッドに入っても眠れそうにないわ。もう少し本を読むことにしましょう。』それから、テーブルと椅子を見まわして、こう言いました。『あらまあ、本を下の部屋に置いてきてしまったわ。取りにいかなきゃ。』こう言って、下の客間に下りていき、そこで鍵をかけて閉じこもりました。その二、三分後に、黒い人影が忍び足でポーチを歩いていくのが見えたんです。月の光の下で見まちがえたのでない限り、その人影は、ダンディ・ジムでした。わたしは不思議に思いました。だって彼はニューオーリンズに売られていく途中であるはずなのですから。もちろん、その夜は一睡もしませんでした。朝になって、使用人たちが皆起きて仕事を始めたとき、もう一度、夫妻の部屋に行ってみました。わたしがわざと置いていったブローチと時計は、そのままテーブルの上にあったので、忍んでいた男の目的が強盗ではないことは明らかでした。わたしはその出来ごとを誰にも話しませんでした。ジムが気の毒で、もしも彼が逃亡したのであれば、捕まってしまう原因になるようなことをする気はありませんでした。たとえ彼が心の中で、どんな悪いことをしようとしていたのだとしたって、それを実行しなかったのですし、まだうろうろとその周辺に留まっていることはありえませんでしたから。わたしはそのあと、黙っていて本当によかったと思いました。というのは、次の日、奴隷商人の代理人がやって来て、ジムが逃亡したことを告げ、妻が暮らしているあたりに潜んでいるかもしれないと言ったのです。フィッツジェラルド夫妻が戻ってくると、夫妻はネリーにそれについて尋ねました。でもネリーは、ジムが売られてしまってから、彼を見てもいないし何の便りもないと言い張りました。フィッツジェラルドさんはその日の午後、馬に乗って出かけていきました。夜になってから、その馬だけが空っぽの鞍を載せて戻ってきて、そして、フィッツジェラルドさんのほうはそれ以来二度と戻らなかったんです。その次の朝、ネリーが姿を消し、そして二度と見つかりませんでした。わたしは自分に起きた出来ごとを誰にも言わずにいて本当によかったと思いました。もし誰かに話したりしていたら、そのせいでジムとネリーに違う結果をもたらしてしまったかもしれないし、フィッツジェラルドさんにとっても大して役には立たなかったでしょう。わたしは森の中をくまなく探してみましたが、フィッツジェラルドさんが残したような跡は何もありませんでした。ただ一つだけ、海のそばで潮が満ちる前に見つけた足跡以外はね。わたしはその頃にはもう、北部へ戻るための準備を整えていました。でも、フィッツジェラルド夫人の二番目の息子さんが高熱を出してしまったので、その子が亡くなり埋葬されるまで、わたしは夫人のそばについていたのです。それから皆で一緒にボストンに帰りました。それからほぼ一年後に、わたしの生徒だった、小さなお嬢さんもまた亡くなったのです」

「お気の毒なフィッツジェラルド夫人！」フローラが言った。「夫人が、幼い子どもたちを亡くされたことはそれとなく聞いていたけれど、でもそれほどに苦しい思いをされたなんて思わなかったわ」

「ええ、苦しい思いをされましたよ」とブライト夫人は答えた。「ただ、そんな状況にあったら普通の人はもっともっと苦しんだだろう、とは思われましたけれどね。夫人の今の状況は人が羨むものとは程遠いものですよ。夫人のお父さまは頑固で貪欲な人で、夫人の華やかな結婚がそのような失敗に終わったことを、とても怒っています。自分と息子の生活費を父親に頼らざるを得ないことは夫人にとってとても屈辱的なことに違いありません。わたしもあの方を気の毒に思っています。フィッツジェラルドさんのこともです。フィッツジェラルドさんは身勝手で放蕩者だったけれど、それは彼がたくさんのお金と、なんでも言うことを聞く奴隷に囲まれて育ったからですよ。どんな人だって、そんな状況では甘やかされて育ってしまいますとも」

ローザは目を伏せてそれを聞いていたが、今や顔を上げ、真剣な目でこう言った。「それはとても寛大なご意見ですわ。ありがとう、勉強になりますわ」

「ただの、公平な意見ですよ」と分別ある女主人は言った。「わたしは夫によく言うんですよ。自分の用事は自分でやり、生計を立てられるような人生に生まれついたことは、どれほど神に感謝してもしきれないくらいだとね。さて、そろそろ失礼しますね、奥さま方。お茶の用意をする時間ですから」

彼女がドアを閉めて去っていくと、ローザは妹の手を握りしめ、ため息をついて言った。「ああ、なんてひどいこと！」

「確かに、ひどい話だわ。」フローラも言った。「わたしが『プティ・ブラン、モン・ボン・フレール！』を歌って、あなたが顔を真っ赤にした頃のフィッツジェラルドさんからは考えられないことだわ。そんな最期を迎えることになるなんて！」

姉妹はしばらく黙ってそこにすわったまま、目に涙を浮かべて、自分たちにあれほどひどいことをした男が、もっと昔に見せた親切で好意的な様子を思いだしていた。

第三十章

たとえもし、フィッツジェラルド青年がそれほど強くノーサンプトンで夏を過ごしたいと望まなかったとしても、彼の世俗的な母親と祖父がそうするように説得していたことだろう。フィッツジェラルド夫人と父親のベル氏は、ジェラルドをユーラリア・キングに近づけようと躍起になっていた。六月になると、彼らはラウンド・ヒルに夏の滞在先を確保した。ジェラルドの大学の夏期休暇が始まるまでは残すところたったの数週間だったのだが、彼はその数週間をとても長く感じ、指折り数えて休暇を待ちのぞんでいた。彼は、祖父の滞在先に落ちつく前にも、二度そこを訪れた。アルフレッド・ブルーメンタールもちょうど大学の休暇が始まっていたので、三家族の若者たちはほとんどいつも、ともに過ごすこととなった。彼らの歌や合唱は、家族の夜の時間を生き生きとしたものにし、彼らはほぼ毎日、ボートや乗馬を楽しんだが、そこにはキング夫妻とブルーメンタール夫妻が必ず付きそった。どれほどそのあたりの場所に慣れていっても、そこの風景が見せる新鮮な魅力は褪せることがなかった。豊かに茂った牧草地の間を、日の光に輝きながら、穏やかに流れる美しい川は、ブルーメンタール氏にはメンデルスゾーンの楽曲が形を持って現れでたもののように見えた。また、ドイツに行ったことのあるキング氏にとっては、見渡す限り広々と広がる同じ高さの新緑や、その間をきらきらと銀色に輝きながら流れる広い川、山の中の川沿いの部分を縁取っている深く暗い森などは、ライン川や黒い森《シュヴァルツヴァルト》*1を思いださせるものだった。その一行のもっと若い者たちはとりわけ、まるで休暇を迎えて大喜びで家に帰る途中の幼い少年たちが声を上げ、笑い、飛びはねて喜んでいるかのように、ミル河がしぶきを上げてコネティカット河と合流する景観を楽しんだ。デラノ夫人は、ホリヨーク山の頂上から眺める風景を特に好んだ。そこから遠くに見える美しい村々の風景は、そこに渦巻いているに違いない情熱や力や、怒り、もがき、傷つけあうような悲しみを微塵も感じさせないように穏やかに見えた。また草原の広がりの中には、つやつやと豊かに緑色の葉を生いしげらせ、垣根に仕切られたりするわけでもなく堂々と続いていくトウモロコシ畑と、その向こうの、さざ波をたてる海のような、黄色く実った小麦畑とが交互に並び、眺めに変化をつけていた。それらの二色の作物の畑の連なりは、ホリヨーク山の山頂から見ると、美しい縞模様のキャラコの布のように見え、あたかもその畑たちが仕事日に縞模様の仕事着を着こんでいて、その絵のように美しい着こなしに、木々の葉を豊かに茂らせた山々が見とれているのを、畑たちの側もじゅうぶんに意識しているかのように、デラノ夫人には思われた。そこに広がる、静かで牧歌的な美しい

*1　ドイツ、バーデン地方に広がる森。密集して生えるトウヒのために黒く見える。

眺めには、この教養ある女性の思慮深い精神に特に共鳴するものがあった。そのすべてを見下ろす穏やかな高みから、すべてが遠くに小さくなっていくのを眺めながら、この年齢に伴う叡智を備えた女性は、穏やかに遠く広がる人生の全景を眺めてもいたのだった。
　馬に乗ったこの一行は、通りを通るたびに大いに村人たちの注意を引いた。というのも、村人たちは皆、彼らがとても裕福だという噂を聞いていたし、また彼らの容姿の美しさや洗練された服装にも驚かされたからだった。その頃、フランスのウジェニー皇后*2が、全世界が「原始的黄金《バーバリック》*3」で輝くべしとする令を出していたのだが、これは華やかなものが大好きなフローラとローザにとっては決して悪趣味には思えなかった。ユーラリアとローゼン・ブルーメンの黒髪には、スコットランド・キングサリ（黄色い花のマメ科の木で復活祭の飾りに使用する）の長いツルが編みこまれて、黄金色のつり鐘型の花が黒髪の間からのぞいていた。また、フローラの黒い巻き毛には、一房の黄金色の小麦が編みこまれ、その茎が光っていた。そして、キング夫人の乗馬帽の端には、金を散りばめた、「夜の闇のワタリガラス*4」のような、長く柔らかい鳥の羽が金のブローチで帽子のバンドにとめられ、ふわりと垂れていた。フィッツジェラルド夫人でさえもこの一時期は、彼女のお決まりの月を思わせる装いに変化を与え、青い花々に金色のつぼみを織りまぜて飾っていた。デラノ夫人はその一行の中で夜のように涼やかに、小さな灰色のボンネットをかぶっていたが、そのボンネットには、二、三本のスミレの花が、銀色の葉の形のブローチに半分隠れるように飾られていた。老いたベル氏

*2　ウジェニー・マリア・ド・モンティジョ（一八二六―一九二〇）、ナポレオン三世の妃。一八五三年から一八七〇年の間フランス皇后として在位。

*3　ジョン・ミルトンの『失楽園』より。『失楽園』ではバーバリックという語は「東洋の」という意味も持つ。

*4　ミルトンの仮面劇『コーマス』より。夜の闇の中で光沢を放つような漆黒の羽の描写。

は、そのような遠出にはあまり加わることはなかったが、彼の白髪と、長く絹のような白いあごひげは、その一行の中で絵のように映えた。だが、その横柄な態度や厳格な口元、冷たい青い目や、固くこぶしを握りしめている様子などを一目見るだけで、人々は彼が生粋の特権階級の人間だとわかるのだった。キング夫人の美しさはベル氏に、ジェラルドが予想した通りの効果をもたらしたようだった。若い頃にも見せたことがないような伊達男ぶりで、ベル氏はキング夫人が手綱を握るそばに熱心に近づき、また孫息子が夫人の美しい唇から微笑みを引きだすたびに、嫉妬している様子であった。

ベル氏とフィッツジェラルド夫人はどちらも、ジェラルドとユーラリアがみるみる親しくなっていくのを、大いに満足して眺めていた。「ジェラルドには最高の相手じゃないか、なあ?」とベル氏は娘に向かっていった。「皆、キング家には少なくとも三百万ドルの財産があると話しておる。いや、四百万ドルだと言う者もいるぞ」

「それに、ユーラリアは本当に、可愛らしくて優しい娘だわ!」フィッツジェラルド夫人は言った。「わたしあの子を本当に気に入っているのよ。あの子のほうでもわたしを好きなようだし。もちろん、それはあのハンサムな息子の母親だからでしょうけれど」

「ああ、確かにあの子は可愛らしい娘だ」と、その老紳士は答えた。「もしユーラリアを勝ちとることができたら、ジェラルドはまったく幸運なやつさ。だが美しさにかけては、あの娘は母親にはかなわんな。もしわしがフランス皇帝[*5]で、キング夫人が夫を亡くしていたならな、誰を妃に選ぶかは明らかだよ」

だがキング夫人のほうは、そのような愛に満ちた雰囲気の中で、人々の大いなる称賛の的でありながら、また自分の慈善や好みを満たす手だてがたっぷりあるにもかかわらず、幸せではないらしいことは誰の目にも明らかだった。

＊5　この頃にウジェニーを后としたナポレオン三世を指す。

も明らかだった。フローラはその様子を見てとると、いったいなぜなのだろうかとしばしば夫と話しあった。ある日、彼女がキング氏に、姉がすっかり明るさを失ってしまったことについて尋ねると、キング氏は、フィッツジェラルド青年がロザベラに死んだ息子のことを思いださせ、それが彼女を苦しめているのではないかと話した。

フローラはその答えには満足できず、考えこんだ。

「それはおかしいと思うわ」とフローラは夫に言った。「だってロザベラがその赤ん坊と別れたのは、まだ生まれて二、三週間の頃だったのだし、その子が亡くなって二十年近く経っているのよ。ロザベラには愛するユーラリアがいるし、妻が歩いた地面すら崇拝するような、高潔な夫もいるのよ。だから、それが理由だというのはおかしいと思うの。ロザベラは癌か何かの重い病気を隠しているのではないかしら」

フローラは持ち前の優しさを倍にして、得意の人まねで精一杯、姉を楽しませようとした。子どもたちは彼女が足を引きずるような黒人の踊りを踊ってみせたり、自分たちが歌っているさいちゅうに、コントラ・ファゴット（オーボエ類中、最大の楽器）をまねた低い唸り声やファイフ（高音の横型フルート）のような甲高い声を出すので、大笑いした。しかし、どれほどフローラがモノマネドリの声を部屋いっぱいに張りあげても、オウムの話芸をまねてみても、マダム・ギルラーンドのような巨大なリボンをつけた帽子をかぶって見せても、シニョール・ピメンテーロをまねた騒々しいイタリア語で叱りつけるふりをしてみても、役には立たなかった。フローラのそれらの努力は、せいぜいロザベラからかすかな微笑を引きだすのがやっとであり、その微笑もすぐに消えさってしまうのだった。

キング氏はそれらすべてに気がついていたし、妻の悲しみが日に日に増していくらしいのを見て心を痛めていた。彼は、フィッツジェラルド青年が、容姿だけでなく父親の性質を受け継いでいることを恐れ、娘の結婚相手としては賛成ではなかった。だがそれでも二人が親しくなることを後押ししていたのは、その青年が妻のお気に入りのようであったし、また彼が義理の息子になれば、最初の息子を失った妻の悲しみを埋めることができるかもしれないと考えたためであった。しかしながらキング氏は、乗馬や遠出のとき、妻がフィッツジェラルド青年を娘から懸命に引きはなし、自分のそばにいさせようとするのに気づいて、驚いていた。彼女が関心を向けると、たいていフィッツジェラルド青年は大喜びで応じた。しかし、青年が自分の年齢にふさわしいほうの魅力にさからえず、すぐにユーラリアに関心を戻してしまうと、妻の顔には明らかに、苦痛の表情が浮かぶのだった。キング氏はこうしたふるまいに戸惑い、苦悩した。それまで、夫妻の間には互いへの完全な信頼があった。なぜ妻はそれほどまでに、自分に距離を置くようになってしまったのか？　初恋の残り火がいまだに妻の心にくすぶっていて、夫への細やかな思いやりのためにそれを隠そうとしているのか？　彼はそうとは信じられなかった。妻はよく、愛する価値のない者を愛することなど不可能だと言っていたからだ。時折、別の考えがキング氏の心をよぎり、彼はすぐにそれを打ちけしたが、心はひどく苦悩した。「奥ゆかしくて品位ある妻がこの若者に恋をしているなどということはありうるだろうか？　自分の娘にふさわしい年齢の若者に恋をしているなどということが？」この謎の暗雲がどのようなものであったとしても、それはキング氏の家庭に冷たい影を落としていたし、彼はその雲の存在をもはや耐えがたいと感じた。彼は妻にその理由を問いただし、もしも自分の推測のうちのどれかが当たっているとすれば、すぐにヨーロッパに戻ることを妻に提案しようと決心した。このとき、キング氏は一人で散歩に出ていて、歩きながらこれらの考えを思いめぐらせていたのだったが、家に戻り寝室に入ってみると、妻はベッドの横にひざまずき、激しくすすり泣いていた。心からの優しさで、キング氏はなぜそれほどに嘆きかなしんでいるのかと尋ねた。

妻は激しい感情のこもった声で答えた。「おお、アルフレッド、これをとめなくてはならないわ！」

「何をとめなくてはならないんだい、ローザ？」彼は言った。

「ジェラルド・フィッツジェラルドはわたしたちの娘を愛してはならないのよ。」彼女は答えた。

「わたしは、君がそれを喜ぶと思ったんだが」と彼は答えた。「あの青年は君のお気に入りのようだったからね。わたしは彼をユーラリアの相手に選びたくはなかったんだよ。彼が父親の性質を受け継いでいることを恐れたのでね。だが、ジェラルドは奴隷に囲まれて育ったわけではないことを思いださなくてはいけないよ。そのことが彼を、父親の性質とはまったく違うものにしていると信じてもいいのではないかとわたしは思うのだが」

彼女は大きな声で呻き、さらに声を上げてすすり泣いた。「二人をとめなくてはならないのよ。さもなければわたし、生きていられないわ」

キング氏は妻のそばにすわると、彼女の手を取り、とても真剣な声で言った。「ローザ、君はよく、わたしは君の一番の友だと言ってくれたね。それなのに、何が君を苦しめているのかをどうして打ち明けてくれないのだね？」

「ああ、打ち明けるなんてできないわ！　できるわけないわ！」彼女は叫んだ。「わたしは、罪深い卑怯者なの。」そう言うと彼女は、声が聞こえないように顔をベッドカバーに押しあてながら、再び、激しくむせび泣いた。

「ローザ」と彼はいっそう真剣に言った。「どうか、この奇妙ななりゆきの意味を話しておくれ。もしも、取るに足らない情熱に君が捕らわれているのならば、自分のためにも、わたしのためにも、そして娘のためにもそれを乗りこえるのが君の義務なのだよ。君が打ち明けてくれるのなら、わたしはそれを厳しく断罪したりはしない。君を連れてヨーロッパに戻り、立ちなおるのを手助けするつもりだ。だから正直に話しておくれ、ローザ。君はあの青年に恋をしているのかい？」

ローザは突然顔を上げ、そして、深い悲しみに満ちた夫の顔を見つめると、こう叫んだ。「まあ、アルフレッド、あなたがそんなふうに考えていたのだったら、わたしはすべてを話さなくてはならないわ。ええ、わたしはジェラルドを愛しているの。でもそれは、彼がわたしの、わたし自身の息子だからなのよ」

「君の息子！」キング氏は飛び上がって叫んだが、それまで重くのしかかっていた重荷は彼の心から取りさられていた。彼は妻を胸に抱きあげ、その涙で濡れた顔に何度も何度もキスをした。急にあまりに安堵したために、キング氏は一瞬、妻が告白したことの奇妙さを忘れたのだった。だが、すぐに我に返ると、妻に尋ねた。「君の息子がフィッツジェラルド夫人の息子として育てられたりするなんて、そんなことがどうして起こりえるんだい？　もしそれが本当なら、なぜそれを話してくれなかったのだね？」

「わたしは結婚を承諾するときに、あなたにそれを話さなくてはならなかった。」ローザは答えた。「でも、あなたの温かい愛情は、わたしにとってかけがえのないものだったの。だから、あなたの愛情を損なってしまうようなことは何も言う勇気がなかったのよ。許して、あなた。あなたを裏切るようなことは、これ以外何もないわ。でも、今はすべてを話さなくてはならないわね。もしもそのために、あなたの愛情が変わってしまうようなことがあったとしても、自分がしたことへの罰として、わたしはそれに耐えなくては。フィッツジェラルドさんがどのようにわたしを捨てたか、そして自分が奴隷だと知ったとき、わたしがどれほど打ちのめされたかということは、もう話したわね。その後、長く病気になっていたせいで、わたしは魂が身体から離れたようになってしまっていたの。やっと正気に戻ったとき、わたしは生まれてくる子どものために、わたしを解放して自由黒人にしてくれるよう、フィッツジェラルドさんに懇願したわ。彼は解放すると約束した。なのに、やはり解放してくれなかったのよ。赤ん坊が生まれたとき、わたしはもう心がぼろぼろになっていて、死んだほうがましだと思っていたわ。わたしは、生まれてきた無力な赤ん坊を愛していた。でもその子を見るたびに、その子が奴隷として生まれてしまったことがつらくてたまらなかったの。わたしは何度も何度も解放証書を求めてフィッツジェラルドさんに手紙を送ったけれど、書類はこなかった。それが、ただ単に、フィッツジェラルドさんが書類を書くのを面倒がっているだけなのか、それとも彼に騙されたとわかって、わたしが彼に冷たく当たったことに対する罰なのかはわからなかった。わたしは長いこと病気になっていたせいで、身体も弱ってしまっていて、心も弱っていたの。フィッツジェラルドさんに対する怒りも感じなかったわ。彼を許し、彼の若い奥さまに対してでも気の毒に思っていたの。わたしをこの世につなぎとめていた唯一のものは、赤ん坊だったわ。わたしはなんとか元気を回復したいと思ったの。その子を、奴隷制の魔の手が届かない、世界のどこか別の場所に連れていけるようにね。わたしがそんな状態だったときよ。マダムがデュロイさんを寄こして、フィッツジェラルドさんが負債を抱えていて、わたしをあの嫌なブルートマンさんに売ってしまったのだと知らせてきたのは。ブルートマンさんは、わたしがずっと、この世で一番汚らわしい魂の持ち主だと思っていた男だった。その残酷な仕打ちと、その恐ろしい危険がわたしを狂わせてしまったのだと思うの。わたしの魂は憎しみと復讐の念で荒れくるっていたのよ。もしもフィッツジェラルドさんが目の前に現れたとしたら、わたしは彼を刺しころしたに違いないわ。あんな感覚を味わったのは、あとにも先にもあの一度きりよ。そのとき運悪く、クロエがフィッツジェラルド夫人の赤ん坊を連れて、そのコテージを訪ねてきていたの。そして、その赤ん坊はわたしの赤ん坊の隣に、並んで寝かせられていたの。わたしは赤ん坊を両方とも殺して、自分も死んでしまおうという恐ろしい思いにとり憑かれたわ。そして実際に、凶器になるものを探して立ち上がったの。でもそのとき、あの忠実なチュリーがわたしのところに、何ごともないか様子を見にくる足音が聞こえたので、わたしは再びベッドに横になって、眠っているふりをしたわ。チュリーがわたしをじっと見つめるのをやめるまで、眠ったふりをして待っているうちに、その恐ろしい考えは静まっていった。ありがたいことに、わたしはそんな恐ろしい罪を犯さずに済んだわ。でもわたしはそれでもまだ、屈辱と恐怖で半分おかしくなっていたのね。荒々しい、真っ暗な嵐が魂の中で唸り声を上げて吹きあれていたのよ。わたしはその二人の赤ん坊を眺めて、そのうちの一人がどれほど甘やかされ、敬われて生まれたことかと思ったわ。もう一人の赤ん坊が奴隷として生まれ、心無い父親か、もしくは父親の債権者によって売りとばされてしまいそうだというのに。わたしの赤ん坊は、フィッツジェラルド夫人の赤ん坊よりも一週間早く生まれただけで、その弟と大きさは全然変わらなかった。二人はまったくよく似ていて、わたしでさえ、着せられた服でしか見分けられないくらいだったの。わたし、赤ん坊の服を取りかえたのよ、アルフレッド。赤ん坊たちの服を着せかえながら、こう考えて笑っていたの。もしもフィッツジェラルドさんがわたしと赤ん坊を捕まえてブルートマンさんに引きわたすとしたら、彼は自分とリリー・ベルの息子を売りとばすことになるんだわって。そんな気持ちになるなんて、まったくそれが自分だとは思えない。気が狂っていたのだと信じたいの。そう思わない？」

キング氏は妻を胸に強く抱きしめながら、答えた。

「君は、気が狂っても当然な苦しみを与えられたのだよ。そして、あまりにも強い不安のせいで理性が揺らいでいたのだと思うよ」

ローザは不安げに夫の顔を見上げ、そして尋ねた。

「じゃあ、わたしへの愛情が前よりも冷めてしまってはいないの？」

「そんなことはないよ、君」と彼は答えた。「そんな恐ろしい感情に突きうごかされたのは、わたしの優しいローザではないとわかっているからね」

「ああ、どれほどありがたいことか、あなた。わたしに対してそんな慈悲深い気持ちで判断してくださるなんて。」彼女は言った。「あれが一時的な狂気だったと信じたいわ。それに、いつもそのことを考えると、やはり狂っていたのだとしか思えないの。わたしは自分がした復讐に満足して微笑みながら眠りに落ちてしまって、とても長く、ぐっすりと眠ったの。目が覚めたとき、最初に心に浮かんだのは、赤ん坊の服を元通りに着せかえなくては、ということだった。でも、クロエはわたしの赤ん坊を連れてプランテーションに帰ってしまっていて、デュロイさんがわたしを夜明け前に小舟に乗せようとせき立てていたの。わたしは自分のしたことを誰にも話さなかったわ。でもそれからずっと深い後悔に苛まれて、苦しみつづけてきたの。その取りかえられた赤ん坊を優しく世話して、実の母親なら与えたはずの教育を与えることで、自分がしたことをできる限り償おうと決心したの。その思いが、わたしに音楽の世界で精一杯働く力を与えたのよ。その思いが、人前に出ることが嫌いだったわたしを、オペラ歌手として舞台に立たせたの。その赤ん坊が亡くなったと知らされたとき、わたしは自分を責める気持ちに苛まれて、そしてまた、その苦しみを誰にも話せないこともとてもつらかったわ。でもその後、あなたがわたしの前に現れて、深い愛情でわたしをなぐさめ、力づけてくれた。だから再び、少しずつ明るさを取り戻すことができたのよ。もしも、あなたがわたしに結婚を申しこんでくれたとき、あの取りかえられた赤ん坊が生きていたとしたら、わたしはあなたにすべてを話していたと思うわ。でも、あのかわいそうな赤ん坊は亡くなってしまっていて、自分が犯した罪を告白する必要はないように思ったの。身勝手だったわ。わたし、自分の傷ついた心にとってかけがえのないものになっていたあなたの愛情を、少しでも失うと思うと耐えられなかったのよ。ああ、でもやっとすべてを話すことができたわ、あなた」

「君がそのことを隠していた理由は、わたしにとってはとてもうれしいことだよ」と彼は答えた。「だが、やはり我々がヨーロッパにいたときに、それを話してくれなかったのは残念だ。だってあのときに知っていたら、すべての問題が解決されるまではアメリカに戻らなかっただろうからね。フィッツジェラルドさんが亡くなったとわかるまでは、わたしがアメリカに戻ることを君に持ちかけなかったのはわかっているだろう」

「あなたにフィッツジェラルドさんの死を知らせたアメリカの紳士のおかげで、わたしは勘違いしてしまったんだわ。その勘違いがこのような惨めな状況を引きおこしてしまったのね」とローザは言った。「その人はフィッツジェラルド夫人が夫と息子をほぼ同じ頃に亡くしたと言っていたわ。わたし、彼女に二人目の息子が生まれていたとは知らなかったので、わたしの最初の息子が亡くなったのだと思ったの。あなたが、老後を生まれた国で過ごしたいと思っていることや、特にユーラリアをニューイングランドで結婚させたいと思っていることはわかっていたわ。他の人の息子として生きている息子に再会してしまったり、息子から自分が他人に思われるというような恐れは、その子が亡くなってしまったことで、もう消えていた。もちろん、その子が亡くなったと聞いてわたしは密かに涙を流したけれど、心の重荷は取りさられていたの。でも、**復讐の女神たち**[*6]は犯人がどこに行こうともついて回ると昔から言うけれど、わたしの場合、それは本当だと証明されたようね。グリーン夫人の舞踏会の日、わたしはリヴィア・ハウスで二人の紳士がベルさんについて話しているのを聞いたの。一人の紳士がもう一人に向かって、フィッツジェラルド夫人の二番目の息子と一人娘はすでに亡くなってしまっていて、彼女の長男がベルさんの財産の唯一の相続人だと話していたわ。わたし、まずあなたにすべてを話してしまいたい衝動

＊6　ギリシア神話に登場する女神エリーニュス。三相一体の女神で、アレークトー、ティーシポネー、メガイラから成る。罪を犯した者を追跡し、情け容赦なく罰する神。

に駆られたのよ。でもこれほど長い間隠してきたものだから、この罪を打ち明けるのはそのときにはさらに難しいことに思えたの。あなたはすでに、とても寛大に、わたしの人生にまつわるたくさんの受けいれがたい事柄を受けいれてきてくれていたわ。だから、そのリストにさらに惨めなごたごたを付け加えるなんて、とても耐えがたいと感じたのよ。それでも、いつか話さなくてはならないし、話そうと決めてはいたの。でも勇気がなくて、その最悪の日を先延ばしにしてしまっていたわ。わたしがどたん場で、あの舞踏会に出るのを嫌がったのを、あなたはもしかしたら覚えているかもしれないわね。でもあなたは、単にわたしが気力をなくしたというだけで、グリーン氏をがっかりさせるのは失礼だろうとお考えになったわ。そしてわたしは舞踏会に行った。まさかそこで自分の息子に再会するなんて夢にも思わずに。服を着せかえている間、わたしの腕でつやつやした黒髪の小さな頭を支えたあのとき以来、息子には一度も会っていなかったのよ。どれほど苦しい思いを味わったか、あなたも少しはわかってくださるわね。そして今や、あの子とユーラリアは互いに恋に落ちていて、わたしはどうしたらいいのかわからないの。あなたが部屋に入ってきたとき、わたしはあなたに相談に乗ってもらう勇気が出るように祈っていたの。わたしたちどうしたらいいかしら、あなた？　ヨーロッパに戻ることは、あなたをとてもがっかりさせてしまうわ。今はもう、お父さまのお屋敷を直してしまったし、人生の残りの日々をここで過ごす手はずを済ませてしまったのだもの」

「喜んでヨーロッパに戻ろうじゃないか。」キング氏は答えた。「それが、ジェラルドとユーラリアを引きはなすのに役立つならね。だが今時、財産のある者にとっては、ヨーロッパへ渡るなどたやすいことだ。ジェラルドはユーラリアを愛している。それに、もし彼が愛していなくても、すでに噂になっているわたしの数百万の財産のためなら、彼の祖父と母親は、ジェラルドがユーラリアから目を離すのを許さないだろうね。賭けてもいいが、たとえもしヒマラヤの頂上に城を建てたとしたって、彼らはよじ登ってくるだろうよ。わたしは、ジェラルドにユーラリアは妹なのだと伝える以外、解決策はないと思うのだよ」

「まあ、あの子に言うことなんてできないわ！」彼女は声を上げた。「息子に憎まれるなんて、耐えられないわ。もちろんあの子はわたしを憎むに違いないわ。だって、あの子はとても自尊心が強いようだもの」

キング氏はとても優しく、真剣な声で答えた。「わかるだろう、ローザ。この間、君の母上が信奉していたカソリックの教会に行きたいと君は言っていたね。懺悔と贖罪が魂に安らぎをもたらしてくれるからだと言って。君がわたしを告白する相手に選んだのは賢明だったよ。それに、わたしが罪を贖うことを勧めれば、君はその勧めに従うのが一番いいと考えてくれるだろうと、わたしは信じている。君自身と、君の母上の身の上を、ジェラルドのような若者に、それも君の息子であるジェラルドに話すのがどれほど難しいことかはよくわかるよ。だから、わたしが彼に話そう。君が彼に対してなぜそのようなことをしてしまったのかについては、もちろん心から君を弁護するから安心してくれるね。だが、ジェラルドの母親には、なぜ彼がユーラリアを諦めるのかを話さなくてはならないだろう。ジェラルドが、ユーラリアと我々に自分が気に入られていると考える理由はじゅうぶんにあるのだからね。ジェラルドは母親に、単なる事実だけは話すかもしれない。だが、フィッツジェラルド夫人にとっては、心の細やかな美しい女性からそれが語られるとすれば、もちろん語られるだろうが、そのほうがずっとよく理解できると思うのだよ。その美しい女性が、残酷な仕打ちに苦しみ、そのために気がふれてそのような過ちを犯してしまったということや、その犯した過ちを心から後悔して苦悩しつづけてきたのだということを語れば。わたしは、君がすべてをフィッツジェラルド夫人に告白するだろうと信じているよ。そして告白したあとは、我々は、彼女のどんな求めにも応じることにしようじゃないか」

「それは、とても厳しい贖罪になるわね」とローザは答えた。「でもあなたが正しいと思うことなら、わたし、なんでもするわ。どれほど苦しくても、文句を言ったりしないわ。でも、ジェラルドは苦しむだろうし、ユーラリアも苦しむでしょうね。それに、何週間もの間、あなたを悲しませてきたのね。なんて悲しそうな顔をしているの、あなた」

「とても幸せだよ、ローザ。この秘密を話してくれる前に比べればずっとね。だが、とても真剣に考えている。この難しい状況の中で、もっとも正しいことを確実にやり遂げたいからね。ジェラルドとユーラリアに関して言えば、まだ知りあって間もないのだし、互いに愛を告白したりはしていないだろう。二人がまだとても若いというのも、好都合だよ。ロシュフコー[*7]は『愛の対象が目の前からいなくなることは、小さな情熱は消しさるが、大きな情熱は掻きたてる』と言っている。わたし自身は、大きな情熱のほうに関しては真実だと経験上知っているよ。だが、ジェラルドはおそらく、もっと熱しやすく冷めやすい性質だろうから、小さな情熱のほうを証明してくれることだろう」

「そしてあなたは、わたしを今までと変わらず愛してくださる？」ローザは尋ねた。

キング氏は妻をより強く抱きしめ、こうささやいた。

「もちろん愛しているよ。」そして、またしばらくローザは何も言わずに彼の寛大な胸の中でむせび泣いたのだった。

＊7　ラ・ロシュフコー公爵フランソワ六世（一六一三―八〇）、モラリスト文学者で『考察あるいは教訓的格言・箴言』を執筆。

第三十一章

その晩、フィッツジェラルド青年はキング氏と二、三時間部屋に引きこもっていた。細心の心遣いと注意深さで秘密は明かされたが、青年は驚き、衝撃を受けていた。両親から誇り高さを受け継いでいたし、祖父の偏見の中で教育されてきたからだ。最初、憤りで顔を赤らめ、これほど恥ずかしめられたことを信じまいとした。

「君が恥ずかしめられたとは思わないよ。」キング氏は答えた。「世間の人たちはそのように誤解をするかもしれない。外側だけを見るのに慣れているからね。だけど、世間の人たちに知らせる必要はないのだ。それに、君自身の評価について言えば、この異常な話を知る前も知ったあとも、君が紳士であることに変わりはないのだから」

「僕はそんな達観した人間ではありません。」青年は答えた。「非嫡出子であるということと黒人と血縁関係にあるという二重の汚点に耐えるのは簡単ではないでしょう」

キング氏は親しみを込めた笑顔で彼を見て答えた。「おそらく、この経験は君にとって、とても不愉快なものだろうが、学校で教えてくれたことより多くの知恵を君に授けるかもしれないよ。見かけの下にある物事の現実を見るというすばらしい教えを授けてくれるかもしれない。法律的には君は非嫡出子だけど、事実上そうではない。君のお母さんは君の父親と結婚したと信じていたのだし、人生の変遷を通して、慎み深く純粋で気高い女性であることを示してきた。二十年にわたる親しい付き合いの中で、君のお母さんが品位を損なう考えに浸ったり、不名誉な行動を取ったりしたことは一度もない。君をフィッツジェラルドさんの法的な後継者と入れかえてしまった以外はね。それに、もしわたしが、あのように絶望し、衝撃的に傷つけられ、魂が狂わんばかりだったそのときのお母さんの苦悶を、君の心に少しでも印象づけることができたとしたら、それを無理もない犯則だと考えるわたしの意見に君も同意してくれると思うのだ。特に、もし可能だったなら、彼女は数時間後には間違いを改めていただろうしね。黒人たちとの血縁関係について言えば、あの本当に偉大な純血のアフリカ人トゥーサン・ルーヴェルチュール[*1]の子孫であることは、さらに道理にかなった誇りのもとになるだろうと思う。征服王ウィリアム[*2]と呼ばれる破廉恥な不法侵入者や、貴族の称号を後世に伝えたその盗人一族なんかの子孫であるよりはね。そういうふうに歴史を読むことをわたしは学んだのだ。従来の偏見というあてにならない色メガネを通して見ようとも、変わることのない真実という明白な陽光のもとで。昨日なら、高い教養があり心の気高いわたしの妻を君は近親者と認めることに誇りを感じただろう。彼女は昨日と同じように今日も高い教養と気高い心を持っている。唯一の違いは、今日、君が彼女の祖母が黒い肌の持ち主だと知ったことなのだ。人は実際、自分の人柄以外の何ものによっても汚されることはない。たとえ君になんらかの汚点があるとしても、それは君の父親からきたものだろう。しかし、人間を造られた神だけが人間の誘惑を正当に評価することができるということをわたしたちは覚えておくべきだよ。わたし自身は、フィッツジェラルドさんの罪は、不幸にもその下で教育を受けた奴隷制に大いに原因があるのだと思う。彼は快楽を愛し、裕福であり、法も民衆の考えも同じように、その人たちから保護を奪っている多くの人間に対して、無責任に力を持っていた。父親を厳しく裁くのではなく、悪への最初の誘惑に抗うために、その生涯を君に対する警告としなさい。そして、そうする手立ての一つとして、彼にそんな悪い

*1　ハイチの独立革命の指導者、ハイチ建国の父の一人、生年不明―一八〇三。
*2　ウィリアム一世（一〇二七―八七）、イングランドを征服しノルマン朝を開いたイギリス王室の開祖。

影響を与えた社会のそうした状態に君自身が決して身を置かないよう忠告するよ」

「考える時間を下さい。」青年は答えた。「このことはあまりに突然やってきたのでぼう然としてしまいました」

「それは容易に想像できるよ」とその友人は応じた。「しかし、はっきりとわかってほしいのだが、ややこしい事態をどうしたらいいか、決めるのはすべてフィッツジェラルド夫人と君自身にかかっている。わたしたちは君の望むことは何でもする気だし、君が望むどんな立場もとる気でいる。社交界においては単にわたしの若い友人で通るほうがいいと思うかもしれないが、君はわたしの義理の息子なんだ。それに、人生のどんな時でもわたしの助けを必要とする場合には、愛情深い父親としてわたしを頼ってくれていいんだよ」

その言葉がジェラルドの心に大切に持ちつづける希望をもたらし、彼はため息をついて「ありがとうございます」と答えた。

「この状況からどんな外的な不都合が生じるとしても、わたしたちはそれが自分たち自身に降りかかるようにするほうがいいと思っている。君とわたしの娘は現時点で会わないほうがもちろん望ましい。君の休暇はほとんど終わったし、おそらく予定よりも少し早く戻るのが賢明だと君は考えてくれるだろう。わたしたちは秋の終わりまでここに留まる。それからもし必要があれば、ユーラリアを冬に向けてキューバかどこかに行かせよう。この落胆に勇敢に耐えてくれないか。じゅうぶん落ちついた心境になったら、すぐにお母さんと話すよう、忠告するよ。お母さんの心は君を求めているし、会うのが遅れれば遅れるほど、もっと、気まずくなるだろう」

この会話が客間で行われている間、青年の二人の母親たちは二階で内密に話をしていた。フィッツジェラルド夫人が以前感じていた強烈な好奇心は、キング夫人が「あなたがマグノリア・ローンで過ごした最初の晩に、家と庭の周りで誰かが歌っているのを聞いたこと覚えていらっしゃる?」と尋ねたとき、ただちに蘇った。

「もちろん覚えていますわ」と彼女は答えた。「それに、ローマであなたが歌っているのを最初聞いたとき、あなたの声はまさしくあの歌っていた人のとそっくりだと繰りかえし申しましたわ」

「それを思いだすのは当然ですわ。」キング夫人は口をはさんだ。「マグノリア・ローンであなたが聞いたあの歌声はわたしのものですもの。それにベランダの格子の間からあなたをのぞき込んでいたのはこの目だったのですから」

「だけどなぜあなたはあそこにいらっしゃったの?それになぜ姿を隠していらっしゃったの?」とフィッツジェラルド夫人は尋ねた。

ローザは歓迎されない事実を伝える言葉をどのように選ぶか途方にくれ、少しためらった。「わたしたちはともにとても悲しい経験をしていますわ。わたしのほうは、それは時とともに癒されました。そしてあなたにとってもそれは同じだと信じております。亡くなられたご夫君の評判を落とすようなことを耳にするのは、あなたを非常に苦しめることになるのでしょうか?」

フィッツジェラルド夫人は顔を真っ赤にして黙ったままでいた。

「緊急の必要がなければこんなことを申し上げませんわ」とキング夫人は続けた。「あなたのお気持ちを傷つけるのがとても嫌だからというだけではなく、その話をすることはわたしにとって屈辱的で苦痛なのですから。花嫁姿のあなたをのぞき見たとき、わたしは自分自身がフィッツジェラルドさんの妻だと信じておりました。わたしたちの結婚は堅く内密にされていて、フィッツジェラルドさんはいつもわたしにそれはほんのしばらくの間だと確信させておりました。だけどそんなに驚くことありませんわ。わたしはあの方の妻ではなかったのですもの。わたしは次の朝、自分が偽の結婚式で騙されていたことを知りました。それにもしそれが本物であったとしても、その結婚は、結婚式が行われたルイジアナの法律では合法的なものとならなかったでしょう。だけどそのときは、その事実を存じませんでした。ルイジアナ州では奴隷との結婚は合法ではないのです。わたしの母はクァドルーンの奴隷でした。そして、『子どもはその母親の身分を引き継ぐ』という法律によってわたしもまた奴隷になったのです」

「あなたが奴隷ですって！」とフィッツジェラルド夫人は心から驚いて声を上げた。「そんなこと信じられませんわ。それは奴隷制廃止論者たちが国を動揺させるためにでっち上げるどんな話も及びませんわ」

「わたし自身の経験から判断すれば」とキング夫人は答えた。「もっとも豊かな想像力でも、奴隷制から起こったいろいろな出来ごとよりも不思議でロマンティックなものは生み出せないと言えますわ」

それからキング夫人は自分の話をくわしく語りつづけた。子どもたちを取りかえた苦しく狂わんばかりの心境を、フィッツジェラルド夫人に説明するのにどうしても必要なだけしか、フィッツジェラルド氏を責めないようにしながら。フィッツジェラルド夫人はキング夫人が話を続けるにつれ、動揺を高めながら耳を傾けていた。その告白がやってきたとき、フィッツジェラルド夫人は熱情的な叫び声を上げて言いはなった。

「それでは、ジェラルドはわたしの息子ではないのね！　でもわたしはジェラルドをとても愛していますわ！」

キング夫人はフィッツジェラルド夫人の手を取り、優しく握りしめて言った。「奥さま、ジェラルドをずっと愛することはおできになりますよ。それにジェラルドもあなたを愛していますわ。間違いなく彼にとってあなたは常に自分の母親と思えるはずです。もしジェラルドがわたしを嫌えばひどい痛みを感じるでしょう。でも、おとなしくそれに耐えますわ。わたしの罪が受ける当然の罰の一部として」

「もしあなたがわたしからジェラルドを奪うつもりがおありにならないなら、こんな恐ろしい話をわたしにしてなんになったとおっしゃるの？」と、フィッツジェラルド夫人はいらいらして尋ねた。

「ユーラリアのためにそうしなければと感じましたの」とキング夫人は答えた。

「ああ、そうですわね！」その婦人はため息混じりに言った。「ジェラルドはどんなに落胆するかしら、かわいそうな子！」短い躊躇のあと、フィッツジェラルド夫人は怒りに燃えて言いつづけた。「だけど、あなたがなんとおっしゃろうとあの子はわたしの息子よ。わたしはあの子を決して手放しませんわ。あの子はわたしの腕の中で眠りましたの。わたしが子守唄を歌って寝かせつけましたの。讃美歌も歌も全部わたしが教えましたの。あの子はわたしを愛していますわ。それにわたしはあの子の愛情で二番目の地位に甘んじるなど決して承諾いたしませんわ」

「そんなことを要求するつもりはありませんの。」キング夫人は穏やかに応じた。「わたしは、それが義務ですから、あなたがわたしにお与えになるどんな立場も受けいれますわ」

この謙虚さに怒りをいくらか鎮められて、フィッツジェラルド夫人は和らいだ口調で言った。「お気の毒にね、キング夫人。これまであなたは大変困難な目に会ってこられたし、今の状況も本当におつらいものですよね。だけど、ジェラルドを手放したりしたら、わたしは悲嘆にくれます。それに世間に対してわたしがどんなに恥ずかしい立場に置かれることになるか、もちろんおわかりでしょう」

「世間の人に知らせる必要はないでしょう」とキング夫人は言った。「ジェラルドのためにも、わたしたち自身のためにも、ここだけの秘密にしておくのが一番いいと思いますよ」

「それについては、わたしの誇りを信じてくださっても大丈夫よ」とフィッツジェラルド夫人は答えた。

「お父さまにもわたしたちの秘密を打ち明けたほうがいいでしょうか」とキング夫人は尋ねた。

「とんでもない。」フィッツジェラルド夫人は急いで答えた。「父はわたしの亡くなった夫のことを聞かされるのはぜったいに耐えられませんわ。それに最近は痛風がひどくていつもよりいらいらしていますの」

去ろうとして立ち上がり、キング夫人は言った。「それでは、ユーラリアを例外として、すべては外面上、今のままにしておきましょう。わたしを許していただけますか？　わたしは苦悩で気が変になっていたのだと思いますの。それにどんなに後悔に苛まれてきたことか」

「とても苦しまれてきたはずですわ。」フィッツジェラルド夫人は質問に対して直接答えないで言った。「だけど、今はそのことでもうお話しないほうがいいでしょう。わたしは混乱していて、どう考えていいかもわかりません。一つのことだけが心を占めておりますの。ジェラルドはわたしの息子だっていうこと」

二人は礼儀正しく別れたが、フィッツジェラルド夫人には冷たさがあった。その心にはキング夫人に対する二重の嫌悪が湧き上がっていた。夫の初恋の人として、また、自分にとって誇りと愛着の対象である上品な青年の実母として。しかし、彼女の悔しさには埋め合わせがないわけではなかった。キング夫人のこの上ないと思われた富と美しさにいくぶんかげりを感じたからだ。そして、その生い立ちにおける今発見した屈辱的な状況のおかげで、想像の中ではキング夫人が自分より下に落ちたような気がした。フィッツジェラルド夫人とジェラルドは夜遅くまで、この不思議な打ち明け話について語りあった。二人は何度も何度も互いに自分たちの関係になんら変化がないことがわかったと言いあったけれども、フィッツジェラルド夫人はジェラルドのキング夫人に対する深い同情やキング夫人の作法や人柄に対する賞賛には、嫉妬を覚えた。

キング氏の賢明な言葉はジェラルドに影響を与えなかったわけではなかった。激情が徐々に静まり、そしてこうした外的な出来事で自分自身が本質的に変わりはしないことがわかり始めた。次の朝ジェラルドはキング夫人に会いに行き、二人だけになった。ジェラルドが入っていくと、キング夫人はためらうような歎願するような一瞥を投げかけた。しかしジェラルドが「お母さま！」と言うと、彼の腕の中に身を投げかけて首に顔を寄せてすすり泣いた。

「それでは、あなたはわたしを嫌っていないのね？」とキング夫人は激情で声を詰まらせて言った。「わたしを母と呼ぶことを恥じてはいないのね？」

「つい昨日まで、いつかその愛しい名であなたを呼ぶかもしれないと、誇りと可能性という喜びを持って考えていました。もしあなたを知らないうちにこうした詳細を聞いていたなら、反発したかもしれません。だけど僕は最初からあなたを賞賛しておりました。最近はあなたを愛するようになりました。だからあなたの息子であるという考えにはなじんでいるのです」

キング夫人が表情豊かな目ととても愛情のこもった様子でジェラルドの目を見上げたので、ジェラルドは息子としてのキスをし、キング夫人を暖かく胸に抱きよせずにはいられなかった。「わたしはあなたに嫌われるのではないかと、とても恐れていたのよ」と彼女は言った。「グリーン夫人のパーティであなたと一緒に『モーディ！　ああ、モーディ！』と歌うことを考えると、なぜわたしが気を失いそうになったか今ではわかるでしょ？　自分があのボルジア家と関係があることを知るときのあなたの苦悶の声に、わたしが耐えられるはずがないし、それにあなたが『マードレ・ミア《わたしのお母さん》』と歌えば、あなたに抱きついてしまうに決まっているわ。だけどあなたの子ども時代お世話をなさったお母さまが、あなたの愛情を受ける一番の権利があることを忘れてはいけないのだわ」と彼女は悲しげに付け加えた。

「僕は母を愛していますし、ずっと愛するでしょう。それ以外にはありえません。」ジェラルドは言った。「それは長年楽しい習慣でした。だけどこんな二人の母親を持っているなんて自分はなんて幸せ者なのだろうと考えてはいけないのでしょうか？　どうやって二人を区別したらいいかわかりません。ローズお母さま、リリーお母さまとでも呼ばないと」

ジェラルドが話している間キング夫人は微笑み、そして言った。「それではあなたがわたしの息子であることを知って、そんなには悲しくないのね？」

顔つきを変えてジェラルドは答えた。「僕のただ一つの不幸はユーラリアを失ったことです。その失望にはできるだけ耐えなければなりません」

「あなたたちは二人ともまだ若いわ。」彼女は言った。「それにおそらく誰か他の人に会えるかも――」

「今そんなことは聞きたくありません」と彼は思わず性急に声を上げ、窓のほうに急いで行き、しばらく窓に寄りかかった。振りむいたとき、彼は母親が泣いているのを見て身をかがめて額にキスをし、自分のぶっきらぼうな態度を優しく謝罪した。

「神さまに感謝するわ」と彼女は言った。「自分の息子と過ごせるこの短い幸せなひとときを」

「そうなのです、このひとときは短くなければなりません」と彼は答えた。「僕はここから去り、離れていなくてはならないのです。僕は愛情を持っていつもあなたのことを思うでしょうし、あなたの不幸と苦悶にもっとも深い同情の心を持ちつづけるでしょう」

キング夫人は彼を再び腕に抱き、二人はキスをし、別れの祝福をしあった。彼女はなごりおしそうに彼が見えなくなるまでじっと見つめていた。「ああ！」キング夫人はつぶやいた。「あの子はわたしにとって息子にはなれないし、わたしはあの子にとって母親になれないわ。」彼女は、チュリー以外は誰も自分に同情してくれるものもなく、ベビー服に刺繍をしていた寂しく悲しい時間を思いだした。あのなめらかな黒い髪をした小さな頭が、自分が最初に腕の中に抱きしめたとき、どんな様子だったかを思いだし、涙が雨のように流れはじめた。しかし、まもなく立ち上がって独りごとを言うのだった。「これはまったく間違っているし、利己的なことだわ。わたしはジェラルドがリリーお母さまを愛していること、ジェラルドがあの人と一緒に暮らすことができること、あの人の心がわたしの過ちで不幸になっていないことを喜ぶべきだわ。ああ、慈悲深い神さま！　これは耐えがたいことです。でも耐えねばならないのだから、それに耐えられるよう、お助けください！」彼女はしばらくの間黙って頭をたれ、それから立ち上がりながら言った。「わたしの可愛いユーラリアがいるじゃない？　かわいそうな子！　あの若い心が試練を受けるのだから、ユーラリアに優しくしてあげなければ」

　次の日、ジェラルド・フィッツジェラルドから優美な花束と一緒に別れの挨拶のカードが送られてきたとき、キング夫人は確かに自分がとても優しくなる必要があると悟った。

第三十二章

　この会話のあった翌朝、ブルーメンタール夫人は姉たちが明らかにした秘密にまだ気がついておらず、花瓶に生ける花を集めている間、庭で歌っていた。ブライト氏は雑草を刈っていたが、やめて耳を傾け、鍬の柄の上で拍子をとっていた。フローラが彼のところにやってきて、その手の動きを見て微笑んだ。「どうしようもないんですよ、奥さん」と彼は言った。「あなたの声を聞くと、踊りださないようにするにはこうするしかないんです。踊りだしちまったら、お隣の助祭が仰天するだろうし。昨夜、馬車があそこに停まったのを見ましたか？　カロライナからお客があったんです。娘さんとその旦那さんと子どもたちです。わたしは昨日助祭を興奮させたと思いますよ。馬蹄をつけてあげたので代金を支払うためにわたしの店に来たんですがね。そこで明日の晩に開かれるわたしたちの奴隷制反対の会合に出席するよう誘ったんです。やっこさんはそれを侮辱ととったようで、自分はわたしたちの会合で話すような男たちに教えてもらう必要はないと言いました。『わたしたちの中に南部では最下層と呼ばれる人々がいることは知っていますが、行って彼らが話すのを聞けば役に立つかもしれないですよ、助祭さま。ランプが消えたときには、暗闇の中をぶつかりながら歩いてあらゆるものにぶち当たるよりも、台所の火で灯りをつけるほうがいいのです』とわたしが言うと、助祭はここに奴隷がいればとても便利だとわかるはずだ、なぜかというと、北部の女たちは家畜に過ぎない（労働にあけくれるという意味）からだと言うのです。わたしは猛獣になるよりそのほうがいいですよと言ってやりました。あとで少し失礼だったかなと思いました。他の人の偏見に対して向こうみずにつっかかるつもりはないんです。だけど実は、自分がどんな衝動で進んでいるか、柱にぶつかるまでわかるもんじゃないんです。自分の意見が岩のように堅固な人に会ってみたいものですな。少しコケむしていても、岩にはある種の尊敬の念を持っているんで。しかし柱に出くわすと、その土台が腐っていないか知りたくて揺すってみたくなるんですよ。普通のことについては、自分は親切な隣人であると思います。しかし、カロライナの人たちには目を光らせておくつもりですよ。もし黒人を連れてきていたら、マサチューセッツの法がどんなものか、その黒人たちに教えるつもりです。それで自由を取るかどうか、あとは彼らが選ぶだけです」

「そうね」とブルーメンタール夫人は答えた。「あなたと助祭さまが次に出あうときには、お話しているのを聞けるくらい近くにいたいと思うわ」

　自分の作った花束を一本の縞の入った草で結びながら歩きさって行くとき、ブルーメンタール夫人は自分が歌っていたメロディを彼が口笛で吹くのを聞いた。客間に戻ってくると、ハンカチを手に開いた窓の近くに腰かけた。彼女はそのハンカチにデラノ夫人のイニシャルを刺繍しているところだった。ブライト氏の言葉は彼女の好奇心を少し駆りたてた。そしてときどきスティルハム助祭の敷地をちらちら眺めた。きれいに刈りこんだサンザシの生け垣が二つの庭を隔てていたが、そこかしこ葉っぱが枯れて小さなすき間を開けていた。突然、小さな可愛い巻き毛の頭がその葉っぱの形づくる半円形のすき間の一つに現れて、子どもの声が「あなたはボボリソニスト[*1]でしょ！」と呼びかけた。

「ちょっとここに来て、マミータ・リラ、そしてこの小さな可愛い子を見てちょうだい」とフローラは笑いながら言った。

しばらくの間、その子の姿は見えなかった。やがてケルビム[*2]のような顔が再びのぞき、今度はその小さな口が笑い声を立てながら繰りかえした。「あなたはボボリソニストでしょ！」

「あんな子どもが大げさな言葉でわたしたちを罵ろうとするのを聞くのは愉快じゃない？　なんの意味もわからず」とデラノ夫人は言った。

フローラは手招きして「こちらに来てボボリソニストたちと会ってみたら」と呼びかけた。その小さな子は笑って走りさった。その瞬間、鮮やかな色のターバンが茂みの上に沿って動いているのが見えた。そして、黒い顔が見えた。フローラはあっと叫んで飛び上がり、部屋を走りでた。その拍子にバスケットをひっくり返し、糸玉や指ぬきが床に転がりでた。切り株に片足をのせるとオペラのダンサーのように生け垣を跳びこえ、次の瞬間、両腕で黒人の女に抱きつき声を上げた。「まあ、なんてことでしょう、チュリー！　あなたはやっぱり本当に生きていたのね！」

黒人の女はびっくりして一瞬混乱した。それから腕を伸ばして身体を離し、驚いてフローラを見て言った。「なんてこった、フローリーさま？　それともユーレ

＊1　「アボリショニスト」（奴隷制廃止論者）の発音を幼児がまねして言ったもの。
＊2　智天使、丸々と太りバラ色のほおをした翼のある美しい子どもの天使。

イ？　それじゃ本当にお嬢ちゃんなんだね？」

「そうよ、チュリー、わたしよ。いたずらしてあなたをすっかり悩ませていた、あの同じフローリーさまよ」

　黒人の女は抱きしめてキスをし、抱きしめてキスをし、笑って泣き、何度も「なんてこった！」と声を上げた。

　その間、あのいたずら好きのケルビムが生け垣のもう一つの穴からジョー・ブライトをのぞき込んでいた。自分の小さな白い顔が緑の葉が形づくる枠の中でどんなに可愛いかまったく気づかず、しかし、自分の生意気さがうれしくて繰りかえした。「あなたはボボリソニスト！　あなたはボボリソニスト！」ブライト氏がその子にキスをしようとすると跳んでにげ、しばらくするとまたふざけたくなって再び姿を現わした。

　こうした脇役の演技が続いている間に、白人の召使いが助祭の敷地を通りぬけてきてチュリーに言った。

「ロベム夫人がすぐに来てほしいそうよ、ローラさまを連れて」

「もう行かなきゃならんです、お嬢さま」とチュリーはフローラの手を優しく握りしめて言った。

「また、すぐに来てね」とフローラは言った。

「できるだけ早く」とチュリーは答えて、自分が世話をしている小さな子とともに急いで去っていった。

　ブライト氏はブルーメンタール夫人が生け垣を乗りこえるために手を貸したとき、突然笑いだした。「愉快じゃないですか。」彼は言った。「あのチビちゃんがわたしたちをボボリソニストと呼ぶのを聞くのは？　南部では早く教育を始めるんですね。夏が終わるまでにあの子はハムの呪いについて話し、オネシモ[*3]の話をするようになるでしょうよ。しかし、あいつらは今や

＊3　聖書コロサイ人への手紙第四章。コロサイ人のキリスト教徒ピレモンから逃亡した奴隷だったが、パウロと出会いキリスト教徒となる。オネシモを主人ピレモンのもとに返すためのパウロのとりなしの手紙によって、オネシモは愛するきょうだいとして奴隷の身分から解放され、パウロの弟子となる。

大発見をしたと思いこんでいますよ。助祭はマサチューセッツのご婦人方は黒ん坊と抱きあってキスするんだって、カロライナの友人たちに手紙で書きおくるでしょうな」

フローラは笑って答えた。「あの人たちには奇妙に思われるでしょうね、ブライトさん。だけど実は、あの黒人の女性はわたしが幼いころ世話をしてくれた人ですわ。それに二十年もあの人に会っていなかったんですの」

家に入るやいなや、フローラはその場面をデラノ夫人に説明し、それから娘に言った。「ねえ、ローゼン・ブルーメン、あなたの絵を置いてローザ伯母さまのところに行って、特別なことでお会いしたい、そしてできるだけ早く来てほしいと言ってちょうだい。それ以上のことは言わないでね。そうしたかったら、ユーラリアとあちらで一日中過ごしていいわよ」

「不思議なことや驚くことがこんなにたくさんあるなんて。」デラノ夫人は言った。「あなたの珍しい経験から小説が十冊くらい書けるんじゃないかしら」

急な呼び出しがあったとき、キング夫人は新しく見つかった自分の息子が自分にとっては影のような存在でしかありえないと考え、いまだ憂うつな気分でいた。自分の考えが別の方向に向かうのを喜んで、彼女はローゼン・ブルーメンを娘のところに送り、すぐに妹のところに行く支度をした。フローラは姉が来るのを見張っていたが、門まで走りでて迎え、姉が家にも入らぬうちにチュリーが生きていることを告げた。少しでもわかった情報はすぐに伝えられ、二人はチュリーが再び現れるのを大いに気をもみながら待っていた。しかし鮮やかな色のターバンは、午前中はもう見られなかった。そして午後も助祭と庭師の他は誰もその敷地に姿を現さなかった。姉妹とデラノ夫人の待っている時間は、ジェラルド・フィッツジェラルドの秘密の生い立ちと、それに伴うキング夫人の憂うつについての説明に費やされた。チュリーからなんの知らせもないままにその夕刻は過ぎていった。午後九時と十時の間、助祭が声を出して祈るのが聞こえた。ジョー・ブライトは、開けたままの窓のところを通りすぎていくとき、立ちどまって言った。「あの人はとにかく隣人たちに聞かせるつもりなんですね。人格へのいい投資だと思っているんでしょうな。ぬけめのない管理者だよ、あの助祭は。あの人自身の説明によれば、気も短いらしいですよ。宗教を持とうと決心したとき、それについて三十分も考えなかったと言っていた。奴隷貿易という宗教も急いででっち上げられた契約によってなされた仕事だと彼に言ってやろうと思っていたんだが」

「ブライトさん」とフローラは声を低くして言った。「あの黒人の女性にお会いになったら、話しかけてこの家に案内してきてくだされればありがたいんですが」

姉妹たちはすわって、この出来ごとについて夫たちと小さな声で話し、その間あらゆる音に気をもみながら耳を傾けていた。キング夫妻がもううちに帰ったほうがよいと思うと言ったちょうどそのとき、ブライト氏がドアを開け、チュリーが入ってきた。もちろん、その場は叫び声と抱擁で満ちた。夫たちを紹介する必要はなかった。というのは、チュリーは二人とも覚えていたからだった。一息つけるようになると彼女は言った。「なかなかここに来れんかったですよ、一日中来ようとはしてたですが、チャンスがなくて。あの人たちの見張りがきつくてね。やっと皆床について寝てくれたもんで、そっと階段を這いおりて裏口から出て、外から鍵をかけてきたです」

「わたしと一緒に二階に来て」とローザは言った。「あなたにお話したいことがあるの。」二人だけになると彼女は言った。「チュリー、赤ちゃんはどこ？」

「あのかわいそうな赤ん坊がどうなったか、死んだ人みたいになんも知らんのです」とチュリーは答えた。「ロージーさまがいなくなられたあと、デュロイの奥さまの従弟の船長さんが、奥さまが亡くなったもんで、あの家に寄宿することになり、黒人の乳母と一緒にご自分の赤ん坊を連れてきなさったです。お嬢さまが『このかわいそうな赤ちゃんの面倒をよく見てね』と言ってわたしを見なさったときの様子を覚えてます。だから、あの子の面倒をしっかり見ようとしたですよ。機会があればいつもあの子を抱いてちょっとだけ家の外に連れだしてね。ある日、ちょうど家の中に戻ろうとしたとき、馬に乗った男の方が振りかえってわたしを見たです。そのときはそのことについてなんも考えんかった。ところが次の日、その人が家にやって来て、わたしはロイヤルさまの奴隷で、フィッツジェラルドさまに買われたと言いなさる。その人はお嬢さまの居所を知りたがってね。マダムとシニョールと一緒に外国に行かれたというと、あの人は悪態をついて、罵って、自分は騙された、と言ったですよ。あの人が行っちまったあと、デュロイの奥さまがあれはブルートマンさんよと教えてくれましたです。わたしはあまり恐れることはないと思ったですよ。お嬢さまはぶじに発たれたんだし、わたしには解放証書があるんだし、赤ん坊は売るには小さすぎたし。だけどその赤ん坊が奴隷の身分だというんで、お嬢さまがいつも気をもんでいなさったのを思いだして、少し不安になったです。ある日、あの船長さんが自分の赤ん坊に会いに来なさったとき、自分の腕に針となんか黒いもので錨を描いていなさってね。そしてそれは決して消えないんだと言いなさった。もしあの人たちがお嬢さまの子を連れていってしまっても、印がついていれば見つけやすいだろうと思ったですよ。わたしは船長さんにお嬢さまがその子をジェラルドと呼びなさってると言ったです。船長さんはその子の腕にG・Fと印をつけようと言いなさった。あの方がそれをしている間、あのかわいそうな赤ん坊は眠りながらむずかり、わたしはデュロイの奥さまから赤ん坊を傷つけたと叱られたです。次の週、デュロイの旦那さまが黄熱病にかかられた。それからデュロイの奥さまが、次いで船長さんの赤ん坊と黒人の乳母もね。わたしは怖くなって、できるだけ赤ん坊を家の外に出しておこうとしたですよ。ある日、少しの間家から離れたとき、二人の男がわたしらをつかんで荷車の中に押しこんだです。大声を出すと男たちはわたしを殴って逃亡黒人め、と罵った。わたしが自分は自由の身だと言うと、もっと殴り、黙れと言う。あの人たちはわたしらを牢獄に入れたです。そしてその赤ん坊は白人の女の方のもんだと言うと、笑って白い黒ん坊はたくさんいるからなと言うですよ。ブルートマンさんが会いにきて、おまえらは俺の黒ん坊だと言ったです。わたしの解放証書を見せると、そんなものはなんの役にも立たんと言って、びりびりに破ってしまった。ああ、ロージーさま、それは恐ろしい暗黒の時だったです。看守の女房は他の人たちほど冷酷じゃないようでした。わたしはその人に赤ん坊の腕の印を見せ、お嬢さまが刺繍なさった小さなシャツを一枚わたしたです。そしてその人に、もしあの人たちが赤ん坊から引きはなしてわたしを売ったら、白人の女の方が赤ん坊を呼びよせるだろうと言っておいたです。あの人たちは本当にわたしを売ったですよ、ロージーさま。カロライニー（カロライナ）の奴隷商人のロベムさんがわたしを買い、今もわたしのご主人さまだ。赤ん坊をどうしたかは知りません。手紙の書き方も知らず、お嬢さまがどこにおいでかもわからなんだ。しばらくは、わたしを捜しにお嬢さまが来てくださるのを願ってましたです。そしてとうとうお嬢さまは亡くなられたと思うようになったですよ」

「かわいそうなチュリー」とローザは言った。「こちらからの問い合わせに対し、デュロイご夫妻と黒人の女と白人の赤ん坊、皆、黄熱病で亡くなったという返事がきたの。そしてわたしたちはそこにもう一人別の黒人の女性がいたとは知らなかったの。わたしはニューオーリンズに使いを送り、自分でそこに行ったりもしたわ。そして泣きに泣いたわ。あなたたちを見つけられなかったんだもの。だけどあなたの苦難はもう終わったわ。ここに来てわたしたちと一緒に暮らしましょう」

「だけどわたしはロベムさまの奴隷だから」とチュリーが答えた。

「いいえ、そんなことないわ。」ローザは言い返した。

「あの人たちがマサチューセッツにあなたを連れてきたときからあなたは自由の身よ」

「本当にそうなんですか？」とチュリーは言い、声も様子も明るくなった。それから突然の悲しみに襲われて答えた。「カロライナに子どもが三人いるです。そのうちの二人は売られたけんど、八歳の可愛いベニーは残してくれましたです。もしわたしがベニーのために必ず戻ると思わなければ、あの人らはわたしを北部に連れてこなかったですよ」

「わたしたちがあなたの子どもたちを買うわ」とローザが言った。

「あなたさまに祝福を、ロージーさま！　お嬢さまは以前と同じように優しい心をお持ちなさる。こんなに幸せな皆さんにお会いできて本当にうれしいです！」

「ああ、チュリー！」ローザは悲嘆のうめきを上げた。「あのかわいそうな赤ん坊が見つかるまではわたしは決して幸せにはなれないわ。あのいじわるのブルートマンがあの子を売ったに違いないわ。」ローザは顔を両手で覆い、涙が指の間を流れた。

「神さまのおなぐさめがお嬢さまにありなさるように！」とチュリーは言った。

「お嬢さまの可愛い赤ん坊のためにわたしはできるだけのことはしたんだけんど」

「それはよくわかっているわ、チュリー」と彼女は応えた。「だけどマダムがわたしたちと一緒にあなたを連れていかなかったことを本当に申し訳なく思っているわ！　あの人があなたを置いてきたと言ったとき、何か悪いことが起こるんじゃないかと思ったの。それにできることならあなたを連れ戻しに行きたかったわ。だけどもう遅くなってしまったから、今はこれ以上話せないわ。夫がわたしの帰宅を待ってるの。今晩わたしと一緒に来ない？」

「わたしも戻らなくてはならんです。」チュリーは答えた。「鍵を持ってきているし、わたしのベッドであの子を寝かせていますでね。できれば明日の夜また来ます」

「できればなんて言わないで、チュリー」とキング夫人は言った。「ここではあなたは奴隷ではないってことを覚えていて。真昼間に立ち去って、あの人たちにわたしたちと一緒に暮らすつもりだと言ってやることだってできるのよ」

「そんなことを言ったら、あの人たちはわたしを閉じこめてカロライニーに送りかえすですよ。」チュリーは言った。「だけど来ます、ロージーさま」

ローザは自分とチュリーが子どもだった頃よくキスをしたその黒い頬にキスをし、二人はその晩は別れた。

次の日と夜がチュリーの訪問のないまま過ぎていった。ブライト夫妻は興味津々でその件に入りこんできて、チュリーは密かに連れさられて南部に送られたのではないかという意見を述べた。姉妹たちも同じような恐怖にかられ始めた。次の日の朝、夫たちと一緒に訪ね、ロベム夫妻と話をすることが決まった。しかし朝食後まもなく、チュリーが幼い子を腕に抱いて裏口からこっそり忍びこんできた。

「ああ、フローリーさま、昨晩こちらに来ようとしたですよ。だけど、ロベムの奥さまがたいそうわたしを必要となさって」とチュリーはいたずらっぽい微笑みを浮かべながら言った。「わたしらがアスター・ハウス（ニューヨークの高級ホテル）にいたとき、あの方は、ニューヨークはとても恐ろしい険悪な場所なんで盗まれるといけないからって、わたしの衣類をご自分の部屋にしまいこんだですよ。そしてホテルの黒人のウエイターたちがわたしにずうずうしい態度をとるといけないからって、いつもわたしを目の届くところに置こうとなさった。昨晩は屋根裏で寝るようにと、送りこまれたです。そこのほうが広いだろうから、ってね。そしてチビちゃんを寝かせ、こっそりと出かける機会を見計らっていると、音も立てずにそっとわざわざ上がってきなさって、具合悪そうに見えたから温かい飲み物を持ってきたと言いなさる。それからあの方は隣の家に近づかないよう、忠告しはじめなさった。奴隷制廃止論者はとても悪い人たちだから、って。黒人たちのよき友人のようにふるまっているけど、あの人たちが望んでいるのは黒人たちを盗んで西インド諸島に売りとばすことだけなんだ、とか。わたしは奴隷制廃止論者についてはなんも知らんと言ったです。抱きあってキスした女の方は子どもの頃お世話をしたニューオーリンズのレディだと言ったです。すると、その方がもし南部のレディが持つべき感情を持っているなら、奴隷制廃止論者のところには滞在しないだろう、って。あの方が階段を下りていかれたとき、もうここに来ようという気持ちはなかったです。あの方がまた温かい飲み物を持って上がってくるかもしれないから。今朝は子どもを連れて通りを歩いてくるように言いなさった。そして、こっちの姿が見えなくなるまで、わたしをじっと見ていなさったです。だけどぐるぐるまわって柵を乗りこえ、ブライトさんの納屋を通ってやってきたですよ」

チュリーが話しているとキング夫妻が入ってきた。するとチュリーは彼らのほうに向き、不安そうに言った。「旦那《マッサ》さま、あの人たちと一緒に帰らんでもわたしの子どもたちはわたしのものにさせてくれるでしょうか？」

「旦那さまと呼ばないでくれ。」キング氏は応じた。「その響きがきらいなのだ。他の人たちがするのと同じようにわたしに話しかけてくれたまえ。必ず子どもたちを君のものにできるようなんとかしてあげられるよ。この可愛いおチビちゃんを家まで連れていって、君はわたしたちのところに留まるとあの人たちに言おう」

ボンボン菓子と面白い話のおかげでキング氏はおチビさんに気にいられ、その子は一緒に歩いていくことに同意した。チュリーはしばしばエプロンを目に当て、その子がキング氏の指を握って足先を内側に向け、子どもらしい様子で歩いていくのをじっと見た。その子が助祭の家の玄関のドアを通りぬけて姿を消すと、チユリーは腰を下ろしおおっぴらに泣いた。「あの小さな子が可愛いくて」と彼女はすすり泣いた。「生まれたときからあの子の世話をしてきたし愛しているですよ。あの子はチュリーを探して泣くでしょうね。だけど、わたしは自由になりたいいし、ロージーさまとフローリーさまと一緒に暮らしたい」

ロベム夫人は、自分の父親である助祭の家の戸口にキング氏が入ってくるとすぐに会い、険しい驚いた声音で言った。「わたしの召使いはどこですか?」

キング氏はお辞儀をして答えた。「もししばらくお邪魔するのを許していただければ、わたしの用向きをお話しましょう。」彼らがすわるとすぐにキング氏は言った。「チュリーはカロライナに戻りたがっていないとお伝えするために参りました。それにマサチューセッツの法によれば、チュリーはここに留まる完全な権利を持っているのです」

「恩知らずな女だわ!」ロベム夫人は声を上げた。「チュリーのことはいつも親切に扱ってきたんだし、そんな行動をとろうとは思わなかったはずですよ。もしおせっかいな奴隷制廃止論者たちにそう仕向けられなければ。あの人たちはいつも紳士方の召使いにちょっかいを出すのだわ」

「単純な事実なんですが」とキング氏は答えた。「チュリーは、二人が子どもの頃、妻の遊び友だちであり付き添い人だったのです。何年も一緒に暮らし、お互いに強い愛着を持っています」

「もしあなたの奥さまが南部のレディでいらしたら」とロベム夫人が言い返した。「その方はわたしから召使いを盗むようなそんな卑しいヤンキーの策略などなさらないはずです」

彼女の夫がそのとき入ってきたので、訪問者は立ち上がりお辞儀をして言った。「ロベムさんとお見受けいたしますが」

ロベム氏はそれに応えていくぶん堅苦しくお辞儀した。するとその妻は急いで言った。「奴隷制廃止論者たちがチュリーをそそのかしてわたしたちから引きはなそうとしているの」

キング氏は先ほどの説明を繰りかえした。

「あの女はもっと情があると思っていたのに」とロベム氏は言った。「チュリーはカロライナに子どもたちを残している。だけど実際、黒ん坊はブタども同様、自分の子どもに対してなんの感情も持っていないということですな」

「わたしの判断は違いますね。」キング氏は答えた。「それにわたしの訪問の主な目的はその子どもたちについてお話することでした。わたしはチュリーのためにその子どもたちを買いとりたいと思っているのです」

「ぜったい、子どもたちをあの女のものにさせるものか！」その奴隷商人は猛々しく声を上げた。「それに、あなた方奴隷制廃止論者たちについて望むのは、あなた方が今ここでなく南部にいたらということだ」

「自由な国では意見の違いが認められるべきです。」キング氏は言い返した。「奴隷制は悪い制度で、南部にとって、国全体にとって、有害なものだと思っています。だが、その件について議論するためにここに来たのではありません。あなたにただ純粋に仕事の話をしたいと思っているのです。チュリーは自由を得ることを選びました。それにマサチューセッツのどの裁判所も、彼女が自由を得る権利があると判決するでしょう。しかし、わたしの妻への奉公に対する感謝の念から、もしチュリーの子どもたちを皆、わたしに買わせてくださるなら、あなたに慰謝料を支払うこともいといません。あなたの条件を今申しでてくださいますか、それともわたしがあらためて参りましょうか？」

「ぜったい、子どもたちをあの女のものにさせるものか」とロベム氏は繰りかえした。「責めはあいつ自身と奴隷制廃止論者たちにある」

「それでもまた、お邪魔させていただきます。あなたがもっと落ちついてこのことについてお考えになったあとに」とキング氏は言った。「失礼します、ロベムさん。失礼します、奥さま」

キング氏の挨拶は冷たいよそよそしいお辞儀で返された。

二度目、三度目の試みも、よりよい成果は得られなかった。チュリーはとても不安になってきた。「あの人らはわたしのベニーを売る気だ」と彼女は言った。「あの人らには人情がないのがおわかりでしょ、黒人の子どもを売るのには慣れてるですから」

「へえ！　ロベムさんは助祭が昔やっていた仕事をやってるのかい？」ブライト氏は尋ねた。

「そうです、旦那さま」とチュリーは応じた。「二年前、スティルハムさまがカロライニーで冬を過ごそうとなさったとき、ロベムさまと同じようにきびきびと奴隷小屋を見てまわって黒人の数を数え、何ドルで売ればいいかなどと言ってなさったです。助祭さまはそこにいる間ひどい熱を出されて、わたしが看病したです。時おり頭がおかしくなって、叫んでいなさった。『さあ！　さあ！　この結構な黒ん坊はいくらにする？　子どもを返せとわめいているその女を黙らせてくれ！　その子を連れていけ！』それを聞くのは恐ろしかったですよ」

「あの人は死ねば天国に行ける算段をしていたのだと思うね。」ブライト氏は答えた。「それにもし、そんな言葉を口にして天国に行ったとしたら、それは二十四人の長老たち[*4]が金色のハープで伴奏するすてきな歌になったことだろうよ」

「あの人らはわたしのベニーを売るんだ。」チュリーは悲嘆にくれて言った。「そしたら、二度とあの子に会えんわ」

「キングさんがきっと君の子どもたちを手に入れてくれるよ。」ブライト氏は答えた。「それにたとえ南部に戻っても、やっぱりその子には二度と会えないし便りを聞けないところに売られてしまうかもしれないということを覚えていたほうがいいだろう」

＊4　聖書黙示録第四章、八章。天国で神の御座の周りにすわる二十四人の長老。イスラエルの十二部族の族長とキリストの十二使徒といわれている。

「それはわかってます、旦那さま。わかってます」とチュリーは答えた。

「わたしは君の旦那さまじゃないよ」とブライト氏は答えた。「わたしはどんな男にも自分を旦那さまと呼ばせないし、もちろんどんな女にもね。と言ってもわたしは騎士というわけじゃないが」

ブライト氏の予言は正しかった。助祭とその義理の息子はひんぱんに相談した。「このキングって人は大金持ちなんだ。」助祭は言った。「自分の妻がチュリーに恩義があると思っているなら、あの子どもたちに喜んで相当な金額を支払うだろう。あいつとならニューオーリンズの市場でよりも、もうけの多い取引きをすることができるんじゃないか」

「あの黒人の子どもたちに五千ドル払うと思いますか?」とその奴隷商人は尋ねた。

「やってみろ」と助祭は言った。

最終的な結論は、その金額がキング氏によって預けられ、チュリーの子どもたちが姿を現わせばいつでも支払われるというものだった。そしてまもなく、その子たちが皆、到着した。チュリーは喜びと感謝でいっぱいだったが、ブライト氏は決して奴隷商人のものではないものに対して、それほどの金額を支払うことは罪であり恥であるとずっと言い張った。

もちろん、姉妹とその忠実な奉公人の間では限りない問答が交わされた。しかし、チュリーが話せるどんな話も、ローザの子どもだと彼女が思っている小さな取りかえ子の運命についてさらなる光を投げかけることはなかった。このプライベートな会話の間、人間としての感情を持っているが動物の扱いを受けるすべての女が苦しむに違いないのと同じように、チュリー自身も苦しんだことが明るみとなった。しかし、チュリー自身の愛と別離、悲しみと恥のつつましやかなエピソードは、ロージーさまとフローリーさまにだけ小声でささやかれたのだった。

第三十三章

　行方不明になった子が生きていて奴隷となっているかもしれないという可能性は、現在の問題として深刻で複雑だった。あるかもしれない接触に向けてジェラルドの心の準備をしておくことは賢明なことだと考えて、キング氏は彼と話しあうためにただちにボストンへと向かった。青年は予期せぬ落ちつきを持ってその知らせを受けとった。

「そのことでリリーお母さまはとても悩むでしょう」と彼は言った。「そういう意味では残念に思いますが、僕自身に関する限り、自分のいる間違った立場から抜けでることはある意味救いになります。祖父のベルは、父が財産を失った結果、僕にお金がかかることに対していつもぶつぶつ言っていましたし、もちろん、今回のことが、僕に裏切られているという不愉快な気持ちを助長させるでしょう。ノーサンプトンをこんなに急に離れたことで、ちょうど今、僕に対してとても腹を立てているのです。そのことを説明のつかない僕の気まぐれだと思っていて、祖父の言い方によれば、ユーラリアを僕の指の間から取りこぼしてしまったと責めるんです。もちろん、それがどのくらい僕の心を傷つけているかわかっていません。この事態は僕の見解に大きな変化を起こしています。今の主な願いは、自分自身の努力で独立した立場を手に入れ、自由に新しい自分になじんでいくことなのです。今は自分が二人いて、その一人が他人の名をかたるペテン師のように感じるのです」

「君が自分自身の力に頼りたいというその願望にわたしは心から賛成だ。」キング氏は応じた。「そしてそれを成しとげることに喜んで手助けをするよ。君はわたしにとって息子のようなものだとすでに言ったし、自分の言ったことは守る。しかし、自分の息子に忠告するように、なんらかの仕事、職業または芸術に勤勉に没頭するよう、君に忠告する。決して有閑階級の紳士にはならないように。それは人がなりうる最低のなりわいだからね。そこからは能力の停滞と魂の疲弊しか生まれない。しかし、君のプランについては後で話そう。現在の緊急の仕事は行方不明のきょうだいのために何か手がかりを手に入れることだ。わたしの良心的な妻はその子が見つかるまで引きつづく不安に苦しむだろう。わたしはニューオーリンズに行ってブルートマンさんを探さなくてはならない。その子を売ってしまったのか確かめるためにね」

「ブルートマンですって！」その青年は突然興味を持って声を上げた。「じゃあ、その男がその黒人の女と子どもを捕まえたんですか？」

「そうだ」とキング氏は答えた。「しかしそれがなぜ君の興味を引くのかね？」

「それをあなたに言うのは恥ずかしい気がしますが」とジェラルドは応じた。「だけど、ご存じのように僕は父と祖父の偏見の中で教育を受けました。当然、奴隷所有者の息子であることを誇りに思い、有色人種を軽蔑し、奴隷制廃止をとても下品な狂信的行為だと考えておりました。ですが、自分自身が奴隷として生まれたことが最近わかったため、これまでの考え方を思いおこし、自分が関わったある取引きのことで少し落ちつかない気分になっていたのです。美しいローズお母さまに初めて会った、あのグリーン夫人のすばらしい舞踏会の前日の午後、『キング・コットン号』と呼ばれる祖父の持ち船の一隻に乗って、ここに二人の逃亡奴隷が到着したのです。ブルートマンさんが彼らのことで祖父に電報をよこし、次の朝、祖父は僕をケイン船長のもとへ送りました。奴隷たちを港の中にある島に送り、ニューオーリンズに連れ戻す船が通るまで、その奴隷たちを警備しておくように言うためでした。僕は二梱の綿花に対する以上にはその者たちについて考えたり気を配ったりすることもせず、祖父の使いを果たしました。別れ際に、ケイン船長が言いました。『こいつは驚きました！　フィッツジェラルドさん、そいつらの一人があなたにとてもよく似ているんで、もしあなたが日にさらされてもう少し日焼けなさったら、見分けがつかないかも』『それはうれしいね』そと僕は答えました。『黒ん坊と比べられるとはね』そして僕は急いで立ち去りました。リヴィア・ハウスのご婦人を早く訪ねたくてたまりませんでしたから。もし、今のお話でそのことを思いださなかったら、そのことを再び考えることもなかっただろうと思います」

「その奴隷たちが送りかえされてから、ブルートマンさんが彼らを売ってしまったかどうかわかるかい？」とキング氏は尋ねた。

「もし口外しないと約束してくださるなら、その件に関わる一つの事実をお話しましょう」と青年は答えた。「その逃亡奴隷たちのことで奴隷制廃止論者たちが祖父をずいぶん悩ませたのです。そしてあの人たちがその情報をつかんで新聞に載せるのではないかと祖父はいらいらして敏感になっていました。」口外しないというキング氏の約束を受けとっていたので、ジェラルドは続けて言った。「その奴隷たちは祖父の抵当に入っていました。だから祖父はただちにその者たちを売却するように命令しました。ブルートマンさんの奴隷なので、あの人が取引きを扱ったと思います。しかし、購買者の名前を告げたかどうかは知りません。ブルートマンさんは二カ月前にいろいろなもめごとを残したまま亡くなりました。ミシシッピにいる誰か遠い親戚が後継者になったと聞きました」

「ケイン船長はどこで見つけられるだろうか？」キング氏は尋ねた。

「あの人は二週間前にカルカッタに向けて出港しました」とジェラルドは答えた。

「それでは、天気が許せばすぐにニューオーリンズに行くしか手段はないね」というのが返事だった。

「その熱心さには頭が下がります」と青年は言った。「その件に関して自分が潔白であればよかったのにと思います。わが身の真相を知って以来、奴隷の身分から抜けだした逃亡奴隷を送りかえすなど、卑劣な誤ったことだったと感じていました。だけど、さらに、自分のきょうだい、しかも自分がその生まれながらの権利を奪ってしまった人を送りかえす手助けをした可能性があると考えると、それは耐えがたいことです」

＊＊　＊＊　＊＊

キング氏がノーサンプトンに帰ってきたとき、彼が手に入れた情報が妻の心に新たに激しい痛みを与えた。「それではあの子は本当に奴隷なのね！」彼女は声を上げた。「そしてあのかわいそうな子が捉われの身となり奴隷の身分へと送りかえされたとき、わたしは踊ったり称賛を受けたりしていたのだわ。まさに、**復讐の女神たち**が本当にわたしを追っているわ。フィッツジェラルド夫人にこのことをお伝えする必要があるとお思いになる？」

「立場が逆なら、君はすべてのことを知りたいと思うんじゃないか」と彼は答えた。「しかし、君をその部分の苦痛から救ってあげよう。この打ち明け話の最初のところは女性がするのが一番ふさわしかった。しかしこの新しい情報はわたし自身から明らかにしてもかまわないだろう」

「あなたはいつも親切で思慮深いわ。」彼女は言った。「この知らせが特にあの方にとっては悩ましいものになるでしょうね。おそらくあの方にとってはわたしよりあなたから聞くほうがましでしょう。わたしはあの方の好意を失ってしまったことがわかるの。だけど、あなたは好意に値すること、、、が好意を持って、、、もらうことよりももっと重大だとわたしに教えてくださったわ。だから、あの方から親切な評価を受けられるよう最善を尽くすわ」

「このごたごたに多少困惑しているのは認める」と夫は答えた。「しかし間違ったことを修復する意志も手立ても両方あるところに、道が見つからなければおかしいだろう」

「わたしはダイヤモンドと他の高価な装飾品をすべて売りたいわ。その青年を買いとるために」

「そうしてもかまわないよ、もしそれで君が少しでも満足できるなら」と彼は応じた。「だけど、君のために宝石に投資したあの二、三千ドルは、彼が見つければわたしが支払おうとしている全額にはとても及ばないだろう。今晩邪魔にならないよう、若い人たちを外に送りだしてしまおう。そして年長者の家族会議にこの件を委ねよう。わたしはブルーメンタールに相談したいのだ。彼ほど生まれつきの直観が正しい者はいないよ。彼が因習的な偏見をまったく持っていないことはわたしの父を思いださせる。デラノ夫人の洞察と静かな良識にも大いに信頼を寄せている。それから元気な可愛いフローラは自分の結論にぱっと飛びつくが、いつもまっすぐに飛びつくし、たいがい、的を得ている」

家族会議が開かれるとすぐに、その件が持ちだされ、ブルーメンタール夫人が声を上げた。「まあ、フロリモンド、『キング・コットン号』にいたその奴隷たちって、あなたとゴールドウィンさんがあんなに一生懸命見つけるのを手助けしようとしていた人たちでしょ」

「そうなんだ」と彼は答えた。「わたしは彼らが『待て、泥棒！』と叫んで捉えようとしていたちょうどそのとき、そのかわいそうな二人のうち一人をすばやくちらっと見たんだ。そしてそのイタリア人のような顔つきが、フローラが以前に陥った危険をとても強くわたしに思いださせたので、彼が奴隷だと聞いたあと、とても心がざわついた。今思いだしてみると、彼はフィッツジェラルド青年に似ていたと本当に思う。パーシヴァルさんがおそらくこの件になんらかの光を投げかけてくれるだろう。あの人は疲れを知らずあの逃亡奴隷たちを救いだす努力をしてきたからね。すでにフローラの生い立ちも知っているし」

「わたしと一緒にボストンに行って彼にわたしを紹介してほしい」とキング氏は言った。

「そうしますよ。」ブルーメンタール氏は返答した。「ベルさんとフィッツジェラルド夫人のお二人は一切合切、誰にも問われぬまま忘却の中に沈ませたいと思われるでしょうね。でも、だからって、この気の毒な若者に対するわたしたちの義務は変わらない」

「現在の状況についてあの人たちに知らせるべきだと思うかい?」とキング氏が尋ねた。

「もしわたしが彼らの立場だったら、詳細をすべて知りたいと思うでしょう。」ブルーメンタール氏は答えた。「それに行動の規範は単純なのが一番いい」

「フィッツジェラルド夫人はそのことについてお父さまが知ることをとても恐れていらっしゃるわ。」ローザが口をはさんだ。「それにできるだけあの方に痛みを与えないことを心から願っているわ。お父さまに知らせるかどうかについてはあの方が判断する権利を持っているんじゃないかしら」

デラノ夫人はこの件に関してはブルーメンタール氏の見解をとり、この問題はあとでもっとよく考えてみようと決まった。フローラはユーラリアにジェラルドが彼女の兄だとただちに告げれば、いくらかの困難が取りのぞかれるかもしれないということを示唆した。

しかし、デラノ夫人は返答した。「その措置によって、わたしたちにとってはいくらかの困難が避けられるかもしれないけど、若い人たちのためになるかどうかがもっとも考慮すべき点でしょう。あの子たちの誰も家族の身の上のすべての出来ごとを知らないのだし、その人格がじゅうぶんに形成されるまで知らせないのが一番だと思うわ。あの子たちの黒人の先祖について告げることには反対はないんですよ。奴隷制から出てきた法律や習慣や経験を知らせずにすむならね。でも、そういうことは思春期に信条を混乱させるものかもしれないでしょう。道徳的な見解を曖昧にするどのようなものも、鏡から息をふき取るようには、簡単に若い心から取りのぞけないのよ」

「ユーラリアに関しては、そうした思いをとても深く心に留めています。」キング氏が言った。「それにまったく経験がなく理解しにくい事柄で、若い無意識の心を動揺させる必要はないと思いますね。フィッツジェラルド夫人と話してからボストンに向かおうと思います」

　フィッツジェラルド夫人は以前見せた態度よりもずっと落ちつきを失ってその知らせを受けとった。いつものように礼儀正しいのだが、とてもぶっきらぼうに言った。「この低俗な件でもう二度と悩ませられないことを願っていましたのに。キング夫人が子どもたちを取りかえることが妥当だと思われたのですから、ご自分が選ばれたほうのお世話をしていただいて結構ですわ。もちろん、奴隷たちの中で育った息子を持つことはわたしにとってとても不愉快なことになるでしょう。もしその子と近づきになることを望めば、いろいろ世間が言わずにはすみません。それに夫の情事についてはすでにずいぶん多くのことが語られてまいりました。だけどその子に会いたくはありません。わたしは自分の好みに合うよう息子を育てましたの。それに誰もがあの子は上品な青年だと言ってくれます。あの子の血の中に汚れがあるとおっしゃるのをやめてくださされば、そのことを二度と思いだすことはありませんわ」

「わたしたちはあなたにすべてをお話するのが正しいことだと思ったのです。」キング氏は答えた。「そしてどうするかはあなたにお決めになっていただくのが」

「それでは、これを最後に」とフィッツジェラルド夫人は言った。「どうかジェラルドとわたしを平穏なままにしておいてくださいませ。そしてもう一人のほうはあなた方のお好きなようになさってください。わたしたちはすでにじゅうぶん悩まされてまいりました。この件は決して二度と口に出さないでください」

「ご決心は承りました。」キング氏は答えた。「もしその不運な青年が見つかることがあれば、その人を教育して仕事で身を立てさせ、正当に認められた後継者だったならあなたがあらゆる点でなさったであろうことと同じことを彼のためにいたします」

「そしてその人をわたしから遠ざけておいてくださいませ」と夫人は不安になって言った。「と言いますのは、もしその人がそんなにジェラルドに似ていると したら、もちろん不愉快な質問や意見を掻きたてることになりますもの」

キング氏はお辞儀をして、別れの挨拶をし、自分が今聞いたことは自然な本能に対する奇妙な注釈だと思いながら立ち去った。

パーシヴァル氏は「キング・コットン号」にいた逃亡奴隷の一人がベル氏と持っている関係について知ったとき、もちろんとても驚き興奮した。「わたしたちは因果応報についてはよく聞きますが」と彼は言った。「この世においてそれが与えられるのはめったに見ることがありませんね。ジャクソンさんとわたしがあの年老いた貿易商を訪ねたときのあの人の頑固さは忘れられません。あの人は、もし合衆国の法がそれを必要とするなら、自分の母やきょうだいでも進んで奴隷として差しだす用意があると言ったあの尊敬すべき紳士の表明に、熱狂的に賛同して支持したんですよ」

「もしわたしたちの友人のブライトが一緒にいれば、神はあの人の言うことを言葉通りに受けとった、と言ったでしょう」とブルーメンタール氏は微笑みながら答えた。

この案件の可能性に関して真剣な議論が続けられ、実際の捜査に何日かが費やされた。しかし、補足的な情報は、湾にある島に逃亡奴隷たちを運んだ船の乗組員たちの一人であった船員から得られたものだけであった。そしてその船員が告げることができたのは、彼らがお互いをジョージとヘンリーと呼びあっているのを聞いたということだけだった。母親ローズのために撮ったばかりの一枚の彩色を施したジェラルドの写真を見せると、船員はただちにそれがジョージという名前のほうだと言った。

「この気の毒な若者を助けなければ」とキング氏は、その船員との満足のいかない話し合いから戻ったあとに言った。「ベルさんは誰が彼を買ったか知っているかもしれないし、あの人と話すことが唯一の選択肢のようだ」

「わたしの経験から判断すれば、あなたの任務は羨ましく思うようなものではありませんね。」パーシヴァル氏は答えた。「ベル氏は激怒しますよ。だけどおそらくその教訓は彼のためになるでしょうな。フランシス・ジャクソンがあのとき、もしご自分の肌の浅黒い孫が奴隷の身分にされるようなことがあれば、あの人が全力を尽くして奨励しようとしている事柄がどういうものかがよくわかるかもしれない、と言ったのをわたしは思いだします」

その任務は本当にキング氏がそれまでに遭遇した何よりもおぞましいものに思われた。しかし、彼は自分の義務感に忠実に、勇敢にそれを成しとげる決意をした。

第三十四章

年老いた貿易商はキング氏を極めて丁重に迎えた。というのは、キング氏に反奴隷制の傾向があるように思い、その弱点に関しては軽蔑していたが、家名に最高の価値があり、ユーラリアという花嫁候補にふさわしい人の父親である男としては、大いなる敬意を持っていたからだった。

しばらくとりとめのない会話をしたあとで、キング氏は言った。「もしあなたが耳を傾ける忍耐をお持ちなら、ちょっとした話をしたいのです」

「もちろんですとも」と老紳士は応じた。

そこで、その訪問者はニューオーリンズではとてもありふれたクァドルーンとの関係をロイヤル氏が作ったことから話しはじめた。そして彼が破産の身で亡くなったこと、彼の二人の美しいオクトルーンの娘たちが父の債権者たちによって奴隷として請求されたことを。

「いったいなんなのです、わたしがそのオクトルーンの娘たちに関心があると思うのですか?」とベル氏はいらいらして口をはさんだ。「わたしがその債権者の一人でもないというのに」

「あなたはおそらくなんらかの興味をもたれると思いますが。」キング氏は答えた。「その姉妹の長女がサヴァンナのジェラルド・フィッツジェラルドさんと結婚して、まだ生きていると申し上げれば」

「わたしの娘のリリーと結婚したフィッツジェラルドのことですか?」と彼は尋ねた。

「彼のことです」がその返答だった。

「そりゃ間違いだよ」とベル氏は顔をほとんど紫色にしながら大声を上げた。

「いいえ、間違いではありません。」キング氏は言い返した。「しかし、そんなに興奮される必要はありませんん。最初の結婚は二度目の結婚を不合法にはしませんでした。まず結婚の儀式がうぶな若い娘を騙すための偽ものだったからであり、次に、南部の法に従うと、奴隷との結婚はいかなる宗教的な形式で神聖化されようとも、法においてはまったく無効だからです」

「そのような法律はとても賢明な対策だと思うね。」貿易商は言った。「劣等な人種が優秀なものと同等に置かれないようにすることは必要だ。黒人たちは召使いとして作られたのだ。あんたは混血に賛成かもしれないが、わしはそうではない」

「わたしはただ、あなたがとても賛同していらっしゃるその法律は、混血を妨げるものではないことに気づいていただきたいのです。フィッツジェラルドさんはクァドルーンの生んだ娘と結婚されました。法律の唯一の影響は、彼から受けるべき扶養と保護に対する法的な権利をその女性から奪い、彼女の息子が受けるべき父親の所有財産の分与を妨げることでした。もう一つの南部の法律によって――それは『子どもは母親の身分を引き継ぐ』というものですが――彼女の息子は奴隷になりました」

「だが、そのことにわしがどんな関心を持つというのかね？」その貿易商は口をはさんだ。「それはわしと無関係だ。南部は独自の法を作る権利がある」

キング氏はもうしばらく聞いてほしいと言った。それから続けて、フィッツジェラルド氏がベル嬢と結婚したときに、どのようにそのオクトルーンをとり扱ったか話した。彼がすぐあとで、負債の支払いのために彼女をとても卑劣な男に売ったこと。彼女がそのような運命の行く末を予想し、恐れ、混乱し、気も狂わんばかりの復讐の念に燃えた瞬間、自分の赤ん坊をベル氏の娘の赤ん坊と取りかえたこと、したがってベル氏が自分の孫として教育してきたジェラルドは、実はそのオクトルーンの息子で奴隷として生まれた者であったことを。

「まったく」とベル氏は皮肉な微笑みを浮かべて言った。「そのような話は感傷小説の作家には売れるかもしれんが、あんたのような分別のある紳士から聞くなんてまったく思ってもおらんかった。誰の証言にのっとって、わしがそのようなありえない話を信じると思うのかね？」

「その母親自身の証言です」とキング氏は答えた。

ひどく軽蔑した様子で口をゆがめてベル氏は返答した。「それではあんたは本当にわしが黒人の女の証言で自分の孫息子から相続権を奪う気になると思うのかね？　まさか。ありがたいことに、わしはそういう黒人好きの病にはかかっておらんのでね」

「しかし、あなたはその女性が誰だかまだお聞きになっていません。」キング氏は答えた。「それに、それを知らないでその人の証言の価値を公平に判断することはできません」

「わしは尋ねないよ。関心がないからね。」貿易商は応えた。「黒人たちは嘘つきの集団だ。それにわしはあいつらの嘘を言いふらしてまわるような奴隷制廃止論者ではない」

キング氏は一瞬彼を見て、それからとても穏やかに答えた。「あなたがその証言をとても軽蔑して扱われるその赤ん坊の母親は、キング夫人、すなわち、わたしの愛し尊敬する妻なのです」

年老いた貿易商は礼儀作法を忘れて驚がくした。そして自分の足の痛風を忘れて椅子から飛び上がり、「まさか！」と叫んだ。

キング氏はその突然の叫びに対しては何も言わず、自分がロイヤル嬢に最初に紹介されたときの様子、引きつづく彼女の不運への同情と彼女が純粋で気高い女性であると自分が信じる多くの理由、そしてついに結婚に至った状況を詳細に語りつづけた。彼は子どもたちが一時的な狂気の発作の中で取りちがえられたという確信を述べ、できるだけその間違いを埋めあわせたいという妻の並々ならぬ切望について長々と語った。

「わたしは状況を知らなかったのです」とキング氏は言った。「とうとう、ジェラルドとユーラリアがだんだん惹かれあっていくようになったため、告白が必要となったのです。これらの一切をあなたにお話することは、わたしにとってとても苦痛です。しかし逆の立場にあれば、わたし自身は事実を知りたいだろうと思ったのです。嘆きと恐怖で気がおかしくなったとき、捨てられて友人もいない女性によってなされた禍《わざわい》を、わたしは全力を尽くして修復したいと思うのです。その人は、その人柄をわたしが愛し敬う理由をたくさん持った女性でもあるのです。もしあなたがジェラルドを相続から外すことを選ばれたら、わたし自身の息子であるようにジェラルドの未来に備えましょう。そして、ジェラルドにかかった費用はすべて、利子をつけてお支払いいたします。この件が世に知られないこと、そして誰も実質的に傷つくことのないような方法で、わたしたちが友好的に解決することを望んでおります」

この提案にいくらか機嫌を直して、その老紳士はより穏やかな調子で尋ねた。「ところで、娘の息子だとおっしゃるその青年はどこにいるんですか？」

「ごく最近までは、亡くなったと思われていました」

とキング氏は答えた。「そして不幸なことに、そのため、結婚のときこの件についてわたしに話す必要がないと妻は思ってしまったのです。しかし今、生きているかもしれないと思われる理由があるのです。それでこの不愉快なことを明らかにするのがわたしの任務であると特に感じたのです。」チュリーの話を繰りかえしたあと、キング氏は言った。「あなたはおそらく昨年の冬、二人の奴隷があなたの船の『キング・コットン号』でボストンに逃亡してきたのを忘れてはいらっしゃらないでしょう?」

老貿易商は銃で撃たれたかのようにはっとした。

「動揺しないようになさってください。」キング氏は言った。「もしわたしたちが落ちついて互いに助けあえば、おそらく大した悲惨な結果をもたらすことなく、この不愉快なジレンマから自分たちを救い出せるかもしれません。行方不明だった赤ん坊と、あなたが請求者に送りかえされた奴隷の一人に、なんらかの関係があるかもしれないと考えることのできる理由が一つだけあるのです。二人の赤ん坊はほとんど同い年でした。そして取りかえが気づかれないほどよく似ていたのです。それに『キング・コットン号』の船長は、その年上のほうの奴隷がとてもジェラルドに似ていて区別がつかないほどだと言ったそうです」

ベル氏は顔を覆って深いうめき声を上げた。老人のそのような悲嘆が強い力でキング氏の同情を掻きたてた。そこで彼に近づき、その手にわが手を置いて言った。「そんなに苦しまないでください。これはひどいことですが、あまり深刻な害をもたらさないよう、どうにかできると思います。この度あなたのところにやってきたわたしの動機は、その青年についてなんらかの心当たりをいただけるかどうかを確かめることだったのです。わたし自身、その青年を捜します。そしてヨーロッパにその青年を連れていって、あなたの子孫、あなたの財産の後継者として、その社会的地位にふさわしい方法で教育を受けさせせます」

老貿易商の口元のやつれた表情は見るのが痛々し

いものだった。心の中で、興奮によってあらゆる神経が最高の緊張へと引っ張られたようだった。明らかに話すのにかなりの努力をして言った。「わしの立場のような商人が黒人たちにその財産を残すつもりがあると思うのか？」

「あなたはその青年が純粋なアングロ・サクソンであることを忘れていらっしゃいます」とキング氏は答えた。

「いいかい」とベル氏は言った。「その男と一緒にいたムラートはそいつの女房だった。それに仮にそいつがわしの孫息子だと証明されても、その女を諦めなきゃ決して会わんし、なんの関係も持たん。たとえあんたがフランスやイギリスの王子と一緒にそいつを教育してもだ。あんたはわしをかなりのジレンマに置いたね。わしの財産はあんたが黒人の血が入っているというジェラルドに行くか、黒人の女房を持つ奴隷であるこのもう一人のやつに行かなければならんようだな」

「しかしその女性もヨーロッパで教育を受けさせることができるでしょう」とキング氏は懇願した。「それにわたしはその青年を外国でもうかる仕事で永久に身を立てさせることができますよ。この取り決めで——」

「あんたの取り決めなんて、くそくらえだ！」すっかり自己統制を失って、その貿易商はさえぎった。「もしわしのためにムラートの後継者の一団を手配しようとしているなら、あんたは間違っている」

ベル氏は立ち上がって復讐の念を込めて椅子を床にたたきつけ、顔を激怒で紫色にしながらわめいた。「これに法的な救済をしてもらおう。あんたの女房の身分を暴露してやる。百万ドルの損害賠償をさせてやるぞ」

キング氏はお辞儀をして言った。「あなたがもっと穏やかになられたとき、また、お会いしましょう」

外に出ながら彼はベル氏が部屋を歩きまわり家具をたたきまわっているのを聞いた。「哀れな老人だ！」とキング氏は思った。「できるだけこの間違いを正すことと比べると、金銭の価値なんて微々たるものだということを納得してもらえたらいいのだが。なんということだ！　先行する大いなる誤りがなかったら、こんなことが起こることもなかったのに。そしてそれもやっぱり奴隷制という怪物的な悪から生まれたものなのだ」

キング氏は老貿易商に言っていた。「もっと穏やかになられたらお会いします」と。そして再び会ったとき、老人は実に穏やかだった。というのは、ベル氏は烈《はげ》しい興奮によってもたらされた発作のため、突然亡くなったのだった。

第三十五章

ベル氏の葬式から数週間後、ジェラルドはキング氏に次のような手紙を書いた。

「敬愛する友へ――リリーお母さまはこの秋ヨーロッパに行く決心をしました。僕のために計画してくれていた教育上の特典を持てるようにということなのです。それが母が特定する唯一の理由です。しかし、母は明らかにあなたの調査報告について神経質になっています。そして、さしあたり国外に出たいという願いが、この決心をするのになんらかの作用をしたように思います。このこと、あるいはあなたがご存じのもう一つの重要な点に関しても、僕は母の考えをうながすことも抑えることもしませんでした。僕の願いは母の望みに応じること、そして母がどんな道を選ぼうとも母をさらに幸せにすることなのです。そうするのが僕の義務であり喜びなのです。母はヨーロッパに一年おそらくはもっと長く滞在するつもりです。僕は皆さんにお会いすることをとても望んでいます。そして、もしお別れの挨拶をしないで行ってしまったら、ユーラリアが僕をとても礼儀知らずの知人だと考えても無理ありません。僕たちが出港する前にボストンにお帰りにならないなら、あなたの許可を得て、ノーサンプトンにいるあなた方のところに少しお邪魔するつもりです。ローズお母さまには、いただいたお写真に感謝いたしております。それは僕にとってとても大切なものになるでしょう。あなた自身ともう一人の方のものも加えてくださることを望みます。というのは、僕の運命がどこに割りあてられても、あなた方三人はずっと僕のもっとも大切な思い出となるでしょうから」

「わたしはこの取り決めをよかったと思う。」キング氏は言った。「あの子たちの年齢では一年間離れていればじゅうぶんだということを願っている」

母親ローズは心の傷を隠して答えた。「そうね、それが一番ね。」しかし、その手紙のぎこちなさが彼女を苦しめた。そして、行動の中でもっとも満足のいかないもの、すなわち本当ならこれこれであったかもしれないと考えることへとその心を掻きたてた。クロエが自分の視界からその子を連れさる前の数時間、自分のそばに寝かせていた時の、最初に生まれた息子の面影を思いうかべた。それから彼女の前にあのもう一人の息子（生後すぐ亡くなったローザの二番目の息子）の白い顔が立ちあらわれた。その可愛い小さな身体はプロヴァンスのバラの中へと姿を消していった。息子たちは二人とも彼女の人生から去ってしまった。一人については、霊たちの住む神秘的な世界からはなんの便りも受けとらなかった。一方、もう一人は視界の中を歩いていたが、影のようにその現実性は触知できないものだった。

キング氏はジェラルドが出港する前に申しでた訪問をするのにちょうどよい時期に、家族と一緒にボストンに戻ってきた。ユーラリアと会ったとき、ジェラルドは少し顔を赤らめたが、礼儀正しい知人としてふるまうよう自分に言いきかせてあった。ユーラリアは自分が最近少し無頓着に扱われていると思っていたので、若い娘らしい慎みで身構えていた。

キング夫妻は二人ともフィッツジェラルド夫人を訪ねることは難儀だが義務だと感じていた。夫人は、キング夫妻の誠実さに敬意を払ってはいるものの、うとましく思わざるを得なかった。キング夫妻は、ジェラルドの愛情をもう一つ要求するという考えを示して、ジェラルドと自分の関係を乱したのだ。そして、彼女の想像につきまとう奴隷の息子という卑しい幻影を持ちだして、誇りを傷つけていた。フィッツジェラルド夫人はキング夫人を嫉妬しつづけていた。妬ましく思っているのがはっきりわかるので、ジェラルドは彼女に母親ローズの写真を見せるようなことは決してできなかった。しかし、キング夫妻の洞察力のある目はフィッツジェラルド夫人の過剰な礼儀正しさの表明にそのことを読みとったのだが、キング夫妻が訪問したときそこにいた他の訪問客たちは、彼らを彼女の親愛なる友人と思い、こんな立派な人たちと親しい間柄にあるフィッツジェラルド夫人を羨ましく思った。

そうした形式的な交際の試みはローザの心の渇望を増しただけだったので、キング氏はジェラルドに彼女と個人的に会ってくれるよう頼んだ。ローザが敢えてジェラルドを息子と呼ぶことができ、ジェラルドが自分をお母さんと呼ぶのを聞くことができた、そのこっそりと過ごされたわずかなひとときは、言いつくせないほど貴重だった。彼は「ジェラルド」という名前が彫りこまれ、自分の髪の毛が入ったエナメルのロケットを彼女に持ってきた。そしてローザは自分が亡くなる日までいつもそれを胸につけておくと言った。ジェラルドが小さなモロッコ皮のケースを開けると、そのベルベットの中敷きの上には繊細な銀細工のユリがあった。

「ユーラリアへのちょっとした記念品です」と彼は言った。

ローザは瞳を濡らして「それは分別のあることではないかもしれないわ」と言った。

ジェラルドは顔をそむけて答えた。「それではうちの母からだと言って差しあげてください。自分の妹がそれを身につけていると考えると、僕はうれしく思います」

**　　**　　**

ジェラルドがヨーロッパへと出航した数日後、キング氏は妻と娘を伴ってニューオーリンズに向かった。競売人が見つかった。その人はボブ・ブルートマンと言う名（奴隷には通常所有主の姓がつけられる）の逃亡奴隷をナチェズ（ミシシッピ州南西部の都市）のとある紳士に売ったと言い、その逃亡奴隷がジェラルドの写真に非常に似ていたと言った。彼らはナチェズに向かい、その買い手と話をすると、買い手は自分の奴隷のボブとジェラルドの写真が似ていることを認めた。あの取引きは失敗だったと彼は言った。というのは、その奴隷は頭がよく狡猾で、二カ月前に彼のところから逃亡したということだった。なぜ捜しているのかという質問に答えて、キング氏は、もしボブが自分の思っている男だとすると、その男は白人で、彼を買いもどしたがっている友人がいるのだと述べた。しかしその奴隷主は逃亡者についてなんの手がかりも持っていなかったので、何も得られなかった。そんなわけで、彼らの長い旅は、関心の対象たる人物が奴隷の身分から脱出したと考える満足のほかは、なんの成果ももたらさなかった。

彼らはもっとも寒い季節を南部で過ごすつもりでいたが、ハーパーズ・フェリーで突然火山が爆発し、煮えたぎったマグマが大地を覆いつくした。南部を訪れた北部人は誰もがジョン・ブラウン[*1]のスパイの可能性のある者として疑いの目で見られた。そしてキング氏

*1　（一八〇〇—五九）、奴隷制廃止運動家。一八五九年十月十六日、ヴァージニア州ハーパーズ・フェリーで同志二十一人と武器庫を襲撃し、反逆罪で捕えられ、同年十二月二日絞首刑となる。

が逃亡奴隷を買いもどそうとしているという事実は、彼に対する信頼を増すどころではなかった。黙っていることには満足できないし、口を開けば奴隷制を認めるか、あるいは争いを絶えず挑発せざるを得ないということがわかったので、キング氏は帰宅に向けて家を準備しておいてくれるようブルーメンタール氏に手紙を書いた。この取り決めを聞いて、フローラと子どもたちは陽気な叫び声を上げ、手をたたいて歓迎した。

彼らが到着したとき、家は六月のように暖かく、フローラとその家族が迎えてくれ、そのうしろにチュリー、彼女の背の高い息子、娘、小さなベニー、トムとクロエから成る使用人の小さな一団が控えていた。使用人たちは皆、屋敷の中かキング氏の商業施設に持ち場を与えられていた。彼らの情熱的で大げさな歓迎の表現にキング氏は微笑んだ。心からの温かい握手が終わると、キング氏は客間に入っていきながら妻に言った。「まったく、ビーズの船荷（ベネチアで製造された貿易用ビーズ）と一緒にギニア（西アフリカ西端にあるギニア共和国）の海岸に上陸したみたいだね」

「まあ、アルフレッド」と妻は答えた。「皆を雇ってくださって本当に感謝しているわ。あなたはご存じないし、きっと決しておわかりにならないでしょうね。わたしがこの肌の黒い友人たちにどんな思いを抱いているか。だって、あなたは一度もあの人たちに毎日毎晩見守ってもらって、忍耐強く優しく死の影の谷から自分を導きあげてもらったような経験はしていないのですもの」

キング氏は愛情深く妻の手を握りしめて言った。「君のために彼らがそうしてくれたということは、わたしにもそうしてくれたということだよ」

こうした感情は使用人に対する日々の態度にももたらされていた。その結果、雇主と使用人の間に調和のとれた関係が生まれ、それは見ていて見事だった。しかし、どんなに幸せな家庭の中にも悲しみの残骸が隠されているものだ。キング夫人にはキング夫人の、トムとクロエにはトムとクロエの悲しみの残骸があった。ベル氏の死とフィッツジェラルド夫人の不在で、使用人たちの身元を知るものはボストンに誰もいなくなっていた。しかし、トムとクロエは**逃亡奴隷法**がまだ有効だと知っていたし、緊急の場合にはキング氏の寛容さを頼りにしていたが、自由の身でないことに不安も抱いていた。チュリーはそうではなかった。彼女はピスガ山[*2]を越えてカナンの自由の地にいた。そしてその幸せは混じりけのないものだった。キング氏は皆に親切で寛大であったけれども、昔の関係もあって、チュリーを特別な好意を持って見ていた。チュリーが留置場にいたとき金の輪のイヤリングがその耳から奪われていたが、キング氏は新しいイヤリングをプレゼントした。彼はニューオーリンズでチュリーがキング氏のためにドアを開けたときの姿のままに見えるようにさせたかった。そのドアが自分の人生の寺院と宮殿の入り口ともなったからだった。チュリーも自分が小さな王国の首相のようなものだと感じていたし、権威あるもののようにふるまい始めた。自分のベニーが、キング夫人が彼のために作った緑色のカバンに綴りの本を入れて肩にかけ、学校へと歩いていくのを見つめるチュリーは、どの女帝が自分の後継者に対して持つ満足よりも大きな自慢のタネを感じていた。住居のハイカラさも彼女にとっては大きな自慢のタネであった。そしてチュリーは台所でしばしば、ロージーさまなら黄金の上を歩いたってもったいないことはないと自分はいつも言っていたのだと語った。こうした考えは別にしても、チュリー自身、ぴかぴかした派手な色のものに東洋的な喜びを見出していた。トムはとてもスラスラと読めるようになっていたし、日曜日の晩、聖書から何章か読んで使用人たちを啓発することが習慣になっていた。ソロモン王のすばらしさの記述はチュリーの心に生き生きとした印象を与えた。広々とした客間の埃をはたくとき、彼女は大きな鏡、ガス灯の

＊2　死海の北東にある古代モアブ王国、現在のヨルダン国内の山峰。この山頂からモーゼが死の直前「約束の地」カナンを眺めた。

金メッキの輪、深紅や金で縁どられたすばらしい絵画を賞賛の目で眺め、**ソロモンの神殿**もこれほど立派ではなかっただろうと思うのだった。チュリーはデラノ夫人が裕福だとはとても思えなかった。「あの方はきれいな方ですよ。」チュリーはフローラに言った。「でも、もしお金をたんと持っていなさるなら、なぜあの方はあんなにどうということもない地味なドレスを着なさるだか。そこへいくとロージーさまのほうは違うね。あの方がお客さまのためにドレスを着なさるときには、**シバの女王**のように見えなさる」

ある朝、チュリーは目を覚まして、自分の南部育ちの目にはまったく目新しい光景、想像上のソロモンの神殿のすばらしさをはるかにしのぐ光景を目にした。その前の晩、外気はもやで満ちあふれ、寒くなるにつれてそれがボストン広場の木々にとどまり、小さな小枝すべてを氷のよろいで美しく覆ったのだった。夜の間に柔らかな雪が優しく舞いおりて、その氷に羽毛をまき散らした。木々はこのような繊細な白い衣をまとい、濃い青空を背にそそり立ち、栄誉を讃えられた精霊のように見えた。あちこちで太陽が木々を照らし、ダイヤモンドの粒を降りそそいでいた。チュリーはうれしい驚きでしばらく見つめ、クロエを呼びに走るとクロエは声を上げた。「偉大な白い天使みたいだがな。お嬢さまが起きなさる前に飛んでいってしまうんでねえか」

チュリーはキング夫人のベルが鳴るのを今か今かと待ちかまえ、最初のチリンという音が聞こえるとすぐに彼女の化粧室に飛びこんで声を上げた。「まあ、窓のところに来てくださいまし、ロージーさま！　まさにここはシルバー・ランドです」

ローザもその地上のすばらしい眺め、姿を変えた雪の栄光の衣装を見て同じように驚き、「まあ、チュリー、ダイヤモンド・ランドだわ。パリの劇場ですばらしい妖精の場面を見たけど、これほど輝かしいものは見たことがないわ」と言った。

「わたしはジェスミン（ジャスミンの訛り）ですっか

り覆われた南部の森をもっとも美しいものだと思っていたですよ。」チュリーは答えた。「だけど、なんてこってしょう、ロージーさま、ソロモンの神殿が集会所よりもっときれいなのと同じくらいここはきれいだ」

しかし、家の内部のすばらしさも戸外のすばらしさも、彼らが享受したあらゆる個人的なぐさめも、この恵まれた黒人たちの一団に囚われの身のままにされている同胞を忘れさせることはなかった。ジョン・ブラウンについてのあらゆる情報が貪欲に求められ読まれた。彼が最初に囚われの身になったとき、クロエは言った。「ペテロを牢獄から抜けださせた天使は年をとっていねえし、耳も遠くなっていねえ。あたしらがじゅうぶん大きな声で祈れば、ジョン・ブラウンのために行って戸を開けてくれますだ」

もちろん、その囚人が超自然的に解放されなかったのは、黒人たちがじゅうぶん大きな声でじゅうぶん長く祈らなかったからではなかった。彼らは十二月二日まで希望を捨てなかった。そしてその悲しい日がやってきたとき、彼らは見守り祈るために集会所に集まった。ときどきうなり声が上がる以外、皆沈黙していた。ついに、時計の針がその殉教者がこの世から去る瞬間を示した。そこでトムは力強い祈りの声に自分の魂を注ぎこみ、苦悩にみちた歎願で締めくくった。「ああ、神さま、あなたはわたしらのモーセを連れさってしまわれた。わたしらのためにヨシュアになる人をお与えくださいまし![*3]」そして皆で「アーメン!」と声を張り上げた。

クロエは、嵐の舞う波の上を歩けるほどの信仰心を持っていたので、すすり泣く会衆に向かって熱烈な励ましの言葉を語った。「あいつらがあのジョン・ブラウンを殺しちゃいねえと言いたいだ」と彼女は言った。「あいつらはあの方を殺すことなどできなかったんだからね。ペテロのために牢獄の扉を開けた天使があの

＊3　民数記、ヨシュア記。モーセの後継者で、モーセの死後、イスラエルの民を導き約束の地カナンに到着。

方を外へ出させただ。そいであたしらが思っていたのと違う方法であの方を送りだしただ。それだけですだ」

第三十六章

次の年の間じゅう、政治的な空気は危険の差しせまった暗雲で暗さを増し、稲妻が鳴り、近づきつつある雷の響きが轟きわたっていた。北部は追従的な譲歩をし続けたが、そのことを歴史は記録するのを恥じるであろう。しかし、譲歩は役に立たないことが証明された。奴隷所有者たちの横柄さは北部が与えたものによって増長した。市民戦争を避けたいという良心的な願望は、主として商人たちの自己中心主義や政治家たちの心ない賭けと混ざりあっていたのだが、すべては同じように北部人の小心さの表れと受けとられた。ついにサムター[*1]で、近づく嵐の中で銃の轟きが聞こえた。すぐに、あたりは星のついた旗でいっぱいになり、北

＊1　サムター要塞は南北戦争が火ぶたを切った場所。

部の歩道には馬の蹄の音と武器を運ぶ荷車の轍の音が響きわたった。ぞくぞくさせる愛国的な熱情が男たちの魂を燃やした。奴隷を送りかえすことはもはやなかった。北部の町々は一度にすっかり避難民の町になった。人々が憲法に書かれたことを超えて独立宣言の精神へと目覚めていったからだった。

ジェラルドと母親リリーはニューヨークに着き、社会の雰囲気がすっかり興奮で輝いているのを知った。そうした刺激的な影響のもとで、ジェラルドはキング氏に手紙を書いた。

「昨日、僕たちの到着をお知らせしました。そして今、ワシントンの防衛に向けて行軍するための連隊がここで形成されており、僕もそれに加わったことをお知らせするためお便りしております。リリーお母さまは最初不承不承でした。しかし立派な仲間たちの一団が参加しています——皆、第一級の若い紳士たちです。僕はリリーお母さまに、知人の息子たちの背後で僕がフラフラしていることを恥じるようになりますよ、それに、シーワードさん[*2]がそれはほんの六十日で終わると言っていましたよ、と申しました。それでリリーお母さまは同意したのです。ローズお母さまへの手紙を同封いたします。その手紙では、僕の参加を祝福してくれるよう頼みました。あなたの祝福とともにその祝福が得られることを確信しています」

こうして、青年特有のあとさき考えぬ無思慮な高揚感とともに、ジェラルドはボート・レースか狩りの小旅行に参加するような気軽な気持ちで戦争に赴いた。猟犬のような死に至る抑え込みで、自由な制度にその牙を食いこませるその暴政の残忍さを、彼はほとんど理解していなかった。

続く二カ月間、ジェラルドの便りは急いで書いたものであったけれど、ひんぱんにあり、常に陽気なものであった。ほとんどはキャンプ生活についてのたわい

＊2　ウィリアム・ヘンリー・シーワード（一八〇一―七二）、米国の政治家、国務長官、逃亡奴隷法に反対し奴隷制廃止を訴える。

ない噂話と、残してきた人たちに対する愛情のこもった回想でいっぱいだった。ついにキング氏はもっと深刻な重要性を持つ便りを受けとったが、それには次のように書いてあった。

「僕は奇妙な出来ごとに出くわしました。厳重な見張りをするようにという命令を受けて僕たちの多くが見張りの任務につき、木陰の下を通りすぎたり月の光の中に出てきたりしながら、割りあてられた場所を行ったり来たりしていました。僕は自分の全身が兵士であることを感じながらまっすぐ背を伸ばして歩きました。ときどき茂みの塊に探るようなまなざしを向け、時には輝くポトマック川を無心に見つめました。その間、記憶が僕の人生の出来ごとをたどっていき、それに関連する親愛なる人々を思いださせました。ちょうど決められた順路の境界となる大きな木にたどり着いたとき、次の見張り役が、僕がとまったところから歩きはじめたのですが、同じ木に近づき、彼が背を向ける前に僕たちはほんの一瞬、顔を見あわせました。僕は歩きはじめましたが、束の間迷信に基づく恐怖を感じたことを告白いたします。というのは、自分自身を見たと思ったのです。そしてそれはご存じのように、近づく死の警告だと言われています。彼のほうははっきりと僕を見ることができなかったでしょう。僕は陰の中にいましたし、一方、彼は束の間月光に照らされてその姿をはっきりと現したからです。自分が幻影を見たのか現実を見たのか知りたくて、その木に再び近づいたとき、彼を待ちました。そして二度目、鏡の中以外で決して見たことのないような自分自身の似姿を見たのです。彼はすばやく身をひるがえし、軍隊的な機敏さと正確さで行進して立ち去りました。僕はしばらく彼を見ていました。その直立した姿が陰に隠れたり、月明りの中に現われたりするのを。僕が見ている間何を考えたかは申し上げる必要はないでしょう。たやすく推測できるでしょうから。三度目に出あったとき、僕が『お名前は？』と聞くと、彼は『ジョージ・フォークナーです』と答え、歩きさりました。僕は急いで太鼓の皮の上で書いています。この自分自身の複製品と話すことができたらすぐにまたお便りいたします。しかし、リリーお母さまには僕の予期せぬ体験については話さないつもりです。悲しくさせるだけでしょうから」

　もう一通の便りが一週間後に届き、彼らがもっとも関心を持っている事柄についてはただ次の文章だけが書かれていた。

「我々兵士は自分の行動や時間を自由に管理することはできないのです。僕がG・Fと会えたのは一度だけでしたし、長くも話せませんでした。彼はとても控えめに思われました。ニューヨークの出身だと言いますが、話し方は南部的です。ものを『運んでいる《トーティング》』とか『思いだせない《ディスリメンバー》』とか。彼の信頼を得るように努めようと思います。そうすればあの人からもっと聞きだせるでしょう」

　二週間後にジェラルドは次のように書いてきた。

「僕はG・Fから、自分自身について覚えている最初のことは、ニューオーリンズから十マイルくらいのところで、他の八人の子どもたちと一緒に黒人の年とった女と住んでいたということだと聞きました。肌の色はさまざまだけど彼より白いものはいなかったそうです。自分がニューオーリンズに連れていかれたのは九歳ころだろうと思うと言っていました。そしてブルートマンという名前の金持ちの男によって、ブーツを磨いたり使い走りなどをするために、ホテル経営者のところに貸しだされたようです。その黒人の年とった女が彼と一緒に育てた子どもたちの一人は、ヘンリエットという名前のムラートでした。男の子たちは彼女をヘンと呼んでいたと彼は言いました。彼はヘンが赤ん坊だったときに彼女を『抱っこ《トート》』し、そののち、一緒に泥の中を転げまわったり泥まんじゅうを作ったりしたものだったと言いました。ヘンが十二歳になったとき、彼が働いていたホテルにヘンも貸しだされました。その後まもなく、ブルートマンさんは彼に大工の仕事を習わせるために外に貸しだし、彼はまもなくその熟練者になりました。しかし、彼は週に五、六ドル稼ぎ、最後には九、十ドル稼いでいたのですが、その一部さえまったくもらうことがありませんでした。ときどきブルートマンさんが賃金を数えるとき、フィップニービット（南北戦争前に米国東部で用いられたスペイン銀貨）をくれる以外は。僕は祖父が奴隷所有者の権利について話すのを聞いたりしたときには、その問題のこちら側について考えることは一度もありませんでした。しかし今は、もしこれが自分自身の場合だったら、それはけしからぬことと真剣に考えたに違いないでしょう。彼とヘンが最初に結婚について話しはじめたときはとても若かったのですが、彼は自分の家族を奴隷になるよう育てるという考えに耐えられなくて、二人は逃亡する機会をじっと待っていました。何度か試みようとして未遂に終わったのち、大胆にも『キング・コットン号』に乗船し、彼は白人の紳士に、彼女は彼の召使いの少年に変装しました。この試みがどのような結果となったかはご存じでしょう。二日間手と足を縛られて、岩以外何もない島に置かれていたそうです。彼らは寒さに苦しみましたが、船員の一人が親切な心を持った人だったようで、毛布とオーバーコートで覆ってくれました。その人はおそらく奴隷を警備する仕事が好きではなかったのでしょう。というのは、ある晩、G・Fに『おまえは泳げないのかい？』とささやいたからです。しかしジョージは水にほとんど慣れていなかったし、ヘンもまったく泳げませんでした。それに船員たちは銃を充填していたし、もし二人が飛びこんだのを聞いたら、その中の誰かが銃を撃っただろうと彼は言いました。それにもし奇跡的に岸に着いたとしても、ボストンの時と同じように捉えられ送りかえされると思ったと言いました。

僕がこの話に耳を傾けている間どう感じたかおわかりになるでしょう。僕は彼の許しを請いたかったし、僕の持ち金すべて、時計、指輪、何もかも彼にあげたいと思いました。連れ戻されたあと、ヘンはホテル経営者に六百ドルで売られ、彼はナチェズの男に千五百ドルで売られました。しばらくして、彼は女性の服を着て逃亡し、画策してヘンと連絡をとり、ニューヨークに連れていくことに成功しました。そこで女性の服を着替え、ボブ・ブルートマンという奴隷としての名前を変えて、ジョージ・フォークナーと名乗りました。なぜその名前を選んだのか尋ねると、袖をまくりあげて腕にG・F・と書いてあるのを見せてくれたのです。誰がそれをそこに書いたのか知らないが、自分の名前のイニシャルだろうと思うと言っていました。彼は僕たちがよく似ていることに明らかに心を動かされています。もし彼が自分の出生について何か推測できるかと僕に直接尋ねたら、どう答えるのが一番かよくわかりません。どのくらい語るべきかお便りください。ニューヨーク市は安全ではないと感じ、お金も乏しくなったので、彼はアドバイスを求めて奴隷制廃止論者に接触しました。彼らは彼をニューロッシェル（ニューヨーク州にある都市）に送り、そこで彼は同志《フレンド》ジョセフ・ハウスマンと呼ばれるあるクェーカー教徒に身をゆだね、その人から小さな小屋を借りました。そこで、今は彼がヘンリエットと呼ぶヘンが洗濯とアイロンの仕事の注文をとり、そこで二人に赤ん坊が生まれたのです。戦争が始まると彼は志願しました。奴隷所有者に仕返ししてやりたいと思ったのと、ニューロッシェルの村の乱暴者の一味が彼は白人だと言い、黒ん坊の女房と暮らすのなら襲うと脅したからでもありました。彼とヘンリエットはニューヨーク市にいる間に黒人の牧師によって普通に結婚しました。彼は奴隷制を嫌悪しているし、奴隷のように暮らすことに耐えられなかったからだと言いました。僕は彼が新聞を二、三行読むのを聞きましたが、かなりうまく読んでいました。昔仕事を教わった大工の息子であった少年が幾らか教えてくれ、自分でも綴りの本を買ったのだそうです。幾つかの牛の骨を見せてくれましたが、それに鉛筆で字を書く練習をしています。自分がしたほんのわずかな学習も、どれほどするのが困難だったかを彼が語ったとき、僕は自分が綴りの本を勉強するご褒美に、どれほど多くのお菓子やおもちゃをもらったかを思って恥じいりました。彼は兵士たちの給仕をしている年老いた黒人に字を教えていますが、その哀れな老人が一生懸命やっている様子を見たり、妙な読み方をするのを聞いたりするのは楽しいものです。「盗みたる水は甘し」に違いありません。そうでなければ、奴隷たちが、僕が聖書から綴るのを習おうとした苦労よりもずっと多くの骨折りをするようなことは決してないでしょう。ときどき僕は年老いた生徒のことでG・Fの手助けをします。そして僕が木陰の草の上にすわりその年老いた黒人の男が一節一節を頭にたたき込むのを手助けしているとき、僕たちの姿をブルーメンタール夫人にスケッチしてもらいたいなと思います。ニューヨークの仲間たちはときどき僕を笑います。しかし、僕はこの行動でG・Fの信頼を大いに得ることになりました。彼はとても才能のある男で、常に何かを作ったり直したりすることを頼まれています。彼が道具をうまく使う様子を見て、羨ましく思いました。あなたがかつておっしゃったことを理解しはじめました。そのことはそのときは僕をいい気分にしませんでした。洗練された紳士であることは、男が自分を捧げるのにもっとも哀れななりわいだということです。

僕はこの長い手紙を困難な状況の下で、いろんな時にしたためました。そして、多くの詳細を削除しましたが、それを次のお便りで思いだすことにいたします。同封しているのはローズお母さまへの短いお便りです。皆さまのことをとても愛情込めて思いだしています」

この便りを受けとってまもなく、ブル・ラン[*3]での敗北の知らせがやってきて、ジェラルドが戦死者たちの一人であったという知らせが続いた。キング氏はただちにフィッツジェラルド夫人に、自分ができることならなんでもすると申しでた。そしてキング氏が、フィッツジェラルド夫人の従妹の夫のグリーン氏とともに

＊3　ヴァージニア州マナサス付近の小川。南北戦争中の一八六一年、一八六二年の二次にわたる激戦地で南部が二度勝利する。

ただちにワシントンへ赴くことが同意された。二人は長い木の箱とともに戻ってきたが、その箱の上にはジェラルドの名前と連隊名が書いてあった。それは開かれることなく黒いクルミの棺の中に入れられた。彼を愛する人たちは戦争で負傷を負った姿を見るのを恐れたからだった。その棺はストーン・チャペル（一六八六年創設された英国国教会）に運ばれ、そこに多くの人々が若き兵士に対し最後の栄誉を讃えるために集まった。棺の上には鞘に入った軍刀が置かれ、フィッツジェラルド夫人が月桂樹の花輪を捧げた。そのすぐ上のところにキング夫人が白バラの花輪を並べ、その中央にユーラリアが一本の白ユリをおどおどしながら置いた。長い葬列がマウント・アーバン（ボストン郊外にある墓地）まで棺について行き、楽隊がベートーベンの葬送行進曲を奏でた。墓所では監督派《エピスコパル》の葬儀が営まれ、その墓を友人や親族が花でいっぱいにした。そして死んだ祖父の隣にそのハンサムな青年は埋められ、人の目の見えないところに隠されたのである。キング氏の馬車はフィッツジェラルド夫人の馬車のすぐあとに続いた。その状況は、亡くなった人が彼の娘と結婚することになっていたという噂で会衆に説明された。フィッツジェラルド夫人はそのように理解されたことを光栄に思い、決して反論しなかった。夫に非常に失望し他の子どもたちを失ったあとで、感じることのできるすべての愛情はジェラルドに集まっていた。しかし彼女の性格は深みがなく、世間態で大いに揺れるものだった。フィッツジェラルド夫人は息子の喪失を最初聞いたときひどく苦しんだ。しかし若い英雄に与えられた賛辞、彼の葬式の壮麗さ、彼が百万長者の娘と婚約していたという世間の理解の中に、痛みを和らげる代償を少なからず見出していた。

キング夫人の悲しみの深さはその心をお造りになった神だけがご存じだった。彼女はそれをできるだけ隠そうと努めた。夫と娘のいる家庭に影を落とすのは間違いだと感じたからだった。ジェラルドの写真がその部屋に飾られ、朝一番の光でそれを見るのだった。しかし彼女がそれを見つめながら何を思っていたかは誰にも語られることはなかった。慣習と心からの同情で、彼女がフィッツジェラルド夫人を弔問することが必要だった。キング夫人はただ手を取って優しく握りしめて言った。「神さまのおなぐさめがあなたにありますように」「あなたにも神さまのおなぐさめがありますように」とフィッツジェラルド夫人は手を握りかえしながら応じた。そのとき以来、ジェラルドの名前は二人の間で二度と口にされることはなかった。

　葬式のあと、人々はアルフレッド・ブルーメンタールが、まるで絶えず重大な考えに心を奪われているように、ぼんやりしていることに気がついた。ある日、彼が窓に寄りかかり、通りの向こうで翻る星条旗を見つめながら立っていたとき、突然振りかえって声を上げた。「ここに留まっているのは間違っている。僕はあの旗のために戦わなければならない。かわいそうなジェラルドの代わりにならなければ」

　デラノ夫人は心配そうにアルフレッドを見ていたが、立ち上がって、今までに見たことのない強い感情を表してその首を抱きしめ、「あなたが行かなければならないの？」と言った。

　アルフレッドは優しくデラノ夫人の頭に手をやって答えた。「愛するマミータ、あなたはいつも僕に義務の声に従うことを教えてくれました。確かに、この奴隷制という怪物の血だらけの口元から**自由の女神**を救うのを手助けするのは義務なのです」

　デラノ夫人はしばらく彼の胸元に顔を寄せていたが、涙にぬれた顔を上げて、黙ってその手を握りしめ、その親切で誠実な目をじっと見つめた。それは遠い昔に閉じられた目を強く思いださせた。「あなたは正しいわ」と彼女はつぶやいた。「神さまがあなたに力を与えてくださいますように」

　自分の胸がいっぱいになるのを隠すためにアルフレッドがデラノ夫人に背を向けると、自分の母親が父親の胸に顔を寄せてすすり泣いているのが目に入った。「愛するお母さま」と彼は言った。「それが僕にとってつらいことは神さまがご存知です。これ以上つらくしないでください」

「君が泣いているのを見るとあの子の勇気が奪われてしまうよ」とブルーメンタール氏も言った。「勇気のある女性になって、君の最愛で最良のものを国に明るく捧げなさい」

フローラは涙をぬぐい情熱を込めてアルフレッドの手にキスをして言った。「そうするわ。神さまのお恵みがありますように、わたしの愛するたった一人の息子!」

アルフレッドの父親がもう一方の手を握り平静を努めて言った。「君は正しいよ、アルフレッド。神のお恵みがありますように! では、愛するフローラ、コーナーの『戦いの歌』[*4]を歌ってわたしたちの若き英雄の決意を神に捧げよう」

フローラはピアノの前にすわり、デラノ夫人が弱々しいがとてもよい声で加わり、彼らは歌った。「天の父なる神さま! わたしはあなたに呼びかけます。」しかし最後の節に来たとき、声は詰まり、ピアノの音もやんだ。ローゼン・ブルーメンとリラが入ってきて、皆がすすり泣いているのを見た。兄が彼らを腕に抱き、この悲しみのわけを二人にささやくと、二人は心臓が張りさけてしまうのではないかというくらい声を上げて泣いた。母親が決意をふるい起こしてなぐさめた。父親が自己犠牲の高潔さと美しさについて二人に語る一方、母親は二人にキスをして希望にみちた言葉でなぐさめた。それから、デラノ夫人に向かって、その白くなった髪を優しくなでてフローラは言った。「愛するマミータ、わたしは神さまがわたしたちの大切な子を返してくださることを信じているの。わたし、息子を、ドラゴンを殺す聖ジョージ[*5]にして絵を描くわ。だからマミータの部屋にそれを飾ってあの子があなたに

＊4　ドイツの（カール）・テオドール・コーナー（一七九一—一八一三）による戦い前の祈りの歌。

＊5　リチャード一世がイングランドの守護聖人とした聖ゲオルギウスがカッパドキアで龍を退治したという伝説。

言ったことを思いだしてくださいな」

アルフレッドは感情を抑えることができなくなり、自分の部屋に隠れて一人になった。額を激しく手で打って声を上げた。「ああ僕の国よ、汝のために捧げる僕の犠牲は大きい！」それから多くの平和な眠りがあり多くの楽しい夢を見たベッドのそばにひざまずいて、神が必要に応じて勇気を与えてくれるよう熱心に祈った。

こうしてアルフレッドは自由という理想のために自分を捧げて、その幸せだった家をあとにした。女たちは今やたった一つの心を占める関心ごとと仕事しか持っていなかった。皆、戦場からの知らせを心待ちにし、皆、兵士たちのために忙しく働いた。

第三十七章

ワシントンへの悲嘆にくれた旅から戻ってきたとき、キング氏は妻に言った。「ジョージ・フォークナーに会って彼が気に入ったよ。かわいそうなジェラルドに驚くほど似てるんだ。口をもっときりりと結んだ表情より他にはなんの違いも見つけることができなかったよ。あれは奴隷の身分から逃れる決意を込めた努力から生まれた表情だと思うんだ。もちろんジェラルドの上品さは持っていないが、物腰は男らしく、目につくような下品さの痕跡はなかった。あの青年が紳士に変わるのはそう難しいことではないと思う。わたしたちの会見は短く、必然的にジェラルドの死んだときの話で時間をとられたが、それでよかったと思う。ジェラルドが負傷したときジョージが腕に抱いて運び、血をとめるために最善を尽くしたようだ。ジェラルドは銃弾が当たったあと、一言も話さなかったけれど、彼の手を握って何かを言おうとしているようだったそうだ。彼が傷の手当てをするためにジェラルドのベストを開けたとき、これを見つけたそうだ」

ローザはそれを見てうめき声を上げた。「かわいそうなジェラルド！」そして顔を覆った。それはユーラリアの写真で、上部がふき飛ばされていた。二人とも頭をたれ、しばらく黙っていた。

しばらくしてキング氏が再び口を開いた。「切断された写真のことでグリーンさんから尋ねられて、それはわたしの娘の写真ですと答えたんだ。するとグリーンさんが二人の間で結婚話が出ていると聞いていましたと言うんだ。彼がたまたまそれを口にしてくれたのがうれしかったよ。そのことは、ジェラルドのことでわたしがとても興味を持つのも当然だとジョージに思わせてくれるからね。葬式やアルフレッドが軍隊に向けて出発したことで、その件について考えをまとめる時間はほとんどなかったが、今ははっきりした計画を立てている。今晩ブルーメンタールのところで話をしたいのだが」

姉妹が会い、女の子たちが勉強のことでおしゃべりしたりアルフレッドが何をしているか想像したりするために別の部屋に行ってしまったあと、キング氏はジョージ・フォークナーについて語りはじめた。

ローザは言った。「わたしの一番の望みはニューロッシェルに行ってヘンリエットを連れてかえることですわ。彼女は夫になる人の将来に見あうような教育を受けたほうがいいわ。わたしが読み書きとピアノのレッスンをいたしましょう」

「君のよく訓練された音楽的な耳にはつらいものになるだろうと思うな」と夫は口をはさんだ。

「あなたは自分がすべての犠牲を背負おうと思っていらっしゃるの？」彼女は微笑みながら応じた。「すべてを自分で独占したいなんてまったくあなたらしくありませんわ」

「ローザは罪滅ぼしが好きなのよ。」フローラが言った。「もしお姉さまが、初心者がピアノの練習で音階を上がったり下がったりして弾くのを毎日お聞きになったら、靴の中に豆を入れてエルサレムまで歩くのに代わる罪滅ぼしになると思うわ」

「わたしの計画を述べる前に、この件についての君の考えを聞きたいのだ、ブルーメンタール」とキング氏は言った。

キング氏の義理の弟は答えた。「ヘンリエットの面倒を見て教育するというローザの考えは正しいと思います。しかしヘンリエットやその夫に財産に対する請求権を持っていることを知らせるのは、あなたがこの二人にしてあげることができる中で最悪のことだと思われます。突然の富というものは、あの人たちよりずっと年配の者たちでものぼせ上がらせてしまうようですす。それに奴隷として育てられたことで、あの人たちがそうなる恐れはずっと増すかもしれない。ヘンリエットをお針子仕事で雇ってやれば、楽な仕事と気前のいい報酬に感謝するだろうし、その間、彼女の道徳心を見守ったり、その精神を向上させたりする機会も得られる。ジョージが戦争から無事帰還したら、快適な生活を送れる給料でなんらかの仕事を与えればいいのではないですか。勤勉さと全般的ないい習慣を身につければ、それに応じて昇進させる約束でね。マミータ、どう思われますか?」

「まったくあなたに賛成ですよ。」デラノ夫人は答えた。「あの人たちがお金を持っていることを知らせる前に、努力の習慣と自信によって人格を形成させるほうが、ずっと賢明なことだと思いますよ」

「わたし自身の判断をそのように認めてもらえるとはありがたい。」キング氏は言った。「あなたたちはわたしがすでに立てていた計画の概略を与えてくれた。だが、この慎重な手順は、もちろんその青年から当然彼のものである一セントも奪うものであってはならない。ベルさんが孫息子に彼が二十二歳になったときに支払われるよう五万ドル残していることは知ってるだろう。わたしはすでにその金額をジョージに代わって投資し、その日から利子がそれに加えられるようにという指示とともに、それをパーシヴァルさんの管理下に置いた。ベルさんの遺産は幾らかを除いて無条件でフィッツジェラルド夫人に残された。わたしは多少骨折ってその金額を確かめたんだ。同じ金額をジョージに残すよう、わたしの遺言に付記として加えるつもりでいる。もしわたしがフィッツジェラルド夫人よりも長生きすれば、それの利子は彼女の死亡日から始まるだろう。そしてフィッツジェラルド夫人がいつ亡くなろうと、死後ジョージもしくは彼の後継者はすべての話を聞かされるだろうから、聞かされたあと彼らがいつ請求してきても渡せるよう、彼女の財産を保証する手段に関して、最善の法的アドバイスを受けるつもりだ」

「あなたはロイヤル・キングという名前にまさにふさわしい。」ブルーメンタール氏が口をはさんだ。「あなたは物事を王子のように気高いやり方でなさいますね」

「たいていの王よりももっといいやり方でね。」キング氏は応じた。「それは単に正直者のやり方だ。もしこうしたややこしい出来ごとが起こらなかったら、ジェラルドのために同じくらいのことをするべきだった。だからわたしのしたいようにさせてもらいたい。ユーラリアはじゅうぶんすぎるほどお金を持つことになるのだし。それに、むしろこの手筈がわたしにとっても利益となるだろうと思っている。わたしはヨーロッパでのわたしの代理人の一人として、その青年を雇うつもりなんだ。そしてもし彼が奴隷の身分から逃亡するときに見せたのと同じくらいの冒険心や粘り強さを仕事において見せてくれたら、年をとってだんだんわたしのエネルギーが減少するとき、彼はわたしにとってすばらしいパートナーとなるだろう。今だって喜んで彼を養子にし、わたしたちと一緒に住まわせる気もある。しかし、そのような大きな突然の状況の変化が有益となるかどうか疑問に思うし、黒人の妻を持っていることが、わたしたちの力のおよばぬところで彼の行く手に障害をもたらすかもしれない。しかし、養子にしてともに住むもっとも大きな差しさわりは、そのような手筈がフィッツジェラルド夫人を大いに悩ませるのではないかということだ。あの人の幸せはわたしたちができる限り考慮に入れなくてはならないことなのだから」

「あの方はその青年が見つかったことを知らされたのかしら？」とデラノ夫人は尋ねた。

「いいえ」とキング氏は答えた。「それはジェラルドの亡くなったのと非常に近い時期に起こったことなので、それからの何カ月かの間は、そのことであの人の心を乱すのは思いやりがないことだとわたしたちは思ったのです」

＊＊　　＊＊　　＊＊

次の週、キング夫妻はニューヨークに向けて旅立ち、その後、ニューロッシェルに向かった。受けとった指示にしたがって、数マイル離れた農家に運んでもらうため、蒸気船乗り場で馬車を雇った。目的の場所に近づいたとき、ほっそりとした男がくすんだ茶色の服を着て井戸にバケツを下ろしているのが見えた。キング氏は馬車から降りて尋ねた。「こちらがハウスマンさんの農場でしょうか？」

「わたしがジョセフ・ハウスマンです」とそのクェーカー教徒は答えた。「わたしは普通、同志《フレンド》ジョセフと呼ばれていますが」

キング氏は馬車に戻り、「ここがその場所だ」と言いながら妻が降りるのを手助けした。農夫のところに戻ると彼は言った。「わたしたちはヘンリエット・フォークナーという名の若い黒人の女性について伺うためにやってまいりました。彼女の夫が軍隊でわたしたちの親しい若い友人に親切にしてくださったのです。そこでその親切のお礼ができたら、と思いましてね」

「お入りください」とそのクェーカー教徒は言った。彼はこざっぱりと質素な客間に彼らを招きいれた。「どちらからいらっしゃったのですか？」と彼は尋ねた。

「ボストンからです」がその返答だった。

「お名前は？」

「ミスター・キングです」

「すべての男性はミスターと呼ばれています。」クエーカー教徒は答えた。「下のお名前のほうは？」

「わたしの名はアルフレッド・ロイヤル・キングで、こちらが妻のローザ・キングです」

「その女性の夫からの手紙をお持ちになりましたか？」同志ジョセフは尋ねた。

「いいえ」とキング氏は答えた。「わたしはワシントンで二週間前、若い友人の亡骸を受けとりに行ったとき、ジョージ・フォークナーに会いました。しかしそのときは、ここに来ることは考えていませんでした。もしお疑いになるなら、ウィリアム・ロイド・ギャリソンかウェンデル・フィリップス[*1]に手紙を書いて、アルフレッド・R・キングが人を騙すことができるかどうかお尋ねになってもよろしいですよ」

「あなたの顔つきが気にいりました、同志アルフレッド、あなたは誠実な方だと思います」とそのクエーカー教徒は答えた。「しかし、黒人に関する限り、とても礼儀正しくきちんと話される方が嘘をつかれるのを知っていますんでね」

キング氏は微笑んで答えた。「あなたの用心深さを賞賛いたしますよ、同志ジョセフ。それがどういうことかわかります。わたしたちが変装した奴隷所有者かもしれないと疑っていらっしゃるのでしょう。しかし今奴隷所有者たちはこの共和国を破壊することを求めて忙しく、逃亡奴隷を探す時間などありません。それにもっと暇な時間ができたころには、自分たちの職業がなくなったことに気がつくと思いますよ」

「わたしはそのことにもっと希望を持つべきなのでしょう。」その農夫は答えた。「もしここ北部に奴隷制賛成者がこんなにいなければ。それにご存じのように合衆国の将軍たちは、逃亡奴隷を南部に送りかえしつづけ、奴隷監督の鞭で血を流させていますからね」

＊1　（一八一一—八四）、奴隷制廃止論者、政治家、弁護士、雄弁な演説家で奴隷解放運動に貢献。

「あなたがためらわれるのに敬意を払います。」キング氏は答えた。「そこで、ためらいが完全になくなるよう、あなたがギャリソンさんとフィリップスさんから手紙を受けとるまでニューヨークのメトロポリタン（メトロポリタン・ホテル）でお待ちします。そしてわたしが別の名前を騙《かた》っているとお思いにならないように、あなたの手紙の中に同封するようこれを差しあげます」彼は紙入れを開いて二枚の写真を取りだした。

「わたしにそれを送りかえしてくれるよう、ギャリソンさんたちにお願いしましょう。」その農夫は応じた。「あなたとローザさんの写真を持っていたいと思いますので。それを見るのは楽しいでしょうから。返事を受けとり次第、同志アルフレッド、メトロポリタンにあなたを訪ねていきます」

「お目にかかれるのを楽しみにしておりますよ、同志ジョセフ」とローザはもっともすてきな微笑みとともに応じた。その微笑みは太陽の光が大地に受けとられるように、そのクェーカー教徒の魂を貫いた。しかしながら、馬車がゴロゴロと立ち去ると、彼は荷馬車に艶のよい馬たちをつないで、ホワイト・プレインズにある同志の家へ、ヘンリエットと赤ん坊を連れていった。この立派な身なりの見知らぬ人たちが言ったとおりの人物かどうか確信するまでの防御策として。

数日後、同志ジョセフはメトロポリタンを訪れた。彼が裕福なボストンの客について尋ねると、給仕はその粗末な服をじっと見つめて言った。「名刺をお願いします」

「名刺は持っていません。」農夫は答えた。「同志ジョセフが会いたがっているとお伝えください」

給仕は戻ってきて「こちらにどうぞ」と言いながら優雅な応接室に招きいれた。そのクェーカー教徒が腰をかけると別の給仕が通りすぎながら彼を見て「紳士方は皆さま、この部屋では帽子をお取りになります」と言った。

「そうかもしれません。」クェーカー教徒は静かに応じた。「しかしすべての男た、ち、とは限りません。現に、

わたしがかぶっているのをあなたは見ているのですから」（クェーカー教徒は帽子を取らない）

キング氏が入ってきて心からの挨拶をしたのを見た給仕たちは感銘をおぼえた。同志ジョセフが立ち去るとき、彼らは媚びるようにドアを開けた。

話し合いの結果、キング夫妻はヘンリエットと赤ん坊を伴って一緒にボストンに戻ることになった。

チュリーの口の堅さが信頼のおけるものだということはこれまで多くの出来ごとで証明されていた。そこで、ブルートマン氏の代理人がチュリーを捉えたとき一緒に牢獄に送られたあの赤ん坊についての話のすべてを、彼女に告げるのがもっとも賢明なことだと思われた。この打ち明け話の結果、チュリーはヘンリエットのいつも変わらぬ友人、協力者となった。一方キング夫人に対しては、チュリーは献身的な愛情を抱いていたから、彼女の秘密が守られるのは確かだった。黒人のクロエは新参者がピアノを習っているのを見たとき、自分の子どもたちには同じ恩恵が施されないので多少嫉妬した。

「ロージーさまが肌の黒いものと茶色のものとにそんなに大差があると思ってなさったとは知らなんだ」と言った。「あの糖蜜色がそんなにきれいなものには見えねえだが」

「お黙り」とチュリーは口をはさんだ。「ロージーさまは自分のしていることがわかっていなさるんだよ。フィッツジェラルドさまがユーラリアさまに恋をしていたこと知っているだろ。そんでヘンリエットのだんなが、フィッツジェラルドさまが亡くなったときその世話をしたんだよ。キングさまがその見返りに海の向こうで何か大きな仕事をさせるために、その人をお送りになるつもりなんだよ。そこでロージーさまは、その奥さんがあちらで知らない人たちの間でもちゃんとやっていけるよう望んでおいでなのさ」

ヘンリエットは性格がよく控えめであることがわかった。チュリーに時折かばってもらいながら、大体、小さな船を穏やかな水面に保つことができた。

ヘンリエットがそこで数カ月を過ごしたあと、キング氏はジェラルドがジョージについて書いていた幾つかの手紙を、フィッツジェラルド夫人に送った。そして数日後、彼はこれまで自分のしたことやこれからどうするつもりかをすっかり説明するために、フィッツジェラルド夫人を訪ねた。夫人のライバルに対する嫌悪感は、愛情が分けられることで嫉妬心を掻きたてるジェラルドがいなくなってから、かなり少なくなっていた。夫人の態度には多少動揺が見られたが、その訪問者をとても礼儀正しく迎えた。キング氏が話しおわったとき、夫人は言った。「あなたのご意志と行動は大いに尊敬いたしますわ。あなたのよき判断と親切なお気持ちにすべてを委ねたことに満足しております。一つだけお願いしたいことがありますの。この青年にわたしの息子であることを決して知ってもらいたくないんです」

「あなたの願いを尊重いたします。」キング氏は応じた。「しかし彼はジェラルドにとてもよく似ているので、あなたが仮にヨーロッパを再び訪れるようなことがあれば、おそらくその青年に会いたくなるかもしれません。その青年を単に夫の親戚ということにされたらいかがですか」

夫人は顔を赤らめ急いで答えた。「いいえ、黒人の妻のいるものは決して親戚と思いませんわ。ジェラルドをとても愛しておりましたが、もしあの子がそのような関係を築いているとしたら二度と会わなかったでしょう。もしその妻がこの世でもっとも美しく洗練された人であったとしても」

「あなたはかなりしっかりとわたしを踏みつけておいでですね、フィッツジェラルド夫人」とキング氏は微笑みながら口をはさんだ。

夫人は当惑したようすでキング夫人の出自は忘れていたと言った。

「息子さんの奥さんはわたしの妻ほどには黒人の先祖から離れていません。」キング氏は言った。「でもあなたはすぐに彼女の出自も忘れるだろうと思いますよ。もしあなたが、他の人たちがそんなことを考えもしないような国にいらしたら。肌の色に対するわたしたちアメリカ人の偏見はカーライルが『亡霊の帝国』[*2]と呼ぶものの一つだと思います」

「そうかもしれませんわ。」フィッツジェラルド夫人は冷たく返答した。「でもわたしは納得したくありません」

そしてキング氏は別れの挨拶をした。

この話し合いから一、二週間後、フィッツジェラルド夫人はキング夫人を訪ねた。結局、二人の間に存在する秘密の経歴にある種の引力を感じていたからだった。それにフィッツジェラルド夫人はこのように著名なレディとの交流を失ったと世間に思わせたくなかった。戸口のところにいる召使いがうかつにも彼女を客間に通した。そこではヘンリエットが床の上の赤ん坊と一緒にいて、刺繍をしているモスリンのひだ飾りについて指示を受けていた。客が入ってきたのでヘンリエットは赤ん坊を抱えて立ち去ろうとして向きを変えた。しかし、キング夫人は言った。「フォークナー夫人、あなたの必要な絹糸を選ぶから、バスケットを持ってきてちょうだい。それまでヘティをここに置いていらっしゃい」

ヘティはこうして一人残されたのであわてて立ち上がり、愛情を込めて迎えられることに慣れているかのように、キング夫人の元によちよちと歩いた。その不確かな足取りが逃げ場所へと急ぐ間、黄色い顔の周りに房になって群れる黒い巻き毛が揺れた。そして友人のひざにもたれかかると珊瑚色の唇に微笑みが現れ、大きな黒い目が輝いた。

フィッツジェラルド夫人は奇妙に混じりあった感情をもってその子を見た。

「可愛い子だと思われませんか?」キング夫人は尋

＊2　トマス・カーライル（一七九五―一八八一）、「二番目の南北戦争」『トマス・カーライル作品集』第四部　四〇二「亡霊の帝国から南洋の島々や北部に我々を送る勇者たちに栄誉あれ」。

ねた。

「もし肌の黄色を洗いさることができれば可愛いかもしれませんね」とフィッツジェラルド夫人は答えた。

「この子の頬はあなたの髪の色とほとんど同じですわ。」キング夫人は応じた。「それにいつもあなたの髪をきれいだと思っていましたのよ」

　フィッツジェラルド夫人は鏡をちらっと見て、ため息をつきながら言った。「ええ、そうですわね。わたしの髪は若いときにはとてもきれいだと思われたものでしたわ。だけど色あせはじめてきたのがわかりますわ」

　ヘンリエットが戻ってきて赤ん坊を抱くと、フィッツジェラルド夫人は彼女を興味深げに見つめた。夫人は心の中で思っていた。「わたしのお父さまならなんて言うかしら?」しかし彼女は何も尋ねず何も言わなかった。

　フィッツジェラルド夫人は兵士たちのために縫ったり編んだりしている婦人たちの輪に加わっていた。そして、靴下を編むのを習っていてわかった難しさのことや、編みものをすることは今誰にとっても上流社会に愛好される流行だという話などをしたあと、立ち上がって去っていった。

第三十八章

何カ月か過ぎ、さらに多くの兵士が繰りかえし求められるようになった。キング氏は深い不安を抱いて戦いの進行を見守っていた。

ある日、新しい連隊が南部に向けて出発するのを見て、彼は今やいつも抱いている深刻な気分をさらにつのらせて帰宅した。夕食後『イヴニング・トランスクリプト紙[*1]』を開きしばらく読んでいた。それから彼の近くにすわって軍隊のために編み物をしている妻のほうを向いて言った。「ロザベラ、わたしが君の夫になってからの幸せな年月の間、君はわたしがいい衝動にかられたときはいつもわたしを励ましてくれたね。今も君がわたしを力づけてくれるだろうと信じている」

これから話されることに震えるような恐れを持って彼女は尋ねた。「なんなの、アルフレッド」

「ローザ、この共和国は救われなければならないのだ。」彼は厳粛に力を込めて返答した。「この共和国は世界のこつこつ働く一般大衆にとっては希望の夜明けの明星で、それは暗闇の中に消えてはならない。わたしにとって金銭で援助するだけではじゅうぶんではない。わたしは行って、励ましの言葉をかけ、勇敢な手本を見せ、兵士たちを支えるべきなのだ。何千もの純粋で優しい人たちを破滅させたように、君を、大切な君を、もう少しで破滅に追いやるところだったあの不正な制度によってこの危機のすべてがわたしたちにもたらされたと考えると、恥ずかしさと怒りでいっぱいになる。わたしはこの戦争が、単に状況の力からして、共和国からあのひどい悪夢を取りさるよう宿命づけられていると予感している。ローザ、君はこの国の安全と君のお母さんが所属する人種の自由のためにわたしの身を捧げることを望まないだろうか？」

*1　ボストン・イヴニング・トランスクリプト紙、一八三〇年—一九四一年間に発行された。

ローザは口を開こうとしたが、何も言えなかった。

自分と闘ったあとで彼女は言った。「兵士の生活がどんなに過酷なものかご存知でいらっしゃるかしら？　それで身体を壊してしまわれますわ、アルフレッド。あなたは安楽と贅沢な環境で教育されていらっしゃったもの」

「わたしの教育は終わってはいないのだ。」彼は微笑みながら言って、上品で豪華な部屋を見回した。「自分の国を救うことや抑圧された人々を救済することに比べれば、この快適さや豪華さがなんだというのだ。この共和国の命と比べれば、わたしの命がなんだというのだ？　喜んでこの正しい目的のためにわたしを捧げると言ってくれ」

「むしろわたしの命を捧げたいくらいよ」と彼女は言った。「だけどあなたの良心を踏みにじることは決していたしません」

彼らは愛情を込めて過去のことを、希望を持って未来のことを語りあい、それからひざまずいて一緒に祈った。

キング氏の不在の間、家族が快適で安全に暮らせるよう、手筈を整えるのに必然的にしばらくの時間が費やされた。それが完了すると、キング氏もまた、むさぼる怪物の口元から**自由の女神**を救うために出征して行った。フローラの家族に別れを告げたとき、彼は言った。「わたしの大切な人たちを頼んだよ、ブルーメンタール。もし戻ってこなかったら、パーシヴァルがジョージ・フォークナーに関するわたしの計画をすべて実行できるように配慮してくれたまえ」

二カ月ほどのち、アルフレッド・ブルーメンタールはひどく負傷し燃えるような熱を出して、ワシントンの病院に横たわっていた。両親とデラノ夫人がすぐに彼の元にやってきた。そして女たちは彼の生と死の間で揺れるバランスがよいほうへ定まるまで留まった。最初は恐れた兵士の生活は、彼にとってなじみあるものになっていて、勝算と危険に恐ろしいような興奮を見出していた。デラノ夫人は記憶の中のアルフレッドにとてもよく似ていたこの青年の顔つきの優しい表情が、より厳格な男らしいものに変わっていくのを見てため息をついた。火の粉の降る戦場に再び彼を送りだすことは最初の別れよりつらかった。しかし彼らは強く自制し、この大きなドラマの中で自分の役割を勇敢に務めようとした。

苦しいのに不平を漏らさない息子を訪ねたことはブルーメンタール氏の心に強い感銘を与えた。彼はぼんやりしたり、考えごとをしたり、落ちつきを失ったりするようになった。ある晩、彼が片手でほお杖をついてすわっているとき、「何を考えているの、フロリモンド?」とフローラが言った。

ブルーメンタール氏は答えた。「競売台から君を救いだす金を持っていなかったとき、自分が味わった苦しみのことを考えているのだ。そしてその同じ呪われた制度がいかに生きながらえ、力を伸ばそうと躍起になっているかを考えている。共和国はその破壊行為をやめさせるため、すべての息子たちを必要としている。そしてアルフレッドがあんなにも勇敢にその若い命を自由の目的のために差しだしているというのに、自分がここに留まっていることに、わたしは罪の意識を感じているのだ」

「わたしはこれを恐れていたの」と彼女は言った。「何日もの間、こうなるのではないかと思っていたわ。だけど、ああ、フロリモンド、つらいわ」

フローラは彼の胸に顔をうずめた。その時代の危険と義務に関して話している間、彼は妻の心臓の動悸が激しく打つのを感じていた。デラノ夫人は頭をたれて兵士たちの靴下を編んでいたが、二人の話を聞いている間に涙がその上に落ちた。

彼らの心に非常に重くのしかかる重荷はジョー・ブライトが入ってくることによって、突然、一時取りはらわれた。彼は顔を輝かせて入ってきて、ぐるりと一座の人々皆にお辞儀をし、「お別れに参りました。わたしはあの旗を守りに参ります」と言った。彼は声を張り上げて歌った。

「星条旗よ、永遠なれ！」

フローラがピアノのところに行ってピアノと歌声で彼に合わせた。間もなくその夫が歌に入ってきた。そしてローゼン・ブルーメンとリラが勉強をやめて、精神を鼓舞するその歌に加わった。彼らが最後の一節を歌うと、ブライト氏が息もつかないで『ウォレスと共に血を流したスコットランドの人たちよ[*2]』に移っていき、彼らは彼のリードに従った。ブライト氏は次の歌詞になったとき、全精力を注ぎこんだ。

「我々の国の苦痛と痛みによって
従属の鎖につながれた我々の息子たちによって
わたしたちは最愛の者たちに血を流させるだろう
しかし彼らを自由にさせよう！」

彼はさせようという言葉に力を入れ、握りしめた手をテーブルにとても強く打ちつけたので、ガス灯のシェードが揺れた。

このただ中で、デラノ夫人はこっそりと部屋を出た。ブライト氏をとても尊敬し好意を抱いていたが、彼はときどき少し感情をあらわにしすぎるので彼女の好みに合わなかった。彼はあまりにも情熱に心奪われていて、デラノ夫人が静かに立ち去るのに気づかず、緩むことない力強さでその歌の終わりまで歌いつづけた。あらゆる熱烈さは人を惹きつけるものだ。ブルーメンタール夫妻、そして子どもたちでさえ、彼の気迫に感化された。歌が終わると、ブルーメンタール氏は長く息をついて言った。「ブライトさん、あなたについていくには強い肺が必要ですね。あなたはその歌を連隊の重く響く足音のように歌いましたよ」

「そしてあなたも大砲の砲撃のように歌声を浴びせていましたね」と彼は口を添えた。

「実際、戦いの精神がこの場に拡がり、わたしもそ

＊2　スコットランドの国民的詩人ロバート・バーンズの詩によるスコットランド歌曲・愛国歌。冒頭の歌詞「英雄ウィリアム・ウォレスとともに血を流したスコットランドの人たちよ」は、一三一四年スコットランドがイングランドを撃破したバノックバーンの戦いを題材とする。

れに感染したのですよ。わたしも参戦するつもりです」

「本当ですか？」とブライト氏が叫び、ブルーメンタール氏がたじろぐほど、その手をがっしりと強く握りしめた。「あなたがわたしの指揮官になってくださるといいが」

ブルーメンタール氏は手をこすって、微笑んで言った。「あなたがつかまえると敵は痛がるでしょうね、ブライトさん」

「すみません。申し訳ありませんでした」と彼は答えた。「しかし、連隊の足音と言えば、こうです。」そして、彼は『ジョン・ブラウンのハレルヤ』[*3]を歌いだした。彼らはその歌に大いに心を込めたので、勇敢な老殉教者の精神がその間ずっと行進しているように感じられた。

＊3　南北戦争のとき、北軍兵士の間で流行した歌。別名『ジョン・ブラウンの遺体』で、メロディは『共和国賛歌』と同じ。歌詞は「ジョン・ブラウンの遺体は墓で朽ちるとも、その魂は行進を続ける」で始まる。

歌が終わりになったとき、ブライト氏は述べた。「あの挑戦的な歌がボストンの通りや客間でも、どのように今歌われているか考えてみてください。ほんの一年ばかり前には、ジョン・ブラウンの処刑の一周忌に演説をしたウェンデル・フィリップスを追いかけて、暴徒の群れが叫んでいたというのに。わたしはあの時、この愚か者たちも奴隷制度を終わらせるまでには、それにうんざりするだろうと言いました。彼らはそのことがわかり始めているのだと思います。暴れ者たちだけでなく、彼らを扇動した権力者たちも。戦争はありがたいものではないが、とても偉大な教師です。それは事実です。奴隷制賛成派がフィリップスを嫌ったのも不思議ではありません。彼は演説で確実に狙い、ひどく打撃を与えましたからね。あの人にまがい物をつかませるのは無駄なのです。もし本当のマホガニーではないものを持っていけば、必ずやあの人の強打はベニヤ板を吹きとばすでしょう。しかしわたしは長くお邪魔しすぎました。わたしはただ自分が出征することを告げるためにのぞいたのです。」彼はデラノ夫人を探してぐるりと見わたし、付け加えた。「あの静かなご婦人にとっては大きすぎる声で歌ってしまったらしいですね。本当に、わたしは闘争心でいっぱいなのです」

「それこそ時代が求めているものです」とブルーメンタール氏は口をそえた。

彼らはブライト氏に「おやすみ」の挨拶をして、まだ「彼の魂は行進し続けている」と歌いながらその力強い声が遠くへと退いていく間、互いに微笑みあった。

「ではわたしはマミータのところに行ってきますわ」とフローラは言った。「マミータの優しい心はこの頃苦しんでいらっしゃるわ。今朝、兵士の一団が行進して通りすぎるのをご覧になって、男の子たちが歓声を上げて迎えるのをお聞きになったとき、とても悲しそうにわたしにおっしゃったの。『ああ、フローラ、今は荒れくるう時代ね』って。かわいそうなマミータ！マミータは竜巻の中の小鳩のようだわ」

「君は歌っていたとき、ワシのように強そうだったよ」とその夫は返答した。

「ブライトさんが入ってきたときにはずぶ濡れのハチドリのように感じていたわ」と彼女は言った。「だけどあの人と音楽が一緒になって、あなたのお国のドイツの人たちがおっしゃるように、わたしの精神を高揚させ、北軍の兵士のようにしてくれたの」

「そしてその高まった気持ちから君は僕に『任務の呼び声に従いなさい、フロリモンド』と言うことができるかい？」

フローラはその小さな手を彼の手の中に置いて答えた。「できるわ。神さまがわたしたち皆を守ってくださいますように！」

それから、子どもたちに向かって言った。「マミータを連れてくるわ。そして、すぐにわたしはしばらくパパと二人だけになるから、マミータのために今晩を楽しいものにするためになんでもしてもらいたいの。マミータはあなたたちが『今、フォイボスが西に沈む』を歌うのを聞くのがお好きなのを知ってるわね」

「それではわたしはマミータがとてもお好きなメンデルスゾーンのノクターンを弾くわ。」ローゼン・ブルーメンは応じた。「マミータはわたしがこれをローザ伯母さまと同じくらい上手に弾くとおっしゃるの」

「それにマミータはわたしが『昔々、あるところに王さまがいました』を歌うのを聞くのもお好きよ」とリラが言った。「マミータは誰も自分をマミータと呼ぶ人がいなかった遠い昔、ママが森の中でそれを歌っているのを聞いたとおっしゃるの」

「よくってよ。」その母は応じた。「マミータが楽しくなることはなんでもしてちょうだい。あのようなマミータは他にはぜったいにいないのだから」

＊＊　＊＊　＊＊

ブルーメンタール氏の出征に続く不安な何カ月かの間、姉妹とそれぞれの家族はほとんど毎日「公衆衛生局」[*4]の部屋にいて、縫物をし、荷造りをし、あるいは手紙を書いたりした。ヘンリエットはミシンの熟練者になっていたので、とても有能な手助けとなった。そして、チュリーでさえ、針仕事がうまいとはとても言えないけれど、何ダースもの病院用の室内履きをなんとか作りあげた。それを執務室の夫人たちに届けるのが彼女の誇りだった。クロエも自分の作った靴下を加えていたが、しばしば形は巨大で、時には赤い上部やつま先でおかしな具合に飾られていた。しかし「青い軍服の男の子たち」への祝福がすべての糸に込められていた。皆がどんなに手紙を待ちわびたか、そして愛する者の手書きの手紙だとわかったとき、毎回それが最後のものかもしれないと思いながらも、どんなに安堵したか、語る必要がないだろう。

キング氏はジョージ・フォークナーの連隊の将校たちとときどき連絡をとり続けていた。そしてときどき彼の勇気ある行動やよき行いについての好意的な報告をボストンの家族に送ってきた。ヘンリエットは夫からひんぱんに、綴りは完全ではないが愛情と忠誠心で

＊4　英国クリミア戦争時のものをモデルに一八六一年に創られた負傷兵などを支援する機関。

大佐は言った。

「気になさらないで、わたしがお義兄さまに代わって踊りますわ」と彼女は答えた。「ローゼン・ブルーメン、伯父さまのお好きなワルツを弾いてさしあげて」

フローラはユーラリアの身体に片腕をまわし、少しの間、二人は旋回する音楽に合わせて部屋をぐるぐるまわった。フローラはとても長い間家族の活力源と呼ばれてきていたので、その称号の資格を担いつづけようと努めた。しかし彼女のそのときの陽気な態度は見せかけだった。そして、役割を演じることはその性質に反していた。フローラは義理の兄に投げキスをして微笑みながらくるくるまわって部屋を出ていった。そして階段を駆け上がり、涙をこらえ、独りごとをつぶやいた。「ああ、もしフロリモンドとアルフレッドが、たとえあのように傷ついた身体になっても帰ってきてくれると確信できればいいのに！」


いっぱいの手紙を受けとった。

キング氏が幸せな家庭をあとにしてから二年後、大佐の肩章をつけて、しかし右足を失い、右手を三角巾でつって、帰ってきた。再会の最初の喜びを抱擁と親愛の言葉で表したあと、彼はローザに言った。「見ての通り君の夫は身体障害者になってしまったよ」

「わたしはイギリスの女の子がバークリー提督[*5]にしたのと同じ返事をするわ。」ローザは応じた。「『魂を保つのにじゅうぶんな身体がある限り、あなたはわたしにとって、とわに愛しい人よ』と」

ユーラリアは父の肩に頭を乗せ喜びの涙を流し、フローラとローゼン・ブルーメンとリラはしっかりと彼を抱いた。そしてチュリーはドアのところに立ってのぞきこみ、英雄の帰宅を歓迎するための自分の番が来るのを待っていた。

「フローラ、わたしが踊れる日々は終わったよ」と

＊5　英米戦争でのエリー湖の戦い（一八一二）におけるイギリス王室海軍の指揮者。

第三十九章

翌年は、平和と見なされるものをもたらし、軍隊は解散した。夫と息子が首尾よく生還したので、フローラは若がえった。はち切れんばかりの喜びに満ち、自分の娘たちより若々しく見えた。夫から息子へ、息子から夫へとはねまわり、キスを浴びせ、あらゆる愛称で彼らに呼びかけ、その合間合間にデラノ夫人を抱きしめては叫ぶのだった。「ああ、マミータ、また皆一緒になれたわ！　皆を一度に抱けるくらいわたしの腕が長いといいのに」

「神さまに感謝するわ、あなたのためにも、わたし自身のためにも」とデラノ夫人は答えた。そう言いながら彼女はアルフレッドを見つめたが、彼から愛情の込もったまなざしが返ってきたので、深く静かな喜びで心がいっぱいになった。家庭という日差しを浴びたおかげで戦争の厳しい影が彼の顔から消えており、デラノ夫人はずっと昔に記憶に焼きつけた人のそれと同じ優しい表情をそこに見出したのである。

数分後、ビーコン・ストリートの一家が歓迎やお祝いを言うためにやって来たとき、アルフレッドは違う種類のまなざしを従妹のユーラリアに向け、若い人々が理由もわからぬままよくそうするように、二人はともに顔を赤らめた。ローゼン・ブルーメンとリラはユーラリアといっしょに父の国の言葉を習っていた。それで、その場全体の熱気がいくぶん静まったときに、少女たちは上達の程を見てもらいたいと言いだした。「この子たちがアルフレッドをマイン・リーバー・ブルーダー《わたしのよき兄さん》と呼ぶのを聞いてやって」とフローラが夫に言った。「ローザとわたしはフランス語とスペイン語の愛称を皆に振りまいているのだけど。わたしたちって本当にポリグロットの家族ね！　シェール・パパがよく言っていらしたように。ところで、フロリモンド、アルフレッドとユーラリアが会ったときに何か特に気づかなかった？」

「気づいたと思うよ。」彼は答えた。

「キング家のお義兄さまはどう思われるかしら」と彼女が尋ねた。「アルフレッドのことはとても高く評価してくださっているのよ、でも従兄妹どうしの結婚には反対の説を持っておられるわ」

「僕も同じだ」とブルーメンタールが答えた。「だが、国も人種もうちの子どもたちの先祖の場合はすっかり混ぜあわさっている。アフリカ系にフランス系、スペイン系、アメリカ系、それにドイツ系ときている。近すぎる関係という危険は安全にも減っていると思うね」

「ここだけの話だけど、あの子たちは美人ぞろいね」とフローラが言った。「皆、奇妙に異人種の特色が混じっているけど。ユーラリアをご覧なさいよ、大きな青い目に、黒い眉とまつげよ。ローゼン・ブルーメンはまさにきれいなイタリア人の女の子みたいだわ。リラ・ブルーメンがあの子の妹だとは誰も思わないでしょうね、ドイツ人特有の青い目をしているのに、明るい色の巻き毛はあんなふうに細かく縮れているんだもの。あの亜麻色はあなたのひいおばあさまから受け継いだのね。そして縮れのほうはわたしのひいおばあちゃんからだと思うわ」

夫婦の会話はキング氏の言葉にさえぎられた。「ブルーメンタール、フィッツジェラルド夫人に関するニュースを聞きたくないか。グリーンさんが長らくやもめだったのは知っているよね。奥さんが亡くなった淋しさを、奥さんの従姉のフィッツジェラルド夫人の存在で大いになぐさめられているそうだよ」

「それこそすばらしい組み合わせだわ」とフローラが言った。「お金のことで冗談を言ったつもりはないのよ。あの二人はすごく共鳴するんじゃないかしら。彼女は本領が発揮できるんじゃないの。最上級の場で。ひっきりなしの舞踏会やパーティ。紋章付きの馬車」

「そのニュースを聞いてとてもうれしいわ。」ローザが感想を述べた。「あの方の孤独を思うといつも自分の幸せがくもったんですもの」

「あの人たちですら、戦争中に少し成長したよ」とキング氏が口をはさんだ。「通称ネイボブ《大富豪》・グリーンは黒人部隊を編成するために実際に金を寄付したんだ。自分の代わりに黒人たちが撃たれる名誉を得てもかまわないと思う程度には、偏見を取りのぞいたわけだ。そしてフィッツジェラルド夫人が賛同した。これは相当な前進だと認めなくちゃね」

彼らはしばらくの間、公私ともどものニュースを語りあいつづけた。トムの子どもたちの将来への見込みや、チュリーの子どもたちの進歩についても。こうした家族間のおしゃべりは、降りそそぐマンナ（昔イスラエル人が神から与えられた食べ物）のように、降ってきたときはおいしいが、保存しておくことはできないものだ。

ビーコン・ストリートの家で一族が集まった最初の晩、ブルーメンタール氏はヘンリエットに会いたいと言い、彼女が呼ばれた。彼女の外観の向上は、大いに彼に感銘を与えた。自分が社会の人々の群れの中の黒い羊だとは、間接的にも直接的にも、決して思いださせない親切で思慮深い人々と一緒に三年間暮らしてきたので、ヘンリエットの能力は自由に自然に発達した。そして模倣のうまい人種に属しているおかげで、周囲の人々の言葉や作法を容易に受けいれた。黒い、濡れたような瞳を除けば、その容貌は美しいとは言えなかったし、黒い髪は褐色の額に柔らかい陰影をつけるにはチリチリに縮れすぎていた。だが、その顔には人を惹きつける優しい表情があり、慎ましいけれど堅苦しさのないふるまいは心地よいものだった。きわめてきちんと模写した地図や、自分で選んだ本の中から流れるような見事な筆跡で非常に正確に書きうつした詩などが一座の人々に披露された。

「いやあ、これは心強い」と、ヘンリエットが部屋を去るときにブルーメンタール氏が言った。「もし半世紀の間に、正当な扱いと無料の学校教育を通して黒人を皆この水準に引きあげることができるなら、われわれの戦いも無駄にはならないし、われわれはこの国の最高の恩人と見なされてもおかしくないだろう。白人たちのほうにもそれに対応する向上があることは言うにおよばず」

「**神の摂理**がそちらの方向へわれわれを導いてくださっているのだ」と、キング氏が答えた。「われわれにではなく、神に、すべての栄光がありますように。われわれは、皆、自分たちで知っていた以上によりよき方向へ動いていたのだ」

＊＊　＊＊　＊＊

キング氏はジョージ・フォークナーにすでに手紙を出していた。彼のために自分がマルセイユに用意した勤め口のことを知らせ、除隊したらすぐにニューヨークで前もって会いたいと書いたのである。このことにおいても、他のあらゆる手はず同様、フィッツジェラルド夫人に迷惑をかけないよう、細心の注意を払った。このことを妻と話しあったときに、彼はこう言った。

「あの青年と一緒にマルセイユまで行くのはわたしの義務だと思うんだ。お互いに知りあう機会にもなる。ヘンリエットが理由で航海中おそらく出あう無礼な言動から彼を守ってやることもできる。それにわたしの友人としてアメリカ領事や、知人の実業界の紳士たちに紹介しておけば、彼にとって有利になるだろう」

「わたしも一緒に行けるのよね？」とローザが尋ねた。「その青年に会ってみたくてたまらないの。チュリーの腕に抱かれていた赤ん坊のときに、不思議な未来のことはまったく知らないまま、別れてしまったんですもの」

「君は行かないほうがいいと思う」と彼が答えた。「君がそばにいないとわたしは大いに楽しさを奪われるのだけれども。ユーラリアも当然わたしたちと一緒に行きたがるだろう。ユーラリアはジョージの個人的な身の上は何も知らないのだから、ジェラルドとそっくりな彼に引きあわせて好奇心を起こさせるのは賢明じゃないと思うな。だがあの子をローゼン・ブルーメンのところに預けて、君はニューヨークまで同行し、船が出るまで一緒にいるのはかまわない。何も起こらなければ、わたしは三カ月すれば帰国する。わたしはただジョージが公平なスタートを切るためについていくんだ。もっとも、あちらへ着いたら、他の仕事にも目を配って、それから大急ぎでイタリアへ行き、わたしたちのよき旧友であるマダムとシニョールのところにちょっと立ちよってみようと思う」

ニューヨークへの旅は、ヘンリエットと彼女の子どもを伴い、約束通りの時に実施された。ジョージは軍隊では中尉の位に昇進しており、軍人らしい物腰が身についていたので、外観的にも男らしさがかなり増していた。太陽と風にさらされたおかげで肌の色は褐色になっていた。だがハンサムなジェラルドにあまりによく似ているので、ローザは彼を胸に抱きしめたくてならなかった。妻ヘンリエットの外見がジョージを驚かせたのは明らかだった。「おまえ、すっかり変わったなあ！」と彼は叫んだ。「まるでレディじゃないか！これが俺と泥まんじゅうをこねて遊んだチビのヘンだとは、信じられないくらいだ」

彼女は笑いながら答えた。「あなただって変わったわ。わたしが向上したなら、それはこの親切な方たちのおかげよ。ジョージ、考えてもみて。キング夫人てば、こんなに美しくて立派なレディなのに、いつもわたしのことをフォークナー夫人と呼んでくださるのよ」

キング夫人は、ヘンリエットと小さいヘティに、幾つか適切なお別れの贈り物をした。ジョージには金の懐中時計と、軍隊での二人の短い友情の思い出としてとても美しいジェラルドの色つき写真をモロッコ革のケースに入れて渡した。

キング氏は航海中、この青年の信頼を得るために、そして彼の感受性に富む心に幾つかの有益な教訓をしみ込ませるために、あらゆる時間を利用した。彼らがじゅうぶんに知りあったのち、彼は言った。「君たちの衣食住に必要だろうと思う額、それから君たちの教育の向上や、時折の娯楽に使うのが賢明だろうと思う額を見積もってみた。ねえ君、指図する気でこんなことをしたわけではないよ。単に自分のほうが人生の経験が豊かだから君を助けたいだけだ。通商文を上手に書けるよう学ぶこと、また、できるだけ早くフランス語を完全に身につけることも大切だ。そのためには最上の教師たちをなんとかして見つけて雇うべきだね。君の奥さんはいろいろな点で君を助けてくれるだろう。正確に綴ることも、流暢に感情を込めながら読むことも、ピアノをかなり上手に弾くことも学んできたのだから。お互いに声を出していい本を読みあうと、とてもためになることに気づくだろう。娯楽の場所へは二週間に一度より多く行かないように忠告しておくよ。行くなら奥さんにとってふさわしい楽しい場所をいつも選ぶことだね。わたしは自分の雇う若者たちには絶対に飲酒を避けてほしいし、どんな形のものでもタバコはやめておいてもらいたい。どちらの習慣も金がかかるし、わたしはずっと以前に健康の害になるものとしてやめたよ」

青年はお辞儀をして答えた。「あらゆる点であなたのお望み通りにいたします。そうでなかったら僕は大変な恩知らずということになります」

「最初の一年は君に八百ドル出そう」とキング氏が続けた。「そして、君のふるまいと能力に応じ、年ごとに給料を増やしていこう。もし君が勤勉で、禁酒して、節約すれば、いずれ豊かにならぬはずがないよ。力があるのだからいずれ君が到達するその地位を予期して、自身と奥さんと子どもさんたちに教育をつけることが賢明だろう。最善を尽くしてくれるなら、君をできるかぎり援助するわたしの影響力と、わたしの父親的関心とを、当てにしてくれてかまわないよ」

青年は顔を赤らめ、ちょっと恥ずかしげにためらったのちに言った。「父親的関心とおっしゃいましたね。それで思いだしたのですが、僕には父がおりませんでした。僕の両親について、何かご存じなのでしょうか」

キング氏はこのような質問を受ける可能性を予期していたので、こう答えた。「君がお母さんのことで何も質問はしないと厳粛に約束してくれるなら、君のお父さんが誰か教えてあげよう。お母さんのことでは、秘密の誓約をしているので、破るとわたしの不名誉となってしまうのだ。だがこれだけは言っておこう。君のご両親のどちらもわたしの親戚ではないし、どんな形でもわたしと関係はないんだ」

青年は、もちろん自分の身の上を全部知りたくてならないけれども、いかなる情報でも得られればうれしいので、要求された約束をするのは厭わないし、それをきちんと守る、と答えた。

そこでキング氏が語りつづけた。「君のお父さんはジョージアの農園主だったジェラルド・フィッツジェラルドさんだ。君は彼の名前を名乗る権利がある。君がそう望むなら、その名前で君をわたしの友人たちに紹介しよう。お父さんは相当な資産を相続したのだが、賭けごとやその他の放蕩で全部失ってしまったんだ。母親の異なる数人の子どもたちがいてね。君が知りあったジェラルドと君とは父親が同じ兄と弟なんだ。君は混じりけなしの白人だ。だが黒人の乳母に世話をまかされていた。そしてお父さんの債権者の一人が君と乳母を捕まえ、奴隷として売ってしまった。君がジェラルドと知りあう二、三カ月前まで、君は赤ん坊のときに死んだと思われていたんだ。そのために、君を取り戻す努力がまったくなされなかったのだよ。わたしには勝手に説明することのできない事情があって、君が生きていること、君が奴隷になっていたのをジェラルドが知ったことがわかった。わたしは君の不運に深い同情を覚えるし、わたしの若い友人ジェラルドに対する君の親切な行為に心からの感謝を抱いている。わたしが話したことはすべて本当だ。できるものなら、喜んで全部本当のことを話してあげたいのだが」

青年は深い関心をもって聴いていた。そして謝意を述べ、自分は父親の名で呼ばれたいと言った。彼は自分に権利があるとわかった名前を名乗ることで、より一人前の男らしく感じると思ったのである。

＊＊　　＊＊　　＊＊

キング氏はボストンの家に戻ってきたとき、最初の熱烈な挨拶が終わるとすぐ叫んだ。「おや、部屋じゅうがツル草と花で飾られているじゃないか！　ニューオーリンズのあのすてきな花いっぱいの客間を思いだすね」

「あなたってば、これから帰るという電報をくださったじゃありませんか？　それに今日はあなたの誕生日でしょう？」と妻が答えた。

彼は妻にキスして言った。「さあ、ロザベラ、もう君の心も鎮まっただろうね。事態はこんなふうに落ちついたのだから、君をあんなにも苦しめた狂乱の行為で深刻に傷つけられている人は誰もいないと思うよ。ジョージは財政上の権利を何も奪われることにならない。それに彼は、贅沢な暮しの中で育てられた場合より、もっと男らしくなる見込みがじゅうぶんある。彼とヘンリエットはどんな夫婦にも劣らず幸せになることが予想される。ジェラルドは短い人生を楽しく暮らした。母親が二人いると知ったことに関しても、苦しむというより当惑していただけだ。ユーラリアが彼にとっての優しい、ロマンティックな思い出となった。そして、彼もユーラリアにとってそうなったと思う。フィッツジェラルド夫人は面倒という以上の苦悩をしたとは思えない。ジェラルドはいつも息子として態度を変えなかったのだし、もし彼が本当の息子だったとしても、おそらく戦争に出ていって、同じく殺される危険を冒したことだろう」

彼女は答えた。「ああ、アルフレッド、あなたがいなかったら、わたしはあの惨めなもつれから脱けだすことが絶対にできなかったでしょう。あなたはわたしに対して本当に**神聖な摂理**の役を演じてくださったわ。わたしは、ジェラルドをリリーお母さまのために我が子と呼ぶのを諦めたときの苦痛を除けば、自分の過ちに対してなんの償いもできなかったことを考えると恥ずかしいの。わたしの行動のためにあのかわいそうな赤ちゃんが奴隷にされたことを考えると、わたし、自分のダイヤモンドを全部売って、そのお金を解放民のための学校を建てるのに使いたくてたまらないわ」

「ダイヤモンドに苦しめられているみたいだね、君」と彼は微笑しながら答えた。「ダイヤモンドを売ることに何も反対はしないよ。君はダイヤに似合っているし、ダイヤは君に似合っている。だが、よりよき世になれば、学校の建物のほうがもっと美しい宝石として輝くだろうね」

　このときフローラが一族を従えて入ってきた。歓迎の挨拶がすむと、彼女はまずマダムとシニョールのことを尋ねた。

「二人とも元気だ」とキング氏が答えた。「二人はウィルトンカーペットの上にすわっているトラ猫みたいに満足している様子だったよ。もちろん、年老いた兆候は見えたがね。シニョールは辛辣ではなくなったし、マダムの活力も目に見えて衰えていた。だが彼女の頭は相変わらず活発だ。フローラの子ども時代の陽気ないたずらのことを繰りかえし話してくれたが、その半分でも思いだせたらいいのだが。ジョリ・マノンのことでずいぶんいろいろ訊かれたよ。君があのかわいそうな鳥を物まねでいじめて、とうとう鳥が君をジョリ・プティ・ディアブレと呼んだって話をドラマティックに話しているうち、マダムは笑いがとまらなくなって泣きだしてしまった」

「その頃のママを知ってたらよかったのに！　きっとすごく面白い人だったのね！」とリラが叫んだ。

「同じくらい面白いことをママがするのを、あなただって幾つか聞いてきたと思うわ」と口を出したのはデラノ夫人である。「わたしもその手のいろいろなことで楽しませてもらったものよ。特に、わたしたちがイタリアにいたとき。ピッフェラーリ（笛吹きたち）が通りすぎると、フローラはいつもバグパイプの持続低音を、笑わずにいられないほど滑稽なやり方でまねしたわ。農家の娘が踊っているのを見れば、たちどころにそっくりまねて踊ったわ」

「そうだったわね、マミータ」とフローラが応じた。「それにご存じでしょう、あの頃わたしは自分が偉大な作曲家だとうぬぼれていたの――女性版モーツァルトみたいな。でもキ・ヴィーヴ《快活に》がいつもわたしの作曲の主調音だったわ」

「そのことでも、他のいろんなことでも、妖精たちがあなたを助けているのだって考えたものよ」とデラノ夫人が答えた。

「妖精たちは今もこの人を助けていますよ。」ブルーメンタール氏が言った。「それも当然ですよね、フローラは妖精たちの身内で友人なんだから」

この陽気なおしゃべりは折りたたみドアの開く音で中断された。そして煌々と明かりで照らされた隣の部屋に、キング氏の誕生日を祝って活人画（扮装した人物が絵のように静止する）が現れた。てっぺんにワシをあしらったアメリカ国旗の花綱の下に、赤、白、青のリボンを身にまとい、頭のまわりを星で囲んだユーラリアが立っていた。片方の手はユニオン*1の盾をかかげ、もう一方の手には**正義**の天秤*2が平衡を保っていた。そのかたわらにローゼン・ブルーメンが立ち、自由帽（古代ローマで解放奴隷に与えた円錐形の帽子）をてっぺんに乗せた金メッキのさおを片手にもっていた。もう一方の手は、チュリーの子ベニーの頭の上に保護するかのように置かれており、ベニーのほうはひざまずいて感謝するように見上げている。

この光景が現れるとすぐに、姿の見えない歌い手たちを率いて『大統領万歳《ヘイル・トゥ・チーフ》』*3という曲を歌うジョー・ブライトの声が聞こえた。ピアノ伴奏はアルフレッド・ブルーメンタールだった。歌詞の最後の行を歌っているときに花綱が落ち、幕となって活人画を消した。そして、大尉となって除隊していたジョー・ブライトが、仲間を伴って現れた。仲間とは、トムとクロエと彼らの子どもたち、チュリーと彼女の子どもたちであり、

＊1　戦時中は北部を指したが戦後は国全体を指す言葉となった。

＊2　裁判制度における倫理の力を擬人化した正義の女神像が持っている。

＊3　大統領の出席する公式行事でよく演奏される。

彼らはジョーの作った替え歌を歌っていた[*4]。コーラスの部分が次のようになっていた。

「海の向こうまでトランペットを吹きならせ、
コロンビア（米合衆国の呼び名）は勝利をおさめ、
黒人は自由だ！
我らの先祖の神を称えよ、なぜなら彼エホバこそ、
汝コロンビアを通して勝利したのだから」

効果を高めるために、儀式の指導者が背後でトランペットのファンファーレを付け加えていた。

次に、黒人の楽隊は手に手をとりあって前面に出てくると、いっしょに、真剣にホィッティアーの不滅の歌『ボート・ソング』を歌った。

＊4　モラヴィアからイギリスに移住した作詞家ジェームズ・モンゴメリ（一七七一―一八五四）の賛美歌を基にしてある。

「わたしらにはクワがあり、
わたしらにはそれを持つ手がある、
わたしらは豚を売り、わたしらは牛を売る、
だが決して子どもを売らせない。
ヤムイモは育ち、綿花は咲く、
わたしらにはコメもトウモロコシもある。
ああ、決して恐れるな、一度と聞かないのだから、
監督が角笛を吹くのなど！」

それから年齢や肌色を問わず、すべての家族が加わって『星条旗』を歌った。キング氏が全員と握手をし終えると、みんなは朝食部屋へと席を移した。そこに食べ物や飲み物がたっぷり用意されていた。

とうとうブライト氏がこう言った。「みなさん、おやすみなさいを言いたくはないのですが、言わねばなりません。一般的にはわたしはボストン人とお付き合いするのが苦手です。コモン（ボストン広場）の木々を

見てごらんなさい。大地の表面をあんなになめらかにしてしまったものだから、木々は枯れかけていますよ。あれがまさにボストンのやり方なんでしょうね。表面をなめらかにするために苦労し過ぎて、そのために物事の根っこが壊れてしまうんだ。だけどこのお宅や、ブルーメンタール夫人のお宅へ行くと、物事の根っこは壊れていないという気がするんですよ。皆さん、おやすみなさい。ハーモリンクスで『オールド・ハンドレッド』と『ヤンキー・ドゥードゥル』を鳴らせたとき以来、これほど楽しい思いをしたことはない」

彼の口笛の音が通りに消えていった。若い人たちは今日のお祝いの話をするために部屋を出ていった。黒人の一隊も寝室に退いていった。そして静けさが訪れると、二つの家族の年配者たちはともにすわり、体験してきたいろいろな不思議なことについて快い会話をかわした。それらの体験のいずれも、豊かに祝福を受けたものであった。

ブルーメンタール氏のよき趣味によって準備された新たな意外な贈り物が待っていた。彼の招いたドイツ歌曲合唱隊《リーダークランツ》[*5]が広間でメンデルスゾーンの『讃歌』を歌い、この夜の儀式をしめくくったのである。

＊5　ドイツ歌曲の人気が高まり、一八四七年ニューヨークでの設立を皮切りに各地で合唱団が設立され、ドイツ系移民たちの文化的絆としても貢献した。「リーダークランツ」はドイツ語で「歌の花束」の意味。

訳者あとがき

リディア・マリア・チャイルド（一八〇二―一八八〇）の評伝としては、これまでのところキャロライン・L・カーチャーの *The First Woman in the Republic* (Duke University Press, 1994) を越えるものは出ていないだろう。この「あとがき」で紹介する伝記的事項も、ほとんどがカーチャーに依拠している。この評伝は、マサチューセッツ州メドフォードのパン製造業者の家に五人きょうだいの末娘として生まれたリディア・マリア・フランシスが、当時ハーヴァードに在学中であったすぐ上の兄に宛て、十五歳のときに書いた手紙の引用で始まっている。イギリスの詩人ミルトンの『失楽園』に感銘を受けながらも、その男性優位思想を批判する内容の手紙である。節約と勤勉を旨とし文学とは縁遠い家庭環境の中で、読書好きな兄と共に書物を読み、独学で文学的素養を身につけてきた少女は、自分には兄のように高等教育の機会が与えられないことへの寂しさや悔しさも、その手紙に込めたのだろう。この出だしから推測できるように、カーチャーの基本的な立ち位置は、リディア・マリア・チャイルドのフェミニストとしての成長を跡付けてゆくことであった。したがって、リディアが二十六歳のときに結婚したジャーナリストのデイヴィッド・L・チャイルドとの家庭生活において克服しなければならなかった内面的葛藤や経済的な問題にも、かなりの紙幅を割いている。だが全体として、家父長制や女性の自立の問題に限らず、先住民、奴隷制、人種、宗教などさまざまな面で既成の価値観や慣習と闘いながら、「人種、性、文化の平等」という信念にもとづいて築いていった一人の女性の生涯が、ずっしりした重みを伴って伝わってくる。この「あとがき」では、彼女（以後チャイルドと呼ぶ）が闘ったさまざまな面のうち、奴隷制廃止運動に真摯に向かいあい、その制度の廃止後も、人種偏見の弊害を取り除く努力を続け、よりよき共和国を求めていた面だけを前景化することになるが、実際それは、チャイルドの見事な生涯のうちで最も強調されてよい面と思われる。

男女の平等を求める心が、人種の平等を求める心へつながっていくのは自然な流れであろう。チャイルドは早くも二十二歳のときに、アメリカ先住民の男性と白人女性の「異人種間結婚」を描く長編小説 *Hobomok*（1824）を匿名で上梓した。この小説では最終的に先住民の男性が身を退き、ヒロインは白人男性と再婚して元のコミュニティに受けいれられ、混血の子どもも白人として生きていく。結末だけ見れば、白人至上主義の規範に沿う形であるが、自分の意志で異人種間結婚を選んだヒロインに罰を与えず、さらに再婚の自由さえ与えたことには、当時の風潮や価値観を乗りこえる大胆さがうかがえる。出版直後の批評のほとんどがこのプロットに対しては「趣味がわるい」という反応を示したが、構成力や人物・風景の描写力を評価し、この作者に有望性を見出していた。これで文筆業に携わることに一定の自信を得た彼女は、一八二六年、青少年向けの雑誌 *Juvenile Miscellany* の創刊に加わり、編集の責を担うことになる。二カ月に一度の刊行が待ちかねられるほど人気をはくしたこの雑誌の誌面を通して、教訓と娯楽をブレンドした数々の読み物を提供し、チャイルドは若い世代に大きな影響を与える存在になった。影響を受けた読者の中には、作家ルイザ・メイ・オルコットや詩人トマス・ウェントワース・ヒギンスンも含まれる。また、主婦に家計倹約の実際的な方法などを助言する彼女の著書、*The Frugal Housewife*（1829）は三十三版も重ねたという。したがって、一八三〇年代初めのころ、彼女は「母や娘たちのよき指導者」と見なされ、文筆家としての地位を確立していたと言える。一八三三年、著名な文芸誌 *North American Review*

が二十五頁も使って「チャイルド特集」をしたこともそれを物語っている。

その一方、一八三〇年代初め頃から、奴隷制に関するチャイルドの立場も次第に鮮明になってきた。*Massachusetts Journal* を率いる夫のデイヴィッドは早くから奴隷制反対の論陣を張っていたし、そんな彼への共鳴を覚えたからこそ結婚を決めたとは言え、一八二〇年代のチャイルドの関心は先住民のほうに傾いており、『ミセラニー』にも奴隷制に関するものは載せていなかった。『ミセラニー』に反奴隷制のエッセイ、詩、短編がひんぱんに載るようになったのは「ウィリアム・ロイド・ギャリソンと出会った一八三〇年以後」と、カーチャーは明言する。ギャリソンはデイヴィッドとは知己ながらその妻と面識はなかったのだが、彼女の書きものを評価し、ある新聞紙上でチャイルドを“The First woman in the Republic”と讃えた。（カーチャーの評伝のタイトルはこれに由来する。）のちに、チャイルドのほうも一八三〇年に初めて会ったギャリソンが彼女の良心を「わしづかみにして改革運動に引っ張りこんだ」と、彼の追悼記事で述べている。それほどに強烈な魂の響き合いがあったのだろう。チャイルドは、ギャリソンが一八三一年に創刊し奴隷制廃止運動の拠点とした新聞 *The Liberator* と、以後ずっと強い絆を持ちつづけることになった。

ギャリソンから大きなインパクトを受けながらも、チャイルドは彼の論をそっくり受けいれるのではなく、自身の抱く疑問に自ら答えを出すためにさまざまな資料から奴隷制の歴史や現状を学び、三年後の一八三三年、その実りを *An Appeal in Favor of That Class of Americans Called Africans* という書物の形で表わした。前述の『ノース・アメリカン・レビュー』の特集記事が出た一カ月後のことであった。一冊の本の形で奴隷制に取り組んだのは、これがアメリカにおける最初のものと言われている。全八章のうち四つの章で人種偏見について論じており、異人種間結婚を禁止する法律に対しても、「結婚相手を選ぶのは宗教を選ぶのと同じく個人の権利である」と異議を唱えている。画期的な書物であったがそれだけに反撥も大きかった。『ミセラニー』の購読者数がまたたく間に減ってゆき、翌年、チャイルドは編者の席を辞さねばならなかった。さまざまな紙誌への執筆の機会も失い、当時の女性として例外的に許されていた図書館の閲覧資格も奪われた。この時代、比較的進歩的な東部においてすら、奴隷制廃止論者たちに対するバッシングがいかに厳しいものであったかが推測できよう。

しかし、これに懲りて沈黙するチャイルドではなかった。*The Oasis* (1834), *Authentic Anecdotes of American Slavery* (1835), *Anti-Slavery Catechism* (1836), *The Evils of Slavery, and the Cure of Slavery* (1836) など、次々と書きつづけている。カーチャーは、生涯でチャイルドほどたくさんの反奴隷制文書を書いた者はいないだろう、と述べている。チャイルドは全身全霊で活動した。ここでは僅かな例しか挙げられないが、たとえば一八三五年の夏、ギャリソンに招かれてボストンに来ていたイギリスの反奴隷制活動家ジョージ・トムスンが暴徒に襲われたときは、自分も襲われそうな恐怖と闘いながら彼をかくまい、さらにニューヨークまで同伴した。一八五九年、ハーパーズ・フェリーで蜂起して捕らわれた獄中のジョン・ブラウンと手紙のやりとりをし、彼の意を汲んで遺族たちのための基金を募った。ハリエット・ビーチャー・ストウが気乗りしなかったハリエット・ジェイコブズの手記『ある女奴隷の生涯のできごと』（一八六一）の編者を引きうけて出版のために奔走したことは、米文学や女性学の分野で特によく知られている。奴隷制が廃止されたのちも改革の進まぬ状況に苛立ちを覚えた彼女は、政治家でない自分にできることを二つに絞った。一つは解放された人々に教育を通して力をつけさせること。したがって、いち早く解放奴隷たちのためのテキスト *The Freedmen's Book* (1865) を編んだ。もう一つは白人の抱く偏見を是正していくこと。彼女は小説の力で白人の心に根付く偏見の壁を溶かすことを考えた。そして生涯で四冊目になり、それが最後となる長編小説にとりかかった。

A Romance of the Republic (1867) は、そのような意図のもとに書かれた小説である。チャイルドは『ミセラニー』に反奴隷制の短編や詩を載せていた頃、自分は人々の心に「フェルトの蹄で」分け入ると言ったことがあるが、ニューオーリンズの郊外の「花の女神の神殿」のように優雅な客間で、類《たぐい》まれな美しい姉妹が歌ったり踊ったりしている場面で物語を始めるのは、まさにチャイルド流の技法と言えよう。登場人物に花に関連した名前を与え（ローズ、フローラ、チュリパ、リリー、ギルラーンド＝ガーランド（花輪）、フロリモンド・ブルーメンタール、ライラ＝リラ、など）、最後はリーダークランツ（ドイツ語で「歌の花束」の意味）の合唱で幕を下ろす。花にちなんだいかにも華やいだ枠組みながら、実はこれは残酷な奴隷制の物語なのである。「子どもは母親の身分を引き継ぐ」と定めた法により奴隷とされ性搾取の対象にされる混血女性、人種と性を偽る二重変装による逃亡、白人の赤ん坊と混血の赤ん坊のすり替え。いずれも十九世紀の人種に関わる小説では特別目新しいモチーフではないのだが、それらを巧みに織りこみ、あわや近親姦の危機へと展開してゆく筋運びには、大衆小説ならではの牽引力がある。しかもそこに、人種の境界を超越して深く愛しあう男女の「ロマンス」は言うまでもなく、東部上流階級女性の典型のようなデラノ夫人や富豪の御曹子として育ったジェラルド・フィッツジェラルド二世が、これまで他人事としてきた奴隷制に関わりをもつようになって、人種に対する考え方を変えていくプロセスも自然な流れとして描きこまれている。

題名に含まれる「ロマンス」という言葉には、男女の恋愛の物語だけでなく、「途方もない、ありえない話」という意味もある。この小説には確かに一見途方もない話が含まれている。しかしチャイルドはこれらの話の素材を、実際に奴隷制から逃れてきた人々から直接聞いた話や、奴隷制廃止運動にかかわっているうちに耳にした話から採っているのである。ありえないような話が実はありえるのだというその驚きを、彼女は小説中の人物の口を通して語らせている。廃止運動家のウィラード・パーシヴァルは「この国でもっともロマンティックな物語は奴隷制から生み出されてきた」（第十三章）と感嘆を込めて語るし、ヒロインのローザも「もっとも豊かな想像力でも、奴隷制から起こったいろいろな出来ごとよりも不思議でロマンティックなものは生み出せないと言えますわ」（第三十一章）と述懐している。ウィラード・パーシヴァルのこのセリフが、実在の廃止運動家ウェンデル・フィリップスの語った言葉と共鳴しているので、フィリップスがパーシヴァルのモデルであるとする意見もある。名前の頭文字W・Pが同じであるし、この意見は信憑性がある。フィリップスだけでなく、この小説にはチャイルドが共に闘った人々が実名あるいは仮名で登場する。ギャリソン、フランシス・ジャクソン、サミュエル・シューアル、スノーデン神父。逃亡奴隷の援護組織「地下鉄道」のメンバーであるクェーカー教徒として登場するジョセフ・ハウスマンは、チャイルド夫妻がその家に半年間滞在したことのある実在のジョセフ・カーペンターの仮名である。彼らの存在を小説に刻み付けたのは、生命の危険も顧みず廃止運動に身を捧げたかつての仲間たちに対する敬意の表れと見てよいだろう。

もちろん、この小説は現代の読者の目から見れば明らかな限界を内包している。人種の壁は色白のローザやフローラには可能だった「パス」（世間に白人として通ること）や、ジョージとヘンリエットに用意された「ヨーロッパ行き」で解決できるような一時的、個別的な問題ではない。また、ヘンリエットの「教育」に見られるように、白人上流階級の価値観に合わせて「模倣」を奨励する姿勢、最終章の「活人画」に明らかな黒人に対する保護者的な姿勢なども、限界の顕著な例である。しかし、これら「時代的限界」を理由に、この小説のもつ大きな意義そのものを見過ごすのは公平ではないだろう。この小説は、三組の「異人種間結婚」が幸せに続く予想で終わっている。現代ではなんの違和感もないハッピー・エンドだが、十九世紀はもちろん、二十世紀半ばに至っても、アメリカの小説ではこのような終わり方は稀であり、人種の境界を越えようとする登場人物にバッシングが伴うのが通常であった。作家たちの多くは人種偏見の弊害を告発する意図をもって書いていたと思われるのだが、異人種間の恋愛や結婚が悲劇に終わる例が積み重ねられると、読者の側にそうした関係に「無理があるのかも」という悲観的な考えが刷りこまれてしまう。そのような一般的な流れの中で、幸せな「異人種間結婚」を提示するのは相当に勇気の要ることであった。小説刊行後、白人側では丁重だが冷ややかに受けとめられ、黒人側では熱心に称賛されたという話からも、当時の雰囲気が偲ばれよう。南北戦争後の再建期が反動に傾くにつれ、このような小説は周縁へ押しやられてゆき、チャイルドの名前も忘れられていった。没後約一世紀の空白を経て、フェミニズム批評の活発化に伴いチャイルドは再び注目を浴びはじめ、日本では主に「ハリエット・ジェイコブズの手記の編者」として言及されるようになった。チャイルド自身への関心が高まり、その研究が進んできている今、『共和国のロマンス』の訳書がチャイルド復活の一環になれば、訳者たちにとって大きな喜びとなる。

訳は、一章から六章までと三十九章（＝最終章）を風呂本、七章から十二章までを柳楽、十三章から十七章までを柴崎、十八章から二十三章までを田中、二十四章から三十章までを時里、三十一章から三十八章までを横田が担当した。討論を重ね、不統一のないように努めたつもりであるが、及ばぬところもあるかもしれない。お気づきの点をご指摘いただければ幸いである。なお、巻頭の地図は柳楽、人物紹介欄は田中が担当した。

　追記しておきたいのは、この小説に英語以外の言葉（スペイン語、フランス語、イタリア語、ドイツ語）が混在していることである。そのため、訳文の中で、あるときはセニョール、あるときはシニョールなどと、書き分けねばならなかった。登場人物の一人、ライラ・デラノの名前も、養女となったフローラとその家族が彼女を「マミータ」と呼ぶ場合には「リラ」と表記している。また、英語以外の単語の音は初出ではそのまま残し、ルビで意味を示す方法も採った。作者の抱く「多民族多言語」から成る「共和国」というイメージの一端を伝えたかったからである。表記のことでもう二点おことわりさせていただく。基本的に、原文で大文字の語句はゴシック体、原文で斜字体の箇所は傍点を使って強調を表した。また、歌や詩のタイトルは本来なら一重括弧で示すべきだが、歌詞や詩句の部分的引用と区別するために、あえて二重括弧で示す方針を採った。

　最後に、この本の価値を理解し、快く出版を引きうけてくださった新水社の村上克江さんに訳者を代表して御礼申し上げる。

二〇一六年一月

風呂本　惇子

訳者紹介（担当順）

風呂本惇子（ふろもと　あつこ）
アメリカ文学研究者。
訳書『クローテル――大統領の娘』（ウィリアム・ウェルズ・ブラウン著、松柏社、2015)、論文「19 世紀の反奴隷制文学における間テクスト性と “intermarriage” のテーマ」（『関西アメリカ文学』第 52 号、2015)、共著『エスニック研究のフロンティア』（金星堂、2014) ほか。

柳楽有里（なぎら　ゆり）
京都大学非常勤講師。専門はアメリカ文学。
論文 “*Mama Day* as Conjuring Monologue: Figurative Language for Unreliable Listeners”（『関西英文学研究』第 9 号、2016)、“Political Figuration of Color in Gloria Naylor's *Linden Hills*: Reconstruction of the Traditional Gothic Form”（『黒人研究』第 84 号、2015) ほか。

柴﨑小百合（しばさき　さゆり）
城西国際大学観光学部准教授。
専門はアメリカ映画、人種。論文「映画 *Watermelon Man* 再考――白人から黒人への『変身』をめぐって」（『黒人研究』第 82 号、2013)、共訳書『プラムバン――道徳とは縁のない話』（ジェシー・レドモン・フォーセット著、新水社、2013）ほか。

田中千晶（たなか　ちあき）
大阪大学非常勤講師。
専門はアメリカ文学。共訳書『ブルースの文学――奴隷の経済学とヴァナキュラー』（ヒューストン・A・ベイカー・ジュニア著、法政大学出版局、2015)、共著『亡霊のアメリカ文学――豊饒なる空間』（国文社、2012) ほか。

時里祐子（ときさと　ゆうこ）
同志社大学非常勤講師。
専門はアメリカ文学、人種、ジェンダー。論文「Make Me, Remake Me ――*Jazz* におけるトラウマの再配置」（関西学院大学『英米文学』第 57 巻、2013）ほか。

横田由理（よこた　ゆり）
（元）広島国際学院大学教授。
専門はアメリカ文学。共著『カウンターナラティヴから語るアメリカ文学』（音羽書房鶴見書店、2012)、共編著『オルタナティヴ・ヴォイスを聴く――エスニシティとジェンダーで読む現代英語環境文学 103 選』（音羽書房鶴見書店、2011）ほか。

共和国のロマンス

2016年3月15日　第1刷

著　者　リディア・マリア・チャイルド
監訳者　風呂本惇子
発行者　村上克江
発行所　株式会社　新水社
〒101-0051 東京都千代田区神田神保町2-20
http://www.shinsui.co.jp
Tel 03-3261-8794　Fax 03-3261-8903

印刷　モリモト印刷株式会社
製本　ナショナル製本共同組合

ISBN 978-4-88385-182-9